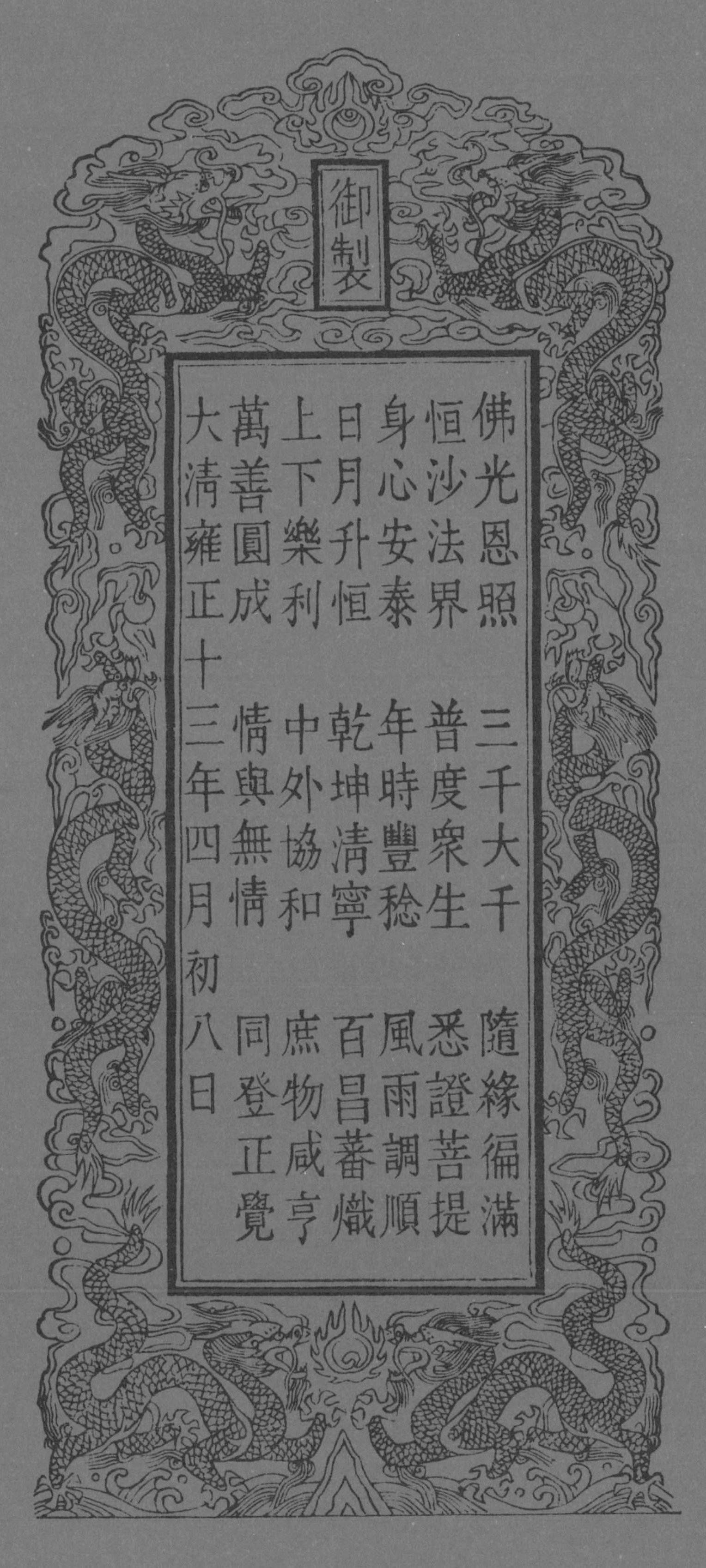

御製

佛光恩照　三千大千　隨緣徧滿
恒沙法界　普度衆生　悉證菩提
身心安泰　年時豐稔　風雨調順
日月升恒　乾坤清寧　百昌蕃熾
上下樂利　中外協和　庶物咸亨
萬善圓成　情與無情　同登正覺
大清雍正十三年四月初八日

第一一八册　此土著述（八）

妙法蓮華經玄義釋籤　四〇卷（卷一一至卷四〇）　隋天台智者大師説　沙門灌頂記　天台沙門湛然釋……一

妙法蓮華經文句　一〇卷（卷一上至卷三下）　隋天台智者大師説　門人灌頂記……六九一

妙法蓮華經玄義釋籤

隋天台智者大師說

清刻龍藏佛説法變相圖

妙法蓮華經玄義釋籤卷第十一

隋天台智者大師説

門人灌頂記

唐天台沙門湛然釋

○次對七二諦明智者爲二先例境略列

次正釋初文又三初總標意

三對二諦境明智者權實二智也

○次上真俗下例上開爲七

上真俗二諦既開七種今權實二智亦爲七番

○三内外下列列中三初略列

内外相即不相即四也三相接合七也

○次廣列

若對上數之析法權實二智體法二智體法含中二智體法顯中二智別二智別含圓二

智圓二智上七番各開隨情隨情智隨智合二十一種諦

○三列三意

今七番二智亦各開三種謂化他權實自行化他權實自行權實合二十一權實也

○次廣釋中爲四初正釋次例諸境三問答料簡四夫二諦下斥舊明今經破立之意初釋中文三釋判開初文自爲七初對實有明二智者爲二初正釋次依教重分別初文又二初立二智

若析法權實二智者照森羅分別爲權智盡森羅分別爲實智

○次說此下明三意

說此二智逗種種緣作種種說隨種種欲種種宜種種治種種悟各隨堪任當緣分別雖復種種悉爲析法權實所攝故有化他二智化他二智隨緣之說皆束爲權智若內自證得若權若實俱是實證束爲實智內外相望共爲二智故有自行化他權實二智也就自證權實唯獨明了餘人不見更判權實故有自行二智也△次依教重分別

今更約三藏重分別之此佛化二乘人多用化他實智二乘稟此化他之實修成自行之實故佛印迦葉云我之與汝俱坐解脫牀即此義也若化菩薩多用化他權智其稟化他之權修學得成自行之權佛亦印言我亦如汝云云

次更分別者前約智體說今約智用說得此一番則識智體得名所從從於化主及以所化得名不同而智秖是一言佛印迦

葉者佛有化他之實與二乘自行實同故佛印云我之與汝俱坐解脱牀雖云俱得然自行與化他不同化他之權意亦如是故大論云我有慈悲四禪三昧汝亦如是如此慈悲本是化他之法故菩薩得之即成自行故復印言我亦如是

○次明體法二智中先斥三藏次正釋此三種二智若望體法二智悉皆是權故龍樹破云豈有不淨心中修菩提道猶如毒器不任貯食食則殺人此正破析法意也故皆是權云云

初文中三藏菩薩毒器緣如止觀第二記

○次正明中二先立二智次明三意

體法權實二智者體森羅之色即是於空即色是權智即空是實智

初中云森羅者世人共聞其言而不甄簡深淺皆指欲界人中五塵今則不爾既七種中皆指權智所照俗境名爲森羅是則七種森羅不同細簡云云

大品云即色是空非色滅空正是此義爲緣説二緣别不同説亦種種雖復異説悉爲化他權實所攝故有化他二智化他二智既是隨情皆束爲權内證權實既是自證悉名爲實以自之實對他之權故有自行化他二智也就自證得又分權實故有自行二智也

○下去五重皆先斥次正立等

此三二智望含中二智復皆名權何者無中道故云云

體法含中權實二智者體色即空不空照色是權智空不空是實智

說此二智赴無量緣隨情異說雖復無量悉是舍中二智所攝故有化他二智化他二智本是逗機皆名爲權自證二智皆名爲實於自證二智更分權實故有自行二智
此三二智望顯中二智悉皆是權何者帶於空眞及敎道方便故
又體法顯中權實二智者體色即空不空一切法趣空不空了色是權智空不空二一切法趣空不空是實智
爲緣說二緣既無量說亦無量無量之說悉爲顯中二智所攝故有化他二智化他二智既是隨緣悉名爲權自證二智既是證得悉名爲實以自望他故有自行化他二智就自證二智更分權實
此三二智望別權實二智悉皆是權何者帶即空及敎道方便故
別權實二智者體色即空不空色空俱是權智不空是實智
以此二智隨百千緣種種分別分別雖多悉爲次第二智所攝故有化他二智化他二智悉是爲緣皆名爲權自證二智既是證得悉名爲實以自對他故有自他二智就自證權實自分二智故有自行二智
此三二智望別舍圓二智悉復是權何者以次第故帶敎道故
別舍圓權實二智者色空不空一切法趣不空色空名權智一切法趣不空爲實智
以此二智隨百千緣種種分別分別雖多悉爲別舍圓二智所攝故有化他二智化他二智既是爲緣悉皆是權自證二智既是證得

悉名爲實自他相望共爲二智就自證得更分權實故有自行二智

此三二智望圓二智悉復是權何者帶次第及教道故

圓權實二智者即色是空不空一切法趣色趣空趣不空一切法趣色趣空是權智一切法趣不空是實智

如此實智即是權智權智即實智無二無別爲化衆生種種隨緣隨欲隨宜隨治隨悟雖種種說悉爲圓二智所攝故有化他二智化他二智旣是隨情悉復是權自證二智悉名爲實就自證中更分二智故有三種不同也此之二智不帶析法等十八種二智方便唯有眞權眞實名佛權實

○次判中二先正判次歎用判意初又二初先舉今經明妙

如經如來知見廣大深遠方便波羅蜜皆悉具足獨稱爲妙待前爲麤

○次更比決比決又二先約教次約味

又從析法二智至顯中二智凡十二種二智待前皆名爲麤顯中爲妙何以故此妙不異後妙故又從次第二智凡九種二智待前爲麤不次第爲妙又前十八種二智皆麤唯不次第三種爲妙又不次第二種爲麤一種爲妙

初文中四節初前四番中云從析法二智至顯中凡十二種智待前爲麤顯中爲妙者顯中雖在十二之數亦得待前爲麤顯中爲妙指圓眞也次後三中前二麤後一妙第三復合前四通判云前十八麤後三

妙後三即第七也故後三中約三意說則自行爲妙亦約悟說

○次約五味

又歷五味教者乳教具三種九種二智略教一種三種二智生酥四種十二種二智熟酥具三種九種二智此經但二種三種二智若略教中權實皆麤醍醐教中權實皆妙餘三味中權實有麤有妙可以意推

如文

○次歎用判功能者若不約四教五味兩重判妙焉知法華居一代之最比見讀此教者尚反指華嚴豈不與夫震地逸數而不聞不見同耶哀哉傷哉於中爲三先總述次解釋三此中下結意

若不作如上釋諸智者經論異說意則難解

初如文

○次何者去釋中引華嚴者一顯華嚴末會二所顯三教猶麤於中又四先引華嚴次明謬釋三此釋下難四若得下顯正

何者華嚴解初住心云三世諸佛不知初住智

初如文

世人釋云如實智佛自不知佛如實智亦不知初住如實智

次文中世人釋云等者世人意言初住如實智與佛如實智不殊故俱不知作此說者非但初濫於後亦乃顯佛愚癡故次文斥云其實不允

○次難又二先通難

此釋自謂於理爲通其實不允△次歷教

若藏通等佛不論如實智云何於自如實智不知耶別教初住不得如實智云何言不知次歷教中約三教破云藏通二佛自無如實智故不得云於自如實智不知別佛雖得如實智別初住不得如實智云何言亦不知初住如實智若其別佛不知別教斷見思位真諦如實智大成可笑今言別教初住不得如實智者即顯圓教初住得如實智佛是究竟如實智此義可爾若言不知全是落漠故大論八十六云如實智者有二種一者具足謂諸佛二者不具足謂大菩薩上能知下豈有具足而不知不具足耶

若得前來諸智意者三世三藏佛不知圓教初住智此則事理二釋俱無滯也

四顯正中云事理二釋俱無滯者藏不知圓於事無滯下不知上於理無滯△三結意

此中義兼二種一分別二十一種權實二待麤論妙如上說

○次開中三謂法譬合

若開麤顯妙者諸方便諦既融成妙諦對諦立智悉非復麤如賤人舍王若過者舍則莊嚴如衆流入海同一鹹味開諸麤智即是妙智也

如賤人舍王若過者等者麤智如舍妙諦如王以境妙故智亦隨妙此約境發智說故也△次例諸境

○次例餘境以立二智中先總敘意次正例

二智多有所關須商略類通今對七種二諦

明二十一種權實以爲章門若得此意約因緣境亦應如此

初文云二智多有所關等者非但唯對二諦而已以二諦境通一切境故因緣等亦應如是

謂析因緣智體因緣智含中因緣智顯中因緣智次第因緣智帶次第因緣智不次第因緣智一一各有化他自行化他自行等三種分別合有二十一種分別麤妙判五味多少論待絕等四諦三諦一諦等亦應如是當自思之何煩具記也

○三料簡

問隨情諦及化他智何意無量隨智諦及自行智何意不多答秖約一人未得道時見心橫起邪執無窮何況多人種種各異爲是義故隨情則多智見於理理唯一種不得有異云云

如文△四斥舊明今經破立之意

○四斥謬立今經意中爲八先舉宗以質非次若破下明宗所憑意三方便下約今法斥彼人法四若作下正顯其破相五若但下明教法功能六世人下結斥七今若下重歎八如此下形論意未周初文中三先示法相次質偏三既不下示宗承所用

夫二諦差別已如上說

初如文

說此七權實二十一權實頗用世人所執義不頗同世人所說語不頗用諸論所立義不

次文中云頗用世人等者今家章疏附理憑教凡所立義不同他人隨其所弘偏讚

已典若弘法華偏讃尚失況復餘耶何者既言開權顯實豈可一向毀權施本爲開開無異趣世人解經或添以莊儒或雜以綺飾亦不同諸論偏申一門或復通論直申大小今採以佛經申法華意徧破偏立明教指歸餘意可知△三示宗承所用

既不從世人亦不從文疏特是推大小乘經作此釋耳

○次明宗所憑教又二初正指經部次若巧下明宗中所破

若破若立皆是法華之意若巧拙相形以通經二智破三藏經二智乃至次第不次第相形以圓經二智破別經二智

並如文△三約今法斥彼人法

方便諸經明智既麤通經之論豈得爲妙經論既爾弘經論人何勞擊射任其所說自有所墮△四正顯其破相

○四破相中先舉七二之相次舉三意之相

若作生滅解權實者隨在初番若作不生不滅解者隨第二番乃至第七番亦可知

初如文

又縱廣引經論莊嚴已義者亦不得出初番隨情二諦化他權實況出初番第二第三權實尚不出初番三種權實況第七番三種權實

次文云又縱廣引諸經論等者世人釋二諦義但廣引教釋二諦之名不能分別名下之旨況七種二諦一一復有隨情等三是故世人但各執教不知教是赴機異說

既迷教旨當知所引但成三藏隨情二諦能觀之智秖成化他權實二智既不出於初番隨情當知尚闕初教隨智及隨情智況餘六三意耶△五明教法功能

○五功能中二初舉初番以況後諸番

若但以初番二智破一切世間情執略盡假令得入化城秖是自行實智尚不得化他之權何況能得後番諸智

○次若尋下廣舉下六番所破

若尋二十一種二智凡破幾外見凡破幾權經論復顯幾是立幾權經論然後方稱妙權妙實

言凡破幾外見等者破一切外人諸宗僻計也凡破幾權經論立幾權經論者今以法華經意以為破立故得徧破徧立施權故立廢權故破或權實俱立或權實俱破若開若會準例可知△六結斥

世人全不識一兩種權實之意而情中即計為智若是智者破何惑見何理未見理未破惑生死浩然非情何謂△七重歎

今若待前諸麤智而明妙智者法華破待之意也若其會者一切權經論所明諦理皆成妙理無非智地會一切權經論所明二智無非妙智悉是大車

六七可知△八形論意末周

如此破會深廣莫以中論相比可熟思之云云

第八形論意中云如此破會莫以中論相比者依向所說豈比中論末代通經雖兼別含通豈能委明二十一種單複開合適時破會逗物之妙結撮始終耶問一家所

承本宗龍樹今此何以反斥本宗答本承觀法不承論所破勢論意唯以四句觀法破大小執令末代行者歸心有由若部意所立功歸於此若論破會者未若法華故權實本迹遣偏廢近久遠聖旨於茲始存故獲陀羅尼由三昧之力師資之宗宛如符契

○對三諦中二先重敘五境次對境明智初文又三初總標來意次略列三境三相對立五解釋

四對三諦明智者上明五三諦竟今更分別

初如文

末三智照十法界束十爲三謂有漏無漏非有漏非無漏三法相入分別有五初謂非漏非無漏入無漏對漏無漏爲三法二謂一切法入無漏對漏無漏爲三法三謂漏無漏非漏非無漏爲三法四謂一切法趣非漏非無漏對漏無漏爲三法五謂一切法趣漏趣無漏趣非漏非無漏爲三法

次二文者前單作諦名以眞俗等名爲便今欲對境明智境作漏無漏名便也前亦照境智從權實作名與今異者若照境時從權實爲名若論境體應名漏等漏是俗無漏是眞雙非是中以中對二得三境名是故皆云對漏無漏爲三法

○次對境明智者爲三先標五種相

更說五境竟對此五境明五三智者謂一切智道種智一切種智三智相入五種不同

○次境智相入明五

一中智入空智對道智爲三次如來藏智入

空智對道智爲三次中智對兩爲三智次如來藏智入中智對兩智爲三智次圓三智是爲五差

○三解釋釋中三先正釋次判三開初文又二先教次觀教中文自五重不同初番爲三初明三境發三智次解釋三世人下引同

中智入空智分別爲三智者初依無漏發一切智次依有漏發道種智後深觀無漏之空知空亦空發一切種智

初如文

○次文者爲二先釋行相次今若下結示然初心不知空空次雖得空亦不空空後能深觀於空空於前空但二空名同二境亦合故言相入

初文者下去相入例此可知

今若分別以無漏空爲一切智有漏空爲道種智中道空爲一切種智

世人採經論意云六地斷惑與羅漢齊七地修方便道八地道觀雙流破無明成佛即此意也

三引同中破無明成佛者此是通教被接菩薩至八地後破無明惑成别圓初地初住八相佛也而世人唯知採經文而不知教門深淺

○圓入通中又三先正釋

如來藏智入空智分别三智者依漏無漏發一切智道種智不異前而後不因別境更修中智但深觀空能見不空不空即如來藏藏與空合故言相入以深觀空見不空故發一

切種智

藏智者不同諸論含藏種子今以圓教諸法具足含一切法義同於藏今秖觀所入之空即見藏理故云不因別境以祕密智刀能令衆生發如此智

○次比決

前中道智但顯別理理之與智不具諸法藏理藏智具一切法故異於前以藏智對兩智爲三智也

○三大經下引證

大經云聲聞之人但見於空不見不空智者見空及與不空大品云一切智是聲聞智道種智是菩薩智一切種智是佛智即此意也

○次別三智爲二先釋

中智對兩成三智者各緣一境各發一智次第深淺不相濫入

○次引地持

故地持云種性菩薩發心欲除二障有佛無佛決定能次第斷諸煩惱即此意也

二障者煩惱障及智障具如止觀第六卷達磨鬱多羅釋今家依大品大論開爲三惑是故智障兼於事理障事智者是塵沙惑障理智者是無明惑

○次圓入別二智中四初略立次兩智下對前辨體三引論師意證四示今意

如來藏智入中智爲三智者兩智不異前一切種智小異何者前明中境直中理而已欲顯此理應修萬行顯理之智故名一切種智耳今如來藏理含一切法非直顯理之智名一切種智與前爲異用此智

對前爲三智也

故地論師云緣修顯眞修眞修發時不須緣修

前三如文

前兩智即是緣修後智發時即是眞修眞修具一切法不須餘也即是此義云云

四今意中云前兩智是緣脩者今家判在緣脩之位屬空假觀地人但云地前爲緣脩不云空假

○次圓三智中二先釋次引論證

圓三智者有漏即是因緣生法即空即假即中無漏亦即假即中非漏非無漏亦即空即假一法即三法三法即一法一智即三智三智即一智智即是境境即是智融通無礙如此三智豈同於前釋論云三智一心中得無前無後爲向人說令易解故作三智名說耳即是此意云云

並如文

○次明觀成於中二先辨因果次上明下例智相入初文爲二初總辨因果次對三觀

若欲顯智要須觀成況論觀智俱通因果別則觀因智果例如佛性通於因果別則因名佛性果名涅槃今就別義以觀爲因成於智果

初文具如止觀顯體中初說

○次三觀中二先引瓔珞次正對三觀

如瓔珞云從假入空名二諦觀從空入假名平等觀二觀爲方便道得入中道第一義諦觀

初文言瓔珞三觀具如止觀第三記及前後所引偏觀義具如止觀破法徧次第不次第破也

○次今用下正約三觀明於觀智

今用從假入空觀爲因得成於果名一切智用從空入假觀爲因得成道種智果用中觀爲因得成一切種智果也△次例智相入

上明於智略有五種今以觀成亦應五種細作可知修觀義如止觀云云

○次判麤妙亦二先教次味初中二先判前兩都不成三諦故不用

言麤妙者藏通兩佛雖有一切種智之名更無別理不破別惑此智不成故不用也

○次釋後五重文自爲五

中入空智者雖說中道因於通門而成兩智後照中道無廣大用因於拙教果又不融是故爲麤

初明別入中云因於拙教果復不融者次第爲拙教門所說果理不融以果隔越不與因理融通故也

次如來藏入空智者教果理雖融因是通門亦名爲麤

中對二智者雖不因通而三智別異果教未融是故爲麤

如來藏入中者在果雖融因是別門此因亦麤

圓三智者因圓果圓因妙果妙諦妙智妙正直捨方便但說無上道是故爲妙智也

餘四如文△次味

若歷五味教者乳教有三種三智略敎一種

三智生酥具五種三智熟酥亦具五種三智麤妙可知法華但一種三智此是法華破意即相待妙也

○次開中四初略以劣況勝次故大經下引證三凡夫下釋大經文以合今意四如此下結歸

開麤明妙者世智無道法尚以邪相入正相治生產業皆與實相不相違背低頭舉手開麤顯妙悉成佛道何況三乘出世之智故大經云聲聞緣覺亦實亦虛斷煩惱故名之爲實非常住故名之爲虛

初二如文

○第三文中二先以凡況小

凡夫未斷煩惱無實唯虛尚開麤入妙即是大乘何況二乘之智

○次以小況大

二乘之智根敗心死尚得還生何況道種之智△四結歸

如此開時一切都妙無非實相七寶大車其數無量此是法華會意即絕待妙也

○五約一實智爲三釋判開初釋中立譬合結

五對一諦明智者即是如實智也釋論云諸水入海同一鹹味諸智入如實智失本名字故知如實智總攝一切智純照一境故總衆水俱成一鹹也△次判

若待十智爲麤如實智爲妙若待諸實智諸實智名麤中道如實智名妙

判中云若待十智爲麤者大品十一智十智同小乘第十一如實智屬大乘今文大

小通立如實於諸如實中唯圓如實爲妙

△三開

若開麤顯妙者非但諸實智爲妙十智亦名妙云云

次開顯者唯開顯如實方成妙實

○次明對無諦中三謂立判開初立

無諦無說者既言無諦亦復無智

○次若歷下判

若歷諸處明無諦者餘方便無諦無智爲麤中道無諦無智爲妙

○三若以下開

若以杜口絕言無諦無智者亦無麤無妙無待無絕歷一切法皆無麤無妙也前文對五境竟

今科二展轉相照對境

○二展轉又二初明來意

二展轉相照者六番之智傳照前諸境

○次思議下正展轉相照六境既展轉開合故須六智隨其開合亦隨境轉照若智隨境得名是則諸智亦義同名異名異故各照義同故傳照是則不可思議境智一境一切境一智一切智如可思議中尚六界十如結攝一切異名諸境諸境亦爾諸智亦然況不思議大小偏圓互相攝耶故下結云諦融智融圓成開顯法華妙旨若不見始終妙意徒自云云何益者乎於中又四初正明傳照次如此等下義當於判開傳照如判俱融如開三如此等下義當開教見理若見理時一切俱開四略以智例境也

思議因緣下智中智照六道十如性相等下

中二智觀十二因緣滅者照二乘十如性相等上智照菩薩性相本末等上上智照佛法界性相本末等四種四諦智照十法界者生滅無生等苦集智照六道十如相性生滅無生道滅智即是照二乘十如相性無量無作苦集智照菩薩界性相等無量無作道滅智照佛法界相性本末等四種四諦智照四十二因緣者生滅無生苦集智照思議兩十二因緣也生滅無生滅兩道滅智是照兩思議十二因緣滅也無量無作兩苦集智照不思議兩十二因緣也無量無作道滅智照不思議兩十二因緣滅也七種二智照十法界者生滅無生滅兩權智及入通等二合四權智照六道性相生滅無生滅兩實智照二乘性相等別權圓入別權有邊是照六道性相無邊是照二乘性相圓權則通照九界性相別入通實空邊是二乘性相不空邊是菩薩性相圓入通實空邊是二乘性相不空邊是照佛界相性別實是照菩薩性相圓入別實圓實俱照佛法界相性也七種二智照四種因緣者前四權是照思議兩十二緣別權圓入別權有邊是照兩思議十二緣無邊是照兩十二緣滅圓權則通云云別入通實空邊是照思議十二緣滅不空邊是照不思議十二緣圓入通實空邊同上不空邊是照不思議十二緣滅別實照不思議兩十二緣滅圓實照兩不思議十二緣滅等前四種權智是照生滅無生滅兩苦集又三權智照無量無作苦集二實智是照思議兩道滅又五實智是照不思議兩道滅五種三智照十法界者五種

道種智照六道性相本末等五種一切智照二乘菩薩性相本末等五種一切種智照佛法界十如相性等又五種三智照四種十二因緣者五種有智照思議兩十二緣五種一切智照兩思議十二緣滅又是照不思議十二緣五一切種智是照兩不思議十二緣滅五種三智照四種四諦者五道種智照生滅無生兩苦集五種一切智照生滅無生兩道滅亦是照無量無作兩苦集五種一切種智是照無量無作兩道滅五種三智照七種二諦者五道種智是照四種俗諦五種一切智是照兩種眞諦亦是照別圓入別圓三種俗諦五種一切種智是照五種眞諦一如實智是照佛界十如性相又是照不思議十二因緣又是照無作四諦又是照五種眞諦又是照五種中道第一義諦無諦無說與十相性如合與不思議十二緣滅合與四種不生不生合與眞諦無言說合與中道非生死非涅槃合

初文者秖是以後智傳照前境十如居初故不論智據理亦應以十如智照於五境是則六智一一皆能照於五境如文可見不須委論若不解此諸境諸智若大若小更相間入若判若開互爲法界如何能識法華所宗豈能了於一心妙境境智相稱如何能見下諸妙文所依所發乃至化他不思議用妙感妙應乃至眷屬並從此生乃至本證亦不出此人不見之謂爲煩芿

△次義當于判開

如此等諸智傳傳照諦諦若融智即融智諦

融名之爲妙△（三義當開教見理）
如此等皆是方便說言稱妙不妙見理之時
無復權實非權非實亦無妙與不妙是故稱
妙也△（四畧以智例境）
七種二諦五種三諦更相間入餘諸境亦有
此意七種二智五種三智既相間入者餘諸
智亦有此意例自可作云云
○次明行妙中文自爲二今又爲三標列
釋
第三行妙者爲二一通途增數行二約教增
數行
○釋中初略簡麤顯妙次前對下次依章
解釋初文又二初對前境智舉麤次妙行
者下顯妙初文又三初明三法次第相須
次明三法更互相顯三如此下結

夫行名進趣非智不前智解導行非境不正
智目行足到清涼池
初文者行假智智假境智行是能到理境
是所到到清涼池也
而解是行本行能成智故行滿而智圓智能
顯理理窮則智息
次文者解即智也智爲行本則行藉智生
行能成智則智藉行成智能顯理智生則
理生理未窮故則智未息故理生則智生
如此相須者則非妙行
結文可見問若一心三智爲妙行本乃至
一心三智照中道理到於初住清涼池者
何麤之有而斥爲非妙耶答似如所問今
云麤者未見一理而三理乃至一行而三
行乃至六即初後俱三三一不殊初後不

二乃至脩德性德一念三身等若如是者方名妙行妙行者下釋其相也

○次釋妙行中初標次釋

妙行者一行一切行

初言一行一切行者須約六即以明三德今言行者多在住前三法妙顯在於初住故也問一行一切行其相如何答如四三昧是菩薩行一一三昧無非法界諸度具足故一施一戒皆具三諦三智三德成波羅蜜攝諸善法是故名爲一切行也

○次釋又二先正釋次與境智互融初又二初引經次結成三德

如經本從無數佛具足行諸道又云無量諸佛所而行深妙道又云盡行諸佛所有道法

初如文

既具復深又盡具即是廣深即是高盡即究竟

次文言深盡等者盡即法身具即解脱深即般若如此三德在一心中境即理性三德智即三德之解行即三德之觀始從觀行終至六根無非妙法△次與境智互融

○次文又三先總明次前境說下別明三若三下結

此之妙行與前境智一而論三三而論一

初言與前境智一而論三者一謂涅槃三謂三德境是法身智是般若行是解脱當知秖一涅槃而論此三又境即理三智即名字三行即觀行相似三也當知九秖是三三秖是一一尚無一豈有九三

前境說如法相法相亦具三名祕密藏前智

是如法相解解亦具三如面上三目今行是所行如所說行亦具三名伊字三點△三結若三若一皆無缺減故稱妙行耳

二三如文

妙法蓮華經玄義釋籤卷第十一

音釋

礽而證切陳新相積也 帙直質切書衣也

妙法蓮華經玄義釋籤卷第十二

隋天台智者大師說

門人灌頂記

唐天台沙門湛然釋

△次依章解釋

○次正釋中二先敘來意

前對境明智今亦應對智明行

○次若直下正釋釋中先釋通途次釋約教言通途者還依向妙以立通途未判屬一教故也隨教各別自明增數故曰約教如諸部中有共教者即其事也所謂華嚴共二乃至般若共三於諸部中復有同聽異聞自成約教故須有此二種釋義所以列此增數行者爲知行妙徧收諸行攝一切教所明諸行相須之行正在別教藏通二教亦有此義而理淺近置而不論今明圓人境智行三一一具三方名行妙如行即有具深盡三依理起解名爲智三理體即是理性之三此之三三不假相須復以境智行三用對三德不縱不橫問何故不名增一如增一阿含及毗尼等而言增數耶答其義實通若言增一者恐濫增法謂以一法增而加前法今言增數但是數增法體無定或是一法離開增數或以異法數增前故亦名增數通途約教二義咸然是故唯著增數之言總論秖是法界大體離出萬行初通途文爲四初先敘意意在略舉知其大綱次釋論下正釋三行雖下明不思議相導相發等四若得此下結歎若直對一種智增數明行則行若塵沙說不

可盡況對諸智各導衆行則浩若虛空得意亡言不復可說釋論云菩薩行般若時以一法爲行攝一切行或無量一法爲行攝一切行或二法爲行攝一切行或無量二法爲行攝一切行乃至十法百法千萬億法爲行攝一切行或無量十法百千萬億法爲行攝一切行

初二文者但可以列數不可以名具

行雖衆多以智爲本智如導主行若商人智如利針行如長線智御行牛車則安隱能有所至用此增數諸行爲前十如諦智所導乃至一實諦智所導

第三文中云針導線者大論三十三文御導牛者大論二十文謂得前意以不思議智顯不思議行至不思議理故後文云智如導主等但約不思議異前耳 四結數

若得此意以正智導衆行入正境中此義唯可懸知不可載記云云

○次約教中二初通約四教明增數相次廣明別圓兩五行相爲別圓二教行法該廣別雖次第證道是同是故行門可以相例可以相顯初文三初正釋次判三開初又三標釋結

二約教增數者

○釋中自四初三藏中二初增一至三次廣指諸數初文者初明一法爲行者謂不放逸及他物莫取於中二先引經

若三藏增數明行如阿含中佛告比丘當修一行我證汝等四沙門果謂心不放逸若能護心不放逸行廣演廣布則所作已辦能得

涅槃又告比丘當修一行謂他物莫取比丘白佛我已知已佛言汝云何知比丘白佛他物謂色聲香味觸法佛言善哉若能不取此六即所作已辦能得涅槃△次釋

所言廣演廣布者以不放逸心歷一切法謂三界六塵皆不放逸得至涅槃

次所言下釋中前之二文俱有所作已辦而不釋者此是果法故不復釋今意明行故但釋不放逸言護心不放逸行者增一第四佛在給孤獨告諸比丘當脩一法廣演一法脩行廣布已便得神通諸行寂靜得沙門果至泥洹果云何一法謂不放逸行云何不放逸所謂護心云何護心於是比丘當守護心有漏心有漏法欲得悅預未盡欲漏便不生已生便滅無明亦爾閑靜一處便自覺知而自遊戲便得解脫四智具足所作等者一切羅漢皆具四智謂我生已盡梵行已立所作已辦不受後有今文略舉一焉△次增二法

增二數明行者阿含云阿練若比丘當修二法爲行謂修止修觀若修止時即能休息諸惡戒律威儀諸行禁戒悉皆不失成諸功德若修觀時即能觀苦如實知之觀苦集苦盡苦出要如實知之得盡漏不受後有怛薩阿竭亦如是修

增二法中具如止觀第三記今止謂戒門觀謂四諦慧又止謂苦諦觀謂餘三言怛薩阿竭者古譯經論如來三號云怛薩阿竭阿羅訶三藐三佛陀初句謂如來次句謂應供後句謂正徧知晉宋已來譯經皆

爾晉安帝隆安年中僧伽婆譯增一云此之止觀佛及弟子皆悉脩習即此意也如婆沙中五百比丘皆云所脩止觀展轉相讚云善哉善哉如來弟子所脩皆同佛亦如是

○次增三中二先對

增三數明行者謂戒定慧此三是出世梯隥佛法軌儀

○次引教中先引

戒經云諸惡莫作諸善奉行自淨其意是諸佛教

○次釋

諸惡即七支過罪輕重非違五部律廣明其相如是等惡戒所防止諸善者善三業若散若靜前後方便支林功德悉是清升故稱爲善自淨其意者即是破諸邪倒了知世間出世間因果正助法門能消除心垢淨諸瑕穢豈過於慧佛法曠海此三攝盡

言五部者彌沙塞曇無德迦葉遺婆麤富羅薩婆多具如止觀第六記餘數略如文

△次廣指諸數

若得此意四五六七乃至百千萬億法爲行攝一切行亦如是是名下智道行也

○通教增數行爲二初敘意次正釋

通教增數行者不定部帙判通教但取三乘共學法門指此爲通耳

初文中云不定部帙者不同三藏四阿含等別有部帙今以諸部方等諸般若中但是三乘共行即判屬通

○次釋中二初釋一法次餘數並略初文

又二初正釋次指廣初文又三初標次釋
三如是下結
今且引釋論增數以示其相
初如文
○次釋中二先出論文
論云菩薩行般若時雖知諸法一相亦能知一切法種種相雖知諸法種種相亦能知一切法一相
○次云何下釋論意又二初引論文自釋
次今觀下正釋論文初又二初論文自標
云何觀一切法一相
○次所謂下論中自釋釋中二初略釋
所謂觀一切法無相
○次如四大下舉類
如四大各各不相離地中有水火風但地多以地爲名水火風亦如是
一切諸法無不於一和合法中觀衆多性以多破一名爲一相以無破一名爲無相
故舉四大以例知
○次正釋中三先法次譬三合法中四先略釋次若言下縱徵三如是下例破諸法四此以下結成觀相此即性相二空之相也一相是性空無相是相空是則一大之中餘三爲他一大爲自既破自他共則不立
今觀無此異相若火中有三大三大應併熱若三大在火中三大遂不熱則不名火若三大併熱則三大捨自性皆名爲火無復三大
初文中推四大相如止觀第二觀音觀門但彼兼破轉計於一一大開爲四句如因

事堅以破情堅乃至四句皆是堅義餘大亦然此文依大論但破四大實法故於四大更互推撿地中無三名爲一相地亦自無名爲無相故一相亦無餘大亦爾△次縱徵

若言有三大而細不可知此與無何異若麤可得則知有細若無麤細亦無△三例破諸法

如是則火中諸相不可得一切法相亦不可得是故一切法皆一相△四結成觀相

此以一相破異相復以無相破一相無相亦自滅

如前火木然諸薪已亦復自燒

次譬中云如前火木如止觀第三記此之譬意通於偏圓今唯在通也△三合

是爲觀一切法一相一相無相△三結

如是無量一切法悉皆一相一相無相△次指

或二法爲行攝一切行乃至百法千萬億法爲行攝一切行△次餘數並略

可以意推不復繁記

○次別教增數行者又二初廣次略初文亦應云不定部帙指華嚴方等般若中歷別行法即是其相然方等中多以別行斥於小行般若中多以別法展轉融通華嚴正當歷別之行故今略出以爲行相又二初正釋次是一一下功能

別教增數行者如善財入法界中說於一善知識所各聞一法爲行或如幻三昧或投巖赴火筭砂相釁發菩提心等種種一行皆云佛法如海我唯知此一法門餘非所知乃至

一百一十善知識一一法門皆如是

初云指華嚴善財入法界者彼經一一善知識皆言我唯知此一法故也言或如幻三昧者彼法界品善財至摩耶夫人所獲是三昧廣如經說投巖赴火者善財南行有聚落名伊沙那有婆羅門名曰勝熱善財見彼婆羅門脩行苦行求一切智四面火聚猶如大山中有刀山高峻無極登彼山上投身火聚善財云我已先發等云云婆羅門言汝今若能上此刀山投身火聚諸菩薩行悉皆清淨善財念言人身難得脫諸難難諸根具難值佛聞法遇善知識逢善友難受如法教得正命難此將非魔所使耶此非險惡徒黨詐稱菩薩善知識耶爾時十千梵王空中告言善男子莫作是念今此聖者得金剛𦦨三昧光明法門度諸衆生十千諸魔空中勸十千自在天空中散華乃至他化天龍八部各有十千脩供養已婆羅門爲善財說法善財聞已心大歡喜於婆羅門所起眞善知識心說偈讚歎善財投火未至火間即得菩薩善住三昧觸火得寂靜三昧善財言刀山大火觸我身時安隱無患婆羅門言唯我行此菩薩無盡輪解脫火燒諸衆生見惑無餘必不退轉見通深淺筭沙者善財南行至名聞國於自在主善知識所得筭沙法門自在主言我已先於文殊師利童子所脩學書筭印等法門入工巧神通知一切法門常與十千童子在河渚上共圍遶聚沙爲戲因此法門得知世間書筭界處等法

亦能治病一切世法皆知乃至菩薩筭法一百落叉爲俱胝俱胝俱胝爲一那庾多乃至不可說不可說轉等三十重筭法以此筭法知無量由旬廣大沙聚悉知内外顆粒多少乃至亦知十方沙數知衆生數法差别數法名數如來名數皆能知能說成就大願舊經中云文殊已教我相黨子法門沙聚法門印法門餘同新經今文依舊經故云相黨發菩提心等者善財至一一善知識所皆言聖者我已先發阿耨三菩提心而未知聖者云何脩菩薩行等是一一行皆破無明入深境界

次功能中言皆破無明入深境界者今文通論一教不分賢聖之位若於諸善知識所但得俗諦三昧則但破無知名爲無明若入實相則破障中微細無明多分並約教道不融破無明惑故云我唯知此一法門耳證道無隔豈得不知若菩提流支法界性論以諸知識用對四十二位則皆破無明但今一家據唯知一法及以普賢彌勒意望之則自成次第不相攝故此則全如今家所判△次畧

若二法三法百千萬億等法亦應如是云云

○圓教增數亦先廣次略指

圓教增數行者如文殊問經明菩薩修一行三昧當於靜室結跏趺坐繫縁法界一念法界一切無明顛倒永寂如空此之一行即是一切無礙人一道出生死一切諸法中皆以等觀入解慧心寂然三界無倫匹此乃一行攝一切行增二法爲行攝一切行所謂止觀

增三法爲行攝一切行謂聞思修戒定慧增四法爲行攝一切行謂四念處增五法爲行攝一切行謂五門禪增六法爲行攝一切行謂六波羅蜜增七法爲行攝一切行謂七善法增八法爲行攝一切行謂八正道增九法爲行攝一切行謂九種大禪增十數爲行攝一切行謂十境界或十觀成乘等

初文且增至十法者爲取十乘觀法故也餘行並是當門得益而爲始終今此十法始終具足將送行者至初住故初一行中若始終論之亦須具十且以法界爲正未及餘行法界即是十中不思議境言繫緣等及一切無礙人等如止觀第一記此圓增數其名乃通體必異漸止觀文中雖以止觀釋繫緣義今取所繫所念即實相境爲一法也言一切無明等者釋上能繫能念之功用也止故永寂觀故如空此之下重明行之功能一切菩薩無異行故皆悉由之出於二死從因至果唯用一法智無異照名爲等觀行無異趣名爲等入解慧觀成寂然止成兩處三界無復過上四謂四類增二法等者寂照止觀無作三學無作道品初四念處言五門禪者如淨名迦旃延章五門是也取結成雙非以顯中道爲圓五門如云諸法畢竟不生不滅是非常非無常義五受陰洞達空無所起是非苦非樂義諸法畢竟無所有是非空非有義於我無我而不二是非我非無我義寂滅之義名通大小不須雙非即名以顯中道之義即圓五門也亦名五行等至第六

卷更釋六波羅蜜於一心中以六即位度二死岸七善者疏云夫七善之語通於大小今局在圓七善也一初中後善是序正流通時節善二其義深遠名爲義善三其語巧妙名爲語善四純一無雜名爲獨一善五具足名爲圓滿善六清白名爲調柔善七梵行之相名爲慈悲善亦應細分諸教七異以顯法華獨顯圓七是今文意始四念至八道具如止觀道品中九種大禪唯在別圓今意非別列釋具在法界次第彼亦未分別圓之異若欲分之約境約智以分行相十種境如止觀陰等十境唯在三教今是圓人所觀境界故云十境觀已俱成不思議故十乘者亦義通四教今非前三乃至百億例此判之△次略指增百數千萬億數阿僧祇不可說法門爲行豈可具載若得其意例可解△次判

○次然增數下判前約教又二先約四教以判麤妙

然增數明行爲行不同須判麤妙若三藏增數諸行以生滅智導但期出苦止息化城是故爲麤通教增數諸行體智雖巧但導出苦灰斷是同別教增數諸行智導則遠自淺階深而諸行隔別事理不融是故爲麤圓教增數諸行行融智圓是故爲妙

○次約今經重顯妙行

今經屬圓增數如觀經云於三七日一心精進此就一法論行妙若行若坐思惟此經此就二法論行妙若聞是經思惟修習善行菩薩道此就三法論行妙四安樂行此就四法

論行妙五品弟子此就五法論行妙六根清淨此就六法論行妙如是等待麤論妙也前四中圓已屬今經爲明行相故重別辨如前境智皆引當文爲證故也始從一法終至六法皆是四安樂之相狀也爲成增數故以四法同共列之又四安樂行中止觀應屬二法三業應屬三法誓願亦屬四法又前所列圓教十數總在今經然名義等尚通諸部是故更對增六之法名之與義全屬此經

○三開麤論妙者低頭舉手積土弄砂皆成佛道雖說種種法其實爲一乘諸行皆妙無麤可待待即絶矣

如文△次廣明別圓兩五行相

○次明二教五行五行具在大經十一經初云佛告迦葉菩薩應當於是大乘大般涅槃專心思惟五種之行何等爲五一者聖行乃至病行善男子菩薩常當脩習是五種行復有一行是如來行今家判前所列名次第行復有一行名不次第行又前五中通於兩義證道通圓教道唯別今釋五行先列章

復次約五數明行妙者又爲二先明別五行

次明圓五行

○次解釋釋中二先釋次料簡釋疑初釋中三先釋兩五行次判三開初釋中二先次第次不次第先次第中二先列

別者如涅槃云五種之行謂聖行梵行天行嬰兒行病行

○次釋釋中二初正釋次問答料簡初文釋中五行自爲五文初聖行中二先列聖行有三戒定慧

○次釋釋中二先引經立意次正釋初文者又二初如經下經文

如經菩薩若聞大涅槃聞已生信作是思惟諸佛世尊有無上道有大正法大衆正行

○次從此下是文中結示

從此立行

○次從若聞下解釋又三初明依經立信次明依信立願後方依願立行

若聞大涅槃即是信果亦是信滅有無上道已去是信顯果之行無上道是信慧有大正法是信定大衆正行是信戒是名信因信道

初立信者信於果頭滅理及以緣脩之行行要不出三學先知苦集信此道滅以破苦集故菩薩發心須以四諦爲願行之本具如止觀第一及第五明發心中辨

○次自傷下依信立願又爲二先自愍悲他次正明願相

自傷已身及諸衆生破戒造罪失人天樂及涅槃樂即是知集往來生死受惡道報即是知苦苦集與戒定慧相違即無道無道故不得涅槃則無滅

唯有苦集無復道滅是則四諦俱無故也以不了苦集即名爲無

菩薩欲拔苦集而起大悲興兩誓願欲與道滅而起大慈興兩誓願

次菩薩下正明發願即四弘也具如止觀發心中明今是次第弘誓之相應與前兩

後一子細以境智相對辨別今文中總略無復委悉

○三發誓願已下正明行相以塡前願至無作慧行斷十二品無明願方滿也行相爲三先戒次定三慧初戒中三謂釋判開初釋中爲二先正釋次結勸辨位初又二初明持根本白四羯磨以爲遠因次因是下明由是因本次出生五支諸戒

發誓願已次則修行思惟在家逼迫猶如牢獄不得盡壽淨修梵行出家閑曠猶若虛空即棄家捨欲白四羯磨持性重戒息世譏嫌等無差別不爲愛見羅刹毀戒浮囊如止觀中說

初文者若不盡壽淨脩梵行則常住遠果何由可剋言盡壽者且順白四所受勢分爲言故於二百五十中性遮兩戒等持無缺而世大乘語者乃根本先壞何者謂證眞如則大妄居首三寶交互盜用爲先末善媒房安疑衣鉢受食受藥詎思益方屏坐露坐曾無介意說法豈求男子宿載無間女人如斯等類不可具載愛見羅刹全損浮囊身尚叵存利他安在言羅刹乞浮囊等廣如止觀第四持戒犯相等文△次明由是因本次出生五支諸戒

○因是持戒具足根本乃至無上道者明定慧聖行並由事戒而得成就於中先列次釋

因是持戒具足根本業清淨戒前後眷屬餘清淨戒非諸惡覺覺清淨戒護持正念念清淨戒迴向具足無上道戒

初云具足等者五八十等未名具足至此白四方名具足言根本者由此能爲道定根本若此具足復由五八以爲根本言前後眷屬餘清淨戒者捨墮已下及諸經所制皆名餘戒經列五支戒前二支戒聖行攝次一定聖行攝餘二慧聖行攝故文且通列同名戒故△次釋根本者十善性戒衆戒根本爲無漏心持故言清淨前後眷屬餘清淨戒者偷蘭遮等是前眷屬十三等是後眷屬餘者非律藏所出絓諸經所制者如方等二十四戒之流名爲餘戒也此兩支屬律儀作法受得之戒也後三支非作法是得法得法時乃發斯戒也非諸惡覺覺清淨戒者即定共也尸羅不清淨三昧不現前以戒淨故事障除發得未來性障除發得根本滅惡覺觀名定共戒也護持正念念清淨戒者即四念處觀理正念雖未發真由相似念能發真道成道共戒故名正念念清淨戒復次定共戒依定心發屬止善義道共戒依分別心發屬行善義動不動俱是毗尼何者戒論防止得定共心不復起惡得道共發真永無過罪故俱是戒也

絓者卦也亦預也後三非作法是得法者經列五支戒竟云復有二種戒一者受世教戒二者得正法戒得正法戒終不爲惡受世教者謂白四羯磨然後乃得得正法戒者通於大小及定慧等從受得戒邊戒聖行攝又有二種一者性戒二者息世譏嫌戒經文釋譏嫌戒具如梵網列諸輕戒及諸願等非諸惡覺等者戒體是覺離惡

覺故名覺清淨故名定共既云發得根本通指欲散俱名惡覺與色定俱故名定共護持等者種種方便令入無漏故名護持初離邪見故名正念無諸見穢故名清淨從相似來通屬此戒故指燦等名雖未發乃至羅漢通名道共復次下寄此位中判道定屬戒以止行二善俱是戒故故先判已結云動不動俱是毗尼道定是不動律儀名爲動何者下釋

○次迴向具足者能迴已與他迴因向果至此方得名爲具足先標名

回向具足無上道戒者

○次即是下釋中二先略舉願行次釋願行

即是菩薩於諸戒中具四弘六度發願要心回向菩提故名大乘戒

初文以願行具足得大乘名前四濫小是故此中偏名大乘

○次弘誓下釋釋中三先總願指前次明事行三廣明別願

弘誓如前說

初如文

六度者猒惡出家捨於所愛即是檀纖毫不犯拒逆羅刹即是尸能撿節身心安忍打駡名生忍耐八風寒熱貪恚等名法忍愛見不能損即是羼提守護於戒犯心不起即是精進決志持戒不爲狐疑所誑專心不動名爲禪明識因果知戒是正順解脫之本出生一切二乘聖人非六十二見雞狗等戒名爲般若

次文者雖列六度猶戒中攝故六全成戒言能忍身苦名爲生忍忍心違順名爲法忍八風秖是利衰等八不出違順鷄狗等戒者此諸外計並屬勒沙婆宗二十五諦中彼云苦行有六一自餓二投淵三赴火四自墜五寂默六持牛狗等戒謂得宿命智見從牛等中來得生人身便謂脩牛等行而得人身即便噉草及噉糞等不知牛等於彼業謝往勝因牽生於人天亦如婆沙屠兒伽吒緣及六十二見如止觀第二記△三廣明別願

○次別願文三先舉菩薩戒中一十二願次列大經防護十願三對大論十戒以辨同異

又別發願要制已心寧以此身卧於熱鐵不以破戒受他牀席十二誓願自制其心初如文△次列大經防護十願

○次文二先列次與根本五支辨同異初文二先列

又更發願願一切衆生得護持禁戒得清淨戒善戒不缺戒不析戒大乘戒不退戒隨順戒畢竟戒具足諸波羅蜜戒以此十願防護衆生

○次結意又二先標意

菩薩一持戒心若干願行以莊嚴戒

○次會同

諸餘行心亦應如是△次與根本五支辨同異

然護他十戒從自行五支中出從根本眷屬兩支出禁戒清淨戒善戒何者篇聚作法即是禁戒禁戒若發無作乃名清淨清淨即止

善而言善戒即是行善也從非惡覺覺清淨戒開出不缺戒何者雖防護七支妄念數起致有缺漏若發未來禪事行不缺得根本禪性行不缺從護持正念念清淨戒開出不析戒即道共戒也滅色入空是析法道共今體法入空故名不析又內有道共則戒品牢固不可破析也從回向具足無上道戒開出大乘不退隨順畢竟具足波羅蜜戒言大乘者菩薩持性重譏嫌等無差別自求佛道性重則急爲化衆生譏嫌則急小乘自調性重則急不度他故譏嫌則寬菩薩具持兩種故名大乘戒不退者行於非道善巧方便婬舍酒家非法之處輒以度人而於禁戒無有退失如醫療病不爲病所汙故名不退隨順者隨物機宜隨順道理故名隨順戒畢竟者畢竟無上之法也具足波羅蜜者橫一切圓滿無法不備也

次與五支辨異中云如醫療病等者菩薩醫王療衆生病不爲病汙△三對大論十戒以辨同異

大論亦明十種戒不破不缺不穿不雜四種即是大經根本支中禁戒清淨戒善戒不缺戒論隨道戒即是大經護持正念支中不析戒也論無著戒即是大經回向支中不退戒論智所讚戒即是大經大乘戒論自在戒即是大經自在戒論隨定戒即是大經隨順戒論具足戒即是大經波羅蜜戒大經明畢竟論言隨定此大同小異於義無失

三與大論十戒對辨者大經十戒對大論十戒文稍參互今具對録論不缺即大經禁戒屬根本業支論不破不穿即大經清

淨戒善戒屬前後眷屬支故文中云從根本眷屬等兩支中出禁等三論不雜戒即大經不缺戒屬非諸惡覺覺清淨支論隨道戒無著戒即大經不析戒屬護持正念支論自在戒智所讚戒隨定戒具足戒即大經大乘戒不退戒隨順戒畢竟戒具足諸波羅蜜戒屬迴向無上道支從五支出文雖如前若但以論十對大經十者論不缺戒即大經禁戒論不破戒即大經清淨戒論不穿戒即大經善戒論不雜戒即大經不缺戒與論不缺名同意別論取缺壞不任故對根本經取微有缺損故對不雜論隨道戒無著戒即大經不析戒論智所讚戒即大經大乘戒論自在戒即大經不退戒隨順戒論隨定戒即大經畢竟戒論具足戒即大經具足波羅蜜戒但依此對自見悞文亦不須改

○次涅槃下結勸辨位

涅槃欲辨菩薩次第聖行故具列諸戒淺深始終具足善能護持即入初不動地不動不退不墮不散是名戒聖行

如文

○次判中初云戒聖行等者以有淺深故於淺深判其麤妙以證道同故故隨順等亦得名妙今復於次第分對四教者以次第行豎與四教行相同故於中二先約教判次約五味

戒聖行既從始淺以至於深今仍判其麤妙禁淨善三戒屬律儀律儀通攝衆故定尊卑位次緒雖有菩薩佛等不別立衆故戒法是

同但以佛菩提心爲異耳故知律儀等三戒三藏攝不鈌是定共根本禪是事亦屬三藏攝是故爲麤不析戒是體法道共即通教攝大乘不退等別教攝亦兼於通通有出假隨機順理於道不退然依眞諦不及別人別人爲妙也隨順畢竟具足等圓教攝不起滅定現諸威儀不捨道法現凡夫事故名隨順唯佛一人具淨戒餘人皆名汙戒者故名畢竟戒戒是法界具一切佛法衆生法到尸彼岸故名具足波羅蜜戒淨名云其能如是是名奉律是名善解此經云我等長夜持佛淨戒法王法中久修梵行始於今日得其果報又羅睺羅密行唯我能知之豈非待前諸戒皆麤唯圓爲妙也

初約教中律儀通攝衆等者大小乘衆通用律儀攝其分位故各依律儀以定位次是故菩薩在大則大在小則小故知菩薩在小乘衆還依小乘位次而坐在大乘衆則依大乘位次而坐故云用律儀定之故不別立三乘位次此語藏通菩薩故云戒法是同言亦兼通者但兼通教出假菩薩隨界內機順眞諦理耳別人以中理爲眞釋具足中先釋次引多文證其能如是是名奉律者觀心無生究竟持戒具如波離章中心無內外及以垢淨名眞奉律久脩梵行等者此以久在二乘位中名爲久脩今聞開權一切萬行同歸佛乘名爲果報羅睺羅密行者小乘亦云羅睺羅密行與法華何別然大小不同小乘以微細護持爲密如云羅云比丘不曽倚樹倚壁不曽

顧視不曾與女人一言等今法華中約其發迹即以迹覆本名之爲麁此語本在開權文中引證意者謂羅云比丘本持圓妙迹示爲麁故但屬判麁妙中攝

復次持初戒如乳中間如三味後戒如醍醐醍醐爲妙云云

復次下約五味判者若約五支即以初支以爲初味後支爲後味中間爲三味若束十戒爲四教四教爲五味者即以三藏爲初味圓教爲後味通别爲三味即通教如酪别如二酥應以十行爲生十向爲熟

○開麁顯妙者又二先更寄相待重問答釋疑次開麁下正明開顯初文即應開麁令顯妙戒先問答料簡者簡出麁戒即爲所開乃是重料簡於判麁妙文以顯開麁故下結云此説猶是待麁之戒

開麁顯妙者他云梵網是菩薩戒今問是何等菩薩戒彼若答言是藏通等菩薩戒者應别有菩薩衆衆既不别戒何得異又若别明菩薩戒何等别是縁覺戒今明三藏三乘無别衆不得别有菩薩縁覺之戒也若作别圓菩薩解者可然何者三乘共衆外别有菩薩故别有戒問三乘衆外别有菩薩戒者縁覺戒云何答三乘衆外無别縁覺此説猶是待麁之戒耳

他既不曾分於四菩薩别今問三祇菩薩及大品中三乘共位菩薩爲持何戒若持梵網何故重仍存四輕分四篇今小吉既與僧殘共篇懺法一槩對首況夷懺許增益受如是等異不可具之故知前之

二教三乘共行別圓兩教專於梵網若出家菩薩全用白四而爲護他加制六夷與小異耳餘諸輕重各隨其教次文云彼若答云乃至戒何得異者藏通兩經不別列衆但出家者在出家二衆在家者在在家二衆故知還依小乘二衆律儀次第是故二教無別菩薩戒故大論三十八云以釋迦無別菩薩衆故彌勒文殊在聲聞中次第而坐次答云無別緣覺衆者意明三乘同稟律儀△止觀云式叉式叉名大乘戒開麤者毗尼學者即大乘學式叉式叉即是大乘第一義光非青非黃非赤白三歸 五戒十善二百五十皆是摩訶衍豈有麤戒隔於妙戒戒既即妙人亦復然汝實我子即此義也是名絶待妙戒

式叉等如止觀第四記第一義光等者心非色故戒亦非色故心無盡戒亦無盡故使一切皆摩訶衍

妙法蓮華經玄義釋籤卷第十二

音釋

梯隥梯天黎切木階也隥丁鄧切登陟之道也　黶於琰切黑子也　絓古賣切罥也　羼提羼初限切梵語也此云忍也　療力照切治也　緒象呂切　叵普火切不可也　噉徒濫切食也　奮迅奮方問切迅息進切

妙法蓮華經玄義釋籤卷第十三

隋天台智者大師說
門人灌頂記
唐天台沙門湛然釋

○次明定聖行中三標列釋
定聖行者略爲三一世間禪二出世禪三上上禪
○釋中三釋判開釋中自三初釋世禪又自爲二初列
世禪復二一根本味禪隱沒有垢無記二根本淨禪不隱沒無垢有記
○次釋釋中初根本味中先總釋次別釋初文二先釋總名次釋通體初又三初釋名
根本者世出世法之根本也

○次大品下引證
大品云諸佛成道轉法輪入涅槃悉在禪中
○三若能下功能
若能深觀根本出生勝妙上定故稱根本也
若能深觀根本等者此已明開權之始見禪實相乃名深觀此本菩薩聖行得作此說無觀慧者尚無念處況生妙定
○次隱沒下釋通體
隱沒者闇證無觀慧也有垢者地地生愛味也無記者境界不分明也
通論禪體無念處觀故地地須忻猒故所證不分明故△次別釋
○次正釋中二先標三品次初脩下釋
此有三品謂禪也等也空也即十二門禪也
初文言禪也等也者禪謂四禪等謂四等

即四無量空即四空

初修方便當善簡風喘明識正息安徐記數莫令增減若數微細善解轉緣調停得所當證前方便法或麤細住皆有持身法起進得欲界定或未到定八觸發動五支成就是發初禪大論云巳得離婬火則獲清涼定如人大熱悶入冷池則樂云云若欲進上離下者凡夫依六行觀佛弟子多修八聖種行者於初禪覺觀支中猒離覺觀以初禪爲苦麤障二法動亂定心故苦從二法生喜樂故麤二法翳上定故障二禪異此名勝妙出總而言之一知過不受著二訶責三析破得離初禪是修二禪相善巧攀猒則內外皎然與喜俱發四支成就故論云是故除覺觀得入一識處內心清淨故定生得喜樂云云二禪中既離覺觀不得作方便出定時修習猒下進上亦有六行如棄初禪方法云云爾時泯然不依內外與樂俱發五支成就故論云由愛故有苦失喜則生憂離苦樂身安捨念及方便云云欲猒下進上亦有六行如前云云善修故心豁開明出入息斷與捨俱發空明寂靜四支成就若能知樂患見不動大安憂喜先已除苦樂今亦斷云云

此中明禪乃是菩薩定聖行法故須明脩不同止觀但辨發得略明相者示發不迷今文脩相亦具在脩證中始從根本乃至無漏又今定聖行亦不須辨理定之相謂非漏非無漏等義在慧聖行故今出世亦且辨觀練熏脩初數息依婆沙其相具如止觀第七記言轉緣者依細心中轉麤

入細麤細住前之方便也六行者猒下苦麤障攀上勝妙出忻三猒三各隨用一展轉皆以自地爲下猒自地故名爲猒下八聖種者具如止觀第六記二法動亂者覺觀二法也一知過不受二訶責者知覺觀是妨亂之法故云知過既知過已應求勝定如何以此二法爲妙是爲訶責即以四句撿之名爲破析若脩根本亦不須識三假四句但滅壞覺觀亦名破析内外皎然者内謂定法外謂欲身一識處者既離覺觀得入二禪與内淨相應即以内淨爲一識處不依内外者内謂内淨外謂覺觀若能知樂患者知第三禪樂過患也見不動大安者得第四禪也憂喜先已除者喜在第二得第三時已離憂喜故云先除苦樂今亦斷者樂在第三今得第四則離第三

○次脩四等言四無量四法平等於中二

先標脩意

行人既内證四禪欲外修福德應學四等此有通修別修

○次釋釋中三先明處所

通修者大論云是慈在色界四禪中間得修此語則通別修者初禪有覺觀分別修悲則易喜支修喜易樂支修慈易一心支修捨易復次初禪修悲易二禪修喜易三禪修慈易四禪修捨易此則修四無量定之處所也

○次辨脩相

復次修時緣前人離苦得樂歡喜平等之相而入定

○三發時下隱没等

發時内得喜樂平等之法外見前人離苦得樂或内得外不見或外見内不得分别邪正云云

廣明在脩證及阿毗曇如止觀第九略記

○次四空處爲五先標脩意

行人欲出色籠修四空定

○次滅色下略出定體

滅色存心心心相依故名四空

○三方便者下明脩相

方便者須訶色是苦本飢渴寒熱色爲苦聚讃空爲淨妙離諸逼迫過一切色與空定相應不苦不樂倍更增長於深定中唯見虚空無諸色相心無分散

○四復次下明所離相

復次得空定故出過色界故名過一切色相空法持心種種諸色不得起故名滅有對相已得空定決定能捨色法不憶戀故名不念種種色相云云

○五指廣

訶下攀上皆有方便委在禪門云云

○根本淨禪有三初問止觀中明根本淨禪何故無六妙門答此六妙門非發得相是故彼無言三根者明此三法所被之人非關發得正明脩相故今明之如欲界散地屬慧性故上界諸禪屬定地故自下升上皆能發者名定慧等於中三先結前總標次列三釋

根本味禪竟根本淨禪不隱沒無垢有記與上相違

初文中云相違者謂暗證不暗證等三相

違故也△次列

此又三品謂六妙門十六特勝通明等也△三釋

○次釋中初釋六妙爲四初釋名次對餘二以明行相三若廣下功能四正釋

涅槃是妙此六能通故言六妙門

初如文

○次行相中二初摽

此三法爲三根性

○次釋釋中二先便宜次略指對治

慧性多爲說六妙門此一一門於欲界中即能發無漏若定性多爲說十六特勝故下地不發無漏上地禪滿乃能得悟定慧性等爲說通明通明觀慧深細從下至上皆能發無漏慧能斷惑故能發無漏若定性多徧脩諸定方能斷惑

此是隨機之說若作對治則復別途云云

次若作對治復別途者具如禪門△三功能

若廣明修習則攝一切諸禪令但次第相生一轍豎意

若廣明脩習等者大小偏圓皆習此定但方便各別期心不同次第亦別故一一禪攝一切禪令但次第故没諸意

○四正釋中爲二初總釋次別釋初文三初略舉數次引證三示相

修此六門修證合論則有十二法

初如文

佛言遊止三四出生十二

次引證中言遊止三四出生十二者三四

謂十二門禪出生十二謂六妙門脩證各六加功爲脩任運爲證今文存略但云遊止等若婆沙中能緣念出入息有六事不同初數有五一者滿數謂從一至十二者減數謂從三至一三者增數謂從一至三四者聚數謂出入各六五者淨數謂出入各五問先數何息答先數入息以人生時息初入故隨者觀入至咽至臍乃至脚指心皆隨至止者入至咽出至鼻心亦隨止觀者不但觀風息等亦觀四大差別之相乃至都觀五陰五相也轉者還也轉此息觀起念處觀乃至世第一也淨者苦法忍去論次文有料簡問云屬何性等答云屬慧性依於欲身通三禪三未至大論二十一云以有漏禪治欲如以毒治毒不獲已而用之今用亦爾△三示相

即此修數證數乃至修淨證淨

○次別釋中二先釋次佛坐下引證初文自六但釋四文餘二略無具在脩證言釋四者應爲四文隨止復略初釋中先脩

修數者行人初調和氣息不澀不滑安詳徐數從一至十攝心在數不令馳散是名修數

○次證

與數相應者覺心任運從一至十不加功力心自住數息微心細是名證數若患數麤當放數修隨乃至淨亦各如是

隨止可見

○次釋觀中三初通標次料簡三釋

然觀有三義一慧觀觀真二得解觀即假想觀三實觀

通言觀者文中標三通攝一切不出此三
此是通標
○今此門意不須假想是故次簡故云初
實後慧
此中初用實觀後用慧觀
○次脩實下釋中二先脩次證初脩中二
初釋次功能釋中二先總
修實觀者於定心中以心眼諦觀此身細微
入出息相如空中風
○次皮肉下別別中即爲四文初不淨次
復觀下苦次又觀下無常次復觀下無我
皮肉筋骨三十六物如芭蕉不實內外不淨
甚可猒惡復觀定中喜樂等受悉有破壞之
相是苦非樂又觀定中心識無常剎那不住
無可著處復觀定中善惡等法悉屬因緣皆
無自性
初言內外者且約三十六物分之具如止
觀第九記下三悉是觀於定心皆苦無常
等
○次功能中二先別明破四倒
如是觀時能破四倒
○次不得下總明除我
不得人我定何所依是名修觀
雖四不同皆爲除我故總別明之
○次如是下證相者二先釋相次是名下
結釋中亦二先正釋次心生下功能初釋
中亦四即四念成也初心眼下不淨成
如是修時覺息出入徧諸毛孔心眼開明徹
見身內三十六物及諸蟲戶內外不淨
○次衆苦逼迫苦觀成

此從因緣得名

○三正釋釋中二先豎次橫豎中二初正釋次觀棄捨時下功能初釋中自爲十六

一一皆有脩證不復別論

修相者知息入知息出者此代數息調息綿細一心隨息入時知從鼻至臍出時知從臍至鼻隨照不亂知風喘氣爲麤知息爲細入麤即調令細如守門人知入知出惡遮好進澀滑輕重冷煖久近難易皆知知息爲命所依一息不還即便命盡覺息與命危脆無常不生愛慢知息非我即不生見若知息長短對欲界定知息徧身對未到地除諸身行對初禪覺觀支受喜對喜支受樂對樂支受諸心行對一心支心作喜即喜俱禪心作攝即二禪一心支心作解脫即三禪樂觀無常即衆苦逼迫

○剎那變易無常觀成剎那變易

○一切下無我觀成一切諸法悉見無自性

○次功能中亦二先總心生悲喜無所依倚

○次得下別相成故與脩中前後互列得四念處破四顛倒是名與觀相應不能具記云云

佛坐樹下內思安般一數二隨等正是此禪

○特勝通明在法界次第委釋亦如止觀第九記於中又爲三初釋名十六特勝者釋名云云

○次得名

四禪不動觀出散即空處觀離欲即識處觀
滅即對無所有處觀棄捨對非想非非想處
△次功能
觀棄捨時即便獲得三乘涅槃△次橫
若橫論觀慧即對四念處云云
○次通明中二先正釋次指廣初又二先
脩次證脩中二先正明次如是下功能初
脩中二先總舉三事
通明禪者行者觀息色心三事無分別
○次諦觀下別觀三事初文觀息次息本
下觀身三觀身下觀心此中不復觀四念
處故但觀三
諦觀出入息入無積聚出無分散來無所經
去無履涉如空中風性無所有
初觀息如文

息本依身身本不有先世妄想招今四大圍
於虛空假名爲身頭等六分三十六物四微
一非身
次觀身中云四微者是所造四大謂色香
味觸是四細色共爲報身故名爲微爲地
等四之所造故聲非報法不恒有故是故
不論
○三觀心
觀身由心心由緣起生滅迅速不見住處相
貌但有名字名字亦空
如文
○次功能
如是觀息色心不得三性別異既不得三事
即不得一切法此是修相
如文

○次證中二先正證次能具下功能初中初文心證次文身息證

證者内證眞諦空如觀解

初文中云内證眞諦空如觀解者如前六妙門中第四觀門所解離四顛倒

次第通達此身色息分明亦知世間天文地理與身相應

知天文地理等如止觀第九略記△次功能

能具三界禪定能知非想有細煩惱破惑發眞得三乘涅槃

○次指廣

如文

委在禪門

○次明出世禪先結前

世間禪竟

○次釋釋中三初標名數

二明出世間禪者即有四種

○次列

謂觀練熏修

○三釋釋中自四今又爲三初正釋四相

次明此四觀練熏脩於八背等一切諸禪三大經下結地功能初文自爲四别初明觀禪又二初自列四門以結名

觀者謂九想八背捨八勝處十一切處通稱觀禪

九想等四通名爲觀四皆觀於不淨境故

○次行人下正釋先釋九想於中四先明觀意次必須下勸脩三隨所下能所對辨四此九下明功能

行人爲破婬火

初如文△次修

必須增想純熟

次文者從一至九故云增想△三能所對辨

○三能所中又二初略明能所次破六下廣明能所初文二初文能治次能除下所治亦是略明功能

隨所觀時與定相應想定持心心無分散能除世間貪愛

○次廣明中亦二初明所治次能脩下明能治初文三初標數次有人下釋名相三此六下過患

破六種欲有人著赤白黃黑等色或著相貌端嚴或著威儀姿態或著語言嬌媚或著細滑肌體或著可意之人此六欲淵沉沒行者

言六欲者如止觀第六記

○次能治中二初通標

能修九想除此六賊

○次死想下別對

死想破威儀言語兩欲脹想壞想噉想破形貌欲血塗想青瘀想膿爛想破色欲骨想燒想破細滑欲九想通除所著人欲又噉想散想除著意人

○四功能中二初明治惑功能次雖是下明入大功能

此九既除於欲亦薄瞋癡九十八使山動

初文中九十八使如止觀第五記

○次文二法譬

雖是不淨初門能成大事

法中云初門者九想居背捨勝處等初故云初門能成大事者菩薩聖人求大涅槃

如海中屍依之得度云云

○次八背捨中二初釋名

八背捨名云云背淨潔五欲捨離著心故名背捨

○次正明修

修者行人持戒清淨發大誓願欲成大事端身正心諦觀足大指想如大豆黑脹皺起此想成時更進如狸豆大更如一指大更如雞卵大次二指三四五指次觀跌底踵踝蹲膝髀髖悉見膖脹次觀右脚亦如是復當想大小便道腰脊腹背胷脅悉見膖脹又觀右胛臂肘腕掌五指叉頭頷等從足至頭從頭至足循身觀察唯見膖脹心生猒惡復當觀壞膿爛大小便道蟲膿流出臭劇死狗已身既爾觀所愛人亦復如是內破見我外破貪愛久住觀察除世貪愛次除却皮肉諦觀白骨見骨色相異謂青黃白鴿如是骨相亦復無我得此觀時名欲界定次觀骨青時見此大地東西南北悉皆青相黃白鴿色亦復如是此是未到之相又觀骨人眉間出光光中見佛是初背捨成相如是次第乃至八背捨發相具如禪門云云

如禪門止觀△三八勝處

八勝處者初兩勝處位在初禪三四兩勝處位在二禪後四勝處位在四禪三禪樂多心鈍故不立也前背捨緣中多少不得自在是故勝處更深細觀察少多好醜悉使勝知勝見如快馬能破陣亦能自制其馬云云△四十一切處

十一切處者以八色兩心更相淡入廣普徧

滿轉變無礙具如禪門云云

次勝處一切處並如禪門非此可具

○次練禪者爲三初立名次上來下立意

三阿毗曇下辨異

練禪者即九次第定也

初如文

上來雖得八禪入則有間今欲純熟令從初淺極至後深次第而入中間無有垢滓間穢令不次第者次第故名次第亦是無漏練於有漏除諸間穢故名練禪亦是均調諸禪令定慧齊平無間也

次文云上來雖得八禪者根本味禪爲一根本淨禪中有三謂妙門特勝通明觀禪有四謂九想背捨勝處一切處此四并前故成八禪此八有間故更脩九次第定令八無間上來八中唯至背捨方始具於九地自餘七門攝在背捨故練背捨則諸地無間故云令九次第無間△三辨異

阿毗曇明熏練但言以無漏熏四禪令以無漏通練八地即是次第入無間三昧也

○次熏禪中三初立名

熏禪者即師子奮迅三昧也

○次前是下辨異立相

前是次第無間入今亦是次第無間入亦能次第無間出

○三除麤下功能有二法二譬初一法譬除垢功能次一法譬自在功能除諸間塵得自在故

除麤間及法愛味塵猶如師子能却能進奮諸塵土行者入出此法能徧熏諸禪悉令通

利轉變自在如熏皮熟隨意作物

○次明脩禪者又二初立名

修禪者超越三昧也

○次辨相

近遠超入近遠超出近遠超住是禪功德最深故名頂禪於諸法門自在出入云云△次明此四復練熏修于八背等一切諸禪

○次九次第定善入熏練背捨等者即以法華下方菩薩善入出等釋此中意於中三法譬合

又九次第定善入八背捨奮迅善出八背捨超越善住八背捨善入出住百千三昧即此意也

此中意者以諸禪中唯八背捨諸地具足何者根本味禪但至非想九想但見欲界依正勝處但在第三背捨一切處但在第三四五背捨唯背捨禪過非想處至滅受想故知若練背捨則兼餘禪始從初禪終至滅受想定次第而入故云善入奮迅善出者定法轉深出入自在復從初禪不假方便即入二禪如是乃至滅受想定復從滅定從上向下逆次而出還至初禪其實出入從勝爲名故云善出超越善住者以心常住上下諸地故能超越逆順今從勝說故云善住是故經中地涌菩薩善入出住百千三昧即此禪也入一一禪名一三昧故云百千此觀等四名及相狀並在大品大論

譬如畫師五彩相淡出無量色如世間果但以四大出一切五陰

譬如畫師如世間果等者由練熏脩使背捨深細猶如淡彩由覲練等大小諸乘一切萬行從禪而生故如四大△三合定法亦爾但以觀練熏修出生一切神通變化無種不備△三結地功能

○三大經下結地名以顯功能於中四初引經結名次地能下明地功能三一一禪中下結歸四是故下結得名

大經云菩薩住禪得堪忍地地能持能生

初二如文△三結歸

○第三文二初總標

一一禪中皆有慈悲誓願道品六度諸行無不具足

○次何者下釋釋中二先明觀禪具法次例練等亦然初觀禪中二先明具三種念處次又不淨下明具四念處

何者若於戒定中明觀慧即共念處單論觀是性念處通取戒定等境智文字等是緣念處

初文者且指觀禪以之爲定及作法戒名之爲戒以得念處復得觀禪并作法戒故名爲共若究竟論共必得滅定及無漏道方乃受名今此爲以義立禪中諸法故對觀禪等以立共名緣中云境等者諸戒各有所對持犯等境分別智解故名爲智戒定之教名爲文字

○次明此中具四念處於中二初略立念處

又不淨觀破淨顛倒是身念處觀諸禪中心受苦樂三世内外受不可得破樂顛倒是受

念處觀諸禪心以有心故造作善惡無心則無作者破我顛倒是法念處觀心生滅前後際斷破常顛倒是心念處

○次復次下明念處具法此之念處非關報陰故一一文皆著禪心之言於中二初明橫具觀練熏脩次問諸禪下明竪具道品初文又二初正明具四

復次八背捨觀四念處九次第定練四念處奮迅熏四念處超越修四念處

○次二乘下斥小立名結成地相

二乘爲自滅度修此五禪成四枯念處不名堪忍地菩薩爲化衆生深觀念處慈悲誓願荷負衆生成四榮念處是摩訶衍名堪忍地也

言五禪者世根本禪及觀等四故知菩薩以大悲願熏根本禪亦成四榮況復熏等耶

○三問下料簡

問無色無身云何具四念處

問如文

○答中又三初引二論明有無次引證三結難初又二初正引論文次舉況

答毗曇云無色有道共戒戒是無作色以無漏緣通故此戒色隨無漏至無色也成論人云色是無教法不至無色舍利弗毗曇云無色有色

初言無漏緣通者通九地也既通九地豈隔無色

○當知下引小況大

當知小乘明義即有兩意

小乘尚云無色有色故知始自根本諸位乃至觀練等四無不具四念處△次引證

○次引大經證無色有色

大經云無色界色非諸聲聞所知△三結難

○第三結

若爾四念處通無色亦復何妨

如文

○次明念處豎具道品中二初問

問諸禪中但得明念處尚無正勤云何具道品

○次答答中二先明念處具次以煗等例

初文二先略立

答約位爲言念處無後品修行爲義念處具道品也

○次引論示相又二先示

大論云初修善有漏五陰於有爲法中得正憶念即念處智慧也四種精進即是正勤定心中修名如意足五善根生名爲根根增長名爲力分別道用名爲七覺安穩道中行名八正道

○次初善下以下位況上

初善有漏中已能具此何須見道方有八正

○次例煗等

若念處既具三十七品者煗頂等例然可知

○次例練等三中二初略例

觀禪既爾練熏修等亦然

○次然菩薩下明例諸禪具諸法意中二先誓願次明行相初誓願中二先明誓境

菩薩爲此境故故以誓願而熏諸禪使具

諸法
然菩薩於一一禪中隨所入法門慈悲衆生
如父母得食不忘其子
○次愍傷下正明起誓於中三先悲
愍傷癡闇不從内自求樂從他外求耽荒五
欲求苦得怖失憂諸欲無樂爲此起悲
○次慈
夫欲愚如是何能去之得禪定樂則不爲所
欺是故起慈
○三有四下結
有四弘誓也△次明行相
○次又諸禪下具六度行又二初正明行
又諸禪中修六度者衆生縛著世間生活業
務不能暫捨菩薩棄之一心入禪是名檀若
不持戒禪定不發又入禪時雜念不起任運
無惡是尸拘撿身口捍勞忍苦制外塵不著
抑内入不起是爲忍初中後夜繫念相續行
住坐卧心常在定間念不生是名精進一心
在定不亂不味名爲定若一心在定能知世
間生滅法相深識邪僞名般若
○次一切下結歸
一切衆行皆於禪中具足一一禪中能生諸
功德慈悲荷負
○四結得名
是故得名堪忍之地
如文
○三出世上上禪中四初立名次地持下
指地持三自性下略釋初自性一禪四此
九下略況結
三出世間上上禪者即九種大禪如地持所

釋令不具論

初二如文

自性禪者即是觀心實性名爲上定一切諸法頗有不由心者心攝一切如如意珠

第三中言自性者自性居初是故文中略舉初一彼文六度一一皆九名字並同如云自性施等

此九大禪皆是法界一切趣禪造境即眞一色一香無非中道二乘尚不知其名況證其定

○次前根本下判又二先約法次約心

前根本舊禪如乳練禪如酪熏禪如生酥修禪如熟酥九大禪如醍醐醍醐爲妙也

初文可知

復次根本禪愛味心中修即成乳自度心中修即成酪慈悲心中修即成生酥慈悲次第心中修即成熟酥實相心中修即成醍醐餘四味亦如是若不以實相心修皆名爲麁

次文言根本愛味心中脩等者前四約次第法以判五味此中若約人判五味可然如何九種大禪得以愛味心中脩等耶答名同義異如六度名本在於大名下之義亦徧世間及界内外巧拙不同六中禪度豈局於大故使九禪愛味心脩便成有漏雖用九意不能利他即成自度故知非但令法體不同亦乃由心而有差別以此差別是故從心更判五味

○次開中三初正明開

若開麁顯妙者阿那波那即是摩訶衍法界實相攝持諸法離此之外更無別妙

○次故知下結示

故知諸佛成道轉法輪入涅槃皆在四禪

○三四禪中下舉況結

四禪中見實相名禪波羅蜜何況餘定耶此即絶待妙義定聖行竟

○次明慧聖行中二先標列

慧聖行者謂四種四諦慧云云

○次釋釋中但釋四種四諦不復判開者前之兩行並在外凡雖辨淺深初心立信須明濃淡以標遠志今慧聖行始從初住終至初地行自親證故不勞判況歷位豎深義同四教已當於判初地證同義當於開是故此行不復辨開若欲判之住前如乳生滅等四如後四味所言開者至初地時地前諸行皆入初地薩婆若海變爲無緣一切法相具如後辨今此四四諦雖並在別教既約生滅等四豎判一教別教菩薩即此自行而用化他故十行中橫辨此四全爲利物所以四相各附彼教而爲相狀故初用生滅教慈悲六度在道諦中明次無生無量中慈悲六度在滅諦後明次無作中於四諦後略言無緣慈悲及明攝諸度及離怖畏得二十五三昧又復四中皆以苦集二諦並苦前集後道滅並以道前滅後所以爾者生滅等四智雖巧拙莫不發足皆知苦斷集先廣習道法後取涅槃故與常儀所列稍異生滅菩薩既不斷惑故道諦中具諸願行無生無量並斷惑已方乃赴難無作既在初地已證以願滿故且略不論眞如分滿分具諸行是故於

此但明廣攝若通論願始並在戒聖行初此中分進分論故爾今初明生滅四諦自爲四文不同

生滅四諦慧者還觀九想皆捨依正兩報膖脹爛壞不淨之色是逼迫相現相三苦相是苦諦慧

初苦諦者苦體常作逼惱迫窄之事不自在故三苦八苦廣如大經聖行中明皆可見故是顯了法故云現相三界皆苦不出此三故云三苦三苦如止觀第七記

以不起迷著依正作恩愛奴運動身口起三品十惡業感三途等生生長相轉相二十五有相又知世間因果不淨過患深愧猒恥終不殺他活已奪彼潤身耽湎不淨隱曲求直離合怨親間搆榮辱內諂外佞引納無度縱毒傷道邪僻失眞不爲不淨作十惡業慚愧羞鄙行三品十善感三善道生亦是生長相轉相二十五有相是名集諦慧

以不起迷著依正者此中恐剩不字此集諦慧中先明三惡由迷依正次明三善由達世間因果過故不行十惡及以十善善之與惡俱是生長之相故知剩不字終不下至邪僻失眞明十善業道以一終不字冠下諸句終不殺他活已不殺也終不奪彼潤身不盜也終不耽湎不淨不婬也終不隱曲求直不妄也終不離合至榮辱不兩舌也謂離親合怨間榮搆辱終不內諂外佞不綺語也闕不惡口以兩舌兼之終不引納無度不貪也終不縱毒傷道不瞋也終不邪僻失眞不邪見也生長等相者

以由集故復至來世故名爲長由集輪迴故名爲轉徧起有因故云二十五有相觀依正不淨破淨顛倒觀諸受即三苦破樂顛倒觀諸行和合破我顛倒觀諸心生滅破常顛倒別相總相善巧正勤如意根力覺道向涅槃門慈悲誓願六度諸行等即大乘相亦是戒定慧相亦是能除相是名道諦慧倒不起則業不起業不起即因不起因不起故果不起是名寂滅相亦二十五有滅相亦名除相是爲生滅四諦慧

道滅諦慧中俱云除相者除是滅家之相苦集是所除道是能除滅是除已故無能字從所滅爲名故云除相

○次無生中文二先四諦次願行初四諦中自四並有標結文相易知從此下不復分出一一並有法譬等可見

無生四諦慧者觀不淨色色性自空非色滅空如鏡中像無有真實洞達五受陰空無所有解苦無苦而有真諦是苦諦慧

知集由心心如幻化所起之集亦如幻化一切愛見與虛空等是名集諦慧

道本治集所治既如幻化能治亦如幻化是名道諦慧

法若有生亦可有滅法本不生今則不滅若有一法過涅槃者我亦說如幻化是名滅諦慧

滅中云若有一法過涅槃者我亦說之如幻如化者大論第五十先引經云諸天子心念應何等人聽須菩提所說須菩提知諸天子心念語言如幻人聽法我應用如

是人聽無聽無聞無知無證須菩提云我如幻化乃至知者見者如幻如化歷一切法乃至佛亦如幻化涅槃法亦如幻化論釋云一切衆生中佛第一一切法中涅槃第一聞是二事如幻驚疑謂須菩提錯說爲聽者悞是故更問須菩提須菩提言以二法皆從妄法生故法屬因縁無有定實須菩提作是念假令有法過勝涅槃能令如幻何況涅槃涅槃是一切法滅是故無有法過涅槃者問若無有法過涅槃者何以說若有法過涅槃亦如幻化耶答凡譬喻法或以實事或以假設如佛說言若令樹木解我語者我亦說令得須陀洹但樹木無解語者佛爲解語人引此喻耳又須菩提欲引般若之力大故故云設有法過涅槃者以智慧力亦能破之故云如幻△次願行

雖知五陰衆生如虛空而誓度如空之衆生雖知集無所有而斷諸妄想如與空共鬬雖知道不二相而勤於空中種樹雖無衆生得滅度者而滅度無量衆生約此即事而眞論道品六度等云云是名無生四諦慧

弘誓約道中云如空中種樹者大論引經云舍利弗白佛是諸菩薩所說若能解者大得功德何以故是諸菩薩乃至得聞其名得大利益何況聞其所說世尊如人種樹不依於地而欲令得其根莖枝葉成其華實是難可得諸行性相亦復如是不住一切法而住生死不住如空住生死如種今文亦爾雖知道無能治所治能度所度

而常修道以治苦集以利衆生能所俱空而治而度俱如幻化故無所得是故菩薩以幻法門破彼幻惑以幻大悲利幻含識自他功畢於幻涅槃得無所得

○次無量中二先四諦次弘誓先四諦中三先與小對辨次此慧下正釋三二乘下對斥二乘以顯眞正初文二先引經次若是下釋經意初文者先迦葉難次佛答

無量四諦慧者大經云佛說四諦若攝法盡則不應言所不說者如十方土攝法不盡應有五諦

難中云所不說者如十方土者如止觀第七記

佛言四諦攝盡無第五諦但苦有無量相集滅道等皆有無量相我於彼經竟不說之

若是空者空尚無空云何無量當知出假分別之慧也△次正釋

○次四諦

此慧徧知十法界假實差別名苦諦慧徧知五住煩惱不同名集諦慧徧解半滿正助等行名道諦慧解半滿十六門諸滅門不同是滅諦慧

如文△三對斥二乘以顯眞正

二乘但服四諦藥治見思病自出生死於分別則闕菩薩作大醫王須解診種種脉識種種病精種種藥得種種差

顯正中脉是苦病是集藥是道差是滅又言診脉者總舉治病之方識病如止觀中知病精藥如止觀中識藥得差如止觀中授藥△次弘誓

約此起種種慈悲行種種行諸度道品成種種衆生淨種種佛土廣説如止觀云云是名無量四諦慧

次弘誓等諸行中成種種衆生淨種種佛上如止觀第二記總而言之無量四諦慧具如從空入假破法徧

○次無作中但言苦集即道滅者發心之來誰不爲斷煩惱生死廣集佛法求無上道但此教意達道滅體於生死煩惱之中故云衆生心行中求此則實知真斷妙脩理證故知豎行住行猶迷迴向薄知初地少證即其意也於中二初正釋四諦慧次如此下明觀成具行願等初文二先總立無作四諦慧者解惑因緣而成四也

○次大經下釋釋中又三先釋解惑因緣次若是下釋成四種三大經下釋無作初文二先釋次相即初文二先迷次解

大經云寶珠在體謂呼失去憂愁啼哭但見其體及瘡不見寶珠及鏡唯有憂悲無復歡喜此迷道滅而起苦集

初文者即苦集言寶珠在體等者涅槃第八如來性品云譬如王家有大力士眉間有金剛珠與餘力士捔力觸珠尋没膚中都不自知是珠所在其處有瘡命醫欲治醫善方藥知瘡因珠入其珠入皮即便停住醫問力士額珠何在力士驚答額珠無耶將非幻化即便啼哭醫慰力士不應愁苦因鬭入體今在皮中影現於外鬭時毒盛不覺珠入力士不信反怪醫欺醫令執鏡乃自見珠鬭瘡如集入體如苦鏡喻於

道珠喻於滅唯有憂悲如但有三苦無復歡喜如無圓解若解瘡體即是珠體者即知苦集即是法性以不知故唯有苦集△次解若解瘡體即是寶珠則喜不哭因滅無明即得熾然三菩提燈此解悟因緣即是道滅

○道滅下相即道滅即苦集苦集即道滅

可知迷解在人體恒相即△次釋成四種

○次釋四者體既相即雖復名四體實非四故言四非四也圓融四諦秖是一實於中二初正明四諦體即次四既非四無量下融通地前

若爾則四非四初如文△次融通地前

○次文者又二先融次結成三諦四既非四無量亦非無量無量既非無量則假非假假非假故則空非空

初文者收地前諸行無量亦非無量何但無量亦非無量則住中空亦非空

○次何但下結成三諦先結次引證何但即空非空亦即假非假雙亡正入即寂照雙流

初文者攬前二諦非二諦故成中道雙亡雙照即結成三諦也雙非即亡空亡假故名爲寂正入秖是入中故名爲照而亡而照故曰雙流不同通教但空偏假立雙流名與而言之四教俱有雙流之位而行相各別

○次引大品文者先引次寂滅下釋經意

大品云一切種智即寂滅相種種行類相貌皆知名一切種智

初文者即是三智顯前亡照經文初總標一切種智即寂滅相從種種下論文釋也名一切種智者結

寂滅相即是雙遮雙亡行類相貌皆知即是雙流雙照無心亡照任運寂知故名不可思議即無作四諦慧

次從寂滅相下今文釋經意也遮流約智用亡照約智體從無心下轉釋智體智體成就不須作意亡照而常任運而寂而知寂即是亡知即是照依次第義即在初地不次第義應明六即△三釋無

大經云無苦無諦有實無集道滅無諦有實實即中道如來虛空佛性

大經云下釋無作中言無苦無諦是實者涅槃十二云眞實之法即是如來虛空佛性文殊問言若如是者如來虛空及與佛性有何差別佛言有苦有諦有實乃至道亦如是善男子如來非苦非諦是實虛空佛性亦爾苦秖是俗諦秖是眞實秖是中今從勝說但云是實諸法皆爾是名無作故經又云復次善男子言眞實者即是如來如來者即是眞實眞實者即是虛空虛空者即是眞實眞實者即是佛性佛性者即是眞實故知虛空佛性秖是中道異名耳四諦俱實故名無作

妙法蓮華經玄義釋籤卷第十三

音釋

轍直列切車轍也　筋舉欣切骨絡也　脆此芮切物易斷也　態他代切情態也　媚明秘切嫵媚也　脹知亮切　瘀依據切氣血壅也　⿰爾皮吉典切與皺同皮起也　踵之隴切足跟也　踝胡凡切腿兩旁曰內外踝　⿰足專時兗切與腨同　䏶部禮切股也　臗枯官切髀上曰臗　胛右狎切肩胛也　腕烏貫切臂腕也　頷戶感切頤頷也　滓壯上切澱也　穬古猛切

妙法蓮華經玄義釋籤卷第十四

隋天台智者大師說

門人灌頂記

唐天台沙門湛然釋

○次明願行觀成具法中三先略引次引地持等廣釋離五怖畏等三約大經廣明二十五三昧初文又七初明得無緣慈悲次脩色下明具道品三徧捨下明具諸波羅蜜四脩此下結地名離五怖畏五得入下明具二十五三昧六我性即實性下明具眞應二身七此地下明具四德

如此觀時無緣慈悲拔二邊苦與中道樂

初文言無緣慈者慈具三種亦從勝說故云無緣具如止觀第六記

修色非淨非不淨即空即假即中非枯非榮

中間論滅一切道品無不具足

次文云一切道品無不具足者但具不思議念處一切諸法於念處中無不具足今此四念處中但舉身念餘三念處及六科皆略枯榮如止觀第七記

徧捨十法界依正名檀中道道共到尸彼岸名戒住寂滅忍二邊不動名忍二邊不間名牢强精進入王三昧住首楞嚴名禪實相般若名智慧無謀巧用名方便八自在我名力無記化化禪名願三智一心中得名智一波羅蜜具十亦具一切佛法一行無量行無量行一行是如來行是名無作四諦慧

三具諸度中若合十爲六成無作六度如止觀第二記彼脩此證首楞嚴者具如止觀第一第二記八自在者大論名八神變

大經名八自在我言神變者無而欻有有而欻無言自在者不謀而運一切無礙故與大論義同而名小異今略出經論以顯相狀言八神變者一能小二能大三能輕四能自在五能有主六能遠至七能動地八能隨意所作言作小者令自他身及世界等極如微塵大及輕舉準說可知言自在者謂大小長短等言有主者現爲大人心無所下言遠至者有四種一飛到二此沒彼出三不往而到四一念徧到十方言地動者謂六及十八言隨意者一身多身山壁直過履水火蹈虛空四大互爲等八自在者大經二十云一者能示一身多身數如微塵二以塵身滿大千界三以大千身輕舉遠到四現無量類常居一國土五

諸根互用六得一切法而無法想七說一偈經無量劫八身如虛空存沒隨宜不可窮覈△四結地名 離五怖畏

○四明得名中初結地名

修此慧時即得住於無所畏地即初歡喜地

○次離五怖畏中又二先略標列次大經下釋用大經等意以申此文

離五怖畏謂不活畏惡名畏死畏惡道畏大衆威德畏

然離畏之名實通大小以三菩薩至聖位時皆能離五怖畏三藏菩薩至第三僧祇即能離畏是故此言通於大小如雜含中亦云成就四力離五怖畏五怖畏名與地持同言四力者一覺力二進力三無罪力四四攝力言覺力者善不善罪不罪習近

不習近甲法勝法分別法無分別法緣起法非緣起法皆如實知是名覺力精進力者謂四正勤無罪力者謂三業無過四攝力者謂愛語等若辨異者其名雖同寬狹巧拙長短曲直不無差別

○次釋

大經云不畏貪欲恚癡此内無三毒外離八風則無惡名畏若言不畏地獄等即無惡道畏若言不畏沙門婆羅門即無大衆畏見中道則無二死畏實相智慧常命立無不活畏大經意者一一皆先舉經若言者並是引經即無等言即是解釋並可見下文復有地持及章安私釋故不復委論三昧二身四德等△五明具二十五三昧得入此地具二十五三昧破二十五有顯二十五有我性△六明具眞應二身我性即實性實性即佛性開佛之知見發眞中道斷無明惑顯眞應二身緣感即應百佛世界現十法界身入三世佛智地能自利利他眞實大慶名歡喜地也△七明具四德此地具足四德破二十五有煩惱名淨破二十五有業名我不受二十五有報名樂無二十五有生死名常常樂我淨名爲佛性顯即此意也

○次引地持等廣釋中又二先引地持次私釋初文又二先地持次引地經地論同地持說離五怖畏者修無我智我想不生云何當有我愛衆具愛是離不活畏不於他人有所求欲常饒益一切衆生是離惡名畏於我見我想心不生是離死畏此身命終於未

來世必與佛菩薩共會是離惡道畏觀於世間無與等者況復過上是離大衆畏

初文中言衆具者謂資身所須夫有惡名者於他有求不能益他故無求益彼常離惡名我見是見惑我想是愛惑二惑若無故離死畏此位必在實報土生尚無方便及小乘惡道況有界內四趣惡道大衆畏可知

○次地經同者又二初引同次十地下以論三業料簡

十地經亦同

初言同者華嚴十地品同也經釋初歡喜地中離五怖畏云是菩薩離我相故尚不貪身況所用物故無不活畏復作是念我若死巳所生必見諸佛菩薩故無惡道畏我所志樂無與等者何況有勝故無大衆威德畏心不悕望恭敬供養我當供養供給一切衆生故無惡名畏遠離我見無我想故無有死畏又廣發諸願一一願下皆云廣大如法界究竟若虛空盡未來際盡一切劫然此諸願以十大願爲首又以十不可盡法與衆生願何等爲十一者衆生不可盡（下九畧不可盡字）二世界三虛空四法界五涅槃六佛土七佛智八心所起九起智十世間轉法輪若衆生等盡我願乃盡（上九句皆爾）而衆生不可盡乃至轉法輪不可盡我諸願善根亦不可盡乃至第十地一一地中皆是解脫月請乃說第二地說觀十善第三地說觀多聞第四地說作循身觀四念處乃至八道第五地說知四諦及知

諸世間法第六地說十二緣觀第七地說觀佛功德起方便行第八地說一切佛現身觀莫捨忍門勸觀常住入無功用心是菩薩現十種身謂於衆生身作己身國土身業報身聲聞身辟支佛身菩薩身佛身智身法身虛空身次國土身作頭亦如是乃至虛空身作頭亦如是乃成百身第九地說知一切法差別知四乘相爲衆生說四乘相者謂聲聞乘相支佛乘相菩薩乘相佛乘相第十地亦云知四乘相乃至差別樂說一切法門無邊法門以此驗知是別教地相故至第八地始觀十種身今文依地論略釋與大經初地離五怖畏得二十五三昧同△次以論三業料簡

○次料簡中二先引論文

十地論解云是中第一依身第二依口第三第四依身第五依意

○次解釋

活者依身所用衆具能資於生名資生生爲活也此就因中說果菩薩無此畏復次名字言說皆依口失護名不爲利養心不希望他人恭敬故名無惡名第五依意可解三四依身愛善道憎惡道無愛憎身故無惡道畏亦不愛憎身故無死畏

言愛善道等及無愛憎身者不於善道起愛惡道起憎名無惡道畏不於善惡身起愛憎名無死畏

○私謂去章安三釋△次私釋

私謂不畏貪欲等無作集壞不畏惡道此名無作苦壞不畏大衆此是無作道立無不活

無死畏此是見性得常無作滅立復次破二十五有有能含果有破故集諦壞果破故苦諦壞得二十五三昧者道諦立見二十五有我性我性即佛性滅諦立破二十五有則無煩惱是淨德破二十五有果故無苦是常德得二十五三昧是樂見二十五我性是我四德宛然矣

初一番約離五怖畏故無作苦集壞爲顯圓道滅故云無作縱使地前行次第行至此據位亦是無作苦集諦壞準此應云離界內外兩五怖畏同體我想不生無界內外依報愛故離兩處不活畏既得常身欲常饒益十界衆生故離九界惡名之畏於同體我見我想不生故離分段變易二死畏於實報土中受生必常與舍那佛法身菩薩共會故無方便教惡道畏也既得法身無過上者故離大衆威德畏次番約壞二十五有因果故苦集壞道滅立後番約四諦立故四德成此之三番宛轉相成離五怖者由有因果壞有因果壞故四德成就又應約分段三有乃至因緣三有方稱文意又作此釋者意顯怖畏不可孤離四德不可孤立乃並由於無作四諦亦由破於三有因果○三明二十五三昧三約大經廣

○三從今釋去引經廣釋即大師自釋此二十五三昧即大經釋聖行文末在第十三卷中具足列名於中二先正釋次釋疑初又二先通釋别名意次通釋下正釋初文中二初正明四意次雖有下簡示

今釋二十五三昧名依四悉檀意一隨時趣

立如人多子各立一名使兄弟不濫二十五三昧亦復如是各舉一名令世諦不亂豈可定執也二隨其義便各從所以而立一名也三隨事對當各有主治從對得名也四理實無名而依理立字

初文四義即四悉意次第對四意如文言隨時等四名者此二十五名皆是隨時趣爾而立即是通意故世界義通下三悉已下三名即是別意言隨義便者如月光日光青黃白等言對治者如熱燄不退歡喜等言依理者如常樂我等故知四義即是四悉意也

雖有四意多用對治約理以立二十五三昧也

次簡示中言多用對治者於前四義對治意多如隨便及理猶兼對治如日光三昧初出於東即是隨便日能破暗即是對治月光青等準此可知唯有霔雨一向純是生善意也常樂我等名雖似理義而求之既三諦常破於三常以三諦樂破於二苦以三諦我破不自在故知此三亦兼用對治是故云多

○次正釋中又二先釋通意次各各別釋以通冠別令別可解

通釋二十五各爲四意一出諸有過患二明本法功德三結行成三昧四慈悲破有一皆爾

初言二十五名各四意者此之四意不出五行從始至終初意者菩薩發心本破自他諸有過患過患者何謂一一有各有三

惑及以業相第二意者菩薩爲破自他過患最初發心脩習梵行起四弘誓第三意者發弘誓已脩於聖行以塡弘願至初地時聖梵兩行一分成就證第一義天從是巳後方名天行第四意者自行既成以本梵行利益於他即病兒兩行次二十五相者爲欲別別銷名示相重廣釋耳言一一皆爾者且約教道歷有示相菩薩元初委知諸有諸過患巳而達諸有四德妙理總起四弘修於五行自觀三諦行成化物若得此意以總冠別文義泠然

○次廣釋二十五相中言其一至其四者即向通釋四意次第對之至下漸略以廣照之或兩字三字以示一意尋之可見故初注云不委記也於正釋中三初廣釋二十五相次此二十五皆稱下釋通名三無畏地下總以妙用結之初文自爲二十五段

地獄有用無垢三昧破者地獄是重垢報處報因則是垢謂惡業垢見思垢塵沙垢無明垢其一菩薩先見此過爲破諸垢修前來所明根本戒破惡業垢修前來所明背捨等定伏見思垢修前來所明生滅無生滅慧破見思垢修前來所明無量慧破塵沙垢修前來所明無作慧破無明垢其二破見思垢故眞諦三昧成破塵沙垢故俗諦三昧成破無明垢故中道王三昧成其三菩薩自破地獄諸垢時句句皆有慈悲誓願冥熏法界彼地獄有若有機緣關於慈悲以王三昧力法性不動而能應之如婆藪調達示所宜身説所宜

法彼地獄中若有善機以持戒中慈悲應之令離苦得樂有入空機以生無生慧等慈悲應之令得眞諦有入假之機以無量慧慈悲應之令得俗諦有入中機以無作慧慈悲應之令得王三昧先自無垢今令他無垢故此三昧名無垢也（下去例如此不復委記也）

初地獄中云婆藪者方等陀羅尼經第一卷云爾時婆藪從地獄出將九十二億諸罪人輩來詣娑婆世界十方亦然爾時文殊語舍利弗此諸罪人佛未出時造不善行經歷地獄因於華聚放大光明承光從於阿鼻獄出舍利弗言久聞佛說此婆藪仙作不善行入於地獄云何今說出於地獄得值如來佛言爲欲破一切衆生計定受果報故善男子勿謂婆藪是地獄人何者婆者言天藪者言慧云何天慧之人地獄受苦又婆者言廣藪者言通廣通一切究竟住於地獄受苦終無是事又婆者言高藪者言妙婆言斷藪言智婆言剛藪言柔婆言慈藪言悲等廣如初句經仍廣明殺羊初緣當知婆藪非聊爾人也調達者示造三逆現墮地獄令無量人不敢造逆當知並是無垢之力也又示逆中諸行不同有示不迴心者如調達伽離或示迴心如闍王殃掘又迴心中有障動機發如闍王有障不動而機發如殃掘示不迴心中有發迹如調達有不發迹如伽離又發迹中有與記如調達有不與記如婆藪婆藪雖不與記引地獄衆聽方等經當知皆非實惡人也餘例可知下去一一文中言過

患者若以三惑爲過二十五有無殊若委論之從人性行即諸地不無差降於見思中見無差降思惑稍殊從初禪去地地漸輕如初禪人無欲思惑乃至非想無八地欲若論惡業其名更近據理秖應在於四趣今文通至東西二洲北洲已去但名果報報名則通惡業名重故至北洲捨别用通通名輕故又準下感應妙中機名應名各有三義今且從略各存一義至下二十五感應中則一一言之可發闢宜赴對應之又菩薩三業無非益物今文但云示身說法不云意者用彼二業不差物機即意之善巧也故妙音觀音中云應以何身而得度者即現其身而爲說法又云以應以之言爲意業者應以秖是與機不差故也

又下感應中料簡慈悲三世不同應有法應不同機復善惡差别今但直列當知意通乃至十界交互亦爾云云文雖在下應預知之於一有中廣思其相開拓演布使聽者曠懷則二十四有泠然自照若不爾者將何得名學無緣慈將何以爲圓破有行義雖次第依於證道預說何妨一一皆言破者次第在初地已上初地分成成遂初心故云本法功德

畜生有用不退三昧破者畜生無慚愧退失善道則是惡業故退見思故退塵沙故退無明故退菩薩爲破諸退修前持戒破惡業退修於禪定伏見思退修生無生慧破見思退修無量慧破塵沙退修無作慧破無明退見思破故得位不退眞諦三昧成惡業塵沙破

故得行不退俗諦三昧成無明破故得念不退中道三昧成本修諸行皆有慈悲誓願冥熏法界彼畜生中若有機緣關於慈悲以王三昧力不動法性而往應之宜示何身宜説何法爲龍爲象鵽鳥大鷲若有善機以戒定慈悲應之令出苦得樂有入空機以生無生慧慈悲應之令出有得無眞諦三昧成有入假機以無量慧慈悲應之令免空得假俗諦三昧成有入中機以無作慧慈悲應之令出邊入中王三昧成菩薩自既不退令他不退故名不退三昧也

爲龍者如輸皮金蟻如止觀第七記亦如難陀䟦竭之流並是大權菩薩爲象者如菩薩昔爲㹀象自折己牙以惠獵者鵽鳥者鵽鳥名也的刮反亦篤括反其狀如雉爾雅云狀如鴿鼠脚無後指噉母鳥出沙漠大論十四云迦頻闍羅鳥有二親友謂猴及象遞推爲尊云云相載遊行見者生愧廣如論文大鷲者大經第四如來於閻浮提示作五逆天魔外道及女人等又我示現久住塚間作大鷲身度諸飛鳥衆生謂我實是鷲身爲欲度脱諸鷲鳥故如是示現鷲者説文云黑色多子

餓鬼有用心樂三昧破者此有常弊飢渴惡業苦見思煩惱苦客塵闇障苦無明根本苦菩薩爲破諸苦修前持戒破惡業苦修定伏見思苦修生無生慧破見思苦修無量慧破塵沙苦修無作慧破無明苦破見思苦無爲心樂三昧成破惡業塵沙苦多聞分別樂三昧成破無明苦常樂三昧成以本行慈悲冥

熏法界彼餓鬼道若有機緣與慈悲相關王三昧力不動法性而往應之示所宜身說所宜法若有善機以持戒慈悲應之手出香乳施令飽滿有入空機以生無生慈悲應之令到無爲岸有入假機以無量慈悲應之令遊戲於五道有入中機以無作慈悲應之令淨於三毒根成佛道無疑菩薩自既得樂又令他得樂是故名爲心樂三昧也

手出香色乳者請觀音云現身作餓鬼手出香色乳等乃至遊戲於五道故彼經五道偈後總結云大慈大悲心遊戲於五道恒以善習慧無上勝方便普教一切衆令離生死苦常得安樂處到於涅槃岸餓鬼飢渴逼施令得飽滿或遊戲地獄或處畜生中化作畜生形教以大智慧令發無上心或處阿脩羅軟言調伏心令除憍慢習疾至無爲岸大論第十云餓鬼常食糞尿洟唾嘔吐蕩滌餘汁言淨於三毒根者亦請觀音偈

阿脩羅有用歡喜三昧者脩羅多猜疑怖畏則有惡業疑怖見思疑怖塵沙疑怖無明疑怖菩薩爲破是諸疑怖而修諸行修持於戒破惡業疑怖修諸禪定伏見思怖修生無生慧破見思怖修無量慧破塵沙怖修無作慧破無明怖見思破故空法喜三昧成惡業塵沙破故一切衆生喜見三昧成無明破故喜王三昧成以本諸行慈悲誓願冥熏法界彼脩羅中若有機緣關於慈悲以王三昧力不動法性而往應之示所宜身說所宜法有善機者應以持戒身慈悲令離惡業怖有入空

機應以生無生慈悲令離見思怖有入假機應以無量慈悲令離無知怖有入中機應以無作慈悲令離無明怖自證三喜令他無復三怖是故名歡喜三昧此前悉用對治立名也

弗婆提有用日光三昧破者日朝出於東隨便爲名耳日譬智光能照除迷惑東天下人有惡業闇見思闇塵沙闇無明闇菩薩爲照此諸闇故修前戒光破惡業闇修禪定流光伏見思闇修一切智光破見思闇修道種智光破塵沙闇修一切種智光破無明闇破見思闇故一切智日光三昧成破塵沙闇故道種智日光三昧成無明闇破故一切種智日光三昧成以本行慈悲誓願冥熏法界彼弗婆提若有機緣關於慈悲王三昧力不動法

性而往應之示身說法若有事善機以持戒慈悲應之令免惡業闇有入空機以生無生慈悲應之令免見思闇有入假機以無量慈悲應之令免無知闇有入中機以無作慈悲應之令免無明闇自既破闇亦令他破闇故稱日光三昧也

瞿耶尼有用月光三昧破者月夕初現於西亦隨便立名月亦照闇例同日光云云

鬱單越用熱燄三昧破者北方是陰地冰結難銷自非熱燄赫照終不融冶北天下人冰執無我難可化度若非智火慧燄無我所心終不得度彼無我所乃是妄計猶有自性人我法我眞如我菩薩爲破諸我修生滅無生滅慧破性人我修無量慧破法我修無作慧破眞如我得人空成眞諦智燄得法空成俗

諦智燄得眞如空成中道智燄以本慈悲冥熏法界彼欝單越若有機緣關於慈悲以王三昧力不動法性而往應之示身說法有善機應以戒慈悲令免妄計無我有入空機應以生無生慈悲令免性我有入假機應以無量慈悲令免法我有入中機以無作慈悲應之令免眞如我自破妄我令他破妄我故名熱燄三昧也

閻浮提有用如幻三昧破者南天下果報雜雜壽命等不定猶如幻化此則從心幻出業幻出見思幻出無知幻出無明菩薩爲破諸幻從於持戒幻出無作破結業幻從於禪定幻出背捨從生無生慧幻出無漏從無量慧幻出有漏從無作慧幻出非漏非無漏見思幻破眞諦幻成無知幻破俗諦幻成無明幻破中道幻成故經言如來是大幻師彼閻浮提有諸機緣關於誓願以本慈悲隨感應之自破諸幻成他諸幻是故名爲如幻三昧餘如上說

四天王有用不動三昧破者此天守護國土遊行世界則有果報動見思塵沙無明等動菩薩修諸行破諸動成三昧誓願熏機緣感以本慈悲令他破四動成三不動是故名不動三昧委悉如上說

破四動者謂果報及三惑成三不動者動則兼業諦但有三業及見思同入俗諦所破故也諸有皆是

三十三天有用難伏三昧者此是地居之頂即是果報難伏見思塵沙無明等難伏菩薩修諸行出其上破諸難伏自成三昧誓願熏

他若有機緣以本慈悲令他得證是故三昧名爲難伏餘如上說
燄摩天有用悅意三昧破者此天處空無刀杖戰鬬以之爲悅此是果報中悅而未有不動業悅亦無無漏道種智中智等悅菩薩爲破諸不悅而修諸行自成三諦悅意三昧誓熏法界有機緣者以本慈悲令他意悅是故三昧名爲悅意餘如上說
兜率陀天有用青色三昧破者眞諦三藏云此天果報樂青宮殿服玩等一切皆青菩薩爲破諸青修第一義非青黃赤白而見青黃赤白第一義非戒定慧而戒定慧以戒破果報青以生無生慧破見思青非眞見眞非假見假非中見中亦復如是三青障破自成三諦三青三昧乃至感應成他三昧例上可解

黃色三昧破化樂天有
赤色三昧破他化自在天有
白色三昧破初禪有皆是果報白等例青色三昧大意可解白色三昧者初禪離五欲爲白未離覺觀故是黑見思塵沙無明等黑破此諸黑修諸行白自成三昧又成他三昧如上說
種種三昧破梵王有者梵王主領大千界種類既多即是果報種種未見種種空種種假種種中破此種種修種種行自成種種亦成他種種如上說
二禪用雙三昧者二禪獨有内淨喜兩支餘支與餘禪共此即果報雙而未見雙空雙假雙中例如上說
二禪用雙三昧者寄此兩支以立雙名雙

空謂見思俱空雙假謂入見假思假雙中謂於見思同入法界又以中道雙照雙亡故名雙中

三禪用雷音三昧者此禪樂最深如冰魚蟄蟲是果報著樂又著空樂假樂中樂爲驚駭諸樂修諸雷音之行餘如上說

四禪用注雨三昧者四禪如大地具種種種子若不得雨芽不得生一切善根在四禪中謂業種三諦種修諸行雨自生三昧慈悲應機生他三昧云云

無想天有用如虛空三昧者外道非空妄計涅槃謂果報非空三諦皆非虛無修諸空淨之行自成成他云云

阿那含天用照鏡三昧此聖無漏天雖得淨色怛是報淨色未究盡色空如鏡未極明未知色假如鏡未有影未知色中如未達鏡圓餘如上說

空處用無礙三昧者此定得出色籠即果報無礙未是空假中等無礙餘如上說

識處用常三昧者此定謂識相續不斷爲常此乃定報非三無爲常化用常常樂常例如上云云

不用處以樂三昧破者此處如癡癡故是苦乃至無明苦例如上云云

非想非非想用我三昧破者頂天謂是涅槃果報猶有細煩惱不自在乃至無明不自在修行破之得眞我隨俗我常樂我例如上云云

○次釋通名中又二先釋

此二十五皆稱三昧者調直定也眞諦以空無漏爲調直出假以稱機爲調直中道遮二

邊爲調直故皆具三諦則遍稱三昧又稱王者空假調直未得爲王所以二乘入空菩薩出假不名法王中道調直故得稱王一一三昧皆有中道悉稱爲王

○次大經下引大經意釋成

大經云是二十五三昧名諸三昧王即其位高義若入是三昧一切三昧悉入其中即其體廣義應二十五有機即其用長也△二總以妙用結之

無畏地中具得二十五三昧種種力用須彌入芥不傷樹木毛孔納海不嬈黿魚雖處地獄身心無苦變通出沒不動而遠即其妙義蓋乃慧聖行成能有是力也

第三文者無畏地中云種種力用者明不思議用如止觀第五記釋不思議境中不動而遠即其妙義者指別初地證法性理名之爲妙乃成教行麤而證妙義似開顯非開權顯實之妙

○次料簡中二先問答料簡次融會初文又二先問

問三昧破有乃是涅槃之文何得釋此△次答

答第三云破有法王出現於世隨衆生欲而爲說法四意明文宛然具足

次答中引法華云四意具足者第三卷經破有巳下四行偈文四意具足初破有等二句對治意隨衆生下一行二句世界意有智下一行爲人意是故下一行第一義意是故前文四悉立名又以此文銷諸三昧四種義者所破之有即是諸有過患能破即是本法功德法王即是結行成就隨

衆生欲即是慈悲破有

又涅槃明菩薩破有此經明法王破有彌顯

其義也明聖行竟

次引涅槃明菩薩破有等以融會者一者

佛與菩薩因果之別二者菩薩顯次第行

佛即顯於不次第行問菩薩在因法王是

果菩薩是果即是法王何足顯於圓別兩

義答雖是因果彼是別因此是圓果借人

標教定非圓因況以義推及經部驗別圓

自顯何須致疑何者涅槃義通方便別以

如來標圓此經顯實開權更無三教方便

以此推驗圓別自分是故菩薩從初地來

分分破有如來究竟故名法王

○次明梵行者始從初心發大慈悲以行

填願來至初地方一分成爾時慈悲方名

梵行於中爲九初釋名

二梵行者梵者淨也無二邊愛見證得名之

爲淨

○次以此下功能名立

以此淨法與拔衆生即是無緣慈悲喜捨也

○三菩薩下得名之由

菩薩以大涅槃心修於聖行得無畏地具二

十五三昧無方大用爾時慈悲是真梵行

○四非餘下簡非破邪

非餘梵天所修四無量心亦非三藏通教衆

生緣法緣等慈悲也

○五以今下結歸正體

以今慈悲喜捨熏修衆行無不成辦

○六大經下引證無緣

大經云若有人問誰是一切諸善根本當言

慈是慈既是行本故言梵行
○七若依下顯圓辨異
若依圓語亦如大經慈即如來慈即佛性
○八慈若不具下反以偏顯圓
慈若不具佛十力四無所畏三十二相者是
聲聞慈若具足者是如來慈
○九以功能結名
是慈即是大法聚是慈即是大涅槃慈力弘
深具一切福德莊嚴故名梵行
此之九文一一皆須約中理破無明無緣
慈悲爲利他故而爲拔與方應此文經釋
聖行盡第十三至第十四卷初明梵行品
盡第十八卷品初釋七善次廣釋四無量
心既以衆生緣等三釋慈無量餘三準例
亦應具三故此中所引並在梵行品內顯

次第邊判屬福德故云法聚若無緣慈稱
三諦理則非復福德約與拔邊仍屬福德
故今文中須且屬福然體是中道故初文
云無二邊愛見等愛見是有邊證得是無
邊從初以來緣於中淨而起慈悲故名梵
行言喜捨者見諸衆生已離二死得中道
樂而生歡喜恐墜二邊常於衆生起法界
想名之爲捨
○三天行者涅槃不釋指在雜華即華嚴
也若大論中指華嚴經名不思議經當知
並是隨翻譯者取名各別其義不殊所以
彼經從初地已上並是天行所攝若從初
住得二十五三昧即從此位皆天行攝經
兼二意故初後更顯若次第意至初地時
方證無生於中爲三初約釋名辨位次菩

薩下明天行所到三天行下對餘四行以辨有行之由

三天行者第一義天天然之理此語道前由理成行此語道中由行理顯此語道後今約由理成行故言天行

初文言道前等者道謂自行眞實之道未契實道眞如在纏故名爲理故以地前名爲道前初地巳上巳證實理復由此理成於後行初證巳後究竟巳前並名道中由此地行理究竟顯巳顯之理名爲道後自行證後故名道後今以初地所顯之理復結成於第二地行故云天行

菩薩雖入初地初地不應住以有所得故修上十地慧十重發眞修慧由理成行名爲天行

次文破十重巳天行方息

天行即智慧莊嚴上求佛道故有聖行天行下化衆生故有梵行病行嬰兒行也

第三文言慧莊嚴等者一一地中皆以中慧莊嚴中理依眞修行也

○第四嬰兒行者在第十八文末今文所列具如經文但大經文先列不次第行次明次第今文先明次第者爲成前漸後頓故爾雖前後不同並是爲顯不次第耳於中爲三初正釋次判三開初文爲五初正明行體次天行下與天行對辨冥顯不同三衆生下明用行意四慈善下明機感之相五漸脩下正出行相

四嬰兒行者若福慧轉增實相彌顯雖不作意利益衆生任運能有冥顯兩益

初文者福謂梵行位位慈悲慧謂天行地
地觀照
天行力有冥益梵行力有顯益
衆生雖有小善之機無菩薩開發不得生長
慈善根力如磁石吸鐵和光利行能令衆生
得見菩薩同其始學
二三四文可見
○五行相者彼經初列圓教文云言嬰兒
者不能起住去來語言章安釋云不起即
常不住即淨不去來即我不語言即樂即
最後文是次明次第具如此文先漸後頓
漸中二先列次引經釋成初文二先釋次
結釋中初人天
漸修五戒十善人天果報楊葉之行
○次藏

又示二百五十戒觀練熏修四諦十二因緣
三十七品同二乘嬰兒行又示同習六度三
阿僧祇百劫種相好柔伏煩惱六度菩薩小
善之行
○次通
又示同即色是空無生無滅通教小善之行
○後別
又示同别教歷别次第相似中道小善之行
△次結
皆是慈心之力俯同羣小提引成就從慈心
與樂起嬰兒行
結文中言俯同羣小等者肇云仰攀玄根
俯提弱喪初句是上求下句是下化理爲
道本故云玄根嬰兒失故鄉故名爲弱喪
方便善微名爲嬰兒本有眞如名爲故鄉

今用彼意故云俯提

○次引經釋成中先藏次通次別等菩薩又次人天後二乘䟽釋意同後文又云又嬰兒者猒生死苦則爲說二乘樂以是故知有斷不斷眞不眞得不得脩不脩後文無譬觀文似如用前所釋隨機而說故知乃取別教初地巳前圓教初住巳前皆名嬰兒

大經云能說大字所謂婆和此即六度小行而求作佛故言大字又云不見晝夜親䟽等相即同通教菩薩即色是空意也又云不能造作大小諸事大事即五逆小事即二乘心此即同別教別教非生死故無五逆非涅槃故無小乘心又云楊樹黄葉即同人天五戒十善嬰兒又云非道爲道以能生道微因緣

故即同二乘嬰兒也

初言婆和者如前釋云次頻慈善根力能出假化物同小善方便引入佛慧作圓教嬰兒也經云不能起住來去語言如經云云

又判麤妙開麤顯妙例可解云云

次云判開例可解者例前諸文約教約味前麤後妙開麤即妙亦應可解慧聖行及梵天行不云判開若至其位即云用者何耶聖行如前說梵天並是初證法無深淺故無判開若判者且約梵行從因爲論諸地慈悲逰判可爾今云同小既從人天終至圓教初心行者同名嬰兒故得於兹以用判等

○五明病行者嬰兒行後無病行文自古

講者指前第十卷中現病品文以爲病行彼文具釋三障三毒次明作五無間毀謗正法作一闡提後廣比決如來具足常樂我淨迦葉次引諸力爲難小大及青牛凡野二四牙雪山香青黃赤白山優鉢拘物分陀利已上是象人中之力士弁及鉢揵提八臂那羅延如是十十增劣十住一節云何如來如彼嬰兒如來因爲迦葉廣說我無始來已離病身等下文又列三種病人謂五無間誹謗正法作一闡提又有五種病人謂八六四二及十千等並是示爲惡行故也故與漸次嬰兒行同若準今意例嬰兒行既徧大小病行同惡理亦應徧於中爲二先釋次是故下結初文爲五初明行之所依次若始下明有行之由三今同下與嬰兒行對辨四以衆生下明有病之緣五或遊戲下正明行相

五病行者此從無緣大悲起

若始生小善必有病行

今同生善邊名嬰兒行同煩惱邊名爲病行

以衆生病則大悲熏心是故我病

前四如文

或遊戲地獄或作畜生形化身作餓鬼等悉是同惡業病如調達等又示有父母妻子金鏘馬麥寒風索衣熱病求乳此示人天有結業生老病死之病又示道場三十四心斷結示同二乘見思之病方便附近語令勤作三藏通教菩薩亦如是又同別教寂滅道場初斷塵沙無明之病

行相中云金鏘等者大論中如來示有九

惱四如今文冬至前後八夜寒風破竹索衣熱病求乳如乳光經具如後又有調達出血掚遮女謗乞食不得空鉢而還瑠璃害釋佛時頭痛及雙林背痛等若興起行經有七宿緣謂金鏘馬麥頭痛背痛出血女謗苦行廣如彼經△次結是故菩薩悉同彼病徧於法界利益衆生次第五行竟○次問答料簡科在前卷第三下第四十紙

○次料簡中二先問次答

問聖行證三地梵行證兩地天行病行嬰兒行何不證地

初問聖行證三地等者經中戒聖行文末結云即得證於初不動地定聖行文末結云證堪忍地慧聖行文末結云證無所畏地故今判云從淺至深若不次第一心中證故非條然梵行者慈悲喜文末結云證一子地次捨文末結云證空平等地前三是事後一是理故今判云行有事理故證一地故以爲難

○次答中爲三初約因果別故有證無證次又有下約別圓以判三又地前下明圓別互融

答聖梵兩行名修因故論證地天行正是所證病兒兩行從果起應故不論證耳又有義經顯別義從地前各入證經顯圓義登地同一證

初二如文

○互融中二初明互融以顯文意次還約別釋以辨文相

又地前非不修圓登地非無有別互顯令易

解故不煩文

初言地前非不偹圓顯圓義也登地非無有別顯別義也仍依教道故登地猶別

○次仍依文別判者又二初明地前顯別次明登地同圓

地前別者戒行從淺至深證不動地定行從淺至深證堪忍地慧行從淺至深證無畏地

初文者如向問中所釋從淺至深三地至果各得其名是故聖行三地各證當知地前戒定兩行雖復立名未若初地與無畏同結故云至深

○次明登地同圓者即是融前地前諸行又爲四初融前三地

地上去並同者豈有三地條然永別秪登地時不爲二邊所動名不動地上持佛法下荷衆生名堪忍地於生死涅槃俱得自在名無畏地

至初地時並從果攝從勝立此三地之名

○次無畏地下即此三地得名之由

無畏地從我德立名堪忍地從樂德立名不動地從常德立名淨德通三處

至初地時具四德故得三地名得非前後故三地同時

○三明別圓之意爲二先法

登地之日四德俱成則無增減蓋化道宜然

○次譬

例如朝三暮四之意耳

譬中云朝三暮四者莊周明狙公賦杼杼字似與反亦可甚與反即斟酌也非今所用字即從手今所用者字應從木亦云栗

也狙者猨也說文云玃屬賦者布與也亦平量也朝三暮四衆狙皆怒朝四暮三衆狙皆悅司馬彪曰三升四升數則不別用時不同今地前地上明圓明別亦復如是赴機說異理實無差

○四從登地去融前五行自他因果各別今至初地前次第行至此同成地地中法盡成地地五行之相又三初融自行次融化他三誡勸

從登地去地地有自行地地有自證自行秖是修天行自證秖是證天行故不別說天行證也

自行是聖行天行至初地時同成初地天行故也

若地前化他名梵行慈悲喜是化他之事行一子地是其證捨心是化他之理行空平等是其證此二地亦不條然登地慈悲故言一子慈悲與體同故言空平等耳地地有悲同惡名病行地地有慈同善名嬰兒行證道是同故不別說

次融化他中二梵行是化他根本病兒是化他之相亦是體用故此二行至初地時同成初地化他體用也

○三佛地下誡勸

佛地功德仰信而已豈可闇心定分別耶略答如此云云

妙法蓮華經玄義釋籤卷第十四

音釋

窄側華切狹也　湎彌兖切溺也　搆古候切合也　佞乃定切諂言也

診章忍切候脈也　欻許勿切忽也　牸疾利切母牛也　狙七余切　猨雨元切

玃居縛切　彪悲幽切　揣初委切度也　鬭了候切爭也

藪蘇后切　鵽知滑切黃雀也　蟄直立切蟲藏也　嬈乃了切亂也　礠牆之切引鐵石也

鏘七羊切與槍同

妙法蓮華經玄義釋籤卷第十五

隋天台智者大師說

門人灌頂記

唐天台沙門湛然釋

○次明圓五行中二初約教次觀心初文又四初引經立行次此大下判因果三舉此斥偏四若圓行下正明圓行

圓五行者大經云復有一行是如來行所謂大乘大般涅槃此大乘是圓因涅槃是圓果

初二如文

舉此標如來行非餘六度通別等行前雖名大乘不能圓運前雖名涅槃過茶可說乃是菩薩之行不得名爲如來一行

三斥中云過茶可說者別妙覺後猶有實位故可說也△四正明圓行

○四正明中四初略立次如大論下引證三此經下引同四令依下依令經廣釋行相

若圓行者圓具十法界一運一切運乃名大乘即是乘於佛乘故名如來行

初如文

○次引二文證者初大論如大論云從初發心常觀涅槃行道

如文

○次大品

亦如大品云從初發心行生修乃至坐道場亦行生修畢竟發心二不別皆如來行意也

文中云行生脩者大論八十先舉經云須菩提白佛菩薩云何行般若波羅蜜云何生般若波羅蜜云何脩般若波羅蜜佛言

色是寂滅故色是虚誑故色不實故應行應生應修般若波羅蜜受想行識亦復如是須菩提又問行生脩爲幾時佛言初發心乃至坐道場行般若波羅蜜生般若波羅蜜脩般若波羅蜜既言初後倶行生脩即圓義也故知即行時生生故復脩故經復云須菩提言次第心中應行生脩等耶佛言常不離薩婆若心不令餘念得入爲行爲生爲脩若心心數法不行爲行爲生爲脩有人釋云行在乾慧地生在無生忍脩在無生忍後此通意耳若準通意例别可知並非今所用

○三引同中又三初就因果互現故義同

此經明安樂行者安樂名涅槃即是圓果行即圓因與涅槃義同故稱如來行

○次入室下人法互舉故義同

入室著衣坐座悉稱如來者此就人爲語涅槃就法爲語即人論法如來即涅槃即法論人涅槃即如來二經義同也

○三涅槃下次不次互現故義同

涅槃列一行名而廣解次第五行法華標安樂行廣解圓意

○四依今經中三初標次文云下略對三如前所會

云何下廣釋

今依法華釋圓五行五行在一心中具足無缺名如來行

初如文

○次對中二先略對

文云如來莊嚴而自莊嚴即圓聖行如來室

即圓梵行如來座即圓天行如來衣有二種柔和即圓嬰兒行忍辱即圓病行

○次此五行下融通顯妙

此五種行即一實相行一不作五五不作一非共非離不可思議名一五行

既同一實五一不二故不相作五一灼然故非合其體無二故非離不見此意云何欲脩四安樂耶法華三昧行實無憑

○三廣釋中爲二初引文以釋五行次又復觀下例以五行用銷諸文初文者五行自爲五文初聖行中亦三謂戒定慧

云何莊嚴名聖行文云持佛淨戒佛戒即圓戒也又云深達罪福相徧照於一方即罪即福而見實相乃名深達以實相心離十惱亂等皆是圓戒佛自住大乘如其所得法定慧力莊嚴即是佛之定慧莊嚴故名佛聖行也

初戒聖行中云以圓心離十惱亂者安樂行中脩止觀安樂行應離十惱亂一者豪勢謂國王王子二者邪人法謂路逆路三者兇戲四者旃陀羅五二乘六欲想七不男八危害謂獨入他家九譏嫌十畜養所離雖近能離妙故

云何如來室名梵行無緣慈悲能爲法界依止如磁石普吸莫不歸趣又以弘誓神通智慧引之令得住是法中故以如來室爲梵行

云何如來座爲天行第一義天實相妙理諸佛所師一切如來同所栖息文云觀一切法空不動不退亦不分別上中下法有爲無爲實不實法故如來座即天行

天行中言觀一切空等者彼第一安樂行

疏以十八空銷十八句故知畢竟中空即是所觀即天然理也

云何如來衣嬰兒行病行遮喧遮靜故名忍辱雙照二諦復名柔和文云能爲下劣忍于斯事即脫瓔珞著弊垢衣即同病行方便附近即同嬰兒行

次嬰兒病行中忍惡名病柔和名嬰兒遮喧遮靜等者喧靜譬二諦二諦望中猶名爲辱中忍能遮故云忍辱辱即病也文云下重引文證二行言能爲下劣等者能爲二乘下劣不弊不淨垢衣故云忍于斯事方便附近同其事業即是同二乘小善也

○次以五行用消諸文者並是初地所用所證所照法門又爲二初正消初地諸法次消前來諸境初文又二初正消次若漸引下與別對辨初文又爲三初消十界次又一心下消三諦三昧三又如來下消慈悲破有初文二釋結

又復觀十法界寂滅即如來座名天行拔九法界性相故起悲與一法界樂故起慈即是梵行柔和照善性相即同嬰兒照惡性相即同病行又照善性相即戒寂照即定慧即是聖行

初文者十界皆理故是天行九界猶苦故起悲唯佛界樂故起慈同九惡示九善名病兒兩行聖行可知

當知一心照十法界即具圓五行

當知秖是一心十界即空假中五行具足

○次消三諦三昧又二先正對五行次以三諦以對二十五有過患

又一心五行即是三諦三昧聖行即眞諦三昧梵行嬰病即俗諦三昧天行即中道王三昧初文者次第行中既至初地成王三昧今一心中亦三昧具足

又圓三三昧圓破二十五有即空故破二十五惡業見思等即假故破二十五無知即中故破二十五無明即一而三即三而一一空一切空一假一切假一中一切中故名如來行

次消自行圓破二十五有過患者故能於一心中圓破衆生二十五有能令衆生所見不同雖復不同不出三諦

○三消慈悲破有中皆有引經對釋可知

又如來室冥熏法界慈善根力不動眞際和光塵垢以病行慈悲應之示種種身如聾如瘂說種種法如狂如癡有生善機以嬰兒行慈悲應之婆和木牛楊葉有入空機以聖行慈悲應之執持糞器狀有所畏有入假機以梵行慈悲應之慈善根力見如是事踞師子牀寶几承足商估賈人乃徧他國出入息利無處不有有入中機以天行慈悲應之如快馬見鞭影行大直道無留難故無前無後不並不別說無分別法諸法從本來常自寂滅相圓應衆機如阿脩羅琴

言示種種身至如癡者病行同惡始從阿鼻乃至等覺一品無明皆名病行能於其中現極惡身故云如聾如瘂說極惡法故云如狂如癡言踞師子牀等者圓滿報身安處空理無復通別之惑亦無八魔等畏名師子牀寶几承足者定慧爲足實諦爲

凡即無生定慧依眞如境也經又云婆羅門者八地已上剎利者七地已還居士者凡夫商估者諸菩薩等現於三土此往他方他方來此出入者二而不二是入不二而二是出又不二而二是入二而不二是出又無量還一爲入一中無量爲出應釋出所以云云△次與別對辨

○次對教以明機見別故令法不同故與圓對辨

若漸引入圓如前所說若頓引入圓如今所說入圓等證更無差別爲顯別圓初入之門慈善根力令漸頓人見如此說云云

入圓等證者前文漸引令明頓入教道雖有初地之殊證道無別同成一圓爲顯別圓初入之門者地前仍存權說故立前後二文依前則次第脩於二觀依後則三觀圓脩有此不同故成二別

○次消前來諸境智者亦應消前增數等行文無者略亦可已在五行中收今始從因緣終至一諦前諸境智若開顯已同成一法故今明行還消前來諸境諸智對令不可思議之行一行一切行令使同與境智俱成一切行一行

又圓五行即是四種十二因緣智行不思議識名色等清淨即戒聖行行有等清淨即定聖行無明愛等清淨即慧聖行十二支寂滅又無前三種十二緣即天行能同前三種十二因緣滅即嬰兒行同前十二因緣生即病行

初對因緣者戒是色故以不思議色對不

思議戒不思議業滅成不思議定不思議惑滅成不思議智理無異相故名天行

又是四種四諦智行無作之道即戒定慧聖行無作之滅即天行慈悲拔苦拔四種苦與四種樂即梵行直悲即病行直慈即嬰兒行

又是七種二諦智行圓真方便即是聖行圓真之理即是天行悲七俗慈七善即梵行同七俗即病行同七真即嬰兒行

圓眞聖行者且以畢竟空邊名聖行也即空即中故云圓眞之理

又是五種三諦智行俗諦中善是戒聖行眞諦中禪是定聖行眞諦慧即慧聖行中諦是天行拔五俗苦與五真中樂是梵行同五俗是病行同五真中是嬰兒行

俗諦中具一切法且取善邊屬戒聖行攝眞諦中禪意亦如是餘文細思對之可見

又是一實諦智行一實諦有道共戒定慧即聖行一實境即天行同體慈悲合說即梵行各說即病行嬰兒行

○次約觀心中爲七初明來意次即觀下正釋三初心下稱歎即五品位四初心下況歎五地持下引地持釋入位相六當知下結位七是爲下辨異

觀心圓五行者上來圓行不可遠求即心而是一切諸法中悉有安樂性

即觀心性名爲上定心性即空即假即中五行三諦一切佛法即心而具

初心如此行如來行應以如來供養而供養之隨方向禮至處起塔已有全身舍利故

初心尚爾況似解耶況入住耶

初二三四如文△五引地持釋入位相
地持云從自性禪發一切禪一切禪有三種
一現法樂禪即實相空慧中三昧也二出生
一切種性三摩跋提二乘背捨除入等即眞
三昧也三利益衆生禪即俗三昧也
五引地持中云自性等者九種大禪自性
居初於此禪中能發第二一切禪也自性
位在地前一切禪位在初地三昧具足三
昧是總行五行是別行五行皆依三諦三
昧故至初地三昧滿也言現法樂者現受
法性之樂種種事禪同一眞性故云種性
三摩跋提利生屬俗故引此文證三諦也
△六結位
當知五行三諦於一切禪中皆悉成就即初
住分位入此位時無非佛法△七辨異

是爲圓心之行豈與前五行次第意同。判開
○次當知次第下判
當知次第爲麤一行一切行爲妙即相待意
也
○三若開下開
若開麤顯妙無麤可待即絕待行妙意也
還望次第若判若開此中無可開也△次料
簡釋疑列科在前卷三下四十一紙
問法華開麤麤皆入妙涅槃何意更明次第
五行耶答法華爲佛世人破權入實無復有
麤鈍敎意整足涅槃爲末代凡夫見思病重定
執一實誹謗方便雖服甘露不能即事而眞
傷命早夭故扶戒定慧顯大涅槃得法華意
者於涅槃不用次第行也
次料簡中言扶戒定慧者事戒事定前三

教慧並爲扶事法故具如止觀對治助開中說今時行者或一向尚理則謂已均聖及執實謗權或一向尚事則推功高位及謗實許權既處末代不思聖旨其誰不墮斯之二失得法華意則初後俱頓請揣心撫臆自曉沈浮

○第四位妙爲四初明來意次但位下略敘諸位權實三今經下略述今經四小草下依經廣解

第四明位妙者諦理既融智圓無隔導行成妙三義已顯體宗用足更明位妙者行之所階也

初文中言體宗用足者境體也行宗也智用也

但位有權實布在經論若成論毗曇判位言不涉大地攝等論判位別敘一途義不兼括方等諸經明位瓔珞已判淺深般若諸經明位仁王盛談高下而未彰麤妙

次文中言地攝等論別敘一途者此等多是別教一門義不兼於大小方等諸經明位委悉不及瓔珞般若諸經明位委悉不及仁王然瓔珞偏存別門仁王多在圓別及含通意而並不明辨位之意尚不辨麤妙何況論開故知但是當味明義而不辨於始終位意所言意者諸教何故權實不同諸味何故增減差異謂施開廢等即其意也△三略述今經

○三今經者先略敘意次略屬對

今經位名不彰而意兼小大粗判權實然梵文不盡度本經必有

初中今經明位雖即不及彼之二經明位似細而今經義兼大小及開判等則諸經未明何者如序天雨四華方便開示悟入譬喻遊於四方化城五百由旬並迹門實位也草菴化城三草二木並迹門權位也分別功德始從無生即初住也乃至一生即等覺也此亦本實位也菴城被廢唯存渚宅草木並依一地一雨此是會諸權位咸歸一實故云粗判權實文不盡度者相傳云西方法華布一由旬

○次屬對中二初引經

今藥草喻品但明六位文云轉輪聖王釋梵諸王是小藥草知無漏法能得涅槃獨處山林得緣覺證是中藥草求世尊處我當作佛行精進定是上藥草又諸佛子專心佛道常行慈悲自知作佛決定無疑是名小樹安住神通轉不退輪度無量億百千衆生是名大樹追取長行中一地所生一雨所潤及後文云今當爲汝說最實事以爲第六位也

○次屬對

前三義是藏中位小樹是通位大樹是別位最實事是圓位也△四依經廣解

○四廣釋者文中自分三草二木及以一實以爲六位初小草中三初略引經以立小草位者人天乘也

○次辨其因果

輪王是人主位釋梵是天主位皆約報果明位果義既有優劣當知修因必有淺深

○三人位下正釋釋中二謂人天人中三初辨其因次下品下略明其果三皆是下

重明人主

人位因者即是秉持五戒略爲四品

初如文

下品爲鐵輪王王一天下中品爲銅輪王王二天下上品爲銀輪王王三天下上上品爲金輪王王四天下

次文中人位四輪者俱舍云金銀銅鐵輪一二三四洲鐵輪王一洲乃至金輪王四洲夫輪王者先行七法一給施貧乏二敬民孝養三四時八節以祭四海四時修忍辱五六七除三毒然後沐浴受齋發誓等

次神寶自應等人主秖是福中之最爲福之最故報爲人主△三重明人主

皆是散心持戒兼以慈心勸他爲福故報爲人主飛行皇帝四方歸德神寶自然應也

○次明天位自分三界諸天不同於中先略敘三界天因

天乘位者修十善道任運淳熟通是天因加修禪定進升上界三界天果高下不同修因必深淺異也

○次正釋釋中初四王有四十住處

正法念云六萬山遶須彌須彌四埵有持鬘天有十住處各千由旬北四餘各二南名白摩尼能十拍手頃受三歸依不雜餘心者生此天受樂轉輪王十六倍不及一諸樂具悉從山河流出二名峻崖昔於河濟造立橋船度持戒人兼濟餘人不作衆惡果報可知西方一名果命昔於飢世守持淨戒淨身口意種殖果樹行者食之安樂充滿二名白功德昔以華鬘散佛上及塔上東方一名一切喜

昔以華供養持戒人供佛自力致財買華果報可知二名行道昔見大火起焚燒衆生以水滅之果報云云北方四者一名愛欲二名愛境界三名意動四名遊戲林初者見他親友相破和合諍訟得生此天次昔說法會次昔以淨信心供養衆僧掃塔淨信上田次昔持信心施僧衣施一果直爲作衣價愛樂隨喜次迦留波陀天此言象跡亦有十處一名行蓮華昔持戒熏心受三自歸稱南無佛所有蜂聲尚勝餘天況復餘果報耶次名勝蜂歡喜昔信心持戒有慈悲利益衆生華香伎樂供養佛塔三名妙聲昔施佛寶蓋四名香樂昔信心持戒香塗佛塔五名風行昔信心持戒施僧扇得清涼六天香風悉來熏之皆倍倍增香風尚爾況念香風隨念皆得六名散華歡喜昔見持戒人說戒時施澡餅或道路中盛滿淨水施人澡餅七名普觀昔於持戒人以善熏心於破戒人病不求恩惠悲心施安心不疲厭供養病人八名常歡喜昔見犯法者應死以財贖命令其得脫九名香藥昔於持戒信三寶大福田中施末香塗香淨心供養如法得財施已隨喜十名均頭昔見人得罪於王髮髮受戮救令得脫第三天名常恣意十住處一名歡喜峯昔救護神樹及夜叉所依樹有樹即樂失樹即苦二名優鉢羅色昔淨信持戒供養三寶造優鉢羅華池故三名分陀利昔造此華池四名彩地昔信淨心爲僧染治袈裟雜色染治法服故五名質多羅此翻雜地昔以種種食施持戒不犯戒等人故六名山頂昔修造屋遮風寒令人受

用故七名摩偷此翻美地昔持戒悲心質直不惱人食施道行沙門婆羅門或一日或多日或不息故八名欲境昔持戒若邪見人病施其所安故九名清涼昔見臨終渴病人以石蜜漿或冷水施病人故十名常遊戲昔爲坐禪人作房舍圖畫作死屍觀故第四名箜篌天有十住處一名揵陀羅昔以園林甘蔗菴羅等果林施僧故二名應聲昔爲邪見人說一偈法令其心淨信佛故三名喜樂昔施人美飲或清美水或覆泉井不令蟲蟻入行人飲之無苦惱故四名掬水昔見病苦者臨終咽喉忽忽出聲施甘漿水財物贖彼命五名白身昔塗飾治補佛塔僧舍亦教人治補故六名共遊戲昔信心持戒同法義和合共故七名樂遊戲昔持戒化衆生令心淨信歡喜戒施故八名共遊昔法會聽法佐助經營深心隨喜故九名化生昔見飢饉者没溺者而救護之十名正行昔見亡破抄掠救令得脫示嶮處正道

略依正法念明四王住處持鬘天者俱舍云堅守及持鬘恒憍大王衆如次居四級亦住餘七山身量壽命具如俱舍世品四天王者大論云東方提頭賴吒秦言持國主南方毗留離秦言增長主西方毗留波叉秦言雜主北方毗沙門秦言多聞主此四爲王主四天下四級各有十住處此四十天名皆從因行而立三歸者準希有經中廣校量三歸功德云教四天下及六欲天得四果不如三歸依功德多又如增一中有忉利天子五衰相現當生猪中愁憂

之聲聞於天帝天帝聞之喚來告曰汝可三歸即時如教便免生猪佛說偈云諸有歸依佛不墜三惡趣盡漏處人天便當至涅槃三自歸巳生長者家還得出家成於無學文云十拍手者恐是先持性戒加爾所時受三歸依尋即命終故得此報依心不雜故得白名天勝輪王理數然耳言十六倍者從勝歸故山河流出者經中一切皆云流河乃至亦有酒河等此四十天並須委悉以其因行而消果名云峻崖者河濟難度故果命者淨戒如果又種果樹塔福最多白為色本如華見者皆生歡喜以水滅火行慈悲道和瞋諍故愛欲說法會生善境故見淨田故動信心意令他歡喜如樂遊戲比因釋名準此可知

次日行天遶須彌山住於宮殿外道說為日曜及星宿略說三十六億昔持七戒令得增上果風輪所持此日行等大天與二大天謂提頭賴吒毗沙門遊四天下遊戲空中受五欲樂如意自娛日行遶須彌山隨在何方山有影現人說為夜風輪持北方星輪轉不沒外道見辰星不沒謂其能持一切世間國土不知風力所為也

日行天外道說為日曜等者外人又計北方星不沒者又立世阿毗曇有外道計大地恒去不息佛破云擲物向前物應向後又有計云地恒墜下佛言擲物向上應不至地有計星不移地自動轉佛言射應不至堋

不殺戒生四天處不殺不盜生三十三天加

不婬生睒摩天加不口四過生兜率天又加世間戒復信奉佛七戒生化樂他化兩天所持戒轉勝天身福命轉勝又隨心持戒思心勝者其福轉勝三十三天者一名住善法堂天昔持七戒堅固無嫌施四果病人父母入滅定人慈悲喜捨與怖畏壽命生善法堂天作釋迦提婆姓憍尸迦名能天主有九十九那由他天女爲眷屬心無嫉妬善法堂廣五百由旬第三名清淨天睒摩天王名牟修樓陀身長五由旬百千帝釋和合所不及第四兜率陀此云分别意官其王名删闍率陀第五涅摩地此云自在亦名不憍樂第六名婆羅尼蜜此云他化自在色無色不復書小藥草竟

六欲天因應具十善今云不殺乃至七戒者具受分持所持增上故得名耳世間戒者譏嫌戒也餘有諸天壽命身量等具如俱舍婆沙此爲略知次位不事廣論

○中草位中二先定人以判因果

中藥草位者即二乘也此就習果判位

○次正釋釋中三先破古次略示二論三廣釋有門

舊云成論探明大乘解菩薩義此則不然論主自云今正是明三藏中實義實義者空是人師豈可誣論主耶

此即空門明二十七賢聖斷伏之位阿毗曇有門明七賢七聖斷伏之位委在兩論

二十七賢聖者中阿含三十福田經長者問佛福田有幾佛言學人有十八無學有九學十八者謂信行法行信解見得身證

家家一種子向初果得初果向二果二果向三果三果及五種舍謂中生行不行上流九無學者思進退不退不動住護慧俱俱舍文同應更撿成論

○正釋中二先標

今略出有門中草之位

○次釋釋中即二乘也初聲聞中先賢次聖初賢中二先列

初明七賢次明七聖位七賢者一五停心二别相念處三總相念處四煗法五頂法六忍法七世第一法

○次釋釋中三先釋名次功能三正釋

通稱賢者隣聖曰賢能以似解伏見因似發真故言隣聖

又天魔外道愛見流轉不識四諦此七位人明識四諦大經云我昔與汝等不見四眞諦云云見四諦者識屬愛四諦識屬見四諦皆能明了若解四諦則所見眞正無有邪曲故是賢人相也

功能中七賢位已於智妙中略辨今云愛見四諦者秖是愛見二惑所依雖有愛見皆屬於見具如八十八使中説

○正釋中文自爲七

一初賢位者謂學五停心觀成破五障道即是初賢位所以者何若定邪聚衆生不識三寶四諦貪染生死若人歸依三寶解四眞諦發心欲離生死求涅槃樂五種障道煩惱散動妨觀四諦今修五觀成就障破道明行解相稱故名初賢

初五停治五障具如止觀第七對治中

二別相念處位者以五障既除觀慧諦當能觀四諦而正以苦諦爲初門作四念處觀破四顛倒若慧解脫根性人但修性四念處觀破性執四倒若俱解脫人修共四念處觀破事理四倒若無疑解脫根性人修性共緣三種四念處破一切事理文字等四顛倒善巧方便於念處中有四種精進修四種定生五善法破五種惡分別道用安隱而行能觀四諦成別相四念處位也

言苦諦爲初門者後文以支佛集諦爲初門聲聞苦諦在初復初觀四念處故支佛無明居因緣首初破愛取有故

三總相四念處者前已別相念慧破四顛倒今深細觀慧總破四倒或境總觀總境別觀總境總觀別或總二陰三陰四陰五陰皆名總相觀是中亦巧方便能生正勤如意七覺八道疾入後法故名總相念處位也

境總觀總者以四觀通觀四境境別觀總者於一一境四觀觀之境總觀別者以一一觀總觀四境三二類知

四煗法位者以別總念處觀故能發似解十六諦觀得佛法氣分譬如鑽火煙起亦如春陽煗發以慧鑽境發相似解解即喻煗又如春夏積集華草自有煗生以四諦慧集衆善法善法熏積慧解得起故名煗也即是内凡初位佛弟子有外道則無是名煗法位

五頂法者似解轉增得四如意定十六諦觀轉更分明在煗之上如登山頂觀矚四方悉皆明了故名頂法

六忍法位者亦是似解增長五種善法增進

成根於四諦中堪忍樂欲故名忍法位下中
二忍皆名忍位
七世第一法位者即是上忍一刹那於凡夫
所得最勝善根名爲世間第一法也上智妙
中已略說竟
煖等諸文智中已辨今明次位略知深淺
仍略於彼若欲廣知應尋諸論
〇七聖者又三列位釋名正釋廣開具如
婆沙俱舍今文極略足判淺深
七聖位者一隨信行二隨法行三信解四見
得五身證六時解脫羅漢七不時解脫羅漢
通名聖者正也苦忍明發捨凡性入聖性眞
智見理故名聖人
釋名中云苦忍明發捨凡入聖者至苦忍
已次第無間必入初果今從後說通云聖
人
一隨信行位者是鈍根人入見道之名也非
自智力憑他生解是人在方便道先雖有信
以未習眞信不名行以進趣爲義從得苦
忍眞明十五刹那進趣見眞故名隨信行位
也
二隨法行位者即是利根入道之名也利者
自以智力見理斷結在方便道能自用觀觀
四眞諦法但未發眞不名爲行因世第一法
發苦忍眞明十五刹那進趣見眞故名隨法
行位也
三明信解位者即是信行人入修道轉名信
解人也鈍根憑信進發眞解故名信解是人
證果有三謂三果云云證初果者第十六道比
智相應即證須陀洹須陀洹此翻修習無漏

成論明猶是見道數人明證果即入修道用此明修習無漏義便若見道所斷略言三結盡廣說八十八使盡七生在終不至八云云次明證二果即有二種一向二果向者從初果心後更修十六諦觀七菩提行現前即此世無漏斷煩惱一品無礙斷欲界一品煩惱乃至斷五品皆是趣向亦名勝進須陀洹約此論家家也二果者若斷六品盡證欲界第六品解脫即是斯陀含果也天竺云薄薄欲界煩惱也次明證阿那含亦有二一向二果向者若斷欲界七品乃至八品皆名爲向亦名勝進斯陀含約此說一種子也果者九無礙斷欲界若證第九解脫即名阿那含果也天竺云不還不還生欲界也復次須陀洹有三種一行中須陀洹即是向也二住果正是須陀洹也三勝進須陀洹亦名家家即是斯陀含向也斯陀含但有二種一住果二勝進勝進亦名一種子即阿那含向也阿那含亦二種一住果二勝進勝進那含斷五上分結謂色無色染等即阿羅漢向也羅漢但有一謂住果也復次超果者凡夫時斷欲界六品乃至八品盡來入見道發苦忍眞明十五心中是斯陀含向十六心即證斯陀含果也若凡大時先斷二界九品盡乃至無所有處盡後入見諦十五心名阿那含行第十六心即證那含果此名超越人證後二果也是信解雖是動根性不同謂退護思住進也若證阿那含各復有五及七種般八種般五種般者中般生般行般不行般上流般也七種者開中般爲三種也八種般者五如前更有現般無

色般不定般云云

三結八十八使七生如止觀第六記中般爲三者謂速非速久住準俱舍論總爲九種謂三各分三謂中生上流也有行無行生色界已方般涅槃並生般攝言中三者謂速非速經久如迸火星以喻三義思之可知並於中陰論速非速等生有三者一生約速立二有行約非速立三無行約經久立並生色界已論速等也上流三者一全超約速立二半超約非速立三徧没約經久立從色初至色末始終有此三人不同如是三九由業惑根異言業異者造順現業成中般造順生業成生般造順後業成上流般言惑三者下品惑成中般中品惑成生般上品惑成上流般言根别者上根中般中根生般下根上流般

妙法蓮華經玄義釋籤卷第十五

音釋

髮平義切鬄也　堋蒲庚切音彭射埒也　戮力竹切刑也　篗篌篗苦紅切篌胡鉤切　矚朱欲切視也

妙法蓮華經玄義釋籤卷第十六

隋天台智者大師說

門人灌頂記

唐天台沙門湛然釋

四明見得位者法行人轉入修道名爲見得是利根人自以智勳見法得理故名見得是人在思惟道次第證三果超越二果亦如信解中分別但以利根不籍聞法不假衆具自能見法得理爲異也見得但是不動根性若證阿那含果亦有五種七種八種般不同也五明身證位者還是信解見到二人入思惟道用無漏智斷上下分結發四禪四無色定即是用共念處修八背捨八勝處十一切處入九次第定三空事性兩障先已斷盡又斷非想事障滅緣理諸心心數法入滅盡定得此定故名身證阿那含也何者入滅定似涅槃法安置身內息三界一切勞務身證想受滅故名身證也若約初果解身證者但以先於凡夫用等智斷結得四禪四無色定後得見諦第十六心證那含果即修共念處還從欲界修背捨勝處一切處入九次第定身證也是阿那含有二種一住果但是阿那含也二帶果行向即是勝進阿那含也亦是羅漢向攝釋論云那含有十一種五種正是阿那含六種阿羅漢向攝此身證者即是勝進爲羅漢向攝五種七種般皆有上流般八種般但有現般無色般也毗曇分別那含有一萬二千九百六十種云云

斷上下分結者言五上分者謂掉慢無明色染無色染言五下分者謂身見戒取疑

貪瞋故俱舍云由二不起欲謂貪瞋由三復還下謂身見戒取疑滅盡定如止觀第九記釋論二十二釋四雙八輩中攝十七但云那含有十一種五種正是阿那含六種阿羅漢向攝那含五種者恐是現般一中般三速非速久住生般一六種阿羅漢向者謂有行無行全超半超徧沒無色（此私對之）更加初果向初果二果向二果三果向三果爲十七毗曇一萬二千九百六十種者雜阿毗曇云阿那含者或五及七八五謂中生有行無行上流七謂於中般更分三如迸火星喻八者謂五上加現無色及不定且從五種說謂色五種從根分十五謂上中下各五故約地成二十四禪各五故約性有三十謂退思護住進不動謂種性各五故處有八十梵衆至尼吒十六處各五故每一種那含有二千五百九十二何者約十六處成十六人約種性六成六倍增之合九十六約根有三三倍增之成二百八十八更以九離欲人九倍增之成二千五百九十二人一人既爾五種那含又五倍增之成一萬二千九百六十種（論文難見故今畧出）言九離欲者謂離欲界九品惑以爲九人也

六明時解脫羅漢者是信行鈍根待時及衆緣具方得解脫故名時解脫羅漢羅漢此無翻名含三義殺賊不生應供也位居無學羅漢有五種隨信行生退法思法護法住法升進法也得盡智無學等見也若用金剛三昧於非想九品惑盡次一剎那證非想第九解

脱成盡智次一刹那得無學等見也或彼時退故不説得無生智此五種阿羅漢是信種性根鈍因中修道必假衣食牀具處所説法及人隨順善根增進不能一切時所欲進也是五種各有二種不得滅盡定但是慧解脱得滅盡定即是俱解脱若不得滅盡定是人因中偏修性念處若得滅盡定是人因中修性共也證果時三明八解一時俱得故名俱解脱也

羅漢有五種者依婆沙略釋云言退法者謂退思法心生猒故言思法者持刀欲自害故言護法者於已解脱心生愛樂善守護故言住法者不退不進故言進法者能進至不動故言不動者住本不動故問退法必退耶乃至進法必進耶答或有説者不必退乃至不必進以是事故羅漢有五種故作是説退不必退乃至進不必進問若然何故名退乃至進答退者是退性乃至進者是進性以有五種性故羅漢有五種并法行一人名不動故有六種阿羅漢也若退果者牽於斯那二果亦失至初果住法爾然也此生之中必得不疑猶如勝人平地顛墜四顧遠望不有他人見我倒不即能自起極至臨終亦得無學故也得滅定人因中既脩性共念處至果時但名俱解脱人以未脩緣念終非無疑解脱也

七不時解脱羅漢者即是法行利根名不動法阿羅漢也此人因中修道能一切時隨所欲進修善業不待衆具故名不時解脱是人不爲煩惱所動故名不動不動是不退義成

就三智謂盡智無生智無學等見能用重空三昧擊聖善法以定捨定故言能擊是不動羅漢亦有二種一不得滅盡定但名慧解脱二得滅盡定即是俱解脱若聞佛説三藏教門修緣念處即發四辯名無疑解脱是名波羅蜜聲聞能究竟具足一切羅漢功德也名沙門那沙門那者沙門果也

盡智者謂見苦已斷乃至道亦如是無生智者不復更斷無學等見者得世智亦名等智婆沙云所作已辦名盡智從無學因生名無生智又曾得而得名爲盡智未曾得而得名無生智又云解脱道所攝名爲盡智勝進道所攝名爲無生智又云盡智有五種羅漢無生智唯一種謂不動此即從根不論解脱道等又無學等見者一切羅漢等有此見自知我是阿羅漢果等有此見故名等見重空三昧者謂空空三昧無相無相三昧無作無作三昧空是聖法復脩於空擊前聖法故名爲重沙門那者沙門此云乏那者此云道

二明辟支佛位者此翻緣覺此人宿世福厚神根猛利能觀集諦以爲初門大論稱獨覺因緣覺若出無佛世自然悟道此即獨覺若出佛世聞十二因緣法禀此得道故名因緣覺獨覺生無佛世有小有大若本在學人今生佛後七生旣滿不受八生自然成道不名爲佛亦非羅漢名小辟支迦羅論其道力不及舍利弗等大羅漢二者大辟支迦羅二百劫中作功德身得三十二相分或三十一三十二十九乃至一相福力增長智慧利於總

相别相能知能入久修集定常樂獨處故名大辟支迦羅也若就因緣論小大者亦應如是分别此人根利不須制果能斷正使又加侵習譬如身壯直到所在不中止息故不制果是名中草位竟

支佛集諦爲初門者三乘之人通緣四諦但有總别之異以隨義便故初門不同順四諦義故苦諦爲初門順十二緣義故集諦爲初門順六度義故道諦爲初門並三藏義也通教三乘以界内滅諦爲初門别教菩薩以界外道諦爲初門圓教菩薩以界外滅諦爲初門三藏六度緣起及行人斥小具如止觀第三記

○於三藏菩薩爲二初立門

上草位者即是三藏菩薩位也此菩薩從初發菩提心起慈悲誓願觀察四諦以道諦爲初門行六波羅蜜

○次明位爲三初三祇位

從初釋迦至罽那尸棄佛時名第一阿僧祇劫常離女人身亦不自知當作佛不作佛準望三乘位應在五停心别相總相念處位中以慈悲心行六度行也從罽那尸棄佛至然燈佛時名第二阿僧祇劫爾時雖自知作佛而口不說準望此位應在煖法位中即是性地順忍初心之位既有證法之信必知作佛而用煖解修行六度心未分明故口不向他說也從然燈佛至毗婆尸佛時名第三阿僧祇劫是時内心了了自知作佛口自發言無所畏難準此位應在頂法位中修行六度四諦解明如登山頂了見四方故口向他說也

○次百劫位

若過三僧祇劫種三十二相業者準此是下忍之位用此忍智行六度成百福德用百福成一相因於下忍之位入中佛出世時得種也

○三佛果位

若坐道場時位在中忍上忍從上忍一刹那入眞三十四心斷結得阿耨三菩提則名爲佛爾前則是三藏菩薩上草之位也

於中分凡聖位如文具如止觀記

○次通教三乘共位爲二初明三乘同異

小樹位者即是通教明三乘之人同以無言說道斷煩惱入第一義諦體法觀慧不異但智力强弱之殊煩惱習有盡不盡爲異耳

○次正明位文自分二

先明三乘共十地位次簡名别義通云云

○初共位

一乾慧地者三乘之初同名乾慧即是體法五停心别相總相四念處觀事相不異三藏此三階法門體陰入界如幻如化總破見愛八倒名身念處受心法亦如是住是觀中修正勤如意根力覺道雖未得煗法相似理水而總相智慧深利故稱乾慧位也二性地位者得過乾慧得煗已能增進初中後心入頂法乃至世第一法皆名性地性地中無生方便解慧善巧轉勝於前得相似無漏性水故言性地也三八人地位者即是三乘信行法行二人體見假以發眞斷惑在無間三昧中八忍具足智少一分故名八人位也四見地位者即是三乘同見第一義無生四諦之理

同斷見惑八十八使盡也五薄地位者體愛假即真發六品無礙斷欲界六品證第六解脱欲界煩惱薄也六離欲地位者即是三乘之人體愛假即真斷欲界五下分結盡離欲界煩惱也七已辦地位者即是三乘之人體色無色愛即真發真無漏斷五上分結七十二品盡也斷三界事惑究竟故言已辦地八辟支佛地位者緣覺菩薩發真無漏功德力大故能侵除習氣也九菩薩地位者從空入假道觀雙流深觀二諦進斷習氣色心無知得法眼道種智遊戲神通淨佛國土成就衆生學佛十力四無所畏斷習氣將盡也齊此名小樹位也十佛地者大功德力資智慧一念相應慧觀真諦究竟習亦究竟如劫火燒木無復炭灰如象渡河到於邊底雖菩薩佛名異二乘通俱觀無生體法同是無學得二涅槃共歸灰斷證果處一故稱爲通也

如前○如前者即指本文爲前△次簡名別義通

○次義者文自爲二初二中二初明立位意次乾慧下正釋初文又二先指文二簡名別義通更爲二初就三乘共位中菩薩別立忍名而義通二用別教名名別義通通義已如前説

○次立意

別立者別爲菩薩立伏忍柔順忍無生忍之名也

○次正釋者文相稍廣於止觀中若讀彼文須知此意於中二先釋次結判釋中自爲十初乾慧地爲四初通立共意次而菩薩下立別意三釋四弘相四從是爲下辨

異

乾慧地三人同伏見惑

而菩薩更加伏忍之名者菩薩信因緣即空而於無生四諦降伏其心起四弘誓願

○釋四弘中初誓廣次三誓略初誓又二

初釋

雖知衆生如虛空而發心度一切衆生是菩薩欲度衆生如欲度虛空

○次引證

故金剛般若云菩薩如是降伏其心所謂滅度無量衆生實無衆生得滅度者△次三誓畧

次三誓願降伏其心亦如是△四辨異

是爲菩薩在乾慧地修停心別相總相念處觀時異於二乘故別稱伏忍

○次性地中三初立共意

復次三乘人同發善有漏五陰生相似解皆伏見惑順第一義

○次而菩薩下釋行相立別意

而菩薩獨受柔順忍名者菩薩非但伏結順理又能爲一切衆生伏心徧行六度一切事中福慧皆令究竟

○三如三藏下判位辨異

如三藏菩薩於中忍中三僧祇行六度不惜身命今菩薩亦如是以空無相願調伏諸根爲衆生故滿足六度故名順忍也

○次入人見地爲三初立共意

復次三乘人同發眞無漏若智若斷同名無生

○次而菩薩下正釋

而菩薩獨受無生法忍名者以其見諦理斷

結使不生取證之心故別受無生法忍之名也

○三何者下明立忍所以

何者若生取證之心即墮二乘地不得入菩薩第九地

○次復次下明薄地爲三初立共意

復次三乘同得神通

○次而二乘下斥二乘

而二乘不能用成就衆生淨佛國土故不受遊戲之名

○三菩薩下正釋

菩薩能爾故別受遊戲神通名也

言遊戲神通具如止觀第五記

○次阿那含下明離欲地爲四初立共意

次斥二乘三菩薩能下正釋四所以下明立地所以辨不同之相

阿那含雖斷五下分結

而不能捨深禪定來生欲界和光利物不同其塵

菩薩能如此故別受離欲清淨之名

初三如文

○辨不同中二初明觀諦用智不同

所以三乘之人同觀二諦用與不同若二乘雖觀二諦一向體假入空用真斷結至無學果菩薩亦觀二諦始從乾慧終至見地多用從假入空得一切智慧眼多用真也從薄地學遊戲神通多修從空入假觀得道種智法眼多用俗也從辟支佛地學二觀雙照入菩薩地自然流入薩婆若海是則無功用心修種智佛眼佛地圓明成一切種智佛眼同照

二諦究竟也
○次故大論下引論證菩薩立名
故大論云聲聞法中名乾慧地於菩薩即是伏忍聲聞法名性地於菩薩法中名柔順忍聲聞法名八人地於菩薩名無生忍道聲聞法名見地於菩薩法是無生法忍果聲聞名薄地於菩薩法名爲遊戲五神通聲聞法名離欲地於菩薩法名爲離欲清淨
○次阿羅漢地去明巳辨地爲二初辨異
阿羅漢地於聲聞法即是佛地何者三藏佛三十四心發眞斷三界結盡與羅漢齊故名佛地於菩薩法中猶名無生忍
○次引證
故大品云阿羅漢若智若斷是菩薩無生法忍

○次支佛下明支佛地
辟支佛地亦如是
指同羅漢故云亦如是
○次明菩薩地爲四初略立
九地過辟支佛入菩薩位
○次略辨
菩薩位者九地十地
○三是則下略釋
是則十地菩薩當知爲如佛
十地猶受菩薩之名復名爲佛地者以佛地邊有菩薩地名故知始終皆有菩薩位故云別爲菩薩
○四齊此下辨盡不盡
齊此習氣未盡
○次過菩薩下釋佛地爲二初略立

過菩薩地則入佛地用誓扶餘習生閻浮提八相成道

○次五相下辨異

五相如三藏不殊唯六成道樹下得一念相應慧與無生四諦理相應斷一切煩惱習盡具足大慈悲十力四無畏十八不共法一切功德名之爲佛七轉法輪權智開三藏生滅四諦法輪實智說摩訶衍無生四諦法輪通教三乘人也八入涅槃相者雙樹入無餘涅槃薪盡火滅留舍利爲一切天人福田也於中三異涅槃異中言留舍利者若下本門中通佛亦言同入灰斷者當教二義不定故利鈍菩薩所見不同故△次結判

是爲通教共位別爲菩薩立此名位也△二用別教名別義通

○次簡名別義通及爲菩薩立忍名等具如止觀第六記今文爲二初釋次料簡初文爲四初來意次列別位三對位四是則下結

二用別名名者即是取別教之名準望通教菩薩位也別名者即是十信三十心十地之名也

初二如文△三對位

鐵輪位於通義即是乾慧地伏忍也三十心即望性地柔順忍也八人地見地即是初歡喜地得無生法忍也故大品云須陀恒若智若斷皆是菩薩無生忍也薄地向果向即是離垢地果即是明地也故大品云斯陀含智斷是菩薩無生法忍也離欲地向果向即燄地果即難勝地故大品云阿那含智斷是菩

薩無生法忍巳辦地向果向是現前地果是遠行地大品云阿羅漢智斷是菩薩無生法忍辟支佛地即是第八不動地侵習氣也大品云辟支佛地智斷是菩薩無生法忍菩薩地即是善慧地

三對位中前九地如文

○至佛地中先指前文

十地當知如佛地佛地如前說

通教十地於别但名菩薩地也

○次此佛下與三藏辨同異

此佛與三藏佛亦同亦異同八十年同入眞灰斷也異者三藏因伏果斷通佛因果俱斷

三藏一日三時照機通佛即俗而眞照不須入也

言三藏佛一日三時照機者諸部阿含及大論皆有此說云佛一日三時入定求可度機以約教門不能常見故也亦如摩耶經阿難近在於後而便問言阿難今者爲在何許又問祇洹何故多烏小近尚自不知豈能任運常照△四結

是則用别名辨位名異義同猶屬通教位也

○次料簡中初問

問初地至七地對果出何經論

可解

○答中明此通位教相多異致使人師各據一途於中二先見次思初中三先出同異

答經論非不對當但高下不同人師對之異或用見地止對初地如今所用或向初取三地併對初地仁王明四地併對初地此難定

判

○次但通教下難

但通教見地本是無間之道不出觀證須陀洹豈得初地斷見乃至三地或云四地耶

○三若斷下縱

若斷別惑不共二乘此義有之

○次思惑中二先出異

又或言六地斷結齊羅漢或云七地

○次兼前總判

此難定執前後兩果經論對皆不定中間可以意得今以義推不可定執也

略云不可定執者通義不可定判教門利他時長機雜故令爾也

○次問答中三先略判

問從七地八地觀常住破無明者是何地位

答此則非通亦復非別

○次何者下釋

何者通教始終不明觀常何得中間而破無明別教初心即知常住初地已能破無明云何八地始破無明

○三此乃下正判

此乃別接通意耳○次一問答

問大論三處明初燄約別圓皆取發眞爲初燄通教何意取乾慧爲初燄答別圓各逗一種根性故用發眞爲初燄通教爲逗多種根性所謂別圓入通故含容取乾慧耳若鈍者入人見地是初燄利者於乾慧即能斷結故是初燄

次問者問大論三處明焦炷等者謂乾慧地初地初住大論四十八明四十二字門

即初住已上也第四十九明菩薩初歡喜地乃至法雲地廣明脩治地業續此文後即云復次地有二種一者但菩薩地二者共菩薩地所謂乾慧地乃至佛地故知三教明矣故知此中問意與止觀稍似有殊此以三教爲問見地焦炷置而不論若得此意則止觀文宛然自别。三一問答

問利人應無十地答備有以根利故故不制位耳

次問利人應無十地者問意利人既於初地斷見應二地乃至四地斷思六七地成佛是則無十地耶答意者敎門具有於利人不制秖如超果得阿羅漢可令餘三果亦無人耶。四一問答

問别圓無利人耶答雖有利鈍以根性純故但作一説宜如此也

次問意者别圓若有利人應在地前住前燋炷耶答意者雖有利鈍斷位必定

○次别位爲大樹者爲三標章列門正釋大樹位者别教位也此爲三一出經論不同二總明位三别明位

初二如文

○釋中有三初又爲六初得名次位法所依三無量下通列四别教下判五然下判傍正六既有下結示不同

此别教名義理惑智斷皆别此正約因緣假名恒沙佛法如來藏理常住涅槃無量四諦而論位次

前二可知

○三通列中三先舉四數次有無量下列

四法三云何下釋四法

無量四諦凡有四種

有無量四諦不伏破塵沙亦不伏破無明有無量四諦傍伏破塵沙不伏破無明有無量四諦正伏破塵沙亦伏無明有無量四諦正伏破塵沙亦伏破無明

初二如文

云何無量不伏破塵沙不伏破無明若三藏伏道有十六諦觀明障眞之惑有無量種此乃伏於見思何關塵沙例如外道分別世智非伏見思云何無量是傍伏破若通教七地出假分別藥病此助滅界内非正伏破云何無量正伏破塵沙此是别教分別内外四諦有無量種即是伏破塵沙亦伏無明乃有破無明義今從事得名伏無明者爲便也云何無量伏破無明若圓教三諦俱照法界事理無不明了破自地無明伏上地無明

釋意者所以四教斷伏皆名無量若斷若伏相狀非一故通名之此中皆約菩薩故也初如三藏云伏見思即指菩薩今明無量多在出假故且置二乘故通教中亦指出假助謂助別別教中云内外四諦者當知別人具四四諦言乃有斷無明義者若據始終雖登地斷既證道同圓當知教道有斷義耳故今從事且判地前屬於別教則迴向中伏望於圓理故得事名圓人破無明位長故指初住去以爲無量

○四判

別教無量四諦非前二非後一正就恒沙佛法當名△五判傍正

五傍正者約別教始終以判然實通緣諸四諦次第爲論不無傍正初心緣諸無量發心誓願初正以生滅四諦伏通見思傍修三種次正以無生破通見思傍修兩種次正以無量破内外塵沙次正用無作伏無明次正用無作破無明可知

○六結示同異中二初略示

既有如此無量階差是故經論名數斷伏高下對諸法門多有不同

○次若華嚴下示教不同於中爲三先列教次又斷下明教相不同三所以然者下明不同意初又二先經

若華嚴明四十一地謂三十心十地佛地瓔珞明五十二位仁王明五十一位新金光明經但出十地佛果勝天王般若明十四忍大品但明十地涅槃明五行十功德約義配位似開三十心十地佛地而文不出名

○次論

又十地論攝大乘論地持論十住毗婆沙論大智度論並釋菩薩地位而多少出没不同云云

十地論唯釋華嚴十地品攝大乘第七釋第四因果勝相中亦但明歡喜等十地而已地持中明種性等六位如止觀第五所引論文十住婆沙初文但明十地而已次釋地相亦無諸位大論略出通別文但引例故知諸論明位粗略△次明教相不同

○次明教相斷伏不同

又斷伏高下亦異對諸法門行位亦復殊別

如文△三明不同意

○三明意中二先明聖教大意

所以然者既明界內界外生法兩身菩薩行位如來方便用四悉檀化界內衆生隨機利益豈得定說不廣尋經論如無目諍曰

○次今若下明今家用聖教意又四初總列大意意在爲成初心行人入道正意

今若明位數須依瓔珞仁王若明斷伏高下須依大品三觀若對法門須依涅槃用衆經意共成初心觀教兩門使分明耳

若無位次將何以爲聞賢思齊將何以越增上慢罪若赴機異轍任彼所忻故使如上參差不等若爲成初心教觀故且用三經△三經者瓔珞大品涅槃

○次諸聖下誡勸修行

諸聖上位非凡能測豈可妄說粗知大意者爲破行人增上慢心又爲銷經文引物希向不可偏執諍競是非也

○三今判下正示用三經意

今判位名數依瓔珞仁王者華嚴頓教多明圓斷四十一地不出十信之名諸大乘經多明諸法門不正辨位前四時般若多明菩薩觀行法門意亦不正辨位

是故今家不同世人解釋經論但依法相列位而已今一家別位若不依瓔珞則位無始終若不依大品則諸位全無斷惑高下用觀分齊若不依涅槃則菩薩願行淺深相狀遠近莫知三經相成佛旨無失

○四釋三文自爲三

今謂瓔珞五十二位名義整足恐是結諸大

乘方等別圓之位仁王般若明五十一位恐是結成前四時般若別圓之位也法華但開權顯實顯一圓位涅槃大意亦明別圓兩位而不摘出名目云云

初依瓔珞仁王中言前四時般若者古判般若總有五時一摩訶二金剛三天王四光讚五仁王此亦未可全用雖然摩訶定在仁王之前何以知然仁王云如來成道二十九年先已爲我說摩訶般若故知仁王在後明矣若光讚經準諸經目録弘始五年四月二十三日譯大品竟二十七卷成者是也後竺法護晉太康元年譯上帙爲光讚又朱仕衡譯爲二十卷名放光般若羅什又重譯爲十卷名小品支讖又譯爲十卷名道行又有人譯爲五卷名大明度又有人譯略光讚名大明度又有人譯略光讚名大智無極又有人譯名大品當知光讚秖是大品上帙在後譯之故不可以爲別時義也爲是義故與仁王天王而爲次第者未可全用法華意雖該攝且名位不彰故但用二經△次依大品三觀

斷伏高下依大品三觀者於次第義便也△三依涅槃

對觀行法門依涅槃五行者正是末代入道所宜也何者別教明觀行有二種一者不共二乘說如華嚴十地論地持九種戒定慧及攝大乘論等是也二者共二乘說如方等大品中論釋論是也今涅槃五行從凡至極故是末代行用爲要也

言地持九種戒定慧者論文既云六度皆

九今但云三者或以三攝六或略舉三要然諸位功用願行法相斷惑品類被物廣狹依土淨穢示迹多少真應優劣對當法門等非可具列是故今文但明一轍所以不暇廣明法相今順文體亦不委曲廣尋經論恐添雜本文故知依此文相足辨權實也

○次總明位中亦約三經先標

二總明菩薩位者即約三經

○次釋釋中二初約瓔珞者列釋

一約瓔珞明位數者經有七位謂十信十住十行十迴向十地等覺妙覺地也

初十信心即是外凡亦是別教乾慧地亦名伏忍位也十住即是習種性此去盡三十心皆解行位悉是別教內凡亦是性地亦名柔順忍位約別教義推應如煖法也十行即是性種性別教義推應如頂法十迴向道種性別教義推應如忍法世第一法問今明別教何用四善根名答別教十地既對四果今以方便擬四善根何咎又通教通於通別真似兩解作此比決於義分明也十地即是聖種性此皆入別教四果聖位悉斷無明別見思惑等覺位即是等覺性若望菩薩名等覺佛若望佛地名金剛心菩薩亦名無垢地菩薩也妙覺地即是妙覺性即是究竟佛菩提果大涅槃之果果也

二約大品及三觀合位明斷伏高下者大品菩薩欲具道慧當學般若即此十信習從假入空觀伏愛見論欲入十住位若得十住即斷界內見思也欲以道慧具足道種慧當學

般若此即修從空入假十行也欲以道種慧具足一切智當學般若此即修中道正觀入十迴向位也欲以一切智具足一切種智當學般若此即是證中道觀入十地也欲以一切種智斷煩惱習當學般若此即等覺地也無明煩惱習盡名之爲佛即妙覺地也

次依大品明三觀者問今此文中將此四義以對三觀與大論中釋因中總別果上總別等有何差別答言異義同何者空假爲因中道爲果從假入空爲因中總相從空入假爲因中別相別人脩中初但總相爲果上總若入初地雙照二諦爲果上別當知四義與三不殊

三約涅槃明聖行合位者初戒聖行定聖行即是十信位也生滅無生滅四眞諦慧聖行即是十住位無量四聖諦慧即是十行位修一實諦無作四聖諦即是十迴向位次若發眞見一實諦證無作四聖諦即是聖行滿住無畏地得二十五三昧能破二十五有名歡喜地五行具足次後說十功德者恐表住大涅槃十地之功德也過此明佛眼了了是妙覺地也三別明位

三別解七位餘本尋大樹位竟也

別解七位者如瓔珞中明六種性兼於住前信位爲七瓔珞六位者謂十住習種性十行性種性十向道種性十地聖種性等覺性妙覺性應往四教本中尋三草二木位竟

妙法蓮華經玄義釋籤卷第十六

音釋　罽居例切　粗坐五切略也

妙法蓮華經玄義釋籤卷第十七

隋天台智者大師說

門人灌頂記

唐天台沙門湛然釋

○次明最實位即一地所生之次位也故前立三教及以人天今唯在圓若不至法華開顯安知一地所生於一佛乘分別說三此之謂也故知三草二木各謂自立蒙一味雨方知一地所生如彼窮子至臨終時乃識其父是故須明一實位也爲令識父是故須明前諸權位於中先標明最實位者即圓教位也

○次釋釋中文自開爲十意△（籤初列十意四字正是此文之科）此爲十意一簡名義二明位數三明斷伏四明功用五明麤妙六明位興七明位廢八開麤顯妙九引經十妙位始終

初列十意者雖同釋圓門不無小異初之四意及第十意正釋圓位餘之五意因此便明何者此既唯明一實之位不合即明麤妙等文故此等文應合在妙行文後位妙章初列之應云一明諸位次明麤妙及以興廢開顯等也今來此者欲更重與權位比決及開顯彼麤位故也故先釋竟重判麤妙及開顯等問今此初約通別圓三三句料簡至下結文既云與藏通同初料簡中何故不對三藏簡耶答二者通是大乘初門堪入後故二者二處羅漢名同故初對通而後兼藏此十章次第者理雖無名理籍名顯名下有義方顯所詮義上有

名方知詮異故名義一章最居於首既知圓門名義次辨所詮位數乃識圓位開合不同雖知位數位數本爲分別斷伏若不識者徒設何爲故次明斷伏既知斷伏應明斷伏功用不同既知圓門斷伏功用若不望前諸位皆麤焉知此位諸位中最既知麤妙何不純說一實之位何用前來諸麤位耶應知麤妙皆爲緣與緣既迭興事須迭廢法華前教迭興迭廢約人雖廢其法仍存況大小並與受益不等若顯若密當座殊源若横若竪法味差降時熟化畢咸會法華根緣既同應無異迹諸麤至此妙理斯均是故須有開顯相也雖始立名義終至開權權實諸位理須憑據雖不孟浪有始有卒其唯聖人既是佛之本意不得不委辨其大體故以十門括於一化方了法華妙位之意

○於中先釋名義中二先指下文

一簡名義者若圓別不同自有十意下辨體中説

○次辨今意又二先標列三意

今約通別圓三句料簡一名通義圓二名別義圓三名義俱圓

○次釋釋中自三今釋初意中二先述次釋述中先述二名與小教同

名通義圓者下文云我等今日眞阿羅漢普於其中應受供養又云我等今日眞是聲聞以佛道聲令一切聞

○次結

此名與通藏同而義異

○次何者下釋釋中先釋初名中經但述應供之名今具以羅漢果上三義釋之一一文中皆以偏顯圓

何者彼但殺四住之賊無明尚在此不生義偏故天女曰結習未盡華則著身今殺通別兩惑得如來滅度故殺賊義圓又彼是分段不生界外猶生寶性論云二乘於無漏界生三種意陰今則分段變易二俱不生不生義圓彼是界內應供非界外應供淨名曰其供汝者不名福田則應供義偏今則普於其中應受供養則應供義圓

言三種意陰者二乘在彼三中之一今通言之故云三種非謂二乘盡具三也言意陰者由意生陰名爲意陰又作意生陰名爲意陰又意即是陰名爲意陰前之兩釋從因得名後之一釋從果得名又雖名意陰亦可具五何者佛尚具足常色等五況復因人但小教中不云界外更有生處然不了教尚云滅心何況於色淨名曰其供汝者此借淨名折挫之言彼經挫其同於悲境當知聲聞應供義偏

○次釋後名

彼但小乘從他聞四諦聲則聲偏聞偏今能令一切法界聞一實四諦佛道之聲使一切聞則聲聞義圓故知依義不依語從圓判位也

可知

○次釋名別義圓

名別義圓者如五十二位名與別同而初中後位圓融妙實隨自意語非是敎道方便依

義不依語應從圓判位也

五十二名不異於別從初至後觀圓證圓

止觀第六卷末云借下成高此之謂也

名義俱圓者文云開示悟入皆是佛之知見佛一切種智知佛眼見此之知見無有缺減又入如來室坐如來座以如來莊嚴此則名義俱圓判於圓位也

次名義俱圓者從始至終無非佛眼佛智言入室等者皆云如來故知名圓既云諸法空座大慈悲室如來莊嚴故知義圓

○次明位數如名義俱圓中雖並以佛知見之言謂之爲俱然諸教大量須曉位數方能引於行者心期於中二標列

二明位數者又爲三一明數二引證多少三料簡

○次釋釋自三先釋數中四先列古師次今謂下斥舊三又有下重述破四論諸下

正明今意

數者人解不同有言頓悟即佛無復位次之殊引思益云如此學者不從一地至一地又有師言頓悟初心即究竟圓極而有四十二位者是化鈍根方便立淺深之名耳引楞伽云初地即二地二地即三地寂滅真如有何次位又有師言初頓悟至十住即是十地而說有十行十迴向十地者此是重說耳

初師意者並列無位之文或生臆見未當大途或引經文不曉聖者意別是故須破頓悟初心即究竟者然華嚴中位兼圓別人不通曉兩教位意又復不達圓位始終直指初心以爲妙覺唯尚頓門成佛速疾

乃成圓教後位徒施兼成出佛煩重之過故依舊判誠爲未可

○次斥中三△初總斥

今謂諸解悉是偏取

初總斥中云悉是偏者約理則證法無名約事則不無諸位故知諸師偏從理說

○次然下別述難意

然平等法界尚不論悟與不悟孰辯淺深旣得論悟與不悟何妨論於淺深

前之三師並云頓悟故總以一頓悟斥之引經失旨其理自虧故知悟卽初住未悟卽住前旣許有悟與不悟何妨兩位俱有淺深乃成五十二位耶

○三究竟下引經部所明皆有兩意如何獨以無位爲語

究竟大乘無過華嚴大集大品法華涅槃雖明法界平等無說無示而菩薩行位終是炳然△三重述破

○次重述中二先述次難

又有人言平等法界定無次位

初文者此師意者兼斥前之三師故立定言

○次今例下以見證爲難又三先正舉權實兩證次引大論譬三引普賢觀證

今例難此語眞諦有分別耶眞諦無分別耶見眞之者判七賢七聖二十七賢聖等今實相平等雖無次位見實相者判次位何咎

初如文

○引大論中二先引論

大論云譬如入海有始入者到中者至彼岸

者
○次例論意謂江海深淺
若見眞判位如江河深淺若實相判位如入
海深淺△三引普賢觀證
故普賢觀云大乘因者諸法實相大乘果者
亦諸法實相
引普賢觀云大乘因者等者雖俱實相因
果灼然若有因果即有淺深如止觀中及
此下文圓漸漸圓四句料簡則圓家之漸
泠然可知
○次正明今意爲三初總述用位意次還
約下列位數三今於下釋
論諸次位非徒贖說隨順契經以四悉檀明
位無妨
初文言隨順契經等者是佛所說契教根
理乃如符契故名爲契佛尚赴機以說諸
位末代弘教應順聖言若不爾者如來何
故爲此凡下徧說諸位故知皆爲令物聞
位歡喜生善破惡發眞即是明位利益意
也故今依諸教如下所引是也
○次列
還約七種以明階位謂十信十住十行十迴
向十地等覺妙覺
可見
○三釋中二先述今文所立次廣釋諸位
初文者先述
今於十信之前更明五品之位云云
○次釋釋中先大師次私釋前文爲三先
正釋次如此下結歎三若欲下決位初自
爲五初品文者又二先述境即圓聞而起

信也

若人宿殖深厚或值善知識或從經卷圓聞妙理謂一法一切法一切法一法非一非一切不可思議如前所說起圓信解信一心中具十法界如一微塵有大千經卷一塵中有大千經卷如止觀第三記明行意

○次欲開下依信起行又二先正明十乘行法次舉下結束示位初文者又三初總欲開此心而修圓行

○次圓行者下總示行相圓行者一行一切行

○三略言下別示行相先舉數略言爲十

○次列圓行爲十者即十法成乘廣論具如止觀第五初至第七末今此正意論於教門是故觀法文相稍略故但略列與前三教以爲此決顯經圓意

謂識一念平等具足不可思議傷已昏沉慈及一切又知此心常寂常照用寂照心破一切法即空即假即中又識一心諸心若通若塞能於此心具足道品向菩提路又解此心正助之法又識已心及凡聖心又安心不動不墮不退不散雖識一心無量功德不生染著十心成就△次結束示位

舉要言之其心念念悉與諸波羅蜜相應是名圓教初隨喜品位

○次行者下明第二品於中爲四初正明第二品相次内外下明第二品中十觀三金剛下引證四聞有下結位

行者圓信始生善須將養若涉事紛動令道芽破敗唯得内修理觀外則受持讀誦大乘經典聞有助觀之力内外相藉圓信轉明十心堅固

初二如文

○引證文三初引金剛以證能資

金剛般若云一日三時以恒河沙身布施不如受持一句功德

○次舉次品資於前品

初品觀智如目次品讀誦如日日有光故目見種種色

○三引彌勒論以證能資力大

論云於實名了因於餘名生因福不趣菩提二能趣菩提

論云於實名了因等者頌意正明讀誦般若資於實相是故持誦名爲了因故云於實降斯已外但名生因生因者有漏因也故云於餘福不趣菩提二能趣菩提者布施七寶如須彌山福也受持及讀誦此二趣菩提是故此二名爲了因論文福不趣菩提二句在前於實名了因二句在後今從義便於理不違又準五種法師於論二文各開爲兩更加說法名五法師今引論文且存自行故無說法又不名師安樂行疏廣釋五種法師△四結位

聞有巨益意在於此是名第二品位

○次行者下明第三品爲三初明第三品相次安樂行下引證三說法下結位

行者内觀轉强外資又著圓解在懷弘誓熏動更加說法如實演布

兼利物能以少施與虛空法界等使一切法趣檀檀爲法界

○次大品下引證

大品云菩薩少施超過聲聞辟支佛上當學般若即此意也餘五亦如是事相雖少運懷甚大

○三此則下明位意

此則理觀爲正事行爲傍故言兼行布施事福資理則十心彌盛是名第四品位

○四事福下結位

○次行人下明第五品中二亦先明位相

次具足下結位初文二先總明

行人圓觀稍熟事理欲融涉事不妨理在理不隔事故具行六度

○次若布施下別示六度之相

初如文

安樂行云但以大乘法答設以方便隨宜終令悟大淨名云說法淨則智慧淨毗曇云說法解脫聽法解脫

次引三文者安樂行可見次淨名文云說法淨等者唯說圓常內心無著故名爲淨

如引安樂行云但以大乘法答等故知以說法力內熏自智令倍清淨化功歸已意在於斯大小同然故引毗曇以爲類例若言聽法得解脫者在隨喜位初文意各別相從來耳△三結位

說法開導是前人得道全因緣化功歸已十心則三倍轉明是名第三品位

○次上來下明第四品爲四初明位相

上來前熟觀心未遑涉事今正觀稍明即傍

若布施時無二邊取著十法界依正一捨一切捨財身及命無畏等施若持戒時性重譏嫌等無差別五部重輕無所觸犯若行忍時生法寂滅荷負安耐若行精進身心俱靜無間無退若行禪時遊入諸禪靜散無妨若修慧時權實二智究了通達乃至世智治生產業皆與實相不相違背

故知正行六度文中爲欲略明圓境故云十界依正俱捨廣明行相應如隨自意及止觀正助合行事理不二方名正行若取其意但用三藏事六度相皆以實相融令不二無非法界即是其相無畏等施者論有三施謂資生無畏法捨於依正名施資生略不言法故云等也△次結位

具足解釋佛之知見而於正觀如火益薪此是第五品位

○次結歎

如此五品圓信功德東西八方不可爲喻雖是初心而勝聲聞無學功德具如經說可知

若欲比決取解類如三藏家別總四念處位義推如通教乾慧地位亦如伏忍位義推亦得是別教十信位云云

三決位中類如三藏念處位等者但大小相望俱是外凡不論內觀及境優劣下去格位一切皆然一一品中皆應具十更倍增明文無者略故十信初復重牒云令五倍深明也

○私釋中因向決位故以五品對於五停於中爲二初總對

私謂五品位是圓家方便初欲令易解準小望大如三藏之五停心

○次別對

初品圓信法界上信諸佛下信衆生皆起隨喜是圓家慈停心徧對治法界上嫉妬第二品讀誦大乘文字文字是法身氣命讀誦明利是圓家數息停心徧治法界上覺觀說法品能自淨心亦淨他心是圓家因緣停心徧治法界上自他癡癡去故諸行去乃至老死去兼行六度品是圓家不淨停心六蔽初名貪欲若捨貪欲欲因欲果皆捨捨故無復報身非淨非不淨也正行六度品是圓家念佛停心正行六度時即事而理理不妨道事妨於道即事而理無障可論大意如此云云

言文字是法身氣命者例如欲界有漏色身息住命住息盡命盡法身亦爾有能詮教法身則住大乘教沒法身豈存故隨喜位內觀法身無讀誦息持於慧命則被覺觀破壞法身正行六度中云即事而理等者理即是佛事妨於道於事會理使事無妨妨即是障即事而理無障可論△次廣釋諸位

○十信位者又爲五初牒五品爲十信因次正明十法橫竪對十信三普賢下引證四入此下功能五此位下指廣所明

一明十信位者初以圓聞能起圓信修於圓行善巧增益令此圓行五倍深明因此圓行得入圓位

初文者然此中先重牒前五品之初聞圓起信能習十法成於圓行入隨喜品品

漸進入十信位名爲圓位

○次以善下正明十法既由十乘入於十信故今文義理須具對横竪三意故先竪對次引瓔珞十信有百以對横文故知十信與十乘義義同名異須善會通令不失旨今比望竪出其横相

以善修平等法界即入信心善修慈悲即入念心善修寂照即入進心善修破法即入慧心善修通塞即入定心善修道品即入不退心善修正助即入迴向心善修凡聖位即入護法心善修不動即入戒心善修無著即入願心是名入十信位瓔珞云一信有十十信有百百法爲一切法之根本也是名圓教鐵輪十信位即是六根清淨圓教似解煗頂忍世第一法

一一信中言善脩者由緣實相行於五悔策勤精進至第五品得入十信名爲善脩由善脩故相似解起是故十法在相似位轉名信心乃至願心亦復如是何者不思議境以信爲本慈悲弘誓藉念力持心安止觀功由精進破於三惑妙慧方徧於通無塞由決定力元脩道品爲求不退正助無闕迴因向果不濫次位方能護法内外不動由善防非於法無愛由大願力故得至此名爲信心乃至願心十法既許初心具脩當知信信皆具十法是則十信有百明矣

○三引觀經證

普賢觀明無生忍前有十境界即此位也可見

○四功能中二先正敘功能

入此信心能破界内見思盡又破界外塵沙無知能伏無明住地之惑

○次引仁王證

仁王般若云十善菩薩發大心長別三界苦輪海亦此位也

云十善菩薩發大心者亦有人云六根清淨名爲頓義十善菩薩此是漸義今文所引十善菩薩以證六根豈應引漸而證於頓故知二文俱頓明矣但仁王經語其初後法華經意論其中間人不見之徒生異見

五指廣教中二先總舉

此位經經出之不同

○次華嚴下引衆多文

華嚴法慧菩薩答正念天子明菩薩觀十種梵行空學十種智力入初住十種梵行空即一實諦亦無作之滅諦學十種智力即觀無作之道諦即十信位也

初云華嚴法慧等者彼經不列十信之名唯於住前觀十梵行自古講者判爲十信故今引之以爲信位十梵行空具如止觀第七記

若大品云譬如入海先見平相亦是是乘從三界中出也

譬如入海先見平相者大論六十六云聞深般若乃至正憶念當知是人不久授記如欲見海發心欲趣不見樹相山林等相當知是人雖不見海知海不遠何以故大海處平無樹等相故菩薩受持般若正憶

念等雖未佛前聞劫數記自知近於菩提不久樹山等者生死也又如春樹陳葉若落當知是時新葉不久聞深般若觀行成就亦復如是

仁王般若普賢觀如前引

仁王普賢觀如前引者仁王偈云十善菩薩發大心長别三界苦輪海次文即云習種銅輪二天下故知十善是鐵輪位普賢觀云十境界等又云三昧力故六根漸淨具如經說六根淨已爲諸如來摩頭授記授記即是入初住也故知六根即是住前十信位也

下文入如來室座衣等即是修四安樂行行處近處

引今經意者既云安樂之行安樂名涅槃即指初住已上前通望位雖以五品爲行今此望證爲行故知明行必在住前行處則通通於五品十信近名有通有别如疏釋云約遠而論近即離十惱亂約近而論近即指在空閒處脩攝其心約非遠非近而論近即指不動不退等一十八空菩薩應須觀察如是三法故俱名近是則所近之法有親有疎故云通别通疎别深故也

涅槃云復有一行是如來行所謂大乘

引涅槃意亦與安樂義同

大論云菩薩從初發心即觀涅槃行道若觀涅槃行道生相似解即是一行如來行也云云

大論意者即涅槃爲所觀所證故知行道亦在住前亦是如來之行

○次明十住位者爲五初總牒信爲入住

之因次初發下明三法開發三舉要下明十法分成四仁王下略引證五此位下指廣教法

二明十住位者以從相似十信能入十住眞中智也初發心住發時三種心發一緣因善心發二了因慧心發三正因理心發即是前境智行妙三種開發也住者住三德涅槃也緣因心發即是住不可思議解脫首楞嚴定慧心發即是住摩訶般若畢竟之空正因心發即是住實相法身中道第一義

初二如文

○三從舉要言之去十文即是初住十法從證受名故名爲住故仁王云入理般若名爲住住於三德一切佛法乃至能生後後諸位位位無不皆具十法故也故今十法從住爲名後去諸位用此初住十法爲因於中爲二初大師釋出初住十法次私會釋初又二先正釋次華嚴下稱歎

舉要言之即是住三德一切佛法也又住清淨圓滿菩提心無緣慈悲無作誓願普覆法界又住一念中成就一切萬行諸波羅蜜又住一切種智圓斷法界見思無明又住得佛眼圓見十法界三諦之法又住圓入一切法門所謂二十五三昧冥益衆生又成就菩薩圓滿業能顯一切神通謂三輪不思議化彌滿法界顯益衆生又能成就開權顯實入一乘道又能嚴淨一切佛土能起三業供養一切十方佛得圓滿陀羅尼受持一切佛法如雲持雨又住能從一地具足一切諸地功德心心寂滅自然流入薩婆若海

初文中意言從證者證不思議名住一切佛法證三種菩提名住慈悲普覆證寂照止觀名住成就萬行證破三惑徧名住一心三智證於通無塞名住佛眼圓見證無作道滅名住法身冥益證助道萬行名住神通顯益證圓門實位名住開顯一乘證安忍内外名住嚴淨佛土證無諸法愛名住諸地功德此初住證轉似爲眞故也

華嚴云初住菩薩所有功德三世諸佛歎不能盡若具足說凡人聞迷亂心發狂

私謂初住成就十德應是十信中十法轉似爲眞一住具十細意尋之對當相應何者十信百法爲一切法本豈不得作此釋耶初住既爾三觀現前無功用心斷法界無量品無明不可稱計一住大分略爲十品智斷即是十住

○四引證

故仁王云入理般若名爲住即是十番進發無漏同見中道佛性第一義理以不住法從淺至深住佛三德及一切佛法故名十住位可知人見淺深之言多不曉於圓别之意具如下辨亦如止觀中文△五指廣教法

此位諸經出處不同華嚴云初發心時便成正覺了達諸法眞實之性所有聞法不由他悟是菩薩成就十種智力究竟離虚妄無染如虚空清淨妙法身湛然應一切當知即是發眞無漏斷無明初品也淨名云一念知一切法是爲坐道場成就一切智故亦是入不二法門得無生忍也大品明從初發心即坐道場轉法輪度衆生當知此菩薩爲如佛亦

是阿字門所謂一切法初不生也即是今經爲令衆生開佛知見亦是龍女於刹那頃發菩提心成等正覺即是涅槃明發心畢竟二不別如是二心前心難此諸大乘悉明圓初發心住位也乃至第十住云云

五指廣教者並是證一分無生能八相作佛故云坐道場等大經云發心畢竟二不別等者此並迦葉歎初住文也華嚴釋初住中讚文甚廣不能具記

三明十行位者即是從十住後實相眞明不可思議更十番智斷破十品無明一行一切行念念進趣流入平等法界海諸波羅蜜任運生長自行化他功德與虛空等故名十行位也

十迴向位者即是十行之後無功用道不可思議眞明念念開發一切法界願行事理自然和融迴入平等法界海更證十番智斷破十品無明故名迴向也

十地位者即是無漏眞明入無功用道猶如大地能生一切佛法荷負法界衆生普入三世佛地又證十番智斷破十品無明故名十地位也

行向地文多是華嚴瓔珞文意瓔珞文雖次第亦可借用念念進入之言

等覺地者觀達無始無明源底邊際智滿畢竟清淨斷最後窮源微細無明登中道山頂與無明父母別是名有所斷者名有上士也

七明妙覺地者究竟解脫無上佛智故言無所斷者名無上士此即三德不縱不橫究竟後心大涅槃也一切大理大誓願大莊嚴大

智斷大徧知大道大用大權實大利益大無住大即是前十觀成乘圓極竟在於佛過荼無字可說云云故盧舍那佛名爲淨滿一切皆滿也

妙覺位中名大涅槃十法至此俱名爲大是故文云御車達到猶名爲車自爾已前雖具諸法未究竟顯不名爲大雖有慈悲爲無明隔故不名大雖常寂照所嚴未窮能嚴非大雖破三惑智未周窮故智非大雖知通塞塞仍未盡故知非大雖得道品道未至極故道非大雖用正助正行未滿故用非大雖復開權理未窮終故開非大雖忍二邊猶有餘惑故益非大雖不著位位未至極故位非大是故妙覺十皆名大名究竟乘十法成乘對大車喩如止觀第七乃至分別此十法中或七或一等△二引證多少

○次引證中三初總標次廣引三如上下結酬

初如文

二次引衆經明位數多少者

○次文者又二初引諸經次引此經初引諸經中二先大經次大品初引大經中二先正引釋次問下釋疑初文又二先引月愛三昧以證位中智斷次引第二經以證三德初文又二初大涅槃下證約智斷論法身

大涅槃云月愛三昧從初一月至十五日光色漸漸增長又從十六日至三十日光色漸漸損減光色增長譬十五智德摩訶般若光

色漸減譬十五斷德無累解脫三十心爲三智斷十地爲十智斷等覺妙覺各爲一智斷合十五智斷月體譬法身

○次大經下證約法身論智斷

大經云月性常圓實無增減因須彌山故有虧盈不增而增白月漸著不減而減黑月稍無法身亦爾實無智斷因無明故約如論智如實不智約如論斷如實不斷雖無智而智般若漸漸明雖無斷而斷解脫漸漸離舉月爲喻知是圓教智斷位也

合前智斷等共顯三德二文各有譬合月愛三昧梵行品文

大經云從初安置諸子祕密之藏二德涅槃然後我當於此祕藏而般涅槃此即最後智斷也

次文者合前三德秖是祕藏

○次釋疑中先問次答

問何得知月喻譬位耶

問意者經中耆婆爲闍王說總有六喻初喻善心開敷次喻行者心喜三四二喻善根增煩惱減五喻除貪六喻愛樂云何得知此喻智斷此是通問

答仁王明十四忍三十心爲三般若十地爲十般若等覺爲一般若十四般若在菩薩心中皆名爲忍轉至佛心名之爲智此與十五日明智位同勝天王明十四般若位正用十四日月爲譬故作此釋也

答中以仁王勝天兩般若助證大經驗大經文義當智斷仁王十四忍者忍是因義至果名智今欲通論智斷故以智名替忍

勝天王中亦以般若爲十四般若即是智
德彼二經中既有十四智斷何妨大經十
四智斷十四義成十五可例
○次引大品者又二先引經次諸學人下
釋疑
大品明四十二字門語等字等南嶽師云此
是諸佛密語何必不表四十二位
初文中云四十二字門云語等等者南嶽
釋云言字等者謂法慧說十住十方說十
住者皆名法慧乃至金剛藏亦復如是言
語等者十方諸佛說十住與法慧說等乃
至十地亦復如是又一切字皆是無字能
作一切字是名字等發言無二是名語等
一切諸法皆互相在是名諸字入門等也
前是事解次是理解

○次釋疑中二先出疑
諸學人執釋論云無此解多疑不用
○次但論文下釋釋中二先引論文略釋
意
但論本文千卷什師作九倍略之何必無此
解耶
○次今謂下以字義意釋釋中又四初略
引字義次引華嚴與字義同同是圓意三
經云下引經釋四十二字爲證四廣乘下
引經文次第以證字義
今謂此解深應冥會何者經云初阿後茶中
有四十初阿字門具四十一字後茶亦爾
華嚴云從初一地具足一切諸地功德此義
即同
初二文可見

經云若聞阿字門則解一切義所謂諸法初不生故此豈非圓教初住初得無生法忍過茶無字可說豈非妙覺無上無過

三引經者經中具釋四十二字功德互足具如南嶽兩卷中釋釋兼三教今意在圓

○四引經文次第爲二先正引次結酬

廣乘品明一切法皆是摩訶衍竟即說四十二字門豈非圓教菩薩從初發心得諸法實相具一切佛法故名阿字至妙覺地窮一切法底故名茶字此義其數與圓位甚自分明又四十二字後即說菩薩十地此是顯别教方便之次位也又次十地之後說三乘共十地此顯通教方便位也經文次比三義宛然

今取四十二字以證圓位也

初文者大品第五釋廣乘中彼廣明三十七品乃至十八不共法已廣釋四十二字門次第六卷發趣品中明菩薩摩訶薩發趣者從初歡喜地乃至法雲地法雲中明脩治地業次發趣後出到品中須菩提問是乘從何處出到何處住佛言無人乘而到乾慧等地是故結云經文次比

○次正引此經爲二初引分别功德法師方便品通證始終圓位次引譬喻及序别證四十二因果之位初文者初明因位次又云下證果位初因位中二先引兩品證內外凡

此經分别功德品明初心五品弟子之位文甚分明法師功德品明六根清淨相

○次引方便以證聖位又二初正引

方便品云諸佛爲一大事因緣故出現於世

爲令衆生開佛知見四句

○次引南嶽釋證證中又二先以事證謂開等

南嶽師解云開佛知見是十住位示佛知見是十行位悟佛知見是十迴向位入佛知見是十地等覺位皆言佛知者得一切種智也皆言佛見者悉得佛眼也

○次引理證同證實故

又經云是爲諸佛一大事因緣者同入一乘諸法實相也

○次果位

又云唯佛與佛乃能究盡諸法實相者即是妙覺位也

可知△次引譬喻及序別證四十二因果之位

又譬喻品諸子門外索車長者各賜等一大車是時諸子乘是寶乘遊於四方嬉戲快樂自在無礙直至道場言四方者即譬開示悟入四十位也直至道場即是究盡實相妙覺位也

次引兩品中初譬喻意者寶乘是諸子所乘乘必從因至果果必究竟道場既先遊四方非因何謂諸聲聞等既得記已即入初住驗知即是真因位也此因無易故云直至

序品中天雨四華表此四十因位也

次序品意者凡爲序者作正弄引覩引知用正驗序始末炳然是故四華從天然理正應不徒施以正宗中談實相因果故也畢竟因空而雨果佛使見聞者莫不脩一乘因感一乘果故復及諸大衆故知表因

眞位明矣△三結酬

如上所引衆經爲證及引今文明四十二位炳然皆是無次位之次位達於實相增道損生論次位耳

言結酬者如文炳明也故知前以無位難者不然

○三料簡中二初料簡品位次以四句料簡開合初文又二初料簡品位次末代下誡勸初又二先料簡品次此諸下料簡位前是料簡瓔珞次是料簡涅槃大品品位相成共顯一義觀心不須料簡初問

三料簡者問無明覆佛性中道止作四十二品斷耶

如文

答無明雖無所有不有而有不無階品一往大分爲四十二品然其品數無量無邊大論云無明品類其數甚多是故處處說破無明三昧又云法愛難盡處處重說般若也

答中言法愛者即眞道法愛也△次料簡位

○次文中意者雖用涅槃不可定執何以故非證不知凡明位者但是爲接凡下等耳於中二初恐失佛旨次如此下明諸位非聖莫測

此諸圓位不可思議若專對法門尋者失意多別解別執則乖圓融之道

初文中云若專對當法門乃至別解別執等者如是圓位若不以四十二字門譬之不以一心三觀爲行不以無明重數意消但專對當大經次第五行十德法門尋者多生次第別見

○次明難測中三初總明難測
如此等位莫以凡情局取不以凡心能宣
○次引華嚴證
華嚴云諸地不可說何況以示人
○三且置下引例又二初引大師舉極淺
位以明難測次又且下展轉比決初文二
先敘事次章安述
且置是事若大乘懺悔發初隨喜圓信之心
獲一旋陀羅尼已不可向人說雖種種分別
亦不可解況後諸位二乘尚不聞其名豈凡
人能說
初文中云一旋陀羅尼者此經列三陀羅
尼下文釋云旋假入空名之爲旋旋空入
假名百千萬億中道實相名爲法音今舉
三中之初以劣況勝故云一旋約位豎明

雖在六根七信已前今通明之乃在初心
此語有意大師自說已證也
次文中言此語有意者如智者大師初見
南嶽所證之法即此初陀羅尼也何由可
向下類人說令他解已所證法耶此即章
安述大師已證可知
○次比決中二先約内法次約外事内法
又二無漏方便及以事禪
又且置是事聲聞學四念處發得煗法亦不
可向外凡說盡設種種解亦不能知又置是
事如人坐禪初發五支不可爲未證者說設
方便說彼亦不解△次約外事
又置是事斲輪人不能以其術授其子況諸
深法而可說耶
言斲輪人等者莊子云知者不言言者不

知如齊桓公讀書於堂上輪扁斲輪於堂下釋椎鑿而上(去聲)問桓公曰公之所讀者何耶公曰聖人之言曰聖人在乎公曰死矣然則公之所讀者古人之糟粕也公曰寡人讀書輪人何得議乎有說則可無說則死輪人曰以臣之事觀之斲輪徐則甘而不固疾則苦而不入不徐不疾得之於手而應於心口不能言有數存焉於其中間臣不能喻臣之子臣之子亦不能受之於臣是以行年七十而斲輪古人之意不可傳者死矣故知公之所讀者古人之糟粕矣此則人間之事亦不可說△(次識勸)末代學者多執經論方便斷伏諍鬬(云云)如水性冷不飲安知此乃諸佛赴緣不思議語隨機增減位數不同爾未證得空諍何爲魯頤法界衆生歸僧息諍論入大和合海△(次以四句料簡開合)

○次四句又二先正明四句

又以四句料簡圓位或開初合後或開後合初或初後俱開或初後俱合如大經明三十三天不死甘露將臣共服此譬諸位開前爲三十心合十地爲一等覺爲一譬三十二臣喻於因位妙覺爲主譬於果位君之與臣同服甘露因之與果俱證常樂若不以圓位釋之此文難會是爲開初合後以明圓位也若十四般若合三十心爲三般若開十地爲十般若就等覺爲十四般若皆是因位轉入薩婆若即是果位是爲合前開後以明圓位若四十二字門即是初後俱開以明圓位若天雨四華表開示悟入遊於四方者此即前後

俱合

○次明開合意

諸經開合不同皆是悉檀方便而圓位宛然矣

○三明伏斷中二先正明圓位伏斷次復次下兼明諸位初文又二初正明位次判通別初文中二初凡次聖初凡位中二先外次內初外中五先立次諸教下斥權三大經下引證四例如下引例五今此下辨有無亦兼斥權

三明圓位斷伏者五品已圓解一實四諦其心念念與法界諸波羅蜜相應徧體無邪曲偏等倒圓伏枝客根本惑故名伏忍諸教初心無此氣分

初二如文

大經云學大乘者雖有肉眼名爲佛眼鷇中鳴勝諸鳥

引證中云大經等者第六云善男子聲聞之人有肉眼者說有調魔不爲修學大乘人說故聲聞之人雖有天眼名爲肉眼學大乘者雖有肉眼名爲佛眼何以故是大乘經名爲佛乘如是佛乘最上最勝經文雖約調魔而說通一切法準此可知又聲聞所得天眼旣眨同肉眼故知所得慧眼旣未同於如來所得第一慧眼若望佛眼慧眼猶名爲肉以未見於中空故也迦陵頻伽如止觀第一記△四引例

例如小乘伏煩佛法則有外道則無△五辨有無並斥權

今此伏忍圓敎則有三敎則無

○次内凡位中三先立次如經下引證三當知下結位

十信之位伏道轉强發得似解破界内見思界内界外無知塵沙

初如文

○次文二先引此經次引瓔珞

如經文云得三陀羅尼但名似道未是眞道旋陀羅尼是旋假入眞百千旋陀羅尼是旋眞入俗法音方便正是伏道未得入中

此經中云三陀羅尼者陀羅尼此云總持此三各能總持諸法如云一空一切空等假中亦然故名爲總䟽云旋者轉也轉一切法皆悉入空言百千萬億者以從數故故名爲假中道法音能作内體方便故也此三秖是一心三觀持一切法通名總持

此中即是相似三總持也△次引瓔珞如瓔珞從假入空觀雖斷見思但離虛妄名爲解脫其實未得一切解脫△三結位當知六根雖淨圓教煗頂四善根柔順忍伏道位耳若入初住得眞法音陀羅尼正破無明始名斷道見佛性常住第一義理名圓教無生忍十行十迴向十地等覺皆破無明同是無生忍位妙覺斷道已周究竟成就名爲寂滅忍

次聖位者若入初住得眞法音者謂破無明證眞法性若關中云七住已上照體獨立神無方所七住已前爲證何法不知復是何教七住應廣破云云

妙法蓮華經玄義釋籤卷第十七

音釋

籤（千廉切慓識也）逗（大透切物相投合也）

妙法蓮華經玄義釋籤第十八

隋天台智者大師說

門人灌頂記

唐天台沙門湛然釋

○次若約下判通別中二先約位判次約因果先約位中二先別次若論下通

若約位別判伏順二忍但伏不斷例如無礙道妙覺一忍斷而不伏例如解脫道無生一忍亦伏亦斷亦無礙亦解脫

先別中云無生等者已斷當地復伏後地故名爲亦

○次通中又四初下名通上次伏順下上名通下三又就事下二名徧通四若約下因果互通初文中三初初住已去通上次亦名下五品之名通上三伏忍下十信之名通上初文二先明名通

若論通義妙覺寂滅忍亦名無生忍

○次大經下引證

大經云涅言不生槃言不滅不生不滅名大涅槃

涅槃在果其名既通故知果名何獨寂滅

○次五品通中二初以伏義通上次伏是下復以賢義通上初又二初立

亦名伏忍

○次仁王下引證

仁王云從初發心至金剛頂皆名伏忍

○次義者亦二先立

伏是賢義

○次普賢下引證

普賢菩薩居衆伏之頂

言普賢居衆伏之項者讓佛爲聖故等覺名賢賢即是伏伏中之極極在此位名衆伏項

伏忍既通順忍可解

三十信之名通上中但舉伏名爲例故云可解故知如來方得名爲至順之極五品尚通是故六根但須況出△次上名通下

○第二文二先立

伏順既其通上寂滅無生亦應通下

○次引證

思益云一切衆生即滅盡定淨名云一切衆生皆如也如即無生忍△三二名互通

○三徧通中二初事理次始終

又就事爲無生就理爲寂滅又分證爲寂滅讓果爲無生

初云又就事爲無生等者惑是事法故約惑滅得無生名名爲就事此惑若滅必證實理故約所證名爲寂滅當知始從初住終至妙覺一一無非惑滅證理乃至五品亦可得名觀行事理六根名爲相似事理乃至亦可云理性名字事理等也今既明圓即是圓位當知圓名亦可通用二名互通者此即剋取初住已去與佛果位二名互通△四因果互通即前次約因果科也考次約因果一科前文雖列後竟無文當指通中第四科即是此科前後文多有一科兩名一科兩用者今亦例之

○約因果辨互通中二先標次釋

若約因果亦有通别

初如文

○次釋中二先通次别初通中二先單判次重判初文中二初云約因論果即因義

通果約果論因即果義通因通者一切衆生即大涅槃即是約因論果佛性者名之爲因此即約果論因

○次大經下擧別以釋通先擧別故云是果非因等

大經云是果非因名大涅槃是因非果名爲佛性

○次釋別令通云了見佛性亦得名因了見佛性乃是於佛故亦得是因云云

言云云者亦應更言修涅槃故乃得名因證涅槃故亦得名果

○次等覺下重以因果之名以判證位

等覺望妙覺爲因望菩薩爲果自下已去亦因亦因因亦果亦果果

等覺望妙覺爲因者今一往以等覺爲因妙覺爲果下地已去有重因果所言亦因亦因因等者大經二十五獅子吼品云佛性者亦因亦因因亦果亦果果初以十二緣爲因因因者名爲智慧果者即阿耨菩提果果者大般涅槃故知經意以十二因緣爲理性三因故名爲因觀因緣智望果是因因上起因故云因因菩提望因名之爲果菩提果上又加涅槃名爲果果次以十二因緣爲譬云如無明爲因行爲果行爲因識爲果以是義故彼無明體亦因亦因因亦果亦果果無明望行名之爲因若望於識名爲因因望於往因名之爲果望往因因名爲果果今從法譬俱得說之故云亦因亦因因等仍就證道故從初住乃至妙覺故於等覺唯因非因因唯果者但

望十地若望下地亦名果果故云下地已
去是則初住唯因而非果妙覺在果而非
因中間諸位互受其名
○次別義中二初略判
約分別義者伏順二忍未是眞因無生一忍
未是眞果從十住去名眞因妙覺名眞果
次云何下略釋釋中二先釋伏順位
云何伏順非眞因例如小乘方便之位不名
修道見諦已去約眞修道此義可知今順忍
中斷除見思如水上油虛妄易吹
○次無明下釋無生位
無明是同體之惑如水內乳唯登住已去菩
薩鵝王能唼無明乳清法性水從此已去乃
判眞因
唼字所狹切△次無明階位
○次復次下約諸教中二先且約別教次
問下重料簡前之三教對圓教辨初文又
五初出舊解不同次此不下斥三當是下
略判四若見下辨非五今明下結正
復次別教判三地或四地斷見盡六地或七
地斷思盡此不應爾何者無明見思同體之
惑何得前後斷耶
初二如文
當是別教附傍小乘方便說耳
第三文者明其附傍通教小乘三藏意亦
似共地菩薩意也
○四辨非中二先明舊判見不應前盡次
若思下明舊判思不應前盡初文三初略
舉過
若見先盡則實理無復有障云何十地見不

了了
○次地持下引證
地持云第九離一切見清淨淨禪
○三第九下敘地持意結難
第九是等覺地入離見禪乃成大菩提果若見先斷等覺復何所離
○次明思盡非中又三初略斥次何者下引華嚴釋三若七地下重斥
若思前盡後地應無果報及諸禪定
初如文
○引華嚴中二初引
何者華嚴明阿僧祇香雲華雲不可思議充塞法界者
○次此是下釋出經意
此是菩薩勝妙果報所感五塵呼此爲欲界

思惑一切菩薩皆入出無量百千三昧禪定心塵之法呼此爲色無色界思惑
此中爲消界外同體見思故須於界外更立三界若不然者此與二乘所斷何別既分內外見思名同是故須立思分三界從五塵爲名故例如欲界從定地爲名故例如色無色界故知違理由見感報由思△
三重斥
若七地思盡上地應絕六塵何故復言三賢十聖住果報若住果報思不前盡
○五今明下顯正
今明如此見思通至上地至佛方盡故云唯佛一人居淨土唯佛一人能盡源是故伏斷如前分別云云
可知

○次料簡中二先問

問界内必先斷見次思後無知界外何意不爾

○次答答中四先約苦輕重答次又思下約障理近遠答三約超果答四結酬

答界内爲三途苦重先斷見次思後及無知界外苦輕故先枝後本

初文言界外苦輕故先枝後本者凡障理惑名之爲本障事之惑名之爲枝故以界内見惑爲本思惑爲枝界外無明爲本塵沙爲枝是故界内次第修人先斷於本次斷爲枝界外次第必須先斷枝惑次斷根本界外既其苦輕借使流轉不退歸下爲助化道故先斷塵沙後爲顯眞方斷無明

又思無知不障偏眞爲見眞理故先除見界外塵沙是體上惑遠能障理先却遠障次除近障云云△三約超果答

復次三藏中後身菩薩及超果二乘見思同斷亦先斷思云云不超果者前後斷耳通教亦有超不超二義別教前後斷圓教同斷餘意可見△四結酬

前後之問但見一途耳云云

前後之問但見一途者上設問云前斷見惑後斷思惑但是一途次第之意非是諸教超果之義亦非通方圓頓之道

○大章第四明功用中二先釋名

四明功用者若分字解義功論自進用論益物合字解者正語化他

○次理雖下正釋釋中二先凡位功用次聖位功用初文又二初略明外凡内凡位

五品之位理雖未顯觀慧已圓具煩惱性能知如來祕密之藏堪爲世間作初依止依止此人猶如如來當知不久詣於道樹近三菩提一切世間皆應向禮一切賢聖皆樂見之若六根似解圓觀轉明長別苦海能以一妙音徧滿三千界隨意之所至一切天龍皆向其處聽法其人有所說法能令大衆歡喜猶是第一依止

○次涅槃下寄此通辨四依位四依位者以此四人並能化他故以此位釋於因人功用若論今文應徧因果四依義具如大經第六委釋於中四先略述經意

涅槃標四依義通圓別

○次人師下明舊判失旨

人師多約別判

○三地前下且依古人出別判位

地前通名初依登地至三地斷見盡名須陀洹至五地侵思名斯陀含是第二依至七地思盡名阿那含是第三依八地至十地欲色心三習盡名阿羅漢是第四依

○四若推圓下今家準別及於始終以立圓位

若推圓望別應約十住明三依對住前爲四依若始終判者五品六根爲初依十住爲二依十行十迴向爲三依十地等覺爲四依

○次明聖位中四初略舉

從初住已上總論功用

○次若豎下明功用意

若豎功未深橫用不廣豎功若深橫用必廣

○三譬

譬如諸樹根深則枝闊華葉亦多

○四初住下釋相又爲三初明初住位次如是下明二住去至等覺位三論其下明妙覺位

初住豎破一分無明獲一分二十五三昧顯一分我性論其實處不可思議依於教門横則百佛世界分身散影作十法界像利祐衆生

初文從初住去乃至作十界像等者若權教中三藏佛但云八相八中皆劣别教教道望證猶劣今是圓教證道八相具如華嚴云或有見佛種種説法或見在於兜率天上或見來下處於母胎或見初生或見出家或見成道或見轉法輪或見入涅槃皆言或者一一相中皆八相故△次明二住去至等覺位

○次文中初通明功用深廣

如是住住豎入倍倍轉深無明漸漸盡三昧轉轉增我性分分顯横用稍稍廣千佛界萬佛界恒沙佛界不可説不可説佛界

○次徧如是下約境現身及例後位以論功用

徧如是界八相成道教化衆生況餘九法界身耶諸行諸地亦復如是△三明妙覺位

論其滿足唯佛與佛乃能究盡無明之源故經言如佛心中無無明唯佛法王住究竟王三昧毗盧遮那法身樹周法界豎極菩提大功圓滿勝用具足云云

後文可見

○大章第五判麤妙中二標釋

五通諸位論麤妙者

○釋中二初略判次又三藏下格位判初文二初一往先明藏通麤而別圓妙次而別下重明別教麤而圓教妙

小草止免四趣不動不出中草雖復動出智不窮源恩不及物上草雖能兼濟滅色爲拙小樹雖巧功齊界內故其位皆麤大樹實事同緣中道皆破無明俱有界外功用故此位爲妙而別教從方便門曲逕紆迴所因處拙其位亦麤圓教直門是故爲妙

初意者且言通緣實相亦遥寄證以說若論教道中理則有但不但異是故不可判之爲妙爲是義故復更重判從帶不帶異故帶麤即教道故也方便等言並望實說故成行拙

○次格位中三初以藏通格圓次以別格圓三是知下結歸

又三藏菩薩全不斷惑望圓教五品有齊有劣同不斷惑是故言齊五品圓解常住彼全不聞常住是故爲劣若三藏佛位斷見思盡望六根清淨位有齊有劣同除四住此處爲齊若伏無明三藏則劣佛尚爲劣二乘可知當知三草蒙籠生用淺短故其位皆麤若乾慧地性地望五品位有齊有劣例前云云若八人六地見思盡七地修方便至佛斷習盡望圓教似解有齊有劣例前可解當知小樹之位未有干雲婆娑之能是故皆麤

初文意者以藏通因果之位望於圓家但至似位一一皆云有齊有劣者惑盡處齊觀行聞教是則爲劣亦以佛位格者爲順

教道故也

○次以別格圓爲二先格地前

若別教十信望五品位有齊有劣同未斷惑

是故爲齊十信歷別五品圓解此則爲優別

教十住斷通見思十行破塵沙十迴向伏無

明秖與圓家十信位齊優劣云云

○次格登地於中二初正格

若登地破無明秖與圓家初住齊

○次何者下釋所以於中又三初正釋

何者若十地十品破無明圓家十住亦十品

破無明設開十地爲三十品秖是圓家十住

三十品齊

次若與下約與奪釋齊不齊

若與爲論圓家不開十住合取三十心爲三

十品與別家十地三十品等者則十地與圓

家十迴向齊若奪而爲論別家佛地與圓家

初行齊與而爲論別家佛地與圓家初地齊

不齊故劣是故須格

○三故知下判判中又二初約位判次以

我下約因果判初文三法譬合

故知別教權說判佛則高望實爲言其佛猶

下譬如邊方未靜授官則高定爵論勳置官

則下別教權說雖高而麤圓教實說雖低而

妙此譬可解

以我之因爲汝之果別位則麤當知大樹雖

巨圍要因於地方漸生長

次約因果者既以我因爲汝之果當知果

權權故爲麤當知下結始從小草終至於

此一一皆以當知下結斥權位

○三結歸又二法譬

是知圓位從初至後皆是實說實伏實斷俱皆稱妙云云大論云譬如有樹名曰好堅在地百歲一出即長百丈蓋衆樹頂此譬圓位也

譬云好堅樹者大論第十問諸佛功德無能勝者一切天地誰可爲尊梵王答曰佛爲無上無過佛者佛亦天眼觀於十方無如佛者心自念言我行般若今得作佛是我所尊即是我師我當供養尊事於法譬如一樹名曰好堅在地百年枝葉具足一日出生高於百丈是樹出已欲求大樹以蔭於身是時樹神語好堅言一切世間無大汝者諸樹皆在汝之蔭中佛亦如是無量阿僧祇劫在菩薩地中一日於菩提樹下坐金剛座得成佛道無能過上論譬極果今取一日超百丈邊以譬初住八相作佛作佛義同故得借用

○大章第六明位興中一往且辨四教次第而不辨五時次第興者略耳所以不明者既知四教則知五時諸教興意如華嚴二興鹿苑一興乃至法華一興各有所以是故不論於中先問

六明位興者問權位皆麤佛何意說耶

○次答答中三先列機緣四悉不同次列赴機十六種說三爲是下結

答爲諸衆生好樂不同生善緣不同知過改惡不同當說取悟不同是故如來種種諸說皆有利益

若隨界內好樂說前兩教位若隨界外好樂說後兩教位生界內事善說三藏位生界內理善說通教位生界外事善說別教位生界

外理善説圓教位破界内事惡説三藏位破界内理惡説通教位破塵沙事惡説别教位破無明理惡説圓教位緣事入眞説三藏位緣理入眞説通教位從事入中説别教位緣理見中説圓教位

列赴機中云界内界外事理惑者惑無事理隨人生解解有巧拙故分事理理有權實分界内外若即理説惑謂惑爲理若離理説惑謂惑爲事故分内外成於四種△三結

爲是義故諸位得與階差高下無量矣

○大章第七明位廢中二先總叙意次正明廢

七明位廢者理本無位位爲緣與緣既迭與位亦迭謝非是法華始復廢也須識諸破立意不得妄破妄立

初文者具明諸教展轉漸廢故作此説若至法華一切權廢是故此中不全同法華

○次正釋中二先叙破立之意次正明廢

初文者則廢三存一初廢三中三一先明如來破立之意次明龍樹破立之意三明今師破立之意

何者元夫如來立三藏位權生事善事善既生濟用若足便須廢也通别位亦如是此是如來破立之意

初文者雖復五時增減不同本意秖爲破三存一故云如來破立意也具如教與迭興至小如是漸廢唯存一極

若毗曇婆沙中明菩薩義龍樹往往破之謂其失佛方便是故須破申佛方便是故須立

此是龍樹破立意

次文中云毗曇婆沙明菩薩義等者且對衍門存三廢一廣如止觀第三記

○三明今師破立之意又二先破次而圓下立初又二先破次往者下明破立意初文又三初破大乘不立小失次常途下破小乘師謬用大失三又別下單破別教執非實教失

若常途大乘師全不整理三藏此則失佛方便

初如文

○次文中三初總破棄小用大次此有下直破其謬用之失三縱令下縱難其不識大乘謬用之失

常途小乘師探取經義釋所弘之論辨菩薩義毗婆沙自說菩薩義而不肯用取大乘經解三藏空有二門豈應相會此有二過一埋佛方便二彰論主不解菩薩義是故須破

初文者汝棄小用大沒佛小乘爲大方便又汝若不伏不曉論文自有菩薩義何須用大故以二失破之汝若不嫌論主不解何須棄之

縱令引經釋大乘義是何等大乘若作通教大乘者三乘同入眞諦至佛亦然那得八地觀中道破無明作通義不成是故須破若作別教大乘義者始從初心與二乘異那得六地將羅漢齊作別義不成是故須破

三縱中云縱令引經釋大乘者破舊引經不識義旨是故須破是故斥云何等大乘

汝雖引八地破無明而不知是通教下根

被接之義當通始終不破無明通義不成
是故須破汝引六地以齊羅漢而不知是
名別義通別義初地即破無明何得六地
始齊羅漢是故須破
○次單破別教
言別是方便等者執別教道不信頓極名
又別是方便執權謗實是故須破
爲謗實
往者人往義定今竊見其過是故須破申佛
方便復應須立即是今時破立之意
次破立意者豈以古師人往而存其非義
是故須破
○次立一實中二先立次謙退即章安歎
師法妙而自謙也
而圓敎起自一師超三權即一實境智行位
不與前同
初立文中云超三權者約廢權說即一實
者約開權說
若文理有會夷塗共遊失旨乖轍請從良導
○次正明廢中二先結前生後
先叙此意次明廢位也
○次正明廢於中二初總叙漸頓三法四
果
若佛赴機興廢破立者如無量義經云無量
法者從一法生所謂二道三法四果
○次釋釋中三初列經次述今意三正釋
二道者即頓漸也三法者即三乘也四果者
四位也此無量法從一法生
初如文
何者二道既是頓漸頓即大道日照高山且

置末論

次明今意且置頓論漸者若欲論頓有何不可但明迭興迭謝之相恐文稍煩故且置之以論於漸問前文明興以對於廢今文明廢復對於興二門何別非煩長耶答前明興者若不論廢無由得興雖復相對意在於興今文明廢若不假興何以明廢雖復相對意在於廢

○於正釋中四教爲四初三藏中二先釋次爲此下結初又二先約菩薩次約二乘初約菩薩中五先更述初立三藏

今明漸道之初即三藏教

○次教云下明初立意

教云求佛當三阿僧祇劫修六度行百劫種相乃可得佛欲令生事善故作是說

○三欲求下明須廢

欲求佛者改惡從善善立教廢

○四即便下明廢相

即便破曰豈有菩薩不斷結惑而得菩提毒器不任貯食此教即廢行位皆廢

欲廢必須先破故也

○五本望下明廢意

本望果行因無果可望佛智佛位俱廢

○次二乘文少望菩薩意可知

若約二乘辨廢者本令事行調心從拙度見真見真已教意即足是故析教廢

○次結

爲此諸義故言廢藏立通

可見

○次明通中爲二初正釋次此通下辨共

不共初又爲三先菩薩次佛三三乘初菩薩又爲三初總述廢立意次立通下明廢意三智者下正明廢相

元稟通教不學三藏者不於此人論廢

初如文

立通之意爲生理善體法斷惑從巧度入眞教意即足

次文言立通者若成四悉即以見眞名爲教足

智者見空復應見不空那得恒住於空通教則廢

三正明廢相者通眞諦中既含不空故但眞諦仍爲未極是故責云那得恒住於空利根菩薩即見不空見不空已佛智尚廢何況三乘以彼教中不云彼佛破無明故

今破無明是故通云通教則廢△次佛

菩薩行智悉廢佛智位亦廢云云

次菩薩下明通佛果廢者菩薩之因既廢佛果豈存△三二乘

二乘但教廢餘者云云

○次明共不共中四初雙標

此通教通通通別

○次分別

共般若意如上說不共般若意則有不廢云云

○三故知下辨失

故知成論地論師秖見共般若意不見不共意中論師得不共意失共意

○四通教下判廢不廢

通教既具兩意於通菩薩及方便聲聞即是廢義住果聲聞未是廢義不共菩薩則不廢

方便聲聞有發心義是故論廢不共菩薩義云云
得於不空此得即見理是故不廢
○次明別教中三先述立別
若別起時生界外事善
○次若破下正明廢
若破無知塵沙事善既成教意即足復須破
○三此隨下明廢意又二初地前全廢
此隨他意語是故別教教廢地前行位悉廢
○次地上但廢高歸下
地上位及佛位皆廢高歸下是故廢別立圓
○次明圓教中四初直明不廢次大經下明不廢意三昔從下明不廢之義四文云下引證
圓八番位皆是實位故不須廢

初如文
大經云一切江河悉有迴曲一切叢林必有樹木諸教隨情故有迴曲三草二木是佛方便故非真實宜須廢位金沙大河直入西海金銀之樹悉是寶林非曲是直是故不廢
次文云大經一切江河悉有回曲等者第十經中佛說偈云一切江河必有回曲一切藂林必有樹木一切女人必懷諂曲一切自在必受安樂文殊難云是義不然於此大千有洲名拘耶尼其洲有河端直不曲名娑婆耶猶如直繩直入西海如此直河佛未曾說種種金銀琉璃寶樹是亦名林亦有女人善持禁戒功德成就有大慈悲釋梵諸天雖得自在悉皆無常今以回曲及藂林等以譬有餘金沙河等以譬無

餘△三明不廢之義

昔從頓出漸漸不合頓引漸入頓處處須廢今已會頓頓何須廢△四引證文云始見我身云云是故一教不廢

○次釋三法又三初立所行不廢

又云但說無上道此道不廢

○次明三乘須廢

昔於一佛乘分別說三三乘不合欲令三合一處處須廢

○三重述所行不廢

今會三歸一同乘一乘是故一行不廢

○次釋四果中二初正辨四果次以教行等例更分別初約四果又二先釋次結

昔四果隔別謂羅漢辟支佛菩薩習果方便佛果又四佛爲四果欲合此果處處須廢今草庵已破化城又滅同至寶所是故一果不廢

釋中約四果以論三廢一不廢此中言果即是羅漢前明二乘即指三果等前言二乘但是通舉意論聲聞故今別語更加支佛前言菩薩並是方便位中如通教人但在六地已前藏別準此若言四佛者則聲聞菩薩並不須用如向會通此中言破化城等者且語二乘二乘既破兩教佛果亦破別教或廢聖入賢或廢高歸下令同成一佛果故也

若從是義三廢一不廢

次若從下結文可知△次以教行等例更分別

○次明三有廢不廢等中又二先三一對辨次又教下教行等對辨初又二先釋次

寄此且明判開初又二先約教次以行智等例初又二先廢不廢次立不立初文二先標

然三教有廢有不廢

○次釋

何者從得道夜至泥洹夜所說四阿含經結爲聲聞藏初教何曾廢成前人事善逗後人事善故有廢有不廢通教成前逗後亦如是別教成前逗後亦如是

言從得道夜至泥洹夜乃至初教何曾廢者初後俱集故知不廢況結集已留被末代故知即是成前逗後既結集在文當知法華教與此教仍須逗後通別俱爾據法華則廢據教存則不廢

圓教有立有不立初照高山已自是立於三藏者不立文云始見我身入如來慧即是前立學小者今入佛慧即是後立中間可知

次立不立中有立不立即指小機以對華嚴若至法華無不立義故云亦立不立也

言中間可知者始謂華嚴終謂法華中間三味並有得入佛慧之義名之爲立但鹿苑容入餘教顯入鹿苑容入通大小人餘味顯入唯在於大若餘味小人於彼容入義同鹿苑

諸行智有廢有不廢諸果位有廢有不廢

次約行智等略例中所言諸者亦須一三相望如前所說故不復論△次寄此且明判開

○次判開中二先約五味判次但說下開

若歷諸味乳味有兩教一教行位亦廢亦不廢一教行位不廢酪教行位有廢有不廢生

酥四教三教行位有廢有不廢一教行位不廢熟酥三教兩教行位有廢有不廢一教行位不廢法華三教行位皆廢一教行位不廢

初如文

○次但說下為二初開成於圓教行位三皆不廢

但說無上道同乘一寶乘俱直至道場故三義皆不廢

○次無量義下更重敘施又三初正明無量義云二道三法四果不合至法華皆合故不論廢

○次成道下引證

成道已來四十餘年未顯真實法華始顯真實

○三相傳下釋疑

相傳云佛年七十二歲說法華經云云

疑云經但言餘為七十一為七十九是故引證言相傳云佛七十二說法華者準菩提流支法界性論云但成道後四十二年說法華經論非佛說故云相傳法華但云四十餘年不的云二者教法被物所見不同是故從容

○次別約教行等者於中為二初正釋次問答釋疑初又五初以教對行位為四句分別次約廢不廢等教行位三四句分別三又廢教下單約教以廢閒相對為四句分別四又廢智下單約於智廢修相對為四句分別五又廢位下單約於位廢入相對為四句分別一一四句中皆先列次釋又教廢行位不廢行位廢教不廢俱廢俱不

廢云何教廢行位不廢住果聲聞猶在草菴行位不廢而教廢也云何行位廢教不廢利根容益不待廢教早休行位者是也云何俱廢三藏菩薩是也云何俱不廢逗後緣者是也通教別教例此可解云云

初教對行位中言俱廢者既指菩薩當知前之三句並指二乘二乘於法華前亦有密悟故三藏菩薩於法華前顯密俱得第四句者教所錄行必留被後通有二乘望前三藏義類可見若約別教但不須言住果及以密悟餘者並同何者初句應云廢教道之教也行位若至初地已上即成法界何須廢耶行位廢者接入後教教逗後人俱廢者初心便轉俱不廢者亦逗後人

△次約廢不廢等教行位三四句分別

若就施權三教行位立一不立若就廢權三教行位廢而一不廢若就利根一立三不立若就鈍根三立一不立若就轉鈍為利一立三不立利鈍合論亦立亦不立亦廢亦不廢

若就平等法界非立非不立非廢非不廢

次四句中言利根者並是菩薩初心即轉鈍根二乘久住方便言合者共也

△三單約教

以廢聞相對為四句分別

又廢教更聞教自有廢教不更聞教自有不廢教更聞教自有不廢教不更聞教云何廢教更聞教者如廢六度事善更聞亡三理善云何廢教不更聞教如住果二乘廢教已入滅云何不廢教更聞教如逗次第學者方等中並聞小大名者云何不廢不更聞未廢教而密入者

次聞教四句中言如廢者舉三藏菩薩爲語端耳應通歷三教第二句四教菩薩並須闕之或是初心退墮者耳第三句亦須歷諸教第四句亦通諸菩薩不必在密△

四單約于智廢修相對爲四句分别

又廢智更修智不廢智更修智廢智不修智不廢智不修智云何廢智更修智三藏菩薩廢已智更修無生智云何不廢智更修智住果聲聞不廢已智遠復遊觀學無生智實不用巧智斷結也又次第習者是也云何不廢智不修智亦是住果聲聞生滅度想不肯修六也如四弟子領解云我昔身體疲懈但念空無相願於菩薩法都無願樂之心者是也及更逗後緣者是也云何廢智不修智廢三藏智菩薩退爲諸惡者是也亦是廢智已密入頓中不修方便智是也

次廢智四句中初句者亦通三菩薩次不廢智更修智中云又次第習者是也者凡云廢者若法華前或廢權位入權入實廢權入實廢高歸下若次第修習者從初發心本擬次第自淺階深何待廢淺而入深也第三句者三教菩薩闕之亦據法華前故引方等文意證也言逗後者人雖不修更須逗後第四句者四教初心並有此義且約三藏事相便耳△

五單約于位廢入相對爲四句分别

又廢位更入位廢位不入位不廢不更入不廢而入云何廢位更入位三藏菩薩廢不斷惑位入斷惑位云何廢位不更入位謂廢位密悟頓者不入次第位也云何不廢位不更入位謂住果二乘是也云何不廢位而更入

位謂逗後緣者亦是未廢密悟而入上位也通教別教智位料簡亦應如此云云

通教至如此者通有三乘是故料簡全同三藏別唯菩薩故前明廢教不更聞教此句全闕今不廢位而更入位句闕二乘邊由此別教次第入位其義可然△次問答釋疑

問廢更修可有益廢不更修有何益答自有廢修得益自有詞廢聞雖不修而有恥小鄙劣折其取證之心亦是有益又齊其斷結謂言無益迴心入大即是得益云云△八開麤顯妙

八開麤位顯妙位者若破三顯一相待之意可得如前

大章第八明開者前諸與廢並約法華前教既對一實以明三權即對法華以爲判竟是故直明於開故云可得如前

○次即三下顯今經意於中三先述開意次開生死下正明開三若決下將所開與本妙比決

即三是一絶待之意義則不爾何者昔權蘊實如華含蓮開權顯實如華開蓮現離此華已無別更蓮離此麤已無別更妙何須破麤往妙但開權位即顯妙位也

初文中所以不言廢者以廢義與開義大同已如前與止觀記中簡竟又恐人不曉相待中意便謂麤外別有於妙是故據理復須明開又若不論待無以明絶若明待已即指所待是於能絶能絶亦絶方名爲絶具如前說

○次正開中二初通開初心次別開諸位初又二先通舉開義次歷圓教諸位入妙

不同初又二初開凡夫未發之心次開諸教博地初心

開生死麤心者明凡夫有反復易發菩提心生死即涅槃無二無別即麤是妙也

初文者凡夫之心必有於發理體妙故若始從凡夫發析體別圓四心者亦是四位初心皆是因緣所生心即此因緣即空即假即中與圓初心無二無別

次開諸教者諸教始終雖各有體狀而同圓初心所觀之理無二無別

在初心一類凡下故今開之令此四初與諸初心是乳顯妙即是置毒乳中即能殺人殺有奢促若按位而妙即成假名妙若進入方便成相似妙若進入理即成分真妙云云

次歷圓教諸位入妙不同者即有按位進入二妙問此之二妙何者爲勝答互有强弱若論當位即是即按位爲勝若據聞教能超即進入爲勝以在本位未知是妙待入圓已方乃知妙故成少劣以進入功深是故復勝△次別開諸位

若開六度權位行者檀即因緣生法即空即假即中開檀得見佛性乃至般若亦復如是亦名置毒乳中即能殺人按位即假名妙若進方便成相似妙若進入理成分真妙云云方便聲聞未入位者開權顯實亦如是三藏斷結位若未開權永無反復如焦種無芽今開析空即假即中如置毒酪中亦能殺人按麤即妙是相似位若進入隨位判妙也次開通教二乘菩薩亦如是出假菩薩位者決了此假假即是中如置毒生酥而能殺人按麤即

妙是相似位若進入隨位判妙若開別教十信位者同前若開十住者同二乘云云若開十行位者同通教出假菩薩若開十迴向伏無明位即此而中是名置毒熟酥即能殺人按麤即妙是相似位若進入隨位判妙若登地之位不決了者秖是拙度之位今決此權令得顯實即是置毒醍醐而殺於人按麤即妙是十住位若進入隨位判妙

次別開者具應四教三藏菩薩居初者義同凡故開三藏去皆云置毒者不同不定昔時置毒今方毒發今法華經非不定教但是即座聞於開權能破無明義同毒發諸位不同稍似不定故借置毒殺人之言

△三將所開與本妙比決

○三比決中二先結前

若決諸權或按位妙或進入妙無麤可待同成一妙其義已顯

○次舉譬譬中二先譬次合

今更譬說譬如小國大臣來朝大國失本位次雖預行伍限外空官若大國小臣心膂憑寄爵乃未高他所敬貴

譬中云小國大臣等者前之三教名爲小國教主已下皆名爲臣臣中高位名之爲大兩教羅漢及通九地別教十住開入圓教名爲來朝並失羅漢及地住等次位之名名失本位雖預行伍等者如阿羅漢按位入圓雖預六根行伍位次比於本從圓隨喜來乃成限外空位菩薩故云空官此據初入作如此說久聞觀轉惑破行成還同舊位行伍之限若圓大國凡夫小臣名

名字佛故曰憑寄脊者脊也説文云骨也秖是全以身心寄託佛境耳能觀色心即是法性故名憑寄佛法界也未入品位不能益他名爵未高乃爲九界之所敬貴

○次合中二先合次況

諸教諸位決麤入妙雖得入流欲比圓教入妙猶是從鈍中來圓教發心雖未入位能知如來祕密之藏即喚作佛

合中初從諸教去略合也初合小國大臣

從圓去合大國小臣

初心尚然何況後位乎云云

○大章第九引經中二初叙來意

九引涅槃五譬成四教位若不將四教釋譬譬不可解若非五譬判四教位取信爲難若信經文則位義易曉解諸位意彼譬泠然彼此相須可謂兼美者也

○次正引中二先正引次諸經下以法華意結成初文又二初四教次不定秘密初文又二初正引次前四下明引經之意初文自四初三藏二先引次料簡先引中二先引

彼文云凡夫如乳須陀洹如酪斯陀含如生酥阿那含如熟酥阿羅漢支佛佛如醍醐此譬三藏五位

○次何者下釋又二初正釋

何者凡夫全生未能除惑菩薩亦爾但得如乳須陀洹破見革凡成聖如乳變爲酪斯陀含侵六品思故如生酥阿那含欲界思盡故如熟酥阿羅漢支佛佛皆斷三界見思盡故同稱醍醐

○次故釋論下引證羅漢同佛
故釋論云聲聞經中稱阿羅漢地爲佛地故
共爲一味也△次料簡
問此經以三藏菩薩爲上草彼經云何以菩
薩爲乳味答經取化他邊强喻之上草此中
自證力弱同凡夫爲乳味云云
○次通教中二前引
三十二云凡夫如雜血乳須陀洹斯陀含如
淨乳阿那含如酪阿羅漢如生酥支佛菩薩
如熟酥佛如醍醐此譬通教五位也
○次釋釋中二初釋
凡夫不斷惑乳猶雜血二果侵思未多同初
果如乳三果欲思已盡故如酪四果見思俱
盡如生酥支佛智利侵習小勝聲聞故共菩
薩如熟酥十地名佛地即是醍醐

○次辨異
前以菩薩同凡味故知是三藏今以菩薩同
支佛故知是通若不作通釋譬義何由可解
云云

妙法蓮華經玄義釋籤卷第十八

音釋
臆乙力切胷臆也　耐乃代切忍也　嫉妬嫉昨悉切妬都故切　唼色甲切唼食也　爵即約切官爵也　勳許云切功勳也　鄙補靡切陋也　膂兩舉切脊骨也

妙法蓮華經玄義釋籤卷第十九

隋　天　台　智　者　大　師　說
門　人　灌　頂　記
唐　天　台　沙　門　湛　然　釋

○次別教中二先引

第九卷凡夫佛性如牛新生血乳未別聲聞佛性如清淨乳支佛如酪菩薩如生熟酥佛如醍醐此譬別教五位

○次釋

乳譬無明血譬四住凡夫具此故言雜血十住已斷四住之血與二乘齊故言聲聞如乳十住後心理明智利類支佛侵習故言如酪十行破塵沙如生酥十迴向破界外塵沙如熟酥故言菩薩如生熟酥登地破無明顯佛性得一身無量身百佛世界八相作佛故言佛如醍醐

○次圓教中二先引

二十五云雪山有草名爲忍辱牛若食者即得醍醐

○次釋釋中二先釋

牛喻凡夫草喻八正能修八正即見佛性名得醍醐此譬圓教行大直道觀一切衆生即涅槃相不復可滅

○次圓信下辨異中三法譬合

圓信圓行不由歷別於一生中即入初住得見佛性如牛食忍草不歷四味草出醍醐故知圓教意也忍草譬境妙牛譬智妙食者譬行妙出醍醐譬位妙此圓意也牛食餘草血乳轉變歷四味已方成醍醐餘方便教境智行位皆麤意也

可見

○次明引經意中前引三教者意明教教皆有醍醐醍醐不同故明所以於中又三先說意次示四教醍醐位別三前兩下判前四譬即有四處明醍醐四教明佛智各異俱既稱佛同指佛智以為醍醐

初如文

○次文二先示四教

藏通二佛不明中道但取果頭佛二諦智為醍醐別教登地破無明即能作佛以中道理智為醍醐圓教初住得中道智亦稱為醍醐

○次瓔珞下引證圓教

瓔珞云頓悟世尊即此初住智為醍醐也

○三判中二先判

前兩醍醐是權非實故有教而無人別教醍醐名權理實圓教醍醐名理俱實

○次以是下結判

以是義故前三位五味皆麤圓教一味皆妙

○次不定秘密者以此兩教義理相濫若順五時為次第者名不定意若不堪顯露教中為次第者須秘密說若別明者已如前文第一卷中今不煩文故相兼說於中又二初先列五味

第二十七卷云譬如有人置毒乳中則能殺人乃至醍醐亦能殺人

○次釋釋中二先標

此譬兩用

○次一通下釋中兩意先舉兩意

一通約漸頓明不定教處處皆得見佛性也二約行不定

○次釋中教行兩意相修而釋歷頓漸教故義之如教一教中隨行淺深毒發不定復名約行深得此意可與論斯教行顯𡧘不定之相一科之文兼含意廣明過去雖聞若不探賾當時入位隨聞遠近多少生熟行之淺深故藉今生重聞方發於中先通釋兩意

行人心行譬之如乳實相智譬之以毒毒有殞命之能此智有破無明之力久遠劫來說實相毒置於凡夫心乳毒慧開發不可爲定或於初味發或於後味發不得次第往判故言置毒乳中乃至醍醐徧五味中悉有殺義

○次若衆生下正明發相又二初正明發相次若有行人下判二妙

若衆生始於凡地得聞華嚴即便見理入佛慧者此是血乳殺人若先得十住今華嚴得悟即是酪中殺人十行悟者是生酥殺人十迴向悟者是熟酥殺人諸地更悟是醍醐中殺人若過去先是圓教中假名相似之位今聞華嚴得悟者亦是乳中殺人亦是酪生熟等酥中殺人若先是諸住諸行等位今更聞華嚴得增道損生即是於醍醐中殺人云云若歷三藏教中凡夫及方便位及菩薩位聞三藏教於中即能𡧘見中道即是乳中殺人若四果位𡧘見中道即是酪中殺人顯露教中無此事也若通教中凡夫及三乘方便位若聞通教𡧘見佛性即是乳中殺人若入位者祕𡧘而去即是酪中殺人若菩薩道種智中去即是生酥殺人九地中去即是熟酥殺人十地中去即是醍醐中殺人通教聲聞但有

祕密中殺人無顯露不定殺也若歷別教中十信聞教去即是乳中殺人三十心中去即是酪殺人生酥熟酥等殺人登地去即是醍醐殺人也若圓教中發始聞經即破無明見佛性是乳中殺人六根清淨去是酪生熟酥等殺人若初住去是醍醐殺人

初文具歷頓漸以明發相初華嚴次四教所以不云方等般若者部總教別總別互攝別義易明故且依之以諸教中具五味故故得約之於圓教中前文不引五味今爲明不定須約位列之又前兩教二乘之人以法華前無發心義雖復不定此人必須來至法華故法華前教須明秘密

○次判二妙中二先進入

若有行人歷諸教四譬五味過已方得入圓教醍醐中殺人者此是破三顯一相形待爲妙

○次按位中復引文

若置毒乳中味味悉殺人者此是開權顯實於一切法中即見中道故文云汝等所行是菩薩道不須更改途易轍而求眞實即麤見妙故以置毒爲喻○應指進入按位兩文皆可見

可見

○次以法華意結歸爲三初明諸經不具

諸經悉有祕密置毒之妙而未有顯露歷味入妙亦無顯露決麤即妙

○次明法華方具

至此法華方有二意同乘寶乘皆開佛知見顯露事彰是故獨稱爲妙其意在此

○三次第下釋二妙相

次第入妙開麤即妙各有兩意按位開入有增進開入若言決了聲聞法是諸經之王聞已諦思惟得近無上道即是按位顯妙增道損生即是升進入妙故法華獨稱妙也

次第入者謂法華前轉成熟酥開麤入者謂法華會隨位即妙菩薩容有二乘的無各有二意準例可知

○次大章第十明妙位始終中二初略敘來意次正釋初文三初明無差

十明妙位始終者眞如法中無詮次無一地二地法性平等常自寂然豈應分別初後始終

○次良由下明有差

良由平等大慧觀於法界無有若干能破若干無明顯出無若干智慧

○三約此下明無差而差差而不差及不二相

約此智慧無始而始即是初阿無終而終即是後茶無中而論中即是四十心雖復差別則無差別故名不思議位也

○次引文正釋中二初引方便品次引分別功德品初文又二初正明次如此下明所乘不同初又二初引似位之始終次明眞位之始終初文又二先引文次釋初引文中二先舉不知

如下文云聲聞緣覺如竹林新發不退菩薩等皆不能知

○次正明能知即似位始終五品始六根終

除諸菩薩衆信力堅固者△次釋

聲聞緣覺所不能知此簡三藏通教兩種二乘也三藏菩薩緣眞不及聲聞聲聞尚不知此菩薩那得知通教菩薩入眞之智與二乘不殊二乘不知彼菩薩亦不知今標二乘不知兩處菩薩亦不能測發心不知即指別教十信不退不能知即指別教三十心十住位不退十行行不退十迴向念不退此三不退皆不能知三藏中不退尚不及二乘通教中不退止等二乘二乘不知豈重舉菩薩今標發心不退者則擬別教中人也信力者是假名位堅固者是鐵輪位如此等位聞經即解故得爲妙似位之始也

釋中亦且釋不知等除其所知以顯不知是故所除即似位也

○次初開下眞位始終

初開佛知見乘是寶乘遊於東方即是眞位之始也三方是中位直至道場過茶無字可說即是終位也

○次明所乘中二先所乘不同次所行不同初文四初略標

如此諸位乘何等乘

○次乘有下釋

乘有三種謂教行證

○三若言下釋乘所至不同

若言是乘從三界出到薩婆若中住住有二義一取證故住即通教意也二所乘極故住即別圓意也

○四初心下正明圓乘三相不同五品乘教至六根六根乘行至初住初住乘證至妙覺初初心下前標我圓教下結下二亦

爾

初心馮教所詮信教立行得出三界無明未破未有所證故不見眞但乘教乘來至此耳我圓教中其誰是耶謂五品弟子能善發大心長別三界苦輪海即其人也教乘既息證乘未及以似解慧進修衆行則以行爲乘從方便三界中出到初住薩婆若中住我圓教中其誰是耶謂十信心六根淨者即其人也

初住乃至等覺更增道損生者此以證爲乘從因緣三界乃至無後三界中出到妙覺中過茶無字可說故言到薩婆若中住前來諸乘猶有上法不得稱住茶無上法是故言住住無住處即妙位之終

復次別教十住破見思是行三百由旬十行破塵沙爲四百十迴向伏無明爲五百十地斷無明此分見中道即爲寳所也圓教六根清淨時是行四百破無明入初住是行五百二乘聞經破無明惑開佛知見得記作佛者即是決了諸麤位過五百由旬來入初住即是妙位之始得於證乘遊於東方也若至本門中增道損生更乘證乘遊於南方是進入十行位也西方是進入十迴向北方是進入十地也

次復次下明所行不同者復舉別教以明未終次圓教中有本迹二門共方始終以迹門中但入初住故也本門方至餘一生在故

〇又如下引分別品委明始終又二初正引次將前下略指前文

又如文云說是如來壽命長遠時六百八十

萬億那由他恒河沙人得無生法忍即是十住復千倍菩薩得聞持陀羅尼即十行復有一世界微塵數菩薩得樂說辯才即十迴向復有一世界微塵數得旋陀羅尼即初地三千大千微塵得不退即二地二千國土微塵能轉清淨法輪即三地小千國土微塵八生當得菩提即四地七生當得即五地六生當得即六地五生當得即七地四生當得即八地三生當得即九地二生當得即十地一生當得即等覺過此一生即是過荼無字即是妙覺地妙位之終也

經中所列從八至四今具列之將前列位中引法華經文入此中共作一科者即不煩也

次文言將前列位中引法華等者指此卷初十門釋圓位中第二明位數門廣引此經分別功德品等文是也

○五三法妙中二初來意釋名次正釋初文二初正明來意

第五三法妙者斯乃妙位所住之法也

○次言三下釋名

言三法者即三軌也軌名軌範還是三法可軌範耳

○次正釋中二初列章

此即七意一總明三軌二歷別明三軌三判麤妙四開麤顯妙五明始終六類三法七悉檀料簡

○次解釋釋中文自為七七章次第者初言總者謂唯一妙無復差別機宜不純開總出別即約教也教門不同次判麤妙判

意在開開已純妙妙必始終妙軌徧攝故
有類通總以悉檀料簡諸意初文總者爲
五初標列
一總明三軌者一眞性軌二觀照軌三資成
軌
○次結意
名雖有三秖是一大乘法也
○三經曰下引教釋意
經曰十方諦求更無餘乘唯一佛乘一佛乘
即具三法亦名第一義諦亦名第一義空亦
名如來藏此三不定三三而論一一不定一
一而論三不可思議不竝不別伊字天目
○四故大經下引證解釋
故大經云佛性者亦一非一非一非非一亦
一者一切衆生悉一乘故此語第一義諦非
一者如是數法故此語如來藏非一非非一
數非數法不決定故此語第一義空而皆稱
亦者鄭重也秖是一法亦名三耳故不可單
取不可複取不縱不橫而三而一
○五前明下攝前四妙又二先攝同
前明諸諦若開若合若麤若妙等已是眞性
軌相也前明諸智若開若合若麤若妙是觀
照軌相也前明諸行若開若合若麤若妙已
是資成軌相也前明諸位秖是修此三法所
證之果耳
○次若然下釋疑又二先疑
若然何以重說
○次重說下釋釋又二先大師次章安初
大師釋文自三義
重說有三義一者前境智行是因中所乘之

三軌今明乘是大乘已至道場證果所住之
三軌也
二者前作境智等名别說今作法名合說
○第三義中三先略述本末
三者前直爾散說不論本末今遠論其本即
是性德三軌亦名如來之藏極論其末即是
修德三軌亦名祕密藏本末含藏一切諸法
○次從性下歷位
從性德之三法起名字之三法因名字之三
法修觀行之三法因觀行之三法發相似之
三法乃至分證之三法究竟之三法
○三自成下總結
自成三法化他三法爲是義故宜應重說也
自成者自從因以至果化他者位位有之
○次私謂下章安釋言一句即三句等者

又二先釋次此諸下結意
私謂一句即三句三句即一句名圓佛乘記
中既從如來藏一句出諸方便此乃别判例
應通開非一者數法故指此爲如來藏開出
三藏中三乘事相方便非一非非一不決定
故指此一句爲第一義空開出通教三人即
事而眞亦一者一切衆生悉一乘故指此一
句爲第一義諦開出别教獨菩薩乘
初文者前文大師自釋云三不定三三而
論一等今出私解重牒前意稱讚前義名
圓佛乘異於偏教菩薩乘也言記中者指
大師釋是章安記卻指下文歷别三法藏
即是事從事出事之文也私謂乃是再治
定時方有此語記中已有故得卻指下文
記中方便諸乘既並從於藏句開出故云

別也此私釋中三句各出一方便乘故云
通也
此諸方便悉從圓出故經言於一佛乘分別
說三即此義也
次結意中云於一佛乘分別說三者此有
通別若以道場思方便時分別說三是則
別指三藏三乘從頓巳後赴鹿苑說若通
論者諸漸皆從圓頓開出即是從頓開藏
通別今此三句皆屬於圓故云從圓開出
也
○次別三法者爲二先總明開合次約教
別明初總中爲二先總論開合大意
二歷別明三法者先須識如來開合方便然
後乃解總攬三法爲一大乘也
○次佛從下別開出方便乘又六先徵次

如大經下引經示相三何者下釋其開相
四又依經下引證五例下引例六以是下
結意
佛從何法開諸權乘
如大經明佛性非一如是數法說三乘故當
知諸乘數法爲如來藏所攝佛於此藏開出
聲聞緣覺及諸菩薩通別等乘
何者諸乘既是方便如來藏又是事從事出
方便故言諸權爲如來藏攝耳
前三如文
○四引證中二初引經證者福是事法故
事屬藏所同有爲
又依經故大經云聲聞僧者名有爲僧又云
六波羅蜜福德莊嚴
○次引定力者驗是福德

又云聲聞之人定力多故不見佛性當知定力即是福德福德秖是有爲勝鬘稱爲有漏以諸權乘從藏開出故二乘之人即是有爲

○五例中二先舉能例

例如界内見思未破爲有起作故名有爲取理不當故名有漏非智慧法故名福德

○次令以下所例

令以下望上亦應如是二乘未破變易猶是有爲無明未脱故言有漏非中道智故名福德

此引界内意以例界外驗二乘人是有爲等故云以下例上既非中道名爲福德别教地前並未見中故知並從藏中開出

○六以是下結中二先正結釋次例結

以是故知方便諸乘悉爲資成所攝皆從大乘一句偏出非究竟法故云於一佛乘分别説三即此意也

初正結如前

亦是於一佛乘分别説五亦是分别説七亦是分别説九若依此釋如來藏句開出種種方便諸權乘法也

次亦是下例結中云分别説五等者前三乘上更加人天離兩二乘爲七離三菩薩爲九謂藏通别三菩薩也若止觀中明方便乘九念處者即除人天開别地前三十心位以爲三人以人天乘無念處故若言九人生方便土者除六度菩薩加圓六根三藏菩薩不斷惑故圓教六根未生實報又九種醫九種土等九名雖同九義各别

△次約教別明

○次約教中初標

次歷四教各論三法者

○次釋釋中自四初三藏中二先明三乘三軌

三藏中以無爲智慧名觀照軌正爲乘體助道成乘具名資成軌正助之乘斷惑入眞眞是眞性軌教來詮此故以教爲乘也緣覺亦爾菩薩以無常觀爲觀照功德肥爲資成坐道場斷結見眞爲眞性

○次此教下明教意

此教詮眞乘是教乘從三界中出到薩婆若中住言教巳盡故無教乘眞不能運故證非乘故有索車之意云云

於中明所詮所至興廢眞不能運是所詮故所以索車言眞不能運者藏通二乘證偏眞理當教理極故不名運運是載義亦名爲遠易云日月運行謂動也說文云陸載曰運小果既極故非運義言索車者長者先於火宅門外許諸子云汝等出來吾爲汝等造作此車既非本有故云造作諸子出已不見果車皆詣父所而白父言願賜我等三種寶車即索義也下文廣明三乘索義云云下文別教中不云索者據後證道仍是實乘故不須索若據教道通皆須索故云不退菩薩亦不能知

○次通教中亦二先明三軌中不分三乘異者大同小異故不須分

二通教以眞性軌爲乘體何以故即色是空事中有理此理即眞故爲乘體以即空慧爲

觀照衆行爲資成

○次此教下明教意

此教詮眞乘是教乘從三界出到薩婆若中住菩薩出三界已用行爲乘淨佛國土教化衆生乃至道場乃可名住亦是有教無人無誰住者亦是教謝證寂無復運義亦有索車之意云云

○次明別教中三先正明三軌次引攝大乘辨非三若能下結示初文二先正明

具如三藏尋之

三明別教三法者以緣修觀照爲乘體諸行是資成以此二法爲緣修智慧慧能破惑顯理理不能破惑理若破惑一切衆生悉具理性何故不破若得此慧則能破惑故用智爲乘體

○次引證解釋

故大經云無爲無漏名菩薩僧即是一地二地乃至十地智慧名智慧莊嚴以此智慧運通十地故爲乘體△次引攝大乘辨非

○次文者先列釋

然攝大乘明三種乘理乘隨乘得乘理者即是道前眞如隨者即是觀眞如慧隨順於境得者一切行願熏習熏無分別智契無分別境與眞如相應

○次斥又二初總

此三意一往乃同於三軌而前後未融

○次何者下別又爲六初明不融之相次是則下判三元夫下明教意四此語下令家誡示五又阿黎下重斥判六若執下誡勸

何者九識是道後眞如眞如無事智行根本種子皆在黎耶識中熏習成就得無分別智光成眞實性是則理乗本有隨得今有道後眞如方能化物此豈非縱義若三乗悉爲黎耶所攝又是橫義又濫冥初生覺既縱既橫與眞伊相乖初二可知

○三元夫去至一途等者破別教教道及明立教道之意於中先叙諸經論意次明龍樹意同

元夫如來初出便欲說實爲不堪者先以無常遣倒次用空淨蕩著次用歷別起心然後方明常樂我淨龍樹作論申佛此意以不可得空洗蕩封著習應一切法空是名與般若相應此空豈不空於無明無明若空種子安在淨諸法已點空說法結四句相

並先用空遣蕩相著後方分別歷別法門當知前空亦空無明無明尚空豈存諸計無沒含藏種子耶又此文中從先以無常去至於四德此寄如來漸教示離執之方此寄漸文兼具兩意一約略等四時二約藏等四教細類上下亦應可見從淨諸法已去正示滅後說法之人亦應先蕩諸相著已後還用於自他四句爲他說法

○四今家誡示中云如除病去重更舉喻此語虛玄亦無住著如病除已乃可進食食亦消化

○從那得去責其計者

那得發頭據阿黎耶出一切法

汝未遣著何得妄計阿黎耶識出一切法

○從本之去判其有惑本之見慢全自未降封此新文若長冰添水故惑猶存新惑更重

○從故知去判屬界外仍非界外通方法門故云一途

故知彼論非逗末代重著衆生乃是界外一途法門耳

於彼界外尚是一途何得界內博地執諍

△五重斥判

又阿黎耶若具一切法者那得不具道後眞如若言具者那言眞如非第八識恐此猶是方便從如來藏中開出耳

若執方便巨妨眞實若是實者執之又成語見多含兒蘇恐將夭命云云

六誡勸中云語見者依教語而起見不入眞道又云多含兒酥等者大經第四相品云有一女人乳養嬰兒來詣佛所有所顧念心自思惟在一面坐爾時世尊知而故問汝以愛念多唅兒酥不知籌量消與不消爾時女人即白佛言甚奇世尊善知我心惟願世尊爲我少說我於今朝多唅兒酥恐將不消佛言汝兒所食尋即消化更增壽命女人聞已心大歡喜疏云凡養嬰兒唅酥傷多尚恐夭命況復餘食女人譬慈嬰兒譬信乳養譬聞法唅酥譬讚歎生喜喜多尚妨於道況復癡怒今以酥多譬生語見故與喜貪義同依實起見尚損慧命況於偏乘而生取著故大經第八云無礙智甘露所謂大乘典如是大乘典亦名雜毒藥如酥醍醐等及以諸石蜜服消

成甘露不消成毒藥方等亦如是智者爲甘露愚不知佛性服之成毒藥

若能善解破立之意於諸經論淨無滯著也

○次明圓教中二先正釋次是名下結成乘意初文又三先略釋三法次若迷下明三障三法身下辨體用初文又二初釋次三法下融通

四明圓教三法者以眞性軌爲乘體不僞名眞不改名性即正因常住諸佛所師謂此法也一切衆生亦悉一乘衆生即涅槃相不可復滅涅槃即生死無滅不生故大品云是乘不動不出即此乘也觀照者秖點眞性寂而常照便是觀照即是第一義空資成者秖點眞性法界含藏諸行無量衆具即如來藏

初文中言圓乘體者皆須從初因以至於果因果所取名爲乘體前之二教雖即同有眞性觀照能照所照但依權理別教教道又以地前緣修方便而爲乘體故前三教所明乘體皆不至極末極息教是故索車圓教乘體從始至終而非始終是故達到乘義猶在故以眞性始終不動而爲車體故此車體非運而運

○次融通中三法譬合

三法不一異如點如意珠中論光論寶光寶不與珠一不與珠異不縱不横三法亦如是亦一亦非一亦非一非非一不可思議之三法也

○次若迷下明三障障於三法於中又四初正明三障以障三軌

若迷此三法即成三障一者界内界外塵沙

障如來藏二者通別見思障第一義空三者根本無明障第一義理

○次若即下明破障顯軌

若即塵沙障達無量法門者即資成軌得顯若即見思障達第一義空者觀照軌得顯若即無明障達第一義諦者眞性軌得顯

○三眞性下結顯三軌以成三德

眞性軌得顯名爲法身觀照得顯名爲般若資成得顯名爲解脫

○四此兩下結成能嚴所嚴

此兩即是定慧莊嚴莊嚴法身

○三辨大車體用中二先法

法身是乘體定慧是衆具

○次引譬證

下文云其車高廣衆寶莊校△次結成乘意

○次結教意中二先以人顯所乘

是名圓教行人所乘之乘到薩婆若過茶無字可說

○次無字下明乘之所至於中又二先立疑徵起

無字可說亦應無乘可運

○次若自下釋疑又二先以運義釋乘次復次下有運不運釋乘初文又二先略釋

若自行運畢乘義則休若權化未畢運他不休

○次故文云下引證又三法譬合

故文云佛自住大乘如其所得法定慧力莊嚴以此度衆生即其義也譬如御者運車達到猶名爲車果乘亦爾猶名爲運△次有運不運釋乘

○次文者又二初略立

復次何必一向以運義釋乘

○次融通又二先融通

若取眞性不動不出則非運非不運若取觀照資成能動能出則名爲運秖動出即不動出即不動出是動出即用而論體動出是不動出即體而論用即不動出是動出體用不二而二耳

○次引例釋前圓乘不二

例如轉不轉皆阿鞞跋致動不動皆是毗尼以是義故發趣不發趣皆名爲乘也云云

言轉不轉皆跋致者大論七十七發趣品云轉二乘心入菩薩位第一義中一相尚無故無所轉無菩薩位此約三乘理性不當轉與不轉今亦約理而爲體用理體無退故皆跋致動不動皆毘尼者人天毗尼名爲不動無漏毗尼名之爲動雖世出世皆名毗尼若約理論無動不動故約理性無非毗尼皆具足有一心十戒故也故圓教乘無發不發皆名爲乘然此四教各具三軌非但深淺不同亦乃乘體誠異以諸乘體不同故也所以藏别兩教咸以智慧爲體通圓兩教咸以眞性爲體者良以體爲所乘未可暫廢以藏别眞性果滿方成儻指體在當以何爲運若用觀照則從始至終故通圓居因即事論性即事之性果位乃窮是故兩教眞爲乘體又前之兩教通雖稍優並不知常置而不說别雖同證教道全權故苦破之令同證道圓雖理極尚有始終恐世濫行故須委辨是故廣以

因果自他類例等釋乘義不息方名實乘若得此意別顯一科義猶指掌如迷此者自行何依兖乘雖闕莊校車體猶存忽昧斯旨乘何而去能乘所至一切都廢是則以火宅爲實渚必爲所燒指煩惑爲能乘義須傾覆

○三判麤妙中二先約四教次約五味先約四教中二即三麤一妙前三爲三初三藏中爲四初明三相次既是下明教意三不見下引證四半字下判決初又二初總明三法

三明麤妙者三藏於有爲福德論三法爲乘

○次四念下明三法所至

四念處是聞慧乘於敎乘到四善根四善根乘於行乘到見諦見諦乘於證乘到無學△

（次明教意）

既是權法出三界外以眞爲證證則不運△

（三引證）

不見實乘嗚呼自責欲問世尊爲失爲不失即此意也△

（四判決）

半字漸引非究竟義是故三法皆麤也

言半字者大經第五云譬如長者唯有一子心常憶念憐愛無已將詣師所欲令受業懼不速成尋便將還以愛念故晝夜殷勤教其半字而不教誨毗伽羅論力未堪故言半字者謂九部經毗伽羅論者謂方等典此以理等名方等典非謂生酥調斥方等

○次通教中二先明三法次判初文者二先總明

通教即空慧三法爲乘巧餘意大同

○次乾慧下明所至

乾慧地乘於教乘性地乘於行乘八人見地乘於證乘。○次判

此亦偏說是故爲麤

妙法蓮華經玄義釋籤卷第十九

音釋

晗胡紺切音憾𣈆也

妙法蓮華經玄義釋籤卷第二十

隋天台智者大師說

門人灌頂記

唐天台沙門湛然釋

○次別教中三初明三法次緣修下明教意三若爾下判初文亦二初總明三法

別教以資成資於觀照觀照開於真性三法爲乘

○次十信下明三法所至

十信乘教十住乘行十地乘證到妙覺薩婆若中住△次明教意

緣修成即謝唯真修在△三判

若爾資成在前觀照居次真性在後此三豎別縱非大乘此三並異橫非大乘是方便法是故爲麤也

○次明圓教中二先正釋次故尼官下以現事驗初又二初正釋三法次明所至初又二初正釋次秖點如來藏爲廣下以大車釋成初文又二先正釋次秖點下融通

圓教點實相爲第一義空名空爲縱第一義空即是實相實相不縱此空豈縱點實相爲如來藏名之爲橫如來藏即實相實相不橫此藏豈橫故不可以縱思不可以橫思故名不可思議法即是妙也

初文約實相以論二者正明即體論用故也

秖點空藏爲實相空縱藏橫實相那不縱橫秖點空爲如來藏空旣不橫藏那得橫點如來藏爲空藏旣不縱空那得縱點實相爲空藏實相非縱非橫空藏亦非縱非橫宛轉相

即不可思議故名爲妙

更融通者恐未了者二義猶別是故三法展轉相融此中四句初句空藏爲實第四句實爲空藏中間二句但云空爲藏藏爲空此語猶略貴在得意若具足存中間兩句應云空爲藏實藏實爲空藏爲空實空實爲藏則成三對六句也

○次以車體用釋成中二初明體中融即次又點下明與具度融即車體即是理性即也具度即是對修明即初文三對初秖點下明體有用故高廣

秖點如來藏爲廣點第一義空爲高故言其車高廣

○次二對明體用相即

如來藏即實相故其車非廣第一義空即實相故其車非高秖實相是空那得非高秖實相是如來藏那得非廣

初對者明用即是體故非高非廣次對者明體即用故是高是廣然第三對不殊初對爲對第二以明第三故初對中云秖點者體即藏空明體高廣細尋此意同異可見言如來藏者具如占察下卷末文

○次攝具度者即大車之具度故不異也則止觀中正助合行其意可見於中二先釋

又點實相爲如來藏故言衆寶莊校又多僕從而侍衛之點實相爲第一義空故言有大白牛肥壯多力行步平正其疾如風智慧無染名爲白能破惑故名多力中道慧名平正入無功用故其疾如風

酪教一麤生酥三麤一妙熟酥二麤一妙衆經悉帶縱橫方便說不縱不橫之眞實故言爲麤今經正直捨方便故加之以妙云云

五味可知

○四明開中三初總標次釋三從人天下結

四開麤顯妙者約大經三句也

○釋中意者以初句開人天次句開別教第三句開藏通一一文中三皆先引經立相次明過失三正爲開初引經明理妙彼執者不知故皆斥有過至法華並開無不歸妙△初句中初引經立相

經言佛性亦一者一切衆生悉一乘故△次明過失

此是不動不出之一乘故具足三法不縱不橫十住所乘到於妙覺薩婆若中住故名妙乘

○次以不思議結不異

不思議三法共成大車豈有縱橫並別之異

○次明三法所至中二先釋次引證

如是敎乘不縱不橫五品所乘到於似解如是行乘不縱不橫似解所乘到於十住如是證乘不縱不橫十住所乘到於妙覺薩婆若中住故名妙乘

釋中三法展轉至於妙覺餘教不然是故妙也以我之因爲汝之果故三並非妙又云是乘微妙清淨第一△次以現事驗

故瓦官建講人夢聽者駕乘闐門而出彼處建講人夢黃衣滿路以相則之邪正明矣次事驗中凡是大師妙會諸處指斥他師護時人情故云有人耳

若將此麤妙等乘約五味者乳敎一麤一妙

橫夫有心者皆備此理而其家大小都無知者是故爲麤

從此是下明過中云而其家大小都無知者者大經第八如來性品貧女譬中引金藏喻如止觀第一記已具引文今更略消喻義其家者五陰也陰有佛性而大小不知古人多釋有云四果爲大凡夫爲小論人云菩薩爲大聲聞爲小章安云人天爲小析空二乘爲大析空二乘爲小體空二乘爲大但空二乘爲小但空菩薩爲大但空菩薩爲小出假菩薩爲大如是大小皆悉不知別教雖知帶教道故故教屬權△三正爲開

今示衆生諸覺寶藏耘除草穢開顯藏金一切無礙人一道出生死十方諦求更無餘乘唯一佛乘是故爲妙△次句開別教

經言佛性亦非一非非一數非數法不決定故若執緣修智慧定能顯理慧自非理則照用不明不見佛性是故爲麤今開定執之慧即不決定慧即慧而理即理而慧不執著數定三定一不著非數非三非一如此乃名無著妙慧能破一切定相及不定相亦無能破所破如輪王能破能安如日除闇生物如醫除膜養珠即是大乘不縱不橫之妙慧也

第二句開中又加三譬以顯開相言定不定者定是緣修計定能顯理不定謂眞修能破定計以眞修望於緣修亦有二義譬中云如輪王能破安者輪寶威伏如破十善化世如安今亦如是徧一切法爲破亦無能破名安又除暗如破生物如安除膜

養珠準此可見△第三句開藏通

經言佛性亦非一說三乘故即是三乘五乘七乘等諸方便乘若住諸乘但是事善及以偏眞通入處近是故爲麤今若決了諸乘即是如來藏藏名佛性

第三句次失中言三五等乘者第二句既已開別故知此中但開藏通則三五等但約兩教△三結

從人天善乃至別乘皆不動本法即是於妙當知三句攝一切法無非佛性悉皆是妙無麤可待即絕待妙也

次結文可知故知方便諸乘皆悉不知無始藏理一心三法故各於一法少分起計並謂究竟今如來善巧方便種種調熟還示衆生本有覺藏使大小咸知昔覆今顯名之爲開今文大小之言雖復寄在初句文中如章安釋意通後句即其意也

○五始終者爲二初總標來意

五明始終者不取五品敎乘爲始乃取凡地一念之心具十法界十種相性爲三法之始

○次何者下正釋釋中爲二初泛約一界

何者十種相性秖是三軌如是體即眞性軌如是性性以據內即是觀照軌如是相者相以據外即是福德是資成軌力者是了因是觀照軌作者是萬行精勤即是資成因者是習因屬觀照緣者是報因屬資成果者是習果屬觀照報者是習報屬資成本末等者空等即觀照假等即資成中等即眞性直就一界十如論於三軌

○次今但下局一念十界即是一念十如

三道於中爲四初以三道性相體等爲理性三軌於中又三標釋結

今但明凡心一念即皆具十法界一一界悉有煩惱性相惡業性相苦道性相

若有無明煩惱性相即是智慧觀照性相何者以迷明故起無明若解無明即是於明大經云無明轉即變爲明淨名云無明即是明當知不離無明而有於明如冰是水如水是冰又凡夫心一念即具十界悉有惡業性相秖惡性相即善性相由惡有善離惡無善翻於諸惡即善資成如竹中有火性未即是火事故有而不燒遇緣事成即能燒物惡即善性未即是事遇緣成事即能翻惡如竹有火火出還燒竹惡中有善善成還破惡故即惡性相是善性相也凡夫一念皆有十界識名色等苦道性相迷此苦道生死浩然此是迷法身爲苦道不離苦道別有法身如迷南爲北無別南也若悟生死即是法身故云苦道性相即是法身性相也

釋中三道各有法譬等具如初文釋衆生法中但今文中初明三道即十如中相性體三爲欲別釋三道相狀故一一道各云性相無體字者但是文略尋之可見

○次夫有心下結中有二初正結

夫有心者皆有三道性相即是三軌性相

○次引證

故淨名云煩惱之儔爲如來種此之謂也

證云儔者類也謂業苦也

○次以力作因緣爲修得三軌

若言如是力如是作者菩提心發也即是眞

性等萌動如是因者即是觀照萌動如是緣者即是資成萌動

○三如是果報爲究竟三軌

如是果者由觀照萌動成習因感得般若習果滿也如是報者由資成萌動爲緣因感得解脱報果滿也果報滿故法身亦滿是爲三德究竟滿名祕密藏

○四明本末究竟又二初言等者等前三種

本末等者性德三軌冥伏不縱不橫修德三軌彰顯不縱不橫冥伏如等數等妙等彰顯如等數等妙等故言等也

性即是理修得如文彰顯秖是究竟今不云究竟者義通初住

○次亦是下三諦等

亦是空等假等中等云云

可見前文明位之始終則約凡位一始終聖位一始終今明三法始終故須始凡夫一念終在彰顯聖位所以立此門者前雖開顯猶恐不了者謂以開發爲三法始故須重明秖緣始在於凡故凡位可開凡無三法何所論開故不動凡夫三法而成聖人究竟三法爲是義故復立此門勸勿自鄙

○六明類通中二標釋

六類通三法者

○釋中五初明來意次列三諸三法下明十條意四生起十條五正釋十條初文二

初正明次何者下釋

前以三軌之法從始以至終即是豎通無礙

今欲橫通諸法悉使無礙類通諸三法何者
赴緣名異得意義同粗通十條餘者可領
以一三法從始至終故名為竪以一三法
通會諸三故名為橫餘三望三互得為橫
若言赴緣名異則一一三皆可自為橫竪
△次列
三道三識三佛性三般若三菩提三大乘三
身三涅槃三寶三德
○三釋十條意
諸三法無量止用十者舉其大要明始終耳
如文
○四三道下復生起十條
三道輪迴生死本法故為初若欲逆生死流
須解三識知三佛性起三智慧發三菩提心
行三大乘證三身成三涅槃是三寶利益一

切化緣盡入於三德住祕密藏云云
若望名異意同雖一一至極此據圓理理
體不殊若據現名不無差別故以十條共
為始終始自所化極迷終至能化入滅復
一一條中皆約六即故若離若合橫竪該
深
○五正釋中自為十條初三道中二先正
釋次結位釋中先總對
一類通三道者真性軌即苦道觀照軌即煩
惱道資成軌即業道
○次別釋釋中自三一一文中皆先釋次
引證等下去九三文句大同雖有小異大
意可見
苦道即真性者下文云世間相常住豈不即
彼生死而是法身耶

煩惱即觀照觀照本照惑無惑則無照一切法空是也文云諸法從本來常自寂滅相即煩惱是觀照也照如薪生火文云於諸過去佛若有聞一句皆已成佛道又云深達罪福相徧照於十方即是聞於體達煩惱之妙句也

言妙句者諸法從本下明理妙於諸過去下聞名妙

資成即業道者惡是善資無惡亦無善文云惡鬼入其心罵詈毁辱我我等念佛故皆當忍是事惡不來加不得用念用念由於惡加云云又威音王佛所著法之衆聞不輕言罵詈打拍由惡業故還值不輕不輕教化皆得不退又提婆達多是善知識豈非惡即資成△

次結位

三軌即三道是爲理性行於非道通達佛道五品觀行行於非道通達佛道六根清淨相似行於非道通達佛道十住去即分眞行於非道通達佛道妙覺究竟行於非道通達佛道云云

○對三識釋中二先總對次釋

二類通三識者菴摩羅識即眞性軌阿黎耶識即觀照軌阿陀那識即資成軌

初文者三識同在理心教門權說且立遠近言菴摩羅是第九本理無染以對眞性阿黎耶是第八無没無明無明之性即是智性故對般若末那識即是第七執持藏識所持諸法即此執持名爲資成以助藏識持諸法故第六但能分別諸法故與第七同爲資成是故今文不論第六若準唯

識論轉於八識以成四智又束四智以成三身者則轉第八爲大圓鏡智轉第七爲平等性智轉第六爲妙觀察智轉五識爲成所作智大圓鏡智成法身平等性智成報身成所作智成化身妙觀察智徧於三身此中不取第九乃是教道一途屬對不與今同何者彼居果位三身仍别此在因位三身互融即此三身秪是三德三德據内三身約外今從初心常觀三德故與彼義不可雷同

○從若地人下正釋爲三初明互執成諍若地人明阿黎耶是眞常淨識攝大乘人云是無記無明隨眠之識亦名無没識九識乃名淨識互諍云云

○次從今例下引例和諍中二先引近事今例近況遠如一人心復何定爲善則善識爲惡即惡識不爲善惡即無記識此三識何容頓同水火秪背善爲惡背惡爲善背善惡爲無記秪是一人三心耳

○次正例中二先釋次引論證

三識亦應如是若阿黎耶中有生死種子熏習增長即成分别識若阿黎耶中有智慧種子聞熏習增長即轉依成道後眞如名爲淨識若異此兩識秪是阿黎耶識此亦一法論三三中論一耳

初文中云言轉依者轉於染依而依於淨是故在染則種子依於黎耶在淨則轉於能依以成第九當知黎耶不離染淨

攝論云如金土染淨染譬六識金譬淨識土譬黎耶識明文在兹何勞苦諍△三正釋

下文譬如有人至親友家醉酒而卧豈非阿黎耶識世間狂惑分別之識起巳遊行以求衣食豈非阿陀那識聞熏種子稍起增長會遇親友示以衣珠豈非菴摩羅識菴摩羅識名無分別智光

三正釋中引今經醉人譬者醉如無明故譬棃耶從世間狂惑去徧涉六塵故云遊行即是六七故譬末那珠是眞性故譬第九

△次結位

若棃耶中有此智種子即理性無分別智光五品觀行無分別智光六根清淨相似無分別智光初住去分眞無分別智光妙覺究竟無分別智光麤妙云云三類通三佛性者眞性軌即是正因性觀照軌即是了因性資成軌即是緣因性故下文云汝實我子我實汝父即正因性又云我昔教汝無上道故一切智願猶在不失智即了因性願即緣因性又云我不敢輕於汝等汝等皆當作佛即正因性是時四衆以讀誦衆經即了因性修諸功德即緣因性又云長者諸子若十二十乃至三十此即三種佛性又云種種性相義我巳悉知見旣言種種性即有三種佛性也

三佛性中指常不輕中爲正因此之正因亦可爲性德三因今望緣了種子故但云正若十二十乃至三十譬三佛性者此三十子通宅内外䟽文且據能出宅邊以譬三乘各有十智故云三十今以諸子各具三性故以譬之

若知三軌即三佛性是名理佛性五品觀行見佛性六根相似見佛性十住至等覺分眞

見佛性妙覺究竟見佛性是故稱妙云云
○三般若中釋中先總對及指前三正釋
四類通三般若者眞性是實相般若觀照是觀照般若資成是文字般若具如上釋境智行三妙之相故下文云止止不須說我法妙難思又云是法不可示言辭相寂滅即實相般若我及十方佛乃能知是相唯佛與佛乃能究盡又云我所得智慧微妙最第一即觀照般若又云我常知衆生行道不行道隨應所可度爲說種種法若干言辭隨宜方便即是文字般若又云如來知見廣大深遠廣大深遠即實相般若如來知見稱廣大深遠即觀照般若若言方便知見皆已具足即文字般若故知三軌亦三般若之異名耳。

若三智在三心屬三人是則爲麤三智在一心中不縱不橫是則理妙五品觀行三般若六根淨相似三般若四十心分眞三般若妙覺究竟三般若也

餘如文

○三菩提釋中先對師位釋

五類通三菩提者眞性軌即實相菩提觀照軌即實智菩提資成軌方便菩提故下文云我先不言汝等皆得阿耨三菩提非實非虛非如非異不如三界見於三界即實相菩提我成道已來甚大久遠即實智菩提我說少出家近伽耶城得三菩提即方便菩提

○次對弟子位釋

若就弟子明三菩提者若我遇衆生盡教以佛道即實相菩提安住實智中我定當作佛又云佛子行道已來世得作佛乘是寶乘直

至道場即是修成實智菩提授八相記即方便菩提

不一異者名之爲如不決了名麤決了名爲妙一切衆生理性菩提五品名字菩提六根相似菩提四十一位分眞菩提妙覺究竟菩提云云

○次三大乘中釋中三先約師位自行次舍利下約弟子位自行三於一下約師位化他初師位中二先引經

六類通三大乘者眞性即理乘觀照即隨乘資成即得乘故下文云佛自住大乘如其所得法定慧力莊嚴

○次釋

住大乘即理乘定慧莊嚴即隨乘所得法即得乘佛自住大乘是理乘於道場知已是隨乘導師方便說是得乘

得謂證得隨謂因果理謂理性△次約弟子位自行

又舍利弗以本願故說三乘法是得乘隨乘又是乘微妙清淨第一是理乘

言又舍利弗以本願故至得乘隨乘者說法屬智故是隨乘由是證得故是得乘故願說三兼於二義△三約師位化他

於一佛乘是理乘分別說三是得乘隨乘

於一佛乘爲理分別說三爲隨意亦同前

不縱不橫妙開麤妙歷七位云云五品名字乘六根相似乘四十一位分眞乘妙覺究竟乘云云

歷七位者五十爲五等妙爲七不論名字但以五品爲假名者名字非位乃至但論

信等七位非是正位故也
○次三身
七類通三身者眞性軌即法身觀照即報身資成即應身
○釋中又二先列釋七文次三軌下引文總釋前七初又二前二他經後五此經此並數句之内三身具足
若新金光明云依於法身得有報身依於報身得有應身此即如前所明依於境妙得有智妙依於智妙得有行妙彼文云佛眞法身猶如虛空應物現形如水中月報身即天月應身即水月者諸水非一故報身爲天月者自受用報非多故也
此文云佛自住大乘即是實相之身猶如虛空定慧力莊嚴慧如天月定如水月又云唯佛與佛乃能究盡諸法實相即是法身我所得智慧微妙最第一即是報身名稱普聞即是應身又非生現生等是應身也或示巳身即法身報身或示他身即報應我以相嚴身光明照十方爲說實相印實相印即法身照十方即應身相嚴身即報身又深達罪福相徧照於十方即報身微妙淨法身即法身具相三十二即應身△次引文總釋前七
○次總釋中二先略結
三軌名異義即三身
○次正對
故普賢觀云佛三種身從方等生法界性論云水銀和眞金能塗諸色像功德和法身處處應現往
對中云從方等生者翻名解義如止觀第

二文
若此三身不縱不橫妙決了三身入法身妙
歷七位妙云云
○次釋三涅槃中先破古次釋破古中三
先述古
八類通三涅槃者地人言但有性淨方便淨
實相名爲性淨涅槃修因所成爲方便淨涅
槃
○次令以下出正解
令以理性爲性淨涅槃修因所成爲圓淨涅
槃此則義便薪盡火滅爲方便淨涅槃此文
便
○三若將下破
若將修因所成爲方便涅槃者以薪盡火滅
爲何等涅槃

○次正釋中二先略對
故知應有三涅槃三涅槃即是三軌
○次正釋於中二先令經次大經
文云是法不可示言辭相寂滅又云諸法從
本來常自寂滅相是性淨涅槃又云皆以如
來滅度而滅度之即圓淨涅槃又云我成佛
已來甚大久遠久修業所得慧光照無量亦
是圓淨涅槃數數唱生處處現滅於此夜滅
度如薪盡火滅豈非方便淨涅槃
初令經中性淨一釋圓及方便兩義者以
性通本迹故也圓及方便中先明本迹兩
圓次數數下明兩方便
大經題稱大般涅槃翻爲大滅度大者其性
廣博即據性淨度者到於彼岸智慧滿足即
據圓淨滅者煩惱永盡斷德成就即據方便

淨此三涅槃即是三軌也
準例亦應云歷七位但是文略
○次三寶
九類通一體三寶者眞性即法寶觀照即佛寶資成即僧寶
○釋中二先引他二經次今經二文各三寶義足
故法性不動名不覺佛智契理故佛名爲覺事和理和故僧名和合思益云知覺名爲佛知離名爲法知無名爲僧此是一體三寶故下文云佛自住大乘佛是佛寶大乘是法寶如其所得法以此度衆生即是與理和復與衆生和即是僧寶世間相常住名法寶於道場知已名佛寶導師方便説上與理和下與衆生和名僧寶

思益中云知離名法者法體離染故知無名僧者僧體無諍故
一體三寶非一之一不三之三此之三一不縱不横稱之爲妙歷七位云云
○次明三德釋中二先總對
十類通三德者大經三德共成大涅槃此經三軌共成大乘
雖但別對已當總對
○次別對釋釋中二先釋會次破古中二先總斥次唯知下別破以彼經一乘與此經佛性對破古人
彼明法身德此云實相彼云佛性者亦一切衆生悉一乘故亦是指實相爲一乘彼處明般若德此經明其智慧門難解難入我所得智慧微妙最第一乃至決了聲聞法是諸

經之王皆是般若彼經明解脫德此經明數數示現現生現滅隨所調伏衆生之處自既無累令他解脫乃至收取萬善事中功德悉得證果豈非解脫二經義合

初言二經義合者大經及此經大經調伏衆生名爲解脫此經數數現生爲調衆生是故義同餘二德可見△次破古中先總作

碌碌之徒隨名異解譬聞天帝不識憍尸

碌碌者多石貌也亦凡石也

○次別破中三先破佛性次又涅槃下破總名三但涅槃下明經宗別

唯知涅槃佛性之文不見雙樹有一乘之旨彼文親說佛性亦一一即一乘而人云此乃涅槃一乘是佛性法華一乘非佛性若言法華不明佛性者涅槃不應遙指云八千聲聞於法華中得受記莂如秋收冬藏見如來性更無所作而人云涅槃有遙指之文此中無佛性之語今據此文種種性相義而我皆已見既言種種何獨簡於佛性耶又世間相常住於道場知已導師方便說豈非佛性之文耶論云佛性水常不輕知衆生有佛性

八千聲聞至記莂者大經第九云是經出世如彼果實多所饒益安樂衆生能令衆生見如來性如八千聲聞於法華中得授記莂成大果實如秋收冬藏更無所作一闡提輩於諸佛法無所營作疏中古有三解一云經悞應云八千即持品中八千聲聞得記者是二云外國有八千人三云若定應云八十年章安云後二解不可

又涅槃三德爲祕密藏安置諸子祕密藏中

我亦不久當入其中此即自他俱入祕藏此經云佛自住大乘以此度衆生終不以小乘濟度諸衆生悉以如來滅度而滅度之如是自他俱入如來滅度滅度秪是涅槃涅槃秪是祕藏釋論云法華爲祕藏兩經文義宛宛恒同何故諸人苟欲抗異若文義舛隔作同想無罪今文義本合離之何福

次破總名中云安置諸子祕密藏中如止觀第二記此三涅槃中所以對古師苦破者以人多執招過非輕故苦破之令歸正轍如前釋衆生法及止觀十如亦皆破者意在此也如諸文中每至別教破地攝師者執教道故意亦如之△三明經宗別

但涅槃以佛性爲宗非不明一乘義今經以一乘爲宗非不明佛性義赴機異說其義常通也△結位

若三德縱橫即是麤不縱橫即是妙歷七位云云

此十三法同是今經三軌之器類故此之十條散在他部諸大乘經今經始終無不具足故一一三中皆引今文爲釋況此十條不出因果今文秪是一乘因果故耳又十條中所以菩提三身及三涅槃具引本迹餘文唯迹者一以本中文狹二以本果已成故取菩提三身涅槃證義便故道識性三全在凡夫般若通因本因文總但云我本行菩薩道乘通事理及以因果故三寶者本地既有佛寶必有餘二三德可知文雖存没義必兼具

○次四悉料簡中先問

七悉檀料簡者問十種三法及餘一切皆是三軌者唯應三軌何意異說

○次答答中二初述意次正釋初文又四初總明用四悉次隨俗下別明用相三朝三下明用四悉意四善巧下結歎

答衆生機宜不同應隨機設逗悉檀方便引接耳

隨俗故異稱便宜故異逐對治故異令人入道故異

初二如文

朝三暮四撫衆狙而皆悅苦塗水洗養嬰兒以適時

三明意中言苦塗水洗者大經第八云譬如女人生育一子嬰孩得病是女愁惱求覓良醫良醫既至合三種藥蘇乳石蜜與之令服因告女人兒服藥已且莫與乳須藥消已方乃與之是時女人即以苦味用塗其乳語其兒言我乳毒塗不可復觸其兒渴乏欲得母乳聞乳毒氣便捨遠去其藥消已母乃洗乳喚子與之是時小兒雖復渴乏先聞毒氣是故不來母復告言爲汝服藥故以毒塗汝藥既消我已洗竟汝便可來飲乳無苦其兒聞已漸漸還飲經合譬意譬無我等猶如毒塗說如來藏如喚子飲或時說我或說無我皆爲適機如彼塗洗

善巧赴機故方圓任物譬千車而同轍豈守一而疑諸

○次正釋中二先舉章門

今通用四悉檀歷十法論妙不妙

○次釋釋中又二初以四悉釋此十條次明妙不妙初文二謂初後

具說三軌共成大乘大乘之中備有三法及一切法不相混亂即是世界悉檀資成資發智慧以生善故是爲人悉檀觀照破惑諸惡滅故是對治悉檀眞性實理爲第一義悉檀一段衆生宜以大乘名說得四利益也

備說三德爲大涅槃雖三點上下而無縱表裏而無橫一不相混三不相離即世界悉檀善則殃釁不干故得挺然累表是故解脫即爲人悉檀般若如金剛隨所擬皆碎即是對治悉檀法身即第一義也一段衆生聞三德名即獲四利矣舉初舉後中間例然

後文中言上下而無縱等者上下是縱義雖一點在上不同點水之縱三德亦爾雖法身本有不同別教爲惑所覆表裏是橫義雖二點居下不同列火之橫三德亦爾雖二德修成不同別人理體具足而不相收

○次文者爲二初料簡次結位初又二初判次開初文三初略立二諦以判四悉則眞妙俗麤次約化城寶渚以判三約五時教判初文又二初判次料簡

次明妙不妙論云三悉檀是世諦心所行處可破可壞第一義悉檀是心不行處諸佛聖人心所得法不可破壞即是眞諦

初判中以三悉與第一義相對者順大論文仍成別義故大論云諸經多說三悉檀今欲說第一義故說是摩訶般若波羅蜜經通論皆四具如諸文

○次若然下料簡中二先問

若然者此四悉檀爲二諦所攝更有中道復云何攝若不攝中但是藏通之意此悉檀爲麤

○次今言下答

今言俗有眞無是隔異法便是三悉檀心所行處可破可壞中道第一義非有非無有無不二則無隔異無異即眞諦△次約化城寶渚以判

前三悉檀所通止至化城化城非實故可破可壞可壞爲麤今中道無異又通至寶所無能過無能滅故不可壞稱之爲妙△三約五時教判

若餘經說中道第一義悉檀與此經不殊但餘經帶阿羅漢所得爲第一義悉檀故不稱妙此經正直捨方便但有圓實四悉檀是故爲妙

○次若不下決開

若不決三悉檀入第一義是復爲麤若決一一悉檀皆有第一義者是則爲妙△次結位

五品弟子假名四悉檀六根淨相似四悉檀初住至等覺分眞四悉檀妙覺究竟四悉檀是故稱妙此五番明妙從因至果以辨自行妙半如意珠竟

結位如文問此中初以四悉料簡十條則一一條無非四悉次判四悉妙與不妙乃云三麤一妙應當三法亦麤亦妙耶答若約不思議中亦得論妙不妙如三德中若前三悉檀說之義當於麤謂三德爲世界解脫生善般若破惡是故爲麤若見法身方始名妙三德既爾餘九亦然若爾何故次又云三悉至化城耶答此約大論文皆

以小乘爲三悉對般若爲第一義故作此簡若依此義今文唯在第一義也故下決中云三悉不決皆名爲麤然取通途則今文並約不思議論四悉判不思議三法眞俗相即而論既以中道爲第一義豈以中道而隔眞俗半如意珠者迹十妙中以釋五竟十法共成如意珠法言珠法者秖是妙法十中居半故云半如意珠若大經十三即以羅刹半偈名爲半珠彼經半偈詮於半教今之半珠即是全珠何者自行因果已滿是故今文以自望他闕化他邊名爲半珠

妙法蓮華經玄義釋籤卷第二十

音釋

殞羽敏切殁也　闐亭年切滿也　詈力智切斥曰詈　碌盧谷切碌碌循衆也又隨從也　狙千余切猿屬　釁許刃切隙釁也　挺他鼎切挺出也

妙法蓮華經玄義釋籤卷第二十一

隋天台智者大師說

門人灌頂記

唐天台沙門湛然釋

○六釋感應妙中二先來意次開章解釋

來意又三初判前五妙次境妙下果滿得

名三果智下正明感應來意由果滿故由

機扣故

第六明感應妙者上來四妙名爲圓因三法

祕藏名爲圓果

初文云上四妙爲因者位妙若立實通因

果爲對三法且從因說

○次文爲二先釋次引證

境妙究竟顯名毗盧遮那智妙究竟滿名盧

舍那行妙究竟滿名釋迦年尼三佛不一異

不縱橫故名妙果

初釋文言境妙究竟滿名毗盧遮那等者

前行妙初已融會此境智行三三而論一

一而論三及境等三各自具三等具如止

觀第二卷末指歸中文一德具三三各具

三等今且從於理事合說以境智行而對

三身

釋論云稽首智度無子佛者果地圓極非復

因位故稱無子

次引證中云稽首智度無子佛者大論文

初歸敬偈云智度大道佛善來智度大道

佛窮底智度相義佛無礙稽首智度無子

佛古人論音云言無子者有四義不同一

者無等一切衆生無與佛等二云無碍佛

是法王於法自在三云無子復有二義一

者就理佛能體悟無生眞理名爲無子二者就事如來生死種子已盡故名無子四者無子亦有二義一者般若名爲佛母毋有七子謂佛菩薩及辟支佛弁四果人即此七中佛最居長故云無子二者無明蔽中無有智慧種子故云無子今文中用第三第四二無子義果智究竟感應義足△（三正明感應來意由果滿故由機扣故）果智寂照有感必彰故明感應妙也

三正明來意中且依本業瓔珞云等覺照寂妙覺寂照問前明境妙以證得爲無諦前明智妙二十智中訖至妙覺前明行妙次第五行訖至初地不次第行亦至六根若明位妙始終具足向明三法辨始終中始從凡心一念十界終至究竟是三法果

今初何得斷云四因一果答一家釋義稍異今古若得文大旨則不矒元由若隨文生解則前後雜亂前之三妙若離而言之唯境屬於理故解依於理依解故起行行之所階則有諸位若至初住名隨分果則分證三法證三法已隨機起應此則以智導行至初住位又教所譚須論始末此則具如生起中意若從合明具如行妙初說若相由者不名妙行境智行三此三各三三九秖是一而論三次歷六即以至於果皆開權顯實成妙感應今從此義故云四法爲因若從別說當妙高深自是一意

○次開章別釋中二列釋

即爲六一釋感應名二明相三明同異四明相對五明麤妙六明觀心

○釋中初釋名自二初列

釋名又三一釋名二四悉檀帖解三料簡

○次釋釋中初釋名又二先總立名者謂

感應通論次別釋者謂感應二字各具三

義

釋名者正法華云無數世界廣說經法世尊

所爲感應如是今故用爲名

初文者如勝鬘經勝鬘夫人是末利之女

末利及王既信佛已以書與女女得書已

即對使者而說偈言仰惟佛世尊普爲世

間出亦應愍我等速來至此處即生此念

時佛於空中現即是雙明感應二義若得

此意例應可知

○次別釋中今先明機三義者爲二先明

用機爲名例知緣感

而經中機語緣語並是感之異目悉語衆生

且從機釋義則易見緣感例可解

○次機有下正釋機名

機有三義一者機是微義故易云機者動之

微吉之先現又阿含云衆生有善法之機聖

人來應也衆生有將生之善此善微微將動

而得爲機若將生善爲機此語爲促今明可

生之善此語則寬如弩有可發之機故射者

發之發之則箭動不發則不前衆生有可生

之善故聖應則善生不應則不生故言機者

微也二者古注楞伽經云機是關義何者衆

生有善有惡關聖慈悲故機是關義也三者

機是宜義如欲拔無明之苦正宜於悲欲與

法性之樂正宜於慈故機是宜義也

言如弩有可發等者衆生如弩宿因如機

佛如射者應如發之㿽如箭中善機者大經十八云我觀衆生不觀老少中年貧富時節日月星宿工巧下賤童僕婢使唯觀衆生有善心者即便慈念

次明應者亦爲三義一者應是赴義旣言機有可生之理機微將動聖人赴之其善得生故用赴而釋應二者應是對義如人交關更相主對若一欲賣一不欲買則不相主對若賣買兩和則貿易交決貴賤無悔今以衆生譬買如來譬賣就機以論關就應以論對故以對釋應也三者應是應義旣言機是於宜宜何等法應以慈悲之法是善惡所宜悲則宜救苦慈則宜與樂隨以何法應其所宜故以應釋應也

二明四悉檀帖釋者機應各有三義即四悉檀意也若微以釋機赴以釋應者是赴樂欲之心也何但心善可生名之爲欲如草木無心亦稱可生欲生將生故知赴此善生是隨樂欲即世界悉檀明機應也若關以釋機對以釋應更相對當以悲對其苦機以慈對其善機者即是隨對治悉檀以明機應也次以宜釋機以應釋應者即是爲人第一義也宜以如此等法與其機感相宜宜生事善即爲人悉檀宜生理善即是第一義悉檀也

三料簡者問何意於理善稱第一義悉檀耶答理善明生理闇必滅終不理惡滅方始理善生故於理善稱第一義悉檀也若事善生事惡未必去事惡去事善未必生事是隔別對治悉檀正是藥病相對故不於中開第一義悉檀其意在此問衆生機聖人應爲一爲

異若一則非機應若異何相交關而論機應答不一不異理論則同如是故不異事論有機應是故不一譬如父子天性相關骨肉遺體異則不可若同者父即子子即父同又不可秖不一不異而論父子也衆生理性與佛不殊是故不異而衆生隱如來顯是故不一不一不異而論機應也又同是非事非理故不異衆生得事聖人得理又聖人得事凡夫有理故論異云云問爲用法身應爲用應身應若應身應應身無本何能應若用法身應應則非法答至論諸法非去來今非應非不應而能有應亦可言法應亦可言應應法應則冥益應應則顯益分別冥顯有四義如後說云云料簡中問意者由前貼釋中云宜生理善即第一義故今問云爲人名生善理事俱是善何意於理善而稱第一義答意者理明是理善理暗是理惡故理之善惡其性雖相傾若理善生時理惡必定滅無有先惡滅方始理善生若事中善惡其性亦相傾善生之時未必惡滅惡滅之時未必善生故於生善以分事理理善即屬第一義義事中善惡善生即屬爲人義也惡滅即屬對治義也理惡即滅理善即生故於生善以分二悉滅惡唯得立一對治惡無先滅故不分二衆生得事等者衆生得即理之事聖人得即事之理聖人知即衆生不知又聖人得於因果化他感應等事衆生但得非因非果迷中之理又衆生在因聖人居果問爲用法應等者此一問答爲欲

生起機應之相約理雖即不當應與不應約事必有應與非應法應應應應俱皆應故得法應俱名應由此與機相對辨致成三十六機應

○次相中二先正釋次廣問答料簡初又二先標

第二明機應相者

○次釋釋中先略舉機應兩相約善惡明機相約慈悲論應相

○次釋釋中先機次應機中二先徵起若善惡爲機爲單爲共

○次釋釋中有三不言去取應中亦然解者不同或言單惡爲機引經云我爲斷一切衆生瘡疣重病又云如有七子然於病者心則偏重如來亦爾於諸衆生非不平等然於罪者心則偏重又云如來不爲無爲衆生而住於世又無記是無明終屬惡攝此即單以惡爲機

初機者惡爲機中言七子者大經十八釋月愛中云譬如有人而有七子是七子中一子遇病父母之心非不平等然於病子心則偏重章安云或以七方便根性爲七子謂人天二乘三教菩薩是七子中有起過者心則偏重如來不爲無爲衆生者亦第十八經有爲是惡故惡爲機又無記是無明者若分三性即立無記今立機緣且對善惡無記雖非身口行惡能覆理善亦屬惡攝即屬惡機現雖是惡秉於宿種故得爲機

或單以善爲機引大經云我觀衆生不觀老

少中年貧富貴賤有善心者即便慈念此則單善爲機

○相帶爲機中二先判次正釋

或云善惡不得獨爲機何者如金剛後心即是佛衆善普會善無過此此何得爲機耶雖云佛佛相念此是通語而無拔無與故知單善不得爲機單惡不得爲機者如闡提極惡不能感佛大經云唯有一髮不能升身即是性德理善此是通機終不成感也

初文中云唯有一髮者大經三十一迦葉菩薩問佛一闡提者終無善法是故名爲一闡提耶佛言如是又問一切衆生有三種善所謂三世一闡提輩亦不能斷未來善法云何佛言斷諸善法名一闡提耶佛言滅有二種一現在滅二者現在障於未來闡提具二故作是說佛言善男子譬如有人沒在圊厠唯有一髮毛頭未沒雖復一髮不能升身闡提亦爾未來善法不能救於地獄之苦未來之世雖即可救現在之世無如之何以佛性故則可得救佛性非三世故佛性不斷今意亦爾於現在世雖有正因不可救故不成機緣

或取善惡相帶爲機者從闡提起改悔心上至等覺皆有善惡相帶故得爲機是故約此善惡明其相也云云

善惡相帶爲機者初從闡提起改悔心此舉極惡以帶微善上至等覺一品無明此舉極善以帶微惡準望前釋極善唯在佛極惡唯闡提二既非機故以闡提改悔等覺無明即是相帶名之爲機若爾何故前

明單善單惡今復重明相帶爲機答前單明者據强偏說相帶明者據理實說經雖偏說非不相帶四悉順物作偏說耳以義推之必須相帶下釋慈悲爲應義者若偏若帶準此可知

次約慈悲以明應相者或單以慈爲應經云慈善根力象見師子廣說如涅槃云云或單以悲爲應如請觀音或遊戲地獄大悲代受苦或合用慈悲爲應何者良以悲心熏於智慧能拔他苦慈心熏於禪定能與他樂下文云定慧力莊嚴以此度衆生論云水銀和眞金能塗諸色像功德和法身處處應現往豈是水銀眞金單能塗色像耶當知慈悲合論應也

慈善根力者如大經十四梵行品提婆達多令阿闍世放護財醉象欲害如來及諸弟子爾時踢殺無量衆生象聞血氣狂醉倍常見我翼從被服赤色謂呼是血復來奔趣我弟子中未離欲者四散馳走城中人民謂我終歿調達歡喜快哉適願我於爾時即入慈定舒手示之即於五指出五師子是象見已而生怖畏失大小便投身禮我善男子我於爾時手指實不出五師子慈善根力令彼調伏乃至五百群賊得法眼等廣如經說乃至如請觀音現身作餓鬼等如前第四卷引論云水銀和眞金等者出菩提流支法界性論

○次料簡中有五問答初問答明三世機應

問衆生善惡有三世何世爲機聖法亦有三

世何世爲應過去已謝現在不住未來未至悉不得爲機亦不得爲應云何論機應耶

問如文

○答中二先通答機應之由次別答機應之相

答若就至理窮覈三世皆不可得故無機亦無應故經言非謂菩提有去來今但以世俗文字數故說有三世以四悉檀力隨順衆生說

初意中言以四悉力隨順衆生者至理實無三世善惡約事說故三世咸有但隨衆生四悉機緣宜作何世善惡而說何世善惡而堪遇聖

○次正明機應相中又二先機次應機中又二先善次惡善惡各有三世　初善中二

釋證

或用過去善爲機故言我等宿福慶今得值世尊又如五方便人過去習方便者發眞則易不習則難是故以過去善爲機或可以現在善爲機故言即生此念時佛於空中現或可以未來善爲機未生善法爲令生故又如無漏無習因而能感佛也故大論云譬如蓮華在水有已生始生未生者若不得日光翳死不疑衆生三世善若不值佛無由得成云云

初文三初文中言五方便者四念爲一并四善根四念雖有總別不同秖是四念停心治障方便義疎故且云五又如無漏無習因等者此舉無漏例未來善如證無漏習果已滿現無善因亦能感佛如阿羅漢根敗之士在方等座感佛彈訶以有未來

一乘善故無漏根敗尚能感佛況諸凡夫根未敗者故引大論池華爲喻已生如往善始生如現善未生如當善遇應如得日

惡亦如是或以過去之罪今悉懺悔現造衆惡今亦懺悔未來之罪斷相續心遮未來故名之爲殺何者過去造惡障現善不得起爲除此惡是故請佛又現在果苦報逼迫衆生而求救護又未來之惡與時相值遮令不起故通用三世惡爲機

次明惡中言又未來之惡與時相值者緣合名時故求聖力助遮當惡此三世惡並有可發是故聖救

應亦如是或用過去慈悲爲應故云我本立誓願欲令得此法或用現在慈悲爲應者一切天人修羅皆應至此爲聽法故未度令度也又用未來爲應者即是壽量中未來世益物也亦如安樂行品中云我得三菩提時引之令得住是法中

次應中亦如機中應先明有應之意謂四悉也文無者略又亦應如機中慈悲各說及引文證等文亦從略

若通論三世善惡皆爲機別論但取未來善惡爲正機也何者過去已謝現在已定秖爲拔未來惡生未來善耳

次別答中但語機邊亦應論應若別論者以現在爲應何者過去已過未來未具若爾機應差舛何名主對答機生未來之善感佛之時還名現在故今且從機一邊說耳

問若未來爲正機者四正勤意云何

次問中言若未來善爲機四正勤意云何者四勤中已生未生皆可令生如何但云未來爲正若準正勤應云已生善爲機如溉甘果栽未生善爲機如鑽木出火已生惡爲機猶如除毒蛇未生惡爲機如預防流水

答此已屬通意今更別答者秖爲過去惡遮未來善故勤斷過去惡秖爲過去善不增長增長者即是未來善也是故四正勤中言雖過去意實未來云云

答意者機分通別通則通於三世如四正勤別則唯在未來如前所說雖在未來功由過現是故過現以爲機者本爲未來生善滅惡是故四正勤中言雖過去等者文中雖云已生善惡意令此善未來增長意令此惡未來除滅故云也又如救火已燒正燒皆不可救救正燒者本爲未燒

問未來未有佛云何照

答如來智鑒能如是知非下地所知仰信而已何可分別

○次問答者爲離性計初問

問爲是衆生自能感由佛故感如來自能應由衆生故應

如文

○次答中二先破次無性故下立

答此應作四句自他共無因破是性義悉不可無此四句故則無性

初中作四句者若四計者先破性已然後方可點空說四是故感應各有四句感四句者謂衆生自能感由應故能感感應和

合故有感離應離感故有感應四句者謂諸佛自能應由生故有應感應和合故有應離應離感故有應是故機應各以三假四句破竟方以世諦四悉四說

○立中二初通立能所

無性故但以世間名字四悉檀中而論感應能所等

○次而能下別判出能所又二先判

而能應屬佛所應屬衆生能感屬衆生所感屬佛

○次若更下誡勸

若更翻疊作諸語言世諦名字則亂不可分別雖作如此名字是字不住是字無所有故如夢如幻云云

言若更翻疊等者若從應爲言即以應爲能以感爲所若從感爲言則以感爲能以應爲所故以義推從感爲名亦有能所從應爲名亦有能所是故不可以能所爲名應以生佛定之使能所不亂若但以能所爲名節節更立能所之號則爲生佛之上更立生佛世諦則亂故須且依今文爲定

○次問答

問既善惡俱爲機者誰無善惡此皆應得益耶

答如世病者延醫而有差不差機亦如是有熟不熟則應有遠有近

可見△三明同異

○三不同中四先標名

三明機感不同者

○次列章

即爲三意一就四句論不同二就三十六句論不同三就十法界論不同

○三但衆生下叙不同意

但衆生根性百千諸佛巧應無量隨其種種得度不同故文云名色各異種類若干如上中下根莖葉等隨其種性各得生長即是機應不同意也

○四今略下釋釋不同自三先四句中三先列次釋三若解下結感應益意

今略言爲四一者冥機冥應二者冥機顯應三者顯機顯應四者顯機冥應

○釋中自四皆先標次釋三結釋中句句皆先機次應

其相云何若過去善脩三業現在未運身口藉往善力名此爲冥機也雖不現見靈應而密爲法身所益不見不聞而覺而知是名爲冥益也

二冥機顯益者過去殖善而冥機已成便得值佛聞法現前獲利是爲顯益如佛初出世最初得度之人現在何嘗修行諸佛照其宿機自往度之即其義也三顯機顯應者現在身口精勤不懈而能感降如須達長跪佛往祇洹月蓋曲躬聖居門閫如即行人道場禮懺能感靈瑞即是顯機顯應也

言如須達長跪者大經二十七佛在王舍須達爾時爲兒娉婦入王舍城夜宿長者珊檀那舍因見長者怱怱辦供因問其故乃知有佛尋見如來請佛至彼如來許竟須達及與舍利弗同往經營精舍七日成立所設已訖即執香鑪向王舍城遥作是

言所作已辦唯願如來慈哀憐愍爲衆生故受是住處我知彼心即與大衆發王舍城至舍衛國祇陀園林須達精舍月蓋曲躬者如止觀第二記

四者顯機冥應者如人雖一世勤苦現善濃積而不顯感冥有其利此是顯機冥益

○三明結益意中若冥若顯俱名爲應不可以凡目不覩故而言無應此墮自性及無因過於中爲四初勸其自勵以生善

若解四意一切低頭舉手福不虛棄終日無感終日無悔

○次若見下勸信因果以息惡

若見喜殺壽長好施貧乏不生邪見

○三若不解下勸解四意知不棄其功

若不解此者謂其徒功喪計憂悔失理

○四釋論下引論文證須解四意

釋論云今我疾苦皆由過去今生修福報在將來正念無僻得此四意也

○二釋三十六句中二初指前四句略舉機應各有冥顯以成四句

二就三十六句論機應不同者前冥顯互論略舉四句

○次若具足下機應各列一十六句先列初文三先列四句

次結先列中二先列根本四句次十六句

若具足辨者用四機爲根本所謂冥機顯機亦冥亦顯機非冥非顯機

○次冥是下略列四相

冥是過去顯是現在冥顯是過現非冥非顯是未來

○三如佛下引事證相

如佛爲闍提說法云云但證未來一句餘如前文機應相中故略耳機中云非冥非顯者非過去之冥非現在之顯故也問應中非冥非顯與冥何別答並是法身益物然冥益者不見不聞而覺而知若非冥非顯不見不聞不覺不知

△次十六句

於一句中復爲四句所謂冥機冥應冥機顯應冥機亦冥亦顯應冥機非冥非顯應餘三機亦如是四四即成十六句

○次機既下應中不列根本直列一十六句據機中自列根本應中合有但是文略

△次應

機既召應應亦有十六句△次結

一機而感四應一應而赴四機機應各爲十六合成三十二句就前根本四句便是三十六句機應也

次結中云三十六句者若準此取前文四句爲根本若取機中四句更列應中四句即應四十句

三就十法界論機應不同者秖約一人身業機具三十六約三業即有一百八機約三世三業則有三百二十四一界既爾十法界即有三千二百四十機應不同就自行既爾化他亦然合則六千四百八十機應此就歷別十法界如此若就十法界交互則增九倍都六萬四千八百機應也

三就十界中云就自行既爾化他亦然者自行化他俱能感佛故也若分善惡自他

俱有生善滅惡是故善惡並得爲機言交互者且約自行如地獄中有九界機乃至佛界亦復如是問下下法界有上上機如地獄中有九界機鬼中有八畜中有七乃至菩薩有佛界機此則可爾如何佛界有九界機菩薩有八乃至鬼中有一耶答所言機者可發爲義發有近遠是故不同若下有上機則通因果所謂下果求於上果亦可下因發於上因若上有下機則唯在果所謂下果求於上果亦可下果發於上因如佛界機在地獄者謂雖發心求於佛果破戒墮獄於彼可發成地獄機餘八準此若爾與地獄界有佛機緣有何差別答衆生無始未曾出界不妨無始有出界種然於十界重重交互不可具知且據一往約多分說若佛界心强已名佛界益在九界則名佛界有九界機若已墮九界則名九界有佛界機如惡業深重本是地獄名地獄界曾聞一句可爲佛因聖人亦以宜顯應之是名地獄有佛界機未堪頓入漸漸誘之故用八界以爲方便則爲地獄有八界機故知下有上機與上有下機其相有異上下既爾中間交互準說可知故應一界皆具九界若約化他義分凡聖凡位但約觀行相似交互設化聖位則界界之身能爲十法界化問約四句說以論機應已兼三世何故更約三世說耶答三世之上更加三世故得更論乃成九世論交互也故華嚴中十種三世九世爲九更加三世說平等以爲十種大瓔珞中亦明九世

是故今文重約三世

○次相對中三先標章

四明機應相對者

○次列四文

即有四意一明諸有苦樂與三昧慈悲相對二者機關等相對三者三十六句相對四者別圓相對

○三釋釋中二先釋四意次料簡初又四先釋初意又二先總述

諸三昧相對者諸機乃多不出二十五有諸應乃多不出二十五三昧

○次地獄下正釋釋中且約地獄餘二十四略而不云下機關及三十六句亦然至第四意方始例出二十四有今正釋又二先釋次是爲下結釋中二先並列

地獄有有善惡之機關無垢三昧慈悲之應

○次釋釋中先機次應

論其惡者即有黑業惡見思惡塵沙惡無明惡論善則有白業善即空善即假善即中善是名地獄機也

○應中有標列釋

無垢三昧慈悲爲應者初修無垢三昧觀地獄界因緣觀慈悲即空觀慈悲即假觀慈悲即中觀慈悲以因緣觀時悲拔地獄黑業苦以因緣觀時慈與白業樂以即空觀時悲拔見思苦以即空觀時慈與無漏樂以即假觀時悲拔塵沙苦以即假觀時慈與道種智樂以即中觀時悲拔無明苦以即中觀時慈與法性樂

釋中機則先惡次善應則先悲次慈望前

二十五三昧中四意略無諸有過患及結行成何者此中既明機應即行已成故須更明本法功德機中復加善者欲明機徧故前但明過患者且從惡邊云云次結是爲地獄有善惡之機以關無垢三昧慈悲之應拔苦與樂相對義也

二者機關相對者地獄界中黑業之惡有微義有關義有宜義如此三機即關無垢三昧時慈悲有赴義有對義有應義地獄白業亦有六義相對即空見思塵沙無明等善惡皆具六義相對云云

次機關相對中機中善惡各有三義應中慈悲亦各三義以慈對善以悲對惡各各以微對赴以關對對以宜對應下善惡中具足應云即假塵沙即中無明文無者略

三者三十六句相對者地獄黑白業具有冥機冥應冥機顯應顯機顯應顯機冥應即關無垢三昧慈悲冥顯四應赴於地獄見思即空塵沙種智無明中道等皆具四機四應相對云云又地獄有冥顯三十六機即對無垢三昧三十六應云云

次三十六機對三十六應者以三十六句中句句皆有一機一應故得機應各三十六如一顯機以對四應雖同是顯從所對應四義不同故成四別餘句例此又一一機中各具善四惡四各具微等三義應中若慈若悲各各皆以赴等三義應彼善惡各四中三若冥若顯機應皆然今且從總爲三十六況復如前約於三業三世十界及以一念等别若三業之中更開善惡微

赴等別則無量無邊不可數知所以文中先約苦樂相對次以機關次三十六恐雜亂故知此意已方可將此入前四句三十六句及十法界則可知矣

○次別圓相對中亦先總標

四者別圓相對者若地獄有歷別之機三昧應即歷別若有圓普之機三昧應亦圓普

○次若歷別下正釋釋中先釋次簡初文先釋一有次例餘有

若歷別機起三昧別應一有業謝餘有業未必謝三惡思盡餘有思未必盡地獄道種智明餘有未必明地獄佛性了了餘有未必了若作圓機圓應者地獄自在業未究竟餘有亦未究竟一有見思未盡餘有亦未盡一有道種未明餘有亦未明一有佛性未了了餘有亦未了了一有了了餘有亦了了乃至一有業自在餘有業亦自在

此言別圓不同者此約教證兩道得作此說如地獄有破一品惑餘二十四有亦一分破豈有地獄無明究竟名爲了了餘有未盡名不了了耶故知且順教道說耳若約證道地即是住故知不別

分別地獄機應相對如上說餘二十四有機應相對例亦如是

問頗有善機惡應惡機善應偏機圓應圓機偏應不答無方適時亦有此義淨名云或時現風火照令知無常即惡應於善也妙莊嚴信受邪惡三菩薩應爲妻子即善應於惡圓機偏應者一切智願猶在不失不失即圓機教聲聞法即偏應也偏機圓應者先引三車

後與一大領解云無上寶聚不求自得即其義也拔樂與苦例此可知云云

次料簡中先問頗有善機惡應等者意不異前隨無方問故有此異是故還以無方之答故引經云或作地水及火風等如大經云云何名爲不施一錢而得名爲大施檀越佛言不飲酒肉施以酒肉不服華香施以華香如是施者無一文之費而得名爲大施檀越如是施者施名流布此等並是答無方之問之流例也三菩薩應爲妻子者謂妙莊嚴王淨藏淨眼應爲二子光照菩薩應爲夫人廣如疏第十卷拔樂與苦者假使有問既有圓機感於偏應乃是機應不相主對亦應拔樂而與於苦此舉例者如拔人天之樂與變易苦拔涅槃樂與入假苦拔分別樂與實報苦或拔淺樂示現與苦如大經第四云又復示現於閻浮提疫病劫起飢饉刀兵亦復如是又爲說法令其安住無上菩提

○次明麤妙者判前不同相對二門名相餘之二門通於麤妙故不須判又此二門中但判十界者四句三十六句及相對中二並攝在十界中判以十界有優劣餘無故也於中先標

第五明麤妙者

○次列章

即爲三意一明機之麤妙二明應之麤妙三明開麤顯妙

○三解釋中準前諸文亦可以開別爲一門今隨文便於此列之亦如明位中以開

寄在圓位門中列之但從義正分章無定
就釋中二先判麤妙次結初文二先機次
應機中二先地獄次餘九例初文先判麤
妙中三初立具十

一機麤妙者如樂間地獄此樂因微善故立
世毗曇云人養六畜飲飴温清者在熱地獄
得冷間寒地獄得温間若從此義樂間得論
十法界機

○次阿鼻下釋疑

阿鼻無樂間則無事善云何具十然阿鼻有
性善不斷故又近世雖無事善遠劫或有惡
强善弱冥伏未發若遇因緣發亦何定是故
阿鼻得具十機

○三即判下正判

即判麤妙九界機爲麤佛界機爲妙

獄中十界則九麤一妙

○次麤機下辨機生熟召應不同先麤

麤機召方便應此機有熟未熟方便應有淺
有深機熟者被應未熟者未應應淺深者如
從無間得之於間出地獄至畜生出畜生至
鬼出三惡至人天出人天至二乘等悉是機
之生熟應之淺深悉屬麤機攝

○次妙

妙機召究竟妙應妙機亦有生熟妙應亦有
淺深如慈童女在於地獄代人受罪即得生
天此乃妙機淺熟近在乎天耳

慈童女緣如止觀第五記發菩提心名爲
妙機未入六根名爲淺熟不至方便有餘
但近在於欲界天耳

其餘例可知

○次判應中二先總論應次約教辨判初文二先辨因果次若無下舉非顯是初文二先因果

二明應有麤妙者聖人慈悲誓願願持於行如物有膠任運與機相著

○次引證

故慈善根力手出師子

由慈悲熏爲因故果時能爾

○次文二先非

若無誓願雖觀苦樂不能拔與

○次是

以慈力故隨機麤妙先熟先應後熟後應

正明應相

○次約教中四教及別接通所以不言接別等者意如止觀初藏通中三先判次譬

三何者下釋所以

三藏通教等聖亦得有應但是作意神通譬如圖寫經紀乃成聚論無本何者灰身滅智無常住本約何起應若別接通別惑未斷亦不得應縱令赴物皆名麤應也

言譬如圖寫經記乃成者譬藏通神通皆是作意如圖畫寫像經始記録爾乃成就

不同鏡像任運相似不同水月偏應諸器

若別圓兩教初心伏惑未能有應初地初住三觀現前證二十五三昧法身清淨無染如虛空湛然應一切無思無念隨機即對

如一月不降百水不升而隨河短長任器規矩無前無後一時普現此是不思議妙應也

又如明鏡表裏清澈一像千像無所簡擇不須功力任運像似是名妙應此是相待論感

應妙也

別圓法譬可知亦約證道同故合說

○次開者又二先單約機應次約五味經

三開麤顯妙者若九界機麤一界機妙未得法身應麤得法身應妙者

初文開前機應中九界之麤同爲佛界之妙若佛界中生亦名妙若餘九界熟亦名麤又四趣中妙機近熟亦名爲妙麤機遠熟亦名爲麤

○次約五味經

○次開前諸麤應中亦約教道須開兩教佛應然但言諸經及以華嚴對無量義與今經者華嚴之後漸教並在無量義中所指者是故從略不須復敘

諸大乘經華嚴等明麤妙相隔二乘不聞不解如瘂如聾

○次無量與今經中又二先無量義

無量義經明麤妙從一理出生無量麤妙機應一理爲妙生出無量爲麤此則從妙出麤隔而未合

○次今經又三初法說次譬如下譬三此即下明開合意

今經無量還爲一此則開權顯實秖麤是妙何者本顯一理作諸方便方便即是眞實故云凡有所作唯爲一事未曾暫廢譬如三草二木秖是一地所生即是同源機一一雨所潤即是同受應一愚者未解謂草木四微永非是地智者了達四微生秖是地變四微滅秖是地還豈有草木而非於地耶此即開權而顯實決了聲聞法是諸經之王

若識此意則知草木生之與滅不離於地

三草二木具如第三經合譬中人天爲小草二乘爲中草三藏菩薩爲上草通教菩薩爲小樹別教菩薩爲大樹此乃藏通二教二乘合說名爲中草若作七方便名開人天爲二二乘爲二三菩薩依本各爲一此開合之義隨機不同不可一準△次結科九法界機皆佛界機四聖之應無非妙應也

第六明觀心云云

觀心感應妙者境如感智如應境智和合即感應道交具如止觀煩惱境中諸法般若三十六句智照於境一十六句如四應赴機境發於智一十六句如四機感應應中一切智如眞道種智如顯兩智共爲亦眞亦顯一切種智如非眞非顯機中眞境如眞俗境如顯兩境如亦眞亦顯第一義如非眞非顯境之與智不出色心色心淨故般若亦淨色心秖是三業三業爲境用智觀之是故亦可對前三業機應又三諦之境不出十界界必交互及以自他故亦對前十界自他故知觀心感應義足

妙法蓮華經玄義釋籤卷第二十一

音釋

鬘莫班切　圊七情切圂也　舛尺兗切錯也　鑽祖官切穿也　竝部迴切併也　飴與之切　清七政切

妙法蓮華經玄義釋籤卷第二十二

隋天台智者大師說

門人灌頂記

唐天台沙門湛然釋

○次明神通中標列釋

第七明神通妙者

此爲四意一明次第二名數三同異四麤妙

○前諸文中並立來意一門但寄在文前明之今則別列言次第者次前文來故云次第即來意異名也於中爲三初舉前生後次略示後文之相三上辨下正明次前有此文來初文二初舉前

來意者前論機應止是辨其可生可赴之相

○次若正論下生後

若正論化用益他即是三輪不思議化

○次示後文相中二初列

謂身輪口輪他心輪

○次普門下釋釋中二初引普門證次遊於下釋經意

普門品但有二文而兼得三意

初明普門品但有二文兼得三意者經文先問次答問中具三答文但二問云觀世音菩薩云何遊此娑婆世界問身也云何而爲衆生說法問口也方便之力其事云何問意也答中句句但舉身口以兼於意應以聲聞身答身也而爲說法答口也既有身口必兼於意或將應以兩字即是意也善達機緣故云應以

○次文又二初約身口表意次又化下從多少以論初又二謂法譬

遊於娑婆世界即是身輪而爲說法即是口輪

○譬又三謂譬合結

如見蓮華大知池水深

若見說法大則知智慧大

故兩輪兼示他心輪也

○次文又爲三先正論多少

又化他多示兩輪示心輪少從多但一故無心輪

○次引證

經言其見聞者悉皆得度也

○三正辨多用身口一切聖教但多有此二相故也又爲四先釋二身二鼓次此是下明身口所由二若示下明所兼之意四亦是下舉二行以釋二身二鼓

示身輪者即是示藥樹王身如意珠王身示口輪者即是示毒鼓天鼓

初文中言藥樹王身者則示可畏破惡之形如大經第二十九菩薩品云譬如藥樹名曰樹王於諸藥中最爲殊勝能滅諸病樹不作念若取枝葉及皮身等雖不作念能愈諸病涅槃亦爾云云如意珠王身者示爲可愛生善之形如大品第十云如摩尼珠所在住處一切非人不得其便其珠著身暗中得明熱時得涼寒時得温若在水中隨物現色毒鼓者大經云譬如有人以諸毒藥用塗大鼓於大衆中擊令出聲聞者皆死此譬說於破惡法也如止觀第五記天鼓者如忉利天所有妙鼓隨天心念出種種聲此譬說於生善法也

此是慈悲熏於身口則有二身示現二鼓宣揚

次意者雖現身口皆由意慈若示心輪即是示隨自意隨他意等也

第三意者覩身口相則知意業今且引大經經從說邊故名爲語今文略語以證於意謂隨自意等語必待意故也隨自如珠如天隨他如藥如毒（四舉二行以釋二身二鼓）

亦是同於病行嬰兒行

二行對上亦應可見

○次正明次第中二先法說

上辦機感相關而妙理難顯應須神通發動現於瑞相密表乎理

○次譬況先舉小譬次小尚下以小況大謂妙感應也

世人以蜘蛛挂則喜事來䴉鵲鳴則行人至䴉鵲鳴者䴉鵲小鵲也西京雜記云乾鵲鳴者則行人至亦可作稚今時書本多作乾字

小尚有徵大焉無瑞以近表遠亦應如是

○次名數中四列數釋名次第虛實後二寄名數中辦耳

二名數者諸經所出名數不同今且依六種謂天眼天耳他心宿命如意身通無漏等也

初如文

此六皆稱神通者如瓔珞云神名天心通名慧性天心者天然之心也慧性者通達無礙也毗曇亦云障通無知若去即發慧性也當知天然慧性與六法相應即能轉變自在故名神通地持力品云神謂難測知通謂無壅

礙此解與瓔珞同天心即是難測知義慧性即是無壅礙義

釋名中雖三文不同義意不別地持云神謂難測知者易云陰陽不測謂之神非佛教意也△三次第

然此六法修無前後證無次第用亦任時故衆經列次不同也△四虛實

釋論云幻術事是虛誑法法於草木誑惑人眼物實不變神通不爾實得變法使物實變如地有成水之理水有成地之義若金銀得火則融水遇寒則結火寒是融結法結則實結融則實融若得天然慧性則實能如此變用自在所變水火令他實得受用而非其果報但是神通一時所作耳三同異

○神通不同者具如文列凡夫外道及四教也三教如文略釋六通如止觀第七記彼文並是發宿習通也復有生得通如鬼畜等有報得通如諸天等有修得通如諸聲聞及諸外道三藏菩薩通教出假等修得又四若三藏二乘以無漏心依根本禪若諸外道以有漏心依根本禪通教二乘同通菩薩亦以無漏依根本禪別教菩薩初依根本用無漏心次依界外恒沙三昧後依實相發得妙通圓教初住初心雖別發得義同又約六即六根清淨相似發得初住已上分眞發得妙覺一位究竟發得令此文中即分眞發既從圓位已後起應現通故知正是發得通也故大經二十二云通有二種一內二外外謂與外道共內復有二一者二乘二者菩薩菩薩修行大

般涅槃所得神通不與小共故知即是別圓菩薩如上得通也
三明神通不同者鬼道報得通人能服藥亦得通外道因根本禪亦發通諸天報得通二乘依背捨勝處一切處修十四變化發得神通六度菩薩因禪得五通坐道場時能得六通通教菩薩因禪得五通依體法慧得無漏通別教地前依禪發五通登地發正無漏通任運常照不以二相見諸佛土
前言十四變化者初禪二謂初禪初禪化初禪欲界化二禪三三禪四四禪五準初禪說可以意得具如法界次第委釋
○圓教文相稍廣者用今經意以餘文助釋於中又二先廣釋次料簡初文中二先出不同
圓教通者依今經及普賢觀以鼻舌兩根以爲六數菩薩處胎經同他心宿命入意根攝
○次然下申今經以六根爲通之意餘經不明者今經最廣故知應用六根爲通於中二先明意次今云下釋
然經文明鼻通最委悉取其互用無壅舌根取四辯無礙能以一妙音遍滿三千界而不取知味知味是報法經云諸根通利智慧明了也六根皆智慧即互用意也
初文中云然經明鼻通最委悉者一切諸經不明鼻通非究竟說豈有諸根並得神通而鼻舌獨無唯有今經六根清淨於中鼻根文最委悉若華嚴明十種六根亦是六根皆有神通但彼經在果謂初住已去當知住前亦有似發華嚴又明十種神變

即十通也一衆生身二佛刹三供養四音聲五行願六調伏七成就八菩提九說法十住持

○次釋中二先明所依次文云下出通相今云六根之通不因事禪而發此乃中道之眞眞自有通任運成就不須作意故名無記化化禪不別作意故名無記任運常明如阿脩羅琴化復能化故言化化中道眞通任運如此與餘通異論其修習皆緣實相常住之理

初言無記化化如止觀第一記

○次釋通相中二先且約眼根略釋次見有下判眞似初文三初略引此經文云得是常眼根清淨既言是常即本性清淨常性無垢染

○次借毗曇自爾之言彼論在小此中在大自爾名同意義各別自爾秖是自然之異名耳

毗曇婆沙云六入殊勝本自爾故言毗曇云六入殊勝者皆有通用故云殊勝自爾之名通於大小且引證大然小乘中於一切法立因緣已皆云自爾如青葉紅華非染使然故云自爾通亦如是但是得禪自爾有通雖是作意即是諸禪自爾力也小乘尚爾何況大乘故今借小以證於大

○三引央掘

鴦掘云所謂彼眼根於諸如來常具足無減修了了分明見乃至耳鼻舌身意皆於諸如來常具足無減修了了分明聞知等也彼者

於佛爲自於衆生爲彼衆生謂爲無常於如來是常也滅修者依禪而修名爲滅修依實相修名無滅修不見佛性名不了了見若見佛性名了了見又見實相理名了了識法界事名分明也

具如止觀第七記及第七文

○次判眞似中借華嚴意對辨之也

見有二種一相似見二分眞見相似者如六根清淨中辨論其眞見如華嚴所明佛眼耳鼻舌身意也此經中亦明眞身通相所謂普現色身示一切衆生所喜見身即是外身通也現身如瑠璃十方諸佛悉於身中現即是內現身通也眼耳鼻舌等內外示現亦例如此是則圓教神通異於前辨云云言內外身通者此是眞如鏡淨任運能照以能照外現十界像故外像現內也有此二用故分內外論其實體內外不二

○次料簡中言三根增減者此引大論四十文云鼻舌身三者但引彼論云有增減若對六根與今不同意云論文許有增減何妨今經眼鼻身三數劣餘三是故引論以例今經故云若例此義餘如疏說於中三先例不同

問若以六根爲六通者云何功德有增減答大論四十云鼻舌身同稱覺眼稱見耳稱聞意稱知三識所知爲一三識所知爲別而三識助道法多故別說三識不爾故合說又三識但知世間事故合說三識亦知世間亦知出世間故別說又三識但無記法三識或緣善惡無記等又三識能生三業因緣故別說

也若例此義三根種種義强故有千二百功德三根力弱故但八百功德者蓋一途別説非經圓意

○次引正法華證等

正法華功德正等等千

○三復引今經證互用

今經顯六根互用將三根足二百向三根而互用耳自在無礙能等如正法華説能縮如身眼鼻之八百能盈如耳舌意千二百經云若能持是經功德則無量如虛空無邊其福不可限互用之意彰矣

○次明麤妙中二先判次開初判中二先通叙變化所作不同次正釋初文三初立四明麤妙者若言神通度物非但變巳身同其正報亦變巳國土同其依報

○次引證

如瓔珞云起一切國土應起一切衆生應也

○三若應同正報下各辨不同

若應同正報者即是示爲十法界像也若應同依報者即是同十界所依處也

○次正釋中二先正次依依正各二先教次味初先正報約教中二先釋次如是下結

若應同四惡趣者用觀惡業慈悲熏無記化化禪應作地獄等形質黑髮纏身猴猨鹿馬大鷲鵄梟脩羅等像各各皆見同其事業若應人天身者是用觀善業中慈悲熏無記化化禪作善道身如後身菩薩正慧託胎墮地七步盥洗手足楊枝自淨納妃生子猒世出家乃至天像亦復如是各各皆見同其事業

若應作三藏二乘者是用析空慈悲熏無記化化禪起老比丘像共僧布薩律儀規矩各各皆見同其事業若應通教者是用即空慈悲熏無記化化禪作體法應觀無生習應苦空等悉不可得各各皆見同其事業若應別教者是用即假即中慈悲熏無記化化禪起漸頓應示修恒沙佛法各各皆見同其事業若應圓教者是用即中慈悲熏無記化化禪起圓頓應示修一中無量無量中一皆各各見同其事業

初文秖是十界不同而四趣合人天合二乘合菩薩離尋意可見黒髮纏身者餓鬼狀出大論盥者古煥切洗也澡也滌也通論諸洗皆名爲盥若別論者洗手曰盥洗足曰洗洗音銑洗頭曰沐洗身曰浴規圓矩方

如是應同正報不可稱計可以意知不可以言盡云云

○次若得下約五味中二先四味

若得此意往望漸頓五味教中用神通者乳教所用神力若多若少但表兩意一麤一妙三藏用神力若多若少但爲一麤方等用神力若多若少三麤一妙般若用神力若多若少二麤一妙

○次今經又三先總判是妙次別示妙相

三總示妙相

此經神力若多若少唯爲一妙所以序品中瑞相有十咸皆表妙也

初如文

地皆嚴淨表理妙放眉間光表智妙入于三

昧表行妙天雨四華表位妙栴檀香風表乘妙四衆咸有疑表機見萬八千土表應此二明感應妙也地六種動表神通妙天鼓自鳴及而爲說法表說法妙天龍大衆歡喜表眷屬妙又見佛于修種種行表利益妙此用神變若少若多俱表妙也

次文中云地淨表理妙者理者境也地既能持能生爲諸法本故表理妙光表智者光處二眉之間故可表於中道智妙三昧表行者首楞嚴定正當妙行風表乘者風行於空而實非空不異於空乘乘實相乘非實相而不異實相地動表神通者地本不動而能現動實體非通而依實現通文云今佛入于三昧是不可思議現希有事現希有事是妙神通也

○次應同依報中二先重判所屬兩意不同次今且下正釋

若應同依報者有兩意若國土苦樂由於衆生非佛所作佛但應同而已若作折伏攝受者佛鑒機緣或作苦國或作樂國苦樂由佛不關衆生

初文者論其正報尚乃亦可生佛相攝但衆生唯理諸佛事成故一切衆生悉皆攝在佛境界中況所依土本是諸佛所化之境如世王土土必屬王而萬姓所居各謂自得其實王爲萬姓以治國萬姓歸王而立家是故以慈以忠更互相攝彼此相望而從王義强今爲分於機應義異前從機說故云且從況諸佛寂理神無方所所依寂境號常寂光是故砂石七珍隨生所感

若依此意復由生造是故從之以立土爲機

○次正釋中爲二初釋初意次若作下第二意初文爲三初引大論總列次若戒下釋所以三淨穢下結歸初文二初列

今且釋初意大論云有國土純聲聞僧或國土純菩薩僧或菩薩聲聞共爲僧或淨或穢

○次皆由下結示

何故差別皆由乘戒緩急△次釋所以

若戒緩乘亦急亦緩者即是穢土以聲聞菩薩共爲僧以戒緩故五濁土穢乘亦緩故是開三乘乘亦急故是顯一乘娑婆是也戒急乘亦緩亦急者淨土也戒急故土無五濁乘亦緩故開三乘亦急故顯一安養是也乘緩戒急者即是淨土純聲聞爲僧此可知也戒緩乘急即是穢國純菩薩爲僧此亦可知

次文者然乘戒四句文在大經具如止觀第二記淨名疏初委釋今且從略直對聲聞菩薩而爲緩急之乘直對淨土穢土而爲緩急之戒者爲以大槩攝諸土偏故也於一一土若欲委明應隨諸教及三品戒各各對之爲上中下具如止觀第四卷中所言乘亦緩亦急者初開三後顯一即初緩後急也亦是中間具有諸乘緩急四句依大經第六大無量壽經呼安樂爲安養大論二十八云有佛土說一乘純菩薩也有佛土雜如彌陀也多菩薩僧少聲聞僧若大論中明安養國非三界者秖是非此娑婆三界耳若就彼土具有三界故無量壽經阿難白佛彼安養界既無須彌忉利

諸天依何而住佛反質云此土夜摩乃至色界依何而住阿難默領反質意者此夜摩等既許依空何妨彼土四王已上依空而住具明土相復有多種共別不同如無動界雖是淨土猶有男女及須彌等此同居淨土既其不同同居穢土亦應不等委明四土橫竪等相具如淨名佛國品疏此中大略示其綱紀以明神通現土不同若細分別乘戒緩急應分三觀一觀三品九品理觀細對三品事戒緩急以驗諸土聲聞菩薩若純若雜廣尋經論以求其異知大小乘所被不同則不起此座而觀法界

△三結歸

淨穢差別悉由衆生高下苦樂不關佛也

○次明國土應第二意中二先標意

若作伏攝義者國由於佛不關衆生

以兩屬故故安若作之言

○次佛以下正釋中二先釋次判初釋中二釋結初中自六四趣人天四教如文

佛以觀惡慈悲與無記化化禪合起於穢國折伏攝受四趣衆生也以善業慈悲與無記化化禪合折伏攝受兩趣衆生也佛以析空六度等慈悲與無記化化禪合或起於穢國或起淨國折伏攝受聲聞菩薩兩界衆生也佛以體空慈悲與無記化化禪合或起淨國或起穢國折伏攝受通教聲聞菩薩兩界衆生也佛以歷別慈悲與無記化化禪合或起穢國淨國折伏攝受別界菩薩衆生也佛以即中慈悲與無記化化禪合或起淨國或起穢國折伏攝受圓界菩薩衆生也

一一文中皆言或淨或穢者教由乘種土藉戒淨故戒有緩急使土有淨穢故也既分菩薩四人不同應言上上品乃至下下品乘聲聞既分兩教二乘緩急亦四品不同一一皆言與無記禪合者無記是理慈悲是事事熏於理至理能用故云合也若圓教修無緣慈初心即合但用有廣狹耳

○如是下結

如是種種爲國不同皆由如來神力轉變

○次今將下判也通約依正者前正報文約教之中直列而巳未判麤妙故今合判於中又二初約教次約五味初約教又二約教判者別教即約教道也

今將此依正轉變待三教作意神通悉名爲麤譬如圖畫盡思竭力終不似眞名之爲麤若明鏡寫容任運相似名之爲妙方便神通譬如麤畫中道任運即對即應譬於淨鏡故爲妙也

○次約無記化化判者約證道也又二先正判次引經

就無記化化禪所作神變自論麤妙若爲九界衆生用方便神力作淨作穢若廣若狹悉名爲麤若爲佛法界衆生用眞實神力作淨作穢若廣若狹悉名爲妙

初文者無記如鏡衆機如形發應如像像關形對非鏡端醜但以形端醜判麤妙耳故不以多少廣狹判也言淨穢者如鏡任運現像有通有別通像如土別像如形通別皆有淨穢皆有麤妙是故山河爲通所照人面爲別所照故有通照端醜別照端

醜合譬可知
○次引經
如經放眉間光照萬八千土及三變土田此
餘經神力何足爲多但爲開發大事故言妙
也
○次約五味中三初正約五味次又諸經
下重約麤妙難易轉判三唯以一大事下
約能所判麤妙
又約五味論麤妙者乳教一麤一妙酪教一
麤生酥三麤一妙熟酥二麤一妙法華一妙
又諸經妙同麤異麤有二種一難轉麤二易
轉麤易轉者於諸經中已得爲妙難轉者今
於法華無復兩麤但有一妙
難轉謂二乘易轉謂菩薩
唯一大佛事因緣曾無他事假同九界神通

衆生自謂他事於佛常是佛事客作自謂賤
人長者審知是子此即相待神通妙也
三能所中即所麤能妙
○次又諸下開
又諸經諸麤神通隔妙神通者今經皆開權
顯實同妙神通是名絕待明妙神通此略記
不周悉也
如文然此中神通之名通於深淺故前判
教中四俱神通但有麤妙耳若準下眷屬
妙中初乃別判以地前住前爲神通已上
名應後料簡中亦通取之如妙音是神通
來等今文通者以神通感應果上之變用
耳故與應色相例判之麤則俱麤妙則俱
妙思之可見
○次說法妙中二標釋

第八說法妙者

○釋中二先明來意次正釋初文爲三初約說不說明來意

諸法不可示言辭相寂滅有因緣故亦可說示

爲其機熟者說云因緣

○次神通後明爲來意也

前藥珠二身先以定動今毒天二鼓後以慧拔

前雖通叙二輪三輪傍正正意但在身輪故神通預表當說法之先兆所以現瑞表於十妙前相若據行說則十妙之中說法爲說若從教言之則十妙俱教故序中所表表當說十妙故前爲二身今爲二鼓若滅惡生善通於偏圓而二身二鼓無不咸

妙

○三演說下正明說意

演說一乘無三差別皆悉到於一切智地其所說法皆實不虛是故次說法妙

○次正說中先列章

即爲六意一釋法名二分大小三對緣同異四判所詮五明麤妙六明觀心

○次解釋釋中先略標釋名意

釋法名者三世佛法雖多無量十二部經收罄無不盡

○次正釋名於中先出達磨鬱多羅釋

先出達摩鬱多羅有七種分別體一相二制名三定名四差別五相攝六料簡七

達磨鬱多羅者此云法尚是阿羅漢佛滅度後八百年中於婆沙中取三百偈以爲

一部名雜阿毗曇又撰增一集三十卷此義依彼此中章門初一至五增數列之第一一法第二二法乃至第五五法

體一者經以名味章句爲體經無不然故體一也

初云體一者同是名句等也諸經皆然故爲一體

相二者長行直說有作偈讚頌兩種相別何者以人情喜樂不同有好質言有好美語故相別有二也

相二者有於長行偈頌二種相故

制名二者脩多羅祇夜伽陀三部就字句爲名不就所表授記等八部不就所表又不就字句從事立稱方廣一部名從所表何者脩多羅等三部直說法相可即名以顯所表如

苦集滅道依名即顯所表故就名以爲名也授記等經所表之法不可但以言說要寄事方乃得顯如授記經從事爲名止明行因得果道理理託事彰事以言辨如法華中與聲聞授記彰一切皆當得成佛寄授記以彰所顯故名授記經無問自說經者聖人說法皆待請問然亦爲衆生作不請之師故無問自說又佛法難知人無能問若不自說衆則不知爲說不說又復不知爲說何法故無問自說乃所以彰所說甚深唯證是以寄無問自說以彰所顯也因緣經者欲明戒法必因犯彰過過相彰現方得立制此亦託因緣以明所顯也譬喻經者法相微隱要假近以喻遠故以言借況寄況以彰理也本事本生經者本事說他事本生說自生因現事以說往事

託本生以彰所表名本事經託本生以彰所行名本生經也未曾有經者說希奇事由來未有者未曾有也示法有大力有大利益託未曾有事以彰所表也論義經者諸部中言義隱覆往復分別得明所顯寄論義以明理也故授記等八經從事立稱方廣一部從所表爲名者方廣之理雖以名說而妙出名言雖寄事以彰然不可如事而取故不就名不就事就所表以爲名也

制名三者十二部中所制之名不出三義初言從字句者此之三部長行二頌秖是字句耳次言寄事得顯者謂所記是事所說是事結戒因事託事爲喻本生事本事事未曾有事相最易知論義者假往復事三從所表表理深故

定名有四脩多羅名線經經體是名字而名從況喻祇夜偈陀當體爲名授記無問自說論義等三經體事合目自餘從事也

定名四者從喻從體從體事從事也授記無問自說論義體事合目者如授記經記是當體所記是事無問自說說是當體所說是事論義往復名爲當體所論是事不同二偈但是二種偈相而已以無孤起重頌事故其中所說各別有事不得名爲孤起等事

差別者脩多羅有九種經云從如是至奉行一切名脩多羅是則脩多羅名通而體總皆名爲經故名通就文字經體分爲十二部故體總也第二就總脩多羅中隨事分出十一部即對十一部餘直說法相者是別相脩多

羅三者論義經解釋十一部經是則十一部爲經本當知論所解釋前十一部皆是脩多羅又雜心中脩多羅品亦對論以經爲脩多羅又如婆修槃馱解提婆百論論爲經本亦名論爲脩多羅又經云除脩多羅餘四句偈以爲偈經即對四句偈經餘長行説者是脩多羅又云祇夜名偈頌脩多羅即對祇夜頌偈所頌即是脩多羅也又如分別三藏以敷置理教爲脩多羅對別毗尼阿毗曇也又如經説從佛出十二部經從十二部經出脩多羅對十二別教以通教爲脩多羅是九中初二偈亦是也△差別有五是總科一者九種修多羅是別科因文不可斷并入註中

差別有五者一者九種修多羅如文從通總至二偈言二偈亦在九中攝也又如分別至修多羅去但是敷置説理之教屬修多羅不同二部故對二部得此藏名彼云別教非今家別即指大乘爲別小乘爲通偈陀者有四種如言法華有阿閦婆等偈涅槃二萬五千偈是則偈經復是通總若四句爲偈一字一句得名爲經非一字一句皆名爲偈但以聖言巧妙章句成就數句爲偈故通得名偈二除修多羅餘四句爲偈三偈中重頌者名祇夜當知不重頌偈名爲偈經四如脩多羅通總隨事剋分別爲異部以直説爲脩多羅當知偈中亦隨事剋分若授記因緣等別爲異部以不隨事直爾偈説名爲偈經

二者偈陀四中初言阿閦婆等偈者且準俱舍明十六重後數前十五重者初從十

十增之至第十六重名矜羯羅初謂一十
百千萬億兆京垓梓穰溝澗正載此即前
十五重也第十六矜羯羅第十七矜羯羅
矜羯羅爲大矜羯羅第十八頻跋羅第十
九頻跋羅頻跋羅爲大頻跋羅第二十阿
閦婆第二十一阿閦婆阿閦婆爲大阿閦
婆此第六經所列即第十六第十八第二
十也言除修多羅者除長行也第三意中復
除重頌孤起方名爲偈第四意者於孤起
中復除十部相方名偈經從通總來漸漸
向狹若前明修多羅則寬狹不定

○祇夜有三

祇夜者名爲重頌頌有三種一頌意二頌事
三頌言

○初頌意二先標次頌頌意下釋

頌意者頌聖意所念法相及事若頌心所念
法相則名偈陀經若頌心所念授記等事則
隨事別爲異經

初頌意中釋取所念法相方名祇夜中偈
意次若頌下釋餘部意

頌事謂授記等事亦隨所頌事別爲異經

次頌事中亦簡卻餘九部中事外方是祇
夜中事

頌言者若頌隨事之言隨事別爲異經若頌
直說脩多羅者名爲重頌祇夜經也

三頌言中亦簡九部之言直說之言方是
祇夜之言二偈同是偈頌雖開爲兩同是
偈中差別耳

○授記有二於中先釋名

授記者果爲心期名記聖言說與名授

○次正釋大小二別

授記有二種若與諸菩薩授佛記莂是大乘中授記若記近因近果是小乘中記也

○四者無問自說二

無問自說有二種一理深意遠人無能問二非不可問但聽者宜聞佛爲不請之師不請之師不待問自說也

○五方廣

方廣有二種一語廣二理廣

○第六相攝應有多義文但列四

相攝者就脩多羅中出十一部若偈與直說相對言之脩多羅中得出九部但無二偈偈陀中得出十部但無直說脩多羅也祇夜中得出九部無脩多羅亦無偈經也

○料簡全闕

料簡有無云云（△先出達摩鬱多羅釋已竟次大師正標釋又二初標）

○次大師正標釋先直標十二名即別名也

釋法名者上起教中已說今標名互有不同翻譯多異今依大智論標名者一脩多羅此云法本亦云契經亦線經二祇夜此云重頌以偈頌脩多羅也三和伽羅那此云授記四伽陀此云不重頌亦略言偈耳四句爲頌如此間詩頌也五優陀那此云無問自說六尼陀那此云因緣七阿波陀那此云譬喻八伊帝目多伽此云如是語亦云本事九闍陀伽此云本生十毗佛略此云方廣十一阿浮陀達摩此云未曾有十二優波提舍此云論義此標法名全依大論三十七文論文甚廣

○次部者即通名也新譯名十二分教恐

濫部帙故也經名亦通於中三先略釋
部者部別各有類從也經者外國云脩多羅
此云線經線能貫穿經能經緯言能持法如
線如經
○次斥論師
然阿毗曇雜心中說脩多羅五義者乃是彼
論師解義非翻名也
○三舉世經義以釋出世也
世俗亦對緯名經而訓經爲常如物經亘始
終始終時別而物無改異不改異故名之爲
常△先直標十二名已竟次釋十二部別名義
脩多羅者諸經中直說者謂四阿含及二百
五十戒出三藏外諸摩訶衍經直說者皆名
脩多羅也
次釋十二部別名義者言出三藏外者即
簡小門三藏已盡取衍門爲修多羅彼釋
大品故作此說況復今文釋法華耶若如
第一卷通途釋者則不然下去皆須在大
然文中釋義皆通大小意在大也
祇夜者諸經中偈四五七九言句少多不定
重頌上者皆名祇夜也
和伽羅那者說三乘六趣九道劫數當得作
佛若後爾所歲當得聲聞支佛後爾所歲當
受六趣報皆名授記夫授記法面門放五色
光從上二牙出照三惡道下二牙出照人天
光中演說無常無我安隱涅槃遇光聞法者
三途中身心安樂人中癃殘者差六欲天猒
患欲樂色天猒禪樂光照十方遍作佛事還
遶七帀從佛足下入是記地獄道蹲入胜入
臍入胷入口入眉間入頂入者是記佛道論

不見記脩羅光當是開鬼道出脩羅從容在於脞臍之間耳

授記中雖言二乘人天故知亦大又復通釋放光收光等以表記也言蹲入等者蹲入記畜生脞入記鬼臍入記人胷入記天口入記二乘眉間入記菩薩頂入記佛修羅既從鬼畜二道開出今且略言從鬼故寄脞臍中間入也

伽陀者一切四言五言七九等偈不重頌者皆名伽陀也

優陀那者有法佛必應說而無有問者佛略開問端如佛在舍婆提毗舍佉堂上陰地經行自說優陀那所謂無我無我所是事善哉是名優陀那又如般若中諸天子讚須菩提所說善哉善哉希有世尊難有世尊是名優陀那乃至佛滅後諸弟子抄集要偈諸無常偈作無常品乃至婆羅門品皆名優陀那也

自說部中先舉自說無我所等者且舉小耳次即云又如般若方等正明大也從乃至巳下去明通攝之相乃兼婆羅門事何但小乘耶

尼陀那者說諸佛本起因緣佛何因緣說此事脩多羅中有人問故爲說是事毗尼中有人犯是事故結是戒一切佛語緣起事皆名尼陀那

毗尼亦小一切通大況事毗尼本通於大

阿波陀那者與世間相似柔輭淺語如中阿含長譬喻長阿含大譬喻億耳二十億耳譬喻等無量譬喻皆名阿波陀那

譬中亦然先舉阿含次通一切言億耳者

生時耳上自然有環評堪一億金錢二十億耳者亦耳有環堪二十億故中阿含二十九云佛在給孤二十億耳亦遊舍衛在暗林中初夜後夜學習不眠精勤正住修習道品於是億耳安坐思惟作是念言佛弟子中精勤我最第一不得解脫我家大富不如還家布施修福佛知彼心令比丘呼來至已禮佛卻坐一面佛言汝實如向所念耶答實爾佛言我今問汝隨汝意解汝在家時彈琴調絃琴隨歌音歌隨琴音耶答如是佛又言絃若緩若急有樂音耶答曰不也調和有耶答曰有也佛言極大精進令心掉散極不精進令心懈怠故當觀察時與非時二十億耳聞佛教已於閑靜處精勤修習得阿羅漢果大論三十三

廣明

伊帝目多伽有二種一者結句言我先許說者今已說竟二者更有經名一目多伽有人言因多伽目多伽名出三藏及摩訶衍何等是如淨飯王强逼千釋令出家佛選堪得道者五百人將往舍婆提令離親屬身子目連教化初中後夜專精不睡以夜爲長後得道還本國從迦毗羅婆林五十里入城乞食覺道路爲長時有師子來禮佛足爲三因緣說偈云云說此三事本因緣故名一目多伽也

次釋本事中云已說者本謂謝在於往故云已說一目等梵音輕重耳言更有者大小部中復有此等本時之事耳言爲說三因緣者如大論三十三釋因目多伽云如淨飯王强令五百釋種出家堪得道者將

至舍婆提城所以者何未離欲故若近親里恐其破戒令身子等親教化之初夜後夜專精不寐是故得道得道已佛還將至本國一切諸佛還本國時與大會諸天俱至迦毗羅婆仙人林中去迦毗羅婆城五十里是諸釋種所遊戲園此諸釋種比丘以精進故以夜爲長從林入城乞食覺道路長佛知其心有師子來禮佛足在一面住佛以三因緣故說偈云不寐夜長疲極道長愚生死長莫知正道佛告諸比丘汝本在家時放逸多睡今精進故覺夜爲長本在家時駕乘遊戲今著衣持鉢步行疲極故路爲長此師子鞞婆尸佛時作婆羅門師見佛說法來至佛所爾時大衆以聽法故無共語者即生惡念發惡罵言此諸禿輩畜生何異不別好人不知言語以是業故從彼佛時乃至今日九十一劫常墮畜生此人爾時即應得道以愚癡故自作如是長久生死今於佛所心清淨故當得解脫如是等經名因目多伽

闍陀伽者說菩薩本曾爲師子受獼猴寄⿰國瓜脅肉貿猴子於病世作赤目魚施諸病者或作飛鳥救於泫溺如是等無量本生多有所濟皆名闍陀伽也

次本生中云慖脇肉貿猴子者大論三十三釋本生經中昔有菩薩曾爲師子在林中住與一獼猴共爲親友獼猴以子寄於師子時有鷲鳥飢行求食值師子睡取猴子去住於樹上師子覺已求覓猴子見鷲持去在於樹上而告之言我受獼猴寄託

二子護之不謹令汝得去辜負言信請從汝索我爲獸中王汝爲鳥中王貴勢同等宜以相還鷲言汝不知時吾今飢乏何論同異師子知其叵得因以利爪自攫其肉以貿猴子於疫病世爲赤目大魚者出過去因果經經文廣明疏中略辨救於泫溺者大論云菩薩昔爲飛鳥救諸泫溺諸商人等乃至溺水而心不退泫字乎冒切混流也又救泫溺者如大論斥三藏中云於大海中自刺而令諸商人依之至岸等

毗佛略者所謂摩訶衍般若經六波羅蜜經華首法華佛本起因緣雲法雲大雲如是等無量諸經爲得阿耨三菩提故說此毗佛略也

毗佛略略字大論云來夜切

阿浮陀達摩者如佛現種種神力衆生怪未曾有放光動地種種異相皆名阿浮陀達摩也

優波提舍者答諸問者釋其所以廣說諸義如是等問答解義皆名優波提舍也佛自說論義經迦旃延所解乃至像法凡夫人如法說者亦名優波提舍經也

○次分大小中二初大小相望以論通別次爲緣下明通別意初又三初小九望大三對十二爲通別次有人言下大九望小三對十二爲通別三有經言下大一望小十一對十二爲通別初文中三初略標三九別次釋十二通小三又涅槃下明十二大小共

二明分法大小者此經指九部爲入大之本

則九部是小三部是大蓋別語耳
初如文
○次文又五初明通小
通而爲言小亦有記莂六道因果又阿含中亦授彌勒當作佛記豈非授記經亦有自唱善哉無問而說聲聞經中以法空爲大空故成論中云正欲明三藏中實義實義者空是阿毗曇所不申而成論申於空空即廣經當知小乘通具十二部也
言大空經者阿含經中有大空經經中廣明是老死誰老死爲人法二空如止觀第六記
○次故涅槃下證通小意三大品下舉大品況四有經下若通小故大小俱十二五但是下釋三別在於大則十二唯大

故涅槃云先雖得聞十二部經但聞名字不聞其義今因涅槃得聞其義又云先雖得聞十二部經我意猶謂故不如是大涅槃經
次故涅槃下十二通小者大經既云先雖得聞十二部者並指鹿苑故知鹿苑亦有十二如次文魔雖不能說頓十二部故知亦能說權十二部也亦爲二乘說小十二部
○三大品下舉況
大品亦云魔作比丘爲菩薩說聲聞十二部經
魔說尚具十二況小乘耶△四若通下故大小俱十二
有經言大小乘各具十二部若信六部通大小乘不信六部互不相通按此者即是大小俱有十二部也

四引一經據信者情不偏於九則大小俱十二按此下結言若信六部通大小乘不信六部互不相通者河西云修多羅祇夜和伽羅優陀那伊帝目多伽優波提舍此六顯現是故易信餘六深隱是故不信復有人云但信六部不信六部不論深淺今謂不然將大小俱十二望大小各九各九是別各十二是通各九之中緣喻議三局在於小廣問記三局在於大餘之六部通於大小此以通難別故云既信六部通於大小不信餘六三唯在小三唯在大故云不信六部互不相通此六若許通於大小則成大小俱有十二△五釋三別在於大則十二唯大

○五正釋三九別中三初先斥通義

但是小乘中說非大乘之義

○次正立別

故別讓三存九

○三何者下釋小無三

何者小乘灰斷無如意珠身故無廣經假令以法空為廣說之文小乘根鈍說必假緣無天鼓任鳴少無問自說雖有授記記作佛少

○三明十二大小共

又涅槃第七云九部中不明佛性是人無罪倒此而言十二部中不明佛性是人有罪可知

○次大九望小三中二先明大別在九

有人言大乘九部除因緣譬喻論義大乘人根利不假此三斯亦別論

○次通語下明大通十二

通語大乘何得無此三經耶△三大一望小十一對十二

爲通別

〇三明一與十一中二先別立十一有經言小乘但讓廣經一部有十一部無方廣者大乘說如來是常一切衆生皆有佛性正理爲方包富爲廣又理融無二亦名爲等聲聞中所無但十一部耳

〇次若言下亦通具十二若言小乘定有九不應復有十一部既取十亦通有十二

言十二部者大經十四云又有說者名十一部菩薩純說大乘方等第十九云復有十一部經除毗佛略亦無如是甚深之義爲緣別說或讓三或讓一以判大小乘云云

次明通別意者如上所說一往赴機據理應以通說爲正故第一卷中明一十六番十二部也通別之意意在於斯

妙法蓮華經玄義釋籤卷第二十二

音釋

鳱 音干鳱鵲鳥名　鵽 知滑切黃雀也　膕 古獲切　貿 莫候切　癃 音隆疲病也　腨 市兗切腓腸也　臍 前西切　泫 胡畎切　髀 部禮切股也　脇 虛業切腋下也

妙法蓮華經玄義釋籤卷第二十三

隋天台智者大師說

門人灌頂記

唐天台沙門湛然釋

○三明對緣者以前大小對何等緣若通若別若不辨對徒施法音於中爲四初辨法名有無次次約十下正明對緣之相三前以下明所依四雖復下明攝法初文中二先立生熟兩機

三明對緣有異者緣即是十因緣法所成衆生而此衆生皆有十界根性熟者先感佛知成熟未成熟者應不失時

○次若衆生下明機生則無十二部名於中又四初正明不立其名次故天竺下引例三故地持下引證四若深下汎明出沒

若衆生解脫緣未熟不可全棄對此機緣止作人天乘說不作修多羅等名

初如文

○次引例中三一西方

故天竺外典無十二部名亦無其意

○次此方

此間儒道亦無斯名意義皆闕

○三引權行大士

若法身爲王示十善道亦不濫用此名

法身菩薩示爲世王雖內善衆典必依迹立不濫其蹤

○次引證

故地持中說種性菩薩能自熟又能熟他有二乘種性及佛種性者隨法熟之無種性者以善趣熟善趣熟者即是其義種性熟者如

下說

言即其義者謂不濫用十二部名也

若深觀行者妙得其意以邪相入正相用無礙辯約邪經外典作十二部義胡爲不得而非正對緣說也

四出沒中用則必得教意不然所言深觀行者雖暫用其名而心恒違法相故也

○次正明對緣中二先通立大小兩機

次約十因緣所成衆生有小乘根性對此機說通則十二別則或九或十一云云若對十因緣所成衆生有菩薩機者不作別說但明十二部經

○次今總下通列顯秘等教於中先列兩種四教次一者下釋兩四教

今總論如來對四緣說十二部法有兩種四教不同

初言四緣者兩種四教所被不出四緣四緣秖是藏等四教人不見者妄於顯秘等四而生穿鑿使聞者失途具如第一卷中明之

○次釋中二先釋密等四教又二先明去取

一者就隱顯共論四教隱即祕密教顯即頓漸不定教祕密既隱非世流布此置而不論秘在大聖赴機今且置而不說若欲說之秖是口密赴四機緣令其彼彼互不相知即是其意顯秘雖異教不出四是故不論

今且釋其三謂頓漸不定所言共者三顯一秘

若對四法界衆生通說十二部別說或九部

或十一部名漸法說也若對兩法界衆生通說十二部此說頓法也或對四法界或對兩法界或作別說或但通說此說不定法也

次正釋中言對四名漸者由頓後開漸漸涉三味故教成四具如第一卷及諭疑中辨若不深見一家門戶如何能辨此漸等四復更下文明藏等四彼此兩文更無差別但漸中合明增減不定同座異聞同名爲漸對機分四耳頓二亦然但指華嚴故云兩界不定但於頓漸二途稟益不等是故名爲頓漸不定

○次二者下明藏等四

二者直就顯露漸教中更明四教者即是三藏通別圓也三藏教直對三法界別說或九或十一通教對四法界通說十二部法也別教對兩法界　通說十二部法圓教對一法界通說十二部法

且置頓與不定令識漸中四相分明復須除秘故云顯露秖是重分別前漸中所用四法之相故云更明此四中圓何曾異於頓中圓極復與法華圓義宛同而尚不及法華開顯妄生比決一何苦哉又藏等四中所言對界與頓等中文意少別何者彼頓等中通束於教以藏爲聲聞通爲緣覺別爲菩薩圓爲佛界故使爾也今藏等中離人爲界故藏三通四通眞含中以爲佛界故爾此以兩教佛界有教無人故置不說別對二者亦可存於佛界亦可且置佛果但以初地而爲佛界耳

前以無記化化禪與諸慈悲合示現身輪或

爲國師道士儒林之宗父母兄弟乃至猴猨鹿馬同事利益不可稱說今口輪說者例如前用諸慈悲熏無記化化禪種種不同百千萬法不可說不可說故龍宮象負渧海研山八萬四千法藏不可窮盡

三明所依中以依法性故故能於彼雜類之身說於如是不思議法然又立此頓漸顯秘次第必須八相佛形而說言海渧研山者如華嚴龍宮誦出象負西來此下本也大本十三世界微塵數偈故知不可以海水毛端渧數知其偈限不可以研須彌爲墨書其文字故知西來象負偈數能幾雖復無崖以十二部往收罄無不盡也

四明攝法中縱於雜類身中所說以十二部收亦無不罄盡

○四明所詮者既以能詮教被所取機機緣不同教亦碩異若不以所詮爲教體與邪經外論亦復何殊故以所詮定之知教有所離所至功能有歸所詮者何所謂諸諦於中二先敘意次若說下正明詮相

四明所詮者若委論其意出四教義中今略引詮意

初文者四教本中有四種意一約四諦二約三諦三約二諦四約一諦一一意中皆具三義一明所詮理二明能詮教三明所出經論今此略用初之二意能所合辨從所標名故云詮意不廣分別故但云意耳

○於正明相中先明人天次明出世

若說人天乘詮界内思議之俗永不詮眞

初文中云人天教永不詮眞但詮思議之

俗者但是俗而非諦望出世法屬俗諦攝故云思議俗耳

○次出世中先漸次頓而先明漸者隨便說之應無他意

若爲漸教人別說九部十一部乃至通十二部者初正詮思議之俗諦傍詮思議之眞諦中正詮思議之眞諦傍詮思議之俗諦後正詮不思議之眞諦傍詮不思議之俗諦也乃至雙詮不思議之眞俗云云

初言若爲漸者以人天教非五時次第故以三藏而爲漸初初但說於無常苦等故云正詮思議之俗雖通涅槃涅槃是小乘法性若初詮法性恐增邪倒不能破於常等僻故俗正眞傍無常少寬即正示眞理則無常幻化悉皆爲傍是故次云眞正俗傍既獲小果正欲令其入眞中道傍以菩薩不思議眞兼帶而說故云眞正俗傍言中後者此兼方等般若兩意故方等中所得小果多因正詮思議之眞至般若中即不思議之傍正也乃至去即法華開權顯實眞俗不二故曰雙詮

若說頓十二部者正詮不思議之眞傍詮不思議之俗若說不定者此則不可定判其詮

若說頓教者華嚴頓部正在圓眞兼申別俗故云眞正俗傍不定教者或傍或正或俗或眞

若約漸中四教明詮者三藏正詮思議眞傍詮思議俗若爲三藏菩薩者正詮思議俗傍詮思議眞若通教二乘正詮思議眞傍詮思議俗若爲通教初心菩薩同二乘若爲後心

菩薩正詮於俗傍詮於眞若爲別教初心正詮界内之眞俗傍詮界外之眞俗若爲中心正詮界外之眞俗傍詮界内之眞俗若爲後心雙詮界内外之眞俗若爲圓教初中後心圓詮界外不思議之眞俗云云

次約漸中四教者言漸四者意旨如前問漸初亦是三藏四教之初亦是三藏何故前云初正詮思議之俗傍詮思議之眞此中何故云正詮思議之眞傍詮思議之俗答前文爲成漸教之初不分菩薩與二乘之別故前文明二乘初心但云俗正眞傍後既約教分之故開三藏以爲二段以理而言二處菩薩俱是俗正眞傍二處二乘俱是眞正俗傍以菩薩乘同於二乘初心故也彼此通詮是故不異若約別教等者初心即是信住二位中心即是行向二位後心即指初地已上

○五明麤妙中有五初列五名

五明麤妙者即爲五一約理二約言三約所詮四約衆經五正約此經

五中初理次言與第三所詮何別答初言理者唯約所詮次云言者唯約能詮此二並是跨節明義是故但立一音一理雖云麤妙義已當開第三所詮即當分義一一教下自明所詮仍判麤妙以此異故與前二別

一就理妙者一切諸法無非中道無離文字而說解脫文字性離即是解脫一切所說即理而妙譬如龍雨雨而處處不同或水或火或刀杖理亦如是理具情乖順耳乖故爲麤

理順爲妙
二約言辭者如佛得道夜至泥洹夕常說般若常說中道而一音演法隨類異解一音巧說是則爲妙異類殊解自有麤妙
三就所詮者若對六道衆生說人天乘者此詮有爲能詮所詮俱麤若對鈍根三藏五門詮於生滅四諦理此則能詮所詮俱麤若通教體法五門比於三藏析門體門能詮雖巧而所詮猶是眞諦所詮亦麤若別教五門能詮爲麤所詮中道爲妙若圓教五門能詮所詮俱皆是妙也
言五門者即約淨名中旃延五義謂苦義空義無常義無我義寂滅義䟽云約理名五義以智緣理名爲五行約定明五門禪此五爲衆行之指歸故四教四門各明五義今文通說且云五門由迦旃延爲諸比丘敷演三藏四門五義爲維摩詰通五義訶故云諸法畢竟不生不滅是無常義故知諸法生滅但是無常非無常義四句推此生本無生滅亦非滅方得名爲無常之義五受陰洞達空無所起是苦義諸法畢竟無所有是空義於我無我而不二是無我義法本不生今則無滅是寂滅義餘例初句思之可知問淨名彈斥既斥四枯應顯四榮何故結句皆歸四枯言是無常等義耶答訶有漸頓漸如旃延頓如空生應如涅槃二鳥雙遊不得相離是故今說眞無常義不離於常故云不生不滅是無常義又若委論者若說生滅唯得結歸無常義邊若說不生不滅則結歸不定若結歸

無常即屬四枯結歸於常即屬四榮結歸
非常非無常即屬非枯非榮下之四句準
此可知若以教判枯屬藏通榮屬别教雙
非屬圓以衍門中不生不滅義通故也故
今教教皆云五門意在於此問餘文何不
明五門義獨在此中答餘門通用有何不
可此明能詮及以所詮互有麤妙故須用
之何者淨名以通詞藏意在别圓故且用
於能詮妙所詮麤以詞旃延能所俱麤意
在結歸非常非無常能所俱妙一俗隨三
眞轉意亦如是眞秖有二别眞猶帶教道
是故開之

○四衆經中爲二先迹次本迹中又三初

五味

四就衆經者華嚴詮别詮圓三藏詮偏方等

四種詮般若三種詮法華唯一詮

○次判

又諸經詮妙與法華不異而帶麤詮麤詮不
得合妙是故爲麤法華不爾佛平等說如一
味雨正直捨方便但說無上道純是一詮

○三又云昔下開此開且寄此中明之於

中又四法譬合證

又云昔毁呰聲聞而佛實以大乘教化又云
汝等所行是菩薩道此則融麤令妙如此兩
意異於衆經是故言妙

初法中言如此兩意等者相待絶待也初
句云毁呰聲聞即正直捨方便相待意也
從又云已去開方便門絶待意也

譬如良醫能變毒爲藥

二乘根敗不能反復名之爲毒今經得記即

是變毒爲藥

譬合如文

故論云餘經非祕密法華爲祕密也

第四引證中言論云等者大論文證也言祕密者非八教中之祕密但是前所未說爲祕開已無外爲密

○次復有下本門

復有本地圓說諸經所無在後當廣明云云言在後者指第七卷

○次就此經中初標次釋三結四開

五正就此經明妙十二部者

如脩多羅名直說今經直說中道佛之智慧不說六道二乘菩薩等法唯說佛法故直說爲妙祇夜妙者重頌長行中道之說耳故知祇夜亦妙伽陀者如龍女獻珠喜見說偈孤然特起此偈明於刹那頃便成正覺稱歎於佛成菩提事喜見孤起歎佛容顏甚奇妙故知孤起伽陀妙也本事妙者即是二萬佛所教無上道不教餘事即是本事妙也本生妙者明十六王子生身生爲王子法身生爲佛子即是本生妙也因緣者結緣覆講大乘繫珠不論小乘人天等緣是名因緣妙也未曾有妙者天華地動二眉間光三變土田等是不可思議未曾有事妙也譬喻妙者經題以法譬爲名譬於開三顯一何曾譬於餘事即譬喻妙也優波提舍妙者身子問佛佛荅諸佛智慧門龍女智積問荅論法華事智積云我見釋迦經無量劫方成菩提不信此女須臾成佛此執別疑圓龍女云佛自證知以圓珠獻佛此以圓荅別此即提舍妙也無問妙

者如文云無問而自說稱歎所行道從眛三安詳而起告舍利弗說佛智慧又宿世因緣吾今當說即是無問妙也授記妙者授三根佛記皆安住實智中爲天人所敬即授記妙也方廣妙者其車高廣智慧深遠等即是方廣妙也

釋中言因緣妙者發心爲因聞法華經爲緣又以結戒爲因緣者以實相心離十惱亂即其意也未曾有妙者獨放眉間光表於中道餘經雖放未曾獨放二眉間光皆兼足頂及面門等故使所表各各不同三變土田者土田梵云佛刹物所生處名爲土田即佛生處所也亦是一切諸法之所生處三變表三智破三惑餘並如文△三結當知此經從初直說乃至優波提舍十二意足而皆是妙此即待麤明說法妙也

○四開者前雖因便義立於開此正當徧開之相

開麤顯妙者昔十二十一九部不說實者今無別實異昔不實昔但言廣不明理廣今開言廣即理廣也開昔之異顯今之同即是絕待明說法妙也

此中言理廣者其實遍於十二部以廣經是理事隨於理理若開竟事無不開若列當文十二部已是開判竟更重明者但向引文直示十二相故以此十二對法華前諸教以論待絕故即向所列是待絕十二部也然前五意雖在判麤妙中列之前二意明佛本意更無異途第三意即是約四教判第四意即是約五味判至第五意方

是正開判今經是妙

第六攵觀心云云

第六攵觀心者應用觀心十二部經別有小卷流行者是此說法五章中初釋名義通於大小故至第二方以九三一與十一約於通別而辨大小故前之二章但是能詮將此能詮於所被故有對緣由緣不同故所詮異所以第四更明所詮能被所被能詮所詮從始至終一期教顯欲明所說所化麤妙復欲開此諸麤麤非麤故須第五判開共立方始顯於所說之法終訖具於待絕二妙又復此中雖辨所被所詮正意並是以所顯能所被既純知能被妙所詮既即識能詮融是故前來悉皆屬教如教而觀故辨觀心一切教中凡諸十二一心中具無俟他求是故須明觀心十二

○次明眷屬妙中列章

第九眷屬妙者就此爲五一明來意二明眷屬三明麤妙四明法門五辨觀心

○解釋於中又五初總明次第次譬如下略釋眷屬名義三行者下寄例以釋眷屬義也四他土下明眷屬之由對他土辨異五昔教下對麤辨妙又初意是總明次第後四意是別明次第一一莫不因說而生故次說後而明眷屬

所言次第者若無說而已說必被緣緣即受道人也已受道故即成眷屬

初文者次第秖是來意異名說即指前說法妙也

○次意者先義次名

譬如父母遺體攬此成身得爲天性
如來如父母所說如遺體受者如攬此成
身如眷屬
天性親愛故名眷更相臣順故名屬
名中宿緣相關如性親愛今日受道名爲
臣屬所受如說能爲眷屬
行者亦爾受戒之時說此戒法授於前人前
人聽聞即得發戒師弟所由生也禪亦如是
授安心法如教修行即得發定是爲我師我
是弟子慧亦如是說諸法門轉入人心由法
成親親故則信信故則順是名眷屬也
次例中意者戒定慧如說弟子爲眷屬
○由中意者爲二先正明由此土由說也
他土餘根皆利隨所用塵起之令他得益此
土耳根利故偏用聲塵

○次故二萬下引證
故二萬佛時教無上道十六王子覆講法華
從是已來恒爲眷屬世世與師俱生或人天
眷屬或三乘眷屬或一乘眷屬故身子云今
日乃知眞是佛子
既云教無上道及覆講法華故並從說自
大通已後種種調熟令入一乘故身子下
重證眷屬也言今日乃知眞是佛子者小
乘中以菩薩爲似子聲聞爲眞子大乘中
以菩薩爲眞子聲聞爲似子故身子於昔
自謂爲眞今日乃知聲聞爲似嘗佛開示
方名眞子
○次麤妙者亦名今昔相對昔指鹿苑三
藏三乘對權今日法華爲妙
昔教五人得眞無漏名佛子菩薩不發眞名

爲外人於法華發大乘解自稱昔日非眞佛子

言昔教五人者一頞鞞二跋提三俱利太子四釋摩男五十力迦葉具如疏釋

○今又爲二初正明對辨

今說一實之道

○次從聞下別明所生又四初總明三慧生次從佛下別明三慧生三三慧下總結思修並因於聞故具列之四故次下結

從聞悟解法身得生

從佛口生是聞慧中法身生從法化生是思慧中法身生得佛法分是修慧中法身生

次文言法化爲思者受化故思修故得分

三慧成就是眞佛子定於天性得成眷屬

故次說法之後而明眷屬妙也

○正明眷屬中標列釋

二明眷屬者又爲五種一明理性眷屬二明業生眷屬三明願生眷屬四明神通生眷屬五明應生眷屬

○釋中初釋理性中三初明理同

一理性眷屬者衆生如佛如一如無二如理性相關任運是子

○次引證

故云我亦如是衆聖中尊世間之父一切衆生皆是吾子

○三結歸

此是理性不關結緣不結緣皆是佛子也

○次業生下釋餘四眷屬又二初通約四教結緣成熟次別約四教釋四眷屬初文又四初明結緣不同次若信下受道不同

三結緣下明成熟不同四雖復下結成眷屬初又二先立二類次釋二類二業生眷屬者但衆生理論皆子而飲他毒藥有失心者不失心者

初文云飲他毒藥失本心者忘本所受故曰失心從本化來迷眞之後起無明惑如飲毒藥背大化爲失心

○不失者下釋兩意

不失心者拜跪問訊求索救護與藥即服故於大通覆講說妙法華得結大乘父子其失心者雖與良藥而不肯服流浪生死逃逝他國即起方便或作三藏結緣說生滅之法或作通教結緣說無生之法或作別教結緣說不生生恒沙佛法或作圓教結緣說不生不生一實相法

初入大通佛所已結緣竟中間成熟成頓眷屬次入久迷生死復須更結即大通之後也△次明受道不同

若信若謗因倒因起如喜根雖謗後要得度

△三明成熟不同

結緣已後以二十五三昧爲二十五有說三諦法而成熟之或於中間得度或于今未度

△四結成眷屬

雖復得度未度皆是眷屬

○次別約四教明四眷屬中即爲四文初三藏中二初釋三次辨無四初明三眷屬爲三初明業中爲五初今三藏下明垂三藏迹次往日下叙昔施化三緣未下明今日相遇四明受道不同五若不下明此佛一段眷屬義絶

今三藏佛於分段國出家成道
往日三藏之緣或得度或未得度得度之者
灰身滅智不復論生
緣未度者來牽分段昔殷重信順今爲親識
受道昔汎汎信順今爲疎外受道昔時拒謗
今爲怨家受道

初三如文△四明受道不同

甘露初降先得服甞早斷分段得出生死如
大象捍羣俱證解脱如五佛子之流雖是異
姓則是法親內眷屬也

言甘露初降者初轉四諦法輪也即以教
法名爲甘露初禀道益名爲服甞如大象
捍群者諸佛菩薩示入生死示與衆生共
證解脱五佛子者四果及支佛且約示輔
三藏佛生爲眷屬者若權若實俱云業生
教門且爾△五明眷屬義絶

若不得道雖是宗族名外眷屬佛於其人則
無利益若入滅度不復更生此人緣盡傳付
後佛也

言緣絶者且約三藏一期而說教中既不
說有生處故昔教中不復論生跨節論之
生生不息

○次願生中其文簡略大意如前業生中
說言願眷屬者如論云諸內眷屬並由宿
願又如帝釋發心若太子於最後身成佛
之時願爲馬載太子出城亦如大拏太子
見阿周陀阿周陀發願若太子成佛願爲
神通弟子即目連是餘皆例此具在佛本
行集於中爲三初正明眷屬

三願眷屬者先世結緣雖未斷苦願生內眷

屬中

○次明受道不同

或怨家等因之受道若得道者成法內眷屬不得者成法外眷屬

○三眷屬義絶

若佛滅度此人無益傳付後佛也△（謂從正明眷屬至眷屬義絶意皆同于業生）意同業生皆言傳付後佛者如彌勒云釋迦文佛種種訶責無柰汝何教植來緣今得值我此例可知

○次神通者爲二先正釋次料簡願通不同初文爲二初正明三藏通生次三藏下明以大乘意說有生初文三先正明眷屬

四神通眷屬者若先世值佛發眞見諦生猶未盡或在上界或在他方今佛分段作佛或以願力或以通力來生下界

○次或爲下受益不同

或爲親中怨輔佛行化斷餘殘惑而出三界

○三殘惑下亦明緣絶

若殘惑未盡值佛入滅亦自能斷或待後佛（云云）

三藏不說界外生今以大乘意望之昔值佛得度三界生盡受變易身緣牽分段非是業生但是願通

次以大乘意說神通眷屬界外有生△（次料簡願通不同）

願通云何異

次料簡中云願通云何異者由向釋云或以願力或以通力既於通中而兼云願願之與通有何同異

○約自下答又爲三初略答自力及教不同次約本處有身無身三約大小二教重辨

約自報力名神通約教名誓願

初文修得報得總明自報力也約教名誓願者大乘教門所說名此神通以爲誓願誓願來者昔稟佛教起於誓願佛昔亦以大誓願攝故世世相值爲熟爲脫今佛生此誓牽而來故云約教

神通生者本受報處猶有報身以身通力分形來此若願生者報處無身願力下生耳ㄙ三約大小二教重辨

三藏不說斷結誓願受生死身不約此教論願通教則有誓扶餘習而生分段依通明願於義爲便

言通有誓扶等者若三藏教習不牽生若正使盡無復生處況三藏教因則正習俱在果則正習俱斷故依通教及大乘實說得有來生ㄙ次辨無四

此等未得法身故全無應生眷屬三藏眷屬竟

○次明通教三眷屬中爲二初正明眷屬次對辨應生

往昔結無生緣者或已得道或未得道佛於分段作佛未得道者當處即有業生上界向下即有願通兩生分別願通如前說橫從他土來者即有願通豎從方便來者亦有願通

初言橫從他土來者或在娑婆之外俱有來義娑婆內來此不須疑故淨名云從餘四天下來在會座諸大乘經皆云從十方

來

通教未得法身故無應生眷屬也

往昔曾結別教緣者中間同事說法種種教

詔或熟未熟佛今在分段作佛未得道者當

處即有業生上界向下得有願通横從他方

得有願通竪從方便來亦有願通竪從實報

來者得有應生無明先破已得法身之本能

起應入生死此則異前云云

次明別教四眷屬者前之兩教教無應身

故不論應圓教亦然故先明教

往昔結圓教緣者中間調熟或得道或未得

道今於分段作佛先緣牽來差別不同若未

得道當處有一上界向下有二他方横來有

二方便來亦二實報來有一例如前云云

言如前者如前別教

○次問答料簡中具簡二教應身有二問

答初問

問法身惑除理顯何故受生

如文

○答中自三列釋

答應身受生其意有三一爲熟他二爲自熟

三爲本緣

○釋熟他中爲六初明能應次若得下明

於所化辨能化功三如華嚴下引證能化

既云非生死者即應生也四復次下釋疑

五通結意六約今經以判妙

一熟他者秖爲業生善根微弱不能自發諸

菩薩等先雖得度愍彼迷闇慈力起應入二

十五有而作師導引諸實行令向佛所

初如文

若得眞道成内眷屬同於應生若得似道同於願通不得眞似令增進勝業皆使利益無有唐捐

次文者所化入眞還同能化

○三引證中二先通引

如華嚴中說佛初託胎法身菩薩皆侍衛下生如陰雲籠月散降餘胎爲親中怨引諸業者當知諸眷屬非生死人

○次摩耶下別引人類

摩耶是千佛之母淨飯是千佛之父羅睺羅千佛之子諸聲聞等悉内祕外現示衆有三毒實自淨佛土諸親族等皆是大權法身上地豈有凡夫能懷那羅延菩薩耶

○四釋疑中四先通釋次何者下舉例釋三調達下別引人類釋四故華嚴下以所得法門驗釋

復次外道怨惡抗拒誹謗當知皆是法身所爲

初如文

何者轉輪小善出世無怨豈有無上法王怨讐滿路若於佛起惡惡道受罪何得灼然生相惱龍象蹴踏非驢所堪

讐亦怨也法身如龍象若作魔王非二乘所堪△三別引人類釋

調達是賓伽羅菩薩先世大善知識阿闍世是不動菩薩薩遮尼犍是大方便菩薩波旬是住不思議解脫

言調達是賓伽羅菩薩等者故大經云若提婆達多實是惡人墮阿鼻者無有是處今經授其當作佛記品後又云若有男子

女人聞是品者淨心信敬不生疑惑不墮三惡生十方佛前豈五逆人有此聞品妙功德耶餘並如文△四以所得法門驗釋故華嚴列衆明諸天龍鬼神悉住不可思議法門△五結通意如是等若親中怨好惡逆順皆是法身先是法内眷屬今作應生眷屬若親中怨好惡逆順未得法身先雖結緣爲猶在法外同稱願業等眷屬△六約今經以顯妙諸餘經典非不明此權利益衆咸謂是實内實外實好實惡實逆實順故經云未曾向人說如此事今經佛自開近權顯遠實開諸眷屬迹權顯本實故文云今當爲汝說最實事是名應生眷屬熟他故來也六顯昔麤今妙中云諸餘經典非不明此

等者非不明此内外眷屬未若今經開權顯實△二爲自熟二爲自成來者法身菩薩進道無定或從生身進道或從法身進道故下涌出菩薩云我亦自欲得此眞淨大法分別功德品中明增道損生即其義也二自熟中即迹本二門意也本門二文下土此土具如經文可見言法身菩薩或從生身進道等者如他方大士或從釋迦生身佛邊聞法進道或從法身者如大論云法身佛爲法身菩薩說法此約界外得作此說大論八十七問云生身菩薩貪惜未除割截則難若無生忍菩薩猶如化人割截無痛有何恩分答雖得無生行亦爲難何以得知得無生已應受寂滅無量快樂

能捨此樂入生死中受於種種下賤之身生身菩薩著此法身故悕望心施非清淨施是故不及無生忍者是故無無生忍菩薩方名大恩故知生身法身仍須進道爲進道故聽法利物具如分別功德品無生忍去是法身菩薩自此已前至八世界是生身菩薩大論三十七廣明諸佛眷屬不同

○三本緣中二先略明

三爲本緣所牽本從此佛初發道心亦從此佛住不退地佛尚自入分段施作佛事有緣之者何得不來猶如百川應須朝海緣牽應生亦復如是

○次若別下更以通別兩釋以簡本緣

若別說者業生在分段願生通生在方便應生在寂光通論一處具有四種如實報已得法身能起應作四種眷屬就圓結緣者雖未斷惑自有三種眷屬就得道者即是四也別眷屬亦四可知通藏結緣三種可知雖無應來之應得論感應之應就所應得名四義宛足

所言別者四土對四類若通說者可知言未斷惑者未斷無明△次一問答

問下方涌出妙音東來如大經中召請十方諸大菩薩集娑羅林大師子吼於四眷屬此是何等

次問中言娑羅林等者大經云如來至彼俱尸城中欲入涅槃師子吼菩薩問如來何故離六大城俱尸城現我爲迫逐諸外道故不住六城我昔於餘處未名師子吼今於此處娑羅林中大師子吼

答是神通來非神通生是應來非應生是大誓願相關非願生是因緣相召如下方聞聲妙音見光是諸佛大事業來非業生業生者不能業來業來非是業生願通生者不能願通來願通來者亦能願通生亦能應來應來亦能應生云云

答文者從他方起通來非神通生此是法身發得神通名神通起應從他方來非起應生此言大誓願者昔結圓種今以圓熟故云大誓相關是大事不思議業相召不同結業牽生之類或有未破見思藉妙音力而得來者非大誓業亦是結業眷屬妙也此則自是一途若準前意並以法身為四眷屬方答前問故下結云願通來者亦能應來不言業者業濫實業故也下方聞聲者涌出中云爾時下方菩薩聞釋迦牟尼所說音聲從下發來妙音見光者妙音中云爾時一切淨光莊嚴國中有一菩薩名曰妙音久已植衆德本得諸三昧釋迦牟尼佛光照其身即白淨華宿王智佛言我往娑婆世界等

○三判麤妙中二先判次開初判為二先約教次約味初教中二先正約四教次責偏部以顯妙初文二先三麤次一妙

三明麤妙者若三藏根性眷屬此性下劣昔結此緣緣亦淺小中間以法成熟成熟蓋少若來生佛國作內外眷屬業願通等乃至應來影響三藏佛者皆麤眷屬也通別根性乃至內外雖巧別有異準例可知皆麤眷屬也

三麤中何但所化成麤亦乃能化非妙何

者以機麤故致使化主現爲麤身乃至菩薩現麤眷屬而成熟之且從迹判故皆屬麤

○次此經妙者直引此經當教當部二義俱成故便引之文中自列三妙次文準義初文應云結緣妙次一切下釋前結緣方屬成熟後文内外中間兼得業願通三此經說諸衆生悉是吾子非客作人論其理性無非是子是名理性眷屬妙△次文準義初文應云結緣妙

往昔覆講結緣繫珠二萬億佛教無上道經云若我遇衆生盡教以佛道若衆生無佛性者教以佛道過則屬佛若衆生皆有佛性迷惑不受教過屬衆生

一切有心皆當作佛闡提不斷心猶有反復作佛何難二乘灰滅滅智則心盡灰身則色盡色心俱敗其於五欲無所復堪而能世世遇之盡教佛道此則中間成熟妙

言其於五欲無所復堪者以闍人譬助顯此意以色敗故五根亦敗以心敗故是故二乘菩提種斷

今於法華普得作佛此希有事最上醫王變毒爲藥能治敗種無心成佛此則内外眷屬妙

○次譬如下譬向三文

譬如臨陣爭勳前鋒第一佛說諸教收羅衆生而灰心二乘處處不入於法華忽然得入故涅槃遥指八千聲聞得授記莂如秋收冬藏更無所作若法華不悟佛性涅槃不應遥指若衆生本無佛性往昔結緣不應教以佛

道原始要終佛性義明可以意得
元始謂結緣要終謂得度餘教豈無此事
但教中不説故判爲麤
○次責偏中不破華嚴圓教但判部權而
弘教者不曉故破其經師於中初責次故
知下判麤妙
今問華嚴師頓極之教説一切衆生有佛性
不若其有者二乘何不聞經授記作佛那忽
如聾如瘂若言二乘本有佛性而忽忽取小
如闡本根本根已敗爲可治爲不可治若可
治何故不治若不可治那得復言一切衆生
皆有佛性
初言如闡本根者如止觀第六記
○次判中二先略判
故知華嚴所不能治是方便之説法華能治
是如實之説能治難治此處則妙
○次所謂下歷諸妙獨顯
所謂結緣妙成熟妙業生妙願生妙應生妙
内眷屬妙外眷屬妙能受妙道影響妙事是
故稱妙△次約五味
若將此意約五味者乳教有别圓兩眷屬一
麤一妙酪教但一麤生酥三麤一妙熟酥二
麤一妙法華無麤但妙是名相待明眷屬妙
也
五味可知△次開
又開麤顯妙者諸經明麤眷屬皆不見佛性
今法華定天性審父子非復客作故常不輕
深得此意知一切衆生正因不滅不敢輕慢
於諸過去佛現在若滅後若有聞一句皆得
成佛道即了因不滅低頭舉手皆成佛道即

緣因不滅也一切衆生無不具此三德即是開麤顯妙絶待明眷屬妙也

妙法蓮華經玄義釋籤卷第二十三

音釋

鳱𨾊並古安切　銑蘇典切　欜音箱　閦初六切　䠞同聘

滴丁歷切與滴同　詰契吉切　呰蔣氏切口毀也　頞阿葛切

妙法蓮華經玄義釋籤卷第二十四

隋天台智者大師說

門人灌頂記

唐天台沙門湛然釋

○四明法門中三先分別次判三開初分別中三初列經文

四明法門眷屬者此如普現菩薩問淨名居士父母妻子親戚眷屬吏民知識悉爲是誰奴婢僮僕象馬車乘皆在何所淨名答云方便爲父智度爲母一切衆導師無不由此生法喜爲妻慈悲爲女善心誠實男畢竟空寂舍弟子衆塵勞隨意之所轉道品善知識由是成正覺此法門以爲眷屬

○次若爾下徵起

若爾者法門不同深淺有異

○三若三藏下歷教分別教教通用而義各異若善四教化主各從四種權實智生四教物機聞法生喜各發弘誓誓境不同故令四人慈悲各異初念善心究竟果舍當分自別各不雜亂巳心塵勞隨四智轉四四諦異故道品不同各開三脫四佛正覺若得此意此義自顯無俟委論至別教中別引無量義十住寶性等意若通上下亦應可見

若三藏法門觀眞爲實觀假爲權以此二智滿即名爲佛佛即導師慈悲六道即是女令他善順眞諦名爲男得此法時喜名此爲妻此心中修諸波羅蜜道品等即是善知識也

若通教中法門眷屬者觀諸法如幻如化體達即空爲實分別四門同異爲權於此二智

生解名導師慈愛衆生爲女令生善直心爲男行六度道品爲知識是爲通教中法門眷屬云云若別教法門恒沙眷屬眞俗合爲權智是父中實理爲母無量慈善無量道品諸波羅蜜通達無滯道種智分明觀機識藥即是別教中眷屬故無量義云諸佛法王父經教夫人毋和合出生諸菩薩子十住毗婆沙云般舟三昧父大悲無生毋一切諸如來從此二法生寶性論云大乘信爲子般若以爲毋禪胎大悲爲乳毋諸佛如實子闡提謗大乘障外道横計身中有我障聲聞怖畏生死障支佛背捨利益衆生障菩薩修四法爲對治修信修般若修虚空定首楞嚴定修大悲得清淨法界到彼岸見如來性生如來家是佛子也

既道見如來性生如來家當知用如來爲父也無量法門不可說不可說皆能生佛子云云寶性論云等者以大乘信爲初生子此子即以實智般若爲所懷毋用首楞嚴以爲胎藏既出生已必假大悲將護信心爲所養毋至於初地方得分名如實子也闕父者即以般若實智兼之言四種障菩薩能治者亦可通於三教菩薩首楞之名雖即在大義可通用此定本在別圓教中南岳隨自意等文亦以義通通於通教唯三藏中無此名耳然須分於能治相異言無量法門至皆能生佛子者生佛之子名生佛子又佛即是子佛從法生故佛是子跨節則諸教法門皆從圓生當分則各各自有無量法門生當教佛果

若圓教法門明眷屬自行三諦一諦爲實化他一諦三諦爲權隨情一諦三諦爲權隨智三諦一諦爲實從此不思議生解一心具萬行之善爲男無緣大慈爲女聞佛知見生喜爲妻非淨非垢等中道道品六波羅蜜爲善知識如是等實相圓極法門以爲眷屬初住之中便成正覺能八相化物即是導師前來諸法門既麤生諸導師亦麤今法門眷屬既妙所生導師亦妙也

次圓教中言自行三諦者即權而實故云三一化他三諦者即實而權故云一三不分而分且作此說（次判）

用此意歷五味教者乳教一麤一妙酪教但有一麤生酥有三麤一妙熟酥有二麤一妙法華但有一妙待麤意竟△（三開）

諸經妙者自妙麤者自麤今經非但妙者爲妙亦無復有麤絓是前來諸麤悉皆決了爲一平等大慧妙法門也絕待意竟

絓者結絲也非此中意亦挂也謂但挂諸經也淮南子云飛鳥不動不絓網羅楚辭云心絓而不解今皆開之故云皆悉決了餘文可見

○次觀心眷屬中二先列

五觀心眷屬者即爲六一愛心二見心四則四教也

○次釋釋中二先釋次明事下寄此文後總明功能初文三先釋次判三又決下開初文自六前二文中二釋結△（一愛心）

愛心眷屬者無明爲父癡愛爲毋出生煩惱之子孫以貪著憶想欲得心中法門魔鬼便

入如媚女思想邪媚媚之行人亦爾憶想偏邪邪物得入以鬼力故或生權解或生實解邪解生故鬼導師生起鬼慈善著邪法喜行邪六度道品得邪辯心明口利說諸法門即愛心眷屬也△二見心邪相既利發得四見見心推畫作諸法門心所見處爲實同他爲權心起愛爲女心分別爲男如是心中修六度爲道品是名見心眷屬

釋二如文△次結

何者此之見愛不識巳心苦集妄謂道滅不知字與非字如蟲食木偶得法門之名有名無義豈非愛見耶△四則四教

若能觀心識愛見心皆是因緣生法無常生滅即有四番觀心眷屬如中論偈云因緣生法即空即假即中仍於四觀各明眷屬準前可知

次約教者亦如止觀記兼引楞伽經△次判

判五觀心爲麤麤後一觀心爲妙△三開

又決麤論妙人尚不自識巳愛見心是因緣生何能識因緣心即空即假尚不識空假何能魔界即佛界於見不動修三十七品耶今觀愛即是法性觀見不動修三十七品魔界見界即是佛界於非字中而能知字行於非道通達佛道於一切法無不是妙

此中前後合七眷屬此之七名各有通別別在於七通名眷屬者七皆於佛性自親愛莫不臣順然別名中前一從理次四從事次一從法次一從行於所從中通局不等初一名理俱通後六名局義通是故後

六隨事別受名故何者業生名義亦通上下事唯局凡所言通者從有漏業乃至不可思議業故業是縛義界内界外諸相並縛願生名通後二義復通前業通兼願正是業繫復由願牽是故從勝依願立名事亦局凡通非無願亦從勝立名亦通後事局小聖及以大賢不通於凡次應生名局義通小聖及以大賢或有應來通得名應事局大聖不通小賢次法門者名義乃通通於四教能化所化若師若弟若境若智事局出世不通於迷次觀心者名之與義通世出世前二愛見唯世間故然法門及以業願通應莫不觀心但爲隨事得名既殊故以觀心別置科目又淨名所答正從理觀然亦未得觀心名者以對事立稱觀

道不專故立觀心唯對一境如是等義雖復分別未判未開前諸文中雖逐近略述未若文後總判總開故正釋後復立一門法門及觀在後復更自別開判

明事眷屬伏聽學文字人明法門眷屬伏行教人明觀心眷屬伏觀心坐禪人三種法門並過其聞見云云

○次利益妙中二先釋名次正釋自行功德指前五妙次後四妙已是益他受化得益於茲別立益雖不等同歸法華是故名爲利益妙也

第十功德利益者秖功德利益一而無異若分別者自益名功德益他名利益云云

○次正釋中先開章

此爲四一利益來意二正説中利益三流通

中利益四觀心中利益

○次依章解釋解釋中所以不言序中益者序但預表當益當文無益可論若作表義神通妙中已略辨竟今初明來意中初總標益意次別明益

一利益來意者諸佛所爲未嘗空過

初文言所爲者謂前感應神通說法三妙不空即是利益利益之人即是眷屬

○次釋論下別明中二初引他經得益不同次今經下明今經妙益

釋論云佛入王三昧前放光度前者後放光度後者譬如網魚前獲後獲見光聞法皆不唐捐淨名云法寶普照而雨甘露即身口兩益也華嚴思益並云放光破慳破瞋破癡等具如彼說

初文中所引一論三經並明由佛得王三昧能身口兩益語光指前神通語聞指前說法語身指前感應又語身亦通感應神通前言不空過者若度破獲皆不唐捐通是利益別號引淨名中法寶是現身普照是放光而雨是說法華嚴思益放光等者彼思益經第二網明菩薩放光徧照十方阿僧祇國一切煩惱病苦遇光快樂佛又放六度及一切法光皆悉對治衆生慳等諸蔽及一切感具如彼經及華嚴等

○次此經中二先信解次述成

今經四大弟子領佛開三顯一之益佛言如來復有無量功德汝等說不能盡譬如大雲起於世間譬形益也與雷耀電譬神通益也其雨普等譬說法益也而諸草木各得生長

即是四種眷屬皆沾七益故次明利益妙也

領解文略述成文廣具有前來四妙方有今文利益言不能盡者具如藥草疏中明橫竪不及等此明利益益多故也餘意在文可見

○次明正說益中文自分三先列

二正說利益又爲三先論遠益次論近益三論當文益

○次釋釋中初言遠者此是迹門故且以大通爲遠於中又二先通敘次別釋初文爲四初略述益由次善生下明益相三死之下結示四故文下引證

遠益者即大通佛所十六王子助化宣揚雙擊毒天二鼓

○益相中二先標次始人天下釋相

善生有淺深惑死有奢促

善生通淺深惡滅亦通淺者若依大經破無明位方名殺人其實惡滅具如今文通於初後

始人天善終至大樹淺益也始初心最實終後心最實深益也始破不善終破塵沙奢死也始破無明終亦破無明促死也△三結示

死之奢促是毒鼓之力善生淺深天鼓之力

△四引證

故文云破有法王出現於世隨衆生欲而爲說法即二鼓之文義也

○次別釋中二先結前生後

破有義如前說說法益義今當說

○次列釋列釋中二先七次十初七中先大師次私釋初文二先列

略爲七益一二十五有果報益亦名地上清涼益二三二十五有因華開敷益亦名小草益三眞諦三昧析法益亦名中草益四俗諦三昧五通益亦名上草益五眞諦三昧體法益亦名小樹益六俗諦三昧六通益亦名大樹益七中道王三昧益亦名最實事益

○次御以益反釋眷屬由益成眷屬故也

若二十五有因果益堪爲業生眷屬若眞諦三昧體析益堪爲願生眷屬若俗諦三昧五通六通益堪爲神通眷屬若中道王三昧益堪爲應生眷屬

七益中並以三藏菩薩爲俗諦三昧五通益者以未斷惑故別教出假俗諦三昧六通益者且語斷見思益名爲無漏通望三藏菩薩全是有漏是故且與無漏之名

次私釋

私謂應有四雙八益直是開前合後故言七益若開後合前亦是七益前後俱開即是八益所謂中道次第益中道不次第益若前後俱合則是六益云云

章安云開前者開小草爲因果兩益合後者合中道次第不次第爲一實事益俱開俱合準此可知次第益者即是別中約教道說耳

○次大師開爲十益於前七中亦不開中道次第不次第唯於小草開爲因果又於中草開爲聲聞緣覺二益更加方便實報二益以成十益於中二先結前生後

已略說七益竟今更廣開爲十益

○次正釋釋中二先列

一果益二因益三聲聞益四緣覺益五六度益六通益七別益八圓益九變易益十實報益
○次正釋釋中二初釋次問荅料簡初文二初正釋次若麤妙機下結初中自爲十初果益中二標
果益者即二十五有果報益也
○釋然因果益通二十五有者於果報身得現益相故名果益言因益者謂内心轉修令初果益中三先釋次此清涼下明益由三大經下引經結益
有八大地獄謂阿鼻想黑繩衆合叫喚大叫喚焦熱大焦熱一一各有十六小獄爲眷屬合一百三十六所此正地獄在地下二萬由旬其傍地獄或在地上或在鐵圍山間傍輕正重重者遍歷百三十六中者不遍下者復
減其中衆生常爲熱苦所逼不可具說聞者驚怖四解脫經稱爲火塗初入初出兩時可化其中罪人宿世善根可發關宜而爲聖人赴對應之或蒙光照或注雨滅火或調達婆藪開示說法熱悶甦醒身體清涼獲冥顯兩益諸苦得息八寒冰謂阿波波等亦有百三十六所乃至得冥顯兩益溫煖適身是爲地獄果上得清涼益也畜生者略有三種水陸空陸有三品重者土内不見光明中者山林輕者人所畜養强者伏弱飲血噉肉怖畏百端四解脫經稱爲血塗其中衆生先世善根可發關宜聖人赴對應之得無所畏獲冥顯兩益是爲畜生果上清涼益也餓鬼者或居海渚或在人間山林中或似人形或似獸形

重者飢火節餒不聞漿水之名中者伺求蕩滌膿血糞穢輕者時薄一飽加以刀杖驅逼塞海填河四解脫稱爲刀塗其中衆生先世善根可發關宜聖人赴對應之手出香乳施令飽滿獲冥顯兩益是爲餓鬼果上清涼益也阿脩羅者或居半須彌巖窟或大海邊或大海底與諸天爲憾恒懷怖畏雷鳴謂爲天鼓龍雨變成刀劍此中衆生先世善根可發關宜聖人赴對應之輭言調伏獲冥顯兩益是爲阿脩羅果上清涼益也四天下人雖果報勝劣俱有生老病死同是輕報泥犁其中衆生先世善根可發關宜聖人赴對應之令所離得離所求得求獲冥顯兩益也六欲天者地天別有脩羅鬪戰之難通有五衰死相苦等地獄其中諸天先世善根可發關宜聖人赴對應之令獲冥顯兩益也四禪梵王無想那含等色天雖無下界諸苦而爲色所籠若命盡時不樂入禪風觸吹身唯除眼識餘皆有苦其中諸天先世善根可發關宜聖人赴對應之令獲冥顯兩益也四空諸天雖無欲色界等苦如瘡如癰如癡如箭入體成就細煩惱其中諸天先世善根可發關宜聖人赴對應之令獲冥顯兩益

初文者文中從省四趣自四四人合一六欲合一色界七有同爲一釋四空合一一一文中皆云其中衆生乃至冥顯兩益者語略意周具如感應妙中明感應相及同異中三十六句一界十界并相對中苦樂關宜二十五有及別圓等且語現益以對先世據理則通現在未來具如前文十界

中説不可盡具思之可及説不可併張例不可全闕一一皆出其苦相爲機次闕宜等可知初地獄中言八大地獄者八熱地獄地獄者梵云泥黎此云苦具言地獄者從處爲名八中各有十六小獄以爲眷屬則八箇十六成一百二十八并根本八合成一百三十六獄故俱舍云此下過二萬無間深廣同上七捺落迦八增皆十六謂煻煨糞屎鋒刃烈河增各住彼四方無間四門既各有四上七亦然八寒者且準他文云百三十六若準列八文一頞部陀此云皰謂寒風逼身生皰二剌部陀此云皰裂三頞哳吒四嚯嚯婆五唬唬婆此並從聲爲名也六嗢鉢羅此云青蓮華七鉢特摩此云紅蓮華八摩訶鉢特摩此云大紅蓮華此並隨身色爲名也並在前所説地獄傍本處在下支派不定或近山河江海地下空及餘處鬼本處在琰摩王界故此洲下過五百由旬有琰摩界縱廣量亦爾從此展轉以居餘處或有端正受諸快樂猶如天中尚有醜陋今文稍略地獄諸相廣如觀佛三昧正法念阿含婆沙俱舍論等水陸空者此三是畜生所依處也大論又有三類攝畜生盡謂晝行夜行晝夜行五衰相者一者頭上華萎二者腋下汗出三者項中光滅四者兩目數瞬五者不樂本座如瘡等八聖種者具如止觀第八記

△次明蓋由

此清涼蓋合而言之蓋由凡聖慈善根力別而言之本由菩薩初觀二十五有所防之惡

而起於悲觀二十五能防之善而起於慈以此慈悲熏王三昧不捨衆生赴對闕宜令得利益△三引經結益

大經明二十五三昧破二十五有者十番之一意略如此也

餘由證二文可見

○因益中二先與果益對辦難易同異次正釋

二番二十五有修因益者夫自他因果各隨義便互舉一邊說之則易前果報益處所時節不同不得一身備論諸益從多人多處易顯若明因益一人之心起無量業其義易顯故約一人明二十五有因益也

初文者一果辦多果則難一心辦多因則易故於一人心中可辨二十五有因益之相以王三昧力而應之也

○正釋又三初正釋次合而下明益由三大經下結初文又二先正釋次如是等下結初又二初總釋次若無下別釋

云何因益四因壞益二十一因成益或一因壞益一因成益二十三亦成亦壞益

四因壞益者四趣因也二十一因成益者四趣已上至非想也此語先持五戒頓離四趣因者是也一因成者非想也此一無壞故也一因壞者此一唯壞無成此中明益不可更云成此一故也此語先破地獄因說中間漸離故迭有成壞意亦可知若成就地獄及壞非想非此中意六天因果前三具如正法念等三界因果具如俱舍婆沙

○次別釋中亦四趣四人各辦六欲色空合明初四趣壞中二先釋次此名下結益初又二先地獄中二先正明惡有

若無戒自制縱其身口作四趣業名地獄人若捨惡持戒名見天人但禁戒嚴峻遇緣動退則惡業還興或四重五逆焚毀塔寺此心生時惡起戒沒是業熟成必墮惡道

○欲離下立機緣中二初直明

欲離此心成就戒善此有可發關宜之機感無垢三昧赴對應之惡心豁破地獄因息得冥顯兩益云今人雖入道場懺悔惡心不轉則惡業不壞惡業不壞得繩不斷罪不得滅也

二明得繩者具如止觀第七記

○次餘三趣因相略如止觀十心中於中又二先正明有相次欲離下辨機緣初文自三

若慳貪諂媚邀射名聞內無實德欲人稱美此惡起戒伏墮於鬼中若無慚愧負債不還無恭敬心憍慢瞋忿貪婪饕餮此惡起戒伏墮畜生道若嫉賢妬能爲勝他故而修福力蛆毒惡心方便墜陷驚怖於他是惡起戒伏墮阿脩羅業

○次機緣

欲離此三惡心成就戒善善有可發關宜之機聖用赴對應之惡心豁破戒善完具

如文△次結益

此名四趣因壞人天因成獲冥顯兩益此約人道修因作此釋耳若約諸趣欲出地獄入畜欲出畜入鬼欲出鬼入脩羅欲出脩羅入

人道皆傳傳有因因成業轉此例可知云云
○次辨二十一因者又二謂人天各先辨相次機感初文先四人中二先正釋因相次明機感初又三先總標人因
若堅持五戒兼行仁義孝順父母信敬慚愧即是人業
○次列
人業有四品上中下下下
○三判
若就果報閻浮提爲下下若就人道鬱單越爲下下△次明機感
或時善心歘末惡念唯強善有可成惡有可滅關宜之機聖用赴對應之四惡趣壞四品善成獲冥顯兩益云云
此中但是略論機應正文在下二十一有一時總明
○次六欲亦三先總辨因
若修持十善任運無間善心成熟即天業
○次故云下與四趣四人對辨同異
故云純惡心無善念間者即惡道業果時純苦故善惡相間起即人業人中果報苦樂相間故十善任運成是天業天中果報自然故
○三若修下別明因相六文不同
若修十善兼起護法心即四天王業若修十善兼慈化人是三十三天業若修十善其心細妙任運成熟行住坐卧不惱衆生善巧純續是燄摩業若修十善兼修禪定攝心麤住細住者是兜率業欲界定是化樂業未到定破事障是他化業
此中乃至下四禪四空不別明機感總在

無色文後一時通明

○次四禪中四禪自爲四有於中初禪加梵王四禪加無想故略釋所加仍不明五聖但是文略

四禪是色界業兼於慈悲喜捨心數法中得定是梵王業滅心修無心定是無想業

○次問答引舊等

問無想是邪見天云何爲機感答大集云菩薩調伏衆生多種或邪或正行於非道通達佛道云云若舊云聖人以兩片無漏夾熏一片有漏練成無漏今言九次第定熏修有漏成無漏是那含業

可知

○次四空文略

四空定是無色界業

○次結又二初正結

如是等二十一有患自地之苦麤欲修出要所求不得所捨不離爾時即名可發關宜之機感二十一三昧慈悲之力破其修因令所離得去所求得成拔苦與樂冥顯兩益

○次引證

此如經文云小草小根小莖小枝小葉而得生長是此益也

○次合而下正明益由

合而言之蓋由凡聖慈善根力別而言之本由菩薩初持二百五十戒修根本等禪於一一能防善法之中皆起慈悲慈悲本誓熏王三昧不捨衆生赴對關宜各得利益△三結

大經云二十五三昧破二十五有者十番之二意略如此云云

結文可知

○三聲聞益中二先明修因意次若持戒下正釋

三番聲聞利益者若人猒患生死以死受生以生歸死勞累精神輪轉無際貪欲自蔽犛牛愛尾不得解脫故言若人遭苦猒老病死爲說涅槃盡諸苦際既猒心内決志求出離爲是事故修聲聞道

初中言犛牛者由愛尾故人貪其尾乃害其身說文云西夷長尾牛也有作貓字是人間捕鼠者非此中義又有作猫字未知所從正應作犛字

○次正釋中亦三先正釋次益由三大經下結益初又二先釋次結位初又二先明破見次明破思初又二先釋次是爲下結

初又二初明所修之法

若持戒時愛見羅刹毀損浮囊令戒不淨戒不淨故三昧不現前既無戒定無漏不發是故一心修戒定慧有可發闢宜之機感無垢等四三昧力加之令四趣業不起使戒清淨通伏愛見以爲機緣初明出家修戒在五停心前

○次若均下行相又三初五停心位

若均修定慧慧若有定慧不狂定若有慧定不愚名之爲賢

○次賢名下四善根位

賢名隣聖修此定慧一心精進如救頭然願樂禪慧如渴思飲而爲二十一有漏業之所擾亂若得諸三昧力加之定發觀明四善根成就伏道純熟

言如救頭然者如止觀第七記
○三一刹那下初果位
一刹那轉即便發眞成須陀洹破二十五有
見諦煩惱八十八使
文相並略但列大位耳細相不論
是爲二十五三昧通加令斷見諦惑而復兼
除四思故云第十六心即入修道是其義也
○次修道中二謂超果及次第也
次入修道若是超人一時用十三昧力加之
破五下分思惟惑
若鈍人隨其分分斷思惑則分分用三昧加
之盡三界惑究竟眞諦三昧益也
○次結位及由結
此中草利益
合而言之蓋由凡聖慈善根力别而言之由

本慈悲初觀十法界中析空滅色之善因起
弘誓熏王三昧不捨衆生致有中草利益
大經明二十五三昧破二十五有者十番之
三意略如此
可知此中節節有機感相尋之可見以明
賢位及明見道修道等處處須加故爾
○次明支佛又三先略明行相次此人下
略明機應三結位與聲聞共爲中草故云
猶也
四番緣覺利益者若人宿善深利在無佛世
猒患生死樂獨善寂觀深因緣文云曾供養
佛志求勝法爲説緣覺
此人大福可發關宜聖人赴對應之使其華
飛釗動獲冥顯兩益悟支佛道
次言華飛釗動者論云有國王觀華飛葉

動得辟支佛釧動者禪經云有國王令宮女摩身爲鐶釧鬧令漸漸減釧乃至唯一則不復聲因思此聲從因縁生悟辟支佛亦如獼猴見支佛坐禪後於餘處見諸外道種種苦行乃教外道跏趺而坐手捻其口合其眼諸外道歎云必有勝法外道受教皆證支佛△二結位

此猶屬中草利益也

○五六度中二先釋次由文闕引大經結初文又二先釋次結位初釋中四先總次若行下別明行相三六蔽下指教四以伏下功能

五番六度菩薩觀於四諦行六度行

若行檀時人從乞頭索眼國城妻子心或轉動檀度不成自知是惡欲成檀善可發關宜之機蒙三昧力伏其慳蔽是破餓鬼有蔽心旣去歡喜布施如飲甘露知有爲法危脆無常是蒙心樂三昧冥顯之益也尸羅若成是伏毀戒蔽破地獄有是無垢三昧益也忍成伏瞋蔽破畜生有不退三昧益也禪成是伏亂蔽破人有是四三昧益也精進成伏懈怠蔽破脩羅有歡喜三昧益也慧成伏愚癡蔽破天有十七三昧益也

初二如文破人言四者謂如幻等四破天言十七三昧者二十五有除四人四趣猶有十七謂欲界六色界七謂四禪無想梵王五含無色四△三指教

六蔽是六道業具出菩薩戒本

三明六度對破六道出地持菩薩戒本△四功能

以伏六道業故不爲諸蔽所惱得五神通遊於六道成六度行△次結位

此即上草益也△次由

通應如前別而論之由本觀十法界事中善惡而起弘誓熏王三昧不捨衆生云云

○六通教益中亦但釋由釋中三先總標三乘次釋次結

六番通人益者此是三乘共學人也

初如文

○次文二先二乘次菩薩初文二先破見次破思

若乾慧地性地八人見地即是用二十五三昧益從薄地去至十地用二十一三昧加破思惑

如文△次菩薩

又侵除無知△三結位

是名小樹益也△次由

總別慈悲例前可知云云

言總別慈悲者例如前文前文云合而言之即是總也別而言之即是別也亦是通別通以慈悲用二十五三昧加之別者若令伏見思時用菩薩本初自伏見思中慈悲弘誓熏之若令入空則用菩薩本初修空時慈悲弘誓加之假中準此思之可知

○七別人亦先釋次由釋中二先總次別

七番別人益者此是次第心中繫緣法界一念法界

總中言一念等者但期心在果耳如前廣釋

入十住得眞諦三昧益入十行十迴向得俗

諦三昧益入十地得中諦三昧益此即大樹之益△次由

總別慈悲例前云云

○八明圓人中二先明總別次明機緣初又二先總次別

八番圓人益者此是修三諦一實之理一念法界繫緣法界

總中亦言一念繫緣等當知二名二義同異永別

若歷緣對境舉足下足無非道場其心念念與諸波羅蜜相應修四三昧觀十種境

次若歷下別中言十種境者陰入等十境也△次明機緣

可發關宜聖人赴對應之豁然開悟或似或眞得冥顯兩益此是圓用二十五三昧圓加破二十五有顯出我性得究竟實事之益也蒙加益等可知

○九變易者在方便土於中爲五初辨人類次故下文下引證三是人下辨利鈍四是爲下明益相五若分別下辨土體一異

九番變易益者此是方便有餘土人益也前八番中凡有四處或九處謂聲聞緣覺通教菩薩別教三十心圓教似解止破見思未除無明無明潤無漏受方便生

初文云前八番中四處或九處者四處謂四教中各有斷通惑者生於彼界言九處者三藏二人通教三人別教三人謂住行向圓教一人謂淨六根

○次引證中引四文也

故下文云我於餘國作佛更有異名而於彼

土求佛智慧得聞是經即是彼土入一乘也勝鬘云三人生變易土謂大力羅漢辟支佛菩薩等楞伽云三種意生身者一安樂法意生身此欲擬二乘人入涅槃安樂意也二三昧意生身此擬通教出假化物用神通三昧意也三自性意生身此擬別教修中道自性意也通言意者安樂作空意三昧作假意自性作中意別圓似解猶未發眞皆名作意故論云是時過意地住在智業中若發眞可是智業未發眞猶在意地

此經可見勝鬘當知菩薩義兼三教楞伽三人義當四人俱生彼土大論文反舉眞以釋似△三辨利鈍

是人生彼析法者鈍體法者利別人已習假又小利圓人先即中最利既有利鈍之殊於彼修學即有次第不次第兩益又是次第不次第用二十五三昧兩應也△四明益相

是爲九人生方便國始於彼土見諸有我性得最實益

○五明土一異者隨機所見二義常存若分別而言謂方便土在三界外若即事而眞不必在遠下文云若能深心信解則爲見佛常在耆闍崛山共大菩薩聲聞衆僧圍遶說法即方便土意也

○第十實報益中三先總舉人類次但無明下明益相三若分別下正辨土體一異

十番實報土益者即實報土人益也八番中有兩人生方便土又二人悉破無明見實相者方得生彼

初言八番之中兩人者別教地前圓教住

前在同居土得入此位進斷無明生實報土方便土又二人者是前四人中後之二人也此之二人先已入於斷見思惑及無知位生方便土於彼土中進斷無明亦生實報

但無明重數甚多雖三賢十聖住於實報報未盡猶有殘惑更用王三昧四十一番益之至於妙覺竪窮橫遍不生不滅不生不滅者無明永盡智慧圓足故言不生不滅又機感滿足利益究竟故言不生不滅

次文言三賢十聖住果報者名雖似別義必依圓以別證道同圓教故即是兩處十地合說△三正辨土體一異

若分別爲言謂實報在方便之外若即事而眞此亦不遠文云觀見娑婆瑠璃爲地坦然平正諸臺樓觀衆寶所成純諸菩薩咸處其中即實報土意也

○次結中三初若麤下總結文旨

若麤妙機若別圓應若淨穢土若淺深益不出十番包括法界利益略周大意可見不俟繁文

○次是爲下結益由

是爲大通佛所毒鼓損生聞有遠近死有奢促天鼓增道聞有遠近

○三故令下結正益人

故令益有深淺致有業通願應諸眷屬利益也△次問答料簡

問初番已破二十五有得益竟則無有可破更無益可論何須至十番耶答初破二十五果報苦獲果報益次破二十五因苦獲修因

葢次破二十五有見思苦得真三昧葢次破二十五空令出二十五有假得俗三昧葢次破二十五有有空二邊顯於中道王三昧葢次破方便有餘土出二十五假得俗王兩三昧葢次破實報土但深顯王三昧葢三諦未了了者葢意不息故有十番其義如是

次料簡中初問答者二十五有其名雖徧一一有上惑有淺深是故重重用二十五

故大經云二十五有有我不耶

問三諦獨在極地亦得通凡答如大品云衆生色受想行識又云無等等色受想行識仁王云法性色法性受想行識大經云因滅是色獲得常色受想行識亦復如是是則從凡至聖皆悉是有即俗諦也淨名云衆生如彌勒如賢聖如一如無二如大品云色空受想行識空若有一法過涅槃者亦如幻如化此則凡聖皆空即真諦也大經云二十五有有我不耶答言有我我即佛性佛性即中道因緣生法一色一香無不中道此則從凡至聖悉皆是中道第一義諦

次問三諦在極亦通凡者由前答云破實報土顯王三昧三諦了了既云破實報土狀當三諦唯在於佛是故更問亦通凡不答中意者三諦名理實無深淺由證不證故分凡聖初云五陰即是俗諦陰既至佛當知俗諦亦通至佛言無等等者如前第二卷記爲顯後地云破實報耳妙境觀法實通凡聖此中亦是寄文分別令易解故作三諦相其一一諦無非究竟若不爾者如何五陰而至於佛

○後問答中二初簡二文

問遠論利益經語遠多第一云從久遠劫來

讃示涅槃道生死苦永盡我常如是説第二

云我昔於二萬億佛所教無上道第三云宿

世因緣吾今當説定據何文耶答第一文直

云從久遠劫來久遠之言信實杳漫而未顯

本地或據中間第二直云昔曾二萬億佛所

未判劫數久近難明將後文準望似如近近

○次取後文於中又四先示遠相次從是

下明遠益由三彼之下明益相四斯等下

結前生後

今論遠益取第三文以三千界墨東過千界

乃下一點點與不點盡抹爲塵一塵一劫復

過是數無量無邊百千萬億阿僧祇劫用此

明文望二萬億佛所始爲昨日

從是已來爲結大乘之首彼佛八千劫説經

十六王子八萬四千劫覆講

初二如文

○三益相中二初明已入實益次于時下

明未入實者初文又二初正明次引證初

又二初得入自滿

彼之經論文廣時深于時聽衆或可當座已

悟或可中間化得或可近來化得咸至寶所

受法性身爲應生眷屬

○次益他

内祕外現共熟衆生而作佛事

○次引證中成道證自法輪證他

淨名曰雖成道轉法輪而行菩薩道是此意

也

○次文若爲未入者復須成熟又爲五初

標忘不忘二人不同
于時聽衆未得眞實益若相似益隔生不忘
名字觀行益隔生則忘或有不忘
○次忘者下明忘者須熟
忘者若值善知識宿善還生若值惡友則失
本心是故中間種種塗熨
○三或多以下明成熟不同
或多以大乘熟或多以小乘熟
○四生方便下明入實之處
生方便者雖說種種道其實爲一乘亦復皆
令得至寶所受法性身而於彼國被第九番
十番眞實利益
○五如千下示入實之人
如千世界微塵菩薩即其流也△四結前生後
斯等已究竟於前名久遠利益其中衆生于

今有住聲聞地者更近論利益如後說云云
故知前明四種結緣四種成熟處處得益
成內外眷屬及感應中過去感應并境妙
中明二諦意尚取本行菩薩道時而爲華
臺而作方便已入華臺者自是一邊即是
其事今但大通已後若於此土若方便實
報已入實者即是今文遠益之相其未入
者故生後文近益之相

妙法蓮華經玄義釋籤卷第二十四

音釋

捍侯肝切衛捍也 婪盧含切貪也 饕餮饕土刀切貪財也餮他結切貪食也
犛音茅長髦牛也 絓胡怪切 萎於危切蔫也 瞬舒閏切目動也
煻煨煻徒郎切煨烏回切煻煨灰火也 炮並教切 哳咤哳陟轄切咤陟駕切
嚯正許略切今相承音霍 唬正呼交古獲二切今相承音虎

妙法蓮華經玄義釋籤卷第二十五

隋天台智者大師說

門人灌頂記

唐天台沙門湛然釋

○次近益中二先正釋次料簡初正釋中二先釋次始從下結初又二先釋次近從下明益不同初又二初約教次約味初約教又二初釋次復次下判初文又二初總明諸教益相次別明十益初文又二初通標一期深淺

二近利益者起於寂滅道場始成正覺即轉法輪擊於毒鼓天鼓利益衆生齊至法華已前益亦淺深死亦奢促

○次何者下釋

何者教本逗緣緣略爲四教亦有四教主亦四皆稱法王具王三昧自破二十五有七益衆生例如前說

所以然者始自寂場終至法華雖復差別來至法華終歸實事並是示爲四教教主調熟之力功在於斯雖遠近有殊七益之相不異於遠故云如前

○又大小去別明十益中二先約諸教辨因果二益次別對諸教以明八益初因果二先釋次結初文二先引他經明因果益又大小乘經明佛入王三昧放光說法善惡諸趣果苦得益者如阿含中說見佛光明蒙佛手觸六道苦患悉得除愈又大品云放光照地獄衆生苦惱即除生齊第六天苦除是果益生天是因益大品稱爲華葉之益也

○次又佛下此經明果益

又佛放光幽闇之處皆大明各作是念此中云何忽生衆生此亦是果益久居黒暗而今大明故屬果益

○次結

此因果益四教主佛通能此益大小乘中皆照六道故云通也

○次別論下以聲聞去別對諸教故云別也。別論下即第二科別對諸教以明八益言八益者從第三聲聞至第十實報

別論益者則是淺深不同謂聲聞斷正緣覺侵習同名中草菩薩伏惑兼度衆生故經云求世尊處我當作佛行精進定是名上草益蓋三藏教主慈善根力利益之相也經云若諸菩薩智慧堅固了達三界求最上乘即三人同觀無生非但有前析智之益別有巧度即是體眞是爲小樹增長益蓋通教主利益之相經云復有住禪得神通力聞諸法空心大歡喜住禪者住九種大禪心大歡喜者登歡喜地度無數億百千衆生是名大樹增長非但有前因果析體之益而別有分別道種智乃至一切種智益蓋別教主利益之相經云今當爲汝說最實事不啻如前之益乃有即破無明顯出佛性究竟實益蓋圓教主利益之相厶次判

復次前三教益劣不兼勝勝則兼劣可解云云

次判云勝則兼劣者勝謂圓教既未說開但云兼耳

○次五味中二先列次判

又歷五味者乳教但因果大樹實事四益而不明三草一木以大乘經不入二乘人手如

聾如瘂故略教但有三草等四益生酥備有七益熟酥無析法三草而有體法等七益醍醐但有實事益

初文中云熟酥而有體法等七益者等別圓諸教通途皆有因果兩益雖無三藏中三草自有通中二乘爲中草乾慧性地爲上草八人已去爲小樹入地已去入別教道及別教本人爲大樹被接見中及圓教本人爲實事若方等七益依前所列不同此例

○次前諸下判

前諸益皆麤今益則妙可知△次明益不同

近從寂滅訖至法華爲生身菩薩但得八番之益不得第九第十益也又有得義者即是菩薩從法性身來入分段作願通應生等眷屬進破無明斷除殘品即得明第九第十番益也△次結

始從寂滅終至法華略言十益也△次料簡

問法身菩薩聞應身佛說法應身中益亦令法身得益耶答譬如磨鏡鏡轉明色像亦明

次雜料簡中初問中云應身益亦令法身益者法身菩薩起應輔於應身佛化聞法進道亦能令此菩薩法身益耶答意者應身之處即法身應身得益即法益亦如磨鏡爲見像見像之時即鏡明其像彌現鏡彌明故明像體本不二汝問應益法益不如問像現鏡明不爲是義故汝問非也△次問答

又問應身聞法益法身亦益者應身現病法

身亦病耶答此病若實者應病法亦病秖爲應病非實非實故應身無病法身亦無病次問者法身平等本無應垂應之時名病行應身得益即法益方丈現病法應病答意者秖爲法身本無病能現病行利衆生利生現病非實病故知法應俱無病○次從又下更作一番化功歸已釋又若應身現病少當知法身益亦少若能應身現病廣法身益亦廣也

利物若少病則少應迹若多名病多機多應多功即多法身得益理應多○次從今作下復有兩箇四句七箇二句而爲料簡初兩箇四句並約十番之中因果二益以料簡故不相及令作諸句料簡自有果益因不益因益果不益俱益俱不益此即現事可解

或有一人得果益或有一人得因益或有一人二俱益或有一人俱無益○次四句者自有壞益下列也自有壞益成益亦壞亦成益不壞不成益○不成不壞至亦成亦壞更作四句釋前所列

不壞不成益是清涼益四趣因是壞益非想因是成益中間是亦成亦壞益云云

不成不壞釋第四句四趣因益釋前初句非想成益釋第二句中間已去釋第三句如修五戒生於人中四趣之因一時俱壞餘句可見△七箇二句

自有因益即果益果益即因益此變易因移果易意也自有因益非增道果益非損生得

是因果益不得是因果益分段報因果也自有因益是增道果益是損生不得是因果益得是因果益習因習果也自有真益非俗益二乘也俗益非真益六度菩薩也自有先俗益後真益六度菩薩也自有先真益後俗益通菩薩也自有真俗益非中益中益非真俗益別也自有真益即俗益亦即中道益圓也得是分段因果益不得是變易因果益不得是分段因果益得是遠爲實報土家因果益

○前之七益望於法華有麤有妙約教約味皆悉不同故知遠近兩益但成判於麤妙來至今經同成一妙方始是開於中文二初標次雖復下釋

三當文利益就今經備有七益

初標中云今經備有七益者前八番益中合因果益爲一小草益故但七益本謂三草二木及一實事各不相關即他經七益今開權顯實更無異趣此即三草二木同一實相地之所生等一佛乘雨之所潤仍舊爲名名爲七益是則七人同成一實又於一實亦可義立七益之名爲今經七益故云本是地上清涼益今則進發大乘解心明淨等

○次釋中二先總開次諸經下別開

雖復差別即無差別譬如芽莖枝葉生長不同而是一地所生七益誠復淺深無非實相故言差別無差別也

初文者故彼藥草疏中一一文義皆云差即無差無差即差今亦如是草木即一實

一實即草木
○次別開中二先正開次借益相以判眷屬初文又二初略開故云無差妙益
諸經差別麤益同入此經無差妙益
○次更借待妙對絕以辨又三初雙標或進入諸妙益或按位成妙益
○次釋
進入益者本是地上清涼今則進發大乘解心明淨或進觀行妙相似分真中本是人天因益今進入相似分真本是小乘學無學益今進破無明分真妙益譬如迴聲入角轉小爲大也通別進益例此可知按位益者本是麤果地上清涼即成理妙之益按於麤因之益即是觀行妙益按麤學無學益即是相似妙益開麤即妙不須進入通別例此可知
○三進入即是下結判進入妙益即是待麤益明妙益按位益即是絕待妙益云云
○次判眷屬中二先判眷屬次約妙諸麤益判眷屬者果因二益堪爲業生眷屬中上二草小樹等堪爲願通眷屬大樹見性已去皆應生眷屬攝云云
初如文
進入按位者理妙假名觀行妙堪爲業生眷屬相似妙堪爲願通眷屬分真堪爲應生眷屬是名此經利益之相也云云
次文者但進入之相捨麤入妙又捨下位進入高位義當相待不進不妙義當於待其實並與絕待不與無差即差六益宛然差即無差秖是一實是故此經不捨六名

而成一實然前所明若遠若近不出當文但約文中騰昔說者名爲遠近三周開廢名爲當文當知今經所譚異昔況復開顯永異餘經故遠近當文實相無别故前文云今所入者與本入者不異

○次明流通益中標列釋

三明流通利益者爲三

一出師二出法三出益

○釋中初明出師中二例不同謂法身生身及凡夫師

弘經行人具通凡聖若法身菩薩誓願莊嚴令此土他土下土上土得權實七益九益十益化功歸已還資法身增道損生也

初法身弘經者法身從上土來上謂實報等故能上土益物妙音觀音普賢文殊即其人也實報七益如七方便同成一實他土具七亦能令他具足十益

生身菩薩亦能此土他土弘經令他得權實七益化功歸已增道損生而不能上土利益也

生身菩薩亦能此土他土者神通但能往於他方而未能入方便有餘令他得於權實等益既許用權以助於實故知能於他土得前六益名爲權益得一實益名爲實益始於此土得無生忍是故未能於上二土弘經益也雖則自能增道損生未能起應但能此土及以神通往於他土尚未能入方便有餘故云不能上土利益

凡夫之師亦能此土弘經令他得權實七益化功歸已增益品位故無量義云有病導師

在於此岸而成就船筏渡人彼岸即其義也問凡夫但能爲凡夫弘經使凡夫得益亦能令聖人得益耶答聖有二種一小乘聖二大乘聖如經云若有實得阿羅漢生滅度想若遇餘佛便得決了南岳師云初依名餘佛無明未破名之爲餘能知如來祕密之藏深覺圓理名之爲佛佛滅後實得羅漢者於權實未了若遇初依即能決了成相似益或進入分眞益此文往證凡夫之師得爲小乘聖人弘經得益也經云六根清淨人說法十方諸佛皆樂見之皆向其處說法一切天龍聞其所說皆大歡喜此亦是凡夫師爲大聖說法之明文也

凡夫師者通取五品及以六根淨故今下答問文中引六根文證內凡位名爲凡師

○次出法者法謂方法亦曰法相弘經方法爲唯用實亦許用權爲顯此意故云出法又爲二初正釋次今時下破立初文又三初明雙用次明唯實三又云下釋疑初文二先釋次此則下結初又二先正釋以三助一次但菩薩下明助意

二出法者通經方法明出聖言文云若衆生不信受者當於餘深法中示教利喜餘者帶方便也深者明中道也帶方便明中道者即別教也若但方便不明中道即通藏等教也經文許用別助圓而例推亦應用通助圓又文云更以異方便助顯第一義豈隔藏通耶

初文云經文許用別助圓者經云若不信此法於餘深法中示教利喜者有深復餘者即別教法也入地名深地前名餘

但菩薩已得實慧亦得權意不以實濫權亦不謂權是實但為弘實而眾生不信須為實施權以淺助深無虛妄也△次結此則雙用權實而弘經也△次明唯實安樂行云若有難問不以小乘法答但以大乘而為解說令得一切種智此則但令用實弘經也△三釋疑

○次破立中二先破

又云隨宜為說此亦不隔於權也今時人弘法或一向用大或一向用小皆不得佛意

○次善弘下立

善弘經者用與適時口雖說權而內心不違實法但使眾生得權實七益於弘經暢矣

正出弘經之相

○次明益中凡言弘經之相益在滅後流通相也於中為四初出法次出人三正出益四舉況初文二先明正宗中亦有流通之益次展轉去正明流通益

三出益者然流通利益不待第三流通段方明利益秖正說文中已指未來弘經之利譬喻品後授記品末法師品中皆明弘經功德利益能於如來滅後聞一句偈者亦與受三菩提記況弘宣者竊為一人說者功德尚多況處眾廣說者

初中云譬喻品後等者品末文云鈍根小智等不得為說若有利根智慧明了等乃可為說廣如經文授記品末者四大聲聞得授記已於他方土作佛弘經餘如文法師品中者入室著衣坐座爾乃應為四眾

說法法師品文若作三段仍屬正說若分本迹即在流通流通正在六七二卷文相可知

展轉至第五十人隨喜功德尚非二乘境界況最初會中聞隨喜者常不輕流通一句尚得六根清淨況具足流通者△次出人

初品弟子弘經功德無量億劫行五波羅蜜不得爲喻況第五品十方虛空寧有邊表五品弘經尚叵窮盡皆云入如來室著如來衣坐如來座如來之法皆非數量況八萬大士千界微塵菩薩而當可說耶而當可知耶唯除如來無能盡知者也

次初品去約人展轉以下況上八萬大士者如法師品中千界塵數者如神力品中指地涌菩薩是也

○三明益中即是末代流通之益初明七益次明穿鑿助顯七益

凡師弘經令凡七益經云此經是閻浮提人病之良藥若聞是經不老不死者於老死中識老死實相老死是果報法識實相即得清涼理妙益也亦果報益也能持此經故生安樂土處蓮華中不爲貪欲所惱亦是離十惱亂是善行菩薩道亦名名字益亦是觀行妙益亦是修因妙得陀羅尼能旋假入空即是下中上藥草等益亦是小樹益得百千旋陀羅尼即大樹益得法音方便陀羅尼是相似實益若有須臾聞即得究竟三菩提即是眞實益

初文言不老等者秖是達老死實相言旋假入空即三草等益者五品爲小草七信

爲中草上草亦在五品位中以同三藏未斷惑故入信已上爲小樹十信伏無明爲大樹初住已上即實事益雖分七益位必在圓

復次如人穿鑿高原見乾土是下中上藥草益見泥是小樹大樹益得水是最實益△四舉況

後五百歲尚獲此益況復今時弘經利他寧無七益耶

○第四明觀心利益中二先正明觀心次夫一向下破性過初又三先明觀境次若能下勸須起觀三淨心下正明起觀

第四觀心者小乘明心起未動身口不名爲業大乘明剎那造罪殃墜無間無間是大苦報處剎那促起業處促心暫起重業已成況九法界而不具足

初文者凡一切重罪皆由剎那故剎那若起已含因果故大乘觀之已成重因舉輕責重令勿起剎那

若能淨心諸業即淨

次如文

○正起觀中二初正明觀相

淨心觀者謂觀諸心悉是因緣生法即空即假即中一心三觀

○次以是下結益

以是觀故知心非心心但有名知法非法法無有我知名無名即是我等知法無法即涅槃等此解起時於我我所如雲如幻即是地上清涼益信敬慚愧諸善心生於空假中意而有勇即是因益念念與即空相應是中上

草小樹等益念念與即假相應是大樹益念念與即中相應是最實事益於一念益心七種分別云云

所以須明觀心益者然上來得益由於現身口輪說法令他得於近遠當文七益十益然益實由觀法恐尋者不達文旨若遠若近已謝於往正說流通自屬於他若不自觀已心徒數他寶

○次破性中二初立性計

夫一向無生觀人但信心益不信外佛威加益此墮自性癡又一向信外佛加不內心求益此墮他性癡共癡無因癡亦可解

○次自性下破破文二先破自次三句例

初破自中四初立事破

自性癡人眼見世間牽重不前者傍力助進云何不信罪垢重者佛威建立令觀慧得益耶

○次又汝從下立道理破

又汝從何處得是無生內觀耶從師耶從經耶從自悟耶師與經即是汝之外緣若自悟者必被冥加汝不知恩如樹木不識日月風雨等恩

○三又三事下約法相破

又三事汝不知外加一不信教二不自行求外加三不教人直是汝之不信非無外益也

○四引證

經曰非內非外而內而外而內故諸佛解脫於心中求而外故諸佛護念云何不信外益耶云云

○次三句例中二先例

他共無因癡倒可解

○次即假下結成

即假故無自性即空故無他性即中故無共性雙照故無無因性云云

可解

○五明權實者大文第五第二卷初大爲五文釋此十妙一列名二生起三引證四廣釋今當第五結前十妙以成權實於中爲二初破古次正釋初文又二先出古人意次破

第五結成權實者光宅云照三三之境爲權照四一之境爲實今不用此解

初云三三之權者此光宅意以昔三乘但各有三故云三三謂教人因昔三乘權未至於果故闕於果果即是理大小俱有理

大小各有果何故昔三但有於三昔教何辜而不立理

○次破中二先破三三次破四一初文又四初直破

既以大乘果爲大理何不用小乘果爲小理

○次彼下明光宅救

彼救云小果非眞故不以其果爲理

大師既不見光宅應是他人亦曾此破先有斯救故今述之

○三若爾下重難

若爾權教及權行人何嘗是實既立權教行人何不立權理

○四又下重並難

還以彼三三難彼無理

又權若無理俗不應稱諦既言俗諦權不應

止三也

○次從實有四去難光宅四一中但立因果而無於理於中爲三初難

實有四者夫因果是二法云何以二法爲理一耶

○次引證責云云何分別因果爲理一耶

經云觀一切法如實相不行不分別云何分別因果爲理一

○若爾去重難

若爾便無實相則魔所説故不用彼釋

若但因果而不出理則同魔説今家和舊亦作四一乃廢因果以立理一更加行一

是故數同而名義永異

○二正釋中三初約法次約五味三故知下結判初文又二初直就十妙中結

今明照十麤之境爲權照十妙之境爲實十麤者即前九法界三因緣等諸麤諦智乃至麤利益皆稱權也照十妙者即是理妙乃至利益妙妙故爲實

○次復次下約施開相對以結又三初正結

復次爲十妙故開出十麤如爲蓮故華意在於蓮而蓮隱不現於餘深法示教利喜餘法有實而實不顯文云如來方便意趣難解也

又華開蓮現譬開十麤顯十妙則無復十麤唯一大事不可思議境界乃至利益

○次引他同

肇師云始從佛國終法供養皆明不可思議

○三例

今亦例爾既開麤已始終皆妙

又約五味者乳味則有爲十妙明十麤開十麤顯十妙則成一權一實若就四悉檀則有六權二實若約四門則十二權四實也若約三藏一向是權化城楊葉還就三藏約化他爲權就自行爲實約四悉檀三權一實約四門十二權四實若方等既備有四教故三十種權一十種實若約四悉檀十四權二實對四門五十六權八實若約摩訶般若既廢三藏但用三教通别二十種爲權一十種圓爲實若約悉檀十權二實若歷四門四十權八實

次五味中前四如文

○第五味中分二謂法華涅槃

若至法華前來一向皆廢但說一實實中非無方便但是實相方便同稱爲實今約悉檀者未悟之前三權悟即一實若歷四門十二權四實名數一往同三藏而意有天懸而地殊彼教十二權四實一向是權法華一向是實料簡異方等般若云云故云但說無上道示眞實相此之謂也

法華如文

○涅槃中二初與方等辨異

若約涅槃涅槃備釋四教亦是三十權一十實一往似同方等而意迴異彼則二入實二不入實△次正約涅槃

今涅槃四俱入實因中則有三權　實在果則四實而無權

次正約涅槃中初約教中云在果四俱實者四教俱得入實故也

若約四悉檀十四權二實

若約四悉十四權二實者別圓兩教第一義悉皆實故也

歷四門五十六權八實若更約三因門五十六權若果門四實但是實仍其本因故説四耳是則四門入實約果四實十二權法華義齊也

歷四門者別圓兩教中各有十二權四實并前兩教三十二權故有五十六權八實若更約因門五十六權亦如前此中重云因者涅槃中人用前三教爲入實門兼因作名有五十六與前數同名之爲權果門者入實爲果四教四門悉皆入圓同成一實無復有權故云但實仍其四門本因爲名故云四實及別四實入圓四實同成一實意亦同之約果四實十二權者前之三教入實同圓故名爲果就圓四門十六悉檀中自分權實四門有四第一義名爲四實四門名有餘三悉檀三四十二名爲權悉此實中權不復同前三教三悉當知三教三悉即是權中之權三教第一義悉即是權中之實圓教第一義悉即是實中之實

○次總結中二初約教結△三結判

故知諸教雖同有權實權實不同或一向實或一向權或權實相兼皆是稱當機情緣理未融

○次更約教判又四初約四教

今總就教判權實若約三藏通別三教是權圓教爲實又諸教權實未融爲權既融開權顯實爲實

○次獨約一圓用法華待絶以判

今法華是一圓故爲實又開權故爲實

今法華是待又開權是絶

○三獨約圓教以判亦有待絶

若就圓教爲語照前三教三十麤爲權照十妙爲實若就開權圓融爲語決於三十麤皆成妙但稱爲實是故稱妙

○四若取下約悟以判

若取悟理者理即非權非實不見一法空拳誑小兒說權說實是則爲麤理則非權非實是故爲妙也

問前來諸文處處約教約味若判若開文相已廣今此何故復重明耶答此有多意前明諸妙但釋一妙以爲十相故一一文中爲欲明妙先明諸麤開之成妙今廣釋已復更束前非但諸文盡妙亦乃諸妙無殊故更合明秖是權實及開權實又前諸文自行化他但明權實未明權實悉用四悉四悉之内幾權幾實復有諸門諸門之内四悉亦爾故更約五味諸味法門以判四悉幾權幾實是故更此以四悉權實結前諸文若約諸教者但是重結諸權實意一切諸法亡泯不二故更約悟開前十妙權實同成一理心性乃識前來若妙若麤若開若施空拳咸實因兹復立大意顯悟誑小之說咸堪被圓然此迹門譚其因果及以自他使一代教門融通入妙故凡諸義釋皆約四教及以五味意在開教悉入醍醐觀心乃是教行樞機仍且略點寄在諸說或存或没非部正意故縱有施設託

事附法或辨十觀列名而已所明理境智行位法能化所化意在能詮詮中咸妙爲辨詮内始末自他故具演十妙搜括一化出世大意罄無不盡故不可不了十妙大綱故撮十妙爲觀法大體若解迹妙本妙非遥應知但是離合異耳因果義一自他何殊故下文云本迹雖殊不思議一况體宗用秖是自他因果法故况復教相秖是分别前之四章使前四章與諸文永異若曉斯旨則教有歸一期縱横不出一念三千世間即空假中理境乃至利益咸爾則止觀十乘成今自行因果起教一章成今化他能所則彼此昭著法華行成使功不唐捐所詮可識故更以十門收攝十妙何者爲實施權則不二而二開權顯實則二而不二法既教部咸開成妙故此十門不二爲目一一門下以六即檢之本文已廣引誠證此下但直申一理使一部經旨皎在目前

一者色心不二門　二者内外不二門

三者修性不二門　四者因果不二門

五者染淨不二門　六者依正不二門

七者自他不二門　八者三業不二門

九者權實不二門　十者受潤不二門

是中第一從境妙立名第二第三從智行立名第四從位法立名第五第六第七從感應神通立名第八第九從説法立名第十從眷屬利益立名

一色心不二門者且十如境乃至無諦一一皆有總别二意總在一念别分色心何

者初十如中相唯在色性唯在心體力作縁義兼心色因果唯心報唯約色十二因縁苦業兩兼惑唯在心四諦則三兼色心滅唯在心二諦三諦皆俗具色心真中唯心一實及無準此可見既知別已攝別入總一切諸法無非心性一性無性三千宛然當知心之色心即心名變變名為造造謂體用是則非色非心而色而心唯色唯心良由於此故知但識一念徧見已他生佛他生他佛尚與心同況已心生佛寧乖一念故彼彼境法差而不差

二内外不二門者凡所觀境不出内外外謂託彼依正色心即空假中即空假中妙故心色體絶唯一實性無空假中色心宛然豁同真淨無復衆生七方便異不見國土淨穢差品而帝網依正終自炳然所言内者先了外色心一念無念唯内體三千即空假中是則外法全為心性心性無外攝無不周十方諸佛法界有情性體無殊一切咸徧誰云内外色心已他此即用向色心不二門成

三修性不二門者性德秪是界如一念此内界如三法具足性雖本爾藉智起修由修照性由性發修在性則全修成性起修則全性成修性無所移修常宛爾修又二種順修逆修順謂了性為行逆謂背性成迷迷了二心心雖不二逆順二性性事恒殊可由事不移心則令迷修成了故須一期迷了照性成修見性修心二修俱泯又了順修對性有離有合離謂修性各三合

謂修二性一修二各三共發性三是則修雖具九九秖是三爲對性明修故合修爲二二與一性如水爲波二亦無二亦如波水應知性指三障是故具三修從性成成三法爾達無修性唯一妙乘無所分别法界洞朗此由内外不二門成

四因果不二門者衆生心因既具三軌此因成果名三涅槃因果無殊始終理一若爾因德巳具何不住因但由迷因各自謂實若了迷性實唯住因故久研此因因顯名果秖緣因果理一用此一理爲因理顯無復果名豈可仍存因號因果既泯理性自亡秖由亡智親疎致使迷成厚薄迷厚薄故强分三惑義開六即名智淺深故如夢勤加空名惑絶幻因既滿鏡像果圓空像雖即義同而空虛像實像實故稱理本有空虛故迷轉應成性是則不二而二立因果殊二而不二始終體一若謂因異果因亦非因曉果從因因方克果所以三千在理同名無明三千果成咸稱常樂三千無改無明即明三身並常俱體俱用此以修性不二門成

五染淨不二門者若識無始即法性爲無明故可了今即無明爲法性法性之與無明徧造諸法名之爲染無明之與法性徧應衆緣號之爲淨濁水清水波濕無殊清濁雖即由緣而濁成本有濁雖本有而全體是清以二波理通舉體是用故三千因果俱名緣起迷悟緣起不離刹那刹那性常緣起理一一理之内而分淨穢别則六

穢四淨通則十通淨穢故知刹那染體悉淨三千未顯驗體仍迷故相似位成六根徧照照分十界各具灼然豈六根淨人謂十定十分眞垂迹十界亦然乃由果成等彼百界故須初心而遮而照照故三千恒具遮故法爾空中終日雙亡終日雙照不動此念徧應無方隨感而施淨穢斯泯亡淨穢故以空以中仍由空中轉染爲淨由了染淨空中自亡此以因果不二門成

六依正不二門者已證遮那一體不二良由無始一念三千以三千中生陰二千爲正國土一千屬依依正既居一心一心豈分能所雖無能所依正宛然是則理性名字觀行已有不二正依之相故使自他因果相攝但衆生在理果雖未辦一切莫非遮那妙境然應復了諸佛法體非徧而徧衆生理性非局而局始終不改大小無妨因果理同依正何別故淨穢之土勝劣之身塵身與法身量同塵國與寂光無異是則一一塵刹一切刹一一塵身一切身廣狹勝劣難思議淨穢方所無窮盡若非三千空假中安能成茲自在用如是方知生佛等彼此事理互相收此以染淨不二門成

七自他不二門者隨機利他事乃憑本本謂一性具足自他方至果位自即益他如理性三德三諦三千自行唯在空中利他三千赴物物機無量不出三千能應雖多不出十界界界轉現不出一念土土互生不出寂光衆生由理具三千故能感諸佛

由三千理滿故能應應徧機徧欣赴不差不然豈能如鏡現像鏡有現像之理形有生像之性若一形對不能現像則鏡理有窮形事不通若與鏡隔則容有是理無有形對而不像者若鏡未現像由塵所遮去塵由人磨像現非關磨者以喻觀法大旨可知應知理雖自他具足必藉緣了爲利他功復由緣了與性一合方能稱性施設萬端則不起自性應無方所此由依正不二門成

八三業不二門者於化他門事分三密隨順物理得名不同心輪鑒機二輪設化現身說法未曾毫差在身分於眞應在法分於權實二身若異何故乃云即是法身二說若乖何故乃云皆成佛道若唯法身應無垂世若唯佛道誰施三乘身尚無身說必非說身口平等等彼意輪心色一如不謀而化常冥至極稱物施爲豈非百界一心界界無非三業界尚一念三業豈殊果用無虧因必稱果若信因果方知三密有本百界三業俱空假中故使稱宜徧赴爲果一一應色一一言音無不百界三業具足化復作化斯之謂歟故一念凡心已有理性三密相海一塵報色同在本理毗盧遮那方乃名爲三無差別此以自他不二門成

九權實不二門者平等大慧常鑒法界亦由理性九權一實實復九界權亦復然權實相冥百界一念不可分別任運常然至果乃由契本一理非權非實而權而實此

即如前心輪自在致令身口赴權實機三業一念無乖權實不動而施豈應隔異對說即以權實立稱在身即以真應爲名三業理同權實冥合此以三業不二門成

十受潤不二門者物理本來性具權實無始熏習或實或權權實由熏理恒平等遇時成習行願所資若無本因熏亦徒設遇熏自異非由性殊性雖無殊必藉幻發幻機幻感幻應幻赴能應所化並非權實然由生具非權非實成權實機佛亦果具非權非實爲權實應物機契應身土無偏同常寂光無非法界故知三千同在心地與佛心地三千不殊四微體同權實益等此以權實不二門成

是故十門門門通入色心乃至受潤咸然故使十妙始終理一如境本來具三依理生解故名爲智智解導行行解契理三法相符不異而異而假立淺深設位簡濫三法秖是證彼理三下之五章三法起用三法既是一念三千即空假中成故有用若了一念十方三世諸佛之法本迹非遥故重述十門令觀行可識首題既爾覽別爲總符文可知

妙法蓮華經玄義釋籤卷第二十五

音釋

啻 施智切不啻不止也

妙法蓮華經玄義釋籤卷第二十六

隋天台智者大師說

門人灌頂記

唐天台沙門湛然釋

○釋此本門十妙於中自二先本迹次十妙所以先明本迹者以本迹名通故須通辨簡通從別使令本迹昭然可觀是故於中先通論本迹次別論本迹通論中二先列亦名生起次釋

第二約本明十妙者爲二先釋本迹二明十妙釋本迹爲六本者理本即是實相一究竟道迹者除諸法實相其餘種種皆名爲迹又理之與事皆名爲本說理說事皆名教迹也又理事之教皆名爲本禀教修行名爲迹如人依處則有行迹尋迹得處也又行能證體體爲本依體起用用爲迹又實得體用名爲本權施體用名爲迹又今日所顯者爲本先來已說者爲迹約此六義以明本迹也

初中言事理者秖是真俗理教者真俗是理說此真俗名之爲教教行等可解

○次釋中且爲二先釋次若約下結攝初文自六一一文中皆簡通以出別又一一文皆三謂先釋本迹相次明本迹相顯理融三引文證

一約理事明本迹者從無住本立一切法無住之理即是本時實相真諦也一切法即是本時森羅俗諦也由實相真本垂於俗迹尋於俗迹即顯真本本迹雖殊不思議一也故文云觀一切法空如實相但以因緣有從顛倒生云云

初理事中云從無住本立一切法者無明爲一切法作本無明即法性無明復以法性爲本當知諸法亦以法性爲本法性即無明法性復以無明爲本法性即無明法性無住處無明即法性無明無住處無明法性雖皆無住而與一切諸法爲本故云從無住本立一切法無住之本既通是故眞諦指理也一切諸法事也即指三千爲其森羅言從本垂迹者此理性之本迹由此方有外用本迹是故始從理事終乎已今

二理教明本迹者即是本時所照二諦俱不可說故皆名本也昔佛方便說之即是二諦之教教名爲迹若無二諦之本則無二種之教若無教迹豈顯諦本本迹雖殊不思議一文云是法不可示言辭相寂滅以方便力故爲五比丘說

三約教行爲本迹者最初稟昔佛之教以爲本則有修因致果之行由教詮理而得起行由行會教而得顯理本迹雖殊不思議一也文云諸法從本來常自寂滅相佛子行道已來世得作佛云云

四約體用明本迹者由昔最初修行契理證於法身爲本初得法身本故即體起應身之用由於應身得顯法身本迹雖殊不思議一文云吾從成佛已來甚大久遠若斯但以方便教化衆生作如此說

五約實權明本迹者實者最初久遠實得法應二身皆名爲本中間數數唱生唱滅種種權施法應二身故名爲迹非初得法應之本

則無中間法應之迹由迹顯本本迹雖殊不思議一也文云是我方便諸佛亦然

六約今已論本迹者前來諸教已說事理乃至權實者皆是迹也今經所說久遠事理乃至權實者皆名爲本非今所明久遠之本無以垂於已說之迹非已說迹豈顯今本本迹雖殊不思議一也文云諸佛法久後要當說眞實

六重本迹前之五重通已通今通本通迹恐濫迹故於一一重顯了釋云本時實相乃至最初實得實相又以第六已今一重判前五重有本有迹驗知前五皆屬於本又六重末相顯理融中皆云本迹雖殊不思議一者借肇公言歎本迹理肇公雖有本迹之言本之與迹皆屬於迹今言不思議者約事則本昔迹今約理則無復今昔故知理體皆不思議若約今之五重本迹準義說者約事則有本中事理迹中事理約理則無復本迹事理之殊是故皆云不思議一乃至餘四亦復如是第六已今已即是迹即指迹門及諸迹教今即是本即指本門本門已前皆名爲已涌出已後方名爲今故云已說事理乃至權實名之爲迹今說事理乃至權實皆名爲本故知若無迹中事理乃至權實何能顯於長遠之本又已今之言雖異前五亦是一往指於壽量名爲今本若望初本則應又簡已今不同法華已前諸經已今仍屬於迹今經所明乃是眞明久遠之本即是已說已今爲迹今說已今爲本方是實說所以六門

引證之文前三引迹後三引本者何然前三復通本之與迹俱有事理乃至教行體用等三通中復別既云本用本權非迹文能顯況以本門爲今灼然不可引迹爲是義故三引迹文三引本文又前之三文既在於因本因狹故但以迹例本故但引迹門

○次結攝中言若約已今論本迹者去至不思議是卻明前來五重本迹以攝十妙有本有迹別約今經本門所明十麤十妙方乃名本乃名本妙又將六重望於十妙有全有缺有多有少故重明之於中爲三初正明相攝次最初下簡示三若無下總明相顯理融

若約已今論本迹者指已爲迹攝得釋迦寂滅道場已來十麤十妙悉名爲迹指今爲本總遠攝最初本時諸麤諸妙皆名爲本若約權實明本迹者指權爲迹別攝得中間種種異名佛十麤十妙皆名爲權指實爲本攝得最初十麤十妙悉名爲實若約體用明本迹者指用爲迹攝得最初感應神通說法眷屬利益等五妙指體爲本攝得最初三法妙也若約教行爲本迹者指行爲迹攝得最初行妙位妙指教爲本攝得最初本時智妙若理教爲本迹者指理爲本攝得本初之境妙指教爲迹攝得本時之師教妙兼得本師十妙若理事爲本迹者指事爲迹攝得本時諸麤境指理爲本攝得本時諸妙境

初文乘便六雙之中從後逆釋若釋已今即知餘五故逆次釋也所以六門明攝不

同者以六門中三因二果已今復是今經
二門是故隨義所攝不同
最初之本爲本但本而非迹最後已說但迹
而非本中間亦迹亦本
次簡示中云最初之本但本而非迹等者
最初實成既未垂迹故唯屬本中間相望
互爲本迹又中間所成垂迹之時名爲亦
迹顯本之時名爲亦本最後已說即是今
日已說迹門未顯本時故唯屬迹△三總明相顯理融
若無本時之本不能垂得中間最後之迹若
無已說之迹不能顯得今說之本本迹雖殊
不思議一也
若無已說即舉今日迹門今說之本即舉
今日本門

○次正明本迹中二先列
二明本十妙者一本因妙二本果妙三本國
土妙四本感應妙五本神通妙六本說法妙
七本眷屬妙八本涅槃妙九本壽命妙十本
利益妙
○次釋釋中文中自爲十重釋此十妙
釋此十妙又爲十重一略釋十意二生起次
第三明本迹開合四引文證成五廣解六三
世料簡七論麤妙八結成權實九利益十觀
心
○初略釋中自爲十重於初文稍廣餘九
文略初文三初舉本次若十六下舉迹比
決三若留下拂迹顯本
一略釋者本因妙者本初發菩提心行菩薩
道所修因也

若十六王子在大通佛時弘經結緣皆是中間所作非本因也若娑婆爲墨東行千界方下一點點不點等盡抹爲塵一塵一刧復過於是百千萬億那由他刧彌勒補處以出假種智直數世界尚不能知况數其塵寧當得盡特是如來巧喻顯其長遠之相况以世智巧歷筭數耶文云我以佛眼觀彼久遠猶若今也唯佛能知如此久遠皆是迹因非本因也

迹文中云娑婆爲墨至寧當得盡者此引迹門化城品文不合引於彌勒等言彌勒不知文在本門或是借於本中之文來此况喻假使迹中三千塵點補處智力亦不能知若定用迹文則應除彌勒等二十五字義理即順師云恐别有意然雖引彌勒語勢稍殊彼本門文但云我等住阿惟越致地於是事中亦所不達今此文中以出假智數世界不知况其塵數若取知塵秖應合用出假智耳是故應用前文說也

若留中間之因於後難信是故法華拂迹除疑權而非實我本行菩薩道時不在中間過是已前所行道者名之爲本即是本因妙也

言拂迹顯本者但指若干塵數已前成佛則中間今日任運被拂久遠之本任運可見下去九妙例皆如是

○此下本果本國二妙唯有二文立妙及拂迹顯本下之七妙直爾指本下更廣釋故此未論文並可見

二明本果妙者本初所行圓妙之因契得究竟常樂我淨乃是本果不取寂滅道場舍那

成佛爲本果也尚不取中間之果以爲本果況舍那始成云何是本但取成佛已來甚大久遠初證之果名本果妙也

三本國土者本既成果必有依國今既迹在同居或在三土中間亦有四土本佛亦應有土復居何處文云自從是來我常在此娑婆世界說法教化按此文者實非今日迹中娑婆亦非中間權迹處所乃是本之娑婆即本土妙也

四本感應者既已成果即有本時所證二十五三昧慈悲誓願機感相關能即寂而照故言本感應也

五本神通者亦是昔時所得無記化化禪與本因時諸慈悲合施化所作神通駭動最初可度衆生故言本神通也

六本說法者即是往昔初坐道場始成正覺初轉法輪四辯所說之法名本說法也

七本眷屬者本時說法所被之人也如下方住者彌勒不識即本之眷屬也

八本涅槃者本時所證斷德涅槃亦是本時應處同居方便二土有緣既度唱言入滅即本涅槃也

九本壽命者既唱入滅則有長短遠近壽命也

十本利益者本業願通應等眷屬八番十番饒益者是也

○次生起中三初標來意

二生起者此十種義赴緣直說散在經文今欲編次故須生起

○次正生起

所以本因居初者必由因而致果果成故有國極果居國即有照機機動則施化施化則有神通神通竟次爲說法說法所被即成眷屬眷屬已度緣盡涅槃涅槃故則論壽命長短長短之壽所作利益乃至佛滅度後正像等益

○三義乃下結意

義乃無量止作十條收束始終復成次第也

△即玄科三明本迹開合

○次同異中二先立

三迹本同異者迹中因開而果合合習果報果爲三法妙也本中因合而果開開習果出報果明本國土妙也

○次作此下釋釋中又二先明開合意

作此同異者依於義便互有去取

○次迹中下正明開合於中四先明迹中因開果合次明感應等不開不合三本開下明本中因合而果開四利益一亦同感應等意

迹中委悉明境智行位本文語略通束爲因妙得意知是開合耳果妙者即是迹中三軌妙也

初文迹中離因爲四合果中壽命涅槃爲一三法合此本門涅槃壽命

感應神通說法眷屬名同上也

次感應等本迹俱有二處名同同是果上之用

○三明本中因合如前但明果開迹中無果名即成離三法以爲果等三本中有果名故但云離二於中爲三先釋開意

本開涅槃壽命妙者久遠諸佛如燈明迦葉佛等皆於法華即入涅槃義推本佛必是淨土淨機

今佛法華未入滅故未論涅槃往佛既於法華唱滅皆是淨機

○次又往事下約事已定正明開出又往事已成故開出涅槃等妙也

○三迹中下重釋迹中不用所以迹中無此二義者釋迦雖於法華唱言涅槃而未滅度此事方在涅槃故迹中不辨利益同上也

最後一妙二處名同而今昔時異既本迹十開合之殊若不了迹中十門安能曉此理等六義及以因等十妙旨歸△四引文證成

○次引證文三初引文意次正引三結初文三初略示引文處所

四引文證者不遠索他經亦不通引部内但就本門證成十義也

○次然先佛下明本文略意

然先佛法華如恒河沙阿閦婆偈今佛靈山八年說法胡本中事復應何窮真丹邊鄙止聞大意人見七卷謂爲小經胡文浩博何所不辨

○三今就下明文略而義周

今就數紙之内十證宛然△次正引

文云我本行菩薩道時所成壽命今猶未盡者即是本之行因妙也文云我實成佛已來無量無邊億那由他又云我實成佛已來久遠若斯但以方便教化衆生作如此說即是本果妙也文云我於娑婆世界得三菩提已

教化示導是諸菩薩又云自從是來我常在此娑婆世界說法教化亦於餘處導利衆生此之國土非復今時娑婆即本國土妙也文云若有衆生來至我所我以佛眼觀其信等諸根利鈍此即本時照機之智是感應妙也文云如來祕密神通之力又中間文云或示己身或示他身或示己事或示他事即是垂形十界作種種像驗本亦然是本神通妙也文云是諸菩薩悉是我所化令發大道心今皆住不退修學我道法又中間或說己事或說他事驗本亦然即本說法妙文云此諸菩薩身皆金色下方空中住此等是我子我從久遠來教化是等衆即本眷屬妙也文云又復言其入於涅槃如是皆以方便分別又云今非實滅而便唱言當取滅度往緣既訖而唱入滅中間既唱涅槃例本亦有涅槃即本涅槃妙文云處處自說名字不同年紀大小年即壽命大小即長短常無常也中間既爾本壽亦然即本壽命妙也文云又以方便說微妙法能令衆生發歡喜心即中間利益又云聞佛說壽命劫數長遠如是無量無邊阿僧祇衆生得大饒益即迹中之益迹與中間既爾例本亦然即是本利益妙也

十據在經非人造也

○第五廣解十文文自爲十於中又二初總明本妙意次正釋初文又三初略明來意

五廣釋者夫非本無以垂迹若能解迹則亦知本爲未解者更重分別

○次但本極下明本遠難知

但本極法身微妙深遠佛若不説彌勒尚闇何況下地何況凡夫

○三雖然下明不可不知

雖然父母之年不可不知如來功德何容不識今略依經旨髣髴推尋

○次正明因妙又二先釋次料簡初又三初立本次迹因多種下引迹辨異三以三義下拂迹顯本下去九妙分文皆然初文又三初引文次釋三一句下結本因四義下九皆然

本因妙者經言我本行菩薩道時所成壽命者慧命即本時智妙也我本行者行是進趣即本行妙也菩薩道時者菩薩是因人復顯位妙也一句文證成三妙三妙即本時因妙非迹因也△次引迹辨異

迹因多種或言昔爲陶師值先釋迦佛三事供養藉草然燈石蜜漿發口得記父母名字弟子侍人皆如先佛即是初阿僧祇發心既不明斷惑知是三藏行因之相也或言昔爲摩納值然燈佛五華奉散布髮掩泥躍身虛空得無生忍佛與授記號釋迦文大品亦云華嚴城内得記義與此同並云斷惑故知通佛行因之相也或言昔爲寶海梵志刪提嵐國寶藏佛所行大精進十方佛送華供養既爲寶藏佛父又是彌陀之師稱其功德不可思議故知是别圓行因之相

言藉草然燈等者大論第四釋佛與阿難先世因縁中云釋迦先世作瓦師名曰大光明爾時有佛名釋迦文彼佛弟子名如今佛弟子與佛俱至瓦師舍宿瓦師以草

座然燈石窟燊施佛及比丘發誓願當來五濁之世作佛佛及弟子如今佛名字不異昔爲摩納者具如瑞應然燈授記得無生忍故知是通佛也昔爲寶海梵志具如悲華第二云有菩薩名寂意問佛其餘諸佛世界清淨今佛世尊何故處斯五濁而說三乘佛云淨不淨土皆本願故我於過去恒沙阿僧祇劫此佛世界名删提嵐劫名善持輪王名無諍念王四天下有一臣名曰寶海是梵志種善知占相時生一子三十二相八十種好諸天常來供養因爲作字名曰寶藏後出家成道亦名寶藏轉法輪度衆生已次遊聚落爲聖王說法已王請安居王之七寶亦自申供養王有千子亦各三月供養廣如經說乃至滿二百

五十年後寶海來至佛所得記作佛十方微塵世界衆生凡是寶海先所化者一時成道寶海次勸輪王發心次勸太子發心次令諸天八部發心乃至三千世界皆發菩提心次於畜生地獄道中一一衆生前現一佛身令得離苦七年之中人天八部無欲心者皆與供養又是彌陀之師者彼授記品彼佛先入三昧現十方淨土集諸菩薩先授寶海記寶海次授彌陀記次授輪王太子記云汝觀人天及三惡道生大悲心斷諸苦惱令住安樂今當字汝爲觀世音等輪王太子乃至一切諸天世人莫不皆是梵志勸其發心故皆是師

○三拂迹中二先拂次若得下融通初文三初示拂之方法應求三義次今世下釋

拂迹方法意三若執下斥執迹之失

以三義故知此諸因悉是迹因一近故二淺深不同故三被拂故

初文者自一代教門無不皆云伽耶始成大乘融通無過華嚴經初亦云於菩提場始成正覺故知大小說成皆近故知是迹第二義者若是本因不應多種秖應修一圓因感一圓果既有四義深淺不同當知即是本實成後隨順物機機緣不同從本垂迹示四因相故知不同定屬於迹第三義者但開壽量顯出最初長遠之本中間今日任運自廢拂者撥也除也初爲迹覆今拂卻覆示眞實本因妙既爾乃至利益類此可知

今世已前本來已後中間行行悉是方便故知是迹因也

次文可知

○三斥失中三初明執迹迷本

若執迹因爲本因者斯不知迹亦不識本

○次準下知上令識迹知本

如不識天月但觀池月若光若桂若輪準下知上光譬智妙桂譬行妙輪譬位妙若識迹中三妙拂迹顯本即知本地因妙如撥影指天云何臨盆而不仰漢

準下知上此之四字應在輪譬位妙下或可書悞即成兩文各有法譬

○三嗚呼下歎責

嗚呼聾騃若爲論道耶△次融通

若得斯意迹本非本本迹非迹本迹雖殊不思議一也

○次料簡中問
問經稱本行菩薩道時者應在初住得真道時也中間應是諸地增道損生今之寂場應是妙覺妙覺顯本應指昔初住此一途爲允可知
○答中二初總答非初住之難
答文義不可文云盡行諸佛所有道法又云具足行諸道悉具足因乃是本因初住不得稱悉具故非所指本因也
○次又中間下舉果況因
又中間之果悉拂是權況今寂場之果何得爲實又中間之果尚被拂者中間之因寧實因也故爾問非也
○次本果妙中亦三如前初文二初引經立本

二明本果妙者經言我成佛已來甚大久遠
○次釋
我者即真性軌佛者覺義即觀照軌已來者乘如實道來成正覺即是起應資成軌也如此三軌成來已久即本果妙也△次引迹辨異
本果圓滿久在於昔非今迹成迹成又非一種或言道樹草座三十四心見思俱斷朗然大悟覺知世間出世間一切諸法名之爲佛唯有此佛無十方佛三世佛者悉是他佛非我分身此即三藏佛果相也或言道樹天衣爲座以一念相應慧斷餘殘習氣而得成佛大品中說共般若時十方有千佛現問難人皆字須菩提釋提桓因等亦是他佛非我分身此即通佛果成相也或言寂滅道場七寶華爲座身稱華臺千葉上一一菩薩復有百

億菩薩如是則有千百億菩薩十方放白毫及分身光白毫入華臺菩薩頂分身光入華葉菩薩頂此名受法王職位窮得諸佛法底而得成佛華臺名報佛華葉上名應佛報應但是相關而已不得相即此是別佛果成相也或言道場以虛空爲座一成一切成毗盧遮那遍一切處舍那釋迦成亦遍一切處三佛具足無有缺減三佛相即無有一異法華八方一一方各四百萬億那由他國土安置釋迦悉是遮那普賢觀云釋迦牟尼名毗盧遮那此即圓佛果成相也

次舉迹中四教不同中云或言道樹草座三十四心等者俱舍婆沙智論所明三祇四階成道菩薩今文出處非一道樹天衣具如大品或言寂滅道場具如華嚴或言道場虛空爲座等亦如華嚴普賢觀大論三十八云聲聞經說敷草座衍經中說或見敷草座樹下或見敷天綩綖六天天衣不同隨福所感或見無量由旬寶座△三拂迹顯本中二先拂次融通初又三初示方法

有三義故知此諸果皆是迹果一今世始成故二淺深不同故三拂中間故

○若是下釋上三義

若是本果何得今日始成本果一果一切果何得前後差別不同自從今世之前本成之後百千萬億行因得果唱生唱滅悉是中間拂爲方便寂滅樹王何得非迹△三斥失中二初明執迹迷本

若執迹果爲本果者斯不知迹亦不識本△次令識迹知本

從本垂迹如月現水拂迹顯本如撥影指天當撥始成之果皆迹果指久成之果是本果也如此解者中間果疑颰然皆盡長遠之信其義明焉

斥失等如文△次融通

迹本非本本迹非迹迹本雖殊不思議一也

○次國土妙中分文如前△初立本三初引經立本久釋三結

三本國土妙者經云自從是來我常在此娑婆世界說法教化亦於餘處導利衆生娑婆者即本時同居土也餘處者即本時三土也此指本時眞應所栖之土非迹中土也△次引迹辨異

○迹不同中又二初約他經次約今經迹門

迹中明土又非一途或言統此三千百億日月者同居穢土也或言西方有土名曰無勝其土所有莊嚴之事猶如安養者同居淨土也或言華王世界蓮華藏海者此實報土也

初文中四土不同中云或言西方有土名無勝者涅槃云西方過三十六恒沙有上名無勝又云十方世界各有釋迦淨土首楞嚴中復云釋尊有淨土名一燈明是釋迦本土此亦迹中之說

○言常寂光土者又二先標

或言其佛住處名常寂光者

○次釋

即究竟土也寂光理通如鏡如器諸土別異如像如飯業力所隔感見不同淨名云我佛土淨而汝不見此乃衆生感見差別不關佛

土也

如本門中地涌菩薩下方空中住從地出已亦詣虛空七寶妙塔彼此虛空俱表寂光寂光理通如鏡如器等者譬如諸天共寶器食如止觀第三記△次約今經迹門

若言今此三界皆是我有諸土淨穢調伏攝受皆佛所爲譬如百姓居土土非其有如父立舍父去舍存如來亦爾爲衆生故而取佛土化訖入滅佛去土存此乃佛土不關衆生也復次三變土田者或是變同居之穢令見同居之淨或見方便有餘淨例如壽量云若有深信解者見佛常在耆闍崛山共大菩薩聲聞衆僧者是也或見實報淨例如見娑婆國土皆紺瑠璃純諸菩薩即其義也或見寂光等也法華三昧之力使見不同耳

三變土田或見同居淨乃至方便有餘者

三變之淨皆據土相似同居淨據移天人置於他土純諸寶樹寶師子座唯有諸佛及諸菩薩則似方便有餘故著或言準文又應亦似實報無障礙土△拂迹中二先拂次融通先拂中三初明拂之方法

有三義故得知諸土悉迹土也一今佛所栖故二前後修立故三中間所拂故△次釋拂迹方法意

若是本土非今佛所栖今佛所栖即迹土也若是本土一土一切土不應前後修立深淺不同今土已前本土已後皆名中間中間悉稱方便況今之土寧得非迹△三斥失中二初明執迹迷本

從本垂迹執迹爲本者此不知迹亦不識本

△次令識迹知本

今拂迹指本本時所栖四土者是本國土妙也△次融通

迹本非本本迹非迹非迹非本即不思議一也

○四明感應中文句大同文後更加麤妙廣狹料簡耳△初立本中三初引經立本次釋三結

四本感應妙者經云若有衆生來至我所我以佛眼觀其信等諸根利鈍衆生來至者感扣法身也我以佛眼觀者慈悲徃應也諸根利鈍者十法界冥顯欣猒不同也此指本時證二十五三昧感應非迹中感應也△次引迹辨異

迹應多種或言一日三時入定觀可度機此三藏佛照分段穢國九法界機析空感應也或言即俗而眞不須入出任運能知此通佛照分段淨國九法界機體空感應也或言用王三昧歷別照十法界機此別佛照方便有餘土次第感應也或言王三昧一時照十法界機此圓佛照十法界寂光土機圓感應也

初四教迹不同中云三藏佛一日三時照機者及下通教皆云照九法界當教皆有三乘故也三藏中又如大論等云佛入城乞食者爲女人父母所遮不得出故爲病者故爲欲令人見相好故爲本無施心待乞方施者故如是有十因緣並三藏佛觀機益物之相△三拂迹中二先拂次融通拂中三初明拂迹方法

有三義故知諸感應迹而非本始成故不同故被拂故△次釋拂迹方法意

寂場樹下始偏圓滿故知是迹或前修後學

深淺不同故知是權中間已來拂皆方便寧
非迹耶△三斥失中二初明執迹迷本次令識迹知本
從本出迹豈可執迹爲本拂迹顯本宜捨迹
指本△次融通
本迹迹本不思議一云云△文後更加麤妙料簡
復次或本感麤迹感妙或本感妙迹感麤俱
妙俱麤應亦如是又本感廣迹感狹或迹感
廣本感狹俱狹俱廣應亦如是但取今昔判
本迹不約麤妙廣狹也云云
次分別中云復次本感迹感麤妙相對四
句者本文遠指最初實得之時所被機緣
亦有四教則三教爲麤圓教爲妙迹中被
機亦不出四麤妙亦爾故今不從麤妙以
判本迹但從最初名之爲本當知本時麤
妙俱妙迹中麤妙俱麤廣狹可知應中四
句麤妙如文又被多世界爲廣被少世界
爲狹最初垂應及中間等亦有廣狹今亦
不從廣狹以判故知久成廣狹俱妙中間
今日廣狹俱麤
結
○次神通中文句大同△初立本三初引經立本次釋三
五本神通妙者經言如來祕密神通之力又
云或示已身他身示已事他事示已身已事
者圓神通也示他身他事者偏神通也祕密
者妙也若偏若圓皆是妙也此指本時神通
非迹神通也△次擧迹辨異
迹通多種或言依背捨除入十四變化獲得
六通過外道勝二乘此乃三藏佛通也或言
依體法無漏慧獲得六通勝依背捨者此通
佛神力也或言束前六通爲五依中道發無

漏通此六是別佛通也或言中道無記化化禪具六通一切變化不起滅定現諸威儀語默不相妨動寂無二理又如今經中六瑞變土等皆是圓佛通也△三拂迹中二先拂次融通初中又三先拂以三義故推諸神通迹而非本始獲近修拂疑等如上說△次料簡又四句料簡亦如上

又四句料簡如上者本通麤妙迹通麤妙以爲四句本迹廣狹四句亦爾亦不以麤妙廣狹而判本迹但取最初以之爲本△三令識迹知本然從本垂迹迹則非本拂迹顯本宜棄迹指本△次融通本迹迹本不思議一也

○六說法妙中△初立本三初引經立本次釋三結六本說法妙者經言此等我所化令發大道心令皆住不退我所化者正是說法令發大道心者簡非小說也此指本時簡說非迹說也

○明迹不同中二初略例涅槃三味出牛迹說多種若依涅槃明初後兩味從牛而出若以義推中間三味亦應從牛而出

○次何者下釋釋中二先釋次問答料簡初釋中二初舉譬次佛亦如是下正合初文又二先總別舉譬次若牛下略以三教結初又二初總次若敢凡草下別何者凡犢噉凡草但能出乳不噉忍草故不出四味良犢調善不高不濕酒糟麥麲五味圓滿具足在牛但聽飲噉隨聲而出初文言良犢不高原不下濕等者此引大

經第二破舊醫中云若是乳牛不食酒精（酒眞糟俗）麥麩（分別）其犢調善（不馳空不驟有）放牧之處不在高原（涅槃）亦不下濕（生死）飲以清水（非欲濁也）不令馳走（不見散也）不與特牛同共一群（佛不共法）飲食調適（不飢空不飽俗）如是乳者名爲甘露（秘密）藏也

若噉凡草犖即出乳噉下忍草犖即出酪噉中忍草犖出生酥噉上忍草犖出熟酥噉上上忍草犖出醍醐

忍草者義含多種故別出四味如文△（次畧以二教結）

若牛出五味譬漸法也牛出醍醐譬頓法也牛出三味譬不定法也

○次合中二先總

佛亦如是偏圓滿足在佛心中聽機扣擊說則不同

○次善趣下別別中二先人天四教

善趣機擊出人天法輪析法機擊出三乘法輪體法機擊出巧度法輪歷別機擊出漸次法輪圓頓機擊出無作法輪

○次五味又二初約部從教次略對四教

四佛正合五味並從牛出

又兩機擊出第四第五味又一機擊出第二味又四機擊出四味除第一味又三機擊出三味除第一第二味又一機擊出第五味除四味

初云兩機擊出第四第五味者此華嚴中別圓兩教此即約部從教立名餘例可知

復次三藏道場所得法如乳在牛起道場即說乳法輪通佛道場所得法如酪在牛起道

場即說酪法輪別佛道場所得法如五味俱在牛道場起說次第五味法輪圓佛道場所得法如醍醐在牛道場起即說醍醐法輪

次文者又約當分所說不同△次問答料簡

問大經云如食乳糜更無所須應是乳法輪答乳有多種麤牛出乳乳則爲害善犢之乳是乳最良問乳既多種醍醐不一答經以羅漢支佛爲醍醐故知優劣此中大有義宜熟思之△三拂迹中二先拂次融通初又三初示方法次釋意三結釋

例三義徃推上諸說法迹而非本始滿始說中間被拂中間滿中間說尚皆方便況今滿今說寧非迹耶執迹則俱失拂迹則俱解△次融通

非迹非本不思議一也

復次已說爲迹今說爲本已本今迹俱迹俱本云云或實本權迹四句云云體用乃至事理四句云云

復次下復以四句分別已今故知初明已今本迹猶是一往已迹今本如前分別已本今迹者已本者最初也今迹者迹門是今迹佛所說俱迹者本成已後迹門已前爲已迹今此本門亦是迹佛所說故也今已俱本者最初爲已本本門爲今本權實乃至事理四句云云者各以已今本迹相望爲四句也如已實今權已權今實俱權俱實乃至事理亦復如是但以最初爲已爲本例前可知

妙法蓮華經玄義釋籤卷第二十六

音釋

嵐盧含切綩綖綩音宛綖音延綩綖坐褥也駭下楷切驚也騃五駭切癡也犛音搆取牛乳也麩音弋麥皮也

妙法蓮華經玄義釋籤卷第二十七

隋天台智者大師說

門人灌頂記

唐天台沙門湛然釋

○七卷屬妙中但出本相從文殊觀音至惑者未了略出迹中不同之相隨諸部中列衆之相亦可以爲四相不同今初立本七本眷屬妙者經云此諸菩薩下方空中住此等是我子我則是父

如文

○次釋釋中又二初正釋次釋疑

下方者下名爲底大品有諸法底三昧釋論云智度大道佛窮底當知此諸菩薩隣佛窮智度底虛空者法性虛空之寂光也從本時寂光空中出今時寂光空中今時寂光空中者不識本時者故言我經遊諸國乃不識一人地涌千界皆是本時應眷屬也

初言法性虛空之寂光者即以下方及塔在此方虛空表寂光也此諸菩薩住下方虛空涌出已後亦住虛空此土得聞開權顯實得無生忍者亦住虛空之寂光也雖俱虛空以表寂光能住之人不無久近涌出菩薩得忍已久是故迹中始近入者不識久者

所以無三者時節既久權轉爲實但一無三或可舉一例知有三也次引迹辨異

從本垂迹迹中始成佛時亦有業願通應中間所化亦有四種文殊觀音調達等或稱爲師或稱弟子於惑者未了

次迹中文云文殊觀音或爲師爲弟子者

文殊昔爲妙光菩薩教化燈明八王子是八王子相次授記其最後者名曰然燈然燈既是釋迦之師妙光乃成釋迦九代祖師觀音經中釋迦過去於正法明如來所學習道法正法明如來即觀音本身故知文殊觀音並曾爲師調達即是阿私陀仙具如今經如是等人卻爲弟子△三拂迹顯本二初正拂

若拂中間無非是迹則迹本可解若執迹疑本二義俱失云云△次問答

問迹本相望千界塵則少增道數則多本迹法身淺深異耶答法身先滿無增無減約化緣廣狹耳問若爾初住二住化緣多少法身亦應無淺深答菩薩位未窮約實證判淺深佛位已滿但約權化有四句論廣狹云云問明因果等皆約迹佛指本明眷屬而召本到迹何耶答因果等法幽微難曉故約此指彼眷屬是人召證爲易或可將本人示迹人或將迹法顯本法互現意耳

問本迹相望千界塵少增道數多者三千世界地涌菩薩是本時眷屬秖云三千地皆震裂無量菩薩同時涌出若望今時迹中眷屬如分別功德品增道損生初六百八十萬億那由他恒河沙衆生得無生法忍復千倍得聞持一界塵得辨才大千塵得不退中千小千乃至一四天下及八界塵初始發心比於涌出涌出甚少四句分別亦例前文但以久近而判本迹終不以法身深淺化緣廣狹等判也

○八涅槃妙者△初立本三初引文

八本涅槃妙者經又復言其入於涅槃非實滅度而便唱言當取滅度△次釋△三結非實滅度者常住本寂也唱言滅度者調伏衆生也悉本時涅槃非迹涅槃△次引迹辨異

○明迹不同中先明迹意雖復不同本無長短次或取下正明不同

迹者大經明聲光所集始諸弟子終于蝮蠆無邊身菩薩弟子之位身量無邊豈有大師倚卧背痛此乃生身示病示滅法身無疾常存不變

初文意中云始諸弟子終于蝮蠆等者大經列衆八十億百千比丘成就大乘第一空行六十億比丘尼皆大阿羅漢一恒菩薩二恒優婆塞三恒優婆夷四恒離車五恒大臣六恒國王七恒夫人八恒天女九恒龍王十恒鬼神二十恒金翅乃至閻浮提中一切蜂王又東方去此無量無邊恒河沙數微塵世界彼土有佛號虛空等如來告第一大弟子宜往西方娑婆世界彼土有佛號釋迦文不久涅槃汝可持此世界香飯以獻彼佛彼佛食已入於涅槃幷可禮敬請決所疑爾時無邊身菩薩即受佛教從座而起稽首遶無量匝大菩薩衆俱共發來至娑婆世界又阿闍世王及其夫人乃至視毒能殺人者蛣蜣蝮蠆及十六惡律儀者蛣蜣亦曰蜣蜋爾雅云黑甲蟲食糞土也蝮者毒也爾雅云蝗子未有翅者又云廣三寸身大如臂史記云蝮螫手則斷蠆者毒蟲也左傳云蜂蠆者十年尚有毒尾末卷如婦人髮蝮字孚目切不同福音

有人云無邊身菩薩身量無邊云何復云從彼來此應反質云既云來此云何無邊言無邊者身實有邊而名無邊如阿彌陀壽實有量而名無量若壽無量如何得有觀音補處倚卧背痛者如止觀第八記及北首卧等亦三藏佛相具如止觀第一記

○次正明不同中二初約兩經釋相次結會兩經意同初文又二先明不同以申此經次經曰下引與大經明同初文又二先藏通次別圓初文二初略標二異

或取析空因滅果亡明有餘無餘涅槃或取體法空因滅果亡明有餘無餘涅槃

○次生身下更釋二別

生身迹滅者如阿含中結業之身父母所生棄國捐王六年苦行三十四心斷結成道八十二歲老比丘身詣純陀舍持鉢乞食食檀耳羮食訖說法果報壽命中夜而盡入無餘涅槃以火闍毗收取舍利者此三藏涅槃相若釋論云六地菩薩見思已盡七地去誓扶餘習受生死身乃至上生下降一念相應慧斷習成佛可度衆生緣盡息化入無餘涅槃此通佛涅槃相也

釋三藏中云食檀耳者長阿含第三云佛至波波城闍頭園有長者名周那請佛及比丘僧別爲佛煑旃檀耳羮以世奇故獨奉於佛阿難白長者設供無福佛最後於其舍食入般涅槃佛言莫作是說長者今者獲大福利壽命色力善名生多財寶死生天上

○次別圓中二先別次圓別中二先引地

人

若地人云緣修顯眞修善提果滿成大涅槃亦稱爲方便淨涅槃

○次正釋

大經云因滅是色獲得常色受想行識亦復如是是名色解脫受想行識解脫乃是分段變易因盡獲常住有餘涅槃兩處陰果身盡獲常住無餘涅槃此與前異是别佛涅槃相也

釋中云色解脫乃至識解脫至無餘者既云滅色乃至滅識即是界外析色之義故以因盡名爲有餘果亡名爲無餘理而言之變易因果不應分二當知爲成别教義也

大經云大般涅槃常住不變能建種種示現調伏衆生如首楞嚴廣說名大涅槃常樂我淨此與前異即圓涅槃相也△次引與大經明同

○次經曰今日座中等者出像法決疑經與大經文同又二先列

經曰今日座中無央數衆各見不同或見如來入涅槃或見如來住世一劫減一劫或見如來住世無量劫或見丈六身或見小身大身或見報身坐蓮華藏世界海爲百千億釋迦牟尼佛說心地法門或見法身同於虛空無有分别無相無礙遍同法界虛空或見此處娑羅樹林悉是土砂草木石壁或見此處金銀七寶清淨莊嚴或見此處三世諸佛所遊之處或見此處即是不可思議諸佛境界眞實法體

○次此明下結

此明佛身依正各有四相即前四涅槃相也△次結會兩經意同
○次大經下會同中四初略標同次大經下正會三二經下結同從根利鈍四又數數下會明常文同
大經與此經義同
初如文
大經以常住爲宗迦葉初問長壽佛答中處處多顯未來常住少明先成壽命爲法華已說故彼經雖一兩處說不可判爲近成短命
今經正明發迹顯本無量壽命爲宗少說未來常住雖一兩處少說不可判爲無常
次文中言迦葉初問長壽者第三經初設三十六問初問云何得長壽金剛不壞身下文答中如長壽品作寄金譬但寄少年不寄老人長者行還索金無所既云行還故知法身常住不滅下金剛身品廣明護法持不殺戒得金剛身又經下文處處明於未來常住△三結同從根利鈍
二經互舉利根知本常未來亦常解未來長壽亦解本來長壽其義是同
第三可見
又此經數數現生現滅者生非實生滅非實滅常住義顯又二萬燈明迦葉皆不說涅槃秖於法華明本常未來常彌見法華明常義顯云云
第四會常中云二萬燈明等於法華明常等者二萬燈明具如序品中說法華經廣明一乘一乘即是常住也△三拂迹中二先拂二初明拂之方法

以三義故知諸涅槃迹而非本今始入故入復出故拂中間故△次斥失中二初明執迹迷本此迹涅槃皆從本垂云何執迹謂言是本是不識迹本也△次令識迹知本若拂迹顯本則二義不迷△次融通非迹非本不思議一也

○九明壽命妙中初立

九本壽命妙者上因妙中以智慧爲命此則非長非短由非長非短之慧命能爲長短此中正明長短壽命

○次引經中先引本文

經處處自說名字不同年紀大小

○次釋

年紀者是壽命也大小者長短也經中間處處年紀大小者約迹而懸指本也

即引中間以擬於本△次引迹辨異

○明迹不同中二先藏通次別圓初文二先略釋

迹不同者三藏佛父母生身八十二盡身灰智滅畢竟不生通教佛誓願之身化緣若訖亦歸灰斷滅巳不生

○次此兩下判無法身之本

此兩佛但齊業齊緣不得非長非短之慧命不能作長作短大小之壽命也

○別圓中亦二先略釋

別教登地破無明得如來一身無量身一身湛然安住無量身百界作佛亦示九界身得論年紀大小大即大乘常壽小即小乘無常之壽也圓教登住時亦如是

○次此等下況結

此等皆因中菩薩非常非無常能作常無常大小之壽況後心乎況妙覺乎△三拂迹顯本中二初拂次融通初又二初明拂之方法此科中兼明本壽

如此等壽三義皆迹中因果之壽此壽皆從本地因果圓滿而垂此迹迹既如此況復本也經我本行菩薩道時所成壽命今猶未盡指於本因因壽尚未盡況本果壽○二斥失二初明執迹迷本次令識迹知本

若執迹則不知本今拂迹則識本△二融通

亦識不思議一也

○十釋利益妙者亦初略立利益上句立下句釋

十釋本利益妙者文云皆令得歡喜歡喜即利益相△次舉迹顯本

若迹中三乘共十地別十地開權顯實按位妙入位妙如是等益乃至聞壽命增道損生皆是迹中益也乃至中間權實之益亦是迹益以迹望本本亦應有偏圓利益所以下方菩薩皆住虛空者皆居寂光本益也

次若迹下明迹不同者今此略列具足應如前文七益十益者是言乃至增道等者約經雖是本門既是今世迹中指本名爲本門故知今日正當迹中利益乃至本成已後俱名中間中間顯本得利益者尚成迹益況復今日以迹下重舉本益之相本文既狹亦擬迹而知本○此科是第五廣解總結之文

○故本本下明相顯融即

故本本以垂迹借迹以知本不復具記也衆迹雖多用本爲本故云本本本事已往若不借迹何能識本如撥影指天即此義

也。釋本十妙中五廣解竟下是六三世料簡列科在七上三十六

○六三世料簡者初略立次問答料簡初文三初引經示相

第六約三世料簡者文云如來自在神通之力如來大勢威猛之力如來師子奮迅之力即是三世益物之文

○次若過去下釋

若過去最初所證權實之法名爲本也從本證已後方便化他開三顯一發迹顯本者還指最初爲本中間示現發迹顯本亦指最初爲本今日發迹顯本亦指最初爲本未來發本顯迹亦指最初爲本

○三三世下結結中二先法

三世乃殊毗盧遮那一本不異

○次譬

如百千枝葉同趣一根云云△次問答料簡

問現見無量佛悉是釋迦分身爲當猶有餘佛餘佛復有分身不答普賢觀云東方有佛名曰善德彼佛亦有分身諸佛若爾亦有諸佛諸佛亦有分身又神力品云彈指謦欬是二音聲遍至十方諸佛世界彼佛四衆遥伸供養所散諸物從十方來譬如雲聚遍覆此間諸佛之上故知有諸佛諸佛亦有分身也

次問答中初如文

問三世諸佛皆有分身者云何復言多寶如來全身不散如入禪定若全身不散云何復言遊於十方證法華經二意云何通

第二問者若言諸佛皆有分身多寶亦在諸佛之數應有分身何故云全身不散即是重難若全身者何故復云處處聽經

答釋論解念佛中云多寶無人請說法便入涅槃後化佛身及七寶塔證法華經若從論釋乃是化作全身非無分身也師云若言不得說法那告四衆我滅後起一大塔非都不說法應是不說法華故發大誓願不碎生身之骨全身不散出證圓經如入禪定者表於不滅出證常經表於不偏不偏不滅圓常義顯口唱眞淨大法眞是常略舉二德我樂可知鈍者讀文猶自不覺也

答中先引大論解八念中初念佛中云既云化身即是分身師云去引南岳釋依按經文文云臨滅度時告四衆言欲供養我全身者應起一大塔出證經時全身在於塔中以誓願力處處聽經準南岳釋多寶滅後全身不分不分者不同碎身舍利耳未妨諸佛亦有分身從如入去兼明法華是圓是常口唱下明具四德以證常眞淨大法者眞是常德淨是淨德既有常淨豈無我樂故云二德可知多寶全身尚偏十方故知諸佛亦有分身鈍者讀文猶尚不覺者不覺此經具足四德謬判法華不明常住以是而言古今咸鈍

○次問答中問諸佛顯本

問三世諸佛皆顯本者最初實成若爲顯本

問如文

答不必皆顯本今作有義者最初妙覺指初住爲本若初住被加作妙覺亦指初住爲本初住之前豎無所指橫有體用即指體豈非本耶又發願故說壽長遠如文云云又解最初之佛雖無長遠已今權實等本迹之可顯而

有體用教行理教事理等本迹之可顯云云若作無義若最初始成佛既始得本未論垂迹無久迹可發無久本可顯云云若久成佛如釋迦之例以東方爲譬若久此者即以四方爲譬又久者十方爲譬若近此者則滅東方爲譬若都無者則無所譬云云

答中最初妙覺指初住爲本者最初得故若初住位被加作妙覺佛亦指初住以爲實本準淨名疏應作四句謂本下迹高本迹俱下初住唯得此之兩句夫論迹者約有本說本爲法身迹爲八相初住之前無法身本故不得論本高迹下仍有過上又不得論本迹俱高若本迹俱高及本高迹下妙覺唯得此之二句妙覺極位更無過上故無本下迹高及本迹俱下二住已上等覺已還皆具四句二住迹現爲初住初住是迹即本高迹下二住現爲三住三住是迹即本下迹高二住現爲二住以望初住即本迹俱高望於三住即本迹俱下今文正當本下迹高若云初住之前豎無所指以體爲本以用爲迹此本迹俱下句也若準此意一切諸佛皆悉顯本又發願故於初住中說壽長遠初住實壽亦復無量故言發願說壽者但得法身必得長壽有緣機熟說遂昔願云云從又解最初之佛者即妙覺身中自將體用以爲本迹此是本迹俱高句唯闕本高迹下一句

問若實初成無久本可顯云何經言是我方便諸佛亦然答雖無長久之本若須用方便者佛有延促劫智能演七日爲無量劫義云云

問佛若有久成始成有發迹不發迹亦應有開三顯一不開三不顯一耶答若菩薩聲聞共爲僧者則有開三顯一若純菩薩爲僧者何須開顯耶

問若不開三顯一五佛章云何

問中云五佛章云何者如方便品廣開顯中約五佛章皆云亦以無量乃至皆爲一佛乘故若爾一切諸佛無不開顯

答同是聲聞菩薩共爲僧出五濁世可如此出淨土佛則不然

答意者佛亦不應一切開權經言一切約出穢土開顯者說耳

問破十麤顯十妙則無明惑盡一實理彰今更破迹妙爲麤顯本爲妙破何惑顯何理答無明重數甚多實相海深無量如此破顯無

答

又問若爾還以妙破妙所破之妙妙而更麤亦應還以麤破麤所破之麤倒更是妙所破四住例亦應妙

又問若爾還以妙破妙至例亦應妙者前文既以本妙破於迹妙迹妙成麤從亦應去並難迹妙被破既其成麤所破十麤亦應成妙從所破去又以四住重例難云麤是所破既得成妙四住煩惱亦是所破亦應成妙

答就頓明義秖四住即是於妙況破四住智寧非妙耶

次答文中重引四住之難以況初難若約頓義四住即妙應如所問況四住智去況出初難四住麤惑尚乃成妙況復生滅無

生滅智而非妙耶

又問若爾但有頓義應無漸義答若分漸頓漸之能所俱麤頓之能所俱妙云云

問中間有偏圓權實而同稱是權者亦應同稱爲偏耶

次問意者本成已後中間垂迹偏圓權實同稱權者以是迹故故皆是權權即是偏亦可悉皆稱爲偏耶

答通義則爾別義不然偏圓約法法則已定故偏非圓圓非偏權實約教迹中施設同皆是假故就假論權耳

次答別義者不例法既以定在本在迹定偏定圓教則不爾在本則權實俱本本故是實在迹則權實俱迹迹故名權偏圓乃至體用亦爾法則已定不可在本體用名體在迹體用俱用若教所說在本則體用俱實在迹則體用俱權當知體用等亦得是法事理理教教行準此可知故下文云本中事理先得爲妙迹中事理始得爲麤餘教行等例之可見

問既有帶麤妙復有不帶麤妙亦應有帶妙麤不帶妙麤答此應四句帶麤妙即別教也不帶麤妙即圓教也帶妙麤即通教也不帶妙麤即三藏也又帶麤妙如通不帶麤妙如圓亦帶麤亦不帶麤如別非帶非不帶如圓接別如圓別接通又約五味麤不帶妙如酪妙不帶麤如醍醐亦帶麤亦不帶麤如生熟酥非帶麤非不帶麤如乳云云

四句者別帶地前麤而證道是妙圓如文帶妙麤者秉通於中故也又釋者帶麤妙

者從通中來故亦帶亦不帶者帶地前而不帶通藏非帶非不帶者非帶藏通非不帶別二教接通亦爾非帶三藏非不帶通次五味中第三句者方等前三帶後一不帶般若準知第四句者非帶藏通非不帶別

問二麤既不同那忽同呼爲麤答事有淺深故爲二俱非妙理故同是麤

問二麤既不同者問藏通答中言事有淺深等者通即而藏不即

問應帶方便實不帶方便實答倒

問帶方便實等者問別圓教也俱顯中道而別帶圓不帶

問亦應有帶二一不帶二一答倒通論本迹秖是權實別論高下宜用本迹橫論真偽宜用權實本迹約身約位權實約智約教云云

次問帶二一等者亦問別圓地前以爲帶二次通論下雖不酬問而廣分別者一一句並是答而略於問耳

問本地十妙約六重本迹攝屬何耶

問本地等者卷初六重本迹今十妙屬六中何重耶

答非已今非中間乃是體用教行理教等共論十妙也

答中云乃是等者卷初已分此乃重問何者初云本地五重爲本中間今日爲迹既本地五雙屬本不知五雙如何對本故更問之今答文復含但云共論十妙若爾事理理教教行秖是因權實體用秖是果家之用果必有體故也用即感應神通說法

說法所被即成眷屬利益壽命涅槃還是果上法耳故不別叙但云共論

○第七判麤妙中二先以本對迹相望判之次又迹中下約前六門以判

第七判麤妙者若迹中已得十麤為麤十妙為妙未開十麤為麤開十成妙具如前說迹中若待麤妙若開麤妙此妙不異本妙而言始得始得為麤本中先成若麤若妙若開麤妙亦不異迹妙而是先得先得稱妙

初文者若不先將迹門開顯且判麤妙與本所證更無差別如何得知迹中之妙不及本麤以不約開顯待絕等判但約久遠實成以論故中間今日若麤若妙皆非先得是故先得麤亦名妙中間今日妙亦成麤

○次又約六重判者前但開顯久近等展轉束判已竟應更於開顯久近等中細判六門迹麤本妙於中三先釋

又迹中事理始得為麤本中事理先得為妙迹中理教教行體用權實等亦如是

○次況

又若未發迹顯本者但解迹中事理之麤妙終不能解本中之事麤況解本中之理妙彌勒尚不達何況餘人

○三若發下亦明本迹六門相顯相融之相及不思議一等於中二先約事理一雙略釋

若發迹中之事理即顯本中之事理亦知由本中之事理能垂迹中之事理迹既由本則本妙迹麤既有本迹之殊故言麤妙妙理則

非迹非本不思議一也
理教教行體用權實已今等亦如是
○次五雙例知
又言已今者即是昔日已得已今爲本今
日中間所對已今爲迹中間節節皆有五
味教故故四味及以迹門爲已開長遠壽
爲今故使已今亦論今昔麤妙故也
○次明權實中三先本迹相對爲權實以
判迹中權實爲權本地權實俱妙以久成
故次復次下更約本迹相望論自行等三
則本自迹他本迹相對爲一自他三復次
下更約本迹各有三義以明理同約事則
知本中施麤亦妙迹中開廢猶麤理無麤
妙初文中意具如判麤妙文意於中又二
先正明

第八明權實者照迹中十麤之境爲權照迹
中十妙之境爲實乃至中間三世所照十麤
之境爲權十妙之境爲實若權若實悉皆是
迹迹故稱權如是中間無量無量一不可說節
節權實餘經尚無中間一番之權況一番之
實尚無中間一番權實況無量番尚無中間
權實況有本地權實中間權實皆名爲權本
初照十麤十妙皆名爲實
○次迹權本實下明融通
迹權本實俱不思議不思議即是法性法性
之理非古非今非本非迹非權非實但約此
法性論本迹權實麤妙耳但以世俗文字有
去來今非謂菩提有去來今也
二理一不可思議故云法性非古今等△次更
約本迹相望論自行等三則本自迹他本迹相對爲一自他

復次分別權實則有三種謂自行化他自行化他具如境妙中說本地自行所契權實二智名佛自行權實從本已來乃至鹿苑種種方便隨他意語說此二智迴轉無方名佛化他權實二智化他雖有二種皆名爲權自行雖二種皆名爲實是名自行化他合說權實

次自等文則本中化他亦名爲妙亦應合有不思議融通文無者略應云法性之理非自非他自他雖殊不思議一△三更約本迹各有三義以明理同約事則知本中施麤亦妙迹中開廢猶麤理無麤妙

○第三中亦二先釋次融通結歸

復次迹中約實施權意在於實而實意難測何者化城是權而人作實解是不識權亦不知實若廢權顯實意在於權權則易測何者既知化城一事是佛權施則遍達恒沙佛法遠通久劫方便故華嚴中明爲阿鞞跋致多明事數即其義也若開權顯實者達事法已權意即息亦不離權遠求於實權即是實無復別權故言開權顯實也

釋中文二初中言復次迹中約實施權等者然約實施權意在歸實而人多以所施之權謂爲究竟故俱不識若廢權顯實意在所廢之權初欲廢之故斥此權非爲究竟權是事法而人易知故一代佛教自法華前佛意恒實二乘不退始終不知及至廢權乃云汝等去來寶處在近而人咸知寶處非此此即是於寶渚之初發足已涉於脩途況復曾已行於三百指我之果即彼妙因故云易測言華嚴明阿鞞跋致多明事數者引例釋前權易測意也一切事

法無非權施如來久遠爲諸衆生施設方便故恒沙佛法施已皆廢所施之權屬於事相是故事相多爲不退者説即能於事達不退理又不退位高下不同若是地前行不退位但聞事數知事即理故開權顯實得入初地念不退位能達此權即是實相豈可離此別求實相爲對跛致故云初地

迹中既有三意如此迹由本垂本亦如是本迹雖殊不思議一也云云

融通如前問此中第八權實與前第七門判何殊答前以本迹判於麤妙及以六門令以權實及自行等以釋權實則本實迹權自本他迹又以開顯等轉釋權實若開迹顯本之權實方名本中之權實是故重明一理無異意在於此問迹門十妙一一妙中於一一科皆先判次開今本門中何故但有此麤妙門及以權實皆似判意而無別立開耶答此與迹門其意稍異迹門判竟義必須開何者如判中云若教若味皆前麤後妙若不開者人謂三四之外別有圓及醍醐是故開三即圓四即醍醐今本門十則不如此前廣釋十中一一皆以三義釋迹近成不同義當於麤拂迹指本義同於妙據此已是約事判開一一復言不思議一此復約理以開一切恐人不了故復於此別立兩門判前麤妙此判即開況復二文復約理開問何故迹門無理開耶答初依境開已是約理又迹門有教詮理若開於教即表理開今此本門約身約

事雖開身事猶須開理本迹證殊是故皆云不思議一應知始自總釋終至於此若拂迹指本是約事論開若以不思議融通則開事入理若不曉十門之旨將何一理冠諸一理雖同十門事別不思議一十妙恒殊差而不差斯之謂矣

○九明利益中二先正說益次流通益初文又二初雙標

第九利益者前明生身益次明法身益

○次雙釋釋中二先釋次若論實道下校量初又二先釋次即是下結初又二先生身次法身生身又二先聞迹門次聞本門初聞迹門中又四先明十妙中益次明六即中益三如身子下略示其類四即是下結

生身兩處得益迹門會三歸一開權顯實生身菩薩得利益者於十妙中得五妙益何者境妙則通一切具有乘妙則別究竟在佛感應神通說法皆是果上之益若未證果不論此益

初文者但得智行位眷屬利益益也然須料簡智從解說故總得之若破惑之智須甄於果位通深淺意亦如之眷屬可得極至一生修未出界義非神通餘未破無明及見思等則隨惑判釋利益同為一實益也三法屬果義可通因則依聲聞咸入初住今從極果故不通因△次明六即中益

若於六即位中得四即益理即究竟即例如前但得名字即中智行位眷屬功德乃至分眞即中智行位眷屬功德△三畧示其類

如身子得記四衆天龍歡喜説偈云大智舍利弗今得受尊記我等亦如是悉當得作佛

△四結

即是生身菩薩聞迹門説法得益之相也

○次約本門中三初明十妙益

發本顯迹説佛壽長遠觀佛三昧得大增長從此亦有生身菩薩得十妙中之五益

○次六即益

六即中之四益

○三明增道損生

損生增道云云

○次法身益中爲三初明益相

從二住去至一生在皆是法身得五益

○次何以故下明益所以

何以故應生聞本地功德觀佛三昧轉更深廣不可稱量不比前來迹中之益何者佛境轉深功德亦大

○三故分別下引證

故分別功德品云佛説希有法昔所未曾聞世尊有大力壽命不可量説得法利者歡喜充遍身或住不退地或得陀羅尼△次結

即是生法二身得益之相

妙法蓮華經玄義釋籤卷第二十七

音釋

謦欬謦苦頂切欬苦愛切謦欬逆氣也　蛣蟯蛣去吉切蟯丘良切　螫施隻切蟲行毒也　蝮蠆蝮方六切蠆丑邁切並毒蟲名

妙法蓮華經玄義釋籤卷第二十八

隋天台智者大師說

門人灌頂記

唐天台沙門湛然釋

○次若論下較量中四初略辨同異次喻如下借小爲譬三前迹門下辨多少深淺四當揀下示文判位

若論實道得益兩處不殊而權智事用不得相比

初文云若論實道兩處不殊權智事用不得相比者本門法身迹門生身兩處得益所證圓理理無深淺故曰不殊豈以初住無生忍位齊於本門法身一生菩薩耶

喻如慧解脫俱解脫無漏不二而功德優劣

前迹門得道止齊無生法忍本門得道齊餘一生在以塵爲數多少深淺豈同於前當揀彼文從發心處即是六根淨位乃至一生在即是最後分眞云云

二三四如文

○次明流通益又二初正釋次釋疑

又流通利益者前流通迹門是諸發誓菩薩及諸羅漢得授記者此土他土弘經論其功德觀文但明冥利不說顯益今說本門付囑一切諸佛所有之法兼得迹門法也祕奥之藏即是本迹中實相也一切甚深之事即是本迹中因果也如此等法付囑千世界微塵菩薩法身地弘經何但如生身此土他土弘經耶十法界身遊諸國土則有冥顯兩益也

初正釋中意者辨兩處得益冥顯不同初言迹門冥利益者但見與記不云入位故

名爲實如分別功德品即是顯也又地涌弘經亦顯益也或迹門諸菩薩至此復益及本門中新得益者或有未預此諸益數並有實益故云兼得迹門

○次釋疑中二先疑

疑者云法身常有佛何須菩薩弘

○次釋

但弘之在人待時待伴如佛雖在世而文殊入龍宮法身處雖有佛復須外緣故佛付囑吐舌摩頂種種相貌殷勤付囑令弘此法得無量微妙功德其有聞者妙益不可稱數故文云若有聞佛説壽量一切皆歡喜得無量無漏功德之果報即此意也

釋中云待時者如華嚴不悟待至三味乃至涅槃一一味中亦有待時如佛邊未益待共文殊入淨名室乃至涅槃未悟待至後佛出世之時待伴者如在鹿苑待五比丘度五人已處處化益如華嚴中四大菩薩乃至法華中身子彌勒等及文殊入海領無數衆來至佛所等涅槃中迦葉德王師子吼等又如佛留智積以待文殊分身不答以待後佛亦如持品五百聲聞及諸菩薩比丘尼等皆是待伴又待時者如待文殊答問竟時待彌勒騰疑竟時待文殊龍宮出時待妙音東來時等並是待時故知諸佛法身徧一切處而假諸菩薩共化之時以菩薩爲伴次引證中二文迹本兩門後令弘此法者即是本迹兩門發誓弘此法華經者是也

○次觀心中三先釋次引證三此即下結

益初文又二初境次觀初境又二初不可
觀
十觀心者本妙長遠豈可觀心
○次明可觀可觀又二先立
雖不即是亦不離心
○次何者下釋
何者佛如衆生如一如無二如
釋中云何者佛如衆生如至利益之相者
如下疏中云速願我如得如佛如說如之
壽亦復無量如是觀如如即是理聞名起
觀即是觀行乃至究竟成無上道故具六
即
○觀又三先不可觀
佛既觀心得此本妙迹用廣大不可稱說
○次我如下可觀
我如如佛如亦當觀心出此大利
○三亦願下弘誓
亦願我如速如佛如△次引證
故文云聞佛壽無量深心須臾信其福過於
彼願我於未來長壽度衆生如今日世尊諸
釋中之王道場師子吼說法無所畏我等於
未來一切所尊敬坐於道場時說壽亦如是
△三結益
此即觀心本妙得六即利益之相云云△自立二
上釋籤二下釋妙以來至此本迹十妙皆竟今科料簡大妙
○次料簡中
問大妙云何
初問者問云何同異
答此應三雙六句分別云云文云佛自住大乘
又云如是大果報又云有大車而題稱爲妙

如涅槃云大般涅槃微妙經典而題稱爲大即妙是大即大是妙也大品云色非深非妙乃至識非深非妙此是大破妙此文云一切法空寂無漏無爲無大無小此是妙破大如大阿羅漢此大猶修於妙如滅止妙離此妙猶更修大云云

答三雙六句者初兩句約圓理故名與義更互而立以不異故耳次兩句者今題稱妙破小乘之大大品題稱大破小乘之妙亦應對教等第三兩句亦對小辨亦應對教等思之可見

問若大妙一等餘經俱應稱妙答餘經通論約理大妙不殊而别帶方便此經不帶方便故别稱妙小乘得入發迹顯本故别稱妙

次問大妙一等約前六句中初兩句爲問

問大小俱稱妙大小俱明常一往斥之云云小乘滅止妙離名同理異不得是常

次問至一往斥之者初是問一往下答一往亦得俱稱爲常若其斥之唯有無常不得於常小乘亦有三無爲常若望大乘如實性論二乘由是無常等倒名同是一往理異是斥之

並云不得是妙答妙名不可思議小乘眞諦亡言絶慮通得是不思議通名爲妙耳次當縱之亦得以三無爲稱常而常異

並云不得是妙者既一往名妙斥之則無常故並云既無常亦無妙次答中但約一往答不以斥之答從縱之下縱前斥之既有三無爲之常復言常異者於縱復奪是故云異

又並既俱稱常亦俱會一答會諸見同入眞
而會異
次又並者大小俱稱常小乘應會一此約
法華爲難答中亦是先同而後異
又並俱無常俱麤俱不會耶例通而義異云
何大乘無常大乘非但無無常亦無於常以
無於常故言無常云何大乘是麤夫有言說
即名爲麤云何大乘不會耶一切諸法皆是
佛法更無所會(云云)
次並者大乘無常麤不會耶例下答意同
前前同後異云何下釋釋中但釋同邊異
意如向
○次釋蓮華先列章
次釋蓮華者爲四意一定法譬二引舊釋三
出經論四正解釋

○次解釋釋初文三先明約譬次明法理
三和會二釋
定法譬者權實難顯借喻蓮華譬於妙法又
七喻文多故以譬標題
初意中云七譬文多者用多語意方顯權
實不同蓮華用十二字顯理周足
○次法理中三法譬合
又解云蓮華非譬當體得名
類如劫初萬物無名聖人觀理準則作名如
蛛羅引絲做之結網蓬飛獨運依而造車浮
槎汎流而立舟鳥跡成文而寫字皆法理而
制事耳
譬中云蛛羅引絲做之結網博物誌云伏
羲造八卦神農造五穀貨狄造舟(黃帝臣也)維
父造臼杵(黃帝臣也)蚩尤造兵(火帝時臣)黃帝造冠

冕容成造曆（黄帝臣也）岐伯造醫（黄帝臣也）隷首造數（黄帝臣也）臯陶造獄（舜時臣也）嵇仲造車伯益造井蒙恬造筆蔡倫造紙（未見造網人準例可悉古人所造皆法理而立）△三合

今蓮華之稱非是假喻乃是法華法門法華法門清淨因果微妙名此法門爲蓮華即是法華三昧當體之名非譬喻也

○三和會中二先略明融會意

餘經多自釋名此經無解或是其文未度耳而此兩釋皆有道理今融二意

○次正會中又二先問起

問蓮華定是法華三昧之蓮華定是華草之蓮華

○次答答中三先正明用法譬

答定是法蓮華法蓮華難解故草華爲喻

○次利根下明法譬所以

利根即名解理不假譬喻但作法華之解中下未悟須譬乃知以易解之蓮華喻難解之蓮華故有三周說法逗上中下根約上根是法名約中下是譬名三根合論雙標法譬

○三如此下結

如此解者與誰爲諍耶今且依法譬爲釋也

○次明舊解中二先敘諸師次敘光宅初文二先別敘三師次通敘諸師

二引舊解敞師序云未敷名屈摩羅將落名迦摩羅處中盛時名分陀利遠師云分陀利迦是蓮華開喻然體逐時遷名隨色變故有三名也大經亦云人中蓮華分陀利華二名並題者應有通別之異今取蓮華是通分陀利是別稱道朗云鮮白色或翻爲赤色或翻

爲最香如此皆是開盛之義舉分陀利則兼之矣問梵本舉别此方用通何也答外國有三時名此方則無但舉通名通自兼别

前之三師無破

○次諸師中二先列次此十及六下略破

他解蓮華有十六義蓮華從緣生譬佛性從緣起蓮華能生梵王譬從緣生佛蓮華生必在淤泥譬解起生死蓮華是瑞見者歡喜譬見者成佛蓮華從微之著譬一禮一念皆得作佛蓮華必俱譬因果亦俱華必蓮譬因必作佛蓮華譬引入蓮華世界蓮華是佛所踐譬衆聖託生此十譬秖是今家譬行妙中片意耳

列初中言此十譬行妙中片意者今家行妙具無緣慈悲及戒定慧慧中具有生滅無生無量無作況復次第不次第及增數等乃至開顯一心五行攝一切法初云佛性從緣起者則不攝無作但是理性從緣而發第二文既亦云從緣通攝福德莊嚴等但是遠有生佛果義第三意者但知心性不離生死既未修行但是戒聖行初耳第四意者見者得入初歡喜地八相成佛此無作慧仍未終極第五意者微有至著之義故亦在於戒聖行中第六意者明權實不二但是理體亦是戒聖行前之理體耳第七意者云因必含果果既未現猶在地前無量行中第八意者鈍根菩薩及二乘人猶屬緣因福德所攝第九意者託生處通猶兼方便修入華臺終未圓極故是無作聖行未終文闕一義例前可知聖行

尚自未周況復梵天病兒等行故知此十但是行妙少分而已

蓮華生淤泥淤泥不染譬一在三中三不染一蓮華三時異譬開三秖是一蓮華有開有合譬對縁有隱有顯蓮華於諸華最勝譬諸說中第一華開實顯譬巧說理顯蓮華有三時異譬權實適時此六譬秖是今家說法妙中片意耳

此六譬秖是今家說法妙中片意者初意者一在三中權猶覆實小部法耳第二意者秖是開權大部法耳第三意者秖是顯露及秘密耳第四意者秖是廢權立實一意第五意者但是所詮第六意者秖是權實兼用然顯露不定秖攝四時於四時中八教不周故云片意

○次破光宅中又二先引如光宅云餘華華果不俱譬餘經偏明因果此蓮華華果必俱譬此經雙辨因果弟子門明因師門明果故借蓮華爲喻

○次破破中二先正破今謂此解語略而義偏若迹門師弟各有因果文云我盡行諸佛所有道法道場得成果即師之因果會三歸一即弟子因得記作佛即弟子果本門云我本行菩薩道時即師因我得佛已來甚大久遠即師果我昔教其初發心即弟子因今皆住不退悉當得成佛即弟子果彼義偏略故不用

○次且助下借彼語助顯正也即是約因果而論實相

且助成其語如四微色法不當華之與蓮而

約微論華論蓮今實相之理不當本迹因果而約理明於本迹因果耳又如四微不當開之與合而約微論開合實相不當權實而約實相論開權顯實發迹顯本耳

○三引經論準經本論及大集經初引論中三初列十七名次餘名下引論解釋三今解下今解論意

三引經論者法華論列十七名一無量義二最勝三大方等四教菩薩法五佛所護念六諸佛祕藏七一切佛藏八一切佛密字九生一切佛十一切佛道場十一一切佛所轉法輪十二一切佛堅固舍利十三諸佛大巧方便十四說一乘十五第一義住十六妙法蓮華十七法門攝無量名字句身頻婆羅阿閦婆等

初列名如文

餘名悉不解釋唯列十七名次解蓮華有二義一出水義不可盡出離小乘泥濁水故復有義蓮華出泥水喻諸聲聞入如來大衆中坐如諸菩薩坐蓮華上聞說無上智慧清淨境界證如來密藏故二華開者衆生於大乘中心怯弱不能生信故開示如來淨妙法身令生信心故

次引解中云餘名不解今若欲略知法華論十七名中意者第十六既名妙法蓮華當知諸名並是法華之異名耳又諸名者但法無喻唯今妙法法喻雙舉故知亦可用於蓮華喻十六名如妙法者本迹各三無物以喻故喻蓮華餘十六名亦含本迹各有三義迹中諸經不譚佛意故名有量

今經本迹施開廢三佛旨無盡故云無量況成道後處處開廢名無量義言最勝者勝秖是妙亦是歎美本迹之辭言方等者亦曰廣平迹本偏收故名為廣一實無二故名為平言教菩薩法者迹門被會純成菩薩本門增進純為菩薩故下文云若聞此經是善行菩薩道言佛所護念者為實施權而護於實開權顯實而護於權廢權顯實而護於理為護故念念持於護本迹唯説初成道來念用於實衆生無機尋思方便念用於權方便既足念顯於實一實既顯權廢實存佛久已成衆生流轉故念垂迹拔此迷徒物雖受道迷於近迹念示遠本廢其近迹佛秘密藏者唯佛與佛乃能究盡非時不授為秘具一切法為藏云一切佛藏者一切諸佛無不入於三德秘藏平等有故故云一切一切佛密字者權實相即本迹亦然人無知者故名為密以密為名故云密字言生一切佛者開權顯實即識迹佛之所從生開迹顯本即識本佛之所從生言佛道場者實相即是迹佛本佛得道之場言佛所轉法輪者三世諸佛所轉法輪不出權實本迹二門言佛堅固舍利者此經即是法身全身堅固舍利不同生身碎身舍利實本不動故名堅固言大巧方便者方便既是蓮華異名古人何故判方便品從昔題名淨名報恩等經皆有方便品豈以名同能混其義淨名等意密以同體兼於三教名為方便今此法華唯一佛乘體内方便故名方便第一義

住者所住即是諸法實相攝無量名字者餘經權實尚未相攝況復本迹今此二門攝無不盡如上所釋略辨方隅若委論者以論二義一一對辨應以六義一一對之仍引經文一一證成皆以妙法轉度入餘十六名中方稱文意

○三解論意中二先正釋

今解論意若言令衆生見淨妙法身者此以妙因開發爲蓮華也若言入如來大衆坐蓮華上者此以妙報國土爲蓮華也

○次何者下重釋

何者盧舍那佛處蓮華藏海共大菩薩皆非生死人若聲聞得入於此即妙報國土爲蓮華也彼論望今意乃是行位兩妙耳得入由行入住名位所以如第三卷境妙中已略解竟

大集云憐愍爲莖智慧葉三昧爲鬚解脫敷菩薩蜂王食甘露我今敬禮佛蓮華又以戒定慧陀羅尼爲瓔珞莊嚴菩薩今解經當是菩薩攬四法成假名人如蜂在華復以前四法自資如蜂食華也

次引大集者但是約蓮華爲法門耳亦未足以顯妙今文判之亦且依其因果義邊用爲解釋

○四正解中二先重叙法喻意次正解初文三初更叙經論意次然經文下釋疑三夫喻下明體不同初文又二初叙經論意四正釋者若依大集行法因果爲蓮華菩薩處上即是因華禮佛蓮華即是果華若依法華論以依報國土爲蓮華復由菩薩修蓮華

行報得蓮華國土
○次當知下明法喻意
當知依正因果悉是蓮華之法何須譬顯爲鈍根人不解法性蓮華故舉世華爲譬亦應何妨
○次釋疑中文不立疑直釋而已即是釋伏疑也
然經文兩處說優曇鉢華時一現耳此華若生輪王應出若說此經即授佛記法王王世也此靈瑞華似蓮華故以爲喻若從此意即是借喻喻於妙法
有伏疑云兩處優曇並可以喻此權實經一切之言徧攝衆機又時一現耳足表最爲後何不以爲喻而用蓮華耶然經文兩處明優曇華者如優曇鉢華時一現耳又譬如優曇華一切皆愛樂今但云時一現耳且從一文結語古今釋云此似蓮華故以爲喻是故正應須用蓮華蓮華中有全分喻故△三明體不同

三明用喻意中二初叙涅槃通論八喻次明經論分喻非極

夫喻有少喻遍喻如涅槃云云
言涅槃八喻者凡諸經論取喻不同有分有徧如大經云喻有八種謂順喻逆喻現喻非喻先喻後喻先後喻徧喻分喻者具如經說故第五云面貌端正如盛滿月白象鮮潔猶如雪山滿月不可即同於面雪山不可即是白象不可以喻喻眞解脫爲衆生故故作是喻今亦如是不可以喻喻於妙法爲衆生故以喻蓮華△次明經論分喻非極

但少喻以月喻面不得求其眉目雪山況象不可覔其尾牙今法華三昧無以爲喻喻比蓮華耳

○次夫華下正釋中二初更通叙用喻意次又餘華下正釋初又二初示前文次出今喻意

夫華有多種已如前説

初文具如第一卷文意

唯此蓮華華果俱多可譬因含萬行果圓萬德故以爲譬

○次文中二初總次多分下别總如分喻别如全喻初總中二釋結釋又二先略次又以下廣

又餘華麤喻九法界十如是因果此華妙喻佛法界十如因果

初文言九法佛法者秖是權實權實不出十法界法故略以對之

○次廣中猶總故但對本迹六文具如序中文意又二先對六喻次以十如結成初文二標釋

又以此華喻佛法界迹本兩門各有三喻

○釋中本迹各二釋結釋中各皆先譬次合或有引文等前序文中具引六文竟故今不委悉

喻迹者一華生必有於蓮爲蓮而華蓮不可見此譬約實明權意在於實無能知者文云我意難可測無能發問者又云隨宜所説意趣難解二華開故蓮現而須華養蓮譬權中有實而不能知今開權顯實意須於權廣識恒沙佛法者秖爲成實使深識佛知見耳三

華落蓮成即喻廢三顯一唯一佛乘直至道場菩薩有行見不了了但如華開諸佛以不行故見則了了譬如華落蓮成此三譬迹門從初方便引入大乘終竟圓滿也又三譬譬本門者一華必有蓮譬迹必有本迹含於本意雖在本佛旨難知彌勒不識二華開蓮現譬開迹顯本意在於迹能令菩薩識佛方便既識迹已還識於本增道損生三華落蓮成譬廢迹顯本既識本已不復迷迹但於法身修道圓滿上地也此三譬譬本門始從初開終至本地△次以十如結成

○次結成中亦二先舉前生後

二門六譬各有所擬

○次釋釋又二先釋次結初文二先迹次本初又二先結成十如

初重約佛界十如施出九界十如次重開九界十如顯佛界十如三重廢九界十如成佛界十如三譬攝得迹門始終盡

○次例餘境餘妙

若得此意十二因緣四諦三諦等智行位乃至功德利益亦用此譬譬之云云

第四重約本佛界十如施出迹中佛界十如第五重開迹中佛界十如顯出本中佛界十如第六重廢迹中佛界十如成本中佛界十如

次本文可見

○次始終下結

始終圓滿開合具足

迹門以施爲始開爲終本門以垂爲始拂爲終各以始開終合合竟名爲圓滿具足

○次是爲下總結

是爲少分以蓮華爲譬也

可見△次別

○次多分喻即全分也今不云全但云多分者雖以此華喻於本迹各十意足然因果自他久近適時乃至實相妙體取體妙宗體家之用體宗用三料簡之相何由可以此華能喻理足事闕故云多分於中又二先叙意次廣釋初文略述兩文徧喻之相如師子法門徧喻如來果人大用次波利樹法門徧喻行者從因至果今蓮華獨能喻前兩義約本門則是果人無方大用節節不休當當不已約迹門譬於行者從因至果味味調熟位位入圓於中二先引二譬次今亦下結意顯同同意如向可以意得

多分喻者釋論解師子吼義從深山谷種生長身力手足爪牙頭尾震吼等譬譬師子吼法門亦如大經明波利質多樹黄嘴皰果等徧喻行人

言譬如師子吼法門者大論一十三先列師子種類身相吼聲然後合云如來師子亦復如是從六波羅蜜四聖諦清淨種中生寂滅大山谷中住一切種智頭集諸善頰無漏正見修廣目光澤定慧等行步高廣眉四無所畏牙白利四正勤堅滿頫三十七品齒齊密修不淨觀吐赤古修念慧耳高上十八不共毛光澤三解脫門身肉堅三種示現修平脊明行足腹不現忍辱腰纖細遠離尾長四如意足安立四無量

智嚬呻無礙解脫口威伏諸外道邪見之屬覺諸衆生四諦曬等大經波利質多羅樹者二十七經徧喻中始自葉黄終至開敷徧喻佛弟子初始出家乃至得果經云三十三天有波利質多樹其根入地深五由旬枝葉四布五十由旬葉熟則黄諸天見巳心生歡喜是葉不久必當墮落其葉既落復生歡喜是枝不久必當變色枝既變色復生歡喜是色不久必當生皰見巳復喜是皰不久必當生嘴見巳復喜是嘴不久必當開敷開敷之時香氣周遍五十由旬光明遠照八十由旬諸天爾時夏三月在下受樂我諸弟子亦復如是其葉黄者喻念欲捨家葉落喻剃髮色變喻白四羯磨生皰喻發菩提心嘴喻十住菩薩見性開敷喻得阿耨菩提香氣喻十方無量衆生受持禁戒光喻如來名號周徧夏三月者喻三三昧諸天受樂喻諸佛在大涅槃常樂我淨

今亦如是從初種子乃至蓮成喻於妙法也

○先敘意巳竟次廣釋

○次今蓮華喻中爲二先喻次結初文二先喻迹十次喻本十初迹十中文自爲十初喻境廣餘九稍略前境有六兼無諦境爲七今亦具喻初喻十如前釋法中先總次別今亦如是還須以總而冠於別初總中二釋結

譬如石蓮烏皮在外白肉在內四微爲質卷荷欲生微細衆具開華布鬚蓮實房成初後不異蓮華始終十義具足譬佛界衆生始自

無明終至佛果十如是法無有缺減初中在外相在内性質爲體欲生力衆具作開華因布鬚緣蓮實果房成報初後不異爲究竟等蓮華始終秖是相乃至報

總譬竟

○次譬如下別釋中自爲十文一一皆先譬次合次引證等

譬如石蓮黒則叵染硬則叵壞不方不圓不生不滅劫初無種故不生今不異初故不滅是名蓮子相一切衆生自性清淨心亦復如是不爲客塵所染生死重積而心性不住不動不生不滅即是佛界如是相淨名曰一切衆生即菩提相即其義也

初釋譬相中衆生無始諸法具足猶如石蓮黒則下列石蓮相劫初下釋上六句中不生不滅理相自然故云無種流轉至今不增不減爲不滅一切下合譬文略客塵不染合初句生死重沓下合次句乗其句勢便合不方不圓方故住圓故動今合意者不住如不方不動如不圓是則不住生死不動生死不住故不滅不動故不生

譬如蓮子雖復烏皮淤泥之中白肉不改一切衆生了因智慧亦復如是五住淤泥生死果報一切智願猶在不失是名佛界如是性故言煩惱即菩提又諸法不生般若生即其義也

次釋性中初如文次言智願不失後言煩惱即是與前智願不失二義似如相違共成如是性耳智願是宿種煩惱是理具種在惑中而惑體全是又諸下復顯修得以

有當成之性故般若可生
譬如蓮子在淤泥中而四微不朽是名蓮子
體一切衆生正因佛性亦復如是常樂我淨
不動不壞名佛界如是體大經言是味眞正
停留在山草木叢林不能覆滅即其義也
次釋體中四德爲四微不爲生死所動而
理性不壞釋大經意如止觀第一記
譬如蓮子爲皮殼所籠爲泥所没而卷荷在
心而有生長之氣一切衆生心亦如是雖爲
苦果所縛集惑所沉而能於中發菩提心甚
大雄猛如師子乳如師子筋弦是名佛界如
是力經言若發菩提心動無邊生死破無始
有輪閻浮人未見果而能勇猛發心也
次釋力中具合四句如師子下重譬甚大
雄猛次引經者動無邊生死如生長之氣
破無始有輪如有鑚皮之用有即二十五
有因果如輪轉也閻浮下證能發心
譬如蓮子雖復微小烏皮之内具有根莖華
葉鬚臺衆具頓足是名蓮子如是作一切衆
生初發菩提心亦復如是明解決定慈悲誓
願上求下化誓取成就志不疲退是名佛界
如是作華首經言一切諸功德皆在初心中
即其義也
釋如是作中烏皮如無明衆德如内具發
心如欲生不惑如決定慈悲去明發心之
相成就如頓足始從根莖終至頓足始從
發心終至極果次引華首以證始終
譬如蓮子根依淤泥而華處虚空風日照動
晝夜增長榮耀頓足一切衆生亦復如是從
無明際發菩提心修菩薩行出離生死入法

性中因行成就值於佛日被神通風其心念念入薩婆若海此名佛界如是因經言於無量劫所作功德不如五莖蓮華上然燈佛得功德多此是眞因成就即其義也

次釋如是因中合譬一一對喻合之文足

次引經者但證前眞因如華處空耳

譬如蓮華鬚蘂圍遶在華内蓮外此名蓮華如是緣菩薩亦如是於眞因中具足萬行六波羅蜜一行一切行資助於因如鬚在華内若得果時衆行休息如鬚在蓮外是名佛界如是緣經言盡行諸佛所有道法即其義也

譬如蓮華華成結蓮而華葉零落臺子成實此名蓮子如是果菩薩亦如是眞因所感無上菩提大果圓滿究竟成實是名佛界如是果故經言佛子行道已來世得作佛即其義也

譬如蓮實房臺包遶此名蓮子如是報菩薩亦如是大果圓滿無上報足習果之果依於報果如實依臺經言如是大果報久修業所得即其義也

譬如泥蓮四微處空蓮四微初後不異此名蓮子本末等一切衆生亦如是本有四德隱名如來藏修成四德顯名爲法身性德修德常樂我淨一而無二是名佛界十如本末究竟等經言衆生如佛如一如無二如即其義也是用蓮華譬十如境竟

次用蓮華譬十二因緣者烏皮淤泥水草重覆通如上說也即是無明支種子能生力即是行支内有卷荷華鬚備具即是識名色六入觸受支含潤愛取有支團圓盤屈不能得

出即是老死支若能芽鋒萌動鑚烏皮破即是無明滅不復在烏皮内生即是諸行滅出㲉殼外即是老死滅此略譬四種十二因緣也

次譬十二因緣中亦應通釋故云通如上説今略通從別指上八字即是無明

○從譬四諦去但文相通總細尋可見

次用蓮華譬四諦者烏皮譬界内苦白肉譬界内集泥譬界外集水譬界外苦道滅可知此通譬四種四諦也

次用蓮華譬二諦者蓮藕莖葉等譬俗蓮藕莖孔空譬眞此通譬七種二諦也

次用蓮華譬三諦者眞俗如前四微擬常樂我淨譬中道第一義諦此通譬五種三諦也

四微無生無滅譬一實諦

劫初無生今時無滅譬無諦無説也用蓮華譬境妙竟

○次譬下九妙文雖通總大意具足

次更譬九妙者内有生性譬智妙卷荷生性譬空智妙鬚葉生性譬假智妙蓮臺四微生性譬中智妙此三生性譬一心三智妙也

初言智妙中但云三智者秖用三智攝二十智意亦略盡況更立一心對前以爲次第

蓮子雖小備有根莖華葉譬行妙莖即慈悲葉即智慧鬚即三昧開敷即解脱又葉以譬三慈者覆水青葉譬衆生緣慈覆水黄葉譬法緣慈倚葉譬無緣慈倚荷若出蓮生不久無緣慈成得記不久又根華子葉利益人蜂即檀香氣即尸生泥不辱即忍增長即精進

柔濕即禪不汙即慧齊此譬行妙也
蓮譬理即位芽鑚皮麤住位芽出皮細住位
鑚泥欲定位齊泥未到位出泥在水四禪位
禪定如水能洗欲塵處水增長譬無色位齊
此譬觀行蓮華位出水譬破見思相似蓮華
十信位處空舍而欲敷譬十住位鬚臺可識
譬十行位隨日開迴譬十迴向位敷舒成就
荷負蜂蝶譬十地位鬚葉零落臺子獨在譬
休息衆行妙覺圓滿果上無事眞常湛然此
皆譬位妙也
次譬位中觀行位舉於欲定乃至四禪者
寄此伏惑之位以釋非即五品必修世禪
隨日開回者白蓮青蓮並因日開有人云
白蓮因日青蓮因月故諸天中用華開合
以表晝夜以龍眠龍起以表春秋

蓮有四微譬眞性軌蓮房內虛莖藕中空譬
觀照軌臺房圍遶譬資成軌此譬三法乘妙
也
蓮成處空影臨清水譬顯機顯應影臨濁水
譬冥機冥應影臨風浪之水譬亦冥亦顯機
應大經云闇中樹影夜影臨水譬非冥非顯
機應此等譬感應妙也若風摇蓮華東昂西
倒向南映北下風則合上風則開者即譬東
涌西没中涌邊没等此譬地動瑞日暮華合
譬入定瑞日出華開譬說法瑞遠望則紅近
望則白赤華青葉相映輝赫譬放光瑞流芳
遍野譬栴檀風瑞蘂粖飄颺譬天雨華瑞風
雨飄灑翻珠相棠譬天鼓自然鳴瑞此等皆
譬神通妙也
華合未開譬隱一乘分別說三華葉正開譬

會三歸一但說一乘華落蓮存譬絕教冥理若知如來常不說法乃名多聞此等譬說法妙也

從一藕邊更生一華展轉復生無量蓮華譬業生眷屬妙從一蓮房墮子在泥更生蓮華展轉復生無量蓮華譬神通眷屬妙掘移彼藕採彼蓮子種於此池蓮華熾盛譬願生眷屬妙彼池飛來如遊絲薄霧入於此池蓮華熾盛譬應生眷屬妙

如遊絲薄霧者夫蓮華池見下風邊他人池中荷草等上如似遊絲復似薄霧者即是此藕移入他人池古俗相傳皆有此說乃至本中諸妙意亦可知自非大師妙證何能以此偏喻本迹

魚鼈噞喁其下蜂蝶翔集其上譬衆生果報清涼之妙益見者歡喜譬於因益採用其葉譬三草益採用其華譬妙小樹益採用其蓮譬妙大樹益採用其藕譬妙實事益此等譬功德利益如是等譬及餘無量譬喻以譬迹中十妙云云△次喻本十

次譬本者譬如一池蓮華始熟熟已墮落投於泥水方復生長乃至成熟如是展轉更生熟歲月既積遂遍大池華田布滿佛亦如是本初修因證果已竟爲衆生故更起方便在生死中示初發心復示究竟數數生滅無數百千本地垂應俯同凡俗更修五行烏蓮更生莖葉譬更修聖行蓮子四微稍稍增長譬更修天行荷葉始生譬更修梵行蓮子墮泥譬同諸惡更修病行蓮芽始萌譬同小善更修嬰兒行如是三世益物不可稱計遍滿法

界無非分身垂迹開迹廢迹等益云云△次結

若非蓮華何由遍喻上來諸法法譬雙辨故

稱妙法蓮華也

妙法蓮華經玄義釋籤卷第二十八

音釋

嘴即委切　皰匹貌切　噞喁噞魚檢切喁魚容切噞喁魚口上下貌

淤依據切濁泥也　[illegible]音却烏那空也　殼許角切

妙法蓮華經玄義釋籤卷第二十九

隋天台智者大師説

門人灌頂記

唐天台沙門湛然釋

○前已釋別名竟此之別名法喻合題然古人釋諸經題或但從人如郁伽長者或但從法如大般若或從人法如仁王般若但作此說何能顯於名下深致秖如今家解妙法兩字二百餘紙豈但人法法譬而已如此消釋尚恐不能盡經幽旨又復餘經當機被物無多關涉若釋此經不可率爾是故今師殷勤再三豈節外生文皆事不獲已於中二初略對別名重辨次正釋

第二釋通名者經一字也具存胡音應云薩達磨分陀利修多羅薩達磨此翻妙法分陀利此翻蓮華已如上釋

初中言胡音者自古著述諍競未生但從西來以胡爲稱應云梵音元梵天種還作梵語及以梵書梵天初下具如疏及止觀第七記此土書法本無從始但是大權隨其方土爲其制立是故倉頡初觀鳥跡故感通傳云倉頡造書臺亦名高四臺有人姓高兄弟四人造得此臺名高四臺倉頡於彼造書有云是迦葉佛說法堂故知迦葉佛客化此土

○次正釋中先列彼音輕重不同有翻無翻此方不定

修多羅或云修單蘭或云修妬路彼方楚夏此土翻譯不同或言無翻或言有翻

言楚夏者京華爲夏淮南爲楚音詞不同

所詮不異彼土亦爾雖同梵音諸國輕重不無少異

○次開章中列章

釋此爲五一明無翻二明有翻三和融有無四歷法明經五觀心明經

○解釋初言無翻者又二先列無翻次開五義初文二先立無翻

言無翻者彼語多含此語單淺不可以單翻複應留本音

○次述他解

而言經者開善云非正翻也但以此代彼耳此間聖說爲經賢說子史彼聖稱經菩薩稱論既不可翻宜以此代彼故稱經也

○解未全當是故須開以爲五門五門並是毗曇雜心中意於中又三標列釋

既不可翻而含五義

○列中先列

一法本亦云出生二云微發亦云顯示三云涌泉四云繩墨五云結鬘今秖作五義不可翻

○次列今家義開爲三通釋五義

今於一中作三三五十五義一教本二行本三義本

○釋中又二先正釋五義次釋訓初又二先釋次結初文自五初釋法本具三義者又二先散釋次束爲法門初文又二初通釋次别釋所言通者經是一切諸法之本今廣釋之言法本者一切皆不可說以四悉檀因緣則有言說

○次世界下别釋又二先略對

世界悉檀說則爲教本爲人對治則爲行本第一義悉檀則爲義本
○次廣解廣解中三初明佛言還以佛言爲本次若後下明佛經爲論之本三諸外下明斥外道無佛經本故法本義不成
所言教本者金口所說一言爲本派出無量言教若通若別當時被物聞即得道故經言一一修多羅復有無量修多羅以爲眷屬
初言若通若別者一經通別諸經通別諸教通別故經下引證教本經云一一修多羅無量修多羅以爲眷屬者華嚴第二十五不思議品云隨根性行廣說不可說億那由他修多羅一一修多羅初中後善出生一切句身味身又三十六云一切諸佛於一身化不可說不可說佛刹微塵數頭一一頭化不可說不可說佛刹微塵數舌一一舌出不可說不可說佛刹微塵數音聲一一音聲出不可說不可說佛刹微塵數修多羅一一修多羅說不可說不可說微塵數法一一法說不可說不可說微塵數句身味身法及句味名爲眷屬眷屬秪是隨順彼修多羅流類法耳△次明佛經爲論之本
若後人不解菩薩以佛教爲本作通論別論申通別經令佛意不壅尋者得道良由其論有本故也△三斥外道無佛經本故法本義不成
諸外道等雖有所說不與修多羅合戲論無本不能得道
經是行本者示人無諍法導達通塞開明眼目救治人病如教修行則起通別諸行從此至彼入清涼池至甘露地泥洹眞法寶衆生

從種種門入故知經是行本
經是義本者尋一句詮於一義尋無量句詮無量義或尋一句詮於無量義尋無量句詮於一義若通若別尋詮會入故經是義本
次義本中云尋一句詮一義等者如大經三十一因佛答迦葉闡提善根不定有斷不斷迦葉復問何故世尊作不定說佛言譬如醫方皆爲治病或於一名下說無量名如大涅槃亦名無生無出無作歸依窟宅解脫燈明彼岸無畏等或有一義說無量名如天帝釋名憍尸迦婆蹉婆摩佉婆因陀羅千眼天舍脂夫金剛寶頂等或有無量義說無量名如佛如來義異名異復有一義說無量名如五陰亦名顛倒苦諦四念處四識住道時衆生第一義身戒心慧解脫十二緣三乘六道三世等也名是能詮義是名旨大經從義故義爲名本故後二句並義居先初立一名無量名不立一義一名及無量義一名者爲酬迦葉是故不立若一義一名即當定義即是迦葉所難之辭是故不立此中文意爲釋經名從名詮義是故四句以名爲先前後雖殊其意不別涅槃云名此中云句者如云名詮自性句詮差別今爲存於詮差別名是故云句如云妙法蓮華殊於諸典即差別也△次束爲法門
束此三種爲法門者教本即是聞慧行本即是思慧義本是修慧見眞法本之義尚已多含故不可糊也或言出生例此可知
○次三發者亦二先通

二含微發者佛以四悉檀說言辭巧妙次第詮量初中後善圓滿具足如大海水漸漸轉深

○次聞教下別釋別中亦先散

聞教之者初聞世界悉檀次第領受分別法相微有解生漸漸增長明練通達又遍讀諸異論廣知智者意多聞強識以至成佛就此即約教論微發初聞爲人對治即能起行始人天小行次戒定慧入無漏行見道修道遂證無學從小入大終于妙覺是約行論微發初聞第一義悉檀展轉增廣入於聞思煗頂世第一次入見諦得眞第一義次入修道至無學從小入大見似眞中道起自毫末終成合抱也

○次束

束此三發爲法門者依小乘即三種解脫發依大乘初住中有教發是般若行發即如來藏理發是實相微發已自多含故不可翻也

束中在初住前名教行理至初住時此三開發此約修得三德而說故從發心漸漸微發至初住位一時頓發從初受名故云微發又云若約小乘三解脫者性念處慧解脫約理共念處俱解脫約行緣念處無疑解脫約教應須委釋出其義意

三含涌泉者從譬爲名也佛以四悉檀說法文義無盡法流不絕

若聞世界說一句解無量句月四月至歲如風於空中自在無障礙說初心解已如涌泉何況後心何況如來猶如石泉流潤遍益也

若聞爲人對治起無量行恒沙佛法種種法

門一行無量行入善境界登入正直道若聞第一義理若虛空虛空之法不可格量遍一切處是名義涌泉

束此爲法門者教泉是法無礙辯行泉即辭無礙辯義泉即義無礙辯樂說通三處涌泉已自多含故不可翻也

含涌泉中對四辯者教謂教法即十界教辭謂言辭即利他行義謂言旨即所詮理

四含繩墨者佛以四悉檀說初聞世界裁愛見之邪教不爲邪風倒惑得入正轍即教繩墨也若聞爲人對治遠離非道入好正濟道品之路即行繩墨也若聞第一義裁愛見此岸得至彼岸不保生死亦不住無爲即義繩墨

束此爲法門者教裁邪即是正語行裁邪即正業正精進正念正定等義裁邪即正見正思惟等繩墨已自多含故不可翻

五含結鬘者結教行理如結華鬘令不零落世界悉檀結佛言教不零落爲人對治結衆行不零落第一義結義理不零落

束此爲法門者結教成口無失結行即身無失結義即意無失亦是三種共智慧行亦是三陀羅尼教不零落是聞持陀羅尼行不零落行陀羅尼義不零落即總持陀羅尼若作嚴身釋者即是約教名智慧莊嚴約行名福德莊嚴約義即是所莊嚴所莊嚴即是法身爲定慧莊嚴也一切衆生皆有法身法身體素天龍之所忽劣若修學定慧莊嚴法身則一切見敬也△次結

舊云經含五義今則經含十五義豈可單漢

翻胡名含之釋如此云云△次釋訓
訓者訓常今釋其訓天魔外道不能改壞名爲教常眞正無雜無能踰過名爲行常湛然不動決無異趣名爲理常又訓法者法可軌行可軌理可軌今直釋訓已含六義況胡言重複而可單翻耶
二言有翻者亦爲五一翻爲經經由爲義由聖人心口故今亦隨而釋之謂教由行由理由一切修多羅一切通別論一切疏記等皆由聖人心口是名教由一切契理行一切相似行一切信行法行皆由聖人心口故以行爲由一切世間義一切出世義一切方便義一切究竟義皆由聖人心口故以義爲由教由世界行由爲人對治義由第一義悉檀又言經者緜義如世絹經以緜織之龍鳳文章成佛以世界悉檀說經菩薩以世界緜織經緜合故賢聖文章成又約行論經緜慧行爲經行行爲緜經緜合故八正文章成又約理論經緜者詮眞爲經詮俗爲緜經緜合故二諦文章成二翻爲契者契緣契事契義世界說是契緣隨宜說是契生善隨對治說是契破惡是爲契事隨第一義說是契義三翻法本者即教行理本如前釋云云四翻線者線貫持教行理令不零落嚴身等義如前釋又線能縫義縫教使章句次第堪可說法如支佛不值十二部線不能說法世智辯聰亦不得經線正語不成又線能縫行依經則行正違經則行邪又縫理者理所不印墮六十二邪理所印者會一究竟道也五翻善語教亦是善行教亦是善理教世界悉檀說即善語教

爲人對治即善行教第一義說即善理教是
名修多羅有五種翻也

餘文可知

○三和融中二初斥次今和融下正融通

初又三初雙斥二家次釋論下二家引證

三舊云下重斥無翻

三和融有無者昔佛法初度胡漢未明言無翻者乃是河西羣學所傳晚人承用加以此代彼今傳譯煥爛方言稍通豈苟執無翻猶以多含爲解若多含者何局五耶若有翻者以何爲正義寧種種翻那得多若翻修多羅爲經者修多羅有九謂通別修多羅藏等何不見周正十二部中經部三藏中有經藏耶若翻爲契法本等者亦應改正十二部中有契部法本部線部善語教部三藏中應有線等藏彼諸處皆不從此翻何獨通修多羅耶

初如文

釋論云般若尊重智慧輕薄何得用輕翻重若爾即是無翻家證夫實相尊重不可說遂得作胡言而說何不得作漢語而翻若不可翻亦不可說此即有翻家證

次二家引證中初無翻家云般若尊重智慧輕薄者譯梵爲漢漢音浮淺故安師云譯經有五失及三不易譯梵爲秦如嚼食與人令人嘔噦據此似如非不可翻但薄淡也今既已翻非全不可

○三重斥無翻者意在共翻爲經故且廣斥無翻次方融通二計於中二初立舊無翻家

舊云涅槃含三德不可用滅度爲翻又梁武

云滅度小乘法不可用翻大涅槃
○次此未必下斥又四初總舉大經次引
今經並折三若謂下縱折四若執下以失
意折
此未必爾經言有涅槃大涅槃亦應有滅度
大滅度此經云如來滅度豈非大滅度既以
小滅度翻小涅槃何得不以大滅度翻大涅
槃
初二如文
○第三又二初直以滅度名折
若謂滅度偏不含三德者今作含釋滅者即
解脫解脫必有其人人即法身法身不直身
必有靈智靈智即般若
○次按經題以大滅度名折
又大即法身滅即解脫度即般若但標滅度
含三宛然何得無翻耶
○四斥失意
若執一言則彼彼相是非不達佛意已如上
說
如文
○次正和融中三初以今家如前所釋融
通
今和融有無虛豁義趣若言無翻名含五義
於一一義更含三義彌見其美若作有翻於
一一翻亦具三義轉益旨深任彼有無何所
乖諍
○次大經下引證融通
大經云我終不與世間共諍世智說有我亦
說有世智說無我亦說無如此通融於二家
無失而有理存焉

何不專憑一理而雙是二家故引大經明雙是意凡破立之法皆先出彼非彼二無大非何須固斥故雙是二解以三意助之使雙益其美復順如來善權益物

○三復次下助一家用義處中而立共翻爲經又爲二初明翻意

復次圓義無方處處通入乃如上說若正翻名世諦不得混濫今且據一名以爲正翻亦不使二家有怨

○次何者下釋所以又三初略立

何者從古及今譯胡爲漢皆題爲經

○次若餘下重略斥二家

若餘翻是正何不改作契線若傳譯僉然則經正明矣若等是無翻何不標微發涌泉等今正用經於多含義强含三法本三微發三涌泉諸繩墨結鬘等義亦含契線善語教訓法訓常等無不攝在經一字中餘句亦如是

○三諸大小下重立

諸大小乘教皆以經爲通名故不用餘句也

○四歷法明經中二先歷法次約教初又二先略明經體次正明歷法初文又二先明此生三法次若他土下明諸土六塵初文又二初通立三法次明利鈍互非初文二初略徵起

四歷法明經者若以經爲正翻何法是經

○次舊用下釋三法相

舊用三種一用聲爲經如佛在世金口演說但有聲音詮辯聽者得道故以聲爲經大品云從善知識所聞也二用色爲經若佛在世可以聲爲經今佛去世紙墨傳持應用色爲

經大品云從經卷中聞三用法爲經內自思惟心與法合不由他教亦非紙墨但心曉悟即法爲經故云修我法者證乃自知云云

○次明隨根利鈍異故各取者之二初總標

三塵爲經施於此土

○次別釋三文

耳識利者能於聲塵分別取悟則聲是其經於餘非經若意識利者自能研心思惟取決法是其經於餘非經眼識利者文字詮量而得道理色是其經於餘非經此方用三塵而已餘三識鈍鼻臭紙墨則無所知身觸經卷亦不能解舌噉文字寧別是非

然今古共以法爲經者文從强說雖別立三法然聲色兩種必假法通若覩若聞不以意思無能令教與心相應

○次他土中二先總立言亦六亦偏者或一土具六或一土偏一或二三四即如此土具足用三復有增强若單雙具若爾何妨此土根性不等亦有因味及香觸等即如下文通釋者是於中二先釋六相

若他土亦用六塵亦偏用一塵如淨名曰以一食施於一切於食等者於法亦等於法等者於食亦等此即偏用舌根所對爲經或有國土以天衣觸身即得道此偏用觸爲經或見佛光明得道此偏用色爲經或寂滅無言觀心得道此偏用意爲經如衆香土以香爲佛事此偏用香爲經他方六根識利六塵得爲經

○次明此土不用之意

此土三根識鈍鼻不及驢狗鹿等云何於香味觸等能得通達

○次正釋中二先假問徵起

問根利故於塵是經鈍者塵則非經耶

○次答下正釋釋中二先通辨六塵皆具諸法

答六塵是法界體自是經非根利取方乃是經△先略明經體竟次正明歷法然是前釋中第二科一科兩用

○次別釋即正歷諸法於中二先寄歷十八界次是則下總結初文二初廣約六塵次略例根識初六塵中初色極廣次聲漸略餘四全略初廣色中二初約色立相次結成三諦初又二初舉一黒色次青黄下以餘色例初黒色中二初一黒字歷於有翻無翻及和通等次正以黒字爲法界徧攝諸法即是結成三諦也初文二先總引大品色具諸法

何者大品云一切法趣色是趣不過此色能詮一切法

○次正借色能詮諸義於中又三初詮無翻次有翻三和通初文五義即爲五文△初詮無翻初法本中先且積黒字爲諸法本即是教本

如黒墨色一畫詮一二畫詮二三畫詮三竪一畫則詮王足右畫則詮五足左畫則詮田出上詮由出下詮申如是迴轉詮不可盡或一字詮無量法無量字共詮一法無量字詮無量法一字詮一法於一黒墨小小迴轉詮量大異左迴詮惡右迴詮善上點詮無漏下點詮有漏殺活與奪毀譽苦樂皆在墨中更無一法出此墨外

初法本中先且積黒字爲諸法之本即是
教本中云左回等者此以所表爲善惡等
左謂偏僻以表於惡右謂便易以表於善
在上爲勝以表無漏在下爲劣以表有漏
亦如梵書以十一點加於本音成十二字
各有所表故知回轉皆由於墨
○次正詮法本即教行義三
略而言之黒墨詮無量教無量行無量理黒
墨亦是教本行本理本
○次黒墨下成三微發
黒墨從初一點至無量點從點至字從字至
句從句至偈從偈至卷從卷至部又從點一
字句中初立小行後著大行又從點字中初
見淺理後到深理是名黒色教行義三種微
發
從淺至深故云微發
○又從黒色下涌泉
又從黒色涌出點出字句偈不可窮盡涌出
諸行無盡涌出義無盡是名黒色具三涌泉
○次又下約詮裁邪
又約黒色裁教行義邪
○次又約下詮結鬘
又約黒色結教行義鬘又以嚴身
結鬘中二義今亦具之△次有翻前經由爲義在有翻科中故今此科是詮有翻字訓附在有翻科中故言及也
○次又色下詮經是由義及訓等
又色是由由色故縛有六道生死由色故脫
有四種聖人又色訓法法色故能成教行理
又色是常色教不可破色行不可改色理不
可動△三和通

○次又色下詮不可翻又色不可翻色義多含故文略準前可知○次又可翻下共翻爲經今亦詮之又色可翻名色爲經故△次正以黑字爲法界徧攝諸法即是結成三諦○於詮經中具結成三諦以一切法不出三諦故非字亦字即雙照空假見色經時知色愛見知色因緣生法知色即空即假即中色即法界總含諸法法界文字文字即空無點無字無句無偈句偈文字畢竟不可得是名知字非字非字亦字○次於一黑色既名爲經經詮諸法故於經字廣歷十妙方是今文妙法之經於中先約迹文自爲十即十妙也於中二先釋

次如此解下結功能墨色是經爲法本者若於墨字生瞋斷他壽命若於墨字起愛而作盜婬乃至於墨起癡而生邪見當知墨字是四趣本若於墨字生慈生捨乃至生正見者當知墨字是人天本若知墨字是果報無記無記是苦諦於報色生涤即是集諦知字因緣所成苦空無我是道諦旣知字非字不生字倒諸煩惱滅即滅諦知字四諦知字四諦能生煗頂若向若果賢聖解脫當知墨字是聲聞本若於字不了名無明於字起愛恚是諸行分別字好醜是識識於字名名色字涉於眼名六入字塵對根名爲觸納領涤著即是受纒綿不捨是愛竭力推求是取取則成業名爲有有能牽果是名生老病死苦輪不息是則十二因緣本

若能知字非字無明即滅不至於行乃至不至老死無明滅則老死滅當知此字是辟支佛本若知字即空非滅巳空字性本空空中無愛恚乃至無邪正字不可得知字者誰云何衆生妄生取捨起慈悲誓願行六度濟衆生入如實際亦無衆生得滅度者當知此字是菩薩本若知字非字非字非非字無二邊倒名淨淨則無業名我我則無苦名樂無苦則無生死名常何以故字是俗諦非字是眞諦非字非非字是一實諦一諦即三諦三諦即一諦是名境本若知墨字從紙筆心手和合而成一一字推不得一字一一點推亦不得字則無所不得心手即不得能無能無所知能所誰是一切智本字雖非字非字而字從心故有點從點有字從字有句從句有偈從偈有行從行有卷從卷有帙從帙有部從部有藏從藏有種種分別是道種智本雖非字非非字而雙照字非字是爲一切種智本雪山爲八字捨所愛身是爲行本我解一句乃至半句得見佛性入大涅槃即是位本我得三菩提皆由聞經及稱善哉字即乘本若忘失句逗還令通利與其三昧及陀羅尼即感應本依文學通即神通本依字故得語即說法本說字教他即眷屬本勤學此字祿在其中即利益本

前九可見十利益中云勤學此字等者通論五乘皆因勤學別論今經專能利益佛乘學者祿即是益

如此解字手不執卷常讀是經口無言聲遍誦衆典佛不說法恒聞梵音心不思惟普照

法界如此學問豈不大哉當知黑色是諸法本

次結功能中云手不執卷等者卷軸是色今以色法徧一切法乃見一期佛法常在一塵豈假執於黄卷經耶是則一念具讀一期色教色具衆典未藉口言如來一音出一切音此中徧詮何殊梵響一塵即足何須别思如此勸學豈與夫一經一論至皓首耶

○次例餘色

青黄赤白亦復如是

可知

○結成三諦中四先結三諦次不可下歷事雙非三能於下勸誡四若於下結示

非字非非字雙照字非字

初如文

不可說非不可說不可見非不可見何所簡擇何所不簡擇何所攝何所不攝何所棄何所不棄是則俱是非則悉非

次歷事中色中諸法既在一色故不可說亦可寄事分别解釋色是可說色中諸法則不可見色爲法界無可簡擇復須簡九以從佛界即空故無所攝即假故徧攝棄等重釋於攝徧攝故不棄無所攝故徧棄同一法界故俱是法界離念故俱非

○三勸誡中二先勸

能於黑色通達一切非於一切非通達一切是通達一切非非非是一切法邪一切法正

○次若於下誡

若於黑色不如是解則不知字與非字黄白

赤青有對無對皆不能知
○四結示中二先結
若於黒色通達知餘色亦如是
○次示今經意
此即法華經意以色爲經也
今經秖是開顯十妙色具十妙及一切法
故是今經意也ㄙ次聲漸畧
○聲中二先詮諸法
聲塵亦如是或一聲詮一法云云
○次略示三諦相餘文指同
耳根利者即解聲愛見因縁即空即假即中
知脣舌牙齒皆不可得聲即非聲非聲亦聲
非聲非非聲聲爲教行義本種種等義皆如
上說即是通達聲經ㄙ餘四全畧
○次香下餘四塵例

香味觸等亦復如是
文云一切世間治生產業皆與實相不相違
背即此意也
次引證中云但舉貧生等餘攝有𫑍等及
十妙等並如前
○次餘根識中二先引例次引證根識皆
爲所觀故也
外入皆經周遍法界者内入亦如是内外入
亦如是
初云外入等者如相傳云有三藏至此嗅
春秋書云有血腥氣嗅周易云有玄氣故
知鼻根具知諸法故經中鼻根最爲委悉
餘身根等例此可知六塵皆具一切諸法
更互相攝猶如帝網
經云非内觀得解脫亦不離内觀云云

○次總結亦不出三諦文舉塵識略不列根又三初結三諦次自在下歎三若欲下結用義勢

是則一塵達一切塵不見一塵一切塵通達一塵一切塵於一識分別一切識亦不見一識一切識而通達一識一切識

初文初句假次空通達下中識中例知△次歎

自在無礙平等大慧何者是經何者非經何者下如前是則俱具三諦等△三結用義勢

若欲細作於一一塵識例可解有翻無翻以三義織之後用三觀結之云云△次約教

歷諸教分別經者若言理絕文字文字是世俗寄字詮理理可是經文字非經六塵等皆定經詮非正經也此即三藏中經耳若無離文字說解脫義文字性離即是解脫六塵即實相無二無別如上所說者圓教中經也帶三方便作此說者方等中經也帶二方便如此說者般若中經也帶一方便作如此說者華嚴中經也

次約教中文不次第五時義足圓是法華藏是鹿苑

○次觀心經中具約前來四段明經又二初標

五明觀心經者皆類上爲四也

○次釋釋中先無翻中三初來意次正約十五義三結

一類無翻者心含善惡諸心數等當知此心諸法之都何可定判若惡是心心不含善及諸心數若善是心心不含惡及諸心數不知

何以目心以略代總故知略心能含萬法況不含五義耶華嚴云一微塵中有三千大千世界經卷即其義也

初華嚴一塵有大千經卷如止觀第三記心是法本者釋論云一切世間中無不從心造無心無思覺無思覺無言語當知心即語本心是行本者大集云心行大行遍行心是思數思數屬行陰諸行由思心而立故心爲行本心是理本者若無心理與誰含以初心研理恍恍將悟稍入相似則證眞實是爲理本

若亡次漸增長後則決定暢心而發口是語心含微發者初刹那心微微而有次心若存微發初心習行行猶微弱次少樹立後成大行即行微發初觀心不見心理更修髣髴乃至相似眞實即理微發

心含涌泉者心具諸法障故不流如土石壓泉去壅涌溜若不觀心心闇不明所説不長若觀心明徹則宣辯無方流溢難盡豈非語涌泉若不觀心行則有間以觀心故念念相續翻六蔽成六度六度攝一切行是行涌泉若能觀心如利钁斵地磐石沙鹵理水清澄滔滔無竭即義涌泉

心含結鬘者觀念不謬得一聞持穿文無失觀心得定共力穿行無失觀心得道共力穿義無失又觀心得定慧嚴顯法身此皆可解

又心是繩墨若觀心得正語離邪倒説觀心正則勉邪行心無見著則入正理事行如繩理行如墨彈愛見木成正法器也云云三結

是爲心經多含略示十五義云云

妙法蓮華經玄義釋籤卷第二十九

音釋

壅於用切塞也 钁居縛切大鉏也 斵竹角切斫也 鹵郎古切沙鹵墉薄地也

妙法蓮華經玄義釋籤卷第三十

隋天台智者大師說

門人灌頂記

唐天台沙門湛然釋

○次例有翻者先釋次結初文又五

二類有翻明觀者心即是由三義由心一切語言由覺觀心一切諸行由於思心一切義理由於慧心經云諸佛解脫當於衆生心行中求心是經緯以覺爲經以觀爲緯織成言語又慧行心爲經行行心爲緯織成衆行心竪緣理爲經心横緣理爲緯織成義理云云又觀境爲經觀智爲緯觀察迴轉織成一切文章

初如文次文云慧行觀理理體漸深故慧行爲經行行屬事事門不同惑相非一治法亦多以多對治共顯深理故行行爲緯

又心即是契觀慧契境是契緣契樂欲心爲契教契便宜對治心爲契行契第一義心契理

心爲法本心爲線者如前云云

心爲善語教者法之與語俱通善惡今以善法善語定之心之與觀亦通善惡今以善心善觀定之即是善語教善行善理故心具三義

心是可軌者若無觀則無規矩以觀正心心王心王正故心數亦正行理亦爾心王契理數亦契理故名可軌也心常者心性常定猶如虛空誰能破者又惡覺不能壞善覺邪行不干正行邪理不壞正理故心名常△次結

隨諸事釋一一向心爲觀觀慧彌成於事無

乖如火益薪事理無失即文字無文字不捨文字而別作觀也三類和融有無明觀者可解云云
三類和通有無者若定無翻應同前五若定有翻應同後五一切教中雖不見名心爲此二五各十五名當知不定有翻無翻今但名心則徧於三十而不使二家有怨
○次歷法中三先略舉大小兩乘明大有多含次觀一心下總具法三如此下正歷有翻無翻等乃至十妙文略
四類歷法爲觀者若小乘明惡中無善善中無惡事理亦然此則惡心非經則無多含之義隘路不受二人並行若大乘觀心者觀惡心非惡心亦即惡而善亦即非惡非善觀善心非善心亦即善而惡亦非善非惡

初文中言隘路不受二人並行者大經第五百解脫中云無窄隘等如止觀第六記觀一心即三心以此三心歷一切心歷一切法何心何法而不一三一切法趣此心一切心趣此法
如此觀心爲一切語本行本理本有翻五義無翻五義一一於心解釋無滯遍一切心無不是經大意可領不俟多記也
已前釋通別名竟
○次第二釋體中二先總明來意次開章正釋初文又二先正明來意次體者下正明說體意初文二初對上名以明來意次對下宗用以明來意
第二顯體者前釋名總說文義浩漫今頓點要理正顯經體直辨眞性

初言總說者名含下三三是總中之別體又三中之別未涉諸義故頓點三軌之中體屬眞性

次眞性下對宗用

眞性非無二軌欲令易解是故直說後顯宗用非無初軌偏舉當名耳可知

○次明說體意中四初約部歎次非但下約行解歎三文云下引兩文證不可說四又云下正明被機名爲因緣

體者一部之指歸衆義之都會也

所言衆義之都會者本迹二門皆歸實相一代義旨咸契於體

非但會之至難亦乃說之不易

文云是法不可示言辭相寂滅大經云不生不生不可說

又云有因緣故亦可得說

餘如文

○正解中自爲七門

今略開七條一正顯經體二廣簡僞三一法異名四入體之門五遍爲衆經體六遍爲諸行體七遍一切法體

○初正顯體又開四意

正顯體更明四意一出舊解二論體意三正明體四引文證△一出舊解

北地師用一乘爲體此語奢漫未爲簡要一乘語通濫於權實若權一乘都非經意若實一乘義該三軌顯體不明故不用又有解言眞諦爲體此亦通濫小大皆明眞諦小乘眞諦故不俟言大乘眞諦亦復多種今以何等

眞諦爲體故不用又有解言一乘因果爲體今亦不用何者一乘語通巳如前說又因果二法猶未免事云何是體事無理印則同魔經云何可用有人解乘體通因果果以萬德爲體因以萬善爲體引十二門論云諸佛大人所乘文殊觀音等所乘又引此經佛自住大乘即果也諸子乘是寶乘是因乘也又引普賢觀大乘因果皆是實相

初如文次文中云此亦通濫者大小乘中俱有眞諦以濫小故是故不可但以眞諦爲今經體借使大乘亦不免濫故云大乘亦復多種以衍門中六種眞諦今經唯在一切法中以爲眞諦是今經體也

○私破古人此體通因果及引經論

私問因果之乘爲變爲不變若變誰是能通誰是所通若不變因果則並皆無此理若別有法通因果當知因果非果者經體也十二門論云大人佛不行故名乘豈應以不行證因果乘也法華佛自住大乘者此乃乘理以御人非住果德也普賢觀明因果皆指實相云何將實相證於因果耶今皆不用

初中云爲變爲不變等者夫因爲能通果爲所通若因變爲果則無能所故變則不可若不變者因至果邊因與果並故無斯理故不變不可次從若別有法去縱難若因自住因不變爲果別立一法通因至果者當知此因非果家之因果亦非是因家之果因果自住則非佛果之經體也云何乃言體通因果耶法華至果德也者初句述古人上引文立體此乃下破古立體經

文上句雖云佛自住大乘下句既云如其所得法以此度衆生故知乘本證得之理以御衆生御謂控御制勸衆生此之制勸非住果德實相之體是故不得偏用自住之言以爲果體普賢至今皆不用者此責古人引彼因果以證經體彼文正可用證經宗經文但云因之與果不離實相是故可證因果爲宗若證經體應云實相不離因果此則宗家之體故知古人所引但成證於體家之宗是故不取

有人明因乘以般若爲本五度爲末果乘以薩婆若爲本餘爲末又因乘狹果乘廣又般若相應心是一體乘不相應心是異體乘又無所得相應行是近乘低頭舉手有所得是遠乘又六度有世出世雜是遠乘三十七品但出世名近乘又四句度與品悉無得又度與品俱有得又度雜品不雜又品雜度不雜云云

又有人云因之與果各立本末薩婆若是果智餘者謂果上萬德今明乘體何須因果之上各立本末本末爲體與體永殊廣狹與一體異體等亦復非體古人之意以一體乘爲今經體以異體乘爲餘經體今家意以實相爲體彼人既云般若相應爲與何等般若相應故不可也又人云無所得相應行等並是具度不應爲體又人云六度等者有理度事度名爲世出世雜去果既遠故名遠乘道品一向是出世法去果近故名爲近乘是故近遠俱是乘體亦不可依乃至廣破又四句者初句云度之

與品俱與無所得心相應俱是出世俱有得者有所得心相應俱是世間第三句如向釋也第四句者意言道品有約位故則有有漏及以無漏是故名爲世出世雜大乘六度一向無雜所以四句互有遠近及俱遠近

○私謂者章安判前諸師所解

私謂般若爲乘本者於今經是白牛非經體也薩婆若爲乘本者於今經是道場所成果亦非乘體因乘狹者是縱義果乘廣者是横義悉非今經乘體般若相應心無所得近遠等於今經悉是莊校儐從都非乘體那忽於皮毛枝葉而興諍論耶喧怒如此誰能別之有人引釋論以六度爲乘體方便運出生死慈悲運取衆生於今經般若是牛五度是莊校方便是儐從慈悲是軒亦非乘體

初白牛等者無漏般若稱之爲白故知白牛非乘體也

○從中邊分別論去章安引五論以出乘體皆非具度先釋次結初釋中初引中邊分別論者即第一乘本以爲乘體

中邊分別論云乘有五一乘本謂眞如佛性二乘行謂福慧三乘攝謂慈悲四乘障謂煩惱是煩惱障行解等是智障五乘果謂佛果也

○次唯識論展轉相由以釋乘義

唯識論云乘是出載義由眞如佛性出福慧等行由此行出佛果由佛果載出衆生眞如居初即是乘本本即體也

○次攝論中有三不同

攝大乘論乘有三一乘因謂眞如佛性二乘
緣謂萬行三乘果謂佛果也
第一乘因以本爲因因謂眞如即乘體也
○次法華論
法華論明乘體謂如來平等法身又云如來
大般涅槃此兩文似如隱顯耳發心低頭舉
手等名乘緣
云隱顯者平等法身名之爲隱隱在於纏
涅槃是顯已成滿故雖有隱顯莫非經體
○次十二門論
十二門論明乘本謂諸法實相乘主謂般若
乘助謂一切行資成乘至至薩婆若
第一乘本即是體也言乘主者由白牛故
令至所在故名爲主故不以主用爲乘體
△次結

此五論明乘體同而莊校小異於今經明乘
體正是實相不取莊校也若取莊校者則非
佛所乘乘也
○次論體意中四先徵起次釋論下引論
明體意三何故下釋疑四此小大下結
二論體意者何意須用此體
釋論云諸小乘經若有無常無我涅槃三印
印之即是佛說修之得道無三法印即是魔
說大乘經但有一法印謂諸法實相名了義
經能得大道若無實相印是魔所說故身子
云世尊說實道波旬無此事
次文言若有無常至三法印者大論第二
十云一切法無常一切法無我涅槃寂滅
問寂滅中何以但說一不說多答初印中
說五衆第二印中說一切皆無我第三印

是果故名寂滅若說無常破外五欲之我所也若說無我破於内我我我所破故是寂滅涅槃行者觀於無常便生厭離既厭苦已存著能觀故有第二無我觀也推求能觀至不可得是一切法無所依止但歸寂滅以是義故說寂滅印也問摩訶衍中諸法不生一相無相此中云何說一切法無我無常名爲法印二法云何而不相違答觀無常即是觀空因緣猶如觀色念念無常即知爲空過去色壞故不可見故無色相未來色不生無作無用不可見故故無色相現在無住故不可見不可分別故無色相無色相故是空無生滅無生滅及以生滅其實是一說有廣略耳問摩訶衍中說一實相聲聞法中亦應說於一實相法答聲聞法中三種法印廣說四種略說一種無常即是苦諦集諦無我即是道諦寂滅涅槃即是滅諦是故衍中唯說諸法不生不滅一相無相無相即是寂滅涅槃論云衍中明法印者是法華前共部所說小乘法印數復不同故須料簡若此經中獨明實相爲一法印故須料簡△三釋疑

何故小三大一小乘明生死與涅槃異生死以無常爲初印無我爲後印二印即說生死涅槃但用一寂滅印是故須三大乘生死即涅槃涅槃即生死不二不異淨名曰一切衆生常寂滅相即大涅槃又云本自不生今則無滅本不生者則非無常無我相今則無滅者則非小寂滅相唯是一實相實相故言常寂滅相即大涅槃但用一印也△四結

此大小印印半滿經外道不能雜天魔不能破如世文符得印可信當知諸經畢定須得實相之印乃得名爲了義大乘也

○三正顯體中三先約法次譬三約諸三法初文三初指體

三正顯體者即一實相印也

○次約三軌簡

三軌之中取眞性軌

○三歷諸妙簡於中又二初廣約境

十法界中取佛法界佛界十如是中取如是體四種十二因緣中取不思議不生不滅十二支中取苦道即是法身四種四諦中取無作四諦於無作中唯取滅諦七種二諦中取五種二諦五二諦中唯取眞諦五三諦中取五中道第一義諦諸一諦中取中道一實諦諸無諦中取中道無諦也

○次略指餘九妙

若得此意就智妙中簡乃至十妙一一簡出正體例可知也

問前智行妙初皆悉簡言境是體是法身智行是宗是用今何故於此諸境一一復簡耶答通論開權顯實諸法皆體亦如後簡今取權實相對的示體相是故簡之

○次譬中二譬結譬中二重譬合初梁柱等譬中三初正譬體次屋若下譬體功能三釋論下引論初譬中二先譬次合

若譬喻明義如梁柱綱紀一屋非梁非柱即屋內之空

初文言非梁至屋內之空者空譬於體屋譬於宗空爲所取屋爲能取能取可多空

不可多所取是體體不可多能取是宗宗是因果是故不一

柱梁譬以因果非梁非柱譬以實相實相爲體非梁柱也△次譬體能

屋若無空無所容受因果無實相無所成立△三引論

釋論云若以無此空一切無所作△次重譬合

又譬如日月綱天公臣輔主日月可二太虛空天不可二也臣將可多主不可多也

次譬日月綱天等者重舉譬簡天以日月爲綱地以四海爲紀日月周行徧歷於天日月可二天不可二公臣輔主者公者舉五等之初五等皆臣共輔於主五等可多主不可多言五等者謂公侯伯子男公者正也當爲王者正行天道侯者候也當爲王者伺候非常伯者長也當爲王者長理百姓子者慈也當爲王者子愛人民男者任也當爲王者任其職理合文甚略準前可知△次結

爲此義故須簡出正體△三約諸法

如三軌成乘不縱不横不即不離顯示義便須簡觀照等唯指眞性當名正意分明三軌旣然餘法例爾云云

○四引證文二初正引證

四引證者序品云今佛放光明助顯實相義又云諸法實相義已爲汝等說方便品云唯佛與佛乃能究盡諸法實相偈中云諸佛法久後要當說眞實又云我以相嚴身爲說實相印身子領解云世尊說實道波旬無此事又云安住實智中我定當作佛法師品云開

方便門示眞實相安樂行云觀諸法如實相
壽量云如來如實知見普賢觀云昔於靈山
廣說一實之道又云觀於一實境界
○次故知下結意
故知諸佛爲大事因緣出現於世秖令衆生
開佛知見見此一實非因非果之理耳經文
在茲可爲明證也
○次廣簡僞中爲二初叙來意
二廣簡僞者夫正體玄絶一徃難知又邪小
之名亂於正大譬如魚目混雜明珠故須簡
僞
○次廣簡文自爲六列章
即爲六意一就凡簡二就外簡三就小簡四
就偏簡五就譬簡六就悟簡
○解釋釋中初約凡中二初通列次解釋

初文二初列次結
一就凡簡者釋論云世典亦稱實者乃是護
國治家稱實也外道亦稱實者邪智僻解謂
爲實也小乘稱實者猒苦蘇息以偏眞爲實
也
初文意者且約凡簡文中兼對外道小乘
簡者何耶答對況來耳外小尚乃不實況
復鈍使凡夫
如是等但有實名而無其義
○次釋中二先明世間邪惡次若周孔下
明世間清正初文二先釋次結釋中又三
初略判次或下行相三内則下明過患
何者世間妖幻道術亦稱爲實多是鬼神魅
法此法入心迷醉狂亂自衒善好謂勝眞實
立異動衆示奇特相

初如文

或髑髏盛屎約多人前張口大咽或生魚臭肉增狀餔食或躶形弊服誇慠規矩或直來直去不問不答種種譎詭誸誘無智令信染惑著著已求脫叵得

次文約行簡中云或髑髏盛屎約多人前等者此等皆是鈍使凡夫悉能如是若利使外道各加所尊及宗計等乃至神通及韋陀等今此凡夫如大論第十云狂有二種一者人皆知狂二者惡邪自裸人不知狂如南天竺有法師高座爲王說於五戒多有外道在座聽法王時難曰若言施酒及自飲酒得狂愚者今時何故狂愚者少正見者多諸外道言善哉善哉斯難甚深是禿高座必不能答以王利故法師以手指諸外道更說餘事外道語王是難甚深果不能答耻所不知更說餘事王語外道高座答訖將護汝故不以言說向者指汝云是狂不少汝等以灰塗身裸形無耻以人髑髏盛屎而食拔髮臥刺倒懸熏鼻冬則入水夏則火炙皆是狂相又汝言賣肉賣鹽便言失法於天祀中得牛布施即時賣之即言得法牛即是肉是狂惑人法師護汝而不說之且約行事與鈍使同哺食者字書云申時食也又楚辭云餔其糟糠謂進食也譎權詐也齊桓公正而不譎譎詭變異也△三明過患

內則病害其身外則誅家滅族禍延親里現受衆苦後受地獄長夜之苦生生障道無解脫期△次結

此乃世間現見何實可論鈍使愛論攝

○次世間正法中又三先雜明次引經三

結斥總而言之不出人天

若周孔經籍治法禮法兵法醫法天文地理八卦五行世間墳典孝以治家忠以治國各親其親各子其子敬上愛下仁義揖讓安于百姓霸立社稷若失此法强者陵弱天下焦湟民無聊生鳥不暇栖獸不暇伏若依此法天下太平牛馬内向當知此法乃是愛民治國而稱爲實金光明云釋提桓因種種勝論即其義也蓋十善意耳修十善上符天心諸天歡喜求天然報此法爲勝故言勝論耳又大梵天王說出欲論即是修定出欲淤泥亦是愛論攝耳世又方術服藥長生練形易色飛仙隱形者稱此藥方祕要眞實此亦愛論

鈍使攝耳

言周孔經籍者周公制禮孔子删詩經謂五經七等九也籍謂墳籍即三墳也三墳謂三皇之書典謂五典即五帝之書古人書簡故籍篇等字皆從竹也治法謂治家治國之法在忠在孝也禮法如三禮等兵法如六韜等醫法如神農等天文者如孔子有三備卜經上知天文中知人事下知地理八卦者東震西兑南离北坎西北乾西南坤東南巽東北艮一卦生七七八五十六并八純卦合六十四卦各卦繫象彖等詞非此可盡善占者以此能知一切五行如止觀第六記親謂六親謂父母兄弟妻子各有其親社謂后土稷謂后稷略如止觀第六第十記非父母無以生非師長

無以成非君主無以榮人生在三事之如一國安所以家安家安所以行孝是故先須安其國也鳥不暇棲等者若準儒宗獺未祭不施綱罟犲未祭不施畋獵獺二月祭犲八月祭所以去奢去泰湯除三面之羅古施四面之羅故祝者曰四方無極入吾網中故云鳥不暇棲湯除三面之羅而祝者曰犯命者入吾網中牛馬內向者若依周孔之法牛馬自歸世間之法尚有斯感況出世耶張陵爲大蟒所吞嵇康爲鍾會所譖而記傳云得仙者謬矣故知此土必無仙術豈有服靈芝吞玉液令飛升耶故西土神通非禪不發故並結云愛論屬鈍使論謂凡夫所述也

○次約外簡爲二初通敘不實次若此下別出相狀

二就外簡者即是外道典籍也若服藥求知聰利明達推尋道理稱此藥方爲勝爲實者藥力薄知不能鑒遠觸藥則失藥歇則失亦非實也

初如文

○次爲二初此方次西方初又二先明見相

若此間莊老無爲無欲天眞虛靜息諸誇企棄聖絕智等

○次直是下結斥

直是虛無其抱尚不出單四見外何關聖法縱令出單四見外尚墮複四見中見網中行非解脫道

斥中言不出單四句者計天眞者仍屬有

句計自然者仍屬無句所言縱者與而言之實不可出

○次西方中亦二先明見相次斥

若外國論力受梨昌募撰五百明難其一云瞿曇爲一究竟道爲衆多究竟道佛言但一究竟道論力云云何諸師各各說究竟道佛指鹿頭汝識其不論力言識究竟道中其爲第一佛言若其得究竟道云何自捨其道爲我弟子耶論力即悟歎佛法中獨一究竟道又如長爪云一切論可破一切語可轉觀諸法實相于久不得一法入心釋論云長爪執亦有亦無見又云亦計不可說見

初文言外道論力受黎昌募者大論十八云毗耶離梵志等大顧其寶令與佛論取其顧已即以其夜撰五百明難與黎昌來至佛所問佛言爲一究竟道爲衆多究竟道佛言唯一究竟道無衆多也梵志言我法各說有究竟道佛言雖有衆多皆非究竟何者一切皆以邪著故非究竟佛言鹿頭梵志得道不答言一切道中其爲第一時鹿頭比丘在佛後扇佛佛問諸梵志汝識其不梵志云識慚愧低頭佛說偈云各各謂究竟而若自愛著各自是非彼是皆非究竟是人入論衆明辨義理時各各相是非勝負懷憂喜勝者墮憍坑負者墜憂獄是故有智者不墮此二法論力汝當知我諸弟子法無虛亦無實汝欲何法求汝欲壞我論終無有是處一切智難勝適足自毀壞長爪緣如止觀第五記具在無見亦有亦無見非有非無見及絕言見中所

攝以彼外道所見巧故所攝處多
○次斥中三先總斥次或時下歷諸句斥
三引證
如斯流類百千萬種虛妄戲論爲惑流轉見網浩然邪智瀾漫觸境生著
或時禰撲有無爲有無有無無爲無有非有非無爲有無非有非無爲無百千番撲悉皆見倒生死諸邊非眞實也
如是禰撲但是複四句耳言或時禰撲有無爲有等者如止觀中直列名而已此中略解粗寄複句以示其相初句語略應云有有有無爲有此是有家之有無也雖有有無之別同屬於有故禰著有中無等三句例此可解若約具足四句則有中具四皆屬於有禰著有中無等三句準此可見

百千番撲者假使一句復生無量隨其所生攝屬能生此之能所不出於見故非眞實△三引證
大經云被無明枷繫生死柱遶二十五有不能得脫即此義也
○三約小簡中二初示小乘名同同有實相中道
三就小簡者聲聞法中亦云離有離無名聖中道大集云拘隣如沙門最初獲得眞實之知見
○次然小乘下釋其體異又三初釋初句
然小乘不運大悲不濟衆生功德力薄不求作佛不深窮實相則智慧劣弱雖云離有離無名聖中道乃以斷常二見爲二邊眞諦爲中道

○次眞無漏下釋大集經意
眞無漏慧名爲見證涅槃法名爲知雖斷見
思除滅分段而住草庵非究竟理
○三對前下結非眞體
對前生死有邊即是涅槃無邊二俱可破可
壞非眞實道故不名實相也
○四對偏簡中二初明簡意
四就偏簡者諸大乘經共二乘人帶方便說
者名字既同義須分別
○次如摩訶下正簡者前對小簡即三藏
小乘今對偏簡即對通别二教及前四味
中諸偏教故今文中仍有二乘者即通教
二乘耳故云三人同斷等所以不云三藏
菩薩者義同凡故雖無邪倒未斷惑故於
中又二初約教次約五時初約教中又三

初空對不空簡次見不空下直就不空簡
三釋論云下約一相攝無量相簡此之三
文展轉生後何者由共位菩薩中有利根
者能見不空即指不空爲今經體以此不
空復有教道帶方便說故云但中不但中
即次不次行相别故此不但中攝一切法
中無中相故云一相此之一相入無量相故
云相入故有第三文來意在此也初文二初
引大品示相次引大經證成初文者即通
教位從始至終待至法華方乃被會即其
人也初文又二初正釋
如摩訶衍中云三乘之人同以無言說道斷
煩惱中論云諸法實相三人共得者二乘之
人雖共禀無言說道自求出苦無大悲心得
空則止鈍根菩薩亦爾利根菩薩大悲爲物

深求實相

○次共實相下還引大品斥

共實相者智如螢火是故非實不共實相智如日光是故為實

○次引大經

大經云第一義空名為智慧二乘但空空無智慧菩薩得不但空即中道慧此慧寂而常照二乘但得其寂不得寂照故非實相菩薩得寂又得寂照即是實相

言無智慧亦斥奪之辭非無自智慧也又云至二乘得寂等者且據但空與寂義等以其未得即寂而照故云但寂△次直就不空簡

見不空者復有多種一見不空次第斷結從淺至深此乃相似之實非正實也二見不空具一切法初阿字門則解一切義即中即假即空不一不異無三無一二乘但一即別教但二即圓具三即三即真實相也

次文中云二乘但一即通教二乘也別教菩薩二即者兼通別入空出假兩菩薩也以附論偈且與即名其實未即唯獨圓教方具三即今經體者但是中即假空尚簡假空即中況但空偏假寧是經體△三約一相攝無量相簡

○三引釋論菩薩入於一相等例此可解

所以前之三義皆對二乘簡者於共部中皆有二乘此空不空及一相等復在共部中明故須節節相對簡出於中又二初正對教簡

釋論云何等是實相謂菩薩入於一相知無量相知無量相又入一相二乘但入一相不

能知無量相別教雖入一相又入無量相不能更入一相利根菩薩即空故入一相即假故知無量相即中故更入一相

○次如此下結成圓意

如此菩薩深求智度大海一心即三是眞實相體也

○次約五時中二先正約五時次大經下更獨明一實

華嚴不共二乘但約菩薩三智次第得亦非正實不次第得者是正實也若方等中四人得三智二人爲虚一人爲實大品三慧說三智屬三人前二不深求淺而非實後一人深求一心三智是故是實此經汝實我子無復四三之人十方諦求更無餘乘但一實相智決了聲聞法但說無上道純是一實體也

初文不云鹿苑者以鹿苑中無大可論前以對二乘人竟今文欲相對簡之故云方等三虛一實等或是略無若云鹿苑無實唯虛亦應無爽

妙法蓮華經玄義釋籤卷第三十

音釋

緯音位 髑髏髑徒谷切髏洛侯切髑髏項骨也 咽於甸切吞也 餔博孤切歠也 躶郎果切赤體也 誇傲誇苦瓜切大言也傲五告切慢也 譎詭譎古穴切詭過委切譎詭權詐也 詃古犬切誘也 袮揲袮之涉切猶摺也揲徒協切摺揲也

妙法蓮華經玄義釋籤卷第三十一

隋天台智者大師說

門人灌頂記

唐天台沙門湛然釋

○次獨明一實中又三初獨明一實次如是下約待對說三又開下約開顯說初文又二初正釋次一實下結示正體初文又二、初約對所破以說次從異則爲二二故非一實等約能對德體以說

大經云一實諦者則無有二無有二故名一實諦又一實諦名無虛僞又一實諦無有顚倒又一實諦非魔所說又一實諦名常樂我淨常樂我淨無空假中之異

初文者無二乘之二亦是無二邊之二無三惑二死之虛無無常等四倒故也並須約圓行說故如是等法魔不能說

○次約能對中約德體謂四德三諦德若無諦德無所依諦若無德諦不能顯故以修成之德顯於理性之諦即是今經正體故更複疎明體無非無前所對諸過故也

文爲六先明無二

異則爲二二故非一實諦一實諦即空即假即中無異無二故名一實諦

○次無虛僞

若有三異則爲虛僞虛僞之法不名一實諦無三異故即一實諦

○三無顚倒

若異即是顚倒未破非一實諦無三異故無顚倒無顚倒故名一實諦

○四一乘者即是無異轉釋無倒

異者不名一乘三法不異具足圓滿名爲一乘是乘高廣衆寶莊校故名一實諦

○五魔雖下明即義者非魔所說

魔雖不證别異空假而能說别異空假若空假中不異者魔不能說魔不能說名一實諦

○六若空下重釋具德之相

若空假中異者名顛倒不異者名不顛倒不顛倒故無煩惱無煩惱故名爲淨無煩惱則無業無業故名爲我無業故無報無報故名樂無報則無生死無生死則名常常樂我淨名一實諦

此具德相即無前所對故四德具足四德具足非二乘所知況魔能說

○次結示正體

一實諦者即是實相實相者即經之正體也

可知

○次約待對以由前明有能破所破能對所對故故知所破所對不出藏通及别方便故今更明之以不思議三諦非三而三以三爲破非空而空故破凡夫餘三被破準此可 知於中又二先明對破

如是實相即空假中即空故破一切凡夫愛論破一切外道見論即假故破三藏四門小實破三人共見小實即中故破次第偏實

○次無復下顯一實相又二先顯一實

無復諸顛倒小偏等因果四諦之法亦無小偏等三寶之名唯有實相因果四諦三寶宛然具足

○次亦具下更明一實攝法又二先明攝法

亦具諸方便因果四諦三寶
○次何以故下釋攝法意
何以故實相是法界海故唯此三諦即是眞
實相也△三約開顯說
○三明開中二先開次即絶下結初開中
二先正開說諸教從淺至深從聖至凡次
第開之
又開次第之實即是圓實證道是同故又開
三人共得實深求即到底故又開三藏之實
決了聲聞法又開諸見論實於見不動而修
道品故又開諸愛論實魔界即佛界故行於
非道通達佛道
○次一切諸法下結束開意
一切諸法中悉有安樂性
以諸法中有妙理故方可論開若也本無
何所開顯點示衆生及三乘人本有覺藏
心佛衆生三無差別耳△次結
即絶待明實是經體也
○五約譬中二初敘傍正意次正明用譬
五譬簡者今借三喻正顯僞眞兼明開合破
會等意
初言兼明等者三獸二珠約開合爲喻黃
石中金約破會爲譬雖此二意正爲顯體
○次正明用譬中二先正釋三譬次引此
下明用三譬意初釋中文自爲三初借三
獸中三初正釋次如是下示體三此約下
結示初文又二初三獸之譬本譬於通通
眞諦中有空有中取象不空爲今經體
一譬三獸渡河同入於水三獸有强弱河水
有底岸兎馬力弱雖濟彼岸浮淺不深又不

到底大象力强俱得底岸三獸喻三人水喻即空底喻不空二乘智少不能深求喻如兎馬菩薩智深喻如大象水輭喻空同見於空不見不空底喻實相菩薩獨到智者見空及與不空

○次從到又二種去亦約教道重簡但中仍爲小象圓教不空方名大象

到又二種小象但到底況大象深到實土别智雖見不空歷别非實圓見不空窮顯眞實

○次如是下示於圓中異於通别正顯今經不思議體

如是喻者非但簡破兎馬二乘非實亦簡小象不空非實乃取大象不空爲此經體也△三結示

○三從此約下結譬本意

此約空中共爲眞諦作如此簡也

本借三獸以譬通教故重結云約共眞諦眞諦既含一眞二中是故須簡偏眞但中非今經體此約圓别入通以簡經體故知他人解釋尚不識小象不空況能辨於大象不空況能知於二中合在眞諦中耶但知大象一槩大乘

○次更借二珠譬者又二先正約二珠次復獨約一如意珠譬初文又二初正釋次結示經體

二譬玻瓈如意兩珠相似形類欲同而玻瓈但空不能雨寶如意珠亦空亦雨寶玻瓈無寶以喻偏空如意能雨以喻中道此就有無合爲俗簡僞顯眞今經體同如意也

初云不能雨寶名爲但空能雨寶者名一

切法空空含二義是故須簡空名不殊故云相似但空唯空故云但空此是通教偏眞但空對別教俗諦中空不具諸法故云但空不能雨寳亦空亦雨即是即中即假故也但空非空教道權説故以能雨正譬實中此是圓教入別之説別教有無共爲俗諦圓入即以雨中爲眞是故眞中簡卻但中非今經體是故重喻如意摩尼以辨得失是則前三獸喻約別圓入通故須於其能入之中簡卻次第中也約能所合説故云空中合爲眞諦簡也今亦如是約所入邊即別教中道但簡所入能入盡妙正是經體今亦能所合論所入仍語俗者爲辨異前故云有無合爲俗簡

○次更約如意爲譬亦二先釋次結

又但約一如意珠爲譬者得珠不知力用唯珠而已智者得之多有所獲二乘得空證空休息菩薩得空方便利益普度一切此就含中眞諦簡其得失也

釋中亦是如意名同如二空名同故云含中眞諦簡也與前二象大意不殊今重顯耳向借二喻並約教道故分二象及以二珠此中約理理本無二由機緣取致有眞中故知眞中本同一實故喻如意珠體不殊以重約前別圓入通眞諦之中含二中者人有得失非理爾也雖復重約如意爲譬同成第二珠譬義耳

今經如智者得如意珠以爲經體

○第三譬者教理共論是故通約一切凡聖及以教法於中爲二初約機異次判同

異初機異又三初譬次合三結示經體

二譬如黄石中金愚夫無識視之謂石擲在糞穢都不顧録估客得之融出其金保重而巳金匠得之造作種種釵釧環璫仙客得之練爲金丹飛天入地捫摸日月變通自在野人喻一切凡夫雖具實相不知修習估客喻二乗但斷煩惱礦保即空金更無所爲金匠喻别教菩薩善巧方便知空非空出假化物莊嚴佛土成就衆生仙客喻圓教菩薩即事而眞初發心時便成正覺得一身無量身普應一切

此四人中第二含於兩教二乗及通菩薩三藏菩薩亦同凡夫故也△三結示經體

今經但取金丹實相以爲經體也△次判同異

○次文中二先判

就同而爲喻從初至後同是於金凡夫圓教俱是實相也就異爲喻者初石異金次金異器器異丹丹色淨徹類若清油柔輭妙好豈同環釧狀乖色别故不一種

○次結意

此就與奪破會簡其得失

言與奪破會者金體不殊故云與也凡夫其實未得果理與而言之云理不二是故云與理雖不二凡實未有果上之用是故云奪估客金匠準此說之所言破者若廢權立實丹尚異器何況金石若會權歸實體旣不殊豈簡金石凡夫亦然準說可見

○次明用譬意中又三初正明三意次今明下結成三法三如此下結成一乗三軌

初文中三

引此三喻者前喻根性根性有淺深淺得其空深得其假又得其中

初意云約根性等者二乘淺菩薩深其利根者又得其中

次喻三情初情但出苦不志求佛道見真即息次情歷別不能圓修後者廣大遍法界求

次言三情者亦約三人三情各別故初人從假入空但求出苦次別人地前歷別後人方能於別但中見一切法中故云後者廣大

第三喻三方便二乘方便少守金而住別教方便弱止能嚴飾營生圓教方便深故能吞雲納漢

後喻三方便者凡夫全無置而不說

今明此經實相之體如大象得底堅不可壞以譬體妙圓珠普雨譬其用妙巧智成仙譬其宗妙

次結成三法中問前三譬中皆云今經體也又復三義本為顯體何得此中乃云三譬以對三法答義有傍正正顯體已復順此三若爾即是用所依體體能成用亦宗所顯體體能成宗故以三譬復對三法△三結成一乘三軌

如此三譬即是三德不縱不橫名為大乘於大乘中別指真性以為經體

第三意中云如此三譬即是三德者象譬法身以得底故珠譬解脫以能雨故仙譬般若住妙空故此約別說故作此對若一一譬各為三者得堅譬法身以水譬般若至岸譬解脫珠體譬法身珠空譬般若雨

寶譬解脫修治譬般若金體譬法身成仙譬解脫皆取法身以爲經體恐體濫故故約三德簡出二德剋取法身若據顯體亦秖應是法身德耳今言三德意亦如前思之可見△六就悟簡

○約悟簡者所以須此悟簡者如釋十妙自有從因至果自行化他故不須論悟尚一一文下皆須觀心及至釋經亦立觀心一門經是教法故也今明體中須約悟者體通凡鄙其名猶通是故須簡下文明用用是果上之法宗是因果不悟無果故並不須約悟簡也是故約悟唯在此中於中爲二初斥非次顯是初又二初總斥

六就悟簡者夫法相眞正誠如上說行未會理豈得名諦

○次徒勞下別明非相又二初別明非相

徒勞四說遂語生迷聞粖謂軼聞雪謂冷聞貝謂硬聞鵠謂動終不能見乳之眞色

即四執不同即是橫計常樂我淨準止觀中意亦是橫計四門差別具如彼記

○次情闇下重斥先譬次合

情闇夜遊何能到諦叫喚求食無有飽理執已爲實餘是妄語此有彼無是非互起更益流動云何名諦

可知

○次顯是中二初明凡位未悟次明聖位方悟初文二法譬

若欲見諦慚愧有羞苦到懺悔機感諸佛禪慧開發觀心明淨信解虛融

初文是從觀行位初入六根淨故云明淨

等若到是五品之前修於五悔開發之言
且通說耳以行五悔能感諸佛加被令發
五品乃至初住故也觀心明淨入五品信
解虛融是六根

爾時猶名闇中見杌髣髴不明人木蟲塵尚
不了了

喻中云人木等者上句文略應更云水中
觀塵下雙結云人木等不了

○次若能下明聖位從相似位入初住位
於中爲四初通明智斷次清淨下明境智
三論云下引證四略而下示經體初又二
先法次譬

若能安忍法愛不生無明豁破

初住之始分得經體

如明鏡不動淨水無波魚石色像任運自明

鏡水明淨譬無明滅魚像自現譬法身顯

○次文又三先智次境三功能

清淨心常一如是尊妙人則能見般若

即境智相應也所顯之體由能契智智由
人也故云如是尊妙人則能見般若

金錍抉眼一指二指三指分明

次所見境中云一指二指等如止觀第五
記三指分明眞經體也

○三功能中二先立

爾時見色言有亦是言無亦是

○次釋

云何有是的的之色與眼相應諦諦之理與
智相稱名之爲有云何爲無無復堅冷輭動
之相名之爲無

如文

○三引證中二初引論明所通之實實即體也

論云一切實一切非實亦實亦不實非實非不實如是皆名諸法之實相

○次如舍利下明能見之人又三初引此經正明見體

如舍利弗安住實智中我定當作佛爲天人所敬爾時乃可謂永盡滅無餘是名眞實見體

○次引涅槃明得體行息又二初引

故涅槃云八千聲聞於法華中見如來性如秋收冬藏更無所作

○次釋

約理明無所作此是究竟之理也約教無所作聞此教已更不他聞也約行無所作者修此行已更不改轍

釋中約理教等三且約一分未爲全息

○三總指廣乃至五妙五即明無所作如是等種種無所作義云云

○四示經體中二初正示體

略而言之隨智妙悟得見經體也

○次歷諸法

當以隨智妙悟意歷諸諦境中節節有隨情智情智種種分別簡餘情想唯取隨智明見經體也

○三明一法異名中文開四意

三一法異名者更爲四一出異名二解釋三譬顯四約四隨

○初出異名中爲三初來意次列三無量下破計

一出異名者實相之體秖是一法佛說種種名

初如文

亦名妙有眞善妙色實際畢竟空如如涅槃虛空佛性如來藏中實理心非有非無中道第一義諦微妙寂滅等

次列名中始從妙有終至寂滅合十二名所言等者此十二名覧諸經論今略列之以例可知初三是有門次畢竟下三是空門次虛空下三是空有門次非有非無下三是非空非有門爲欲分對名義體故每一門中且引三名以之爲式今文意者此之四門圓別教共若不簡之名體不分圓人初心即觀四門四門相攝體同名異正顯經體別則遠期果地仰信居初先用方便一十二門向後方觀此之四意既存教道諍訟易生縱當門體與名義同然與他門互相呑噉故此學者非法毀人良由不知體同名異故云不識天主千名而謂憍尸不是帝釋故弘教者失旨於兹將恐弘法利他之功不補非法毀人之失

○三破計中二初總破

無量異名悉是實相之別號實相亦是諸名之異號耳惑者迷滯執名異解經云無智疑悔則爲永失

○次小乘下示偏計之失又二初斥大小兩乘各於其教法門互非

小乘論師專於名相而起諍競非法毀人世代倣斆爲法怨讐大乘學者亦復如是學妙有者自稱至極聞畢竟空而生誹謗不受其

法不耐其人學畢竟空者自類朋聚引正向
已推邪與他
○次皆不下以失佛法大意斥之
皆不識天主千名闍釋提桓因而喜聞舍脂
夫而恚恭敬帝釋慢辱拘翼將恐其福不補
其失實相亦爾同是一法豈可謗一信一耶
如天帝釋有千種名此中即是千中之四
雖黨其門所斥失大實相下合譬可知
○次解釋中三初去小乘八門不與大濫
故置不論
二解釋者小乘名體由來易簡置而不論今
所分別但約別圓八門
○次列四句
更爲四句一名義體同二名義體異三名義
同而體異四名義異而體同

○三初句者下正解釋釋中二先釋次前
三句下判前所列前三屬別後一屬圓初
文初句先釋次結
初句者妙有爲名眞善妙色爲義實際爲體
次以畢竟空爲名如如爲義涅槃爲體次以
虛空佛性爲名如來藏爲義中實理心爲體
次以非有非無中道爲名第一義諦爲義微
妙寂滅爲體如是等名字所以理趣雖殊而
同用一門意無有別故言名義體同也
第二句名義體異者如妙有是名畢竟空是
義如來藏爲體又空是名如來藏爲義中道
是體又如來藏爲名中道爲義妙有爲體又
中道是名妙有爲義空爲體如是等四門更
互不同三種皆別故言名義體異也
第三句名義同而體異者如妙有爲名妙色

爲義畢竟空爲體是則二同一別故言名義同而體異又空爲名如如爲義妙有爲體此亦二同一別餘兩門亦如是故言名義同而體異也

第四句名義異而體同者如妙有等名名不同眞善色等義義有異而同歸一體更無二趣故言名義異而體同三門亦如是△次判前所列前三屬別後一屬圓于中先斥

○次判中二先斥次判中二先略明諍由次示諍相

前三句名義皆不融初句尋一名得一義得一體當門圓融不關餘事第二句尋異名識異義異體體義名最不融此易可知第三句體既不融名義雖同終成不合皆是別門明義

初中云最不融者初句俱同但在當門尚是不融今於當門三自不融是故云最△次判中二先畧明諍由

不得意者諍從此起

言不得意者通論謂地前乃至博地初心別論若已入十住終不生諍

○諍相中二初略明諍相次何者下釋諍意

或小陵大或大奪小

初言或小陵大奪者明此四門雖即大小名同體異然有强弱致諍不同

○釋諍意中二初明半奪次明俱奪

何者小乘欲斷生死聞畢竟不但空順其情欲謂是但空執此起諍又小乘欲斷生死故非有破執涅槃病故非無聞中道非有非無

扶其小情謂是已典非有非無故於二門多起諍競若聞中實理心與小相乖則不起諍何者二乘戠空而今聞有二乘灰身滅智今聞心智與彼情乖故不執作諍也是以小陵盜大故諍大奪小者大乘學者見共三乘人空門非空非有門名同二乘不見深意即推屬詮相不眞宗但取妙有亦空亦有兩門引是圓常之法輸二不輸二此諍少可

初文者大小二門更互陵奪是以小乘諍他大乘二四兩門謂爲已典大乘奪小初三兩門謂非小教是故大小各互輸二而存於二

○次從若知去大乘俱奪小乘四門又二

初正明俱奪次俱奪意

若知空是不但非有非無是遮二邊者則四門俱奪而小苦諍於二門

初文者可由大乘知於空門爲不但空雙非以爲第一義諦則謂小乘都無能通故四門俱奪小既被奪終不敢諍亦空亦有及以有門而但苦諍第二第四以並不知大小各四是故生諍

○次從又大乘去釋俱奪之意又二先釋次譬

又大乘四門名義不融門門各諍自相吞噬況爾小乘野干陵奪師子寧當不噉爾乎

初釋中別教不融當教四門尚互相噬況復小乘故譬意云若小奪大猶如野干而奪師子寧不俱噉汝四門耶二門先輸今又失二野干不奪師子師子尚欲噉之今野干輙奪師子師子豈不噉耶故曰寧當

合譬可知○此科明第四句屬圓

○次從三句去結前三句屬於教道非今經體唯第四句爲經體也名義雖異四門體同體既互融不諍名義故第四屬圓於中又二初明諸名諸義並是實相之名次復次下互爲名體初文又三初各標門意次其相下略釋門相三如是下結歸經體三句生諍非今經體也第四句名義異而體同體有衆義功用甚多四門隨緣種種異稱以體融故圓應衆名法體既同異名異義而不諍也

初如文

○次文又二初引經立體

其相云何今當略說無量義云無量義者從一法生其一法者所謂實相

○次實相之相下列前十二名並是實相異名

實相之相無相不相不相無相名爲實相此從不可破壞眞實得名又此實相諸佛得法故稱妙有妙有雖不可見諸佛能見故稱眞善妙色實相非二邊之有故名畢竟空空理湛然非一非異故名如如實相寂滅故名涅槃覺了不改故名虛空佛性多所含受故名如來藏寂照靈知故名中實理心不依於有亦不附無故名中道最上無過故名第一義諦

其名既異不妨名異而體是同不可圓理不異而諸名盡同將何以爲四隨之巧此中最後非有非無準前理亦合有三名文中但有中道及第一義文闕微妙寂滅一

句此中諸名既盡以實相爲體名數多少於理未妨故闕一無妨△三結歸經體
如是等種種異名俱名實相種種所以俱是實相功能其體既圓名義無隔蓋是經之正體也
○次互爲名體中四初略示互立
復次諸法既是實相之異名而實相當體又實相亦是諸法之異名而諸法當體
○次妙有不可下略示互立之相
妙有不可破壞故名實相諸佛能見故名真善妙色不雜餘物名畢竟空無二無別故名如如覺了不變故名佛性含備諸法故名如來藏寂滅靈知故名中實理心遮離諸邊故名中道無上無過名第一義諦
且以妙有當體爲式他皆倣之

○三隨以下例結
隨以一法當體隨用立稱例此可知
○四大經下引證又二初正引證次若得下結引證意初文又二先證諸名並是解脫之別名
大經云解脫之法多諸名字百句解脫秖一解脫
○次明諸名並是涅槃之異稱
大論云若如法觀佛般若與涅槃是三則一相其實無有異
涅槃亦然故云即一相也△次結引證意
若得此意知種種名皆名實相亦名般若亦名解脫三法亦是諸法名諸法亦是三法體云云
○三譬顯中二先釋次譬顯下判同異

三譬顯者譬如一人名金師能鍛金其體黃

譬初句法也

譬如一人名青而能作漆其身白淨又一人

名烏能研朱其身則紫如是等無量百千名

技身異譬第二句

譬如百人同姓同名同解一技而其身各異

譬第三句

初正釋中前之三句尋之可知

○第四句中三初舉事次引證三工徧下

以所引事而示圓相初引事中二初引事

次結同

譬如一人遭亂家禍處處換姓處處變名如

張儀范蠡之類涉多官職身備衆位若從多

技得名書畫金鐵等師若從文官儒林中散

若從武官熊渠次飛

初云譬如一人遭亂家禍如張儀范蠡之類者歷多官職如用異身備衆位如名異換姓變名如名異歷職備位如用異張儀者史記世家云本魏人也甞與蘇秦事於鬼谷而秦先達已相於趙儀往見之秦欲聲而誡之乃坐之堂下以僕妾之食而飯之儀乃謝而去之秦乃使舍人以車馬幣帛而陰奉之儀遂入秦惠王見之以客卿於是檄楚說秦相秦四歲而免乃相魏以說哀王哀王背縱復歸相秦秦欲伐楚復入楚而說懷王及聞蘇秦死又說於楚令楚和秦復入說韓令歸事秦於是惠王封其五邑號武信君又說齊趙及燕昭王並令事秦諸王咸許而歸報秦會惠王卒武王爲太子時不悅之而儀懼誅請說於魏

遂又相魏一歲而卒范蠡者列傳云本南陽人事越王勾踐苦身勠力深謀二十餘年滅吳報耻以尊周室勾踐已霸稱爲大將軍自以爲大名之下難立置書辭勾踐而請誅王不然之乃與徒屬浮舟於海於是勾踐表會稽山爲其俸邑乃出於齊變名鴟夷子勠力治生數至千萬齊人聞其賢請而爲相後喟然歎曰居家則致千金宦至卿相此布衣之極矣久居尊名而不祥也乃歸相印散財帛閒行止于陶自謂朱公居無何間又致財巨萬彼二人者名用雖殊而其體是一儒林等文官名熊渠等武官名

○次隨處下結同

隨處換名譬名異隨技得稱譬義異而體是一更非異人

○次引證

經言王家力士一人當千此人未必力敵於千直以種種技藝能勝千故稱當千如文△三以所引事而示圖相

○三示相中二初工徧下總示

工遍衆技無技不通仕具衆位無官不歷

○次從是不可壞人去歷十二名

是不可壞人妙技術人有體氣人無過患人遍通達人能破敵人上族姓人富財技人多知人中庶信直人頂蓋人譬第四句法也此中從初至頂蓋人合有十二名譬體同名異文但有十一恐欠人字應云中庶人信直人初三名譬有門中三次三名譬空門中三次三名譬空有門中三次三名譬

非空非有門中三名義理甚便意甚分明故圓教四門雖即名等亦有十二而體不別故圓義易融

○次判同異

譬顯泠然故知前三句屬別意後一句屬圓意也

如文

○四約四隨中二初問起

四約四隨者問實相一法何故名義紛然

○次答答中五初總出四隨明如來赴機之法次例如下引例示失三如來下正明佛赴機異名之相四故求那下引證五故四隨下結意

答隨彼根機種種差別赴欲赴宜赴治赴悟

初如文

○次例中三初通舉異執之相次既不下示失四悉之相三各於下結失成得雖現在無益得爲後世聞法之縁

例如世人學數則捨大修衍則棄小習空則惡有善地則彈中

初如文

既不欲聞聞之不悦無心信受不滅煩惱不發道心

次文者既不欲聞去失四隨益物意也初是無樂欲次無心信受是無爲人次不滅煩惱是無對治次不發道心是無第一義

○三結失成得

各於巳典偏習成性得作未來聞法根縁

如文

○三正明如來赴機之相中三先總舉說

法之相次爲有下別明四門四悉之相三

隨此下結意

如來于時以佛眼觀其信等諸根以若干言辭隨應方便而爲說法

初如文

爲有根性說妙有眞善妙色不違不逆信戒忍進蕩除空見即能悟入契於實相爲空根性說畢竟空如如涅槃等諦聽諦受以善攻惡無相最上爲亦空亦有根性說虛空佛性如來藏中實理心欣然起善離非心淨爲非空非有根性者即說非有非無中道遮於二邊不來不去不斷不常不一不異等欲得聽聞欣如渴飲信樂修習衆善發生執見皆祛無惡不盡第一義理豁然明發

次文四門不同初從爲有根性去有門明如來逗機得四悉益初是樂欲益次信戒忍進是爲人益次蕩除空見是對治益次即能去是第一義益有門既爾餘三可知

△三結意

隨此四根故四門異說說異故名異功別故義異悟理不殊體終是一△四引證

故求那跋摩云諸論各異端修行理無二偏執有是非達者無違諍△五結意

故四隨殊唱是一實之異名耳

妙法蓮華經玄義釋籤卷第三十一

音釋

估音古正作賈　釵楚佳切　釧尺絹切臂鐶也　璫音當耳珠也　捫摸捫音門摸音莫捫摸謂捫撫摸捺也　礦古猛切金樸也　鵠胡沃切鳥也　杌五忽切樹無枝也　鉀音甲正作鎞邊迷切　抉於決切挑也　斆胡教切學也　噬時制切齧也　蠡音禮

妙法蓮華經玄義釋籤卷第三十二

隋天台智者大師說

門人灌頂記

唐天台沙門湛然釋

○第四明入實相門中爲二初明來意次正開章解釋初文二初正明來意

第四明入實相門者夫實相幽微其理淵奧如登絕壑必假飛梯欲契眞源要因教行故以教行爲門

○次下文下引證又三初證教門

下文云以佛教門出三界苦

○次佛子下明行門功能

佛子行道已來世得作佛

教能通行使行入理故云成佛此中具明十六皆爲實門文中雖無開廢等文意在

第九卷故此不論

○三結名

門名能通此之謂也△次正開章解釋

○次釋中二列

略爲四意一略示門相二示入門觀三示麤妙四示開顯

○釋初明門相中乃至歷四教教教之中皆初先明用門之意及引教證是故不同止觀中文止觀但爲令知諸教四門皆破見思此爲並堪入於實相於中爲二初總釋次歷教別釋初文五初釋門名謂能通也次大論下總示四相三又云下明功能四又云般若波羅蜜下明門中得失五若以下辨教行不同

示門相者夫佛法不可宣示赴緣說者必以

四句詮理能通行人入眞實地

大論云於如是法說第一義悉檀所謂一切實一切不實一切亦實亦不實一切非實非不實如是皆名諸法之實相實相尚非是一那得言四當知四是入實相門耳

初二如文

○三功能中二初明能攝根性功能

又云四門入清涼池是門無礙非唯利者得入鈍者亦入非唯定者散心專志精進者亦得入

○次又云下有能通至實相功能

又云般若有四種相所謂有相無相乃至非有非無相般若尚非一相云何四相當知亦是入般若門也

既云入般若門般若即是所入之理理謂實相般若亦得是種智般若

又云般若波羅蜜譬如大火燄四邊不可取邪見火燒故若不觸火溫身熟食若觸火者火則燒身身旣被燒溫食無用四門本通般若除煩惱辦大事若取著者則成邪見燒於法身法身旣燒四門通何等若不觸火門則能通也

四得失者此並通論四教四門悉有得失故也

○五教行者行秖是觀於中又二初通立教行二門

若以佛教爲門者教略爲四云云若於一教以四句詮理即是四門四四合爲十六門若以行爲門者禀教修觀因思得入即以行爲門

○次藉教下明根性悟入不同又五初明

一向根性
藉教發眞則以教爲門若初聞教如快馬見鞭影即入正路者不須修觀若初修觀如夜見電光即得見道者不更須教並是往昔善根習熟今於教門得通名爲信行於觀門得通名法行
○次若聞下明回轉根性
若聞不即悟應須修觀於觀悟者轉成法行若修觀不悟更須聽法聽法得悟轉名信行教即爲觀門觀即爲教門
○三聞教下相資根性
聞教而觀觀教而聞教觀相資則通入成門
○四教觀合下明門數
教觀合論則有三十二門此語其大數耳細尋於門實有無量五百身因三十二不二門善財遊法界值無量知識說無量教門無量觀行如喜見城千二百門實相法城豈唯一
○五經云下明門意
經云說種種法門宣示於佛道△次歷教別釋
○次正釋中四四十六相別不同
今且約四教明十六門相
○初三藏四門中二標
三藏四門者
○釋釋中四別初有門爲二先明門中四諦次此是下明申門之論初文又二先苦集次滅道初文又二初破邪
初明有門謂生死法本非世性微塵父母所作
○次乃是下立正又二初略舉煩惱及業

乃是無明正因緣法出生諸行

○次煩惱下明三道結成有門

煩惱業苦三道悉皆是有

苦道即苦諦餘二即集

○次一切有下明道滅又二先道次滅初

道諦又三初明門觀

一切有爲無常苦空無我

○次能發下明門中功能

能發得煗頂世第一法發眞無漏因用眞修

道

○三此則下結門

此則道諦亦是有

○次子果下滅諦又三初正明滅次引證

三此則下結門

子果既斷得有餘無餘涅槃△次引證

故大集云甚深之理不可説第一實義無聲

字陳如比丘於諸法獲得眞實之知見

引證中以眞實證有△三結門

此則因滅會眞眞亦是有△次明申門之論

此是諸阿毗曇論之所申見有得道即有門

也

○次空門中三先正明四諦次故須菩提

下引證三恐下明申門之論初文又二先

四諦次發眞下功能初又二先苦集次三

假下道滅

二空門者即是彼教析正因緣無明老死苦

集二諦三假浮虛破假實悉入空平等

此門不言破邪者破邪之用事在有門無

明與老死略標二諦三假是道諦之觀入

空是滅諦大意

○次功能中二先明功能

發眞無漏

○次因空下結門

因空見眞空即第一義之門也

○次引證中二先正引

故須菩提在石室觀生滅無常入空

○次因空下結門

因空得道見佛法身△三明申門之論

恐此是成實論之所申也

○亦空亦有門略云正因緣即是略舉四諦之相於中爲四先略明四諦

三明有空門者即是彼教明正因緣生滅

○次略結門

亦有亦空

諦相不殊故略而不辨

○二若稟下明門功能能有所通第一義也

若稟此教能破偏執有無之見見因緣有空發眞無漏因有無見眞有無即是第一義之門也

○四此是下門中通門之論

此是迦旃延因門入道故作昆勒論還申此門也

○次第四門中分文不殊三門加斥第四門中異解有人云已去是也

四非有非無門者即是彼教明正因緣生滅非有非無之理若稟此教能破有無邊邪執見見因緣非有非無發眞無漏因非有非無見眞非有非無即第一義之門也惡口車匿因此入道未見論來有人言犢子阿毗曇申

此意彼論明我在第五不可說藏中我非三世故非有我非無爲故非無我此恐未可定用也

○次通教四門中二初總次別初又二初明衍門所通長遠

二明通教四門相者此是摩訶衍門通通通別不可偏取

○次今下與三藏辨異又二初體析不同

今約通通論四門者上三藏四門皆滅色入空如析實人頭等六分求人不得故名爲空通教四門皆即色是空如觀鏡像六分即空不待析盡爲空大論云佛告比丘觀空即疊觀疊即空此是體門異析門也

○次三藏下明觀生法二空不同又二初正明二空不同次有人云下破古釋疑

三藏觀生空得道三藏觀生空得道已又更觀法空生法二境不融今通門生空即法空法空即生空無二無別大品云色性如我性我性如色性此二皆如幻化

初文中云生法二空者見惑若破得須陀洹名得生空後進斷思方得法空△次破古釋疑

○次文三先破古

有人言三藏破計實性約實法求我不得但是觀性空大乘明相自性是空不須撿已爲空此乃一往之言

○次大品下釋

大品云常性空無不性空時曉了諸法如幻化水月鏡像豈止相空而已

○三引論重立門又三初略總立

秖約此幻化即判四門

○次論云下正引論立

論云一切實一切不實一切亦實亦不實一切非實非不實

○三佛於下明四門通意

佛於此四句廣説第一義悉檀

○次別釋中四先釋次結三若三乘下明根性不同四故青目下引證初文自四初有門者爲二初正釋次如鏡像下結門

一切實爲有門者若業若果善惡等法乃至涅槃皆幻化

初中略舉三諦略無道諦故云乃至也初業是集若果是苦涅槃是滅知法幻是道法還屬於因果二義△次結門

譬鏡中像雖無實性而有幻化頭等六分爲有門也

○次空門中二先釋次如鏡下結門

諸法既如幻化幻化本自無實無實故空乃至涅槃亦如幻化如鏡中像假有形色求不可得是爲空門

大意如前此中文略△三有空門

諸法既如幻故名爲有幻不可得故名爲空如鏡中像見而不可見不可見而見是亦空亦有門△四非有非空門

幻有尚不可得況復幻空而當可得即是兩捨爲門

三四二門例前可見△次結

是通教即空之四門也△三明根性不同

若三乘共禀而根性不同各於四句入第一義故此四句皆名爲門△四引證

故青目注論云諸法實相有三種今是三乘人同入此門見第一義者是即空之一種也

○別教門中爲五初總依教建立次所言下釋名立相辨異三此意下別依教立門四判功能五判圓別初文又二初依中論第三句

三明別教四門者若用中論偈亦名爲假名也

○次而辨下明亦用大論一切實等四句

而辨四門者即如大論四句亦是此四句意故初文所引今且從別通於四教△次釋名五相辨異

所言別者下異藏通有七義故別上異圓教又歷別入中故言別

言七別者準四教本應有八別謂教理智斷行位因果今不取教者謂　教之下有此七故故不論教

○別依教立門中二初總明門相次別釋

此意正出大經但多散說今約乳等喻即顯別四門也

初明當教四門多依大經

○別釋中四

文云佛性如乳有酪石中有金力士額珠即是有門若明石無金性乳無酪性衆生佛性猶如虛空大般涅槃空迦毗羅城空即是空門又云佛性亦有亦無云何爲有一切衆生悉皆有故云何爲無從善方便而得見故又譬乳中亦有酪性亦無酪性即是亦有亦無門也若明佛性即是中道雙非兩遣又譬乳中非有酪性非無酪性即是非空非有門

初從文云下有門中言乳中酪性者大經出處非一今應約乳略出相狀從緣故有無性故無兩存即第三雙非即第四細對佛性由緣修顯以合乳譬對於四門其意則顯石中有金具如止觀第六記佛藏十喻爲有力士額珠如止觀第三記此別四門亦約略示相不暇委悉若委論者應如三藏有門中具明諦相引證及得益之人功能辨異等△四判功能

別教菩薩禀此四門之教因見佛性住大涅槃故此四句即是別教之四門△五判圓別

一往用擬別門經文或時爲圓門此義在下料簡云云

○次圓教四門

圓教四門相者此門明入佛性第一義一往與別門名義是同細尋意趣別有多途分別同異在下委論云云

指在第九卷論之

○次示入門觀者亦有一十六門入觀不同文自爲二

二示入門觀即爲二先略示入門處二略示入門觀

處論所通觀論能入

○初文又二先釋次料簡初文二初略立所通偏圓二理

略示入門處者能通教門大爲十六所通之理但是偏圓兩眞前八門同入偏眞後八門同入圓眞

○次何故下以理問門

何故偏眞理一門入耶

問中雖但舉一偏眞爲問意則通於圓眞故後釋圓眞不復更問但直列而已

○次三藏下釋先釋所通偏眞八門中二

先法

三藏四門紆迴嗌陋名爲拙度通教四門是摩訶衍寬直巧度門有巧拙之殊能通爲八眞理無二所通唯一

○次譬

譬如州城開四面門四面偏門以譬三藏四面直門以譬通教偏直既殊能通爲八使君是一所通不二也

○次別教下釋所通圓眞亦有八門者意亦同前

別教四門偏而未融圓四門圓而且融偏圓既殊能通爲八圓眞不二所通唯一

譬如帝城開四面門四面偏門以譬別教四面直門以譬圓教偏直既殊能通爲八帝尊不二所通唯一云云△次料簡二初一問答

問小乘一種四門摩訶衍何故三種四門答小乘淺近一生斷結喻如小家大乘深遠通處則長譬如大家須千門萬户也三四何足爲多耶

次料簡中先問意者衍應通圓門但應八何故十二答中有譬有合如文△次問答

問摩訶衍門那得三人見眞答此門正意通大傍通於小譬如王國有通門別門別門通朝士通門通朝市不可以民庶登踐謂爲民門摩訶衍通門亦如是正通實相傍通眞諦故三乘灰斷兼由此門不可以兼通偏眞而名小乘門也

○二示入門觀者具足應如止觀第五至第七末止觀但明圓教空門餘之三門略而不說乃至三教一十二門門門並應明其相狀但此中文意在教相故觀法存略於中初三藏四門初有門中二先立信法兩行

二略示入門觀者先明三藏有門觀彼有門中具於信法信行聞說即悟此心疾利得道方法難可示人

○次於法行即立觀法於中又三初列且約法行觀門即爲十意一識所觀境二眞正發心三遵修定慧四能破法遍五善知通知塞六善用道品七善用對治八善知次位九善能安忍十者法愛不生

○次稱歎以斥舊阿毗曇中具此十意其文閒散論師設欲行道不知依何而修如惑岐路莫識所從今撮其要意通冠始終則識有門入道之觀也

○三正釋爲三初正釋十觀次重指本論三五百下破計正釋中十初明正境中五初略立次若謂下簡邪濫三故大論下正出正境之相四如阿毗曇下指論五是名下結顯正辨異

一明所觀境者即是識正無明因緣生一切法也

初如文

○次文二先明邪次明濫初又二先列邪境次總非初又二初邪因

若謂世間苦樂之法從毗紐天生或言從世性生微塵生皆邪因緣生

○次無因

若言自然法爾無誰作者此無因緣生△次總非

無因緣生是破因不破果邪因緣亦是破正因果是等悉非正因緣境所不應觀

○次明濫中二初略斥

數存隣虛論破隣虛此與邪無相濫殆非正因緣境

○次何者下釋濫意又二先正釋

何者隣虛有無未免二見猶是無明顛倒倒故是集集故感麤細等色

○次斥結

無明顛倒既其不實所感苦果報那得定計有無△三正出正境之相

故大論云色若麤若細總而觀之無常無我無我故無主若麤若細若因若緣若苦若集若依若正皆無常無主悉是無明顛倒所作

△四指論

如阿毗曇門廣說△五結顯正辨異

是名識正因緣所觀之境不同外道邪無因緣也

○次明發心中三初重明境次欲休下明能發心三其心下簡邪

二發心眞正者既識無明顛倒流轉行識乃至老死如旋火輪欲休息結業正求涅槃發二乘心出離見愛不要名利但破諸有不增長苦集唯志無餘其心清淨不雜不僞此心正眞名正發心不同外道天魔也

此中所以不辨菩薩心而獨語二乘心者以二乘偏於一門從門義便故耳非無菩

薩但菩薩四門徧學觀同二乘復未斷惑故不論之一門既爾餘門凖知

○次明安心中六初總明不安次爲修下略明治法三又定下依德立名四行者下正明用治五是名下結功能六不同下簡斥邪僞

三遵修定慧者行人既誓求出有依波羅提木叉住修道但罪障紛馳心不得安道何由剋爲修四念處學五停心破五種障五停事觀即是定定生念處即慧慧定均停故名安心

初二如文

○三依德立名中四初略出法名人又定慧調適故名停心若無定慧若單定慧若不均調定慧皆不名賢人

○次舉世賢爲例如世間賢人智德具足智則靡所不閑德則美行無缺許由巢父乃可稱賢

○三若多下非賢若多智寡德名狂人多德寡智名癡人狂癡皆非賢也

○四賢名下結得名賢名賢能亦名賢善善故有德能故有智智德具足故稱賢人

○四正明用治中二先重總舉行者亦爾修四念處慧學五停心定定慧具足

○次云何下別明文自爲五云何數息具足定慧制諸覺散從一至十知息及數無常生滅念念不停又若觀不淨當

深猒穢惡能觀所觀無常生滅速朽虛誑誑諸衆生猒觀起恚須慈定相應見他得樂亦知此定及彼樂相無常生滅因緣觀時橫觀四生悉是因緣生法竪觀三界亦是因緣生法從緣生者悉是無常無我諸障起者應須念佛亦如是△五結功能

是名五停具修定慧有定故不狂有慧故不愚依此安心爲衆行基址發生煗頂入苦忍眞明隣聖爲賢義在於此△六簡邪僞

不同外道不知鑽搖漿猶難得況復酪酥等也

○四明破法徧又五初立二根性次佛初下引佛化儀明觀功能三今阿下救彼論師悞被他破四故五百下引人證正五當知下結正斥邪初文二初正立次破見下指教可憑

四破法遍成見有得道其安心定慧若五停心後修共念處時帶不淨等遍破諸法事理悉成若五停心後單修性念處時一向理觀以無常之慧遍破諸見

初文即慧俱二種初心不同之相也

○次正指教

破見之觀如中論下兩品所明也

佛初轉法輪不説餘法但明無常遍破一切外道若有若無乃至非有非無神及世間常無常等六十二見使得清淨

次引佛化儀中言六十二見如止觀第二第五記世間即是國土及五陰也神即神我計此神我與陰即離等△三救彼論師悞被他破

今阿毗曇師受他破云無常是小乘常是大

乘常得破無常無常不得破常若得前意此不應然未得道前執心所計常無常亦常亦無常非常非無常等法塵對意根而生諸見見從緣生從緣生者悉是無常云何外道有常樂我淨如是四倒悉用無常破之

故五百比丘語達兜言但修無常可以得道可以得通如六羣比丘爲他說法純說無常四引人中云五百語達兜者調達從於五百學通皆悉不教但云但修無常可以得通可以得道後時有一比丘名曰修陀不知因通而起逆罪依世間禪教其通法六群雖復麤獷凡所說法不違聖旨乃至不違佛之所制△五結正斥邪

當知見無深淺悉爲無常所破不同舊醫純用乳藥也

○識通塞中四初略示通塞意次若有見下示通塞法三若不下斥失以示通塞之觀四如是下結正辨非

五知通塞者前雖遍破諸見之過未見其德過即是塞德即是通

初如文

若有見中八十八使乃至非有非無不可說見中八十八使悉從緣生名之爲塞塞故須破復識其通者所謂有見中道滅乃至非有非無不可說見中道滅如是道滅從因緣生名之爲通通何須破

次文中言八十八使者具如止觀第五記△三斥失以示通塞之觀

若不識諸見謂是事實餘妄語執見成業愛潤感果豈非塞耶能於諸見一一皆知無常

顛倒不生計著不執則無業無業則無果△如是達者則有道滅豈不名通不同外道如蟲食木是蟲不知是字非字也四結正辨非

餘並如文

○次道品中七初略明須道品意

六善修道品者豈唯識此通塞而已當修道品進諸法門

○次正明道品

謂觀此有見乃至不可說見皆依於色汙穢不淨即身念處若受有受乃至受不可說受皆依三受受即是苦名受念處觀於諸見所起想行悉是無我名法念處觀諸見之心念念無常名心念處觀此四觀名有為法中得正憶念得是念故四倒則伏是名念處勤修四觀名四正勤定心中修名四如意五善根生故名五根五根增長遮諸惡法故名五力定慧調停名七覺分安隱道中行名八正道

○三今非下簡示

今非約位道品但就通修論三十七耳

○四若一下略例

若一停心門作三十七品餘停心亦如是

○五示教門

阿毗曇道諦中應廣分別云云

○六此三十七下明道品後三空門

此三十七品是行道法將至涅槃城有三門所謂苦下二行為空解脫門集道各四苦下有二是無作解脫門滅下有四是無相解脫門若涅槃門開即得入也

○七故佛下辨正簡邪

故佛於須跋陀羅經中決定師子吼唯我法中有八正道外道法中尚無一道何況八道耶

○對治中三初明須助道意

七善修對治者若利人即入若不入者當修助道故論云十二禪等悉是助開門法正慧旣弱遮障得起修助道爲援

○次論云下示對治相

論云貪欲起教修不淨背捨等緣中不自在當教勝處緣中不廣普當教一切處若少福德當教無量心若欲出色當教四空

○三如是等下顯正辨非

如是等悉是助道助開門法不同外道於根本禪起愛見慢也

○次位中三初明須次位意

八善識次位者雖修如此正助等法不得即言我是聖人叨濫眞似不識賢聖

○次今明下略辨位及功能

今明識眞似階差自知非聖增上之慢則不得生

○三不同下辨非

不同外道戒取見取計生死法以爲涅槃也

○安忍中四初正明轉外凡入內凡

九善修安忍別相念處力弱未甚通泰轉修總相念處或總一總二乃至總四是時應須安忍使諦觀成就轉入煖法似道烟生

○次引證

大經云煖雖有漏有爲還能破壞有漏有爲我弟子有外道則無

○三又若下明須意

又若安忍即成頂法頂法成名忍到彼邊如其不忍則退還此邊故云頂法退爲五逆煩法退爲闡提是故此中善須安忍内外諸障

○四不同下辨非

不同外道不能安忍細微遮法也

○無法愛中三初明須無法愛意

十法愛不生者上來旣得四善根生若起法愛雖不退爲五逆闡提而不得入見諦

○次是則下正明觀法

是則三番縮觀進成上忍世第一法發苦忍眞明十六刹那得成初果或成超果或重用觀斷五下五上得成無學

○三若利下判至第十之人

若利人用觀節節得入若鈍用觀具來至十

△次重指本論

阿毗曇中雖復廣解不出十意ム三破計

五百阿羅漢作毗婆沙正申有門得道云何而言是調心方便四門調適俱能得道若生取著俱不得道若但云見有得道見空不得道云何異於外人故大論云若不得般若方便則墮有無今以十法爲方便直入眞門永異外道也是爲有門入眞之觀也ム次三門例

餘空門亦空亦有門非空非有門入眞之觀始終方便比於有門各各不同然俱會偏眞斷三界惑更無異也其三門準有例應十觀大同小異可以意得今不能煩記云云

○通教中十初是境

次明通教有門觀者例爲十意列名云云體解諸法皆如幻化

○三人下發心

三人發心雖同亦有小異云云

○次破古

中論師云此中是大乘聲聞今言非也經云欲得聲聞緣覺當學般若論云聲聞及緣覺解脫涅槃道皆從般若得經論不云是大人師謬耳

雖知定慧不可得而安心二法以幻化之慧遍破四見六十二見及一切諸法知幻化中苦集名爲塞知幻化中道滅名爲通以不可得心修三十七品以無所治學諸對治識乾慧地乃至佛地幻化之慧不爲外魔所動內障所退諸法不生而般若生亦不愛著即得入眞若智若斷無生法忍比前爲巧準作可知不復委記

餘如文

餘三門十意大同小異可以意得亦不煩記文也

○次別十法有四門於中初有門十中初境中二初辨非顯正

次明別教有門觀即爲十意云云一觀境者超出凡夫四見四門外亦非二乘四門法亦非通教四門法諸四門法爲境不名實相非生死涅槃如來藏者乃名爲妙有有眞實法

○次結功能等

如此妙有爲一切法而作依持從是妙有出生諸法是爲所觀之境也

○次發心中四初明所緣境次菩薩下明發心三思益下引證誓相四如是下結

二明發心者菩薩深觀實相妙有不爲生死所遷金藏草穢額珠鬬沒貧窮孤露甚可愍

傷
初文中言金藏草穢如前所引貧女金藏
大小不知
菩薩爲此起大慈悲四弘誓願△三引證誓相
思益有三十二大悲華嚴云不爲一人一國
一界微塵人乃爲法界衆生發菩提心
思益三十二大悲者思益第二佛告思益
梵天能知如來五力說法是菩薩能作佛
事一說二隨宜三方便四法門五大悲前
四如經大悲者有三十二救護衆生一一
大悲皆爲衆生不知不解而起大悲如云
諸法無我衆生不解而起大悲無衆生無
壽命無人無所有無住無歸等△四結
如是發心有大勢力如師子吼△三明安心
既發心已安心進行如前所說種種定慧如
是時中宜應修如是定如是時中宜應修如
是慧定愛慧策安心修道依止二法不餘依
止是爲安心法也△四破法徧
還以妙有之慧遍破生死一切諸見六十二
等功德黑闇皆悉不受遍破涅槃沉空取證
猶如大樹不宿怨鳥
○次通塞中三初總標
於一一法中明識通塞如雪山中備有毒草
亦有藥王
○次菩薩下明通塞法
菩薩須知如此心起即是六道苦集名爲塞
如是心起即是二乘道滅名爲通又如是心
起是二乘苦集名爲塞如是心起是菩薩道
滅名爲通如是心起名爲菩薩苦集如是心
起名佛道滅

○三於苦集下明通塞觀

於苦集中能知非道通達佛道能知佛道起於壅塞了了無滯是爲識通塞

○次道品中三初總標

善修道品者大三十七品是菩薩實炬陀羅尼

○次破倒下正明道品

破倒念處勤行定心五善根生能排五惡定慧調適安隱道中行

○三離十相下明三脫

離十相故名空三昧亦不見空相名無相三昧不作願求名無作三昧是行道法近涅槃門

十相者大經二十三云色香味觸生住異滅男相女相俱舍文同大般涅槃離此十相所離同小約能觀所證以簡偏圓

○對治中三初總標次所謂下正明治相三常樂下明開三脫

若修諸法對治之門所謂常無常恒非恒安非安爲無爲斷不斷涅槃非涅槃增上非增上常樂觀察諸對治門助開實相也

若修諸法等者此別教修治助開實相實相既在初地已上治法並在十向已前此引大經列優婆塞衆云無垢稱王優婆塞等常樂觀察如是諸對治門章安解云味俗爲苦沈空爲樂沈空爲苦分別爲樂常我淨等亦復如是乃簡云恒與常云何異不從因緣爲常始終不異爲恒餘文不釋準例應知釋名辨異雖爾釋義應從一例皆以空假相對而釋真理爲安果爲增上

○次位中二初正明

從初十信十住十行十迴向十地等覺妙覺

○次功能

聖位深淺悉知無謬終不謂我叨極上位

○安忍中二初正安忍

内忍善惡兩覺違從二賊外忍八風

○次以忍下功能

以忍力故不爲傾動

○法愛中四初正明離愛

設證相似之法法愛不起不墮菩薩頂

○次生名下明離意

生名法愛無是愛故即入菩薩位

○三破無明下功能

破無明穢草顯出妙有金藏得見佛性入於實相

○四是爲下結

是爲有門修入實觀也

餘空門亦空亦有門非空非有門入實之觀例亦爲十諸門方便雖各不同俱會圓眞理無差二三門觀法準有可知不復委記云云

餘門準知

妙法蓮華經玄義釋籤卷第三十二

音釋

煗 乃管切與煖同　踐 慈演切踐履也　鑚 祖官切穿也

妙法蓮華經玄義釋籤卷第三十三

隋天台智者大師說

門人灌頂記

唐天台沙門湛然釋

○次明圓教入門觀者文自二

次明圓門入實觀者先簡圓門次明圓觀

○初文簡中二先敘簡意次正簡初文又二初明簡意次上兩門下簡上藏通門理全別不須對簡別門理同故須簡卻初文又二初通對三門以顯圓妙次引文證圓上三藏門滅實色通真不得意多諍體門即幻色通真示人無諍法別門體滅生死色次第滅法性色通中不得意多諍圓門即生死色是法性色即法性色而通中示人無諍法

初言示人無諍者如止觀第六記故般若中以通教等能通之門爲無諍法今以義推通教即是界內無諍圓門即是內外無諍故云三藏滅於實色別教次第滅於法性之色法性之色實不可滅初緣法性先滅分段次滅變易入地方乃見於法性故今義云次第滅於法性色耳總而言之前三末融通名爲諍至圓方名無諍法也△次引文證圓

故文云無上道又云而行深妙道即此義也

△次簡上藏通門理全別不須對簡

上兩門不通中不俟分別

○次正對別教簡中二初略明簡意別圓兩種俱通中

○次正簡又二先列十門次釋論其同異略爲十一融不融二即法不即法

三明佛智非佛智四明次行不次行五明斷斷惑不斷斷惑六明實位不實位七果縱果不縱八圓詮不圓詮九約難問十約譬喻然此十意前之七意皆有三段先正釋次判圓別三從復次下判諸經文前後約位以判圓別唯第一文加於破會一復次也第八意約諸經文序正流通及正說中諸會所說觀初中後而辨圓別以判前七及以後二第九第十略無復次直觀經文問答舉譬以顯圓別以判前八故云融即乃至譬喻若其直明圓別之相恐人不曉經文前後明位不同或文相雖融位在向後定屬別義或文雖次第位在住前定屬圓義即不即等乃至能詮教之初後意亦可知

○釋中二先總明釋意爲令識於別圓八門二四不同故也

尋此十意明識八門同異也

○次正釋於中又三初正釋十門次約五味分別三今經下辨今經文十相及四門相不同初文又二先正釋十門次今以下結示初文自爲十釋初門中三初正約融不融以辨兩教次復次下更寄破會辨融不融三復次經文前後下明融不融初文二先舉別教次明圓教初別教中二初明執門生過次從然別門下釋疑初文二初明彼論生過次今時下明此方學者生過初文又二初明執門

一明融不融者別教四門所據決定妙有善色不關於空據畢竟空不關於有乃至非空

初文者然破冥初功在三藏有門而已別門與彼永異故不可得等也妙有依如來藏分判四門何得同彼尼揵性實△次舉譬如周璞鄭璞名同質異貴賤天懸次譬中云周璞鄭璞如止觀第十記周都東京鄭都鄭州△次明此方學者生過今時學地論人反道還俗竊以此義偷安莊老金石相糅遂令邪正混淆盲瞑之徒不別涇渭若得諸四門意精簡眞僞偷盜不生次明此方生過者偷此藏理種子之名以助自然之計以地人釋地義偷安莊老如止觀第五記混淆者子書云濁水也涇濁渭清△次釋疑然別門雖作定說如是諍論諸佛境界二乘非有門亦如是

○次四門下明生過又二初明過體不同次周璞下舉譬初又二初正明過相由不得意豈關法體次前三藏下簡四門歷別當分各通不得意者作定相取似同性實殆濫冥初生覺云云

前云殆濫冥初生覺者如止觀第七記殆者危也亦幾也巨希切上人均下名濫下人行上名借

○次簡中爲展轉相形故須出彼於中又二初簡次妙有下結勸

前三藏有門已破外道邪計先盡次空等三門破邪則少又通巧四門破三藏之拙又別教之門破通門之近巳不與二乘共何況外道冥覺而濫妙有

不知豈同外道耶

○次明圓教又三初略明門融

圓門虛融微妙不可定執說有不隔無約有

而論無說無不隔有約無而論有

○次有無下明立門意

有無不二無決定相假寄於有以爲言端

○三而此下正明融相

而此有門亦即三門一門無量門無量門一

門非一非四四一一四此即圓門相也

○次約破會中二標釋

復次更約破會明融不融相

○釋中二先別次圓初別中二先約破次

約會

若破外道邪見不破二乘邪曲亦不破大乘

方便

初文者法華已前諸教中如諸部方等般

若等無處不破諸外道而存二乘及三教

菩薩

又會不圓者如淨名中會凡夫反復聲聞無

也會塵勞之儔爲如來種無爲入正位不能

反復生死惡人煩惱惡法而皆被會二乘善

法四果聖人而不被會又般若中明二乘所

行念處道品皆摩訶衍貪欲無明見愛等皆

摩訶衍善惡之法悉皆被會亦不會惡人及

二乘人等不辨其作佛此即別門攝也

次雖會而不圓者如文引淨名般若可見

○次圓門中二先破次會初破中三初破

別次以二乘凡夫況三結歸

若圓破者從別教已去皆是方便故迦葉自

破云自此之前我等皆名邪見人也既言邪

見之人即無圓正道法則人法俱被破也初文中云自此之前我等皆名邪見人者大經第七迦葉聞常乃自述云自此未聞常住之前我等皆名邪見人也當知偏教皆名爲邪

別教人法尚爾何況草庵人法二乘尚爾何況凡夫人法△三結歸

是則圓破無所固留

〇次圓會中三初會凡夫以二乘菩薩況次汝等下會析法二乘以通別三乘況三汝是下總結會一切人法

圓會者會諸凡夫著法之衆汝等皆當作佛我不敢輕於汝等五逆調達亦與受記龍畜等亦與受記況二乘菩薩等世間治生產業皆與實相不相違背即會一切惡法也

初文云龍畜等皆授記者如舍利弗領解中天龍八部皆自領解云大智舍利弗今得受尊記我等亦如是必當得作佛

汝等所行是菩薩道析法二乘尚被會況通況別△三總結會一切人法

汝是我子我則是父無有人法而不被會俱皆融妙此即圓門攝也△三約經文前後明融不融

〇三約經文中二先明別

復次更約經文前後明圓不圓相若先明不融門此說地前後明不融門而言證融此說向後或先明證融門此說向後後明不融門此說地前者此皆別門攝

〇次明圓

若先明融門證亦融此說信後後明證不融此說住前或先明證不融此說住前後明證

融此説信後者此皆屬圓門攝云云
若識此意不以融不融言能顯圓别復須更約經文前後寄行位判方能顯之但地向相對明融不融此定屬别若住信相對此定屬圓由經中赴機便宜説位不定前後但約位判自了别圓此一門意不專在於此徧下諸門下文但言或前或後皆是此第三門意但言徧不徧等即第二門意下去闕此第二門二三兩門俱有圓别二意準初融不融門可知下去準知皆别門云説圓門云證或時略證但註云云
○即不即法中從復次去亦有三意初即不即次徧不徧三約經文前後約五住文猶屬第二最後復次方屬後意初門中二先别次圓

二即法不即法者若説有爲門此有非生死有出生死外别論眞善妙有空門者出二乘眞外别論畢竟空乃至非有非無門亦如是是爲别四門相
初别中四門不即三諦不即或一即二即或三即而復不融
若有爲門即生死之有是實相之有一切法趣有有即法界出法界外更無法可論生死即涅槃涅槃即生死無二無别舉有爲門端耳實具一切法圓通無礙是名有門三門亦如是此即生死之法是圓四門相也△次徧不徧
復次即法有遍不遍判圓别相例前分别云云
約五住遍不遍
三法相即乃名爲徧於一念中圓破五住名之爲徧次第破者名爲不徧△三約經文前後

復次即法不即法或前或後判別圓相如前分別云云

○佛智非佛智分文同前

三約佛智非佛智者若有爲門分別一切智了達空法分別道種智照恒沙佛法差別不同者是菩薩智即別四門相也若有爲門分別一切種智五眼具足圓照法界正遍知者即諸佛之智是圓四門相也

復次別門說圓智圓門說別智或前或後分別別圓相例如前云云復次別門證圓智圓門證別智或前或後分別別圓如前分別云云

○次第不次第中分文亦同但第三意初闕復次字耳

四約次第不次第者若以有爲門依門修行漸次階差從微至著不能一行中即無量行乃至非空非有門亦如是是別四門相若以有爲門一切法趣有門依門修行亦一切行趣有行一行無量行名爲遍行乃至非空非有門亦如是是圓四門相

復次別門圓行圓門別行或前或後分別別圓例如前云云

○五斷不斷中二先通叙斷不斷意次正分別斷即是別不斷即圓文句同前第三意亦少復次之言下去皆爾

五約斷斷不斷斷者夫至理虛無無明體性本自不有何須智慧解惑既無安用圓別涅槃云誰有智慧誰有煩惱淨名曰婬怒癡性即是解脫又不斷癡愛起於明脫此則不論斷不斷大經云闇時無明明時無闇有智慧時則無煩惱此用智慧斷煩惱也

若別有門多就定分割截漸次斷除五住即是思議智斷也乃至三門亦如是是爲別四門相若圓有門解惑不二多明不斷斷五住皆不思議即是不思議斷乃至三門亦如是是爲圓四門相

復次圓門說斷別門說不斷斷或前或後判別圓相者例如前說云云

六約實位非實位者若有門明斷界内見思判三十心位斷界外見思無明判十地位等覺後心斷無明盡妙覺常果累外無事此乃他家之因將爲已家之果皆方便非實位也後三門大同小異皆是別四門相若有門從初發意三觀一心斷界内惑圓伏界外無明判十信位進發眞智圓斷界外見思無明判四十心位等覺後心無明永盡妙覺累外此是究竟眞實之位乃至三門亦如是是名圓四門相

復次別門說實位圓門說不實位別門證實位圓門證不實位或前或後皆如前分別云云

七約果縱果不縱者若有爲門從門證果三德縱横言法身本有般若修成解脱始滿不但果德縱成因亦局限如地人云初地具足檀波羅蜜於餘非爲不修隨力隨分檀滿初地不通上地餘法分有而不具足者是義有餘三門亦如是是爲別四門相若有爲門從門證果三德具足不縱不横亦因如是一法門具足一切法門通至佛地華嚴云從初一地具足諸地功德大品云初阿字具足四十一字功德三門亦如是是爲圓四門相復次別門說果不縱圓門說果縱或前或後判圓

別相例前云云

七果縱果不縱中別引地人圓引華嚴等者意亦可知三德縱橫如止觀第三中

八約圓詮不圓詮者若有爲門門不圓融或融一或融二門前章偏弄引門中章詮述不融不即菩薩智乃至偏譬喻等門後還結不融不即等三門亦如是是爲別四門相若有爲門一門即三門門前圓弄引門中詮述融即佛智乃至圓譬喻等門後結成融即等三門亦如是是爲圓四門相復次別門詮圓圓門詮別或前或後分別別圓之相例前云云

第八約詮者更重判於前七後二皆有門前序中門相及以門中正說之相以辨別圓故云不融不即乃至譬喻

九約問答者若有門明義未辨圓別須尋問答覈徵自見圓別指趣三門亦如是云云

十約譬喻者諸門前後或舉金銀寶物爲譬或舉如意日月爲譬或用別合或用圓合圓別之相自顯云云△次結示

今以十意玄覽衆經圓別兩門朗然明矣△次約五味分別

復約五味分別少多乳教兩種四門酪教一種四門生酥四種四門熟酥三種四門此經種四門云云

次約五味中文略但言乳教兩種四門應判云一種融一種不融乃至問答等有兩種十意不同不可具列但言門耳

○三約今經十中爲二先釋十相四門次結意初釋又二初十相次四門初文二標釋

今經十義者觀一切法空如實相決了聲聞法是諸經之王開方便門此是融凡小大之人法也一切世間治生產業皆與實相不相違背即客作者是長者子此是即法之義也開示悟入佛之知見今所應作唯佛智慧即佛慧也著如來衣座室等即不次第行也不斷五欲而淨諸根又過五百由旬即不斷斷義也五品六根淨乘寶乘遊四方即實位也佛自住大乘定慧力莊嚴以此度衆生即果不縱也合掌以敬心欲聞具足道即今佛文前圓詮也諸法實相義已爲汝等說即古佛文後圓詮也智積龍女問答顯圓也輪王頂珠其車高廣皆圓喻也

以著衣等爲行者以依寂忍等三而弘此經即是行也以五百由旬即不斷斷者即以佛智對於煩惱及生死處所故也況初心一歩已涉長途二乘被開先進三百按位進入皆有入住住即五百故云圓也欲聞具足道聞即教也教即能詮

○次明今經四門又二初結前生後

十意既足圓門明矣融門四相今當說

○次正釋四門所以

若言佛之智慧微妙第一又云我以如來智慧觀彼久遠猶若今也智知妙法有門也一切法空常寂滅相終歸於空空門也諸法常無性佛種從緣起即亦空亦有門也非如非異非虛非實雙非兩捨即非空非有門也

今經四門文相不委悉者以今經正意在於開顯但略示四相若依門觀利者隨一句一偈咸皆發眞中下之人事須具如中

論廣述況復此中且爲分別與諸教異門中觀法具如止觀何但此中文略如前三教亦並指他經文相可見△次結意四相標門十意簡別故知此經明圓四門也云云

○二正明實觀爲三先別釋次是十下示此經文十觀之相三復次下結斥傷歎初文二初指所依門二明入實觀者上已知四圓門今依有門修觀

○次正釋門中觀法又二初明有門觀法次餘三略例初釋有門又二初略標門列數次正釋

觀則爲十云云初文不列但註云云

○正釋中二初正釋次是名下結成經體初文自十初境中二初待對立妙對前十二思議之門名不思議境

○次釋釋中三初立四諦次兼通異名三結門初又二初總標四諦不思議境即是一實四諦

○次別釋釋中二先苦滅相對次集道相對初又二初苦滅次集道互融以隨苦集體即道滅故相對明不同三教初文二初明苦即是滅

謂生死苦諦不可思議即空即假即中即空故方便淨即假故圓淨即中故性淨三淨一心中得名大涅槃

謂生死即是三諦三諦即是三涅槃

○次引證又二初引經

淨名曰一切衆生即大涅槃

○次釋經意

故名不可思議四諦也不可復滅此即生死之苦諦是無作之滅

言不可思議四諦者此語四諦融即之相耳不可復滅釋上句耳△次集道互融

亦是集道也

○次煩惱下集道相對又二初集道次以苦滅互融初又二初明集即是道

煩惱集諦不可思議即空即假即中即空故名一切智即假故名道種智即中故一切種智三智一心中得名大般若

謂煩惱之集即是三諦三諦即是三智

○次引證亦二先引經

淨名曰一切衆生即菩提相不可復得

○次釋經意

此即煩惱之集而是無作道諦△次以苦滅互融

亦是苦滅故名不思議一實四諦也

言亦是苦滅及一實四諦者此明苦不異集集是刹那心起苦是一期報陰今一念心具十法界苦集還觀此心具足三諦安得不以四諦相即而釋爲欲令人別識相狀故別別釋之△次兼通異名

亦是眞善妙色何者生死即空故名眞生死即假故名善生死即中故名妙△三結門

此名有門不可思議境也

○次發心中還以一念無作四諦爲境約此而起慈悲文又爲三初正明弘誓

二發眞正心者一切衆生即大涅槃云何顛倒以樂爲苦即起大悲興兩誓願令未度者

度令未斷者斷一切煩惱即是菩提云何愚闇以道爲非道即起大慈興兩誓願令未知者知未得者得

○次無緣下結成誓體謂無緣也

無緣慈悲清淨誓願

無偏小雜故名清淨

○三慈善下結誓成相

慈善根力任運吸取一切衆生也

○三安心中三初結前生後次正明安法三體生死下明安心行相初又二先結前兩觀

三安心者既體解成就發心具足豈可臨池觀魚不肯結網裹粮束脚安坐不行

體解謂了境發心謂弘誓豈可下生後安心臨池觀魚對前妙境豈可知妙境而不總別安心次裹粮下對前發心豈可發大心而不修行塡願

○次正示能安之法又二先法

修行之要不出定慧

○次譬譬中二先斥不均非今文意

譬如陰陽調適萬物秀實雨旱不節焦爛豈生

○次歎均調能横周竪徧

若兩輪均平是乘能運二翼具足堪任飛升

二輪横周二翼竪徧具如止觀第五記

○三行相中二先正明行相次於一心下明行相該攝

體生死即涅槃名爲定達煩惱即菩提名爲慧

初文者體用一止而三止達用一觀而三

觀具如止觀第三文

於一心中巧修定慧具足一切行也

言該攝者生死及煩惱既不出一念即此

爲定慧豈離於一心故一心中五行具足

具如前第四卷

○四明破徧中三譬合結

四破法遍者以此妙慧如金剛斧所擬皆碎

如無翳日所臨皆朗

初譬中二前譬斷德次譬智德

若生死即涅槃者分段變易苦諦皆破若煩

惱即菩提者四住五住集諦皆破

合中義兼二德約所破得斷名約能破得

智名

○三雖復下結意又二初明智斷不二

雖復能破亦不有所破

○次釋智斷不二所以以體即故

何者生死即涅槃故無所破也

文略煩惱即菩提句亦應可解

○五識通塞中三初譬次合三結意

五識通塞者如主兵寶取捨得宜強者綏之

弱者撫之

初譬中云主兵寶取捨得宜者強者綏之

爲捨弱者撫之爲取綏者國語云綏其謗

言謂止也左傳云交綏而退也爭而兩退

故曰交綏今謂強者止之退之弱者安之

進之故塞強而通弱應進通而退塞

知生死過患名爲塞即涅槃名爲通煩惱惱

亂名爲塞即是菩提名爲通

次合中還約一念而論強弱

○三結中三初寄竪門以論一念

始從外道四見乃至圓教四門皆識通塞

○次節節下正結撿校

節節執著即是塞節節亡妙名爲通

○三若不下結失

若不識諸法夷嶮非但行法不前亦亡去重寶也

若其不能節節撿校非唯行不進趣理解亦亡故云失也

○六道品中三先正明四念次明破倒具品等三結成枯榮

六善識道品者觀生死即涅槃十界生死色陰皆非淨非不淨乃至識陰非常非不常能破八顛倒即法性四念處念處中具道品三解脫及一切法

念處中具道品至一切法者言念處中者此具約位相攝道品此則念處中具足諸品餘品亦然道品是能趣涅槃行法三脫是能通涅槃之門並是正行一切法是助正道法攝入正道

○三從又知涅槃下重結枯榮

又知涅槃即生死顯四枯樹知生死即涅槃顯四榮樹知生死涅槃不二即一實諦非枯非榮住大涅槃也

如文

七善修對治者若正道多障應須助道觀生死即涅槃治報障也觀煩惱即菩提治業障煩惱障也

七明助道中本治事障今以理觀者何耶此中約第一義治故作是說若事障興應觀諦理生死煩惱即涅槃菩提故能治之

八善知次位者生死之法本即涅槃理涅槃也解知生死即涅槃名字涅槃也勤觀生死即涅槃觀行涅槃也善根功德生即相似涅槃也眞實慧起即分眞涅槃也盡生死底即究竟涅槃也觀煩惱即菩提亦如是

六即之位約一心理生死煩惱可知

○九安忍中二初通立

九善安忍者能安内外强輭遮障不壞觀心

○次別釋

若觀生死即涅槃不爲陰入境病患業魔禪二乘菩薩等境所動壞也若觀煩惱即菩提不爲諸見增上慢境所動壞也能常一心安於妙境故有此等十境生也

○十離愛爲四初明相似法起

十無法愛者旣過障難道根成立諸功德生觀生死即涅槃故諸禪三昧功德生觀煩惱即菩提故諸陀羅尼無畏不共諸般若生觀生死涅槃不二故法身實相生

○次相似下明頂墮

相似功德順理而生喜起順道法愛生名愛法不上不退名爲頂墮

○三此愛下明離愛入位

此愛若起即當疾滅愛若滅巳破無明開佛知見證實相體

○四觀生死下明位所證法

觀生死即涅槃故證得解脫煩惱即菩提故證得般若此二不二證得法身一身無量身無上寶聚如意圓珠衆法具足

○次結成經體

是名有門入實證得經體

○次三門例

餘三門亦如是

可見

○次引此經明觀法之相然彼止觀局引大車今散引一部彼爲成觀此但歎教又

二初正引

是十種觀經文具足是法不可示言辭相寂滅諸餘衆生類無有能得解又我法妙難思即不思議境於一切衆生中起大慈心於非菩薩中起大悲心我得三菩提時以神通力智慧力引之令得住是法中即正發心也佛自住大乘如其所得法定慧力莊嚴即是安於二法自成成他也破有法王即是破法遍也又如日月光明能除諸幽瞑斯人行世間能破衆生闇即破法遍也有一導師將導衆人明了心決定在嶮濟衆難善知通塞也淨藏淨眼善修三十七品諸波羅蜜即是兩意也增道損生遊於四方即是識次位也安住不動如須彌頂著如來衣即安忍也雖聞是諸聲聽之而不著其意等六根皆言清淨若此又云眞淨大法即無法愛也

○次是十下結例

是十種觀散在經文而人不知今撮聚十數入有門爲觀乃至三門小異大同十觀入實亦復如是

意廣語略思之

○三結斥傷歎中三初結斥次傷歎三指廣初又二先結今意次固非下斥

復次此十觀意非但獨出今經大小乘經論備有其意如摩黎山純出栴檀

初文者具如前一十六門門門十觀即是其意

固非外道四韋陀典及此間莊老之所載也

斥文可知

○次世人下傷歎中三先傷次歎三益初文二謂法譬

世人咸共講讀而對文不知若欲學道全無方便悲夫

法如文

徒知聲捋不解鑽搖

譬中云徒知聲捋不解鑽搖者借大經譬責講讀人大經第三迦葉難佛如來若常何不常現佛告迦葉譬如長者多有諸牛色雖種種同共一群付放牧人令逐水草唯爲醍醐不求乳酪彼牧牛者聲已自食

長者命終所有諸牛悉爲群賊之所抄掠賊得牛已無有婦女即自聲捋得已自食爾時群賊各相謂言彼大長者畜養此牛不求乳酪唯爲醍醐我等今者設何方便而得之耶止觀記具汪解夫醍醐者名爲世間第一上味我等無器設復得之無安置處復相謂言唯有皮囊可以盛之雖有盛處不知鑽搖漿猶難得況復生酥爾時群賊以醍醐故加之以水以加水故乳酪醍醐一切皆失凡夫亦爾雖有善法皆是如來正法之餘何以故如來入涅槃後盜竊如來遺餘善法若戒定慧如彼群賊劫掠諸牛雖復得之無有方便以是義故不能獲得常樂我淨常戒定慧又爲解脫說我人衆生等如加以水以非想爲涅槃如失醍醐

以少梵行得生天上如加水之乳等云云

○次若識下歎中二先歎教法無缺次半如意下歎弘法無機

若識十意於小乘四門俱用入眞於大乘四門俱用入實旣入實已如食乳糜更無所須

初文者此十六門門門觀法徧被一切自此之外無所復須不同講人將猶難得半如意珠全如意珠布施一切雖有此施不見有人輕生重道勤心修習不受不用徒施何益我則悔焉

次文者今一家弘法大小通立或以小助大或開小即大或破小明大或以小形大則是半滿雙弘觀教俱立今以此半滿之觀說以施人人無受用故云我則悔焉悔者悲嗟之甚應非悋情言半如意珠全如意珠者第五卷末云半如意珠則以迹中五妙爲半此釋圓門十觀法竟云半全者乃指偏門名之爲半圓門爲全故文云小乘四門大乘四門名同意異不可例前

○雖無下微益

雖無所益作毒鼓因

○三指廣下可知

欲具知之委如止觀云云

彼文爲顯鈍根行者一一文中皆須先明橫豎次明不二此中直明一念一塵即具橫豎不暇廣及故指彼文若得意者見此略文以顯彼廣

妙法蓮華經玄義釋籤卷第三十三

音釋

糅女救切雜也 淆胡茅切混淆猶錯雜也 綏息遺切安也 捋郎括切捋取也

妙法蓮華經玄義釋籤卷第三十四

隋天台智者大師説
門人灌頂記
唐天台沙門湛然釋

○三明判中自二

三明諸門麤妙者爲二　一就能所判麤妙二約諸門判麤妙

列章竟

○次釋初章中二先分別能所麤妙次問答釋疑初文二先略立能所

能所爲四句門名能通理是所通

○次以兩種四句分別前教次味前四句者列

自有能通麤所通亦麤能通妙所通麤能通麤所通妙能通妙所通亦妙

○釋

三藏四門扶事淺近故能通爲麤但詮偏眞所通亦麤通教四門大乘體法如實巧度能通爲妙三乘偏證所通爲麤別教四門教道方便能通爲麤詮入圓眞所通爲妙圓教四門證道實説能通爲妙即事而圓所通亦妙也

若以理爲言則一麤一妙詮理之教巧拙不同故使通妙理之教別教仍麤

○次四句者皆約味判判彼部中能所麤妙

又自有帶麤能所生酥教是也不帶麤能所乳教是也自有帶麤所不帶麤能熟酥教是也自有帶麤能不帶麤所圓接通接別是也涅槃中諸門亦是也

不帶麤能所是乳者爲成四句一往語耳故此句中但云無有眞諦能所故云也仍有別教能通之麤自有帶麤所不帶麤能者且云般若本是融門二乘寄此而入眞諦雖有但眞所通之麤而無詮眞能通三藏此亦約部大分爲言若隨二乘當分所見非無能詮即空麤教自有帶麤能等者能通從於通教中來故名爲麤所通即是別圓中道故名爲妙涅槃中諸門亦是者涅槃部中前之三教能通之門名之爲麤並不住眞及以教道俱入三德故所通妙

○次釋疑中先問

問經云唯有一門而復狹小爲麤故稱一小爲妙故稱一小

○次答中三先通明其意次何者下歷教解釋三今拓下明用門之意

答此義當通用不可局在一門

何者如三藏四門赴機異說故言四同是佛教故言一門門方便異故言四同向涅槃故言一所通從能通故言四能通會所通故言一文字中無菩提是約教論狹小譬如隘路不受二人並行即約行論狹小教行兩門取眞難契即約理論狹小云云通教亦如是逗緣別說故爲四同是佛教故言一觀法不同故有四俱向無生故爲一所隨於能故爲四能噎於所故爲一通教即事而眞文字中有菩提善惡俱觀皆不可得即是並行不約此義論狹小但教觀取眞理難當故名理爲狹小云云別教四門亦如是爲四機說故有四同是佛教故言一入實觀異故言四俱向一實故

言一所隨於能故言四能會於所故言一不即生死是涅槃教狹小不即煩惱是菩提故行狹小教行取理難當名理論狹小圓教四門亦如是逗四種機故言四皆是佛說故言一入實觀異故言四四觀向實故言一將門名理故言四以理應門故言一此教即生死是涅槃教不狹小煩惱即菩提行不狹小而此教觀取理難當名理爲狹小若依經文唯有一門而復狹小者正語教行之門取理不當故言狹小也

一一教中皆作三對四一不同及判門意所言三者即教行理通別之相具如第二卷初當分通別即其義也皆以四故名別一故名通今以此之通別判於狹小若藏別兩教教行理三皆悉是狹若通圓兩教教行不狹而教行取理不當故名理爲狹是則四教皆以教主及所詮理名之爲一以所被機及能詮教名之爲四是故經言一門者一是四家之門故云一門言依經文者依今經即是以圓教行取理難當今拓開一句處處不同豈可定執守一文耶若得此意麤妙自明云云

三明用門意中言拓開等者今開圓經一向而作四解徧一代教故云處處則識前之三教教行理三狹小復麤後之一教教行理三狹小俱妙作此釋者意云四門是教十觀是行皆通至極恐人不了狹小之言謂一向麤故須此簡若約五味意亦可知

○次約諸門中二先約教次約味先約教

中四教不同一一教皆有教行二判教謂四教行謂門中十觀教又二義一約門二約悉初三藏中三先且通論無復麤妙

二約諸門判麤妙者先明三藏四門皆是能通執著四門俱皆壅礙成壞麤妙更無優劣

以教門俱妙從能通故若執皆麤從計情故此就當教爲語

此則不可偏判

○次別論者從若從法爲語去互相形比則有前麤後妙

若從法爲語有則附俗入道則拙空則傍真入道則巧故釋論云爲鈍根人說生空爲利根說法空即其義也亦有亦無門望前爲巧望後是拙非有非無門則是巧也大論云半有半無者名爲鈍人是約四門法判麤妙也

言爲鈍根說生空等者此是三藏生法二空具如止觀第六記準理二門俱得二空一往從便有門附俗爲生空空門附真爲法空二空名同意義永異是故生空義歸於有法空方乃義順於空

○三今約下從行所宜以判麤妙

今約根性便宜若宜有門有門成三門壞若宜無門無門成三門壞乃至第四門亦如是

△次約悉

若就一門皆得四悉檀者皆名爲成失四悉檀者皆名爲壞還就一門赴欲爲得乖情爲失當宜爲得不當宜爲失治病爲得不治病爲失見第一義爲得不見第一義爲失傳有成壞約此得論麤妙也

次約四悉中四悉文相可見一門既爾餘

門亦然

○次約十觀中初三藏者若門中有觀爲妙無觀爲麤

又約十觀判麤妙者觀因緣境正爲得境邪僻爲失發眞正心爲得不爾爲失安心得所爲得安心不調爲失破法遍爲得不遍爲失知通塞爲得不知通塞爲失乃至順道法愛不生爲得順道法愛生爲失若一門十法成就則此門爲妙餘門爲麤若餘門十法成就此門不成就則此爲麤餘門爲妙云云

○次通教通論無通無塞

通四門麤妙者通理唯一一不可說有何形比麤妙可論

○次別論有通有塞

就赴機說門不無優劣判四門深淺如三藏中說又約一一門若說會四悉檀機名之爲妙若乖四機名之爲麤若於一一門十觀修行句句得所名之爲妙句句失所名之爲麤麤故四邊火所燒不得入清涼池異此者名之爲妙也

有通有塞即四門四悉十觀具如三藏中

○次別中亦應明通不論通塞但是文略故云若論法相既有若論之言即是置通從別別中亦有約四門教及以根性并十觀法

別四門麤妙者若論法相有門附事故爲麤空門傍理故爲妙空門單理故爲麤亦空亦有門兩通故爲妙亦空亦有兩存故爲麤非空非有門兩捨故爲妙若約根緣則不如是有門稱欲故爲妙三門不稱欲故爲麤有門

是宜故爲妙三門非宜故爲麤有門對惡故爲妙三門非對故爲麤有門見第一義故爲妙三門不見第一義故爲麤餘三門亦如是

○十觀中二初約十觀

又識有門真善妙色之境者名鎭頭迦不識境故名迦羅迦正發心故名鎭頭迦不正發心名迦羅迦安心定慧名鎭頭迦不安二法名迦羅迦破諸法遍名鎭頭迦破法不遍名迦羅迦善識通塞名鎭頭迦不識通塞名迦羅迦修三十七品名鎭頭迦不修道品名迦羅迦善解對治名鎭頭迦不善對治名迦羅迦善知次位名鎭頭迦不識次位名迦羅迦安忍不動名鎭頭迦不能安忍名迦羅迦無順道愛名鎭頭迦順道愛起名迦羅迦

○次迦羅迦果則有九分下判

迦羅迦果則有九分鎭頭迦果纔有一分若十觀成就則十分鎭頭十觀皆妙若九分迦羅迦羅則麤一分鎭頭鎭頭則妙疊華千斤不如眞金一兩故約此判麤妙也有門既爾餘三門亦如是

鎭頭迦羅者大經文意以林譬寺以果譬僧以採者譬請僧之人明僧相相似眞僞難分今借譬十乘邪正須判第六云善男子如迦羅林其樹衆多林中唯有一樹名鎭頭迦二果相似不可分別其果熟時有一女人皆悉拾取鎭頭迦果唯有一分迦羅迦果乃有九分女人不識將來詣市凡愚不識買迦羅迦噉已命終有智人輩問是女人汝於何處得是果來女人答言於彼林中得是果來諸人聞已即言彼方多

有無量迦羅迦樹唯有一株鎭頭迦樹諸人知已笑而捨去下文合譬以畜八不淨者爲迦羅迦以清淨衆爲鎭頭迦今以十觀合於十分若十分善巧則十分鎭頭若從偏小及外道中得是觀法則十分迦羅若用三教方便觀法則節級遞判迦羅鎭頭云云是則教主如林觀法如果採果女人如弘教者詣市譬於說法之堂買果之人譬聽法衆愚人受教不窮教主智者審問邪正自分命終即譬失於正諦

○次明圓教中三初明圓門融妙次明四悉機異三此就下更結圓門判麤妙意

圓教四門者則皆妙無麤何者有門爲法界攝一切法不可思議即是一切法況復三門空門即是法界攝一切法況復三門餘二亦如是法相平等無復優劣

初文者具如止觀第五圓無生門後及第六四門料簡中圓四門相△次明四悉機異

○次文者先徵起若依圓門四尚非四豈況更有門中四悉根性不融耶但由物情各殊故使門中四緣各異於中爲五先明赴機四異

若爾則無四門之異但因順根機赴緣四說如四指指一月月一指四

○次何者下釋異所由

何者此由衆生世世習此四門因以成性昔四門中推理欲翻無明即成慧根性昔四門中修善欲翻惡業即成福德根性福慧因緣感令名色觸受各於本習而起愛取是爲十法成圓性衆生

○三欲樂下明機感之相

欲樂不同宜治有異佛智明鑒照機無差

○四以世界下正明赴機

以世界悉檀赴四性欲說此四門以爲人悉檀生四善以對治悉檀治其四執以第一義悉檀令四人見理無此四緣佛不說法

○五緣既下結成妙門

緣既不一略言其四皆是正直捨方便但說無上道門相圓融四門皆妙△三更結圓門判麤妙意

○三更結判中二初總標

此就教門更判麤妙

○次釋釋中二先明釋判意

何者若不得四悉檀意諸論諍競誰能融通

○次正判又二初明地論教道多諍次與別門辦諍輕重

如地論有南北二道加復攝大乘興各自謂眞互相排斥令墮負處若不得意四門俱失

初文云如地論有南北二道者陳梁已前弘地論師二處不同相州北道計阿黎耶以爲依持相州南道計於眞如以爲依持此二論師俱禀天親而所計各異同於水火加復攝大乘興亦計黎耶以助北道又攝大乘前後二譯亦如地論二計不同舊譯即立庵摩羅識唐三藏譯但立第八

○次文者二先舉圓門唯通無塞

但圓門融淨教尚虛玄銷釋經論何競不息若欲入道何門不通悟理之時豈應存四修行之時豈應有塞

○次但四下正對辦輕重又二初標

但四塞有輕重

○次釋則別重圓輕

別教門隔悟者無乖未悟成諍其執大重譬如鈍馬痛手乃去

○輕中又三初正明輕相次明益相三引論

圓門虛玄未悟之時其執則輕譬如快馬見鞭影即去

初文云如快馬見鞭影者如止觀第五記

○次益相

如此輕執若未得第一義益不失三悉檀利如文

○三引論中二先引論

故論云是四悉檀皆實不虛

○次釋釋中三先明皆實各各實故

何者世界故實乃至見第一故實雖俱是實實有深淺

當位益故實有淺深故虛△次明俱虛

亦俱是虛何者如有門說世界悉檀於樂欲是實於餘則虛有門生善爲實於餘則虛有門破惡爲實於餘則虛有門見第一義爲實於餘則虛乃至三門亦如是有門三悉檀於世界故實於第一義則虛一悉檀於第一義故實於世界則虛

次亦俱虛者相望成虛非無當位對前乃成亦虛亦實

○三實故下判

實故爲妙虛故爲麤廣作云云

實故爲妙者當位雖妙望第一義故三悉皆虛是故圓中須此一判

○次約五味中二初通明五味次別判涅

槃初文二先約法以明五味

若以此麤妙約五味者乳教有八門四麤四妙所通俱妙也酪教四門爲麤理亦是麤生酥則十六門十二門是麤四門是妙兩所通爲麤兩所通爲妙熟酥有十二門八門是麤四門是妙一理爲麤一理爲妙法華四門爲妙一理亦妙

○次諸下約人及重辨利鈍兩根菩薩

諸聲聞人前來門理俱麤至此法華門理融妙菩薩不定或於方等般若門理融妙極鈍者同二乘也

○次別判涅槃中二初正判涅槃次法華下更與法華辨異初文四初略判諸門權實次何者下明用權門意與前諸教諸門對辨三引事爲證四故知下擧一喻一法

正出部意

涅槃有十六門十二門麤四門爲妙所通俱妙

何者前來諸門麤妙各通猶存權理涅槃不爾一切諸法中悉有安樂性是諸衆生皆有佛性無復權理但一妙理而更存麤門爲妙理方便皆明入實

前二如文

如梵志問云因無常故果云何常佛反質答云云

三引事中云如梵志問云者涅槃三十五陳如品闍提首那此外道宗於迦羅計因中有果即是因與果一來至佛所難佛云因無常故果亦無常佛反質答汝因是常而果無常何妨我因無常而果是常今引

此文以證因門無常而得常果故大經意通以三教而爲因門悉歸常果△四舉一喻一法正出部意故知如百川總海諸門會實實理要急是故須融接引鈍根存麤方便△次更與法華辨異法華折伏破權門理如金沙大河無復迴曲涅槃攝受更許權門各爲因緣存廢有異然金沙百川歸海不別云云△四示開顯科在前卷二十三紙

○四開麤中二先問起

四開麤門顯妙門者問中論先明摩訶衍門後明二乘門今何意先明小門後明大門

○次答出開意又三初明同異謂須開不須開次謂開下正明開三若門下結妙初文又二初與中論對辨須否次與前後諸教對辨須否

答中論爲時人見成病先以大蕩後示入眞之門今經無復見病但住草庵須開方便門示圓實相故先列小門次明大門開破適時各有其美

然中論意以衍門爲正以小教爲傍今取彼論被小之文故云先以大蕩後示小門若應入大者前門已入應入小者且遣著心至後二品方可入理故知中論前二十五品蕩於一切大小者著故大乘人前被蕩已即時入理小待後門故知機別今經見心鹿苑久破但破執小指小即是故法華中先敘昔門次開方便名大方便名之大門故法華名開方便門中論破執諸見病故云各有其美

○次與諸教對辨

若法華後教不俟更開法華前教或門理已入妙者更何所開或門理雖妙而人未妙門理妙者亦不須開若門若理若人未妙者今當開

言法華後教者即涅槃也禀方便教咸知眞實何須更開若法華前方等般若等若門理已開謂諸菩薩若未開其人謂般若中二乘也若門理人俱未開者即方等中二乘及諸凡夫未預諸會者也

○次正開中三謂凡夫二乘菩薩也初開凡夫爲四初開愛見生死之法

謂開一切愛見煩惱即是菩提故云觀一切法空如實相開一切生死即是涅槃故云世間相常住

○次人

開一切凡人即是妙人故云一切衆生皆是吾子

○三教

開一切愛見言教即是佛法故云若說俗間經書治生產業皆與實相不相違背

○四理

開一切衆生即是妙理故云爲令衆生開佛知見示悟入等亦復如是

○次開聲聞亦四謂法教行理

開一切小乘法即是妙法故云決了聲聞法是諸經之王開一切聲聞教故云佛昔於菩薩前毁訾聲聞然佛實以大乘而見教化開一切聲聞行即是妙行故云汝等所行是菩薩道開一切聲聞理即是妙理故云開方便門示眞實相

問教法何別答教謂能詮之教法謂所詮
行法行謂所行之行
○三開菩薩中二先總
開諸菩薩未被妙者今皆得圓故云菩薩聞
是法疑網悉已除
○次別別中三種菩薩也
別教有一種菩薩三藏亦一種菩薩通教一
種菩薩未決了者今皆開顯
○次結妙
若門若理無不入妙是名開權顯實決麤令
妙也云云
如文
○五爲諸經體文自開五今經對他通名
爲諸
第五實相爲諸經作體更爲五一今經之體

種種異名二諸經體種種異名三傍正料簡
四此彼料簡五麤妙開麤顯妙
列竟
○次釋初釋爲此經體者今經體一但一
部之內諸名不同應知諸名同詮實相故
須明之於中二先引一部諸名次如是等
下釋會諸名名異體一
一此經體名前後同異者序品云今佛放光
明助發實相義又云諸法實相義已爲汝等
說方便品廣說中云諸佛一大事因緣開佛
知見無上道實相印等譬喻中以大車譬一
大乘信解中名付家業藥草中名一切智地
最實事化城中名寶所授記中名繫珠法師
中名祕密藏寶塔中名平等大慧安樂行中
名實相壽量中名非如非異神力品中祕要

之藏妙音中名普現色身三昧觀音中名普門勸發中名殖衆德本
引例如文
如是等異名不同其義亦異理極眞實以實爲相故名實相靈知寂照名佛知見三世諸佛唯用此自行化他故言大事因緣虛通名道正定諸法名實相印運載名乘成辦佛事名家業一切所依故名智地諸法之元故名實所圓妙難思故言寶珠無所積聚而含衆法名祕藏祕要通達無礙名平等大慧遮於二邊名非如非異妙色自在故言普現三昧入實之由故名普門諸法由生故言德本如是名義差別體即實相已如上說云云
釋會意者序中正名實相方便即以大事所爲爲體佛知見等所見等爲體印取所譬爲體所付取不共般若中究竟種智所知爲體藥草中取智所依地爲體化城授記並取所喻中一理寶塔中大慧所照祕藏秘要準例可知妙音中取三昧所依觀音取所通勸發中取衆德之本
○次諸經體中先問列疑
二諸經之體種種異名者問釋論云無實相印是魔所說今談實相可用爲體餘經不爾應是魔說
○次答中三先斥
答不然
○次諸經下正釋
諸經異名或眞善妙色或畢竟空或如來藏或中道等種種異名不可具載皆是實相別稱悉是正印各稱第一由實印故也

○三結

若失此意則非佛法故言衆經體同也

○三傍正中二初約教次約味初教中三初通辨傍正次引文三正約四教初文二先通標

三傍正料簡者衆經半滿小大之殊體有傍正

○次正即下分別分別中先論別相次明相帶

正即實相傍即偏真

初文中言實相者圓也傍偏真者藏也偏真或時含實相實相或時帶偏真而通稱實相

次文中言偏含實者通也實帶偏者別也

△次引文

故中論云實相三人共得共得者即偏真也大經云聲聞之人但見於空空即傍也智者見空及與不空不空即正也此經云我等昔日同入法性法性即傍也今日安住實智中實智中即正也

次中論下引文者中論證通大經證藏及別圓此經下證藏圓相對

○三小乘下正約教

小乘三法印此傍也通教帶傍明正也別圓但明於正不復論傍

如文

○次約味中二先約體

若約五味乳唯論正酪唯論傍生酥熟酥傍正相兼帶醍醐唯正

次又正下約諸名二先標列

又正實相多諸名字約名字中復論傍正勝鬘自性清淨爲正餘名爲傍華嚴以法身爲正般若以一切種智爲正涅槃以佛性爲正此經以實相一乘爲正餘名爲傍

○次此則下結體

此則非傍非正論傍正傍正悉是經體云

○四彼此中二先結前生後

四就彼此料簡上約別圓二法異名料簡今更通就小大四句料簡

○次正料簡又二先列四句

或名義體與此經同或名義體與此經異或名義與此經同而體異或名義與此經異而體同

○次三藏下釋釋中二先教次味

三藏中若名體爲實相者此名義與此經同而體異若不名爲實相者此名義體與此經異唯論兩句無有兩句通教名實相爲體者此名義同而體異若不作此名則名義體俱異若通門遠通中道者則名義體同名義異而體同別教望圓經四句如一法異名中分別云云

初教中初三藏中名字去聲無兩同句也

○次約味

歷五味者乳教兩種名義同兩種名義異而體同略教如前云云生酥熟酥中如前云云涅槃中四種名義異名義同而皆體同一佛性則無差別云云

乳教中云兩種者別圓名義體同別圓名義異而體同略如前者唯有兩異句也二酥言如前者如前約教類例可知故云如

前此中已有兩種如華嚴一種如三藏準

更須如前通教通近同三藏通遠如別教兩酥多少例餘可見涅槃中藏通不應更立偏體故四教名義雖異其體皆同

○五麤妙中二先判次開初文二先簡絶待體次明所待麤

五麤妙者正實相中傍正異名者此乃異名異義其體本同此無麤妙

初如文

○次文者二先教次味初教中二初但傍下四教也

但傍爲麤麤傍含正正帶傍一往亦爲麤但正爲妙也

可知

○次藏通下更判

藏通名同義同而體別一向是麤別名義或同或異教門異爲麤體同爲妙名義同名義異而體同爲妙

兩教一向爲麤且從通近別有麤有妙言名義同者即三種俱同也文略體字△（次味）

歷五味中麤妙可知也

○次開中三初總標意次或開傍教下正約教等論開三一切下結

開麤者即開於傍也

初如文

○次文二初兼開教等

或開傍教即正教佛昔於菩薩前毀呰聲聞然佛實以大乘而見教化或開傍行即正行汝等所行是菩薩道或開傍人即正人客作人一日之價即長者子也

○次正開體又三初正開

或開傍體即正體

○次引證

開方便門示眞實相後見此貧人示以所繫

珠

○三示開方法

深觀傍理即正理也△三結

一切皆妙無麤可待即經之正意也

○六爲諸行體中列章

第六諸行體此爲四一諸行同異二依經修

行三麤妙四開麤

○解釋初釋同異中二先總標

行同異者夫禀教立行不出信法

○次鈍者下行相又二先立二行義通

鈍者因聞得解從解立行故名信行利者自

推得解從解立行故名法行

○次正以二行歷教又二先歷四教次重

約圓初歷四教又二先明行相次結行意

意須相藉初又二先竪次横竪謂從淺至

深皆以理爲其體横謂初心具修諸行亦

約當教所詮爲體

二行通四教三藏信法以傍實相爲體通教

信法以傍舍正爲體別教信法以正爲體圓

信法亦用正爲體

若横論行即是諸波羅蜜慈悲喜捨等當教

論體△次結行意意須相藉

若横竪諸行有體則本立而道生若體有行

體則藉行而顯也

○次重明圓横竪行者又二先明横竪行

次結成車體初又二先竪

重明圓竪行五品六根以相似正爲體初住至等覺皆用眞正爲體

○次横横中二初正明横體

横行者如大品云一切法皆是摩訶衍以不可得不可得故即正實相也

○次此文下廣引文證

此文云不得諸法若有若無等賜諸子各一大車即其義也儒童見然燈佛得無生忍行有眞體金剛般若云無住相布施如人有目見種種色亦其義也

不得是體有無是横大車是體本習是横各一是體諸行是横無生是體施等是横無住是體△次結成車體

竪行有體其車則高横行有體其車即廣高廣大運行步平正其疾如風云云

○次依經修行中三先立遲速二行二依經修行者前信法兩行意通時寬或經劫數譬如長圍若依諸經別明行法剋日制時喻如苦攻

○次若隨下明行須體

若隨事行行則無體若隨理行行令此空慧與行相應能破無量障道罪能得無生忍者此行有體

○三諸經下正示行相中四先列四行名

諸經別行乃多略言其四謂常行行常坐行半行半坐行非行非坐行

○次諸行下正示體

諸行各有事相方法勤身苦策悉用實相正觀爲體

○三念念下示行相

念念無間清淨如空具論觀意如止觀中説
○四然小乘下歷教分別又二先教次味
初文先三藏中二先辨同異
然小乘戒藏不許懺重修多羅藏使犯重人
念佛身佛身者念空也
○次正明行有體
亦備有常行等方法而以偏空爲體
○次三教及約味
通教亦明常行等方法而用即空爲體別行
歷別圓行虛融而俱用正實相爲體
以此四行歷五味論方法之體義推可知
可知
○三判麤妙中亦二謂教及味
三麤妙者藏通信法真似橫竪諸行以傍實
相爲體體行俱麤別信法真似橫竪諸行雖
依別門用正實相爲體因無常故而果是常
行麤體妙圓信法真似橫竪依圓門正體體
行俱妙
○味中又二先通約五味
歷五味明麤妙可知云云
○次依諸經下明味中諸部修行分別故
云可解
依諸經方法常行等行以傍爲體體行俱麤
以正爲體則行麤體妙體行俱妙例前可知
歷五味亦可解云云
○四開中二先開三藏及藏中行
四開麤者開三藏信法兩行亦是決了聲聞
法是諸經之王聞已諦思惟得近無上道聞
即信行思惟即法行皆近無上道者即大乘
無相行近於真也開橫行者低頭擧手歌詠

散心皆已成佛道

○次以二教況又二先況

三藏最淺尚被開即妙況通別等可以意得

○次重述小善

開依小乘常行等方法者小小微善無一不

成佛可以意得云云

既四行俱通四教所行當知不以行能表

理但應立觀照理導行方可令行至正境

中故知無理無益苦行若無行者理必不

顯故教行理三相藉而顯互相光飾相導

相成凡諸行人不可不達此也

妙法蓮華經玄義釋籤卷第三十四

音釋

拓他各切音託　隘烏懈切菸去聲

妙法蓮華經玄義釋籤卷第三十五

隋天台智者大師說

門人灌頂記

唐天台沙門湛然釋

○第七爲一切法體中二先正釋次判開

初文又二初明觀經所依之體次明能依諸法

第七遍爲一切法體者觀經云毗盧遮那遍一切處

初文者正指法身爲經正體諸法所依

○次文中又二初略立

一切不出四諦

○次引大經立相又四初舉總明別次若然下離開具四三當知下結成能依四淨名下引證能依從所依立

大經云佛所不說如十方土所說者如爪上土迦葉云已說是四諦其未說者應有五諦佛言無也但言是四諦有無量相耳

初文者以無量爲能依諸法諸法無量既不出四種四諦四諦秖是因果故下結中通云因果即指界內界外兩種因果悉依平等無因果體若下宗中明因果者則簡世間唯出世間於出世中若廢權則簡三從一若開權則一切俱是今論所攝無所不收△次離開共四

若然廣開即成四種四諦具如境妙中說△三結成能依

當知若集世間善惡因果道滅出世一切因果悉用實相爲體△四引證能依從所依立

淨名曰從無住本立一切法此之謂乎

次引證中無住本者如前第七記

○然所依下判欲判先叙所判之意意判能依

然所依之體體妙無異能依之法法有麤妙

○次正判亦二謂教與味及下開文但略標而已準上文可見

諸法相待分別可知歷五味分別麤妙亦可知開麤顯妙亦可知云云略說經體竟

○三明宗中二先叙來意次開章正釋

大章第三明宗宗者修行之喉衿顯體之要蹊如梁柱持屋結綱綱維提維則目動梁安則桷存

初文者此中六句前二句明宗爲行之要次四句明宗爲行體之功初句者行若無因果何殊外人無益苦行如衿如喉爲身衣之要次句者顯體之要豈過因果以因果綜諸行諸行依體還取於體蹊字有本作系字若作蹊者謂要路也若作系者如衣襟系於二義中上義猶强次四句者上二句立次二句釋初二句中上句明宗爲體功下句明宗爲行首次二句釋者舉因果則一切行俱屬因果故一乘語因果則實相家諸行可存對下二句意亦可見

○次開章解釋

釋宗爲五一簡宗體二正明宗三衆經同異四明麤妙五結因果

○初簡宗體中二先破非顯正次私廣叙舊辨非初文二初破非次今言下顯正初文二先破一次破異初文二先出非

簡宗體者有人言宗即是體體即是宗

○次今所下破破又二先破次結初文一

先法次譬初法中三初略示正相

今所不用何者宗致既是因果因果即二體

非因非果體即不二

○次體若下破

體若是二體即非體體若不二體即非宗宗

若不二宗即非宗宗若是二宗即非體

以二不二對辨宗體則知宗不一也

○三云何下結斥

云何而言體即是宗宗即是體△次譬

又柱梁是屋之綱維屋空是梁柱所取不應

以梁柱是屋空屋空是梁柱

譬文準法可知△次結

宗體若一其過如是

○次破異中三亦先略示

又宗體異者則二法孤調宗非顯體之宗體

非宗家之體

○次破

宗非顯體之宗宗則邪倒無印體非宗家之

體則體狹不周離法性外別有因果

○三結

宗體若異其過如是

準前可知

○次顯正中四初正顯

今言不異而異約非因非果而論因果故有

宗體之別耳

○次釋論下引證

釋論云若離諸法實相皆名魔事普賢觀云

大乘因者諸法實相大乘果者亦諸法實相

即其義也

○三當知下結示

當知實相體通而非因果行始辨因行終論果

○四而復下重簡別因果不同又二先簡次例先簡又三先譬

而復偏圓有別者譬如銅體非始非終擬鑄爲像即名像始治瑩悉畢即名像終此譬圓因果若擬器皿及其成就器皿始終譬偏因果也

○次發下合

發七方便心謂偏因證有餘無餘名偏果開佛知見名圓因究竟妙覺名圓果

○三若識下結

若識此喻不即不離宗義明矣

○次例中二初以佛性涅槃爲例

例如正因佛性非因非果而言是因非果名佛性是果非因名大涅槃

正因如體因果如宗△次例

又佛性非當非本而言本自有之一切衆生即涅槃相不可復滅又言一切衆生悉有佛性而實未有三十二相未來當得金剛之身以其非當是故言本以其非本是故言當宗體之義亦復如是

次例者非當非本如體而當而本如宗△次私廣敘舊辨非

遠師以一乘爲宗所謂妙法引文云是乘微妙爲無有上私謂爲破三故一待麤非妙因而不該始末

次私廣引破古中初破遠師者所明一乘但是破三之一待麤之妙則但因而非果

是則在始而不該末故云不該始末況所

破之三爲在何教

龍師云但以果爲宗妙法者是如來靈智體也衆麤斯盡爲妙動靜軌物爲法法旣眞妙借蓮華譬之所以果智爲宗也私謂果不孤立云何棄其因又乖文也

次破龍師者此經本以因果爲宗龍師棄因獨存於果言乖文者今經本迹各立因果以爲經宗具如下引本迹二文故知乖文

慧觀序云會三歸一乘之始也慧覺成滿乘之盛也滅影澄神乘之終也什師歎云若非深入經藏豈能作如此說

慧觀師釋今無破者什公已歎今家粗許以遠公棄果而存因龍師棄因而存果觀旣有始有盛即是兩存仍非全當故亦不依何者若以法華會三歸一爲乘始者豈法華部無乘終耶若無終者直至道場爲是何等若以澄神指涅槃者涅槃部內豈無乘始若無始者初破三修及初發心常觀涅槃爲是何等

印師云諸法實相是一乘妙境用境智爲宗境無三僞故稱實相也今謂加境而闕果腫不益肥

破印師中云加境闕果者此乃從容許其用智智通因果稍似經宗若望三法然但在因而闕於果況復加境境屬於體將陪宗義腫不益肥

光宅用一乘因果爲宗前段爲因後段爲果私謂二文各有因果若互存互沒則害經文

次破光宅者正釋中自立兩處師弟因果

○次破用權實及名爲宗

有人用權實二智爲宗私謂用權應明三是經宗三是今經所棄云何取所棄爲宗

又師云此名妙法蓮華即以名爲宗妙法是佛所得根本眞實法性此性不異惑染不與惑同故稱妙即宗爲名耳此是地師所用據八識是極果今攝大乘破之謂是生死根本

可見次破用名中言此是地師用八識極果者指向不異惑染不與染俱今尚破攝師攝師所破既非能破非今經宗

有師云常住爲宗但未極上是覆相明常私謂都非經意常若被覆宗何所顯常不被覆常則非宗

次破常住爲宗者上句且與而言非我今宗所顯若是所顯所顯非宗不覆亦非未爲全當

有師云是顯了明常與涅槃爲廣略耳私謂常爲宗者常無因果常亦無宗云云

破次師準上可知

有言萬善爲宗但使是善皆得作佛私謂若作佛即是果何不取果爲宗

破萬善者責其棄果而取因

有言萬善中取無漏爲宗私謂太局又濫小涅槃

次破無漏者七方便之因果俱爲我家之因何得局促獨立無漏若取初住已去雖是眞因而無漏之名復濫小果

有人言若稟斯異說各蒙益者衆釋無可爲非聞而不悟衆師無可爲是一師之意唯貴

在悟宜以悟爲經宗大經云若有定相是生死法是魔王相佛法無定相是故如來非道說道道說非道當知唯悟是從私謂若悟爲宗乃是果證非謂行因問南指北方隅料亂又定以悟爲宗是爲定定何謂不定說者甚多不能具出也

次破悟者悟通因果仍別在眞因既無的指且以果責之又破妄引大經救立不定門若諸法不定何得定悟

○二正明宗中二釋結釋中二先迹次本二文各四初列經文次正釋三定傍正四結

二正明宗者此經始從序品訖安樂行品破廢方便開顯眞實佛之知見亦明弟子實因實果亦明師門權因權果文義雖廣撮其樞要爲成弟子實因因正果傍故於前段明迹因迹果也從涌出品訖勸發品發迹顯本廢方便之近壽明長遠之實果亦明弟子實因實果亦明師門權因權果而顯師之實果果正因傍故於後段明本因本果

○次結中二先結成宗意

合前因果共爲經宗意在於此

○次所以下結示經文

所以經分二文論本論迹雙題法譬舉蓮舉華師弟權實總在其間也

○三明諸經同異者若不辨因果將何以明此經妙宗於中三初雙標次雙釋後雙結

三衆經因果同異者謂迹因果或同或異本因果永異

○釋中二先釋迹次釋本初文中三初通爲諸經宗次大品下別示其同相因果既通而爲宗者名隨事立三是爲下總結迹因果者實相通印諸體何經不約此論因果

初如文

○次明別示中二初通辨諸部因果次諸經下辨諸部中因果不同初又三初大品次淨名次華嚴初大品中二初立宗次引叡師證初又二初正立宗以顯別次故云下明具因果以辨通初文二初正立

大品明非因非果實相爲體而但因爲宗

○次般若下示宗相

般若遣蕩正是因意△次明具因果以辨通

故云菩薩心中名般若在佛心中名薩婆若文中亦說菩薩無生無滅因獲不斷不常薩婆若果

次言通者二文俱有因果意在於因般若是因薩婆若是果

○次引叡師證中又二初立因果

叡師序云啓玄章以不住爲始歸三慧以無得爲終終始因果也

○次文中下證

文中亦說一切種智佛果爲成般若因因正果傍無量義宣說摩訶般若歷劫修行故知彼經用因爲宗也△次淨名

淨名用佛國因果兩義爲宗寶積具問因果佛備答因果故知雙用因果爲宗也

次淨名中言寶積具問因果者淨名序中云爾時寶積說偈已白佛言是五百長者

子皆發阿耨多羅三藐三菩提心願聞得佛國土清淨問果也唯願世尊爲諸菩薩說於如來淨土之行問因也佛言隨所化衆生而取佛土化衆生答因也而取佛土答果也又下文云直心是菩薩淨土答因也菩薩成佛時答果也△次華嚴

華嚴圓頓之教解宗不同或言用因爲宗據題言華嚴是萬行莊飾修因之義文中多說四十地行相故用因爲宗又云果爲宗據題云大方廣佛佛是極果之名華嚴是定慧萬善莊嚴佛身非莊嚴因文中多說舍那法身之事即用果爲宗也又解云因果合爲宗如言佛即是果華嚴即是因文中具說法身亦說諸地俱用因果爲宗

次華嚴者大同淨名

○次諸經因果不同中若顯諸部中諸教因果而諸經別故故須此文分別以顯同異此中又二初對部

諸經對緣不同故明宗互異耳般若通對三人傍眞因果此義則異别對菩薩復有利鈍爲鈍明因此義亦異利人因者此義則同淨名佛國義兼若三種佛國因果此義則異一種佛國因果者則同華嚴亦對兩緣鈍異利同如前分別

○次對味

又將此意歷五味　果例可知

○三總結

是爲衆經因果與迹門同異之相也

如文

○次明本門一向異者又爲三標釋結

二本門因果永異衆經者

○釋中二初重叙諸教諸部

若三藏菩薩始行實因果無權因果乃至明佛道樹始成非久遠本迹通教菩薩亦始行因神通變化而論本迹非久遠本迹也大品說菩薩有本迹二乘則無說佛始得生法二身本迹不說久遠淨名不說聲聞有本迹但明菩薩住不思議之本迹說佛有淨土螺髻所見亦非久遠華嚴說舍那釋迦爲本迹菩薩亦有本迹聲聞尚不聞不解云何自有本迹

並約迹中論體用本迹故並云非本

○次今經下正明本門因果

今經發聲聞有本本有因果示爲二乘迹中因果發佛之迹王宮生身生道樹法身生乃至中間生法二身悉皆是迹但取最初先得眞應名之爲本

○三故師弟下結

故師弟本因本果與餘經永異

○三今下雙結上迹本因果爲今經宗

今經迹中師弟因果與衆經有同有異本中師弟因果衆經所無正以此之因果爲經妙宗也

思之可見

○四麤妙中二先判次開

四麤妙者若半字之因逼樹偏果此宗則麤大品所明三乘共因果亦如是不共之因雖云菩薩一日行般若如日照闇發心即遊戲神通而猶帶麤因圓因不得獨顯雖說法身無來無去猶帶麤果圓果不得獨顯故名爲

麤方等中雖彈偏因果高原陸地不生蓮華不辨偏得入圓圓不彰顯是亦爲麤華嚴前照高山說一圓因究竟後身說一圓果又帶別因果所帶處麤今經聲聞受記菩薩疑除同開佛知見俱入一圓因發迹顯本同悟實果因圓果實不帶方便永異餘經故稱爲妙也

初文者大品中指薩陀波崙見佛後曇無竭爲說者即法身也方等中二乘如高原

此等並麤今經爲妙ム 次開

開麤者昔緣根鈍未堪聞讚佛乘因果用方便因果引接近情五味調熟心漸通泰決了麤因同成妙因決諸麤果同成妙果故低頭舉手著法之衆皆成佛道更無非佛道因佛道既成那得猶有非佛之果散善微因今皆開決悉是圓因何況二乘行何況菩薩行無不皆是妙因果也

開文準前可見

○五結成中自二

五結成者即爲二一結因果二四句料簡

○初文二初通途明一切諸經各有因果次別顯今經因果

夫經說因果正爲通益生法行人

初文者凡一代教門佛所說法不離因果但有權實本迹之殊今經所論不論權迹唯在實本所論因果

○次文中又二初明本迹二門得益不同二正引文證得益因果

若開權顯實正令七種方便生身未入者入傍令生法二身已入者進若說壽量長遠傍

令生身未入者入正令生法已入者進初文所以得益不同迹門傍正者法華已前已入竟者爲傍今於法華始得入者爲正本門傍正者迹門及法華已前兩處已入者爲正兩處未入者爲傍

○次引證者正當實相家之因果故引爲證於中又二先引證

神力品云如來所有一切甚深之事者

○次解釋釋中又二先總釋

非因非果是甚深之理因果是甚深之事

○次從七種下別釋別中又二先示正因果次何者下簡郤似位及以性德非今宗意初文又二初歷别約位次復次下通總約位初又二初從七方便下至爲果以初因對極果釋

從七種方便初得入圓登銅輪位名之爲因乃至餘有一生在若轉一生即得妙覺名之爲果

○次從於下至果以分分因果釋又二初立

從於二住至於等覺中間名爲亦因亦因因亦果亦果果

○次用無礙下釋

用無礙道伏一分無明名之爲因用解脱道斷一分無明名之爲果約此解脱復修無礙故云因因從此無礙復得解脱故言果果言一分者是第一住中分二住已是於因復修三住之因故云因因初住已得解脱二住復得解脱故云果果是則一一位中有因有果以解脱望無礙名之爲果此解

脱望上位名之爲因望後修因故名因因

此解脱望無礙名之爲果望前解脱名爲果果

○次通總中又二先迭立因果

復次初十住爲因十行爲果十行爲因迴向爲果十向爲因十地爲果十地爲因等覺爲果等覺爲因妙覺爲果

○次妙覺下判釋

妙覺唯果唯解脱不得名因名無礙初住唯因唯無礙不得名果名解脱

此中位既通總因果之名亦但通總不復更云十行亦因亦因因等但且迭立及始終一判△次簡却似位及以性德非今宗意

○次何者下明簡卻又二初明簡卻似位

何者初住見眞以眞爲因住前相似非是眞因

○次若取下簡性德

若取性德爲初因者彈指散華是緣因種隨聞一句是了因種凡有心者是正因種此乃遠論性德三因種子非是眞實開發故不取爲因也

此簡意者正判則尚不取似位若取則性德通立故今經文並有通別兩意初文是通此乃下是別如開五乘及常不輕等即通意別授聲聞記乃至本門分別功德即別意也八界發心又通意也

○料簡中二標釋

二四句料簡者

○釋中二重問答初重約兩種四句分別次重約教互顯分別初中先問

問若言初住入理名爲圓因圓果何得文云漸漸修學得成佛道

○次答答中三標列釋

答應作兩種四句料簡

初標中云兩種四句者一漸圓四句二賢聖四句厶（次列）

自有漸圓自有圓漸自有漸漸自有圓圓

○次釋中三正釋引譬結益釋初四句又爲二意一者以圓對偏應作四句二者從復次去於圓自爲四句今初通列一種四句次釋文中方兼兩義於初四句復分兩四

漸圓者此約理外七種方便同開佛知見始見圓理見圓理者良由理外七種方便漸入圓因故言漸圓漸圓三句（云云）圓漸者初入此圓同觀三諦見實相理初後無殊然而事中修行未能盡備復須研習據初入圓故名爲圓進修上行復名爲漸漸漸者從二住去至等覺此是圓家漸漸非理外漸漸圓圓者至妙覺亦名漸圓亦名圓圓圓理先圓今復事圓故名圓圓

初四句中但以漸圓一句相對餘三不釋但注云云若欲釋者圓漸謂初住已上圓圓謂唯妙覺漸漸謂七方便各自有因若止觀中與此稍別不得一例彼以三教各自有因名爲漸漸各有果頭名爲漸圓次四句者亦以初文以爲初句次從初發心住進修二住爲圓漸也漸漸自是圓因之位非七方便漸家之漸是故須以兩種漸漸簡前引文漸漸修學之難△（次於圓自爲四句）

復次圓漸如初住漸漸如二住已去至三十心漸圓如初地已去圓圓即妙覺也

餘如文

○次賢聖四句者重舉例釋漸圓四句以申前難漸中尚有賢聖之名何得但聞漸漸之名便一槩爲漸家之漸

三十心雖同有賢聖之義義稱爲賢伏多斷少故十地去名爲聖伏少斷多故又十住名賢聖二十心是聖賢十地等覺是聖妙覺是聖聖

於中初略立賢聖二句亦應更以妙覺對住前爲二句言三十心雖同賢聖義者望於十地名之爲賢斷無明故名之爲聖此準仁王立賢聖名若準此文應云住前名爲賢賢妙覺名爲聖聖餘之兩意其義易知是故文中更爲異釋十住爲賢聖者即是地前爲賢是賢家之聖二十心爲聖賢者約斷名聖據位仍賢即指十地爲聖故是聖家之賢十地等覺名爲聖者準仁王經地前名賢故以十地名之爲聖妙覺是聖聖者初地已上已名爲聖故妙覺位是聖中之聖名爲聖聖△引譬

今借喻初月匡廓已圓光用未備此譬圓漸從二日至十四日其明漸進此譬漸漸至十五日此譬漸圓又譬圓圓夫月無虧盈亦約月辨虧盈理無圓漸亦約理判圓漸耳△結益

此經之宗利益巨大始自圓漸終竟圓圓大乘因果增長具足云云△次重約教互顯分別

問既稱圓漸復稱圓別乃至通藏亦應爾耶

次問答中先問云既稱圓漸復云圓別等

若漸即同別前釋四句圓既有漸亦可名爲圓家之別若許圓家有於別者亦應許於圓家有藏通耶故云乃至藏通

○答中二初正答次例漸圓及開顯等

答此義出四教章中其意云何三藏三藏可解別者諦緣度也通者眞諦也圓者無學辦也通通者同無生也三藏者道諦中戒定慧也別者正習盡不盡也化他不化他出假不出假之別也圓者同證眞也別別者別上別下也三藏者修無量道諦中戒定慧也通者四門俱契中也圓者五住盡也圓圓者融也別者四門異也通者四門相攝也藏者圓道諦圓戒定慧也

初正答意者名許互有義必不通故知藏中通別圓三並屬於藏不關餘三通別圓三例此可知

○次例中三先例前四句次例結因果三例開顯

此義既通亦應漸圓漸圓四句皆得也

初文云此義既通亦應漸圓漸圓四句皆得者四教之文本分四別今一一教義通四名何妨漸圓義本區別圓等四句一一義通應云漸圓圓漸恐文悞故故間書之

結因果皆成也厶 二例開顯

然後判麤妙開麤妙悉得也

○第四明用中二初釋名次開章解釋初文又三初略釋次對宗廣簡三若得下結歸初文二初直釋次功用相即初文二初立次釋

大章第四明用者用是如來之妙能此經之

勝用

初文者應言功用亦可言得用亦可言力用功謂因滿得謂證悟力謂勝能此三並是如來自行用則一向單論益他亦可兼自而說今且置自從他故但云用用復二義謂能及用能用二義復通自他多屬於他如言能從因至果加功用行等今亦置自從多分而說人有善巧利他之能經有斷疑生信之用於中初略立竟

○次如來下略釋

如來以權實二智爲妙能此經以斷疑生信爲勝用ㄙ次功用相即

秖二智能斷疑生信生信斷疑由於二智約人約法左右互論耳

次相即中人須有法法藉人弘

○次對宗簡中二先例

前明宗就宗體分別使宗體不濫今論於用就宗用分别使宗用不濫

○次何者下正簡簡中先略立

何者宗亦有用用亦有宗

○次宗用下簡簡中三先列

宗用非用用用非宗用用宗非宗宗宗非用宗

○次宗用者下釋

宗用者因果是宗因果各有斷伏爲用用有宗者慈悲爲用宗斷疑生信爲用用

○三若論下結示

若論於宗且置斷伏但論因果今明於用但論斷疑生信且置慈悲

○三結歸

若得此意則知權實二智能斷疑生信是今經之大用其義明矣

可知

妙法蓮華經玄義釋籤卷第三十五

音釋

鑄（之戍切鎔鑄也）瑩（烏定切與鎣同飾也）皿（武永切器皿也）腫（之隴切脹也）蹊（弦雞切）

妙法蓮華經玄義釋籤卷第三十六

隋天台智者大師説
門人灌頂記
唐天台沙門湛然釋

○次開章解釋中文自爲五

論用開爲五一明力用二明同異三明歷別四對四悉檀五悉檀同異

○初釋力用中二初正明力用次上已下更展轉比決初文又二初通約迹本辨非顯是次復次下重以二乘對涅槃明今經勝用初文又二初辨諸經所無次如此下明今經具足初又二初雙標所無次不正破下雙釋所無二文皆先迹次本

一正明用者諸經不純明佛智慧不發佛自應迹

初文諸經下無迹門顯實不發應迹下無本門顯遠也△次雙釋所無

不正破廢二乘果不斷生身菩薩之遠疑起其遠信不顯本地增法身菩薩本念佛之道損界外之生

不正破下釋初句次不斷下釋下句

○次明今經具足中三初雙明具本迹二義對斥他經次今經下正明今經具斯二義獨超衆典皆先迹次本三葢由下雙結歎

如此力用衆經所無今經具之所以命章不論二乘菩薩等智純顯佛之微妙智慧不開衆生九法界知見純開衆生佛之知見餘經但道佛所變化是迹不道佛身自是迹今經自道佛身是迹其餘變化寧得非迹

初如文△次正明今經具斯二義獨起衆典

○次正明中迹可見

今經正破廢化城二乘之果況其因行耶

○本中二先廢迹

又破稟方便教菩薩執迹爲極今皆發廢悉稱是權迹及中間諸疑悉斷起於深遠不思議信

○次又顯下顯本顯本又二初正顯本

又顯本地眞實功德令法身菩薩得大利益始自初阿終隣後荼

○次抹十方下明顯本之益助歎顯本之能

抹十方那由他土爲塵數增道菩薩不能令盡

○三雙結歎中二先因次果

蓋由如來雨權實二智一味之雨普等四方俱下者一切諸四門俱破也充足求於具足道者斷其深疑起其大信令入一圓因控摩訶衍車遊於四方直至道場大用大力妙能妙益猶自未盡

因中普雨充足斷疑起信之言亦可通於本迹言未盡者一期化畢他方復會節節不休

○次約二乘對辨涅槃中二先明前經經及教主拱手不治次引涅槃闡提對辨

復次此力能破二乘之果二乘怖畏生死入空取證生安隱想生已度想墮三無爲坑若死若死等苦已如敗種更不還生智醫拱手方藥無用

前言三無爲者文雖擧三正明擇滅

○對辨涅槃又二先舉涅槃

至如涅槃能治闡提此則爲易闡提心智不

滅夫有心者皆當作佛非定死人治則不難

○次二乘下重舉今經能治二乘又二先

舉二乘難治

二乘灰身滅智灰身則色非常住滅智則心

慮已盡焦芽敗種復在高原陸地既聾且瘂

永無反復諸教主所棄諸經方藥不行

○次今則下明今經能治又二初明能化

人法至妙

今則本佛智大妙法藥良

○次色身下明所化身方知益深又三初

身益

色身不灰如淨瑠璃内外色像悉於中現

○次令心下智益

令心智不滅開示悟入佛之知見令客作賤

人付菩提家業高原陸地授佛蓮華

○三其耳下總明身智得益功用

其耳一時聽十法界聲其舌隨一切類演佛

音聲令一切聞能以一根遍爲衆用即是今

經之力用也

此之勝益文似六根實兼上位上位益者

具如華嚴云初住菩薩得十種六根故四

念處云六根清淨有眞有似

○次重比決中初以此間世智爲本乃至

佛智又二先比決次佛權力下指廣舉例

一切功用自行化他皆應作此比決初文

二先結前生後

上已說佛智力竟今更重說

如漢末三分曹公智略當時第一復劣楊脩

三十五里此眞丹人智不及外國外道智如芥比山一切世人外道智不及舍利弗智十六分一二乘智如螢火蟲菩薩智如日光通菩薩智如鴻鵠勢不及遠別菩薩智如金翅鳥從一須彌至一須彌別菩薩智如爪上土比佛智慧如十方土當知佛之智慧至融至即至頓至實不可思議不縱不横圓妙無比喻不可盡問答餘經不純説今經獨純説之此佛實智力大也譬如十小牛乃至一龍十龍一力士十力士不如五通人外五通不如一羅漢一切羅漢不如一目連目連不如一身子身子不如菩薩菩薩不如別菩薩別菩薩不如圓菩薩圓菩薩不如佛佛迹甚大化復作化化化無盡無謀而當如修羅琴一切賢聖無能測者

次正比決中言復劣楊脩三十五里者漢順帝時上虞縣令度尚有息名子禮爲曹娥作碑後蔡邕字伯喈聞其碑妙特從址來至碑所值夜乃手摸讀之歎之不已於夜題其碑背以爲八字云黄絹幼婦外孫虀臼至後漢時楊脩曹操同至碑所見此八字楊脩當時曉八字義曹公尚昧乃云未得説之行過三十五里思乃得之便自歎云才不才三十五里哉其曹娥者史記孝女傳云會稽上虞人父盱能絃歌爲巫祝五月五日於江迎伍君濤溺水而死不得屍娥時年十四巡江號哭晝夜不絶遂投江死抱父屍而出有是感故爲之立碑中間言十六分者諸經校量多分皆以一十六分爲校量本如世秤斤亦十六兩涅

槃經中值佛多少以判信解亦云十六今大論云一切衆生智除諸佛世尊欲比舍利弗十六分之一猶故不能及至佛智云無謀而當猶如明鏡不謀端醜隨其形對任運似眞云云次指廣舉例

佛權力既如此餘諸義例可知不復記

○二明同異中二先問起次答

二明同異者問實相體因果宗既通衆經權實二智復云何

初問意者前明宗體皆對諸經迹門以辨同異是則實相體一乘宗通於四時但有兼帶之異今明權實智用爲復如何

○次答中二初總答名通而事别

答名雖通用力大差别

○别相如何次藏通下出其别相於中爲二先出諸教諸部不同次今經下出此經異相初文二先出小教力用短淺

藏通以二智斷四住之疑生偏眞之信尚不斷五住等况長遠耶

○次出大部縱兼顯實不斷近疑於中先釋

淨名雖彈斥二乘及偏行菩薩亦是界内斷疑生信不能令小乘及方便菩薩斷大疑生大信大品通意亦是界内疑斷信生别意雖在界外亦未斷近疑生遠信華嚴正意斷界外疑生於圓信亦未斷近生遠

○次故權實二名下結異

故權實二名雖復通用而力大異

○次今經亦二先釋次結異釋中二亦先釋迹

今經用佛菩提二智斷七種方便最大無明同入圓因

○次破執下明本

破執近迹之情生本地深信乃至等覺亦令斷疑生信△次結異

如是勝用豈同衆經耶

○三別釋用中文自分二各自爲十初釋迹中二先列

三別釋爲兩一別釋迹門二別釋本門釋迹門爲十一破三顯一二廢三顯一三開三顯一四會三顯一五住一顯一六住三顯一七住非三非一顯一八覆三顯一九住三用一十住一用三

○次釋釋中二先釋次對十妙釋又二釋結釋中二先通次別

此意通歷十妙一一妙中皆具十意義推可解云云

通略不釋但注云云通歷十妙皆具十意者且如境妙有六境不同且妙因緣自分四教圓教爲一三教爲三謂破三因緣顯一因緣等乃至住一因緣用三因緣等如是乃至行位利益皆有麤妙麤妙相對皆有三一以通十意思之可知

○於別釋中自爲十文前六文中皆有三意後四不假初文三者先屬對所以次敘昔三述證此經

今就別說者破三顯一正破三情而顯一智

初文初意如文

○次何者下叙昔

何者昔若初讚佛乘衆生沒在苦旣不堪聞

大尋念過去佛所行方便力亦應説三乘説三乘已齊教封三情不更願好者

○三今破下明今經意

今破三執顯於佛智故言諸佛法久後要當説眞實也

○次文△車六初屬對所以

廢三顯一者此正廢教

初如文

○雖破下次意三正直下述今

雖破其情若不廢教樹想還生執教生惑是故廢教

言樹想還生等者所詮實理猶如一根能詮權教猶如枝葉若其不廢逗緣諸教則千枝萬葉權想還生以想生故亡其實本

正直捨方便但説無上道十方佛土中唯有一乘法無二亦無三△初屬對所以

開三顯一者正就於理傍得約教

開中初如文

○次文兩重舉昔

約教者昔教明三人入眞今教明三人得佛也正約理者秖是二乘眞空自有實相昔方便不深不能妙見

○三今開下述今

今開此空即是實相故言決了聲聞法是諸經之王開方便門示眞實相大經云爲諸聲聞開發慧眼△初屬對所以

會三顯一者正就於行

會中初如文

○大品下次文

大品會宗云四念處四禪等皆是摩訶衍但

會其法未會其人

○此經下第三文

此經人法行俱會故云汝等所行是菩薩道漸漸修學悉當成佛低頭舉手皆成佛道云云

△初屬對所以

住一顯一者此就佛本意本以實智化物佛平等說如一味雨佛自住大乘如其所得法定慧力莊嚴以此度衆生若以小乘化我則墮慳貪是事爲不可故知從得道夜常說中道常說大乘

住中初如文

○而衆生下次文

而衆生罪故故使如來以毒塗乳著弊垢衣方便婆和引令向大

○故言下第三文

故言雖說種種道其實爲一乘云云

△初屬對所以

住三顯一者此就佛權智方便化物

住三中初如文

○尋念下次文

尋念過去佛所行方便力我今亦如是即趣波羅柰以方便力故爲五比丘說過去諸佛亦住三乘而顯一乘今佛亦爾故言更以異方便助顯第一義

○又昔下第三文

又昔於菩薩前毀呰聲聞然佛實以大乘而得度脫

○住非三中初文闕次文事理二重但述今不叙昔既言住雙非而顯一故無昔可叙覆三亦然

住非三非一顯一者或約理或約事約理者

是法住法位世間相常住是法不可示知法常無性佛種從緣起無性即非三非一從緣起即是三緣顯一今會非三非一約事者即是人天乘此乘非三亦復非一常教此乘引入於大低頭舉手皆成佛道若我遇衆生盡教以佛道

覆三顯一者此就權巧多端前權前度但除其病不除其法法不除故擬化後緣若破此法後何所用機息則覆機興則用何但佛爾入實菩薩亦然若有不信此法於餘深法中示教利喜云云

三既被覆無三可述所以文中但語除病謂除執三之病法何所傷所言但除其病者病謂執權爲實法謂一切權法執權之病若除即此權法是實是故除病不須除法

住三用一者此就法身妙應眷屬前住三顯一是師門今住三用一是弟子門如富樓那等實是法身現作聲聞示住於三而常顯一饒益同梵行者

住一用三者此就本誓如華光作佛願說三乘而非惡世今佛亦於寶藏佛所願於惡世說此三乘云云△次結

但權實大用包括法界豈止十意而已爲顯十妙之用故略言十耳

第二結意中云爲顯十妙之用略言十等者初迹中用對迹中十妙者具依前釋十妙之文準望自了△次對十妙

破三顯一是用智妙廢三顯一是用說法妙開三顯一是用境妙會三顯一是用行妙住

一顯一是用乘妙住三顯一是用感應妙住非三非一顯一是用神通妙覆三顯一是用位妙住三用一是用眷屬妙住一用三是用利益妙將十用對當十妙文義相揀大意可解云云

次十妙者破既破情以顯於妙故用智妙廢既廢教教是所說故用說妙開既約理理即境也會既約行應用行妙住既元是佛之本意佛之本意唯用一乘故是乘妙也住三既其約佛權智權即起應隨機逗物故用感應妙也住非三非一者法性不當權之與實人天之乘非三教之權非實理之一非此雙非何能起通故用神通覆三是用位妙者三法恒須是故須覆覆三麤位即是用於常住妙位住三是用眷屬

妙者權同於三而常顯一非妙眷屬則無此用住一是用利益妙者如住一地而用三益約令得於一實之益

○次本十用又三初標數

二本門力用例爲十意

○次述意

若扶文便應言開近顯遠若取義便應言本迹秖呼近爲迹遠爲本名異義同

○三列釋

所言十者一破迹顯本二廢迹顯本三開迹顯本四會迹顯本五住本顯本六住迹顯本七住非迹非本顯本八覆迹顯本九住迹用本十住本用迹

○釋中二先釋次對十妙初文又二謂有通別

通就本門一一妙中皆具十意

通亦略無

○別釋又二初正別釋次佛散赴機下結引證意初文自十一一文皆先屬對次釋對意三引文證結釋對意中文有二別前之四文皆先叙迹次明拂迹後之六文住本顯本住非迹非本顯本無迹可述餘四即此迹而論本亦不須廣述於迹先總知此異至文易了、初破迹顯本中初述迹爲二、初述動執之文次推三品文下結迹文意也初述中三文各二皆先叙文次出文意△破迹中三初屬對次序品下釋對意於中又二先叙迹次所以下拂迹叙迹中二初述動執之文次結迹文意初中二先序品二先叙文

若別論者破迹顯本亦就破情序品方便實塔三文已動執生疑如文殊答彌勒云昔八三子師事妙光妙光先居補處而王子成佛號曰然燈弟子今又成佛號曰釋迦妙光翻爲弟子字曰文殊動迹執生此疑何由可決△次出文意

今言非是補處淹緩亦非弟子超越良由釋迦成道已久昔示弟子今示作師耳拂此迹疑顯於本智故言破迹顯本也△二方便品二先叙文

方便品云我從久遠劫來讚示涅槃道生死苦永盡我常如是說△次出文意

當知生死久已永盡非是中間始入涅槃△三寶塔品二先叙文

寶塔涌現證示滅不滅即迹而常分身皆集八方不可稱數△次出文意

分身既多當知成佛久矣如荷積滿池之喻

第三寶塔文中兼以第七卷蓮華喻本妙

中意助成△（次結迹文意）

推三品文已是破迹之漸△（次明拂迹）

○次所以下拂迹顯本

所以下方涌出非寂滅道場受化亦非他方分身所受化此兩處人彌勒皆識而今不識所以驚疑破此近情顯本長遠△（三引文證結）

○三引證中二先正引

故文云一切世間皆謂我釋迦牟尼出釋氏宮去伽耶城不遠得三菩提然我實成佛來無量百千萬億那由他劫

○次直舉下釋文意

直舉世界問彌勒彌勒不知其數何況世界中塵而當可數此是破近執謂生其遠智也

△（廢迹中三初屬對）

廢迹顯本者亦就説法

廢迹中初如文△（次釋對意）

○次文者初昔爲下先叙迹

昔爲五濁障重不得遠説本地但示迹中近成

○次今障下拂迹

今障除機動須廢道樹王城迹中之説皆是方便執近之心旣斷封近之教亦息△（三引文證結）

○次引證亦二先正引文

文云自從是來我常在此娑婆世界説法教化亦於餘處百千萬億那由他阿僧祇國導利衆生

○次即是下釋文意

即是廢一期之迹教顯久遠之本説也

○開迹文中初就法下先叙迹△（開迹中三先屬）

對次釋對意

開迹顯本者此亦就法亦就理秖文殊所述然燈佛及久遠來讚示涅槃道及分身諸佛如此迹説以是顯本之意惑者未悟玄旨

○次今若下拂迹

今若顯本亦不過就餘途還開近迹示其本要耳

○次就理中但明就理拂迹之意

就理者但深觀方便之迹本理即顯△三引文證

結中二先正引次釋文意

文云我實成佛已來久遠若斯但以方便教化衆生令入佛道若入佛道即於迹得本也

△會迹中三先屬對

會迹顯本者此則就行

會迹中初如文△次釋對意

○次文中先敘迹

尋迹中諸行或從此佛行行得記或從彼佛行行得記或示已身他身隨機應現長短大小

○次諸迹下拂迹

諸迹悉從本埀若結會古今還結迹而顯本耳本迹雖殊不思議一△三引文證結

文云諸善男子於是中間我説然燈佛等又復言其入於涅槃如此皆是方便分別即會迹顯本意也△住本中三先屬對

住本顯本此就佛本意

住本者秖是不離於本而常顯本△次釋對意

即如下方菩薩於空中住法身佛爲法身菩薩説法法身修道純説一乘△三引文證結

文云娑婆世界純以黃金爲地人天充滿又

云人衆見燒盡我淨土不毁能如是深觀是爲深信解相常住此本恒顯於本文云我成佛已來甚大久遠壽命無量阿僧祇劫常住不滅豈非住本顯本也

引文意不離本時娑婆於迹娑婆以顯本娑婆常住下結文意可知

住迹顯本者此就迹意即是釋迦住生身而顯一由顯一故古佛塔涌塔涌故召請分身分身集故慕覓弘經下方出現慕覓弘經下方出現彌勒疑問問故說壽長遠動執遣疑是爲住迹顯本也文云我以佛眼觀其信等諸根乃至種種方便說微妙法能令衆生發歡喜心也

住迹中秖於迹中顯一之時已現古佛之塔正爲顯本故也

住非迹非本而顯本者此約絶言冥會即是非本非迹而能本迹昔非迹而垂迹今非本而顯本文云非實非虛非如非異如斯之事如來明見也

覆迹顯本者亦約機應多端若執迹障本故覆令不執更對後機還須用迹故有師子奮迅之力文云以若干言辭因緣譬喻種種說法所作佛事未曾暫廢

覆迹中云師子奮迅能前跳後跳後跳即未來益之相也

住迹用本者上來住迹顯本者直是迹中隨機方便顯本地理今言住迹用本者即是中間迹至道樹數數生滅他身他事者皆用本地實因實果種種本法爲諸衆生而作佛事故言住迹用本此就師爲解若約弟子者即

是本時妙應眷屬住於權迹垂形九道而用本法利益衆生文云然我今非實滅度而便唱言當取滅度如來以是方便教化衆生此是住迹而用本時滅度而示滅度也

住本用迹者即是本地不動而迹周法界非生現生非滅現滅常用此迹利潤衆生此義據師若據弟子者即是法身菩薩以不住法住於本地無謀之權迹用無盡文云又善男子諸佛如來法皆如是爲度衆生皆實不虛

○次結引證意

佛散赴衆緣文小不次今題來證義引於壽量文盡

如文

○次對本十妙

破迹顯本會迹顯本別用因妙開迹顯本是別論用本果妙住本顯本是別用本國土妙廢迹顯本別論是用本說法妙住非迹非本別論是用本感應妙覆迹顯本別論是用本神通妙住迹用本別論是用本壽命妙亦是用本眷屬妙住本用迹別論是住本涅槃妙亦是本利益妙云云

文中闕於住迹顯本準迹十用對十妙義兼取前來開合之義來此勘會即知文悞此中應將破開會三以之爲因故前迹中破約智開約境會約行此三屬因位通因果本門開果以出國土故覆迹顯本對前迹門覆三顯一前是位妙故今應對果妙更加住迹顯本爲感應妙以住非迹非本爲神通妙文則相當或別有意也壽命合在眷屬妙中涅槃合在利益妙中即對迹

辨所以可知本迹十用還各用十妙如前明體即指十妙之中中道實性宗即指迹前之五妙及本中前二今用既益他即是果上之用應在迹中六七八九四妙及本中第三乃至第九今通用者在果非但用其果法亦復用其因法何者他宜須此境智等故況復不依境智行等將何以爲利物之本是故須有通別二對而釋於用

○四結成悉檀者前明十用若非權實二智之力焉能去取出沒適時能顯實發迹是故更須辨此結悉檀於中二先叙意次正釋

四結成悉檀者權實二智十用不同即是一音演說隨類各解迹中破廢令七種方便開佛知見本中破廢恒沙菩薩斷疑增道皆是四悉檀意成熟衆生

初文者秖是權實二智作二十用令衆生斷疑生信耳

○次文者更束十爲四使用文可見又爲二先迹次本

今束此十用爲四悉檀先束迹門次束本門

○迹中自二先別次通別謂分十以對四悉通謂一一各具四悉

迹又爲二先別束次通束別者開三顯一住三用一會三歸一此三條屬爲人悉檀何者本習此三今還約三修一不改途易轍秖深觀此三一理自顯三中有一不須取捨故開三顯一屬爲人悉檀住三用一亦如是秖就此三而修一道如富樓那但住聲聞而自饒益亦能饒益同梵行者即是不改三法能生

一解皆屬爲人悉檀也破三廢三覆三此三屬對治其封三疑一斥破其情廢於權教密覆權法令執病心除入一實道安住實智中也住三顯一住一用三兩種屬世界悉檀何者世界以樂欲爲本若衆生欲得三乘之道不欲聞一實之化故佛自住一同彼說三又三乘緣異如世界隔別故名世界悉檀也住三顯一亦是世界何者佛隨人法住於方便調熟顯一故屬世界悉檀也住一顯一住非三非一顯一此屬第一義悉檀也

初別中初三本未有一乘之善而今此三即成一乘善無過此故屬爲人次破廢覆名對破三惡其名最便住三住一對世界者但三一異義當世界第一義文甚可見

○次通中二先釋次結意初釋中二先釋一番

通明四悉檀者秖破三顯一得有四種益何者君子樂聞過小人惡聞愆欲知過必改即爲破執除病歡喜奉行即是世界也若執住三不能進道破三從一覺悟心生善法增進是名爲人也執三是病說一爲藥是名對治也若聞破三得見理名第一義也

○次餘例

餘九種例爾 △次結意

故知佛之善巧稱合機緣皆令得益四悉檀之力也云云

○次本門中二標釋

二結本門十用爲四悉檀者亦有別通二意

○釋中通別二意

住迹顯本住本用迹此屬世界悉檀亦名隨

樂欲釋如前開迹顯本會迹顯本住迹用本屬爲人悉檀不改途更修還約本法修顯本也釋如前破迹廢迹覆迹屬對治住本顯本住非本非迹顯本屬第一義釋如前

別中例迹可知

次通約一科結四悉檀亦如前餘九例亦爾具解云云

次通約一科以結四悉檀意者意亦如前類前說之可以意得

○五悉檀同異中先叙意標列

五悉檀同異者餘經亦用四悉檀破三顯一破迹顯本等而與此有異即爲兩一迹門明異二本門明異

○次釋釋中二先迹次本迹中二先釋次問答料簡初文者三一名同意義各異藏通各以三乘爲三涅槃爲一別圓對前爲二實理爲一以此三一徧歷五味四教分別則教教十用不同部部增減十用復異將前十用之文展轉徧入使意明了於中三先釋

迹門異者三藏中亦有四悉檀破廢等意但爲有餘無餘涅槃云云大品中共般若亦用四悉檀破立廢等意但悟眞理未能入圓云云方等中亦破三顯一於菩薩人有一分同二乘人不得入實故十弟子被淨名訶墮八邪不入衆數此是破斥之語稱歎不思議大乘之道皆用四悉檀意而二乘不悟也此經用四悉檀意二乘而得斷疑除執入佛正道受記作佛

○次故知下結意

故知此經用四悉檀巧妙

文云言辭柔輭悅可衆心身子領解云佛以種種緣譬喻巧言說其心安如海我聞疑網斷安住實智中即其義也 ○三文云下引證

不能委記宜須細思

○問答中三法

問法華顯一還藉先破無前調熟今亦不解

答今日得悟由昔彈訶但功屬此經名非彼得

○譬

譬如百人共圍一賊而攻圍之力實賴衆人能擒賊者得勳不屬百人云云

○結意

此經開權顯實四悉檀大用最爲雄猛云云△

次本

發迹顯本四悉檀永異衆經何者迹中力用已出諸教本中十用諸經無一況當有十迹中悉檀已出諸經本中悉檀諸經無一何況有四可以意推無煩多記也

本門所言無一者隨以一文例斥應無別指

妙法蓮華經玄義釋籤卷第三十六

音釋

喈音皆 盱匈于切

妙法蓮華經玄義釋籤卷第三十七

隋天台智者大師說

門人灌頂記

唐天台沙門湛然釋

○五教相中二先明來意次開章解釋初文中又二初正明來意次但聖下述開章意

大章第五釋教相者若弘餘經不明教相於義無傷若弘法華不明教者文義有闕

初文云若弘法華至有闕者法華前經但當文判釋於義未失當文辨教於理易明若弘法華須辨一期五時教相說佛本意意在何之諸經有體體趣何等明宗明用爲何所依是故前釋宗用中云用是宗用宗是體宗名總標三教相判四是故法華不明教相使前四義㝠無所顯四義不顯妙法難明故不明教相於理實闕

○次文爲五初但聖意下述大意意但聖意幽隱教法彌難

○次前代下述異解意

前代諸師或祖承名匠或思出神衿

○三雖阡陌下述明難意

雖阡陌縱橫莫知孰是

○四然義不下述去取意

然義不雙立理無兩存若深有所以復與修多羅合者録而用之無文無義不可信受

○五南岳下述判教意

南岳大師心有所證又勘同經論聿遵佛語

天台師述而從用

以聖旨難知故須先出大意以諸師不同

故須逐失略列以無一全是故一一難破以不全非故須明去取唯證可從故準南岳正判

○次開章解釋中二先列章

略明教爲五一大意二出異三明難四去取五判教

○次解釋中初大意者大略而言五時教中前之四時當部被物而不須明設教多少開合增減對帶等意意在何之於中爲三初明說之根本次說餘下正明大意三若能下結勸

大意者佛於無名相中假名相說

初文者約佛自證本不可說若被此土機緣須假立聲教

○次正大意中四初明教法優劣次其宿植下明物機不同三如是下明如來能鑒四又已今當下明校量所說初又二初明餘經當機當部不涉始終次今經下明今經化緣教旨始末該攝遠近初文又三初總略標示次至如下別明前後諸教三凡此下總結諸教未窮

說餘經典各赴緣取益

初如文△次別明前後諸教

○次文自五即四時并涅槃

至如華嚴初逗圓別之機高山先照直明次第不次第修行住上地上之功德不辨如來說頓之意

初云至如華嚴至住上地上者今家爲顯部中圓別二位不同故云地住新譯經中初會六品秖明如來現相普賢三昧世界

藏海第二會六品前之五品但明人法名號菩薩發問爲入住之端第三會六品秖說十住第四會四品秖說十行第五會三品秖說十向第六會一品秖說十地第七會十一品秖明十地勝進行耳第八會明離世間一品及以最後入法界品秖是令信善知識教故知一經三十七品但明菩薩行位功德言圓別者住中多明圓融之相行後多明歷別之相而皆不明行位之意不語初成頓說大旨

若說四阿含增一明人天因果中明眞寂深義雜明諸禪定長破外道而通說無常知苦斷集證滅修道不明如來曲巧施小之意

四含灼然說小而已而亦不明說小之意於大化不獲垂以劣形說以淺法赴小機宜豈非曲巧

若諸方等折小彈偏歎大褒圓慈悲行願事理殊絕不明並對訶讚之意

方等折小如弟子品彈偏如菩薩品如觀衆生品即是歎大稱歎文殊及淨名等即是褒圓又弟子品用折不同有用三教如訶目連是歎大有用圓訶如訶身子是褒圓慈悲行願如問疾品佛道品事理殊絕如不思議品香積品等是事殊絕入不二法門品是理殊絕雖有此勝亦不明大小並席具對衆機等意

若般若論通則三人同入論別則菩薩獨進廣歷陰入盡淨虛融亦不明共別之意

般若論通則通於三教故曰三人論別則獨在別圓故云獨進三教同被盡淨虛融

二乘之人無心悕取鈍根菩薩推功上人別教地前謂爲別俗圓衆自謂一切圓融故使文中始自色心終乎種智融通徧入而亦不說設教所以別是不共而不明一部有共不共意也

若涅槃在後略斥三修粗點五味亦不委說如來置教原始結要之終

涅槃重施方便又於經初已開常宗斥奪三修十仙小證中間廣荅三十六問廣辨菩薩五行十功而亦少明用方便意△三總結諸教未窮

凡此諸經皆是逗會他意令他得益不譚佛意意趣何之

結文可知

○次明今經中生先叙諸經以爲綱目次但論下明今經以爲綱格

今經不爾紸是法門綱目大小觀法十力無畏種種規矩皆所不論爲前經已說故

初文言法門綱目者自法華已前諸經所明方便教門如華嚴中別鹿苑四含方等中三般若中二並是圓門綱目而已雖諸部中有權有實而並不明權實本迹被物之意故非大綱故說法華唯存大綱不事綱目

○次明今經者欲明今經復先叙始末方顯今妙

但論如來布教之元始中間取與漸頓適時

叙始末者迹門以大通爲元始本門以本因爲元始今日以初成爲元始大通已後本成已來如是中間節節施化皆以漸頓

適物機情若大若小皆爲取物機而與法差别若今日中間言取與者華嚴已後法華之前覩機爲取逗物爲與適者得也謂得時而用諸經不爾未爲大體

○次大事下正明今經

大事因緣究竟終訖說故之綱格大化之筌第

說教等者明今經是一代之綱格格正也大化等者明一化之極筌字應從竹蹄字如止觀記

○次明物機不同中又二先明四種根性不同次明今經純一根性教意綱紀

其宿殖淳厚者初即頓與直明菩薩位行功德言不涉小文云如見我身聞我所說即皆信受入如來慧其不堪者隱其無量神德以貧所樂法方便附近語令勤作文云我若讚佛乘衆生没在苦如此之人應以此法漸入佛慧既得道已宜須彈斥即如方等以大破小文云苦切責之已示以所繫珠若宜兼通半滿洮汰如大品遣蕩相著會其宗途文云將導衆人欲過嶮道

初文自爲四意從其宿植去正出今經叙於一代用教之意故前文云始從華嚴至般若來皆不說於設教之意故從此下騰今經意述一代教用與之由故初說華嚴意在大根言不涉小則三意未周一不攝小機二不開權三不發迹從其不堪者去說阿含教意在於小亦有三意未周一不涉大機餘二如前從既得道已去說方等教具明大小總有二意一逗大逗小二以

大斥小亦三意未周一者不明逗緣彈斥之意餘二同前從若宜兼通去説般若教亦有二意一通被大小二洮汰付財亦三意未周一者無通被洮汰之意餘二同前○次文二初明開顯次結成綱紀

過此難已定之以子父付之以家業拂之以權迹顯之以實本

從過此難已去唯至法華説前教意顯今教意故云過此已後定之以父子開權人也付之以家業委權實法也此約迹門開權顯實次拂之以權迹顯之以實本此本門開迹顯本也此即法華之大綱今家之撮要不過數行而已收一代教法出法華文心辨諸教所以請有眼者委悉尋之勿云法華漸圓不及華嚴頓極當知法華約部則尚破華嚴般若約教則尚破別教後心如此教旨豈同外人因中有果等而爲匹類耶一一文中皆先述教意次引文證○次當知下結成今經綱紀中三先法

當知此經唯論如來設教大綱不委微細綱目

○次譬

譬如算者初下後除紀定大數不存斗斛

○三引無量義意以合譬

故無量義云無量義者從一法生則於一佛乘分別説三此譬下算若收無量以入一會三而歸大者此譬除算唯記大數焉

若無諸數將何以紀定若不紀定將何以結歸若不結歸則佛意杳漫若無諸數則化儀不周故開權顯實即彼所行是菩薩

道開迹顯本本迹雖殊不思議一△三明如來能鑒

○三明佛意鑒機中二先明鑒機來久次當知下明佛意難測初文又二初總述次別指

如是等意皆法身地寂而常照非始道樹逗大逗小佛智照機其來久矣

初文言法身地等者自本地眞因初住已來遠鑒今日乃至未來大小衆機故云本行菩薩道時所成壽命今猶未盡豈今日迹中草座木樹方鑒今日大小機耶

○次文云下別明鑒機以今日之事驗久遠之智一代始成四十餘年豈能令彼世界塵數菩薩萬億諸大聲聞便悟大道現獲無生色聲之益略難稱紀故知今日逗會赴昔成熟之機況若種若脫非言可盡於中又二初略明始終一期佛意次信解下重牒信解領鑒證成初文又三初明佛垂世本意意雖知小而在大

文云唯以一大事因緣出現於世此照大久矣

○次文云殷勤下明用小化本意意雖知大而用小

文云殷勤稱歎方便此照小久矣

○三文云諸佛下明適機化儀佛意本暢非始靈鷲其心泰然

文云諸佛法久後要當說眞實此照會小歸大久矣

○次信解文具足五時

信解品云踞師子牀見子便識此語初鑒大

機久矣於窻牖中遥見其子者此鑒小機久矣密遣二人方便附近語令勤作此鑒須開三久矣心相體信入出無難此鑒調斥久矣領知衆物此鑒洮汰久矣後付家業此鑒教行等久矣

初華嚴時大機未起以佛遠鑒令見而復遥次於窻牖中下知小機先熟故遥而不捨所以密遣將護大機故體業領付其意在茲△次明佛意難測

○次當知下結中二先正結

當知佛意深遠彌勒不識所爲因緣况下地二乘凡夫等耶

○次文云下引證

文云唯我知是相十方佛亦然

○四明校量中二先引法師品與一代校量次將說下以疑請文與諸經校量

又已今當說最爲難信難解前經是已說隨他意彼不明此意故易信易解無量義是今說亦是隨他意亦易信易解涅槃是當說先已聞故亦易信易解

初文可知

○次文中二先明與諸經一向異次唯華嚴與法華經廣辨同異

將說此教疑請重疊具如迹本二文受請說時秖是說於教意教意是佛意佛意即是佛智佛智至深是故三止四請如此艱難比於餘經餘經則易若始坐道場梵王初請直言請法亦無疑網往復殷勤說諸方等觀文可知說大品時猶酬梵請

初文中三止四請者方便品初佛止歎云

止舍利弗不須復說次舍利弗騰衆心請次佛止云止止不須復說恐驚疑故二舍利弗騰宿根利是故復請三佛復止舍利弗護增上慢故三舍利弗復騰宿慧益多是故更請四如來許說四身子願聞亦無疑網等者餘經雖亦有請有止不同此經三乘四衆天龍咸有疑請致請爲往佛止爲復皆至於三名爲殷勤識諸方等觀文可知者且如說方等陀羅尼時初叙雷音比丘爲九十二億魔之所掩蔽華聚菩薩請佛救護佛便許以摩訶袒持調伏彼魔後說滅罪修行方法如說淨名初因命問疾述昔被彈文殊承旨廣論因疾調伏慰喻此等諸文由問疾生已下諸文次第而起不云再請何況至三說大品時猶酬梵請者如大品中如來自敷師子之座入王三昧身分次第放於六百萬億光明放光明已復入師子遊戲三昧現神變已令無量人各各謂佛獨爲我說十方世界亦復如是此中無請仍用梵王初通請竟是故此說猶酬梵王所言猶者佛初成道梵王初請請意既遠鹿苑方等未稱梵心故至般若尚酬初請故知三請唯獨法華驗不虛矣

○次與華嚴對辨者今一家意豈欲貶於法界融通普賢徧入文殊彌勒妙用無邊耶但據彼部文猶帶行布序首結集自云始成存行布故仍未開權言始成故尚未發迹此之二義丈意之綱骨教法之心髓而彼部不開不拂焉知化迹無優劣耶圓

理無殊故今許云可爲連類斥人師不了故復論之於中爲二初總明同異次別比決

唯華嚴中請金剛藏可爲連類而人師偏著謂加於法華言小乘致請不及菩薩此見一邊耳

初連類者如華嚴中說十住時有十慧菩薩法慧爲首說十行時有十林菩薩功德林爲首說十向時有十幢菩薩金剛幢爲首並云承佛力說至說十地時有三十六菩薩皆以藏爲名金剛藏爲首解脫月居末是金剛藏入大智慧光明三昧十方皆爾從三昧起告諸菩薩言廣大如法界等次列十地名竟云三世十方諸佛無有不說此十地者一切菩薩隨順佛說作是說已默然而住一切菩薩聞是語已渴仰欲聞各各念言何故金剛藏菩薩說十地名已默然而住衆中有菩薩名解脫月知衆心念說五行偈請金剛藏金剛藏復說六行偈止云衆生少信故我默然解脫月復請云大衆直心清淨善修助道種諸善根云云金剛藏復止云衆雖清淨不久行者智慧未明了解脫月復請云諸佛皆護念願說十地義諸菩薩同聲偈請諸佛放光照光中偈讚竟金剛藏復稱歎十地義深妙難思謙退已次方乃云承佛力說復誡衆令諦聽恭敬又云我之所說者如大海之一渧次方廣說十地功德等此乃三請兩止猶闕法華一請一止故云連類況法華所請獨顯本迹一實長遠耶又連類者但

云止請不云所説之法法非連類不可爲儔而人師偏著謂加於法華者自古弘經論師不曉佛意唯見華嚴事廣文長菩薩致請而謂華嚴加勝法華近代已來讀山門教者仍有此説悮哉悮哉況以人師但以請主勝劣相形不云法門觀智勝此而近代匠者更以教體謂勝法華豈非悮耶總明同異竟

○次身子下别比決中三初正比決次彼以下明比決意三但此下結歸本文疑多請倍之意初文又二初斥古師云法華請者唯小身子騰衆心云佛口所生子合掌瞻仰待求佛諸菩薩大數有八萬欲聞具足道何獨是一小乘

○次又彌勒下救法華不及菩薩疑請於中又二先引齊次又本門下明勝意又彌勒闔衆求決文殊與解脱月金剛藏若爲有異

初云法華中彌勒求決於文殊華嚴中解脱月請釋疑於金剛藏若據二處菩薩互爲賔主並是深位是則似齊故云若爲有異二處會主雖即釋迦舍那不同但是衣纓少殊内身不别

○次文者一往雖然所請之法所被機縁不無同異華嚴兼别法華純圓又十方諸佛皆是舍那分身而經中不説亦是以權而覆於實是故須此比決令勝於中又三初總明請人説者所説法勝次若彼下别明眷屬勝三又彼下明化主勝

又本門中菩薩請佛說於佛法豈比菩薩請菩薩說菩薩法耶若就此意有加於彼

初文者法華本門是佛說佛法與華嚴中加於菩薩說菩薩法不無同異如此優劣佛旨難思故大師自云若較其優劣恐失佛旨佛旨但在誘物契眞但能被教門不可一槩所以復云此法華經開權顯實開迹顯本如斯兩意永異餘經請倍疑多復異諸教故迹門三止四請本門四請三誡若彼列衆十方雲集皆是盧舍那佛宿世知識此經雲集地涌菩薩皆從釋尊發心是我所化此一往則齊而不無踈密

次文中言不無踈密者知識踈發心密知識可互相成益發心則師位不移故知知識之言覆此發心之事顯覆不等踈密何疑△三明化主勝

又彼明十方佛說華嚴被加者同名法慧金剛藏等不言彼佛是舍那分身今明三變土田一方各四百萬億那由他土滿中諸佛悉是釋尊分身此意異彼

第三意者彼十方說法法同人同被加者同是則化主眷屬並以一身無量身互爲主伴同而不同一身多身一多自在而覆其分身之說但云主伴相關設彼一身多身但云法同名同彼一華臺立一化主華臺相去其量叵量今以八方土田滿中諸佛凡集幾許華臺佛耶舉例而知塵數亦爾△次明此決意

彼以華嚴爲勝還復出一兩句非故興毀若較其優劣恐成失旨

比決意者彼華嚴佛何殊法華已如前說餘並如文及疏文中廣以十義辯於同異

○三結歸

但此法華開權顯本前後二文疑多請倍不比餘經秖爲深論佛教妙說聖心近會圓因遠申本果所以疑請不已

如文

○二結勸

若能精知教相則識如來權實二智也教意甚深其略如是

○次異解中二先明三意通用次明諸師不同初文者頓漸不定名雖不殊但明義不了是故須破

二出異解者即爲十意所謂南三北七南北地通用三種教相一頓二漸三不定華嚴爲化菩薩如日照高山名爲頓教三藏爲化小乘先教半字故名有相教十二年後爲大乘人說五時般若乃至常住名無相教此等俱爲漸教也別有一經非頓漸攝而明佛性常住勝鬘光明等是也此名偏方不定教此之三意通途共用也

初中言南三北七者南謂南朝即京江之南北謂北朝河北也

一者虎丘山岌師述頓與不定不殊前舊漸更爲三十二年前明三藏見有得道名有相教十二年後齊至法華明見空得道名無相教最後雙林明一切衆生佛性闡提作佛名常住教也二者宗愛法師頓與不定同前就漸更判四時教即莊嚴旻師所用三時不異前更於無相後常住之前指法華會三歸一

萬善悉向菩提名同歸教也三者定林柔次二師及道場觀法師明頓與不定同前更判漸爲五時教即開善光宅所用也四時不異前更約無相之後同歸之前指淨名思益諸方等經爲褒貶抑揚教四者北地師亦作五時教而取提謂波利爲人天教合淨名般若爲無相教餘三不異南方五者菩提流支明半滿教十二年前皆是半字教十二年後皆是滿字教六者佛䭾三藏學士光統所辨四宗判教一因緣宗指毗曇六因四緣二假名宗指成論三假三詮相宗指大品三論四常宗指涅槃華嚴等常住佛性本有湛然也七者有師開五宗教四義不異前更相華嚴爲法界宗即護身自軌大乘所用也八者有人稱光統云四宗有所不收更開六宗指法華萬善同歸諸佛法久後要當說眞實名爲眞宗大集染淨俱融法界圓普名爲圓宗餘四宗如前即是耆闍凜師所用九者北地禪師明二種大乘教一有相大乘二無相大乘有相者如華嚴瓔珞大品等說階級十地功德行相也無相者如楞伽思益眞法無詮次一切衆生即涅槃相也十者北地禪師非四宗五宗六宗二相半滿等教但一佛乘無二亦無三一音說法隨類異解諸佛常行一乘衆生見三但是一音教也出異解竟

自宋朝已來三論相承其師非一並禀羅什但年代淹久文疏零落至齊朝已來玄綱殆絕江南盛弘成實河北偏尚毗曇于是高麗朗公至齊建武來至江南難成實師結舌無對因茲朗公自弘三論至梁武

帝勅十人止觀詮等令學三論九人但爲兒戲唯止觀詮習學成就詮有學士四人入室時人語曰興皇伏虎朗栖霞得意布長干領語辯禪衆文章勇故知南宗初弘成實後尚三論近代相傳以天台義指爲南宗者非也自是山門一家相承是故難則南北俱破取則南北俱存今時言北宗者謂俱舍唯識南方近代亦無偏弘其中諸師所用義意若憑三論則應判爲南宗若今師所用毗曇成實及三論等大小諸經隨義引用不偏南北若法相宗徒多依大論觀門綱格正用瓔珞融通諸法則依大品及諸部圓文故知今家不偏朋黨護身寺自軌法師大乘是人爲立號以重其所習故美之稱爲大乘

○三明難中先難南三次難北七初南三中先難五時次今更下重難前文用三時義初文二先難五時次五時之失下結難初文正難用涅槃五味五時又三初難五時次難共用頓等三教三難用涅槃五味

初文又二初叙意次正難

三明難者先難南地五時其義不成餘四時三時例壞也

初言先難五時者以初二師立三四時攝在五時中故先總標意竟

○次若言下次第難其五時即自爲五文

初難十二年前有相教者先牒其所立

若言十二年前名有相教者

○次難難中又四初總難十二年前及以有相次又阿含下單以空難三又成道下

難十二年前唯小四復次下以成論破意

難

成實論師自誣巳論論云我今正欲明三藏中實義實義者所謂空是空非無相耶三藏非十二年前耶

初文中言成論等者論屬十二年前論文自明空義論師判之爲有相教豈非以有加誣巳宗爲有相教

又阿含中說是老死誰老死二皆邪見無是老死即法空無誰老死即生空三藏經中自說二空二空豈非無相又釋論云三藏中明法空爲大空摩訶衍中明十方空爲大空旣以法空爲大空即大無相

次文者阿含即是十二年前及大論所指皆明空義如何云有言是老死等者如止

觀第六記次論所指云三藏中明法空爲大空者他云三藏通大小何爲但屬小今明如法華云貪著小乘三藏學者又大論中處處以三藏對衍而辨大小故準此文以三藏爲小若通論者小衍二門俱有三藏自是通途非別意也若唯通途如何銷通法華大論具如四教本中廣明故十二年前約顯露教秖可通云三藏教耳故不可云見有得道若唯見有妨於三門是故文中且破存於計有之見又三藏教準不定教亦非獨在十二年前如食櫝耳是涅槃時其事亦在四阿含内迦留陁夷亦復如是故顯露教十二年前定唯在小

○三難唯小中二初文引央掘仍是大乘明空亦在十二年前

又成道六年即說殃掘摩羅經明空最切此非無相誰是無相耶云云

○次又如大論得道已後十二年中亦說般若

又大論云從得道夜至泥洹夜常說般若般若即空慧也

○四成論斥意難中三初直以論師斥意難教成虛設

復次十二年前名有相教爲得道爲不得道若得道則乖成論論師云有相四諦是調心方便實不得道須見空平乃能得道既言有相那忽得道若不得道用此教爲

○次又拘隣下以得道人難得道不無則教成無相

又拘隣如五人最初於佛法寂然無聲字獲眞實知見最初之言豈非十二年前得道耶

○三又若下以得道與無相雙折又爲三初難得道不得道教同無相及以邪說

又若得道教同無相若不得道教同邪說

○次難得道仍存有相道亦成外

又若得道得何等道若見空得道還同無相若不見空得道亦同九十五種非得佛道

○三結成過相

有相之教具有二過云云

○次難十二年後亦二先牒所立以略非

二難十二年後名無相教明空蕩相未明佛性常住猶是無常八十年佛亦不會三歸一亦無彈訶褒貶者此不可解

○次若言下廣破彼師以般若教爲第二時故般若無褒貶等所以約此而爲難辭

於中爲六初難無相不成次若言下難不明佛性三若言下以般若無會三難四若言下以般若無彈訶難五若言下以般若是第二時教難六以般若通十二年前難若言無相何意不蕩無常猶有無常何謂無相

初如文

〇次文又三初單以正因佛性難次故知下以三佛性難三若言無常下以八十年不説佛性難初文又二初以共不共般若難

若言不明佛性法身常住者共般若可非佛性法身常等不共般若云何非佛性耶

〇次大經下以名義同難又爲四初引五名中有佛性般若難次彼師救三若爾下重破四又涅槃下重引文結同

大經云佛性有五種名亦名首楞嚴亦名般若般若乃是佛性之異名何得言非

初文云佛性有五種名如止觀第三記意仍少别

彼即救言經稱佛性亦名般若者是三德之般若何關無相之般若

次救云涅槃自是三德中之般若非無相者此過更甚一者三德般若猶有相過二者無相般若非三德過若非三德即是無常若是無常云何無相縱屬小乘亦非十二年後般若無相不成況重破中還爲涅槃所指涅槃何殊般若耶況重立結同中涅槃佛性與實際般若不殊

若爾者涅槃第八何意云如我先於摩訶般

若中說我與無我其性不二不二之性即是實性實性之性即是佛性如此遥指明文灼然何意言非

又涅槃佛性秖是法性常住不可變易般若明實相實際不來不去即是佛無生法無生法即是佛二義何異

○次以三佛性難中三初更牒涅槃般若所明實相法性爲正因對餘二性爲三因故知法性實相即是正因佛性般若觀照即是了因佛性五度功德資發般若即是緣因佛性此三般若與涅槃三佛性復何異耶

○次重引金剛論證般若爲了因佛性金剛般若論云福不趣菩提二能趣菩提於餘名生因於實名了因實相了因能趣菩提豈非佛性

○三但名異下舉譬結難但名異義同如前分別何得聞釋提婆那民謂非帝釋其謬類此

○三以八十年佛難中二先牒所計若言無常八十年佛說非佛性常住者

○次難難中又三初以八十年佛亦說常難次引大論秖是一身而分生法難三以小況並難

涅槃亦云八十年佛背痛有疾於娑羅入滅那忽譚常辨性云云

初言云云者涅槃八十既說常般若八十豈不說般若八十若不說涅槃八十安得說廣並云云

○次引大論又二先分二身次二身合釋論云佛有生身法身生身同人法有寒熱

病患馬麥乞乳法性身佛光明無邊色像無邊尊特之身猶如虛空爲法性身菩薩說法聽法之衆尚非生死身何況佛耶

初文者般若之中既爲諸菩薩當知化主必非生死若非生死即是常住若是常住明常灼然所言佛有生法二身者如大品中華積世界普明菩薩欲來此土彼佛令其問訊釋迦少病少惱等論問云何故諸佛問訊而言病惱論答云佛有生法二身故生身有寒熱乃至九惱法身無病故問生身不問法身

釋論云又生身佛壽則有量法身佛壽則無量豈可以無常八十年加於法身耶

次釋論下明二身合者教分二身爲機劣故豈以爲劣機故暫現無常即以無常加誣法性令無常耶

小乘中云法身尚其不滅如均提沙彌憂惱佛問汝和尚戒身滅不答言不乃至解脫知見滅不答言不何況般若法身而言無常

三舉小爲況者均提沙彌緣出大論如止觀第四記彼小乘言不滅者以無作之業至未來世名爲不滅非常住不滅且引不滅破彼無常

○三般若無會三難者其實般若未會其人今且以會法而爲難者彼亦不曉會法不會人故又爲二初汎引天子發心

若言般若無會三者何故問住品云諸天子今未發三菩提心者應當發

天子雖非二乘然發菩提即當會義

○次引聲聞發心正明會義又爲二初引

經次若聲聞下釋

若入聲聞正位是人不能發三菩提心何以故與生死作障隔故是人若發三菩提心者我亦隨喜所以者何上人應求上法我終不斷其功德

初文中云與生死作障隔者滅智灰身永斷生死若其發心大悲利物應處生死與物結緣若種若脫而成熟之是故二乘已斷生死永與生死作障隔故不能復入生死益物若發三菩提心者我亦隨喜者折挫小行令發大心於權教中雖云敗種佛以實理而發動之假使能發菩提心者我亦隨喜

若聲聞不求上法何所隨喜既隨喜上法即是會三

○四難無褒貶中四初引斥眘次又十三下引斥教三又云下以引失教旨難四豈有下結

若言般若無彈訶者大品云二乘智慧猶如螢火菩薩一日學智慧如日照四天下

又十三卷云譬如狗不從大家求食反從作務者索當來世善男女人棄深般若而攀枝葉取聲聞辟支佛所應行經

次文言不從大家求食等者經云汝是上人應求上法不應自鄙唯居下位不應如彼攀附枝葉狗狎作務等

又云見像觀跡皆名不黠

三引失教旨中言見象等者立小乘教本朗於大住小亡大斯爲不黠

○四結

豈有彈訶更劇於此謂無褒貶耶

如文

○五難是第二時中二初引諸經

若言般若是第二時教引諸天子白佛云見第二法輪轉者何經不見第二而獨言般若淨名云始坐道樹力降魔得甘露滅覺道成乃至說法不有亦不無兩說相對亦應是第二法輪轉法華亦云昔於波羅柰轉四諦法輪今復更轉最上之法輪涅槃又云昔於波羅柰初轉法輪八萬天人得須陀洹果今於此間拘尸那城轉法輪時八十萬億人得不退轉

○次經經下結難

經經皆有此旨亦應併是第二何獨般若耶

○六難十二年後有無相

若言十二年後明無相者何得二夜常說般若故知無相之過亦甚衆多云云

如文

○次難第三時者彼以方等爲第三時教故須約褒貶等難於中爲二初牒所計次今問下正難

次難褒貶教是第三時雖七百阿僧祇猶是無常不明常住直是彈訶褒揚而已

初如文

○次爲四初難方等不應在般若之後次又彌勒下難被彈不應獨在聲聞三若言下難不應以七百之壽用判方等四以三

佛性難同涅槃常住

今問說般若時諸大弟子皆轉教說法雖不悕取咸以具知菩薩法門何得被訶茫然不

識是何言不知以何答故知褒貶不應在般若之後非第三時也
又彌勒等亦被屈折何但聲聞
初二如文
○第三中又三初難次文辨下再辨三又云下引證常身
若言七百阿僧祇者此亦不然其文自說佛身無爲不墮諸數金剛之體何疾何惱爲度衆生現斯事耳
初文中云七百阿僧祇者楞嚴七百及淨名金剛二經俱是第三時教何故不取金剛爲正而人師苦以七百判爲無常若七百無常金剛豈常方等金剛若無常者涅槃金剛何必是常涅槃無常佛性何在言何疾何惱者乳光經中佛在毗耶離音樂樹下衆會說法佛必中風當用牛乳時城中有梵志名摩耶利五百弟子爲國大長者不信佛法不知布施羅覆宅庭不令鳥侵所居之處去佛不遠佛告阿難汝持我名至梵志所索乳穜來阿難受教而往持鉢門下立時梵志欲入王宮因見阿難問曰何故晨朝持鉢住此阿難具以佛意答梵志梵志默然思惟若不與乳諸人咸謂我慳若與乳者諸梵志謂我事瞿曇道復思惟已即授弊牛令阿難自㩶欲令弊牛觸殺阿難折辱瞿曇如謀而行梵志五百弟子皆笑云瞿曇常自言能度生老病死今者自病須乳時維摩詰訶辭問答空聲等具如淨名仍廣於經時五百弟子聞空中聲即無狐疑皆悉歡喜發無上心時梵

志内外眷屬及聚落中無數千人皆隨阿難往看犎牛阿難至牛傍自念我師法不自犎乳言竟忉利天座爲之大動從天下來化爲小梵志住牛傍阿難見之歡喜請取乳即答阿難我非梵志是帝釋耳聞世尊須乳故來至此阿難言何能近此腥穢耶答言我之何如佛世尊耶欲爲取乳唯願知時帝釋諸即持器至牛傍牛便靜住觀者驚怪小梵志有何緣來爲之犎乳儻爲弊牛觸死當柰何耶帝釋說偈言令佛小中風與汝作乳湩令佛服之差得福無有量佛尊天人師常慈心憂念蜎飛蠕動類皆欲令度脫爾時犢毋說偈云此手捫摸我一切快乃爾取我兩乳湩置於後餘者當持遺我子朝來未得食雖知有多福作意當平等於是犢子爲毋說偈云我從無數劫今得聞佛聲即言持我分盡用奉上佛世尊一切師甚難得再見我食草飲水自可足今日更有五偈云云於是阿難滿犎乳去梵志及親邑人見此稱歎信解佛法得法眼淨阿難至世尊所具述之佛言如是此牛過去曾爲長者喜出息償錢畢復抵觸他人坐此墮畜生今罪已畢放口光授記從此卻後命終七反生兜率天及梵天復七反生人間豪家牛毋見彌勒成阿羅漢犢子上下二十劫竟作佛號乳光當知世尊無疾無惱爲度人故現身有疾爲度衆生現行斯事故淨名安慰阿難云但爲佛出五濁惡世爲衆生故現行斯法

△次再辨

文辨金剛而人判七百涅槃亦辨金剛那忽常住△三引證常身又云觀身實相觀佛亦然

二三如文

○第四文又三初引經題總具三脱即三佛性難

又不思議解脱有三種眞性實慧方便即是三佛性義

○次引下文具三脱三佛性難

且復塵勞之儔是如來種豈非正因佛性不斷癡愛起諸明脱明即了因性脱即緣因性

○三三義下結難

三義宛然判是無常涅槃三種佛性何得是常耶

○次難第四時爲法華同歸教者又二初牒文總斥

次難第四時同歸教正是收束萬善入於一乘不明佛性神通延壽前過恒沙後倍上數亦不明常此不應爾

○次法華下別難別難又爲二初略舉法華明常辨性次華嚴下別引並難

法華明一種性相一地所生其所說法皆悉到於一切智地命章即云開示悟入佛之知見

初文云命章者命字口令也謂教也即命召也謂章初也

○次文又三初引明常文次引佛性文三破神通初文又五初以華嚴爲並難彼許華嚴亦明常住故將爲並次又無量義下以序文驗爲難三若言下以勅語多少爲

難四引今文五法華論下引三身爲難初文又二先以迹門並難次又華嚴下以本門並難

華嚴明佛智慧猶帶菩薩智慧菩薩智慧如爪上土如來智慧如十方土法華純說佛之智慧如十方土而非常者華嚴爪上土云何明常住

初文言菩薩智慧如爪上土者大經三十二云爾時世尊取大地土置爪甲上問迦葉言是土多耶十方世界地土多耶迦葉答言爪上土者不比十方所有土也經文本譬捨於人身得人身少今借以譬菩薩智者如爪土等華嚴甚深但爲今序

又華嚴始坐道場初成正覺成佛太近法華明成佛久遠中間今日皆是迹耳迹中所說而言是常本地之教豈不明常△次以序文驗爲難

又無量義經云說華嚴海空歷劫修行未曾宣說如是甚深無量義經甚深無量義經已自甚深甚深之經爲法華弄引豈不明常△三以勅語多少爲難

若言常住語少者如天子一語可非勑耶

第二第三如文△四引今文

文云世間相常住又云無量阿僧祇劫壽命無量常住不滅伽耶城壽命及數數示現等是應佛壽命阿僧祇壽命無量者是報佛壽命常住不滅者是法佛壽命也三佛宛然常住義足

第四文者引文三身壽命爲難△五引三身爲難

法華論云示現三種菩提一者應化佛菩提隨所應見而爲示現謂出釋氏宮去伽耶城

不遠坐道場得三菩提也二報佛菩提謂十地滿足得常涅槃文云我實成佛已來無量無邊百千萬億那由他劫也三法佛菩提謂如來藏性淨涅槃常清淨不變文云如來如實知見三界之相不如三界見於三界謂衆生界即涅槃界不離衆生界即如來藏

第五文者若不明常豈明三佛

○次明三佛性又五初引不輕文次引法華論文三引涅槃遥指四引涅槃同明一乘五汎舉涅槃猶劣

又云我不敢輕於汝等汝等皆當作佛即正因佛性又云爲令衆生開佛知見即了因佛性又云佛種從縁起即縁因佛性

法華論亦明三種佛性論云唯佛如來證大菩提究竟滿足一切智慧故名大言我不敢輕於汝等汝等皆當作佛者示諸衆生皆有佛性也經論明據云何言無

初二如文△三引涅槃遥指

又涅槃云是經出世如彼果實多所利益安樂一切能令衆生見如來性如法華中八千聲聞得受記莂成大果實如秋收冬藏更無所作若八千聲聞於法華中不見佛性涅槃不應懸指明文信驗何勞苟執

第三文言八千聲聞得授記莂者如止觀第七記△四引涅槃同明一乘

又涅槃二十五云究竟畢竟者一切衆生所得一乘一乘者名爲佛性以是義故我說一切衆生悉有佛性一切衆生悉有一乘故今經是一乘之教與涅槃玄會

第四同明一乘中言畢竟者經云畢竟有

二種一者莊嚴畢竟二者畢竟畢竟又有二種一者世間二出世間莊嚴畢竟謂六波羅蜜畢竟畢竟謂一切衆生悉是一乘一乘者名爲佛性是故我說一切衆生悉有佛性悉有一乘△五泛舉涅槃猶劣且涅槃猶帶三乘得道此經純一無雜涅槃更不發迹此經顯本義彰

第五如文

○三破神通者又二初略擧身土不滅驗非神通

處處唱生處處現滅未來常住三世益物人衆見燒我土不毀豈是神通延壽有滅盡耶

○次正破神通義

破神通延壽義云云

如第二卷故著云云

○次破第五時中又二初牒難第五時教雙林常住衆生佛性闡提作佛者

○次難又二初以一諦爲難次衆生佛性下例難

問成論師依二諦解義第五時教爲二諦攝不若二諦攝與諸教同前教二諦猶是無常雙林二諦何得是常若雙林不出二諦能照別理破別惑得是常者前教所明二諦亦照別理破別惑那忽無常

初言欲破第五先難成論師二諦判教古人雖云二諦而不分共別含顯之異故將常住以例諸教諸教並是十二年後所明二諦與十二年前二諦何別若言無別自涅槃已前法華已來應俱無常若其別者

那同名二諦

衆生佛性闡提作佛例如此難故知明理不異前時據何爲常住耶

次例難者二諦既同應俱明佛性並云云

二諦既同應俱明闡提作佛並云云

○已難漸中五時次難頓等三教初難頓者又二先以同難次權雖下以別難

難頓教者例此可解實既是同據何爲頓華嚴至法華來無不有頓何獨華嚴得稱頓耶

權雖別異不應從事判大小則大顛倒云云

次明別難中以權別故故有諸部不同者權是事法不應從權異邊而分頓與非頓

妙法蓮華經玄義釋籤卷第三十七

音釋

筌罤 筌音詮取魚器也罤音題兎網也 洮汰 洮音桃汰音太洮汰洗濯也 薳 韋委切 澟 力稔切 黠 胡八切慧也 湩 他冬他動竹用三切乳汁也

妙法蓮華經玄義釋籤卷第三十八

隋天台智者大師說

門人灌頂記

唐天台沙門湛然釋

○次難不定者爲三初總舉諸經次別引央掘列衆明常三以淨名爲並

次難偏方不定教謂非次第別爲一緣如金光勝鬘楞伽殃掘之流也

問殃掘之經六年所說列次第衆委悉餘經彈斥明常分明餘教釋梵四王及十弟子乃至文殊皆被訶斥同聞宛然應入次第而今判作偏方

次文言央掘列衆者彼經初云爾時世尊與無量菩薩摩訶薩及四衆天龍八部毗舍遮富單那等日月天子及護世等皆云無量始從鹿苑方等般若法華涅槃經初列衆皆有聲聞菩薩雜衆央掘亦爾仍云無量故云委悉彈斥明常者如彼央掘偈云云何名爲一謂一切衆生皆以如來藏畢竟恒安住云何名爲二所謂名與色此是聲聞宗斯非摩訶衍云何名爲四所謂四聖諦是則聲聞宗斯非摩訶衍一切諸如來第一畢竟常是則大乘諦非苦是眞諦云何名爲五所謂彼五根是則聲聞宗斯非摩訶衍所謂彼眼根於諸如來常等具如止觀第七卷引乃至增十亦復如是如是等文彈訶聲聞明於常住最爲顯著餘如彼經又如無垢施女經阿闍世王有女名無垢施於晨朝時著王屣踞父殿坐爾時舍利弗與八大聲聞文殊師利等八

大菩薩入城乞食各先作念舍利弗念言我當入如是定已願舍衛城中一切衆生聞四聖諦法目連念言願令城中一切衆生無有魔事如是十六人各作念已次第到城入無垢施女門詣其乞食皆被此女如其心念種種彈訶此十六人還佛所述已佛記是女等云云△三以淨名爲並

○三文者爲三初以同有彈訶爲並淨名亦是彈訶那得引爲次第

○次又淨名下以訶在昔與央掘同爲難

又淨名所訶事在往昔追述前語以辭不堪當知十二年前已應被訶與央掘同若央掘偏方則淨名非次

○三若謂下以明常被緣爲難

若謂央掘明常别爲一緣者淨名云塵勞之儔是如來種何得是次第之説云云

○三難用涅槃五味中二先叙其非次難其依涅槃五味判五時教用從牛出乳譬三藏十二年前有相教從乳出酪譬十二年後般若無相教從酪出生酥譬方等褒貶教從生酥出熟酥譬萬善同歸法華教從熟酥出醍醐譬涅槃常住教

○次别明難難中又二初總斥非

此現見乖文義理顛倒相生殊不次第

○次何者下釋釋中自五初難從牛出乳爲十二部中三初以非初説及無十二部爲難次救云下彼救三今問下縱難

何者經云從牛出乳譬初從佛出十二部經云何以十二部對於九部有相教耶一者有相教無十二部二者有相教非佛初説故不

應以此爲對云云

初如文

彼即救云小乘亦有十二部引文證云雪山忍草牛若食者即出醍醐更有異草牛若食者不出醍醐故知大小通有十二部但有佛性無佛性之異耳

次文言彼救云小乘亦有十二部至異耳者大經二十五云雪山有草名曰忍辱牛若食者即出醍醐更有異草牛若食者則無醍醐雖無醍醐不可說言雪山之中無忍辱草佛性亦爾山喻如來忍辱草者喻大涅槃異草者喻十二部經若有能聽大般涅槃則見佛性十二部中雖不聞有不可說言無佛性也既云十二部中無有佛性即是無佛性之十二部也忍辱草者既喻佛性佛性亦不出於十二部彼師依經救云大小乘俱有十二部也今意從別且存大乘佛性十二部也無佛性者且對九部

○三縱難中二先直縱難何爲不用有佛性之十二部

今問縱令通有十二部者何故不取明佛性之十二部爲乳教耶

○次引第七中判其墮罪

大經第七云九部不明佛性是人無罪如言大海唯有七寶無有八寶是人無罪例此而言若十二部無佛性者是人得罪既言具十二部何意不明佛性即墮得罪之句豈會無罪十二部耶

○次難第二時又四初牒計

若言從十二部出修多羅修多羅對無相般若教者

○次修多羅下明難

修多羅則通一切有相無相五時皆名修多羅何以獨對無相般若

○三解云下彼救

解云般若中有直說義復是第二時故以對之

○四若言下重破破中又三初以譬喻等例破

若言直說應是修多羅者般若中有譬說因緣說授記說論義說那得獨是直說耶

○次般若下以餘經例般若直說爲難

般若兼具衆說以修多羅爲名者餘經亦直說何不對修多羅

○三若言下破第二時

若言第二時者何經非第二時已如前難

○次破第三時又二先牒計

從修多羅出方等經用對褒貶淨名等教者

○次淨名下指前文破

淨名不應在大品之後已如前破云云

○次破第四時又二先牒計

從方等出般若用對法華者

○次正破破又二先破回文

經文自云般若而曲辨爲法華迴經文就義最爲無意

○次引涅槃破其謬立

涅槃云八千聲聞於法華受記不道般若受記那得與法華爲般若乖文失旨不成次第

○次難第五時亦先牒計

從般若出大涅槃彼即解云從法華出大涅槃

○次正破

此亦不會經文譬如很子又似佷羊云云

譬云很佷者兩字本爲一義謂諍競不順今隨語便故分字釋厶次結難

五時之失其過如此其四時三時無勞更難南方教相不可復依也厶次重難前文用三時義

今更難用三時義家云十二年後訖至法華同名無相教者法華會三般若亦應歸一若不爾者云何同是無相四時亦例爾

結及更難用四三二時可見

○次難北地中自爲七文初難五時中但難初時次餘四同上初時爲二初牒計

次難北地五時義若言提謂說五戒十善者

○次正難難中又六初單約戒善難次又彼經下用彼經體難三又云五戒下以五戒爲諸行本難四又提謂下以經中結得道衆難五復次下以結集法藏次第難六若言下以在初難一音初文又二先直難

彼經但明五戒不明十善唯是人教則非天教

○次縱難

縱以此爲人天教者諸經皆明戒善亦應是人天教耶厶次用彼經體難

又彼經云五戒爲諸佛之母欲求佛道讀是經欲求阿羅漢讀是經又云欲得不死地當佩長生之符服不死之藥持長樂之印長生符者即三乘法是長樂印者即泥洹道是云

何獨言是人天教耶

次文者符謂三乘法者所謂行行法也印謂泥洹道者道謂能通印謂實相有實相印道則可行云（三以五戒爲諸行本難）又云五戒天地之根衆靈之源天持之和陰陽地持之萬物生萬物之母萬神之父大道之元泥洹之本又四事本五陰六衰本四事即四大四事本淨五陰本淨六衰本淨如此等意窮元極妙之說云何獨是人天教耶

第三文者靈謂情識有情識故藉戒爲本天謂諸天正報依報地謂地神依報正報四天王持之使四時調順地神持之萬物成熟父母道源秪是能生爲義云（四以經中結得道衆難）又提謂長者得不起法忍三百人得信忍二百人得須陀洹四天王得柔順法忍龍王得信根阿須輪衆皆發無上正眞道意觀此得道豈是人天教耶

第四如文

○第五結集難中二初難不預五時

復次釋論結集法藏初從波羅柰至泥洹夕凡所說小乘法結爲三法藏從初生至雙樹凡說大乘結爲摩訶衍藏柰苑之前不預小乘攝

○次何者下釋不預所以

何者爾時未有僧寶故不應用提謂爲初教也

○六難一音

若言提謂是祕密教一音異解者不應在顯露之初

可見△
餘四時同南家已如前破云云 次餘四同上
○次難菩提流支中二先牒計略斥
次難流支半滿義從初鹿苑三藏皆明半義
從般若已去訖至涅槃皆明滿者此不應然
○次從得道下正斥正斥又二先斥半教
次從般若去斥滿教初又二初總難
從得道夜常說般若鹿苑已來何曾不滿
○次引諸文皆是十二年前已有滿教
如提謂時無量天人得無生忍成道六年已
說殃掘摩羅涅槃云我初成道恒沙菩薩來
問是義如汝無異當知鹿苑不應純半
言涅槃云我初成道恒沙菩薩來問等者
第三經迦葉設三十六問竟佛讚言善哉
善哉汝今未得一切種智如已得之如汝
所問如一切智等無有異善男子我初坐
道場初成正覺爾時無量阿僧祇恒沙等
諸佛世界有諸菩薩亦曾問我如是深義
然其所問句義功德皆亦如是等無有異
如是問者則能利益無量衆生
○次斥滿中又二先引論以明法華祕密
難
從般若已去諸經皆滿者釋論云般若非祕
密教以付阿難法華是祕密教付諸菩薩若
同是滿教何得一祕一不祕
○次又若下以三味名展轉互難互難又
二初正難
又若皆是滿應同會三又若同是滿生熟二
酥應同是醍醐醍醐應同是生熟酥
○次能譬下結難

能譬之味既差別不同所譬之法豈併是滿云云

○次難四宗中自爲四初難因緣宗中二初以通途因緣爲難次又因緣下假名義同不應立異爲難

次難四宗者謂因緣宗指阿毗曇六因四緣若爾成論亦明三因四緣一切諸法皆爲因緣所成因緣語通何獨在毗曇

初文言六因四緣者略如止觀第八記言成論三因四緣者三因謂生因習因依因生因者若法生時能與其因如業爲報因習因者如習貪欲貪欲增長依因者如心心數法依色香等四緣者因緣者具足三因次第緣者心心數法次第而生緣緣者如識生眼識增上緣者諸餘緣也若俱舍中因緣五因性成論以所作因即是增上故不別立但立報因即生因是自分因即習因是共因即依因是

又因緣宗異假名宗故成論云見有四諦是調心法不能得道既立因緣宗得何等道若得小乘道則與假名宗同何須別立若得大乘道即與圓常等同何須別立今別以爲宗應別判一道云云

○次難假名宗中二先據本論得道爲難

次難假名宗者指成實論觀三假浮虛乃是世諦事法非彼論宗彼論見空得道應用空爲宗

○次引大論空門爲證

又釋論明三藏中空門無假名門若指彼義應用彼宗既別立名則非見空得道云云

宗應順本論異不成宗

○次難不眞宗中三先引大論彈方廣破次若謂下難不明佛性三何但下難幻化語通立宗不成

次難不眞宗此指大品十喩爲不眞誑相者龍樹彈方廣云取佛十喩說一切如幻如化無生無滅失般若意與外道同云何捨他被彈之義立不眞宗

初文破不眞宗指大品十喩者如止觀第五記十喩既是大品正文龍樹彈者但爲方廣不曉即空不空等理但指如幻爲不生滅如幻但是俗諦而已如何得立爲般若宗般若意在空及不空故云失般若意

若謂文明幻化不辨佛性常住爲不眞者此則不然經明佛性常住已如前說

次文可見

○第三文又二先難

何但此經明幻化耶華嚴亦云如化忍如夢忍心如工幻師等種種譬喩涅槃亦云諸法如幻化佛於中不著結是諸經皆明幻化亦應是不眞宗

○次結

若諸經幻化非不眞宗何獨大品苦爲誑相

○次難常宗指涅槃於中爲二先以八術並難

又難常宗指於涅槃涅槃之經何但明常亦明非常非無常能常能無常雙用具足八術云何單取常用爲宗何不取無常用爲宗單輪隻翼不能飛運云云

○次彼云下重述彼救重破又五初述計

次宗則下重破其宗教眞不眞等不應別立三彼引楞伽下破其謬引失意四若爾下以因緣假名爲例五覆卻下結難彼云誑相不眞宗即是通教常宗秖是眞宗即是通宗者宗則通眞不眞不眞何意沒宗而用教眞宗何意無教而立宗宗若無教何得知眞眞宗若沒宗有教則同名通教若俱沒教留宗則同名通宗若俱安教則同名通宗教若留不眞眞則名通不眞宗教通眞宗教通不眞宗可爲三乘通修通眞宗亦應三乘通修也若言此通是融通之通者通教亦是通眞之眞也此則兩名混同義無別也初文言彼云誑相不眞宗等者彼立四宗家自判云不眞宗是通教常宗是眞宗彼依楞伽作如此判具如下引今以眞不眞及宗教有無卻覆並決令二名齊等使宗必有教教必有宗教是能詮宗是所詮必互相有不可孤然既無此義當知汝之所立眞及不眞亦須互有既不別立其名便齊何須別立宗教二耶說大意竟更重消文從初至者字有二十二字先述彼定計二宗次從宗則下重破中初至用教二句有十五字難其不眞不合無宗從眞宗去至立宗有九字難其有宗不合無教次從宗若去至知眞有八字重徵其無教之失宗爲所詮教爲能詮眞宗既無能詮之教如何得知所詮之眞次從眞宗若沒去至通教有十二字以眞卻並不眞若使眞宗還例不眞無宗有教則眞與不眞同名通教次從若俱沒教去至通宗有十一字復

以不眞卻並於眞若使不眞還例於眞無教有宗則眞與不眞同名通宗次從若俱安去至宗教有一十字立理難其宗教合俱若眞與不眞俱有教有宗則眞與不眞俱名通宗及教次從若留去至宗教有十六字以眞不眞卻覆並難宗之與教宗教既等不應復分眞不眞別是則宗教之上俱有眞與不眞眞與不眞既同宗之與教復等是則但成一句謂通不眞眞宗教文中似開爲兩句者爲開次文難勢未畢故云通不眞宗教通眞宗教次從通不眞宗去至修也有二十一字以法卻覆難其行人法既一例俱有教宗人不合分大小之別若言不眞通三乘人眞宗亦應通三乘人亦應更覆並云眞既獨教菩薩之人不眞亦應獨教菩薩亦應更並云三乘通有眞與不眞如何輙分宗教等別次若言去至眞也有十九字縱難也借使眞宗是融通之通亦不應獨無教而立宗也通教亦是通宗之眞豈得無宗而立於教從此則下總結宗教二義既其齊等眞不眞名亦皆混同

彼引楞伽經云說通教童蒙宗通教菩薩故以眞宗爲通宗也

三從彼引去出其謬引所憑便成不曉教旨彼經明於三乘共位即簡二乘名爲童蒙說秖是教以教通故不隔童蒙故云說通兼教童蒙雖通童蒙宗在菩薩是故宗通本教菩薩教是能詮何故立云眞宗無教兼被於小則童蒙有教何故立云無宗

但教彼人不知三乘之真兼空不空不空
復有教證兩別他不見此望聲釋義徒分
宗教失旨逾深
○四從若爾去例難
若爾是則因緣假名不真皆是童蒙不應悉
立宗也
且依彼立以難因緣假名二宗同成不真
覆却並決四宗名義甚不便也
若更並決亦應準前故云不便
○次破五宗六宗又二先破次總責無憑
初破五宗
次難五宗者難四宗如前
彼立五宗四不殊前已如前破
○次若言下正破法界宗中二先難次結
初文二先以涅槃難次以大品難初文二

先以二部不應優劣難
若言華嚴爲法界宗異大涅槃涅槃非法界
但名常宗大經云大般涅槃是諸佛法界若
爲劣謝華嚴耶
○次若常下以二法對並爲妨難
若常非法界法界非常法界非常應有生滅
常非法界攝法不盡此皆不可然也
二法不別何得別立以爲兩宗
大品云不見一法出法性外者法性即是法
界又云一切法趣色是趣不過豈非法界之
說
次引大品中一切法趣如止觀第二記
而獨言華嚴是法界異於涅槃大品耶
結如文
○次難六宗先指四宗與前同竟已如前

破
次難六宗者四宗如前難
○次今問下眞常二宗對並爲難又二先
以同異對並
今問眞常兩宗眞常若同何故開兩眞常若
異俱非妙法
○次何者下釋不異又二先釋異非妙法
以生滅虛僞故
何者眞若非常眞則生滅常若非眞常則虛
僞
○次又眞下判既非妙法何殊不眞等
又眞若非常與前三宗何異若常非眞即有
破壞法
○次難圓宗中先牒計總斥
次難圓宗若言大集染淨圓融異於涅槃華

嚴者此亦不然
○次大品下別難又二初以果法俱融難
次又云下以因法俱融難
大品云即色是空非色滅空釋論解云色是
生死空是涅槃生死際涅槃際一而無二此
豈非染淨俱融又云一切趣色欲趣瞋趣癡
諸見等豈非俱融之相淨名云一切塵勞是
如來種不斷癡愛起諸明脫行於非道通達
佛道此圓融何異大集云云
染因染果皆悉即淨具一切法豈非不二
耶
此六宗五宗皆倚傍四宗而開但四宗無文
或言出頂王經經云初說因緣諸法空次教
諸子一乘常住法諸法空者不應是假名宗
也一乘常住者不應是通教誑相也或言經

不度也四宗旣爾五宗六宗約四開立皆難

信用也

次責五宗六宗無憑中言出頂王經者親

撿無文未審其意

○次難有相無相教中二先總斥

次難有相無相大乘教者相無相不應單說

○次何者下別斥又三初以二諦相即難

次華嚴下以經部大體難三大品下重引

大品結難初文二先舉二諦中言相即者

俗即有相眞即無相不應相離

何者本約眞論俗還約俗論眞

○次一切智人去引證也

一切智人以無爲法而有差別

一切智人即證眞眞即無爲差別即俗以

猶用也用此無爲而能分別故即俗論眞

○次文又二先準部中所明義不應別

華嚴雖論十地何曾不約法身楞伽思益雖

復論空何曾不說無生忍

○次若純下明別立有妨

若純用有相相則無體教何所詮亦不得道

若純用無相無相眞寂絕言離相言語道斷

心行處滅則非復是教云何可說若言是教

教即是相何謂無相

寄此兼判楞伽成方等部他云楞伽非第

三時七卷經文第六卷中大慧問言外道

尚遮不許食肉何況如來大悲含育而許

自他令食肉耶若大乘中梵網已制猶作

此說當知楞伽四含之後爲漸制之始下

佛答中仍云菩薩不應食肉故知仍存小

教中開

大品須菩提問云若諸法畢竟無所有云何
說有一地乃至十地佛答云以諸法畢竟無
所有故則有菩薩初地至十地若諸法有決
定性者則無一地乃至十地故知二種大乘
別說乖經云云

○次難一音中亦二先立計總斥

次難一音教者但言一大乘無三差別者秖
是實智不見權智

○次別難別中爲六初以鹿苑施小四諦
破

若但大乘者法華何故云我若讚佛乘衆生
沒在苦破法不信故墜於三惡道尋時思方
便諸佛皆歡喜故知非獨一大乘教

○次以信解衣瓔二身破

若純是一乘亦應純長者身既有垢衣之體

亦有大小教興那得混判一音失於方便

○三若言下所化返成能化破

若言佛常說一乘衆生見三者此則衆生能
化佛是所化佛既是能化應能說三乘何得
用一乘

○四若言法華下以法華純一縱難破

若言法華純一可爾

○五引華嚴仍二破六故知下結難

華嚴五天往反亦爲鈍根菩薩開別方便況
餘經耶

言華嚴五天往返者通舉上五故云五天
其實但四除化樂故謂忉利說十住夜摩
說十行兜率說十向他化說十地

故知一音之教但有一大車無有僕從方便
侍衞但有智慧波羅蜜無方便波羅蜜云云

○四研詳中二先釋章名

四研詳去取者覈實故言研覈權故言詳適法相故言去取

○次若五時下正爲研詳次第詳前南三北七所用宗教尋之可見不復分節

若五時明教得五味方便之文而失一道眞實之意雖得其文配對失旨其文通用其對宜休若言十二年前明有相教此得小乘一門而失三門何者三藏有四門得道或見有得道如阿毗曇或見空得道如成實或見亦有亦空得道如昆勒或見非空非有得道如車匿故知泥洹眞法寳衆生各以種種門入若欲舉一標四應總言三藏若欲廣明備立四種何意偏存有相失没三耶疑誤後生空有成諍若三藏中菩薩須廣學四門通諸方便後得佛時名正遍知若但標有相之教唯得見有得道一門聲聞全失三門入泥洹路則於小乘義闕若但有相秖偏知一門不解三門非正遍知於菩薩義闕其闕則衆故須棄其得則寡唯存一

若十二年後明無相無相者此得共般若失不共般若共般若有四門如幻如化即有門幻化即無是空門幻化有而不有是亦空亦有門雙非幻化即非空非有門若言般若無相者秖得共般若一空門全失三門亦失七門尚不是因中正遍知況果上正遍知其失則去其得即取云云

全失三門亦失七門者以般若中有共不共故不共雖有别圓不同且總言之名爲不空對共中四以爲八門既但得一全失

共三及不共四故云失七

若言第三時抑挫聲聞褒揚菩薩此得斥小一種聲聞全失七種聲聞得顯大一意全不得折挫諸偏菩薩褒揚極圓菩薩亦不得折挫諸權菩薩褒揚於實菩薩又不識偏圓權實四門所得處少不得處多

此得斥小一種聲聞全失七種聲聞者藏通八門各有聲聞若斥有相但斥三藏有門一種全失餘三及通中四故云失七

若言第四時同歸之教唯得萬善同歸一乘之名不得萬善同歸一乘之所所者即佛性同歸常住等也秖得會三歸一不得會五歸一不得會七歸一唯得歸於一不得歸佛性常住有如此等失云云

會五者五謂人天及三不會七者七謂聲聞支佛各有二故

第五時若依二諦論常住則非常住若不依二諦無所間然彼雖明常全失非常非無常雙用常無常唯得四術之一永失七術復不得其正體云云

永失七術者常樂等四及非常非無常等四總成八術故知但常唯得八術中之一耳又八術如止觀第八記

四時教三時教無文可依無實可據進退無所可取云云

北地五時亦無文據又失實意其間去取類前可知半滿教得實意失方便意四宗教失五味方便意又失實意五宗六宗例如此二種大乘教權實乖離父母乖離導師云何得生權若離實無實相印是魔所說實若離權

不可說示一音教得實失權鰥夫寡婦不成生活永無子孫衆家解教種種不同皆是當世之師各各自謂有於深致時旣流播義亦添雜晚賢情執苟諍紛紜所以上來硏難次論去取略知大意云云

若除其病如上所說若不除法用之則異云何用異有相則具用四門無相則用共不共八門褒貶則用貶小褒大貶偏褒圓貶權褒實同歸則用同歸一乘常住佛性究竟圓趣常住則用非常非無常雙用常無常二鳥俱遊八術具足

二鳥俱遊者大經第八鳥喻品云善男子鳥有二種一名迦隣提二名鴛鴦遊止共俱不相捨離此品答前云何共聖行娑羅迦隣提舊云娑羅是雙隣提是鳥然娑羅翻堅固不應云雙或云娑羅一雙隣提一雙或云娑羅一隻隣提一隻引文云鳥有二種也或娑羅翻爲鴛鴦引證云問中云娑羅答中云鴛鴦類異義同故以鴛鴦替於娑羅或云娑羅翻爲天鶴引六卷泥洹云鴈鶴舍利章安云然漢不善梵音秖增諍競意在況喻取其雌雄共遊止息譬一中無量無量中一問爲凡與聖共聖與凡共凡與凡共他云若觀常時不識生死無常若觀生死無常不識涅槃常住二解不分如識金不識鍮識鍮不識金精識二物是名雙觀餘三亦爾凡聖俱然故云雙遊此釋違喻一鳥窮下之生死一鳥窮高之涅槃升沈永乖雙遊何在又有人約半滿以明雙遊夫雙遊者生死涅槃各有常與

無常取生死涅槃中雙常爲一雙滿取生死涅槃中一雙無常爲一雙半今明不爾兩常俱起乃是二雄兩無常俱起乃是二雌亦與喻乖是故不用今言雙遊者生死涅槃中俱有常無常在下在高雙遊並息事理相即二即中中即二非二中而二中事理雌雄義並成也故此雙遊須約六即

此中具有凡共聖等如前三句

用五味則次第如文在下當說用提謂波利亦不止是人天之乘用半滿則有五句滿開滿立半破半明滿帶半明滿廢半明滿用因緣假名則爲三藏兩門耳用詎相是通教一門耳用眞秖是常常秖是眞法界不獨在華嚴圓宗不偏指大集用有相無相者約有相明無相約無相明有相二不相離用一音者

有慧方便解有方便慧解設取其名用義永異云云

用一音者有慧方便解等者慧即是實方便是權二義相即不得相離他用五時但得方便而無實慧故淨名云無慧方便縛故無實慧而用方便名愛見悲即三藏菩薩也總而言之除無緣外皆悉名爲方便縛也是則別教地前通教出假皆名愛見若但一音而無權慧何但方便是縛慧亦非解故淨名云無方便慧縛即二乘空慧也總而言之通別入空菩薩皆名無方便慧今用此意斥彼用教諸味用實雖名一音若無赴緣彈斥洮汰成生熟酥使至法華堪入一實名無方便若用五時漸誘之益則失諸味平等一音名爲無慧故今斥

之義同縛慧及縛方便

○五判教中列章

五判教相者即爲六一舉大綱二引三文證三五味半滿相成四明合不合五通別料簡六增數明教

○解釋釋中自六初舉大綱中復爲三標一大綱三種

○列

一頓二漸三不定此三名同舊義異也云云

○釋釋中復爲教觀二種於中又二先二門意

今釋此三教各作二解一約教門解二約觀門解教門爲信行人又成聞義觀門爲法行人又成慧義聞慧具足如人有目日光明照見種種色具如釋論偈云云

○次正釋釋中二先釋二種次今辨下簡示稱歎初文二初約教中初釋頓教

先約教者若華嚴七處八會之說譬如日出先照高山淨名中唯嗅薝蔔大品中說不共般若法華云但說無上道又始見我身聞我所說即皆信受入如來慧若遇衆生盡教佛道涅槃二十七云雪山有草名爲忍辱牛若食者即得醍醐又云我初成佛恒沙菩薩來問是義如汝無異諸大乘經如此意義類例皆名頓教相也非頓教部也

始自華嚴終至法華皆有頓義故顯露中唯除鹿苑以餘部中皆有頓故名爲頓教而非頓部下文不定亦復如是此中又引初成道者且借祕密助入此中明鹿苑初成亦有頓義況諸經耶言七處八會者是

舊經五十卷或六十卷成晉義熈十四年北天竺佛度䟦陀羅三藏此翻覺賢於揚州司空寺譯後有大唐三藏證聖元年來至與于闐實叉難陀此云喜覺於愛敬寺譯八十卷成但龍宮三本上本十三世界微塵數偈中本四十九萬八千八百偈下本十萬偈四十八品今但有三十九品則經猶未盡舊經七處八會新譯更加普光明殿一會第一摩竭阿蘭若有六品一世主妙嚴二如來現相三普賢三昧四世界成就五華藏世界六毗盧遮那第二摩竭𨻶連河曲普光明殿會有六品一如來名號二四諦三光明覺四菩薩問明五淨行六賢首第三忉利天會說十住有六品一升須彌頂二須彌頂讃歎三十住四梵行

五發心功德六說法說令十住進後位也第四夜摩天會說十行有四品一升夜摩二夜摩讃偈三十行四無盡第五兜率天會說十向有三品一升兜率二升兜率讃歎三十向第六他化天會說十地一品第七重會普光明殿說十地勝進行有十一品一十定二十通三十忍四阿僧祇五壽量明菩薩報生淨土隨時壽量六菩薩住處七不思議法明佛果德八相海九隨相光明功德十普賢行十一如來出現八三會普光明殿說六位一品謂離世間第九遊逝多林會說入法界品如是處會所明位行不出别圓但經意兼含義難分判始從住前至登住來全是圓義從第二住至第七住文相次第又似别義於七住中又

辨一多相即自在次行向地又是次第差別之義又一一位皆有普賢行布二門故知兼用圓文接別次結如文

○次漸教者又三初約始終共名爲漸次又始自下約人在教以判爲漸三從方等之初至法華前皆名爲漸

二漸教相者如涅槃十三云從佛出十二部經從十二部經出修多羅從修多羅出方等經從方等經出般若從般若出涅槃如此等意即是漸教相也

前文多處及止觀等用中間之漸今用舊名通判一代且置藏等是故爾耳頓與不定亦復如是今先引大經通明一代漸教之相此明敷設教門出没利物故用斯漸又始自人天二乘菩薩佛道亦是漸也

次始自去始自人天終至佛乘亦名爲漸此是約人人雖在於諸味漸禀而得益深淺始自人天次第入實此如止觀初破三途後達常住此人不經華嚴但從鹿苑之前初禀人天後漸深入

又中間次第入亦是漸云云

言中間者或復初從方等般若後漸漸深入皆如前說並名爲漸以鹿苑後皆有人天乃至實相故也此等漸人初不在華嚴後不至法華教雖經漸或得頓益其未入者若來至法華被開會竟又名漸頓自是別途非全名漸

○三明不定中二初略點示

三不定教者此無別法但約頓漸其義自明

○次引經解釋釋中三先引教

今依大經二十七云置毒乳中乳即殺人略酥醍醐亦能殺人

○次釋經

此謂過去佛所嘗聞大乘實相之教譬之以毒

○三結釋經意中又二先明不定之由由往聞法

今值釋迦聲教其毒即發結惑人死

○次正明不定

若如提謂波利但聞五戒不起法忍三百人得信忍四天王得柔順忍皆服長樂之藥佩長生之符住於戒中見諸佛母即是乳中殺人也

即今世發習且以提謂爲首提謂猶屬顯露未假祕密故至鹿苑方分顯祕

略中殺人者如智度論云教有二種一顯露教二祕密教顯露者初轉法輪五比丘及八萬諸天得法眼淨若祕密教無量菩薩得無生法忍此是毒至於酪而能殺人也

生酥中殺人者有諸菩薩於方等大乘教得見佛性住大涅槃即其義也熟酥殺人者有諸菩薩於摩訶般若教得見佛性即其義也

次生熟酥中但語菩薩者亦是顯露亦應言若祕密教二乘之人處處得入但是文略耳不語今經者如第一卷中分別今經無不定故

醍醐殺人者如涅槃教中鈍根聲聞開發慧眼得見佛性乃至鈍根緣覺菩薩七種方便皆入究竟涅槃即其義也是名不定教相也

非不定部

涅槃中言鈍根二乘等者應於法華皆得悟入若至涅槃乃是鈍中之鈍此如五千復成不定言菩薩者即藏通菩薩至涅槃中方得聞常破於無明亦屬不定是等皆名發不定故言七種方便皆入究竟者今釋不定非但涅槃之中七種方便皆得入實名爲不定前諸教中亦復如是若圓教中及別登地得入實者不名不定故不定名必在方便又登地登住起斷無明亦名不定是故名爲醍醐殺人

○次約觀門者此三觀中頓觀一種全同止觀漸及不定少分不同漸初不云先修歸戒下去文同如前教中初即人天此中道理初亦歸戒但是文略不定但寄漸次論發不定若彼止觀但論從師所受修行不定故彼文云或漸或頓或止或觀既云天台傳於南岳不可從師傳於所發是故不同此約昔聞今隨修觀所發不定又漸次觀云從初發心爲圓極故修阿那般那彼止觀意亦復如是故彼三種初皆知圓人不見之便謂止觀漸初不知圓極之理名爲別教者謬之甚矣禀此一家皆須諳臆信其虛說徒費餘言

二約觀門明義者一圓頓觀從初發心即觀實相修四種三昧行八正道即於道場開佛知見得無生忍如牛食忍草即得醍醐其意具在止觀云云

○漸次觀中二初釋

二漸次觀從初發心爲圓極故修阿那波那十二門禪即是根本之行故云凡夫如雜血

乳次修六妙門十六特勝觀練熏修等乃至道品四諦觀等即是聲聞法如清淨乳行也次修十二緣觀即是緣覺如酪行也次修四弘誓願六波羅蜜通藏菩薩所行事理之法皆如生酥行也次修別教菩薩所行之行皆如熟酥故云菩薩如熟酥也次修自性禪入一切禪乃至清淨淨禪此諸法門能見佛性住大涅槃真應具足故名醍醐行也

○次重別指

若的就菩薩位辨五味義如上行妙中辨亦如次第禪門說也是名漸次觀也

云若的就者以此中文皆寄四教二乘菩薩辨觀故也復更云的即是借用別教行相而初心知圓者是也

不定觀者從過去佛深種善根今修證十二門豁然開悟得無生忍即是毒在乳中即能殺人也若坐證不淨觀九想十想背捨勝處有作四聖諦觀等因此禪定豁然心開意解得無生忍即是毒至酪中殺人也若有人發四弘誓願修於六度體假入空無生四諦觀豁然悟解得無生忍即是毒至生酥殺人也若人修行六度修從空出假修無量四諦觀豁然心悟得無生忍是毒至熟酥而殺人也若有坐禪修中道自性等禪正觀學無作四聖諦行法華般舟等四種三昧豁然心悟得無生忍即是醍醐行中殺人也

○次簡示中二初簡次結初文自分信法二行

今辨信法兩行明於佛法名作三意歷前諸教無有一科而不異諸法師也若欲修禪學

道歷前諸觀爲法行人說安心法無有一科與世間禪師同也

是名略點教觀大意大該佛法

次結中云大該佛法者前標大綱故此結云大該佛法言大綱者此三種義若教若觀該通一化語頓則始終俱有語漸又三種不同不定復寄諸門涉於四教列觀秖是行者教部教部隨行何等爲至何位發心所期各各不同不假必須從初至後並未委論諸門綱目爲是義故名爲大綱不同古人以此三名局定判部今師以此爲大綱竟於其中間或約聲聞鈍根菩薩或約利根獨悟菩薩或對或並或破或會或盈或縮或顯或祕此等諸意隨事別釋更須約教故與今昔諸判不同

○次引文者證三大綱所以引三文者方便品法說文義顯著無量義重敘於開爲合作由信解品委領始終五味今昔權實無缺若語方便攝下二周若語信解復該前後故引此三文該通一部本門曉示久成故亦略引是故正引三文義足然三處文文意雖具今從易了隨顯而說故前之兩文文義互彰後之一文該始末故初引方便中意者且取從頓出鹿苑文次引無量義者正當鹿苑後方等般若文後信解者通收二文今初方便品文又二　初引文次解釋三結示

二引三文證者所謂方便品無量義經信解品也方便品云我始坐道場觀樹亦經行於三七日中思惟如此事我所得智慧微妙最

第一衆生諸根鈍云何而可度我寧不說法疾入於涅槃尋念過去佛所行方便力我今所得道亦應說三乘

初引文中具明漸頓云於三七日中者近代釋云但是始成不云日數菩提流支云說華嚴經前之五會初七日說第六會共第二七說引地經云如是我聞等成道未久第二七日也復有人言八會如前第九會別時說新疏破前二師釋云第七日但說十地故知定在第二七日若準深密普曜二經第七日在鹿苑說三乘四分律云第六七興起行判七七五分律第七日智論五十七十二遊一年方始說法過去因果經云初七思惟我法妙無能受者二七思惟上中下根三七思惟誰應聞法即至

波羅柰爲五人說四諦小雲法華疏云三七已說法華引下文宿王華智佛在七寶菩提樹下說法華經今佛亦爾因果經略同今師意者佛在法身地佛眼洞覽豈止道場淹留三七今明三七意有所表表三周也初七思惟法說次七思惟譬說三七思惟因緣說皆無機故息大施小此偏就圓爲語若通約大乘爲語初七思惟說圓次七思惟欲說別三七思惟欲說通皆無機故息大施於三藏

○次釋中二先釋頓次釋漸初釋頓中二初正釋方便品先頓意也次序品下引二文助釋頓後明漸

我始坐道場即是明頓何者從兜率下法身眷屬如陰雲籠月共降母胎胎若虛空常說

妙法乃至寂滅道場始成正覺爲諸菩薩純說大乘如日初出前照高山此明釋迦最初頓說也
初文者約大機即寂場之時約小機即成已思惟未說之時
○次文爲二初引二文次如此等下判益相不同初又一初引序文次引涌出初引序中二初引今佛
序品云佛放眉間光遍照東方萬八千土覩聖主師子演說經法微妙第一教諸菩薩次云若人遭苦爲說涅槃盡諸苦際即是現在佛先頓後漸
○次引古佛
又文殊釋疑引昔佛亦爾文云又見諸如來自然成佛道世尊在大衆敷演深法義次即云一一諸佛土聲聞衆無數即是古佛先頓後漸
又下方涌出菩薩問訊佛答云如是如是衆生易度始見我身聞我所說即皆信受入如來慧除先修習學小乘者如是之人我今亦令得聞是經入於佛慧即是釋迦初頓後漸涌出如文
○次得益不同中二先立不同
如此等初頓未必純教法身菩薩亦有凡夫大根性者即有兩義當體圓頓得悟者即是醍醐初心之人雖聞大教始入十信最是初味初能生後復是於乳
即初後兩味不同
○次何者下釋又爲五初約機緣次如牛下約化主三三教下約教味四又約下約

行五以此下結意
何者雖言是頓或乘戒俱急或戒緩乘急如
此業生無由自致必須應生引入七處八會
大機扣佛譬忍辱草圓應頓說譬出醍醐又
頓教最初始入内凡仍呼爲乳呼爲乳者意
不在淡以初故本故
初約機中具得二名大故名頓初故名乳
○次約化主中二先譬
如牛新生血變爲乳純淨在身犢子若嗽牛
即出乳
○次合
佛亦如是始坐道場新成正覺無明等血轉
變爲明八萬法藏十二部經具在法身大機
犢子先感得乳乳爲衆味之初譬頓在衆教
之首故以華嚴爲乳耳

機緣雖二約佛恒頓故云具在法身
○三約教中二初單約華嚴得名
三教分别即名頓教亦即醍醐
○次五味下對餘教味得名復殊
五味分别即名乳教
所以對漸不定名之爲頓在四味初故復
名乳
○四約行中亦從所對得有二名一從所
證理極得醍醐名二得乳名復從二義
大行之始二小機未轉先列二義
又約行者大機禀頓即破無明得無生忍行
如醍醐又雖禀此頓未能悟入始初立行故
其行如乳若望小根性人行又如乳
○次何者下釋小未轉之相
何者大教擬小如聾如瘂非已智分行在凡

地全生如乳
○五結
以此義故頓教在初亦名醍醐亦名爲乳其意可見也
如文
○次釋方便品開漸中二初述方便品次故涅槃下引涅槃證初文又二初正引方便品
次開漸者佛本以大乘擬度衆生其不堪者尋思方便趣波羅㮈於一乘道分別說三即是開三藏教也
○次非但下釋古佛同然
非但釋迦隱其無量神德作斯漸化過現諸佛亦復如是如前所引當知初頓之後次開於漸

指引序文也
○次涅槃文二先引法譬
故涅槃云從佛出十二部經從十二部出修多羅正與此義相應譬如從牛出乳從乳出酪其譬不違
○次漸機下釋味名
漸機於頓教未轉全生如乳三藏中轉革凡成聖喻變乳爲酪即是次第相生爲第二時教不取濃淡優劣爲喻也
所以言不取濃淡者秖是小機於華嚴如乳非酪濃於華嚴
○三結示
方便品文齊於此
如文

妙法蓮華經玄義釋籤卷第三十八

音釋

劇竭戟切甚也　很胡懇切　麗郎計切　鰥古頑切無妻曰鰥　紛紜紛音芬紜音云紛紜擾亂也　嗽所角切含吸也

妙法蓮華經玄義釋籤卷第三十九

隋天台智者大師說

門人灌頂記

唐天台沙門湛然釋

○次引無量義中二初引文

次引無量義為證者文云我以佛眼觀一切法不可宣說所以者何諸衆生性欲不同性欲不同種種說法文辭是一而義別異義異故衆生解異解異故得法得果得道亦異初說四諦為求聲聞人而八億諸天來下聽法發菩提心中於處處說甚深十二因緣為求支佛人次說方等十二部經摩訶般若華嚴海空宣說菩薩歷刼修行而百千比丘無量衆生發菩提心或住聲聞萬億人天得須陀洹至阿羅漢住辟支佛

○次從佛眼觀一切下釋經意又二初明初大後小次若依下明初小後大

佛眼觀一切法即是頓法在前四諦十二緣即是次漸

初如文

○次文中二初明先小後大之意次次說下正明後大初又二初略標

若依此文說三藏竟次說方等十二部經

○次所以下釋

所以次小說大者佛本授大衆生不堪抽大出小令斷結成聖雖有此益非佛本懷

○次正明中又三初方等次般若後法華

初方等中又六初略述其部大旨次故身子下明被彈之人三然方等下明被彈之時四何者下明受彈之意五自昔下明彈

訶之益六按無量義下結時此諸文者並
寄對小及鈍菩薩以明
次說方等維摩思益殃掘摩羅彈訶小乘保
果之僻識刺三藏斷滅之非
初文者上句云小偏在聲聞下云三藏兼
於菩薩
故身子善吉齊教專小初不曾聞大乘威德
或茫然棄鉢或怖畏卻華不知是何言不知
以何答
次文者且略舉二人餘者準例善吉茫然
棄鉢身子怖畏卻華以空智爲入道之主
故寄此二人故般若中亦加此二
然方等彈斥教在三藏之後被訶之時應在
十二年前何以得知皆追述昔訶驗是前事
第三文者得果之後即有彈訶彈訶之時

復云往昔驗知並在十二年前
何者前已稟教得道證於無學荷佛恩深心
相體信不復恚怒
第四如文
自昔至今悠殃掘之識任淨名之折得爲恥
小慕大之益喻如熟酪作生酥即此義也
第五文者若未得果具足煩惱大機復生
若其輙訶則憚教不受有損無益斯之謂
歟由得果後訶故成二益一者得果成於
酪益二者彈訶成生酥益
按無量義得知方等是三藏之後爲第三時
教也
六如文
○次明說般若中二初引經略立
按無量義經云次說摩訶般若華嚴海空歷

劫修行者此是方等之後而明大品

○次大品下釋經意釋中四初略釋經意

次又云下明部中共別三大品下結成次

第四復言下結益

大品或說無常無我或說於空或說不生不滅皆歷色心至一切種智句句迴轉明修行法即是歷劫修行之意也

初如文

○次文者初是共

又云百千比丘萬億人天得須陀洹及阿羅漢住辟支佛者驗是共般若也

○次而言下別別即不共

而言華嚴海空者若作寂滅道場之華嚴此非次第今依法性論云鈍根菩薩三處入法界初則般若次則法華後則涅槃因般若入法界即是華嚴海空又華嚴時節長昔小機未入如聾如瘂今聞般若即能得入即其義焉

此是不共般若與二乘共說又分二義一以法界爲華嚴二以時長通至於後二義俱通是故兩存大機則華嚴不休小機則諸教次第是故鈍根猶同小見

大品通三乘人可得有四果華嚴隔小故無此義故方等之後次說般若爲第四時教也

復言熟酥味者命令轉教領知衆物心漸通泰自知螢火不及日光敬伏之情倍更轉熟如從生酥轉成熟酥也

三四如文

○次明般若之後說法華者亦二初引教略立

又解般若之後明華嚴海空者即是圓頓法華教也

○次釋釋中三初明說頓之意

何者初成道時純說圓頓爲不解者大機未濃以三藏方等般若洮汰淳熟根利障除堪聞圓頓即說法華開佛知見得入法界與華嚴齊法性論中入者是也

○次故下引證結意

故下文云始見我身入如來慧今聞是經入於佛慧初後佛慧圓頓義齊故次般若之後說華嚴海空齊法華也亦第五時教也

○三復言下結益益中二初明與涅槃同味

復言醍醐者是衆味之後也涅槃稱爲醍醐此經名大王饍故知二經俱是醍醐

○次又燈明下明化緣不同故有無不等於中又四先釋次譬三法華下引證四問下料簡釋疑

又燈明佛說法華經竟即於中夜唱入涅槃彼佛一化初說華嚴後說法華迦葉佛時亦復如是悉不明涅槃皆以法華爲後教後味今佛熟前番人以法華爲醍醐更熟後段人重將般若洮汰方入涅槃復以涅槃爲後教後味

譬如田家先種先熟先收晚種後熟後收初二如文

○次引證中二先引證

法華八千聲聞無量損生菩薩即是前熟果實於法華中收更無所作若五千自起人天被移皆是後熟涅槃中收

○次爲此下結

爲此義故云從摩訶般若出大涅槃即後畨次第也按無量義云摩訶般若次華嚴海空即前畨法華中次第也

○四料簡中問

問何意知鈍者於法華不入更用般若洮汰

如文

答釋論云須菩提何故更問菩薩畢定不畢定答云須菩提於法華中聞諸菩薩受記作佛今於般若中更問畢定不畢定當知法華之後更明般若也

次答中言大論須菩提更問畢定不畢定者大論九十三先舉經云須菩提白佛言世尊菩薩摩訶薩爲畢定爲不畢定佛告須菩提畢定非不畢定須菩提言爲何處畢定聲聞耶支佛道耶佛言非二乘道中是佛道中須菩提復問爲初心菩薩爲後心菩薩佛言初心及跋致皆悉畢定須菩提於法華中已聞諸菩薩得記故已畢定今復更問故知須菩提更爲未入者問故知法華之後更說般若明矣般若不殊故結集者同爲一部

○三引信解者具歷五時又爲二先引證領五時教次此五味下結兩經同味

三引信解品四大聲聞領教證次第者文云其父先來求子不得中止一城其家大富多有僮僕臣佐吏民亦甚衆多時貧窮子遇到父舍疾走而去即遣傍人急追將還窮子驚愕稱怨大喚無罪囚執此必定死父語使言不須此人勿強將來此領何義領初成佛寂

滅道場法身大士四十一地眷屬圍遶說圓頓教門于時以大擬子機生悶絕當知佛日初出頓教先開譬如從牛必先出乳爾時長者將欲誘引其子而以方便密遣二人形色憔悴無威德者汝可詣彼徐語窮子雇汝除糞即脫瓔珞著垢膩衣以方便故得近其子此領何義此領次頓之後隱舍那威德相好作老比丘像說三藏之教二十年中常令除糞得一日之價即是從十二部後出修多羅于時見思已斷無漏心淨譬如從乳出酪也又經過是已後心相體信出入無難然其所止故在本處此領何義明三藏之後次說方等已得道果心相體信聞大名入住小名出若言彈訶名無難又進宅內名入入見羣臣豪族大功德力聞寶炬陀羅尼見不思議解脫神變故名入也出者止宿草庵二乘境界名出也心相體信者得羅漢已聞罵不瞋內心慚愧不敢以聲聞支佛法化人心漸淳熟如從酪出生酥是名從修多羅出方等經即第三時教也是時長者有疾自知將死不久語窮子言我今多有金銀珍寶倉庫盈溢其中多少所應取與窮子受勑領知衆物而無悕取一餐之意然其所止故在本處此領何義從方等後次說般若般若觀慧即是家業歷於名色乃至種智即是衆物善吉等轉教即是領知但爲菩薩說自不行證故無悕取即是從方等經出摩訶般若因是得識大士法門滅破無知譬從生酥出熟酥是爲第四時教也復經少時父知子意漸已通泰臨欲終時而命其子并會親族即自宣言此實我

子我實其父今吾所有皆是子有付以家業窮子歡喜得未曾有此領何義即是般若之後次說法華先以領知庫藏諸物後不須說但付業而已譬前轉教皆知法門不須重演觀法直破草庵賜一大車授作佛記豈非明見佛性住大涅槃故言從摩訶般若出大涅槃是時無明破中道理顯其心皎潔如清醍醐即是從於熟酥轉出醍醐爲第五時教也

初言次第者華嚴初云於菩提道場始成正覺在初明矣諸部小乘雖云初成自是小機見爲初耳據信解品脫妙著麤故知居次大集云如來成道始十六年故知方等在鹿苑後仁王云如來成道二十九年已爲我說摩訶般若故知般若在方等後亦知仁王在大品後法華云四十餘年大經云臨滅度時當知次第有所據也故知古人以法華爲般若對第四味獨以涅槃爲第五味悞矣悞矣

○次文又二初明二經味同

此五味教調熟一段漸機衆生如身子等大德聲聞於法華中得受記莂見如來性成大果實如秋收冬藏更無所作不生不生名大涅槃即是前番從摩訶般若出妙法華爲未熟者更論般若入於涅槃而見佛性即是後番又從般若出大涅槃也

○次然二經下以起盡同相釋同味之意於中又二初標次如法華下釋

然二經教意起盡是同

初言然二經教意起盡是同者起謂正說初分盡謂正說末分

○釋中二初正明起盡同次又涅槃下重辨

如法華三周說法斷眞聲聞咸歸一實後開近顯遠明菩薩事涅槃亦爾先勝三修斷眞聲聞入祕密藏後三十六問明菩薩事也

初文者法華以本迹二門爲初後二分初則開權顯實斷眞聲聞後明本門增道損生重更辨前開權化主久遠成佛故涅槃正說開爲四段初純陀品去明涅槃施斷眞三修二長壽品去十四品明涅槃義三現病品去五品明涅槃行四師子吼品去三品明涅槃用故知初已斷眞聲聞後但明於涅槃義用是故二經起盡同也

又涅槃臨滅更扶三藏誡約將來使末代鈍根不於佛法起斷滅見廣開常宗破此顛倒令佛法久住如此等事其意則別第五醍醐佛性味同也

○三明半滿相成中意且置前三於一代教復須以半滿兩義相成方能消通一代妨難五味之處雖然若不論相成於理未盡於中爲二初明單用有妨次今明下正明相成

三約五味半滿相成者若直論五味猶同南師但得方便若直半滿猶同北師但得其實

初文中云若直用五味猶同南師無慧方便雖有方便無實慧故故名爲縛若直用半滿猶同北師無方便慧雖有實慧無方便故故慧名縛何者若以鹿苑爲半後去皆滿中但得約實一途而失於權以他明滿不分權實故今順舊但得名實而失

生熟二酥之益及生熟中兩教二乘及兩教中始入菩薩是故滿中倡得於實

○次正明中意則不爾互相成益五味則一道竪進味味有半滿相成復於味味皆有祕密及以不定是則慧得方便故慧解方便得慧則方便解權實俱遊於茲明矣

於中又二先略明離過次若華嚴下正判今明五味不離半滿半滿不離五味五味有半滿則有慧方便解半滿有五味有方便慧解權實俱遊如鳥二翼雖復俱遊行藏得所

初文中言不相離者半滿相對有開有合今家五味次第唯用大經爲有所據然諸教意散在諸經大經之文但略結示前諸教耳

○次正判又二初正判次如來下明半滿之功是則今家相成之意不同古人者良有以也

若華嚴頓滿大乘家業但明一實不須方便唯滿不半於漸成乳三藏客作但是方便唯半不滿於漸成酪若方等彈訶則半滿相對以滿斥半於漸成生酥若大品領教帶半論滿半則通爲三乘滿則獨爲菩薩於漸成熟酥若法華付財廢半明滿若無半字方便調熟鈍根則亦無滿字開佛知見於漸成醍醐

初文中言頓滿等者華嚴正隔小明大於彼初分永無聲聞故云唯滿後之四味或單或帶可以意知是故不同舊人所判況復次第永異他人

○次功能中二初舉化主稱歎

如來殷勤稱歎方便者半有成滿之功意在

此也
○次述聲聞領解
四大聲聞領解無上寶聚不求自得安住實智中者皆由半滿相成意在此也
○四明合不合中二先總明來意
四明合不合者半滿五味既通約諸經諸經不同今當辨其開合
○次若華嚴下正明合不合又爲二初正釋次問答釋疑初文三初明五味有合不合前三味不合般若有合不合法華一向合合是會之異名次自鹿苑下明合不合所以三總就下四句分別合不合相
若華嚴正隔小明大於彼初分永無聲聞後分則有雖復在坐如聾如瘂非其境界爾時尚未有半何所論合次鬧三乘引接小機令

斷見思則以小隔大既不論滿何所可合故無量義云三法四果二道不一不一即不合也若方等教或半滿雙明或半滿相對或以滿彈半禀半聞滿雖知恥小猶未入大故云止宿草庵下劣之心猶未能改則半滿不合般若以滿洮練於半命領家業明半方便通入無生半字法門皆是摩訶衍是合其法而不悕取一餐之物即是未合其人是故半滿不合若至法華覺悟化城云非眞實汝等所行是菩薩道即是合法汝實我子即是合人人法俱合
初法中言後分等者準不思議境界經云舍利子等五百聲聞皆是他方極位菩薩故今在此逝多林會迹示聲聞據華嚴經文殊師利逝多林出時舍利弗語五百言

汝等且觀文殊師利相好威儀等據彼經中舍利弗語辭似如已聞諸大乘竟如在方等般若會時未能悟故狀當聾瘂以後分之言時仍長遠亦可通在鹿苑之前今且判在華嚴會時

○次文中二初通明三乘得合之處次別顯聲聞得合之處初文又二初明在法華次明在涅槃二文各有先釋次引證

自鹿苑開權歷諸經教來至法華始得合實故無量義云四十餘年未顯眞實

若於法華未合於涅槃得合法性論明中下二根入法界者即是得合菩薩也

○次別顯聲聞中二先標二教

若論聲聞一祕密合二顯露合

○次釋二教釋中二先祕次顯

祕密合者初爲提謂說五戒法已有密悟無生忍者況修多羅方等般若豈無密悟此則不論

初祕中以提謂況出三時此文可以通冠一切

○次明顯中三初論未入位隨處得入者若就顯露未入位聲聞亦隨處得合例如般若三百比丘得記者是也

意云此等不專在法華非謂全不至法華

○次明住果不過法華三未入位下明法華中上慢之輩來至涅槃

若住果聲聞決至法華皆信令合若住果不合是增上慢

次文中言敦信者入位之人借使至法華不肯合者正當敦逼之文文云若有實得

阿羅漢不信此法者無有是處當知不合
即是不信不信故名不實得故云不合成
增上慢上慢之人實不得入得入之人非
增上慢

未入位五千簡衆起去到涅槃中方復得合
第三文中言五千起去者於涅槃會方得
入妙又大瓔珞譬喻品中復有五千菩薩
聞佛說如來法身功德即從座起遶佛三
匝而退目連問佛此諸正士修菩薩道已
入如來正法之藏行過二乘何故聞說三
身深義不受而退耶佛言善男子此人聞
說是法沸血流面何以故是無量劫恒誹
謗受罪此五千者從過去恒沙佛所修六
度起想著有悔心有退轉當經歷多劫勤
苦千佛過去猶不得度其上首者名曰勇
智雖修菩薩道欲得成佛不可得如人欲
於虛空造室已發菩提心修六度行有著
有悔心有退轉雖聞三身尚從座起去況
諸聲聞未曾入位增上慢者是方等部抑
挫之辭故云千佛過去若其實說此人於
涅槃中尚已得入

總就諸教通作四句華嚴三藏非合非不合
方等般若一向不合法華一向合涅槃亦合
亦不合何者涅槃爲末代更開諸權引後代
鈍根故言亦不合

三四句分別中初句云華嚴三藏非合非
不合者華嚴帶別名非合既是純大不與
小並則不同於方等般若名非不合三藏
純小未合於大名爲非合既是純小不與
大並不同方等般若並對而說名非不合

涅槃亦合亦不合者本不住小名亦合仍
存方便名亦不合餘句可知
○次釋疑
問菩薩因法華入法界與華嚴合不見因華
嚴入一乘與法華合答華嚴入法界即是入
一乘云云
如文
○次料簡中列章
五料簡者爲三意一約通別二益不益三約
諸教
○解釋釋中二先釋次問答釋疑初又二
初略立
通別者夫五味半滿論別別有齊限論通通
於初後
○次釋釋中初明前四味通後次若涅槃

下明涅槃法華通至於前初文自四初明
華嚴中二初引經釋次況結初文又二初
明通至二經次明通至涅槃
若華嚴頓乳別但在初通則至後故無量義
云次說般若歷劫修行華嚴海空法華會入
佛慧即是通至二經
初文言二經者謂般若法華以般若亦得
名華嚴故法華佛慧不殊初故
○次通至涅槃爲二初正引經次夫日下
述意
又像法決疑經云今日坐中無央數衆各見
不同或見如來入涅槃或見如來住世一劫
若減一劫若無量劫或見如來丈六之身或
見小身或見大身或見報身蓮華藏世界海
爲千百億釋迦牟尼佛說心地法門或見法

身同於虛空無有分別無相無礙遍同法界或見此處山林地土沙或見七寶或見此處乃是三世諸佛所行之處或見此處即是不可思議諸佛境界眞實之法

初文者彼經既有住世無量劫之言又見報身蓮華藏海說心地法門等故知華嚴至涅槃後以彼像法決疑結涅槃故

夫日初出先照高山日若垂没亦應餘輝峻嶺

次述意者初出先照既別得頓名餘輝獨及與先照何殊則初後俱照高山高山不異照體無別是故初後俱是華嚴故蓮華藏海通至涅槃之後況前教耶

況結可知

○次若修下略味通後又爲四初略立次何者下證成三釋論下以結集證成四當知下總結

若修多羅半略之教別論在第二時通論亦至於後何者迦留陀夷於法華中面得授記後入聚落被害作結戒緣起又如身子法華請主後入滅均提持三衣至佛問云云豈非三藏至後耶

次文者二人雖於法華得記此後猶作三藏結戒之緣故知三藏至後言迦留陀夷者由非時入聚落爲俗所疑遂被打殺埋馬糞中佛令諸比丘求覔不得從馬糞出便入滅度因斯佛制白入聚落文在涅槃故知涅槃共結小藏又如身子於法華中而爲請主至滅度已帝釋供養已收取三衣付沙彌沙彌持和尚三衣奉佛帝釋以

事白佛若有所說當受持先至阿難所問已阿難共來至佛所佛問汝和尚戒身滅不答言不滅乃至解脫知見身滅不答言不滅阿難言彼恒說法教化無我故憶此耳佛言止止阿難過去諸佛可非滅耶而五分不滅何所憂愁耶雖云五分不滅終是小乘中意故三藏至後當知聲聞雖得授記小機未悟終自見小舍利弗滅度緣出增一第九

釋論云從初鹿苑至涅槃夜所說戒定慧結爲修妬路等藏

當知三藏通至於後

○三方等至後中二先立

若方等教半滿相對是生酥教別論是第三時通論亦至於後

○次何者下釋釋中二釋結

何者陀羅尼云先於王舍城授諸聲聞記今復於舍衛國祇陀林中復授聲聞記昔於波羅㮈授聲聞記身子云世尊不虛所言眞實故能第二第三授我等記故知方等至法華後

釋中云陀羅尼云者是方等陀羅尼下卷經云文殊師利言今我不知是大陀羅尼義之所趣向念已白佛言世尊如前所說先於王城已授聲聞記今復於舍衛國授聲聞記昔於波羅㮈授聲聞記我今少疑欲有請問惟佛聽許舍利弗問文殊師利世尊授記不久得菩提各於世界如今世尊世尊不虛所言眞實故能第二第三授我等記必當如釋迦牟尼言至法華後者

即指王城授記同於法華舍衛國記即指方等在法華後彼經下文又云舍利弗聞文殊得記問文殊師利於汝意云何文殊語舍利弗汝意云何猶如枯樹更生華不亦如山水還本處不析石還合不燋種生芽不舍利弗言不也文殊言若不可得云何問我得記生歡喜不授記無形無相無我無有言語無去來今猶如野馬如是觀者乃名得記此文是文殊破舍利弗得記之相亦同彈訶仍似般若亦可云般若在前意也

○四明般若中二先立

般若帶半論滿是熟酥教別論在第四時通論亦至初後

○次何者下釋釋中二初文正引經釋何者從得道夜至泥洹夜常說般若

○次又釋論下引事證

又釋論云須菩提問畢定不畢定當知般若亦至後

○次明後至初爲二先涅槃次法華初文二初立

若涅槃醍醐滿教別論在第五時通論亦至於初

○次釋釋中二先據道理

何者釋論云從初發心常觀涅槃行道前來諸教豈無發心菩薩觀涅槃耶

○次大經下證

大經云我坐道場菩提樹下初成正覺爾時無量阿僧祇恒沙世界諸菩薩亦曾問我是甚深義然其所問句義功德亦皆如是等無

有異如是問者則能利益無量衆生此則通至於前
○次法華中二初分顯祕
若法華顯露邊論不見在前祕密邊論理無障礙故身子云我昔從佛聞如是法見諸菩薩受記作佛
○次結
豈非證昔通記之文
云通記者昔日授記佛意不壅小乘情隔自無悕取況約祕密已記二乘據斯以論通至鹿苑
問涅槃追說四方等正開四別教復有四若爲分別答涅槃當四通入佛性別教次第後見佛性方等保證二不見性云云
次釋疑中云別教復有四者別教十住修生無生十行修於無量十向修於無作登地證於無作故云有四又十行中習諸佛法具足習於一十六門亦名爲四問住以習入何故行中更習十六答前是自行隨用一門後爲化他是故行中更習前八是故十六俱須廣習
○二益不益中先敘意
二就益不益料簡者若華嚴爲乳三藏爲酪此則方便味濃大乘味薄
○次分釋釋其濃淡初約取用邊爲二先釋次不可下結初文二謂譬合
釋此爲三一取用益爲論如貴藥非病治賤藥是病宜貴藥非宜徒服無益
初說華嚴於初心未深益於漸機亦未轉於二緣如乳若漸機稟三藏能斷見思三毒稍

盡即轉凡成聖如變乳爲酪
○次文二先以譬結次少分下明譬意初
文亦二先譬
不可以用益謂賤勝不用益謂貴劣
○次合又二先正合
華嚴亦如是
○次於小下以譬帖合
於小如乳於大如醍醐
少分譬喻不可全求也
次譬意中言少分譬喻不可全求者以華
嚴爲乳但取機生未堪入大復在五味最
初而説是故華嚴分喻初味而未得於華
嚴之頓及别圓兩教俱有五味次第之相
復有不定及祕密等
○次約良醫譬簡中三初譬

二如良醫有一祕方具十二藥三種最貴善
占病相盈縮所宜終不乖候謬有所治
○次佛亦如是下合
佛亦如是圓方妙治具十二部無問廣記最
爲甚深菩薩智利具足全服二乘病重以九
爲劑
○三此若下結結中二先結盈縮意
此若不縮於病無益於不縮爲乳於縮爲酪
○次此取下結用譬意
此取相生次第爲譬不取濃淡淺深
不以味濃爲乳味淡爲酪故知自約次第
相生爲譬全用在初故如乳縮用居次故
如酪
○三約行人中二先正釋次更問答料簡
初文二初正約小乘行人得名不同

三約行人心者說華嚴時凡夫見思不轉故言如乳說三藏時斷見思惑故言如酪至方等時被挫恥伏不言眞極故如生酥至般若時領教識法如熟酥至法華時破無明開佛知見受記作佛心已清淨故言如醍醐

○次行人下結不同意

行人心生教亦未轉行人心熟教亦隨熟

○次問答中二先問

問爲一人禀五味爲五人耶

○次答答中爲三即頓漸不定初文是頓次自有下是漸三自有利根下不定三文各二先釋次引大經

答自有一人禀一味如華嚴中純一根性即得醍醐不歷五味也大經云雪山有草牛若食者即得醍醐自有一人歷五味如小乘根性於頓如乳三藏如酪乃至醍醐方乃究竟如大經云從牛出乳乃至酥出醍醐自有利根菩薩未入位聲聞或於三藏中見性是歷二味自有方等中見性是歷三味般若中見性是歷四味如三百比丘大經云置毒乳中遍五味中悉能殺人即此意也

以由三例不同故禀味亦多少不一此即義當於三非即約行論三何者如二乘人至醍醐時亦得名頓如不定中見性之言並是頓義由初問云禀味多少是故答中還依教相出此三意言歷二味乃至四味者至第二味即便見性故云二味三四亦然

妙法蓮華經玄義釋籤卷第三十九

音釋

蜎許緣切小飛也　蠕乳兗切蟲動貌

妙法蓮華經玄義釋籤卷第四十

隋天台智者大師說

門人灌頂記

唐天台沙門湛然釋

○第三歷諸教中二先總以五味對凡夫及四教次一一教各具五味初文二初引經

三歷諸教料簡者如大經云凡夫如乳聲聞如酪菩薩如生熟酥佛如醍醐

○次釋譬

今釋此譬總喻半滿五時凡夫無治道全生如乳聲聞發眞通皆如酪通教菩薩及二乘如生酥別教如熟酥圓教如醍醐

○一一具五中先略標

今當教各判五味

○次各釋文自爲四具如止觀第三記一一教中皆有頓漸不定等三是則非但五味名通三教亦何滯礙超果不定者一一教中既各用五味之譬以譬於漸若發宿習不歷五味而能頓超名之爲頓隨發不同名爲不定若爾通別菩薩云何復名超果之義答教道無超證道亦有是故四教皆有頓漸不定等四

大經云凡夫如乳須陀洹如酪斯陀含如生酥阿那含如熟酥阿羅漢支佛佛如醍醐有超果者即得醍醐或有味味入者此即三藏教中三意也

當通教中五味者大經三十二云凡夫佛性如雜血乳血者即是無明行等一切煩惱乳者即善五陰是故我說從諸煩惱及善五陰

得三菩提如衆生身皆從精血而得成就佛性亦爾須陀洹斯陀含斷少煩惱如眞乳阿那含如酪阿羅漢如生酥支佛至十地菩薩如熟酥佛如醍醐超果不定云云

當別教自明五味者第九云衆生如牛新生血乳未別聲聞緣覺如酪菩薩之人如生熟酥諸佛世尊猶如醍醐具有超果不定云云

○圓教中初文是頓次無差而差去是漸三從佛去是不定

當圓教但一味大經云雪山有草名曰忍辱牛若食者即得醍醐正直純一故不論五味若無差別中作差別者約名字即乃至究竟即判五味相生也

漸中言約名字至究竟即判五味相生者秖以五即次第對五

從佛出十二部即是出乳新醫用乳也可約四善根就發中爲五味也

三云從佛出十二部經者是發不定教雖是頓由發不定即是從十二部教發則不定即是頓中不定教也亦有超位以爲圓中之頓也言可約四善根等者五品外凡未得名發應以斷惑高下而判位也應云初信如乳二信至七信如酪八九十信如生熟酥始從初住終至妙覺並如醍醐約此五味復論不定

○次增數明教中所以立此門者正言教門雖多不出從實以開權從權以合實以此例知一切教門大意可解於中自二先迹次本初迹中三謂序釋結

六增數明教者先約迹次約本夫教本逗機

機既不一教迹衆多何但半滿五時當知無量種教今且增一至八

初如文

○次釋一法中又二初正明開合次總結

初又二初從大一以開諸一次從大一以開小一皆先開次合

初約一法明開合者十方佛土中唯有一乘法於此法不解全生如乳若欲開者開圓出別教一乘也若於別不解亦全生如乳又開通一乘也若於通不解亦全生如乳又開三藏一乘也雖開爲四皆名一大乘法俱求佛果也

初言一乘者皆取四教中大乘故云俱求佛果

若於三藏一乘得解即變乳成酪乃至入本一乘也云云

所言本者即圓一乘也

若於四一乘不解又更於三藏開出聲聞支佛教

若斷結證果心漸通泰者即卻二乘唯言大乘求佛漸以般若洮汰令心調熟即廢方便一乘唯圓實一乘故云如我本誓願今者已滿足化一切衆生皆令入佛道若以小乘化我則墮慳貪是事爲不可

是故始從一而開一終從一而歸一

○次二法中二先明開合

若約二法論開合者約半滿兩教初明華嚴之滿若衆生無機次約滿開半次方等對半明滿次般若帶半明滿次法華捨半明滿

○次總結

始則從滿開半終則廢半歸滿云云

○次約三法中但列二種三法

次約三法論開合者即是於一佛乘方便說三既知息已滅卻化城亦是約三善聲聞爲下善云云

亦應論開合相文略可見

○次二種四法

次約四法論開合者即是四教約圓開別約別開通次開三藏如是次第會來合圓云云又四法論開合者約四門本是圓四門衆生不解開出別四門乃至通三藏四門利者得傳傳入鈍者五味調入

如文

○次五法中亦二種不同五中亦有橫豎二五初列二五次二開合

次約五法論開合者即是五味從初十二部開修多羅乃至涅槃教教論五味從初五味開諸五味細細漸合還歸圓滿五味

○次六法中唯一種便列七八於中初列

次約六法論開合者即是四教大乘六度七覺分八正道也

○次初開下示開合相

初開圓出別乃至三藏如是縮合還一圓道云云

○次七八二法者於法相論開合開即成八合即成七

次約七法論開合者謂四教二乘并人天乘若上向合圓別不者下向合人天令七數足開合云云

次約八法論開合者約前八法開合云云

若得開合之意自在說之

○次本門者例於迹門又爲三先標次立本門三種法相謂亦有頓漸不定三正明開合

二約本門明教開合者借迹知本本亦復如是

○次又二初通示本從一佛界開出無量形類

復次本門中明或示已身或示他身或說已法或說他法已身是佛法界像他身是九法界像已法是圓頓佛之知見降此已下皆是他法雖示種種形欲令度脫故雖說種種道其實爲一乘此即開合意也

○次結此等形類不出頓等三法

如是開合半滿五味宛然無失次第之意彌復分明非次第意自然可解不定之教彌爲易見矣

○次正開合中準望於迹本但是此諸開合之法在乆本上故即成本例應可解欲令易見故更明之但是本初成道作斯設化耳初一法中亦先開合

從一開一者十方佛土中唯有一乘法衆生不解全生如乳從此圓一乘開出別一乘衆生又不解亦全生如乳又開出體法一乘衆生又不解亦全生如乳又開出析法一乘衆生即解是則轉乳爲酪次入體法即轉酪爲生酥次入別一乘即轉生酥爲熟酥次轉入圓一乘如轉熟酥爲醍醐是中備有頓漸不定云云

○次結

此是從一以開一從一以歸一也

次從二以開二者元本是如來藏如來藏中備有半滿不思議之二衆生不解全生如乳又開出帶半之滿又不解全生如乳又開出破半之滿衆生不解亦全生如乳又單說半衆生解轉乳爲酪次說破半之滿轉酪爲生酥次說帶半之滿衆生爲一熟酥次純說不思議之滿衆生如醍醐此中具有頓漸不定即從二開二從二歸二

約二法論開合中本是如來藏者即是法華正體一實之理故名爲藏實理之中備有同體權實之法名爲半滿衆生不解是故開出帶半之滿如般若部對二乘半以明於滿又亦不解是故更開破半之滿謂方等部凡所說大多破二乘又亦不解更開單半謂鹿苑教所言二者由立半名以對於滿然法華前未有半名來至法華涅槃等部說於教意方稱爲半鹿苑唯小故永不立半教之名方等彈斥小乘絶分何半之有般若付財尚無悕取猶屬他人亦不名半如世半字堪助成滿故名爲半今以此半而對於滿故亦名半此從不思議二開思議之二今合思議之二歸於不思議二不思議二純一醍醐

從三歸三本是即空即假即中之三衆生不解即開次第之三又不解即開體眞之三又不解即開析法之三利人從析空之三入體空之三從體入次從次入即鈍者住析三故用即空三調之即生酥又用次三調爲熟酥今方得入即空即假即中此約三法論開合

也

四法開合者本是圓四門衆生不解開別四門乃至三藏四門傳傳令入如前

約五法論開合者約五味準前云云乃至八亦如是

○記者私録異同

從記者私録異同下是章安雜録隨已異聞不關於記大師説也故不依文次亦無深淺於中爲二初雜記異聞次惟文下述已推師結前生後初文爲四初料簡般若與法華以辨同異二明經論諸藏離合三明四教名義所憑四破古五時七階不同

初文二先難次有人下會通

有人引釋論會宗品舉十大經雲經大雲經法華經般若最大又大明品云諸餘善法入般若中謂法華經亦是善法也第百卷云法華是祕密般若非祕密爲不明二乘作佛故又云般若法華是異名耳此三種云何通

初文者初列經文竟次結問云此三種云何通者一者據會宗大明似般若勝於法華二者據第百卷則法華勝於般若三者但是異名則似二經齊等一論三文似如相反云何會通

○次會通中但會前二不會第三以會前二知同異故於前二中先會般若勝次會法華勝初文二先引他會次明今會初他會中二先會次問答釋疑初文三初義立二慧次又般若下引證三善衆經下結勝

初又二先立

有人會云衆聖以無心契無相如衆流納海

若其化物以無相爲宗如空總包
般若盛明此二故於十經最大
○次般若下結
結中云謂盛明此二者謂自契無相及以
化物自行爲實化物爲權般若盛明權實
二慧此乃通方未足申於般若爲勝
又般若明第一義悉檀是故最大又九十品
前六十品明實慧無盡品去明方便二慧是
三世佛法身父母是故最大
次引證中先引第一義悉檀意次一部以
明二慧與難意同此意未顯
善衆經明此二皆攝入般若中
○次釋疑中問
問衆經明此二亦應般若攝入衆經中
如文

○答
答大品最初專明此二餘經不爾古來稱般
若是得道經故知大也
大品最初專明此二故當名耳
○今謂去章安破
今謂還是論語專大義何謂會通
先斥云還是大論文者前之三文既有相
違還引論語何名會通故於諸經法華爲
最
○從會通者去章安會通
會通者有共般若不共般若不共般若最大
餘經若明不共其義正等云云
但語般若部中有不共理則所引三文理
自無違何者不共般若攝一切法何妨法
華亦入其中法華開顯無非一切種智此

則初義無違雖同種智般若不明二乘作佛此則第二義無違般若秖是種智種智不過權實妙法秖是開權顯實況五佛章門皆是種智故知名異意義不殊此則第三義無違

○次他會通去會第二義又二先古師會次今會初又二先會次問答釋疑初文二初古會次然密下今判

他會通法華明二乘作佛是祕密般若不明二乘作佛故非祕密祕密則深般若則淺何者般若明菩薩是佛因於義易解故非祕密二乘作佛與昔教反於義難解故是祕密論云如用藥爲藥其事易用毒爲藥其事難云云

初文中初至其事難者此亦明他會義未周他亦不知指何爲昔何教二乘不能具破故但云云然判法華勝般若此則可然又準論文言法華是祕密者須知密祕語同意別如前云是顯非密謂非覆隱之密如前教有二乘發心不令未發者知故是覆密今望般若爲密者此是祕妙之密般若中無法華爲勝前已委釋不能重敘故復云云又他人引論譬者昔以煩惱生死爲毒今以入生死不斷煩惱如用毒爲藥亦不知指何菩薩斷與不斷又言菩薩是佛因者如般若中三種菩薩二教菩薩至果無人用何菩薩爲何佛因而言易解非祕密耶具如破光宅中說又復方等般若中圓何曾不明二乘作佛何時不明用毒爲藥但不顯露對二乘說則名爲祕

然密顯通大小釋論第四云顯示教明羅漢

斷惑清淨菩薩不斷惑不清淨故菩薩在後列若祕密法明菩薩得六神通斷一切煩惱超二乘上當知顯示淺祕密深今般若法華皆明菩薩得無生忍具六神通並祕密並深並大就祕密更論祕不祕般若不明二乘作佛闕此一條故言不祕耳

次今判中欲辨別意助明祕妙之密是故顯密通大小等則大密小顯故明衍中菩薩斷惑於密復更以一意直顯即般若不明二乘作佛故云闕此一條等也

問般若未開權應是祕密法華開權應是顯示答若取開權如所問今取淺易爲顯示耳

問若爾未了者云何言大答據二慧爲深大不明二乘作佛爲未了問既言深大何不說二乘是方便令得作佛此義未了亦何大乎

答非獨自釋叡師亦云般若照也法華實也論窮理盡性明萬行則實不如照取大明眞化解本無三則照不如實是故歎深則般若之功重美實則法華之用高也問雖引叡師如攀枯求力不覺人杌倶倒釋猶未了

次料簡釋疑中更一問答以第一文顯示義深爲問答意者今言顯示不與前同故般若淺易次問者般若望法華既未顯了何故稱大答文可見次一問答亦未顯理故章安立問責竟次亦以共不共破

今謂不共般若何時不明二乘作佛與法華平等大慧更復何殊耶

○次從衆經論去明諸藏離合者以諸藏義通於諸經自古釋經經前立門皆有藏部所攝一門今既法華徧收諸教所以用

藏偏通諸經是故章安於諸經論凡所明
藏並能偏收一切諸經故始自二藏終至
八藏皆以一期佛教通之初列二藏乃至
八藏
衆經論明教非一若摩得勒伽有二藏聲聞
藏菩薩藏又諸經有三藏二如上加雜藏分
十一部經是聲聞藏方廣部是菩薩藏合十
二部是雜藏又有四藏更開佛藏菩薩處胎
經八藏謂胎化藏中陰藏摩訶衍方等藏戒
律藏十住藏雜藏金剛藏佛藏彼諸藏云何
會通
○次從通二藏者下通諸藏意入今四教
及以八教
通二藏者其一通聲聞其二通菩薩藏
初以二藏通四教者以聲聞藏通三藏教
以菩薩藏通於三教謂摩訶衍藏
通三藏者初通聲聞藏次通雜其共一通菩薩
藏
次通三藏者聲聞藏通三藏教雜藏通通
教別教別教雖是獨菩薩法帶方便故亦
入實故故名爲雜後菩薩藏通於圓教
通四藏者一一相通
次通四藏者即以一教各對一藏故云相
通非謂四中更互相通但藏與教一一互
通聲聞雜菩薩佛次第以對四教意義可
見若四互通具如前四名互顯但教體已
定不可互有
通八藏者八藏降神已來四教從轉法輪已
來時節節有異今以轉法輪來八教通之若
胎化藏中陰藏未爲阿難說時即是祕密教

爲阿難說時即是不定教摩訶衍方等藏即頓教戒律藏去五藏即漸教中之次第戒律藏即三藏教十住藏即方等教雜藏即通教金剛藏即别教佛藏即圓教然佛意難測一往相望作此會通云云

次以八教通八藏者前三如文且指鹿苑爲漸之初次方等後即是般若是故次列通别圓三正指此三爲般若部不論法華者以法華部非八數故第一卷結教相云今法華是定非不定等前八教中雖有顯露望祕名顯猶爲權教近迹所覆是故不同法華之顯又八教中雖有圓教帶偏明圓猶屬於漸故前文云漸開四教今法華圓開偏顯圓圓外無法

○三明四教名義所憑中又二先明他問答次今引教會通

問四教名義出何經答長阿含行品佛在圓彌城北尸舍婆村說四大教者從佛聞從和合衆多比丘聞從一比丘聞是名四大教

初文問四教出何經者答中乃引阿含四教者但同有四非即藏等亦一往語耳然教定體與今不同

○次今文會通二先通經次通論初文先引月燈三昧經

月燈三昧經第六明四種修多羅謂諸行訶責煩惱清淨

○次章安會釋又二先會一重次彼經下指廣初又二先别對

私釋會之諸行是因緣生法即三藏義也訶責是體知過罪即通教義也煩惱者不入巨

海不得寶珠若無煩惱則無智慧即別教義也清淨者旣舉一淨當名任運有我常樂等即圓教也

○次通對一一教皆具四句

又一一教具四修多羅諸行即集諦諸行果即苦諦諸行對治對治煩惱即道諦諸行清淨即滅諦此三藏中具四修多羅也又訶責諸行即集諦訶責諸有即苦諦訶責煩惱對治即道諦訶責清淨即滅諦此通教中具四修多羅又煩惱諸行是集諦煩惱諸有是苦諦煩惱行被訶責即道諦煩惱清淨即滅諦此別教中具四修多羅又涅槃即生死苦諦清淨也菩提即煩惱集諦清淨也煩惱即菩提道諦清淨也生死即涅槃滅諦清淨也此圓教中四修多羅

彼經復明四論四法四境界四門四斷煩惱智四苦四集四道皆與四教相應具如彼應知

次指廣者彼經因月光童子菩薩問佛爲廣說至第六卷初佛告月光童子有四種言論不可思議謂諸行等四下去諸文一一皆安不可思議復有四相應法謂諸行等文如前列四門四語四音聲四清淨語四語言道四種密語四辯才四脩多羅四多聞四種斷無明智如是等總有七十七科四法一一皆云諸行及不思議等如云一者諸行法門不可思議二者訶責門不可思議三者煩惱門不可思議四者清淨門不可思議乃至諸行斷無明智不可思議乃至清淨斷無明智不可思議諸四皆

爾故與四教義甚相應如斷無明智四教各有當教無明餘皆準此以義消釋

○次約地論第七十波羅密者於中二先引論次會

地論第七地云一念心具十波羅蜜四攝三十七品四家釋四家云般若家諦家捨煩惱家苦清淨家

初文者地持第七以十二住攝一切位釋第七住菩薩即當第七遠行地能依爲住所依爲地此論自以十二住爲能依不得以行前十住以爲能依向後十地以爲所依於念念中具十波羅密乃至四釋

私釋者約苦諦爲初門修道品令苦清淨者即三藏義也捨煩惱家者即無相體達爲捨如色是空以空捨無相論修道品者此即通教義也般若家者般若智照諸法明了恒沙法門皆悉通達而修道品此即别教義也諦家者諦即實相之理即是圓教約實相而修道品也具如彼說云云

今借四釋以對四教若借高位念念具法以成初心具法之意以證圓門初後不二故得用也亦可一一教皆具四家

○四判教不同者爲三先略述古異次今驗下破三人情下今立初文又三先立漸頓次立了不了三立一音

達摩鬱多羅釋教迹義云教者謂佛被下之言迹謂蹤跡亦應跡化跡言聖人布教各有歸從然諸家判教非一一云釋迦一代不出頓漸漸有七階五時世共同傳無不言是

初頓漸中云漸有七階五時者恐將五時

之前人天爲兩階二乘爲二階并餘三時名爲七階又云五時之言那可得定但雙林已前是有餘不了涅槃之唱以之爲了又言佛一音報萬衆生大小並受何可以頓漸往定判無頓漸

○次破中但破前二不破一音既破漸頓一音自壞於前又二先破頓漸次然大品法華下破了不了初又二先總破頓漸次別破漸中七階五時初又三先破

今驗之經論皆是穿鑿耳何者人云佛教不出頓漸而實頓漸攝教不盡如四阿含經五部戒律教未窮深未得名頓說亘始終復不與大次第爲漸是則頓漸不攝何得云佛教不出頓漸也

○次然不無下縱然不無頓不得全破何者凡論頓漸蓋隨所爲若就如來實大小並陳時無前後但所爲之人悟解不同自有頓受或從漸入隨所聞結集何得言無頓也

○三但不可下略示但不可定其時節比其淺深耳

○次人言下別破漸中七階五時者先破初時人天二階

人言漸教中有七階五時言佛初成道爲提謂波利說五戒十善人天教門然佛隨衆生宜聞便說何得唯局初時爲二人說五戒也又五戒經中二長者得不起法忍三百人得信忍二百人得須陀洹果普曜經中佛爲二長者授記號密成如來若爾言初爲二人說

人天教門義何依據又二長者見佛聞法禮佛而去竟不向鹿苑初說五戒時未化陳如與誰接次而名爲漸

○次人言第二時下破餘四時五階初破第二時

人言第二時十二年中說三乘别教若爾過十二年有宜聞四諦因緣六度豈可不說若說是則三乘别教不止在十二年中若不說是一段在後宜聞者佛豈可不化也定無此理經言爲聲聞說四諦乃至說六度不止十二年蓋一代中隨宜聞者即說耳如四阿含經五部律是爲聲聞說乃訖於聖滅即是其事故增一經說釋迦十二年中略說戒後瑕玭起乃廣制長阿含遊行經說乃至涅槃何得言小乘悉十二年中也

○次人言第三下破第三時

人言第三時三十年中說空宗般若維摩思益依何經文知三十年中也

○言四十年下破第四時

言四十年後說法華一乘法華經中彌勒言佛成道來始過四十餘年然不可言法華定在大品經後何故大智論云須菩提於法華中聞說舉手低頭皆得作佛是以今問退義若爾大品與法華前後何定也

○然大品下正破第五時兼破了不了於中二先廣破次若爾誕公下結難初文又二先對四經明皆有了次復應下總約諸經明皆有了初文三先引大經明三經名異體同次大品下明三經義同言異三人以下引人爲驗

然大品法華及涅槃三教淺深難可輒言何者涅槃佛性亦名般若亦名一乘一乘是法華之宗般若是大品所説即是明性復有何未了乎

初如文

大品中説第一義空與涅槃經明空無異皆云色空乃至大涅槃亦空又大品説涅槃非化維摩説佛身離五非常與涅槃明常説涅槃不空有何異而自生分別言維摩偏詺明常大品一向説空也

次文中云維摩佛身離五非常者如淨名室内爲諸國王長者説法云是身無常無强無力無堅速朽離此非常得五常身如阿難章云如來身者即是法身一非思欲身二佛爲世尊三佛身無漏四佛身無爲

五不墮諸數

○三引人又爲五初寄隱本

人以阿難等諸聲聞在大品會復經法華會終至涅槃會故知大品法華涅槃應有淺深義不必爾何者如阿難迦葉經法華會若未聞説常涅槃會中二人不在何由得有常解流通涅槃復次舍利弗在佛涅槃前七日滅度大目連爲執杖外道所打亦在佛前涅槃皆不在雙林之會豈可不得常解乎即知法華中已悟常竟不假更聞

○次又舍利弗下寄顯本

又舍利弗等諸聲聞皆是如來影響如法華經説知衆樂小法而畏於大智是故諸菩薩作聲聞緣覺涅槃亦云我法最長子是名大迦葉阿難多聞士能斷一切疑自然能解了

是常與無常故知影響之人在大則大在小則小何可就其人以定階漸也又若從法華後入涅槃者法華經中已明王宮非始久來成道何由涅槃中方引道樹始成執實爲疑故知爲一段衆生最後聞常者涅槃經聞法華者不假聞涅槃也

○三又涅槃下引互指同

又涅槃經有大利益如法華中八千聲聞得受記莂成大果實若以法華得記證涅槃之益即是理同教無深淺明矣

○四又法華下龍女所得同

又法華優波提舍中明法華經理圓教極無所缺少

○五大智論下明所付同

龍樹於大智論中歎法華最爲甚深何故餘經皆付阿難唯法華但付菩薩是知法華究竟滿足弗須致疑

故知諸經同皆明常有何不了

復應當知諸大乘經指歸不殊但隨宜爲異耳如華嚴無量義法華皆三昧名般若是大智慧維摩說不思議解脫是解脫大涅槃是究竟滅文殊問菩提是滿足道悉是佛法法無優劣於中明果皆是佛果明因皆是地行明理皆是法性所爲皆是菩薩指歸不當有異人何爲强作優劣

若爾誣公云雙樹已前指法華經悉不了豈非誣調也

諸經及結可見

○次人情下明今意者先結生

人情既爾經論云何

○摩得下正釋又爲五先引文立藏次然教必下對藏分人三然此下簡於傍正明立藏意四問答釋妨五今之下開藏對教初文又三初引摩得論文

摩得勒伽說十二部經唯方廣部是菩薩藏十一部是聲聞藏

○次又下引結集者

又佛爲聲聞菩薩說出苦道諸集經者以爲菩薩所說爲菩薩藏以爲聲聞所說爲聲聞藏

○三龍樹下引大論

龍樹於大智論中亦云大迦葉與阿難在香山撰集三藏爲聲聞藏文殊與阿難集摩訶衍經爲菩薩藏涅槃亦云十一部經爲二乘所持方等部爲菩薩所持是以依按經論略唯二種聲聞藏及菩薩藏也

○次文又二初略分

然教必對人人別各二聲聞藏中有決定聲聞及退菩提心聲聞菩薩藏中有頓悟大士有漸入菩薩

○次聲聞藏中下釋出所以於中先釋二種聲聞

聲聞藏中決定聲聞者久習別異善根小心狹劣成就小性一向樂小佛爲說小畢竟作證不能趣大言退菩提心聲聞者是人嘗於先佛及諸菩薩所發菩提心但經生歷死忘失本念遂生小心志願於小佛爲說小終令趣大然決定聲聞一向住小退菩提心聲聞後能趣大雖有去有住而受小時一故對此二人所說爲聲聞藏

○次菩薩藏下釋出二菩薩
菩薩藏中有能頓悟者如華嚴等經所爲衆
生不由小來一往入大故名爲頓從漸入者
即向退菩提心聲聞後能入大大從小來故
稱爲漸雖有頓漸不同然受大處一故對此
二人所說爲菩薩藏也
然此二藏隨所爲隨所說聲聞藏中有菩薩
爲影響然非所爲不可從菩薩名作大乘經
菩薩藏中亦有聲聞人非正所爲宗不說聲
聞法故不可名爲小乘法擬人定法各自不
同是以要而攝之略唯二也
問佛爲三乘人說三種教何以故判藏唯有
其二答佛爲求三乘人說三乘法然聞因緣
者即是聲聞辟支佛出無佛世但現神通默
無所說故結集經者集爲二藏也依經判教

厥致云爾
三四如文
○第五對教又二初正對
今之四教與達摩二藏會通云何彼自云要
而攝之略唯二種今開分之判爲四教耳聲
聞藏即三藏教也菩薩藏即通別圓教也爲
決定聲聞說三藏教爲退大聲聞說通教爲
漸悟菩薩說別教爲頓悟菩薩說圓教
○次非唯下歎結
非唯名數易融而義意玄合今古符契一無
二焉
○次惟文略下述已推師又三先述記者
意次師云下述禀師作意三此備下結此
生下初又二先述略意
唯文略而義廣教一而蔽諸

○次若申下述須廣意先法若申隱以使顯須多作論義

○次喻

如捕獵川澤饒結筌罠豈漁獵者好博耶不得已而博耳

○述師中二先謙退

師云我以五章略譚玄義非能申文外之妙特是粗述所懷常恨言不能暢意況復記能盡言

○次雖下勸歎又三先教次觀三圓通下

結

雖然若能尋七義次通十妙研別體七餘五鉤瑣相承宛宛如繡引經印定句句環合非直包諸名教該乎半滿而已矣

初教中云若能尋七義等者是第一卷中七番共解次通十妙者用通解七來通十妙初以七義通十妙竟回此通義入一一妙皆以七義一一釋之研別體七者將通解之七研於別解皆使具七雖即用七五章鉤鎖終自宛然章章科科七義無闕又即事成觀鑿凡夫之乾土見聖法之水泥

○結中初句結教

圓通之道於斯通矣

○次徧朗下結觀

遍朗之朗於兹明矣

此備於前今更消文於後也

妙法蓮華經玄義釋籤卷第四十

音釋

鍮音偷銅屬聾瘂聾盧紅切耳無聞也瘂倚下切口不能言也挫千臥切摧也愕五各切驚愕也悕音希望也叡以芮切詺彌正切詺目也誷音罔誣誷也

妙法蓮華經文句

隋 天台智者大師說

清刻龍藏佛說法變相圖

妙法蓮華經文句卷第一上

隋天台智者大師說

門人灌頂記

序品第一佛出世難佛說是難傳譯此難自開悟難聞師講難一徧記難余二十七於金陵聽受六十九於丹丘添削留贈後賢共期佛慧

委釋經題已如上說序者訓庠序謂階位賓主問答悉庠序也經家從義謂次由述也如是等五事冠於經首次序也放光六瑞起發之端由序也問答釋疑正說弄引敘述也具此三義故稱爲序品者中阿含云跋渠此翻爲品品者義類同者聚在一段故名品也或佛自唱品如梵網或結集所置如大論或譯人添足如羅什今藥王本事是佛唱妙音觀音等是經家譯人未聞諸品之始故言第一佛赴緣作散華貫華兩說結集者按說傳之

論者依經申之皆不節目古講師但敷弘義理不分章段若純用此意後生殆不識起盡又佛說貫散集者隨義立品增一云契經一分律一分阿毗曇一分契經更開四謂增一長中雜增一阿含明人天因果長阿含破邪見中阿含明深義雜阿含明禪定律開五部及八十誦阿毗曇開六足八犍度等阿含謂施戒慧六度皆足也謂根性道定等八種聚也天親作論以七功德分序品五示現分方便品其餘品各有處分昔河西憑江東瑤取此意節目經文末代尤煩光宅轉細重雰翳於太清三光爲之戢耀問津者所不貴曇鸞云細科煙颺雜礪塵飛蓋若過若不及也廬山龍師分文爲序正流通二十七品統唯兩種從序至法師言方便言真實理一說三故寶塔下身方便身真實實遠唱近故又從方便至安樂行是因門從踊出下是果門齊中興印小山瑤從龍受經分文同玄暢從序至多寶爲因分從勸持至神力爲果分從囑累盡經爲護持分又有師云從序至學無學人記是法華體從法師至囑累明受持功德從藥王盡經美諸菩薩本願有師作四段初品爲序段從方便至安樂行開三顯一段從踊出訖分別功德開近顯遠段後去餘勢流通段光宅雲從印受經初三段次各開二謂通序別序正謂因門果門流通謂化他自行二序各五二正各四二流通各三合二十四段云云夫分節經文悉是人情蘭菊各擅其美後生不應是非諍競無三益喪一道三益者世界等三悉檀也一道者第一義悉檀也天台

智者分文爲三初品爲序方便品訖分別功德十九行偈凡十五品半名正從偈後盡經凡十一品半名流通又一時分爲一從序至安樂行十四品約迹開權顯實從踊出訖經十四品約本開權顯實本迹各序正流通初品爲序方便訖授學無學人記品爲正法師訖安樂行爲流通踊出訖彌勒已問斯事佛今答之半品名序從佛告阿逸多下訖分別功德品偈名爲正此後盡經爲流通今記從前三段消文也問一經云何二序答華嚴處處集衆阿含篇篇如是大品前後付囑皆不乖一部兩序何妨今不安五義者本門非次首故也迹門但單流通者說法未竟也有無之意云爾今帖文爲四一列數二所以三引證四示相列數者一因縁二約教三本迹四觀心始從如是終于而退皆以四意消文而今略書或三二一貴在得意不煩筆墨二所以者問若略則一若廣匪四所以云何答廣則令智退略則意不周我今處中說令義易明了因縁亦名感應衆生無機雖近不見慈善根力遠而自通感應道交故用因縁釋也夫衆生求脫此機衆矣聖人起應應亦衆矣此義更廣處中在何然大經云慈善根力有無量門略則神通若十方機感曠若虛空今論娑婆國土音聲佛事則甘露門開依教釋者中說明矣若應機設教教有權實淺深不同須置指存月亡迹尋本故肇師云非本無以垂迹非迹無以顯本故用本迹釋也若尋迹迹廣徒自疲勞若尋本本高高不可極日夜數他寶自無半錢分但觀已心之高廣扣

無窮之聖應機成致感逮得已利故用觀心
釋也三引證方便品云十方諸佛爲一大事
因緣故出現於世若人天小乗非一非大又
非佛事不成機感實相名一廣博名大佛指
此爲事出現於世是名一大事因緣也又云
以種種法門宣示於佛道當知種種聲教若
微若著若權若實皆爲佛道而作筌罤大經
云麤言及輭語皆歸第一義此之謂也壽量
品云今天人阿脩羅皆謂我少出家出釋氏
宫去伽耶城不遠得三菩提然我實成佛已
來無量無邊阿僧祇劫以斯方便導利衆生
方便品又云我本立誓願普令一切衆亦同
得此道如我等無異又五百受記品云内祕
菩薩行外現是聲聞實自淨佛土示衆有三
毒又現邪見相我弟子如是方便度衆生此

則師弟皆明本迹云云譬喻品云若人信汝所
説即爲見我亦見於汝及比丘僧并諸菩薩
當知隨有所聞諦心觀察於信心中得見三
實聞説是法寶見我是佛寶見汝等是僧寶
云云四示相者且約三段示因緣相衆生久遠
蒙佛善巧令種佛道因緣中間相值更以異
方便助顯第一義而成熟之今日雨華動地
以如來滅度而滅度之復次久遠爲種過去
爲熟近世爲脱地涌等是也復次中間爲種
四味爲熟王城爲脱今之開示悟入者也復
次今世爲種次世爲熟後世爲脱未來得度
者是也雖未是本門取意説耳其間節節作
三世九世爲種爲熟爲脱亦應無妨何以故
如來自在神通之力師子奮迅大勢威猛之
力自在説也以如是等故有序分也衆見希

有瑞顒顒欽渴欲聞具足道佛乘機設化開示悟入佛之知見故有正說分也非但當時獲大利益後五百歲遠沾妙道故有流通分也又示教相者此序非爲人天清升作序非爲二乘小道作序不爲即空通三作序不爲獨菩薩法作序乃爲正直捨方便但說無上佛道作序耳此正不指世間爲正不指螢光析智爲正不指燈炬體法智爲正不指星月道種智爲正乃指日光一切種智爲正此流通非爲楊葉木牛木馬而作流通非流通半字非流通共字非流通別字純是流通圓滿修多羅滿字法也次示本迹者久遠行菩薩道時宣揚先佛法華經亦有三分上中下語亦有本迹但佛佛相望是則無窮別取最初成佛時所說法華三分上中下語專名爲上名之爲本何以故最初成佛初說法故爲上爲本此意可知中間行化助大通智勝然燈等佛宣揚法華三分者但名爲中但名爲迹何以故前有上故前有本故今日王城所說三分但名爲下但名爲迹乃至師子奮迅之力未來永永所說三分亦指最初爲上爲本譬如大樹雖有千枝萬葉論其根本不得傳傳相指同宗一根此喻可解云云次示觀心相者當約己心論戒定慧爲三分修行以戒初定中慧後若法門以慧爲本定戒爲迹又戒定慧各各作三分前方便白四羯磨結竟爲戒三分二十五方便正觀歷緣又善入出住百千三昧等爲定三分因緣所生法即空即假即中爲慧三分已約三分示四種相當用此義從如是去至作禮而退已還悉作四意

消文但準望此義比知則易分別顯示其辭則難行者善思量之語異意同千車共轍萬流鹹會者也○序有通別從如是去至却坐一面通序也從爾時世尊去至品別序也通序通諸教別序別一經通序爲五或六或七云云如是者舉所聞之法體我聞者能持之人聞也王城者山聞持之所也與大比丘者是也一時者聞持和合非異時也佛者時從佛聞持之伴也此皆因緣和合次第相生又如是者三世佛經初皆安如是諸佛道同不與世諍世界悉檀也大論云舉時方令人生信者爲人悉檀也又對破外道阿歐二字不如不是對治悉檀也又如是者信順之辭信則所聞之理會順則師資之道成即第一義悉檀也因緣釋甚廣不能具載云云約教釋者經

稱三世佛法初皆如是先佛有漸頓祕密不定等經漸又三藏通別圓今佛亦爾諸經不同如是亦異不應一匙開於衆戶又佛阿難二文不異爲如能詮詮所詮爲是今阿難傳佛何等文詮何等是不可以漸文傳頓是以偏文詮圓是傳詮若謬則文不如文不如則理不是此義難明須加意詳審且依漸教分別佛明俗有文字真無文字阿難傳佛俗諦文字與佛說不異故名如因此俗文會真諦理故名爲是此則三藏經初明如是也佛明即色是空空即是色色空空色無二無別空色不異爲如即事而真爲是阿難傳佛文不異爲如能詮即所詮爲是此則通教經初如是也佛明生死是有邊涅槃是無邊出生死有邊入涅槃無邊出涅槃無邊入於中道阿

難傳此出有入無出無入中與佛說無異爲如從淺至深無非曰是此則別教經初如是也佛明生死即涅槃亦即中道況復涅槃寧非中道眞如法界實性實際徧一切處無非佛法阿難傳此與佛說無異故名爲如如如不動故名爲是是則圓經初如是也若動俗入如三藏義耳不動俗即是如通教義耳動如入如別教義耳不動如而是如圓教義也云云若頓如是與圓同不定如是前後更互祕密者隱而不傳敷八教網亘法界海懼其有漏況羅之一目若爲獨張又一時接四箭不令墮地未敢稱捷策鈍驢驅跛鼈尚不得一何況四耶云云約本迹釋如是者三世十方橫竪皆爾過去遠遠現在漫漫未來永永皆悉如是何處是本何處是迹且約釋尊最初成道經初如是者是本也中間作佛說經今日所說經初如是者皆迹也又阿難所傳如是者迹也佛所說如是者本也又師弟通達如是非始今日亦非中間者本也而中間而今日者迹也觀心釋者觀前悉檀教迹等諸如是義悉是因緣生法即通觀也因緣即空即假者別觀也二觀爲方便道得入中道第一義雙照二諦者亦通亦別觀也上來悉是中道者非通非別觀也下文云若人信汝所說即得見我亦見於汝及比丘僧幷諸菩薩即觀行之明文也信則論機見則是應即因緣也又信有淺深見有權實種種分別不同者即分別教又信法華之文則見實相之本若見身子之化則見龍陀之本若見始成釋尊亦見久成先佛若見千二百比丘八萬菩薩

者亦見其本也又聞經心信無疑覺此信心明淨即是見佛慧數分明是見身子諸數分明是衆比丘慈悲心淨是見諸菩薩約心爲四帖釋轉明若釋他經但用三意爲未發本顯迹故當知今經三釋與他同一釋與彼異四番釋如是竟云云我聞者或聞如是蓋經本不同前後互舉耳今例爲四釋大論云耳根不壞聲在可聞處作心欲聞衆緣和合故言我聞問應言耳聞那云我聞答我是耳主舉我攝衆緣此世界釋也阿難登高稱我聞大衆應悲號適見如來今稱我聞無學飛騰說偈佛話經明文殊結集先唱題次稱如是我聞時衆悲號此爲人釋也阿難登高稱我聞遣衆疑阿難身與佛相似短佛三指衆疑釋尊重出或他方佛來或阿難成佛若唱我聞

三疑即遣此對治釋也阿難學人隨俗稱我聞第一義中無我無聞古來衆釋同是因緣一意耳約教解釋者釋論云凡夫三種我謂見慢名字學人二種無學一種阿難是學人無邪我能伏慢我隨世名字稱我無咎此用三藏意釋我也十住毗婆沙云四句稱我皆墮邪見佛正法中無我誰聞此用通教意也大經云阿難多聞士知我無我而不二雙分別我無我此用別教意也又阿難知我無我而不二方便爲侍者傳持如來無礙智慧以自在音聲傳權傳實有何不可此用圓教釋我也又正法念經明三阿難阿難陀此云歡喜持小乘藏阿難跋陀此云歡喜賢受持雜藏阿難娑伽此云歡喜海持佛藏阿含經有典藏阿難持菩薩藏蓋指一人具於四德傳

持四法門其義自顯云云本迹釋者若未會入可言阿難隨世名我若發迹顯本空王佛所同時發心方便示爲傳法之人何所不能觀心釋者觀因緣所生法即空即假即中即空者我無我也即假者分別我也即中者眞妙我也云云釋聞者阿難佛得道夜生侍佛二十餘年未侍佛時應是不聞大論云阿難集法時自云佛初轉法輪我爾時不見如是展轉聞當知不悉聞也舊解云阿難得佛覺三昧力自能聞報恩經云阿難求四願所未聞經願佛重說又云佛口密爲說也胎經云佛從金棺出金臂重爲阿難現入胎之相諸經皆聞況餘處說耶此文云阿難得記即憶本願持先佛法皆如今也此因緣釋也若約教者歡喜阿難面如淨滿月眼若青蓮華親承佛旨如仰完器傳以化人如瀉異瓶此傳聞聞法也歡喜賢住學地得空無相願眼耳鼻舌諸根不漏傳持聞不聞法也典藏阿難多所含受如大雲持雨此傳持不聞聞法也阿難海是多聞士自然能解了是常與無常若知如來常不說法是名菩薩具足多聞佛法大海水流入阿難心此傳持不聞不聞法也今經是海阿難持不聞不聞之妙法也本迹解者如上四聞皆迹引而本地不可思議云云觀心釋者觀因緣法是觀聞聞觀空是觀聞不聞觀假是觀不聞聞觀中是觀不聞不聞云云一念觀者妙觀也云云一時者肇師云法王啓運嘉會之時者世界也論云迦羅是實時示內弟子時食時著衣者爲人也三摩耶是假時破外道邪見者對治也若時與道合者第

一義也云云若見諦已上無學已下名下一時若三人同入第一義名中一時若登地已上名上一時若初住已上名上上一時今經是上上一時此約教分别也本迹者前諸一時迹也久遠實得之一時本也觀心釋者觀心先空次假後中次第觀心也觀心即空即假即中者圓妙觀心也佛者劫初無病劫盡多病長壽時樂短壽時苦東天下富而壽西天下多珠寶多牛羊北天下無我無臣屬如此時處不感佛出八萬歲時百年時南天下未見果而修因故佛出其地離車子云摩竭提國如大池佛出其國如大蓮華無勝云佛於衆生平等無二汝等取荒五欲不見佛耳非佛棄汝出摩竭提此皆世界釋也日若不出池中未生生已等華翳死無疑佛若出世則

有刹利婆羅門居士四天王乃至有頂此就爲人釋也三乘根性感佛出世餘不能感善斷有頂種未度生死流此就對治說也佛於法性無動無出能令衆生感見動出而於如來實無動出此就第一義說也皆因緣釋耳佛名覺者知者於道場樹下知覺世間出世間總相别相覺世即苦集覺出世即道滅亦能覺他身長丈六壽八十老比丘像菩提樹下三十四心正習俱盡者即三藏佛自覺覺他帶比丘像現尊特身樹下一念相應斷餘殘習者即通佛自覺覺他單現尊特相坐蓮華臺受佛職者即别佛自覺覺他隱前三相唯示不可思議如虚空相即圓佛自覺覺他故經云或見如來丈六之身或見小身大身或見坐華臺爲百千釋迦說心地法門或見

身同虛空徧於法界無有分別即此義也是爲約教分別也本迹釋者一佛爲本三佛爲迹中間示現數數唱生數數唱滅皆是迹也唯本地四佛皆是本也觀心釋者觀因緣所生心先空次假後中皆徧覺也觀心即空即假即中是圓覺也云云住者能住住所住所住即是忍土王城能住即是四威儀住世未滅此則世界因緣釋住也又住者住十善道住四禪中此即爲人因緣釋住也又住者住三三昧對治因緣釋住又住者住首楞嚴即是第一義因緣釋住云云約教者三藏佛從析門發眞無漏住有餘無餘涅槃通佛從體門發眞住有餘無餘涅槃別佛從次第門入住祕密藏圓佛從不次第門入住祕密藏前三佛住能所皆麤後一佛住能所俱妙今經則是圓佛住於妙住也本迹解者三藏佛應涅槃慈悲垂迹生身住世通佛誓願慈悲扶餘習度衆生作佛事別圓佛皆慈悲熏法性慇衆生故垂應法界當知四佛住本佛住以慈悲故住於忍土王城威儀住世是名迹住觀解者觀住於境或住無常境即空即假即中等境以無住法住於境中故名爲住王舍城者天竺稱羅閱祇伽羅羅閱祇此云王舍伽羅此云城國名摩伽陀此云不害無刑殺法也亦云摩竭提此云天羅天羅者王名也以王名國此王即駮足之父昔久遠劫此王主千小國王巡山值牸師子衆人迸散仍共王交後月滿來殿上生王知是已子訖言我旣無兒此乃天賜養爲太子足上斑駮時人號爲駮足後紹王位喜噉肉勑廚人無令肉少一

時遽闕乃取城西新死小兒爲膳王言大美勑之常辦此肉廚人日捕一人舉國愁恐千小國與兵廢王置耆闍山中諸羅刹輔之爲鬼王因與山神誓誓取千王祭山捕得九百九十九唯少普明王後時伺執得之大啼哭恨生來實語而今乖信駁足放之還國作大施立太子仍就死形悅心安駁足問之答得聞聖法因令說之廣讃慈心毀呰殺害仍說四非常偈云云駁足聞法得空平等地即初地也千王各取一滴血三條髮賽山神願駁足與千王共立舍城都五山中爲大國各以千小國付子胤千王更迭知大國事又百姓在五山內七遍作舍七度被燒百姓議云由我薄福數致煨燼王有福力其舍不燒自今已後皆排我屋爲王舍由是免燒故稱王舍城又駁足共千王立舍於其地故稱王舍又駁足得道放赦千王千王被赦於其地故名地爲王赦而經家借音爲屋舍字耳因緣出大論及諸經云云約教者像法決疑經云一切大衆所見不同或見娑羅林地悉是土砂草木石壁或見七寶清淨莊嚴或見此林是三世諸佛所遊行處或見此林即是不可思議諸佛境界眞實法體例知此義四見不同所住既然能住亦爾此則約教分別也本迹觀心在後說耆闍崛山者此翻靈鷲亦云鷲頭亦云狼跡梁武云王鳴引詩人所詠關雎是也爾雅云似鵰又解山峯似鷲將峯名山又云山南有尸陀林鷲食尸竟棲其山時人呼爲鷲山又解前佛今佛皆居此山若佛滅後羅漢住法滅支佛住無支佛鬼神住既是聖靈

所居總有三事因呼爲靈鷲山有五精舍鞞婆羅跋恕此云天主穴薩多般那求訶此云七葉穴因陀世羅求訶此云蛇神山薩簸恕魂直迦鉢婆羅此云少獨力山五是耆闍崛山問劫火洞然天地廓清云何前佛後佛同居此山答後劫立本相還現得神通人知昔名以名今耳例如先劫姓瞿曇將本姓以姓今也約教釋山例如城義說云云觀釋者王即心王舍即五陰心王造此舍若析五陰舍空空爲涅槃城此觀既淺如見土本若體五陰舍即空空爲涅槃城即通教也若觀五陰舍因滅是色獲得常色受想行識亦復如是此之四德常爲諸佛之所遊處若觀五陰即法性法性無受想行識一切衆生即是涅槃不可復滅畢竟空寂舍如是涅槃即是眞如實體云云觀心山者若觀色陰無知如山識陰如靈三陰如鷲觀此靈鷲無常即析觀也觀此靈鷲即空體觀也觀靈即智性了因智慧莊嚴也鷲即聚集緣因福德莊嚴也山即法性正因不動三法名祕密藏自住其中亦用度人下文云佛自住大乘即別圓二觀云云中者佛好中道升中天中日降中國中夜滅皆表中道今處山中說中道也釋同聞衆爲三初聲聞次菩薩後雜衆諸經多爾舊云有事有義事者逐形迹親疎聲聞形出俗網迹近如來證經爲親故前列也天人形乖服異迹非侍奉證經爲踈故後列也菩薩形不檢節迹無定處既不同俗復異於僧處季孟之間故居中仲也有義者聲聞欣涅槃天人著生死各有所偏菩薩不訢不著居中求宗故在兩

間釋論意亦爾此一解似兩釋事解似因緣義解似約教云云本迹解者聲聞内祕外現何背保證涅槃天人皆大薩埵豈復耽染生死皆是迹引一邊而本常中道也觀心釋者從假入空觀即偏破生死從空入假觀即偏破涅槃中道正觀無復前後云云列聲聞爲二先比丘次比丘尼比丘又二先列多知識次列少知識舊呼爲大名聞小名聞雖然無據今依文判如此就多知識衆爲六一類二數三位四歎五列名六結一類者皆是大比丘氣類也譬羣方貴賤各有班輩今諸比丘皆衆所知識高譽大德也釋論明與者共義舉七一解共謂一時一處一戒一心一見一道一解脫也若歷教應各明七一三藏一七一通教二七一別教無量七一圓教一七一若未發迹正是三藏通教中七一直明兩意幾異時處戒解脫是同心見道三種則異若至開三顯一即得入圓教七一也法華論四種聲聞令開住果者爲兩析法住果是三藏聲聞體法住果是通教聲聞開應化者爲兩登地應化別教聲聞登住應化圓教聲聞開佛道聲聞亦爲兩令他次第聞佛道是別教聲聞令他不次第聞佛道即圓教聲聞聲聞義浩然云何以證涅槃者判之云云大者釋論明大者亦言多亦言勝器量尊重爲天王等大人所敬故言大升出九十五種道外故言勝徧知内外經書故言多又數至一萬二千故言多今明有大道故有大用故有大知故故言大勝者道勝用勝知勝故言勝多者道多用多知多故言多道即性念處大於一切智外

道用即共念處勝神通外道知即緣念處多四韋陀外道也約教釋大多勝者大人所敬等是三藏中釋耳大者大力羅漢所敬也多者徧知生滅即無生滅法也勝者勝三藏四門也此通教釋也又大者體法大力羅漢所敬也多者恒沙佛法皆知也勝者勝二乘人此别教釋也又大者諸大菩薩所敬也多者法界不可量法悉知也勝者勝諸菩薩也此圓教釋也本迹者此諸大德久爲諸佛之所咨嗟本得勝幢三昧超諸外道先已成就種智徧知迹來輔佛行化示作愛見中大多勝欲引乳入酪又作三藏中大多勝欲引酪入生酥示方等中大多勝欲引生酥入熟酥示轉教作般若中大多勝欲引熟酥入醍醐故作法華中大多勝也然其本地大多勝久矣云云觀心者空觀爲大假觀爲多中觀爲勝又直就中觀心性廣博猶若虛空故名大雙遮二邊入寂滅海故名勝雙照二諦多所含容一心一切心故名多也比丘者肇師云秦言淨命乞食破煩惱能持戒怖魔等天竺一名含此四義秦無以翻故存本稱什師云始出妻子家應以乞食自資清淨活命終出三界家必須破煩惱持戒自守具此二義天魔怖其出境也釋論云怖魔破惡乞士魔樂生死其旣出家復化餘人俱離三界乖於魔意魔用力制翻被五繫但愁懼而已故名怖魔出家人必破身口七惡故言破惡夫在家三種如法一田二商三仕用養身命出家人佛不許此唯乞自濟身安道存福利檀越三義相成即比丘義也涅槃寶梁皆舉破惡名比丘

者不具說也今明此三義應通初後如初出家時白四羯磨無作戒力徧一切境翻無作惡初修禪定發定共戒防伏意地貪瞋不起初修觀慧發相似道共戒能伏煩惱初心亦稱破惡何獨後心耶怖魔者初剃髮稟戒已令魔愁修定欲伏煩惱修慧欲破煩惱初心亦令魔怖何獨後心耶乞士者初離邪命以乞自活修禪歷境求定修慧緣理求無漏皆是乞士何況相應而非乞士具此義故通名比丘依經家皆歎後心比丘耳此皆三藏意若歷緣求眞名乞士破障理之惑名破惡修此行怖四魔即通教義若歷三諦求理名乞士除通別惑名破惡怖八魔十魔者即別教義若即生死求實相味名乞士達煩惱即菩提名破惡魔界即佛界者是圓教義若未發迹但明前二義若已顯本具後意也本迹者本登涅槃山頂與無明癡愛父母結業妻子別出分段變易家久除五住何惡不破獲眞法喜如食乳糜更無所須持中道道共尸波羅蜜攝衆生戒度魔界降伏即佛界如堪任乘御本地功德久已成就爲調衆生迹示五味比丘傳引衆生例如前釋觀心者觀一念心淨若虛空不爲二邊桎梏所礙平等大慧無住無著即名出家以中觀自資活法身慧命名爲乞士觀五住煩惱即是菩提是名破惡一切諸邊顛倒無非中道即是怖魔云云衆者天竺云僧伽此翻和合衆一人不名和合四人已上乃名和合事和無別衆法和無別理佛常與千二百五十人俱三迦葉千人身子目連二百五十又云耶舍五十雜阿含四

十五云五百比丘中九十人三明九十人俱解脫餘但慧解脫釋論明四種僧不依淨命名破戒僧不解法律名愚癡僧五方便名慙愧僧苦法忍去名眞實僧此中非三種但是眞實僧若依四教者此僧歷偏圓五味座作同聞人今正是圓教中證信也本迹釋者本與實相理和又與法界衆生機緣和而迹爲半字事理之僧歷五味中引諸衆生云云觀解者初學中觀入相似觀旣未發眞慙第一義天愧諸聖人即是有羞僧觀慧若發即眞實僧若異此者即前兩僧不依觀行名破戒僧不解觀相名愚癡僧譬類義竟二明數者即是一萬二千人也本迹者本是一萬二千菩薩迹爲萬二千聲聞也觀者觀十二入一入具十法界一界又十界界界各十如是即是一千一入旣一千十二入即是萬二千法門也三明位者皆是阿羅漢也阿颰經云應眞瑞應云眞人悉是無生釋羅漢也依舊翻云無著不生應供或言無翻名含三義無明糠脫後世田中不受生死果報故云不生九十八使煩惱盡故名殺賊具智斷功德堪爲人天福田故言應供含此三義釋阿羅漢也或言初始學無生生未無生初雖怖魔魔未大怖初雖乞士未是灼然應供今獲無生忍破煩惱賊盡是好良田以果對因釋羅漢三義若論成就應取果三義若通於初亦取因三義如此釋者皆三藏通中意耳若别圓者義則不然非但殺賊亦殺不賊不賊者涅槃是是亦須破故是殺賊義不生於生亦不生不生無漏是不生非但應供亦是供應一切衆

生是供應皆歎初地初地德也本迹者本得不受三昧於二邊無所著故名不生斷五住惑故名殺賊能福九道饒益衆生故有應供本義也方便度衆生歷五味傳傳作不生迹也又本是法身迹示已利本是般若迹示不生本是解脱迹示殺賊云云觀心者空觀是般若假觀是解脱中觀是法身又觀心者從假入空觀亦有三義乃至中道觀殺無明賊不生二乘心供養此人如供養世尊方等云供佛及文殊不如施行方等者一食充軀下文云毀讚佛罪福輕毀讚持經者罪福重何者佛無食想久離八風不爲損益施持經者全肉身續報命生法身增慧命故有益毀之憂惱退悔若失好時則不可救故大損云云四歎德文有五句歎上三德法華論云初句總後句別當知諸句皆歎羅漢句耳諸漏已盡無復煩惱此兩句歎上殺賊漏者三漏也成論云失道故名漏律云癡人造業開諸漏門毗曇云漏落生死論律語異而同明漏義良由賊誑失於理實貧窮孤露造諸惡業致生死苦亡法身失慧命喪重寶皆是賊義不應謂是不生義歎德也煩惱者即九十八使流扼纏蓋等徧惱行人煩惱是能潤漏業是所潤能所既盡正是殺賊義那得作不生歎耶逮得已利一句是歎應供三界因果皆名爲他智斷功德皆名已利已利具足故成應供盡諸有結心得自在兩句是歎不生諸有即二十五有生處也結即二十五有生因也因盡果亡歎不生明矣不應作殺賊歎也羅漢但應結盡未應有盡有盡者因中說果又盡在

不久也心得自在者定具足名心自在慧具足名慧自在慧自在未必心自在心自在必慧自在今言心自在即是定慧具足俱解脫人俱解脫人生決定盡驗知歎不生德也若依法華論者呼爲上上起門則是以後釋前也論云以諸漏盡故名羅漢以心得自在故名有結盡如是傳傳釋上也本迹者不生不生名大涅槃煩惱漏流其源久竭不復墮落二乘及凡夫地即本不生法身智斷實相功德名本已利得王三昧破二十五有顯出我性具八自在我名本殺賊迹示二乘功德耳觀心者中道正觀不漏落空假二邊二邊煩惱滅也能觀心性名爲上定衣珠祕藏是已之物即已利也正觀中道結賊則斷無結故有亦斷二邊不能縛心故名自在雖有煩惱如無煩惱不斷煩惱而入涅槃即其義也五列名略舉二十一尊者佛諸弟子皆備衆行而隱其圓能各從一德標名者欲引偏好故增一阿含云憍陳如比丘皆共上座名者有德大人相隨舍利弗共智慧深利者相隨目連共神通大力者相隨皆掌一法引諸偏好意也若欲消名須識其行從德立號無往不通也一一羅漢例作四釋云云憍陳如姓也此翻火器婆羅門種其先事火從此命族火有三義照也燒也照則闇不生燒則物不生此以不生爲姓阿若者名也此翻已知或言無知無知者非無所知也乃是知無耳若依二諦即是知眞以無生智爲名也無量壽文殊問阿毗曇婆沙皆稱爲了本際知本際若依四諦即是知滅而諸經多名爲無知或翻爲

得道
增一阿含云我佛法中寬仁博識初受法味者拘鄰如比丘第一故以阿若爲名也願者佛昔於飢世化爲赤目大魚閉氣不喘示爲死相木工五人先斧斫魚肉佛時誓言於當來世先度此等先願與其無生故云阿若又迦葉佛時九人學道五人未得果誓於釋迦法中最先開悟本願所牽前得無生故名阿若行者智生惑滅智斷行也夫巨夜長寢無人能覺日光未出明星前現憍陳如比丘初得無生智譬若明星在衆明之始一切人智明無前陳如故名阿若最先破闇莫過明星陳如亦爾一切人闇滅無前陳如故名阿若前者太子棄國捐王入山學道父王思念遣五人追侍所謂拘鄰頞鞞亦云濕鞞亦阿說示亦馬星跋提亦摩訶男十力迦葉拘利太子二是母親三是父親二人以欲爲淨三人以苦行爲淨太子勤行苦行二人便捨之去三人猶侍太子捨苦行還受飲食酥油燰水三人又捨去太子得道先爲五人說四諦初教二人拘鄰法眼淨四人未得三人乞食六人共噉次教三人三人法眼淨二人乞食六人共噉第三說法時拘鄰五人八萬諸天遠塵離垢五人得無生佛三問知法未即三答云已知地神唱空神傳乃至梵世咸稱已知拘鄰最前初見佛道相初聞法鼓初服道香初甞甘露初入法流初登眞諦閻浮提得道最在一切人一切天一切羅漢前故十二遊經云佛成道第一年度五人第二年度三迦葉第五年度身子目連當知阿若在前明矣

此因縁釋也三藏教者盲譬無生智鏡譬無生境陰入界也頭等六分譬現在因也像譬未來果也若開眼取鏡形對像生愚故不斷絶若閉眼如盲則無所見不見六分是因不生不見鏡像是果不生故阿含經云若謂有色色是淨淨即生非不生若謂有受想行識識是淨淨即生非不生若謂有受受是樂樂即生非不生乃至色色是樂樂是生非不生若計有想行行是我我是生非不生乃至色色是我我是生非不生若計有識識是常常是生非不生乃至色色是常常是生非不生譬如執鏡見面面是生非不生若謂有五陰悉是生非不生若能知色非淨乃至識非常又能知色無常苦空不淨乃至識無常苦無我不淨者是爲不生非是生如盲執鏡不見像生是爲不生非是生既知不生寧復於中計我是色計我異色我在色中色在我中乃至識亦如是如是觀者現因來果俱皆不生如盲對鏡不見形像是名觀陰無生觀智也

觀入界者凡言海者雖復深廣亦有此彼岸蓋小水耳若眼見色巳愛念染著貪樂起身口意業者是爲大海沉没一切世間天人脩羅當知眼是大海色是濤波愛此色故是洄澓於中起不善覺是惡魚龍起妬害是男羅刹起染愛是女鬼起身口意是飲鹹自没是爲眼色無知而生無明愛愛生故名爲行行生故名爲業業縛識入中陰是爲識生所受胞胎五皰未成是爲名色生五皰成巳名六入生六入未能別苦樂名爲觸生別苦樂名受生於塵起染名愛生四方馳求名取生造

身口意名有生應受未來五陰名生生未來陰變名老生未來陰壞名死生心中內熱名憂生發聲大喚名悲生身心顚悴名苦惱生是名眼見色時即有三世十二因緣大苦聚生非不生耳鼻舌身意眼界乃至法界亦如是是爲入界生非不生云何不生觀眼色時不種苦種不生苦芽不漏臭汁不集蛆蠅若種不生則芽不生則臭汁不生則蛆蠅不生故名不生云何苦種眼見色時起貪恚覺是爲苦種念於五欲法是生苦芽六根取六塵是名臭汁流出於六塵中善惡競起是名蛆蠅若知眼色無常苦空無我則貪恚不生念欲不生取境不生善惡行不生是爲不生耳鼻舌身意亦如是是眼界乃至法界亦如是阿若最初得此三藏不生智故名阿若憍陳

如通教無生觀譬如幻人執幻鏡以幻六分臨幻鏡覩幻像像非鏡生非面生非鏡面合生非離鏡面生既不從四句生則非內外中間不常自有亦無滅處去不至東西南北方性本無生非滅生無生性本無滅非滅滅無滅無生無滅故曰無生受想行識亦復如是又觀幻色如幻鏡像觀受如泡觀想如炎觀行如芭蕉觀識如幻幻不從幻物生不從幻師生非物師合生非離物師生四句求幻生生無從來四方求幻滅滅無去處性本無生非滅生無生性本無滅非滅滅無滅無生無滅故曰無生觀根塵村落結賊所止從本已來一一不實妄想故起業力機關假爲空聚無明體性本自不有妄想因緣和合而有有本自無因緣成諸煩惱業苦如旋火輪觀其

本無背如上說此通意云云

妙法蓮華經文句卷第一上

音釋

霿敷文切霧氣也　翳壹計切障也　戢側入切斂也　曇鸞曇徒含切鸞盧官切　颺餘亮切風飛物也　礪力制切礪也　肇直紹切　輭乳兖切柔也　奮迅奮方問切迅思晉切　謬靡幼切誤也　捷疾葉切疾也　鈍徒困切不利也　跛補火切足偏廢也　豎臣庾切立也　耽都合切過樂也　析先的切分也　駁北角切不純也　牸疾置切牝牛也　訛吾禾切謬也　啖徒濫切食也　膳時戰切具食也　呰將此切口毀也　賽先代切報也　胤羊進切嗣也　煨燼煨烏回切燼徐刃切煨燼火餘也　鷲疾僦切大鵰也　鴡雎並七余切鳥名　鞞駢迷切　簸補過切　譽羊茹切聲譽也　糜忙皮切粥也　桎梏桎職日切足械也梏姑沃切手械也　颰蒲末切　喘尺兖切息也　頞阿葛切　洄澓洄胡瑰切澓房六切洄澓水旋流也　妬都故切嫉妬也　疱皮教切瘡疱也

妙法蓮華經文句卷第一下

隋天台智者大師說

門人灌頂記

別觀無生智者鏡譬法界眼譬觀智青黃赤白小大長短譬十法界青譬地獄因果黃譬餓鬼因果赤譬畜生因果白譬人天因果小色像譬二乘因果大色像譬通菩薩因果短色像譬別菩薩因果長色像譬佛因果皆於鏡中分別無謬若欲自正令九因果不生一因果生若欲正他令他九因果不生一因果生依於法界行菩提行次第用析體觀智斷四住生令不生次用恒沙佛法斷客塵煩惱令無知不生後用實相智慧斷無明令根本不生若無四住則分段不生若無無知則方便不生若無無明則實報不生生亦不生不生亦不生故名不生是名別教無生智也約圓教觀無生智者觀鏡團圓不觀背面不觀形像非背非闇非面非明不取種種形容不取種種藥像但觀團圓無際畔無始終無明闇無一異差別者譬於圓觀不取十法界相貌無善惡無邪正無小大等一切皆泯但緣諸法實相法性佛法若色若香無非實相觀煩惱業生即無生無生不生故曰無生陰入界苦即是法身非顯現故名爲法身障即法身貪恚癡即般若非能明故名爲般若無所可照性自明了業行繫縛皆名解脫非斷縛得脫亦無體可繫亦無能繫故稱解脫解脫即業不生般若即煩惱不生法身即苦不生是三不生即一不生是一不生即三不生非三非一故言不生況變易煩惱業苦而非不

生此即圓無生觀智云云本迹者是憍陳如本自不生非始不生欲引乳為酪故迹為初教不生引酪為生酥故迹為通不生引生為熟故迹為别不生引熟為醍醐故迹為圓不生而其本地住阿字門謂一切法初不生故若聞阿字門則解一切義皆非生非不生垂迹引化能為生不生衆生若能會圓不生則同阿若非本非迹非生非不生大事因緣於茲畢矣故下文云富樓那種種變化事我若具足説衆生聞是者心則懷疑惑即其義也阿含云阿難持傘蓋燈隨佛後大梵王持傘蓋燈隨陳如後斯皆示迹而欲顯本也觀心不生者約三觀不生可知不煩更説摩訶迦葉此翻大龜氏其先代學道靈龜負仙圖而應從德命族故言龜氏真諦三藏翻光波古仙人身光炎踊能映餘光使不現故言光波亦云飲光迦葉身光亦能映物名畢鉢羅或畢鉢波羅延或梯毗棃畢鉢羅樹也父母禱樹神求得此子以樹名之跋者子生此聚落人以為號其家大富增一阿含云羅閲祇大富長者名迦毗羅婦名檀那子名畢鉢羅子婦名婆陀其家千倍勝瓶沙王十六大國無以為鄰付法藏言毗婆尸佛滅後塔像金色缺壞時有貧女丐得金珠倩匠為薄金師歡喜治瑩佛畢立誓為夫婦九十一劫人中天上身恒金色心恒受樂最後託摩竭提國尼拘律陀婆羅門家生畏勝王得罪滅一耕犂但用九百九十九雙牛金犂又經云其家有氎最下品者直百千兩金以釘釘入地七尺氎不穿破如本不異六十庫金粟一庫容三百

四十斛庫倉類也又經云以麥飯供養支佛恒越忉利各千反受樂身有三十相直論金色剡浮那陀金在濁水底光徹水上在闇闇滅迦葉身光勝於此金身光照一由旬闕二相應是無白毫肉髻也故諸天請結集時讚言耆年欲恚慢已除其形譬如紫金柱上下端嚴妙無比目明清淨如蓮華捨此家業又納金色婦迭卧無欲捨而出家身披無價寶衣截爲僧伽棃四疊奉佛爲座如是三捨世無倫匹是爲捨大於跋耆聚落值佛奉寶衣佛授糞掃大衣此衣是大聖大衣又大麤重故迦葉云我受佛衣師想塔想未曾頭枕況以覆卧如此大衣大進我行故言受大佛弟子中多名迦葉如十力三迦葉等皆是大人於諸同名中最長故標大迦葉也於跋耆聚

落初從佛聞增上戒定慧即得無漏受乞食法行十二頭陀逾老不捨後時佛語汝年高可捨乞食歸衆受食可捨麤重糞掃衣受壞色居士輕衣迦葉白佛佛不出世我當爲辟支佛終身行頭陀我今不敢放所習更學餘者又爲當來世作明未來世言上座迦葉爲佛所歎我亦當學難行苦行佛言善哉是爲行大增一阿含佛法中行十二頭陀難行苦行大迦葉第一頭陀既久鬚髮長衣服弊來詣佛所諸比丘起慢佛命令就佛半座共坐迦葉不肯佛言吾有四禪禪定息心從始至終無有耗損迦葉亦然吾有大慈仁覆一切汝亦如此體性亦慈吾有大悲濟度衆生汝亦如是吾有四神三昧一無形二無量意三清淨積四不退轉汝亦如是吾有六通汝亦

如是吾有四定一禪定二智定三慧定四戒定汝亦如是增一阿含云一婆羅門白佛昨有婆羅門至我家何者是佛指迦葉又問此沙門非婆羅門佛言沙門法律婆羅門法律我皆知迦葉亦爾迦葉功德與我不異何故不坐諸比丘聞佛所讚心驚毛竪佛引本因緣昔有聖王號文陀竭高才絶倫天帝欽德遣千馬車造闕迎王天帝出候與王同坐相娛樂已迭王還宮昔迦葉以生死座命吾同坐吾今成佛以正法座報其往勳對佛坐時天人咸謂佛師又迦葉共阿難爲比丘尼說法有一比丘尼不喜云販針兒在針師前賣針迦葉語阿難言此比丘尼以汝爲針師我爲販針兒迦葉語尼言佛說月喻經日日增長常如新學者唯大迦葉汝聞不於大衆中

分半座汝聞不於大衆中讚同佛廣大功德汝聞不云何此人是販針兒如此等是被佛印可大也位大者於大衆中爲大於千二百五十中爲大於五百中爲大於四大弟子中爲大爲五山寺主作閻浮提知事上座故言位大佛燒身後灰場生四鉢多羅樹此表迦葉集三僧祇劫法爲三藏四阿含僧肇序云宗極絶於稱謂賢聖以之沖默玄旨非言不傳釋迦以之致教約身口防之以禁律明善惡則導之以契經演幽微辨之以法相此即明戒定慧三藏也增一明人天因果長破邪見中明深義雜明禪定皆大迦葉之功也若別論集者阿難誦出修多羅優波離誦出毗尼迦葉誦出阿毗曇故言結集大也如來去後法付迦葉能爲一切而作依止猶如如來

何者若有頭陀苦行人我法則存若無此人我法則不存迦葉能荷負佛法令得久住至未來佛付法授衣竟然後入滅故言持法大而迦葉將隱密上天禮佛髮爲諸天說法云爲善生天爲惡入淵五欲無常如華上露見陽則晞於是别去諸天泣歎曰里巷窮酸苦厄羸劣貧窮孤露彼恒矜愍今捨滅度誰復覆護云云約教明抖擻抖擻十二種過謂好衣求時苦得時多怖畏失時生懊惱糞掃衣無水火盜賊王難五怖若多畜者縫治浣負其勞亦多故但三衣若僧中食則營佐僧事故乞食若受殘食小食擾動喪時故一坐食多食難消生睡懈怠少食飢懸乏力故節量食多器洗持多妨故一鉢食須漿勞動故不飲漿房舍生著故樹下樹下又著故冢間冢間憂悲妨故露地若卧消功增懶故常坐二是衣法六是食法四是住處法且約乞食明抖擻者乞易得生喜難得生瞋得好則愛得惡則憂憂喜依色而起即色陰受此憂喜即受陰取憂喜相即想陰憂喜即是行陰分別憂喜即識陰憂喜即意法二入三界界入陰即苦諦我能乞食計有我無我以乞爲道以乞爲實如是諦當讃喜毀瞋我能被呵即疑不了爲癡是爲十使歷三界四諦即八十八使名集諦若識乞食中四倒相似相續覆故謂常適意謂樂動轉所作覆故謂我薄皮覆故謂淨識四覆無四倒勤遮二惡生二善修四定根力覺道是爲道諦於乞食中不計我則癡滅癡滅故愛滅愛滅故瞋滅瞋滅故不自舉則慢滅慢滅故被呵則無疑無我故我見

滅我見滅故邊見滅不執是道則戒取滅不計爲實故見取滅不邪執故邪見滅此十滅故則八十八滅八十八滅故子縛滅子縛滅故果縛滅果縛滅故二十五有滅是爲滅諦若於乞食中不見四眞諦是故久流轉生死大苦海若能見四諦則得斷生死生死既盡已更不受諸有是爲乞食中抖擻觀慧衣法住處法亦復如是三藏頭陀也通教抖擻者緣眞證寂則是住處空慧爲食空心行諸行爲衣常性空無不性空時空慧抖擻皆如幻化妄想諸惡寂滅不起心心數法不行故以不可得故諸相應中空相應最爲第一諸苦行中空行第一諸抖擻中空慧抖擻最爲第一略說竟別教抖擻者依於法身以爲住處般若智慧以爲食一切諸行莊嚴遮覆遮覆抖擻果業之惡般若抖擻煩惱之惡法身抖擻生死苦惡前抖擻分段煩惱業苦次抖擻變易煩惱業苦是爲中道正觀頭陀出過二乘所行苦行云云圓教抖擻者住處即衣即食但是一法分別說三一抖擻一切抖擻一切抖擻一抖擻非一非一切於一切抖擻無非實相諸佛所行是如來行過諸菩薩所行清淨云云本迹者本與如來同坐畢竟空理同得廣大法身同得無礙智慧同得無量功德內捨法愛外無垢染內外抖擻本已清淨欲引乳味事中抖擻次引酪味空中抖擻次引生酥別中抖擻次引熟酥圓中抖擻觀心者即空抖擻取相即假抖擻塵沙即中抖擻無明一心中抖擻五住云云三迦葉迦葉如前釋優樓頻蠡亦優樓毗亦優爲此翻木瓜林那

提此翻河亦江伽耶亦竭夷亦象此翻城家在王舍城南七由旬毗婆尸佛時共樹剎柱緣是爲兄弟兄爲缾沙王師五百弟子兩弟各二百五十行兄法佛作十種變謂龍毒不中龍火不燒恒水不溺三方取果北取粳糧忉利甘露知嫌隱去知念現來火滅不然斧舉不下廣出瑞應雖覩衆變邪執未改故言瞿曇雖神不如我道眞佛即語云汝非羅漢亦不得道霍然開悟師徒皆伏二弟見相亦隨歸佛是則一千比丘約教者如增一阿含云優留毗能將護四衆供給四事令無所乏最爲第一那提比丘心意寂然降伏諸結精進最第一伽耶比丘觀了諸法都無所著善能教化爲最第一是爲略教中意若轉入生酥即應恥小慕大例則可知若轉入熟酥即

應委業領教若轉入醍醐如此經中得記作佛也本迹者住於三德林即般若城即法身水即解脫是爲祕密本藏而迹依林城水以度衆生也觀心者正觀心性中道不動如城防敵不動而動如水淨諸邊顛倒雙照枯榮如林蓊鬱三法相資即是連枝兄弟也舍利弗具存應言舍利弗羅此翻身子又翻舍利爲珠其母於女人中聰明聰明相在眼珠珠之所生故是珠子又翻身此女好形身身之所生故言身子時人以子顯母爲作此號也父爲作名名優波提舍或優波替此翻論義論義得妻因論名子標父德也釋論云我名提舍逐我作字字優波提舍優波此言逐提舍者星名也又舍標父利標母雙顯父母故言舍利弗弗子也姓拘栗陀婆羅門種增一

云我佛法中智慧無窮決了諸疑者舍利弗第一昔者生經云過去舅甥俱爲織師知王寶藏因穿土盜之大獲珍寶寶監白王王云勿揚彼盜尋來伺而執之甥因令舅倒入被執甥恐人識即級舅頭王令以屍置四交道引取其親後因賈客羣集猥鬧甥載兩車薪覆之王又伺取又因童兒舞戲投火燒之又行置酒伺者大醉酒瓶盛骨而去王憂狡猾出女嚴防在水邊先誡其女來者執喚其浮株於水防者謂人視之乃株連日不備因是得來通女女執其衣其即授死人手而去女大喚視之乃死手耳因是有身生男端正王令乳毋抱出有鳴者執之連日飢渴至賣餅爐下餅師與餅而鳴王更令出因酤醇酒伺人大醉抱兒而去出過他國他國賢其謀以大臣女妻之不用因字之爲兒聘本國王女許之疑是前盜其人以五百騎鞍馬衣服一種相似往迎婦時本王見之問是前盜歎其姦詐以女婦之甥者舍利弗是舅者調達是云云胎者父名優波提舍學通典籍鐵鍱其腹頭戴火冠獨步王舍打論議鼓國師陀羅自知陳故兼則相不祥義屈奪封以女妻之妻夢見人身被甲胄手執金剛杵碎一切山後立一山邊夢覺體重以問其夫夫云汝所懷者破一切論師唯不勝一人當爲弟子舅名拘絺羅論常勝姊既懷智人論則勝弟弟自念言此非姊力必懷智人寄辯毋口在胎尚爾何況出生耶委家更廣遊學不暇剪爪時人呼爲長爪梵志云云難陀跋難陀二龍護王舍城兩澤以時國無饑年王及臣民歲設大

會置三高座王太子論師身子以八歲之年身到會所問人三座人具答之即越衆登論牀羣儒皆恥不肯論議勝此小兒無足顯譽脫其不如屈辱大矣皆遣侍者傳語問之答過問表盡墮諸幢無敢當者王及臣民稱慶無極國將太平智人出世及年十六究盡閻浮典籍無事不閑博古覽今演暢幽奧十六大國論議無雙五天竺地最爲第一師事沙然梵志梵志道術身子皆得師有二百五十弟子悉付身子而成就之沙然臨死欣然而笑身子問故答世俗無眼爲恩愛所親我見金地國王死夫人投火聚願同生一處言已命終後見金地商人問之果然身子追悔我未盡師術而不授此法爲我非其人師祕乎自知未達更求勝法而無師可事雖不逮此一法餘法皆通於外道衆中最爲第一於道見頞鞞威儀庠序因問師法頞鞞答云諸法從緣生是故說因緣是法緣及盡我師如是說一聞即得須陀洹果來至佛所七日徧達佛法淵海又云十五日後得阿羅漢爲羅云和尚憍梵作師聲聞衆中右面弟子調達破僧引五百比丘去身子往化五百人歸云云勞度差捔力度差爲華池身子爲象拔華蹋池度差爲夜叉鬼身子爲毗沙門王種種皆勝度差降伏中阿含云身子是四衆所生母目連是所養母云云中阿含第二云生處安居比丘稱歎滿慈子少欲知足精進閑居一心正念智慧無漏勸發亦稱說此等法時身子聞念我何時得見此人此人何時到佛所他示云白晳隆鼻鸚鵡嘴者是其形相後於安陀

林此云勝林相見身子問賢者於瞿曇所修梵行耶答如是又問爲戒淨修梵行耶答不也爲心淨見淨度疑淨知道非道淨道迹知見淨道迹智斷淨修梵行耶答不也又問向言如是今言不也此義云何答爲無餘涅槃故修梵行又問以戒淨故設無餘涅槃答不也乃至道迹智斷淨故設無餘涅槃答不也又問此義云何答若以戒淨設無餘者此以有餘稱無餘乃至道迹智斷淨設無餘者亦是有餘稱無餘若離此七者凡夫人當般涅槃凡夫離七故以不離故從戒淨至心淨乃至道迹智斷淨仁者聽我說喻如波斯匿王欲從拘薩羅至婆雞帝中間布七車捨初乘二乃至捨六乘七婆雞帝人問爲乘初車答不也乃至乘第七車答不也問離此七車答不也此喻問可知身子問賢名何等梵行人云何稱汝答我父名滿我母名慈梵行人稱我爲滿慈子身子稱嗟善哉賢者滿慈子爲如來弟子智辯聰明決定安隱無畏逮大辯才得甘露幢於甘露自作證值汝者得大饒益諸梵行人應縈衣頂戴滿慈子問賢者何名梵行人云何稱答我父字優波提舍我母名舍利故稱我爲舍利子滿慈子嗟曰今與世尊等弟子共論而不知與第二世尊共論而不知與法將共論而不知與轉法輪復轉弟子共論而不知若我知尊者不能答一句況復深論善哉善哉爲如來弟子乃至縈衣頂戴云云佛說一句身子以一句爲本七日七夜作師子吼更出異句異味使無窮盡況佛多說而身子智辯寧可盡耶中阿含第二十

云佛在阿耨達池龍王云此衆不見舍利弗願佛召之佛命目連往祇洹呼身子正縫五納衣答云汝但前去我在後來目連云我爲佛使人云何前去目連以手摩衣衣即成身子念目連弄試我我亦試之即以衣繩擲地汝能舉此耶目連念身子弄試我即盡力舉不起身子于時以繩繫閻浮樹一天下動繫二三四四天下亦不立又繫小千中千大千亦不立又繫他方佛座脚十方佛世界皆鎮鎮不動目連自念我神力第一今不能動將不失神力因催促令去答汝前去目連還佛所已見身子在佛前龍王見地動問佛佛答二人之力龍王及五百比丘於目連生輕心佛言舍利弗於四神力得自在目連亦自在而不能拔者佛力耳語目連云現汝神力目連以鉢絡盛五百比丘舉著梵宮一足躡須彌一足至梵宮身在彼方而説偈滿大千國五百心伏云云約教者若三藏智慧即是無學十智斷結證眞輔佛揚化釋論四十稱爲右面大將即其義也通教智慧者如般若中自説所以爲摩訶薩謂我見衆生見佛見菩提見轉法輪見破如此等見故名摩訶薩諸賢聖自説已法不如即令人妄有所説當知身子非但破生死見亦破佛見菩提法輪涅槃等見此慧異初教也別教智慧者當約五味分別若從元初但聞乳酪不聞餘味發心修行但行乳酪者此是初教智慧也若但聞酪酪不由乳善惡之性性本自空不由修善破惡滅色取空但修即空者是通教智慧若從元初得聞醍醐爲醍醐故犂牛求乳烹乳爲

酪轉酪爲生酥轉生爲熟酥方得醍醐修如此行者即是别教智慧也若從元初但聞牛食忍草即出醍醐若能服者衆病皆除一切諸藥悉入其中爲此修行即是圓教智慧也本迹者本住實相智度爲母從境生智慧境即是身智慧即是子悲愍衆生迹爲五味身子欲轉煩惱惡血令成善乳示爲外道智慧作大論師欲烹乳爲酪示三藏智慧爲第二世尊欲引酪爲生酥訥大現小受淨名之屈欲引生酥爲熟酥安慰饒益同梵行者於般若領教欲引熟酥爲醍醐於法華初悟斯皆迹中外現而本地内祕其實久矣觀心者一心三觀攝得一切智慧觀心即空故攝得酪智慧觀心即假故攝得兩酥智慧及世智慧觀心即中故攝得醍醐智慧是名觀心中一慧一切慧一切慧一慧非一慧非一切慧云云

大目犍連姓也翻讃誦文殊問經翻萊茯根真諦云勿伽羅此翻胡豆二物古仙所嗜因以命族釋論云吉占師子父也名拘律陀拘律陀樹名禱樹神得子因以名焉又目伽略芀度未來因果經云大目連羅夜那同名者多故舉大也釋論云舍利弗才明見貴目連豪爽取重智藝相比德行互同增一阿含云我弟子中神通輕舉飛到十方者大目連第一釋論四十一稱左面弟子外道師徒五百用呪移山經一月日皺峨已動目連念言此山若移多所損害即於山頂虚空中結跏山還不動外道相謂我法山動計日必移云何安固還若於初必是沙門使爾自知力弱歸心佛道令無量人正法出家也難陀跋難陀

兄弟居須彌邊海佛常飛空上忉利宫是龍瞋恨云何禿人從我上過後時佛欲上天是龍吐黑雲闇霧隱翳三光諸比丘咸欲降之佛不聽目連云我能降是龍龍以身遶須彌七帀尾挑海水頭枕山頂目連倍現其身遶山十四帀尾出海外頭枕梵宫是龍瞋盛雨金剛砂目連變砂爲寳華輕輭可愛猶瞋不已目連化爲細身入龍身内從眼入耳出耳入鼻出鑽齧其身即受苦痛其心乃伏目連攝巨細身示沙門像將是二龍來至佛所調達引五百比丘爲已徒衆目連厭之令眠大熟鼾吼雷鳴下風出聲瞿伽離以脚蹋之猶故不寤身子說法迴五百人心目連手擎將還僧得和合雜阿含二十九佛在舍衛十五日說戒佛默然不言阿難四請佛言衆不清淨吾今不復說戒汝可令上座若持律者誦戒者唱目連尋入定觀誰不清淨見馬師滿宿二比丘即手執牽出閉門更請佛說佛言吾無二言今不復自說戒目連云衆不清淨我亦不復爲維那也耆域此翻固活生忉利天目連弟子病乘通往問值諸天出園遊戲耆域乘車不下但合掌而已目連駐之域即云諸天受樂怱遽不暇相看尊者欲何所求具說來意答云斷食爲要目連放之車乃得前帝釋與修羅戰勝造得勝堂七寳樓觀莊嚴奇特梁柱支節皆容一綖不相著而能相持天福之妙力能如此目連飛往帝釋將目連看堂諸天女皆羞目連悉隱逃不出目連念帝釋著樂不修道本即變化燒得勝堂赫然崩壞仍爲帝釋廣說無常帝釋歡喜後堂

儼然無灰煙色又絡囊盛五百羅漢如前說如來梵聲深遠遠聽如佛邊不異目連欲知佛聲遠近極去遠遠猶如近聞仍用神力飛過西方恒河沙土聞釋師子聲如本不異去去不已神力盡身疲正值他方大衆共食仍息鉢緣上經行彼人驚怪此人頭蟲從何處來彼佛言此是東方無量佛土有佛名釋尊神足第一弟子尋聲極此非蟲也涅槃云佛求侍者心在阿難如東日照西壁云云約教論神通者依四禪十四變化依觀練熏修十一切無漏事禪能作十八變此即初教中神通依空起慧以空慧心修諸神通即通教中神通次第依三諦習得神通展轉深入過於二乘即別教神通依於實相所得神通不以二相見諸佛土從眞起應不動眞際徧十法界是則圓教神通云云往昔曾助辟支佛剃頭浣染縫袈裟發願得神通云云本迹者本住眞際首楞嚴定能於一念徧應十方種種示現施作佛事以慈悲故迹爲五味神通引令入極云云觀心者觀於一心歘有一切心觀一切心倏無諸心心無有無通至實相即神通觀也

摩訶迦旃延此翻爲文飾亦肩乘人云字悞應言扇繩亦好肩亦名柯羅柯羅此翻思勝皆從姓爲名增一阿含云善分別義敷演道教者迦旃延最第一如長阿含云有外道執斷見謂無他世凡有十番問答外道言無有他世答言今之日月爲天爲人爲此世他世耶若無他世則無明日又問我見人死不還云何說其受苦故知無他世答云如罪人被駐寧得歸不又問若生天何故不歸故知無

他世答云如人墮厠得出寧肯更入厠不又天上一日當此百年生彼三五日未遑歸心設有歸者而汝已化寧得知之又問我鑊煑罪人密蓋其上伺之不見神出故知無他世答云汝晝眠時傍人在邊見汝神出不又問我剥死人皮臠肉碎骨求神不得故知無他世答云如小兒析薪寸寸分裂求火寧有可得不又問我秤死人更重若神去應輕若無神去則無他世答云如火與鐵合鐵則輕鐵失火則重人生有神則輕死失神則重又問我見臨死人反轉求神不得故知無他世答云如人反轉求於貝聲寧得聲耶又問汝雖種種破我執此甚久而不能捨答云如人採穭初見麻取麻次捨麻取麻皮次捨麻皮取縷次捨縷取布次捨布取絹次捨絹取銀次

捨銀取金捨劣取勝云何不能捨又問非但我如是說諸人亦如是說云何謂我爲非答云兩商人逢鬼鬼爲人像語言前路豐米足草載之何爲一商人便棄前路人牛皆飢遂爲鬼所噉一商人云若得新米草可棄故米草人牛皆不爲鬼所食諸人妄說如鬼誑言汝不納我言如棄故米草今旣得新何不棄故又問我不能捨勸我則瞋答曰汝如養豬人路上遇糞頭擎將還在路逢雨汁下汙頭傍人令棄倒更瞋他謂汝不養豬故令我棄反瞋勸者如是沓沓析破廣演諸義外道便伏而讚歎言尊者前說日月而我已解欲聞智辯故沓沓執難善哉妙說迦旃延善論義相亦復如是律中云善能敎化歸戒令屠受夜戒婬者受晝戒後受報時各於晝夜見前

樂相云云又世典婆羅門語五百釋能與我論不五百釋言有瞿密釋國中無黠無聞言語醜拙有周利槃特於出家中亦爲下者汝能與此二人論勝者我與汝能名世典思惟勝此二人無足可尚脫不如者甚爲屈辱後時於路遇槃特問何名答汝當問義何勞問名又問汝能與我論義耶答我能與梵王論況汝盲無目者乎又問盲即無目無目即盲豈非煩重周利作十八變即云此人但能飛變更不解義迦旃延天耳遙聞即隱槃特示身如彼從空而下問汝字何等答字男丈夫又問男即丈夫丈夫即男豈非煩重世典答止止置此雜論可論深義問頗不依法得涅槃耶答不依五陰法能得涅槃又問五陰依何生答因愛生又問云何斷愛答依八正道即能斷愛世典聞此遠塵離垢例皆如此約教論義者依無常苦空無我破斷常見等是初教論義依空無所有不可得破斷常愛見者通教論義故天女云我無所得故辯如此依總持四辯觀機照假以藥逗病破斷常見者是別教論義相依實相畢竟不有不無破斷常見者是圓教論義約本迹者本住福德智慧二種莊嚴能問能答爲愍衆生迹爲五味論義師耳觀心者觀智研境境發於智智境往復即觀心論義也阿㝹樓馱亦云阿那律亦阿泥盧豆皆梵音奢切耳此翻無貧亦如意亦無獨名也昔於飢世贈辟支佛稗飯獲九十一劫果報充足故名無貧姓者劫初大水風吹結構以成世界光音天命盡化生爲人身有光飛而行歡喜爲食無男女尊卑衆

共生中呼爲衆生自然地味味如醍醐色如生酥甜如蜜多食失光憔悴不能飛少食者猶光澤便有勝負遂相是非致失地味食自然地皮轉相輕慢失皮食地膚轉生諸惡失膚食自然秔米食米則男女根生遂爲夫婦羞故造舍多儲取米後米生糠稽刈已不生枯株現更相盜奪遂立一平能者爲田主理諍訟是爲民主民主有子名珍寶珍寶有子名好味始自民主草創之後金輪相繼迄至善思從懿摩至淨飯四世是鐵輪合有八萬四千二百一十王十二遊經云久遠劫有王早失父母以國付弟事一婆羅門婆羅門言汝當解王衣體瞿曇姓因而從之時人號爲小瞿曇住甘蔗園賊盜他物從園過捕賊尋迹執小瞿曇木貫射之血流汙地大瞿曇悲哀收血土還園器盛置左右呪之此瞿曇若誠心天神變血爲人逕十月左爲男右爲女從是姓瞿曇瞿曇此言純淑亦名舍夷舍夷者貴姓也仁賢劫初當實如來出世時瞿曇識神始託生若尋此意民主已來即姓瞿曇從懿摩王四子一面光二象食三路指四莊嚴被猜徙雪山北直樹林中國人樂從者如市鬱爲强國父王歎曰我子有能四子因此爲姓又其地釋迦樹甚茂此翻直林既於林立國即以林爲姓外國語多含釋迦亦直亦能今淨飯所承承莊嚴王後莊嚴即是烏頭烏頭生烏頭羅烏頭羅生尼求羅尼求羅生尸休羅尸休羅即師子頰師子頰生三飯斛飯二子長名摩訶男季阿那律乃是淨飯王之姪兒斛飯王之次子世尊之堂弟阿難之

從兄羅云之叔非聊爾人也故周公歎曰我是文王之子武王之弟成王之叔於天下非賤人也而沐三握餐三吐禮賢尚爾況餘人乎賢愚經云弗沙佛末法時世飢饉有支佛名利吒行乞空鉢無獲有一貧人見而悲悼白言勝士能受稗不即以所噉奉之食已作十八變後更採稗有兔跳抱其背變爲死人無伴得脫得闇還家委地即成金人拔指隨生用脚更出取之無盡惡人惡王欲來奪之但見死尸而其所覩純是金寶九十一劫果報充足故號無貧其生已後家業豐溢日夜增益父母欲試之蓋空器皿往送發看百味具足而其門下日日常有一萬二千人六千取債六千還直出家已後隨所至處人見歡喜欲有所須如已家無異阿那律精進七日七夜眼睫不交眼是眼食既七日不眠眼則喪睛失肉眼已佛令求天眼繫念在緣四大淨色半頭而發徹障内外明闇悉覩對梵王曰吾見釋迦大千世界如覩掌果增一云我佛法中天眼徹視者阿那律比丘第一那律既失肉眼佛與諸比丘恒爲裁縫佛在舍衛拘薩羅窟佛與八百比丘集爲阿那律作三衣佛自爲舒張諸比丘截者縫者一日即成佛廣爲説出家受衣進止共俱無量人得道約教者依禪定發天眼凡夫外道也依無漏事禪發天眼三藏義依體法無漏慧發諸行依諸行發天眼通教意依散善發肉眼依定發天眼依真發慧眼依俗發法眼依中發佛眼别教意依實相發天眼天眼即佛眼圓教意又依散善修肉眼依定修天眼三藏意依

空修肉眼天眼是通意次第修五眼是別意不次第修五眼是圓意本迹者本住實相真天眼不以二相見諸佛國迹示半頭天眼觀心者觀因緣生善心即肉眼觀因緣生心空即天眼觀因緣生心假即法眼即中即佛眼云云劫賓那者此翻房宿(音秀)父母禱房星感子故用房星以名生身也是比丘初出家未見佛始向佛所夜值雨寄宿陶師房中以草為座晚又一比丘亦寄宿隨後而來前比丘即推草與之在地而坐中夜相問欲何所之答覓佛後比丘即為說法辭在阿含可撿取豁然得道後比丘即是佛也共佛房宿(音夙)得見法身從得道處為名故言劫賓那毗沙門持蓋隨賓那後毗沙門是宿主主既侍奉星宿亦然此比丘善占星宿明識圖像從解得名名劫賓那增一阿含云我佛法中善知星宿日月者劫賓那比丘第一約教者析破根塵之舍同佛棲真諦之房是三藏意體達根塵即共如來同宿真諦之房是通教意分別十法界根塵房舍悉得見佛是別教意於一根塵房舍即見一切房舍見一切佛即圓教意約本迹者本與如來同棲實相迹示諸房宿耳觀心者觀五陰舍析空即空與化佛同宿觀五陰舍即假與報佛同宿觀五陰舍即中與法佛同宿云云

妙法蓮華經文句卷第一下

音釋

丐(居太切乞也)　倩(七正切借倩也)　氎(達協切細毛布也)　弊(毗祭切敗也)　尫羸劣(羸倫為切劣龍輟切羸劣瘦弱也)　矜(居陵切憐也)　抖擻(抖多口切擻思口切抖擻振舉之貌)　浣(胡管切濯衣垢也)　冢(知隴切與塚同)

蠡盧戈切蓊鬱蓊烏孔切鬱紆勿切蓊鬱草木盛貌猥烏賄切雜巳
鍱戈涉切枼也頞頊梵語也此云馬勝頞阿葛切頊匹米切捔訖岳
切校也皙先的切人色白也嘴即委切與觜同齧倪結切噬也鼾
卧干切卧息也欻許勿切猶忽也黠胡八切慧也㝹奴侯切稗蒲拜
切薉草也糩苦會切粗糠也頬古協切面旁也饉渠吝切菜不熟也

妙法蓮華經文句卷第二上

隋天台智者大師說

門人灌頂記

憍梵波提此翻牛呞無量壽稱牛王增一云牛跡昔五百世曾爲牛王牛若食後恒事虚哨餘報未夷噎噎常嚼時人稱爲牛呞昔五百鴈一鴈常得華果供於鴈王佛一夏受阿耆達王請五百比丘皆噉馬麥而憍梵獨在天上尸利沙園受天王供養增一云樂在天上不樂人間者牛跡比丘第一樂在天上者是隨樂欲世界悉檀也供鴈王福所致者爲人也避人笑者對治也天不笑者第一義也云云又云人但觀形不知有德若笑羅漢即得罪避人笑故常居天上天知有德不笑其形故居天也佛滅度後迦葉集千大羅漢遣下座僧使追憍梵憍梵問佛及和尚答言皆滅即言佛出我出佛住我住佛滅我滅四道流注大迦葉所水說偈云云大象既去象子隨世尊和尚既滅度我今在此復何爲斯亦第一義也約教者住天園是示善有牛嚼是示惡三藏意也以牛嚼身得道此示惡非惡也居天園而嚼示善非善通教意示界内外善惡者别教意示善惡實相者圓教意本跡者本住四無所畏安住聖主如牛王第一義天迹示牛呞樂居天上也觀心者觀於心性中道之理安步平正其疾如風即牛王觀也離婆多亦云離越此翻星宿或室宿或假和合文殊問經稱常作聲父母從星辰乞子既其感獲因星作名雖得出家猶隨本字假和合者有人引釋論空亭中宿見二鬼爭屍告其分

判設依理枉理俱不免害故隨實而答大鬼拔其手足小鬼取屍補之食竟拭口而去其因煩惱不測誰身故言假和合常作聲者其疑此事若我本身眼見拔去若是他身復隨我行住疑惑猶豫逢人即問汝見我身不故言常作聲衆僧云此人易度語云汝身本是他遺體非已有也即得道也云云增一云坐禪入定心不倒亂者離越比丘第一約教言析破五陰非我所有三藏意體達五陰本非我有通意分別十法界五陰皆非已有別意達五陰非我有非他有見陰實相即圓意本迹者本住日星宿三昧迹示此名觀心者觀心念佛見十方佛多如夜觀星云云畢陵伽婆蹉此翻餘習五百世爲婆羅門餘氣猶高過恒水咄小婢駐流恒神爲之兩派神往訴佛佛令懺謝即合手小婢莫瞋大衆笑之懺而更罵佛言本習如此實無高心增一云樹下苦坐不避風雨者婆蹉比丘第一約教者滅慢無慢三藏意也即慢無慢通意也分別十法界高下別意也八自在我具足佛法圓意也本迹者本住常樂我淨八自在我微妙梵聲迹示慢心惡口耳觀心者觀麤言輭語皆歸第一義云云薄拘羅者此翻善容或偉形或大肥盛或膝囊或楞鄧或賣性然而色貌端正故言善容也年一百六十歲無病無夭有五不死報後母置熬槃釜中水中魚食刀破皆不死昔持不殺戒故九十一劫命不中夭昔施僧一訶梨勒果故身常無病能持一戒四戒莊嚴堅持不犯不避火水餘人雖持五戒多毀犯也云云身樂寂靜常處閑居不樂衆中

眼不樂玄黃等色耳不樂聞世間之聲鼻不嗅世間香臭舌不甞爲人說一兩句語意常在禪定不散亂乃至舍利塔亦樂閑靜阿育王禮諸羅漢塔次至其塔而說偈言雖自練無明於世少利益供二十貝子增一云施一錢而貝子從塔飛出來著王足諸臣驚怪閑靜少欲乃至其塔猶有是力故增一云壽命極長終不中夭常樂閑居不處衆中薄拘羅第一約教者滅喧入眞三藏寂靜即喧而眞通寂靜離二邊入中別寂靜即邊而中圓寂靜本者本住大寂滅定長壽是常無病是樂不夭是我寂靜是淨居此四德之本迹示六根寂靜耳觀心者心性中道即空即假即中常樂我淨觀也摩訶拘絺羅此翻大膝舍利弗舅由來論勝姊姊孕論則不勝知所懷者

智寄辯尚爾何況出胎云云即棄家往南天竺讀十八經時人笑之累世難通一生非冀喟然歎曰在家爲姊所勝出路爲他所輕誓讀不休無暇翦爪時人呼爲長爪梵志學訖還家問甥所在人云爲佛弟子即大憍慢我甥入歲聲震五竺彼沙門者有何道術誘我姊子徑往佛所思惟良久不得一法入心語佛言一切法不忍忍即安義此言一切法我皆能破使不得安故言一切法不忍佛問汝見是忍不此墮兩負處若我見忍前已云一切不忍若我見不忍無以勝佛即低頭得法眼淨身子扇佛聞舅論得阿羅漢果增一云得四辯才觸難能答拘絺羅第一南方天王毗留匐叉常來隨侍約教者外通四韋陀內通三藏三藏四辯也我無所得辯乃如是通教

辯也若名若義徧十法界別教辯也依於實相徧一切辯圓教辯也本者本住口密口輪不思議化大定大慧迹示大勝也觀心者觀心即空即定即假即慧以嚴其心云云難陀亦云放牛難陀此翻善歡喜亦翻欣樂淨飯王偪十萬釋出家即一人也有師言是律中跋難陀約教者事歡喜理無歡喜三藏意也即事歡喜是理歡喜是通教意也歡喜地即別教也歡喜住即圓教意也本者本住實際非喜非不喜迹名歡喜觀心者觀心與理相似相應故名歡喜觀也孫陀羅難陀孫陀羅此翻好愛亦端正難陀如前種姓如那律中說四月九日生短佛四指容儀挺特與世殊異若入衆中有不識者謂言佛來彌沙塞律云摩竭有裸形外道大聰明國人號為智者見

者共身子論議結舌善心生欲於佛法出家見難陀色貌姝偉歎云短小比丘智慧難槩況堂堂者乎難陀即度出家婦即孫陀利極端正食息不相離佛與阿難途行乞食到其門正共婦在高樓食即起迎佛婦言須君還乃共食耳白佛言轉輪王種云何自辱持佛鉢取飯佛即還尼俱類園語阿難令難陀送食來阿難宣佛旨令其送飯奉佛佛令剃頭握拳語剃者勿持刀臨閻浮提王頂佛偪不得止乃剃頭明日佛與五百比丘應請求住守寺意欲逃去佛令闗房掃地闗南北開掃此彼汙復懼佛歸即逃走歸去於路值佛屏身隱樹樹迴升空佛見即喚將還問何故去即答昨與婦別待還乃食憶婦去耳佛將遊天堂地獄云云故以婦字標之約教者俗諦有

法喜眞諦無喜三藏教也即俗喜是眞喜通教也從通法喜有俗法喜中法喜別教也即通喜具一切法喜圓教也本迹觀心如前云云

富樓那翻滿願彌多羅翻慈尼女也父於滿江禱梵天求子正值江滿又夢七寶器盛滿中寶入母懷母懷子父願獲滿從諸遂願故言滿願母名彌多羅尼此翻慈行亦云知識四韋陀有此品其母誦之以此爲名尼者女也通稱女爲尼通稱男爲那既是慈之所生故言慈子增一云我父名滿我母名慈諸梵行人呼我爲滿慈子此從父母兩緣得名故云滿慈子是人善知內外經書靡所不知就知滿故復名滿增一云善能廣說分別義理滿願子最第一下文云於說法人中最爲第一第一者說滿字也欲還本國利益佛言彼國弊惡汝云何答我當修忍若毀辱我我當自幸不得拳毆拳毆時自幸不得木杖木杖時自幸不得刀刃刀刃時自幸離五陰毒器是爲行忍滿故名滿七車喻經中說爲大智舍利弗所稱歎一切梵行人皆當縈衣頂戴於汝若見汝者得大利益是爲歎滿故名滿約教者殷勤析法所作已辦三藏願滿體達即空於空法得證通教願滿法眼具足別教願滿住祕密藏圓教願滿本迹者本願久滿迹爲說法第一示衆生知識也觀心者如止觀中人行理等善知識觀也

須菩提此翻空生生時家中倉庫筐篋器皿一切皆空問占者占者言吉因空而生字曰空生從依報器皿瑞空以名正報依正俱吉故言空生也常修空行故言善業若供養者得現報故故言

善吉常樂遊止閑林石窟寂靜之處所修行業以空爲本常入空定住無諍三昧喜說空法有所宣辯皆分別空將護衆生不令起礙嫌行即住嫌住即行佛忉利下率土輻湊爭前頂禮端坐石室念諸法空色非佛乃至識非佛眼非佛乃至意非佛豁然悟道佛告蓮華比丘尼非汝前禮汝禮色身須菩提前見法身約教者自有滅色空智生體色空智生從有智生空智從空智生俗智從俗智生中智空生即有智是圓空智生而今是圓空智生也本者本住實相法身迹示見空而生也觀心者不在內外中間非自有是爲觀心法身也阿難此云歡喜或無染淨飯王冀太子爲金輪覇其宗社忽棄國捐王憂惱殆絕魔來誑之汝子已死王哭云阿夷語旣虛瑞相亦無驗復有天來云汝子成佛王疑未決須臾信報昨夜天地大動太子成佛王大歡喜白飯王奏云生兒舉國欣欣因名歡喜是爲父母作字阿難端正人見皆悅佛使著覆肩衣有一女人將兒詣井見阿難目視不眴不覺以綆繫其兒頸中阿含云四衆若聞阿難所說若多若少無不歡喜欲發問時先爲謦咳大衆皆歡喜四衆若觀其黙行住坐卧指撝處分進止動轉皆歡喜阿難四月八日佛成道日生侍佛得二十五年推此佛年五十五阿難年二十五佛時求侍五百請爲如前說衆勸阿難阿難順從五百皆歡喜目連騰阿難三願佛言預知譏嫌求不受故衣食欲自利益求出入無時佛印而許佛言阿難勝過去侍過去侍聞說乃解今佛未發言阿難

已解如來意須是不須是皆悉能知故以法付阿難如來歡喜四天王各奉佛鉢佛累而按之合成一鉢四緣宛然而此鉢大重阿難歡喜荷持無倦中阿含第七云阿難侍佛二十五年所聞八十千揵度皆誦不遺不重問一句念力歡喜阿難隨佛入天人龍宫見天人龍女心無染著雖未盡殘思而能不染一切天人龍神無不歡喜佛滅度後在師子牀迦葉大衆讚曰面如淨滿月眼若青蓮華佛法大海水流入阿難心自誓坐入涅槃住恐離車有怨進恐闍王有怨於恒河中入風奮迅三昧分身爲四分一與天一與龍一毗舍離一阿闍世阿育王禮阿難塔奉千萬兩金偈歎曰能攝持法身法燈故法住念盛佛智海故設上供養念持多所聞口出微妙語世

尊所讚歎天人之所愛增一云知時明物所至無疑所憶不忘多聞廣達堪任奉持阿難第一約教者歡喜阿難三藏也賢阿難通也典藏阿難別也海阿難圓也本迹者本住非歡喜非不歡喜法身如虛空智慧如雲雨能持能受迹爲歡喜也觀心與相似即空即假即中相應是觀心歡喜乃至眞觀相應云云羅睺羅此言覆障往昔塞鼠穴又不看婆羅門六日由是緣故故言覆障太子求出家父王不許殷懃不已王言若汝有子聽汝出家菩薩指指妃腹却後六年汝當生男在胎六年故言覆障眞諦三藏云羅睺本名脩羅能手障日月翻此應言障月佛言我法如月此兒障我不即出家世世障我我世世能捨故言覆障佛出家後耶輸有娠諸釋咸瞋何因有

此欲治欲殺惡聲盈路寳女劬毗羅證之小差因焚火坑發大誓願我若爲非子母俱滅若眞遺體天當爲證因抱子投坑坑變爲池蓮華捧體王及國人始復不疑後佛還國耶輸令羅睺奉佛歡喜丸羅云以幼稚之年於大衆中徑持上佛耶輸以此息謗謗由有子故言覆障祖王歡喜雖失其父而獲其子孫爲金輪吾亦何恨想其長大冀神寳至而佛索令出家父王不許耶輸將上高樓目連飛空來取佛度出家付舍利弗爲弟子既出家已王位亦失故言覆障羅睺以沙彌之年喜多妄語國王大臣婆羅門居士來求見佛羅云答云不在令無量人不得見佛是爲障他由是妄語佛即訶責行還使羅云洗足脚挑澡盆三覆三仰然後覆地命令注水羅睺云盆覆注水不立佛言汝如覆盆於佛法中法水不立今當實語勿妄語也後時修道殷勤不獲以問佛佛言汝爲人說五陰未答言未當爲他說說竟又問汝說十二入未說十八界未說法是得道之門若欲得道當爲他說法因廣說法竟然後得道是爲覆障既巳得道見愛皆除三界生盡故言覆障三界生盡願不能牽故言覆障佛勑四大羅漢不得滅度待我法滅盡由是住持于今未得入無餘涅槃故言覆障云云約教者析法道諦障四住三藏意也體法道諦障四住通教也次第三智障五住別教也一心三智障五住圓教也本迹者本住中道障塞二邊八種障障涅槃邊一種障障生死邊一種非障生死非障涅槃障無餘也觀心例前可解云云六結如是等

衆所知識或言知秖是識或言聞名爲知見形爲識見形爲知見心爲識本者本爲衆生作滿字知識迹爲半字知識云云觀行知識如止觀多知識衆竟次列少知識衆者復有學無學二千人俱但舉位明數而不歎德呼此爲少知識衆耳聖與凡絶交亦不分別多識少識特以希高慕遠者以多識引之藏名隱德退讓者以少識引之隨順衆生故有若干不可以多少之迹失其本學無學者三藏中十八種學人九種無學人通教五地皆名學六地名無學又通教九地名爲學佛地爲無學別圓中或就功用無功用或就具足未具足明學無學阿含云外道問佛羅漢更學不佛言羅漢不作惡法住於善法學其無學即名爲學若爾學人亦稱無學學人齊其所斷不復更斷即是無學是爲四句就五方便非學非無學便是五句約四教中例亦應爾四五二十句本迹者本法身大士居滿字學無學位衆生應以半字學無學人莊嚴雙樹也觀者正觀中道不緣二邊中間即是無學能如是觀是名爲學若就觀門明數者觀色心具十法界十如界如互論即具二千舉迹故標本法迹即是本迹也次列尼衆者舊以此例前爲二衆今不用若例前爲多識少識二衆者又復無文義亦不可但是舉兩衆主何須苦名爲大小多少耶先列波闍波提此翻大愛道亦云憍曇彌此翻衆主尼者天竺女人通名也本住智度法門迹爲千佛之母生育導師觀釋者中觀廣博名大無緣慈名愛中理虚通名道大即自行愛即化他如以愛

故受生慈故涉有道即通自行化他也六十者數也觀門者觀六根清淨具千功德雖眼有八百耳千二百以多足少數滿六千表本法門亦是觀行意也羅睺羅母耶輸陀羅者以子標母此翻華色亦曰名聞或云無翻溫良恭儉德齊太子然在家爲菩薩之妻天人知識出家爲尼衆之主位居無學豈是無名聞衆耶十二遊經出三夫人第一瞿夷二耶輸三鹿野未曾有及瑞應皆云羅睺是瞿夷子涅槃及法華皆云是耶輸子二義云何通或可彼經舉大母此處舉所生釋論瞿毗陀是寶女不孕即是瞿夷此翻明女故知定是耶輸子也本迹者妻則齊也豈有博地爲太子妻故知本住寂定微妙法喜迹爲佛妻悲華云寶藏佛所誓願爲妻耳觀空無漏法喜即以鹿野表妻觀假道種智法喜即以耶輸表妻觀中法喜即以瞿夷表妻上當分明本迹觀心今更總論顯善權曲巧明觀行精微夫首楞嚴種種示現稱適根性靡所不爲今且近論託迹王宮降神聖后法身菩薩皆輔佛行化散影餘家若三十二瑞金姿誕應諸大士各各出生或空室雨寶寄辯通夢若皇皇太子捨國捐王踰城學道諸大士悉從師請業才藝兼通爲彼宗匠若法輪初啓甘露門開聞諸大士化緣未熟示同不受分庭抗禮崇我道真能化所化全生如乳若所化緣熟則素絲易染池華早開華凡成聖轉乳成酪師宗爲佛上首弟子或智慧神通辯才三昧各各第一共輔法王更度未度重熟已熟於方等座席聞菩薩不可思議功德恥小慕

大恥小則嗚呼自責失於如來無量知見慕大則不知當云何得佛無上慧如轉酪爲生酥次聞般若摩訶衍門初歷色心終于種智含挾小大出内取與或共或別或偏或圓奉命領知而無希取雖未頓捨已漸通泰如轉生酥爲熟酥次聞法華會天性定父子授記莂付大乘廢三歸一如餘四味同一醍醐不令一人獨得滅度皆以如來滅度而滅度之法王法臣大事出世巧用方便初用半字法破二十五有之繁務成四枯雙樹利益衆生次用半滿法破二乘之獨善成菩薩之廣大成四榮雙樹利益聖人後用常住滿字破二邊之前後成非枯非榮佛祕密藏究竟利益主將之功畢大誓之願滿故身子目連於法華而息化聖主贖命斯亦不久文云如我本誓願今者已滿足如來不久當入涅槃唱滅之言起自於此二萬燈明迦葉佛等皆於法華究竟今以師弟皆於此經發迹内祕菩薩道外現作聲聞我實成佛已來無量億劫以此推之諸大羅漢從法身地俯影隨緣迹臨萬水爲學無學作男作女示道示俗首楞嚴力靡所不現方便善權爲若此云云總明觀者上師弟施化法身所爲若不作觀方便於行人無益如貧數寶似盲執燭然心數甚多且約善數如弟子者衆但舉十人耳十善數者謂信進念定慧喜猗捨覺戒此十數輔心王能改惡就善革凡成聖辦一切法門但以十心爲本如十弟子輔佛行化共熟衆生立于佛法也信數對那律天眼第一眼是五根首如諸方以東爲上信於諸數初入佛法也進

數對迦葉頭陀第一抖擻勤苦對進數也念數對波離持律第一念力牢强憶持不忘也定數對目連神通第一慧數對身子智慧第一皆可解喜數對阿難多聞第一多聞分別樂樂即喜數也猗數對㫋延論體窮微盡理除邪顯正如猗離惡得善放苦入樂也捨數對善吉解空第一若住空平等與捨數相應覺數對富樓那說法第一覺是語本本立則辯說無窮戒數對羅云持戒第一可解十數扶心王能成觀行於一念中深入善法三寶具足王即佛寶數即僧寶所緣實際無王無數即法寶若入實際王數之功力用足矣又取通大地十數與心王俱起入善入惡徧通一切謂想欲觸慧念思解脫憶定受也想對富樓那想得假名其人善達假名辯才無滯欲對迦葉迦葉無世間欲而欲於無爲觸對㫋延觸入二事更相涉入㫋延善論義能窮往復慧即身子可解念對波離念持律之上也思對羅云思是行陰此人實行持戒也解脫對善吉脫名無累此人解空於有得脫憶對那律憶動發取境修天眼易三摩提定數對目連可解受對阿難多聞領持無謬也十人各備衆德爲引專門宣示佛道隨衆生欲欲慧者師身子乃至欲多聞者師阿難共輔法王各掌一職今觀心亦如是一一心中皆具王數爲成觀故王數相扶而取開悟或於想數入道或於欲數入道隨所宜者心王心數而共攻之化取塵勞諸心而作佛事作此觀未悟觀行如乳若發無漏觀行如酪若破塵沙如生熟酥若破無明觀如醍醐至醍醐

時王數皆畢心心法數不行故名行般若波羅蜜普賢觀云觀心無心法不住法我心自空罪福無主即是無心無數名爲正觀是心數塵勞若不盡者觀則不訖故經言衆生不度我不成正覺即此意也云云第二列菩薩衆者釋論云菩薩爲出家在家四衆攝何故別列答有菩薩墮四衆中有四衆不墮菩薩中爲其不發心作佛故今別列同發心求作佛者名菩薩衆文爲六一氣類二大數三階位四歎德五列名六結句一氣類者即是菩薩摩訶薩也若具存應言菩提薩埵摩訶薩埵什師嫌煩略提埵二字菩提此言道薩埵此言心摩訶此言大此諸人等皆求廣博大道又成熟衆生故道心大道心之氣類也菩薩多種謂偏通別圓如釋論引迦栴延子明六度齊限而滿者此欲調血衆生爲乳也若大品明有菩薩發心與薩婆若相應者此欲調乳入酪也若大品明有菩薩發心遊戲神通淨佛國土又如淨名中得不思議解脫者皆能變身登座而復受屈被訶者此欲調酪爲生熟酥也若大品明有菩薩發心即坐道樹成正覺轉法輪度衆生者此是調酥爲醍醐也故下文云菩薩聞是法疑網皆已除又云若菩薩不聞法華非善行菩薩道若聞此經即善行菩薩道又涅槃云菩薩不聞涅槃常有希望若聞涅槃希望都息故略有四種也本迹者本地難測或居等覺或齊法王如善財入法界見文殊色像無邊法門深遠本鄰諸佛迹輔釋迦爲菩薩普現色身三昧力散影垂容以口輪不可思議化隨宜廣說可以

意知不可以言辯也所以迹引四味歸乎一實譬如鎚碪器諸渟璞成醍醐已一期化息然其本地究竟成就豈是今日始入大乘亦非寂滅道場高山先照若頓若漸皆迹所爲耳觀解者中道觀心雙照二諦名大通至菩提果名道破五住塵勞名成衆生云云八萬人者數也餘經集衆甚多此經何少或是語其大數或譬王論密事不可率土同謀云云約觀心者觀一善心具十法界十界交互具百法界千性相等十善即萬法約八正道即八萬法門也云云皆於阿耨三菩提不退轉者明位也阿耨此云無上道如境妙中說位如位妙中說不退轉者約位行念論不退應四種分別不生三惡道位不退不生邊地諸根完具不受女身即行不退常識宿命即念不退具此名阿鞞跋致地三藏義也若六心已前輕毛菩薩信根未立其位猶退七心已上從初地至六地不退爲凡夫二乘名位不退雖正使已盡而未能徧修萬行其行猶退至七地名行不退而猶起二乘念故有念退至八地道觀雙流入法流水名念不退此名阿鞞跋致地此乃三乘共十地之義耳地師云十住是證不退十行是位不退十迴向是行不退十地是念不退此是別教義不會此經今所不用瓔珞云初地三觀現前心心寂滅自然流入此亦別教不退今亦不用若華嚴明初住得如來一身無量身具三不退此圓教不退此是一實事今用此判位也本迹者本地寂滅尚非十地況是初住尚非初住不退況復別通別通之位宜釋餘經列衆圓教之位

正在今經諸經論師既不識迹安能知本所歎既謬毀在其中還成增減兩謗何謂歎德觀心者三觀即三不退又一心三觀即一心三不退云云舊云皆得陀羅尼去始是歎德今取不退轉即具兩意成上屬明位起後屬歎德舊云歎德作十二句分爲四意初三句歎現德次三句歎往行次四句歎内體後兩句歎外名四意不同而德居於初故稱歎德歎現又兩初一句歎自行後二句歎化他歎行爲三初句歎行本本從諸佛得般若次句歎本行行福德也既有福德能資於慧次句爲佛所稱歎歎體又三初慈悲歎應身中間兩句歎心慧報身後一句歎法身歎名爲二初句歎名普聞次句歎能度衆生此之分文極有眉眼斆論宗體殊無趣向若歎通教通教無三身又非入佛慧名不普聞種種義不成若歎别教别教初地已過二乘云何七地更起聲聞支佛之念若歎圓教不應言七地已下無不退之德進退無當竟知歎誰是所不用今以十三句作横竪消文一竪約十地義便二横約初住義便不退轉者成前即是明位起後即是歎德以對初地初地名歡喜喜其不退墮二邊入中道獲三不退故知歎初歡喜地也皆得陀羅尼歎二地二地名離垢亦名離達離遮諸惡達持衆善即陀羅尼義故知歎離垢地也樂説辯才歎三地三地名明地内智明外説辯欲知智在説説有種種樂説最勝故故知歎第三明地也轉不退轉法輪歎四地四地名燄燄能破闇又能焦炷轉法輪自害已慼如焦炷破他迷如除闇故

知歎第四燄地也供養百千諸佛歎五地五地名難勝地此地得深禪定用神通力難勝難及於一念頃徧至十方供養諸佛故知歎第五地也於諸佛所植衆德本歎六地六地名現前由得禪能供養諸佛福資種智種智現前智是德本如植種於地故知歎第六地也常爲諸佛之所稱歎歎第七遠行地此地二智方便出過一切廣修利益稱會佛心故知歎第七地以慈修身歎第八不動地正智不動不出三界但以慈薰身應入五道薰口爲說法薰心爲設方便正法華具薰三業故知歎第八地也善入佛慧歎第九地九地名善慧深入實際妙徹本源此名義最合故知歎第九地通達大智歎第十地十地名法雲法身如虛空禪定如大雲智慧如大雨善入佛法名慧巧用佛法名智亙舉耳到於彼岸歎十地内德到三諦之彼岸因中說果又到在不久也名稱普聞歎十地外德由内德深廣致令聲名普聞内外相稱若開等覺位者此二句擬之能度百千衆生者餘地度人或一界至九界不名能度十地勝前故稱能度諸地悉具衆功德而今出没釋者爲人情好異故依十地名便故又豎義易解故作此一途消文耳次橫歎者直約初住說之餘位位例可解初發心住一發一切發出過二邊華凡超聖入中道其心寂滅念念流入薩婆若海故言得不退轉初住遮離取相無知無明等障持達般若解脫法身等德故言得陀羅尼十信似解尚能以妙音徧滿三千界何況初住眞解口密功德故言樂說辯才初住能

分身百世界作佛論其實處無量無邊以能作佛說法教化故言能轉不退法輪初住得不思議神力徧能承事法界諸佛故言供養百千諸佛初住得實相本能植衆德也初住開佛知見知見巳法與諸佛同故爲佛之所稱歎初住無緣慈普現色身徧應法界故言以慈修身初住入祕密藏故言善入佛慧初住一心三智無能障礙故云通達大智初住事理分究竟故言到於彼岸初住圓德眞實與名相稱故言名稱普聞諸佛世界初住能爲十法界而作依止安立救護故言能度百千衆生初住更有無量無邊不可思議種種功德略言十三句耳二住去乃至等覺亦復如是故大品云初阿字門具四十一字功德後茶亦具諸字功德中間亦爾字等語等功德亦等問此中歎斷惑德三藏不斷惑可不被歎聲聞尚被歎迹爲通别何不歎德答通歎於迹乃有此義今經正明圓人不歎方便耳問云何諸句功德皆歎初住耶答曰餘位亦如是何獨初住舊云八地有諸功德不以爲疑今圓歎初住何德不攝初住尚爾何況後位耶法華論云上支下支門總相别相應知初得不退轉一句是總此不退有十種示現聞法不退轉即是陀羅尼樂說不退轉即是樂說辯才說不退轉即是轉不退法輪依善知識不退轉即是供養百千諸佛植衆德本斷疑不退轉即是爲諸佛稱歎入事不退轉即是以慈修身入一切智如實境不退轉即是善入佛慧依我空法空不退轉即是通達大智入如實境不退轉即是到於彼岸應

作所作不退轉即是度百千衆生故初總句即是上支次諸别句即是下支記中横歎初住德即與此意同也論云二者攝取事門者示現諸菩薩住何等清淨地中因何等方便何等境界何等應作所作故若從此義作豎歎菩薩德亦無妨觀心解難德者不退轉如前説陀羅尼者空觀是旋陀羅尼假觀是百千旋陀羅尼中觀是法音方便陀羅尼又空觀觀心但有名字即聞持陀羅尼假觀觀心無量心心心數法皆是法門即行持陀羅尼中觀觀心心即實相即是義持陀羅尼假觀觀心具十法界法即法無礙辯中觀觀心十法界皆入實相即義無礙辯空觀觀心十法界但有名字語言即辭無礙辯觀一心即三心三心即一心一界一切界旋轉無礙即樂説無礙辯空觀是轉位不退法輪假觀是轉行不退法輪中觀是轉念不退法輪供養佛者秖是隨順佛語今順佛教修三觀心即是供養佛爲破五住得解脱故即供養法三諦理和即供養僧又衆行心資觀智心即供養佛觀智心開發境界即供養法境智心和即供養僧實相心是觀智心本觀智心是衆行心本得本種植則立故言植衆德本觀智心冥於境界境界印於觀智智有所照常與境合即是爲佛所歎空觀爲法緣慈所熏假觀爲衆生緣慈所熏中觀爲無緣慈所熏空觀入通佛慧假觀入别佛慧中觀入圓佛慧空觀到一切智彼岸假觀到道種智彼岸中觀到一切種智彼岸空觀聞於真諦假觀聞於俗諦中觀普聞中道第一義諦亦普聞三諦

空觀度四住百千衆生假觀度塵沙百千衆生中觀度無明百千衆生一心三觀有無量德歎不能盡止略説耳五列名者大士大名或從法門或從行德或從本願雖是一名備無量義今依經依觀銷十八菩薩名文殊師利此云妙德大經云了了見佛性猶如妙德等無行經云滿殊尸利普超云濡首思益云雖説諸法而不起法相不起非法相故名妙德悲華云願我行菩薩道所化衆生皆於十方先成正覺令我天眼悉皆見之我之國土皆一生菩薩悉令從我勸發道心我行菩薩道無有齊限寶藏佛言汝作功德甚深甚深願取妙土令故號汝名文殊師利在北方歡喜世界作佛號歡喜藏摩尼寶積佛今猶現在聞名滅四重罪爲菩薩像影響釋迦耳觀心性理三德祕密不縱不横故名妙德觀世音者天竺云婆婁吉低税思益云若衆生見者即時畢定得於菩提稱名者得免衆苦故名觀音悲華云若有衆生受苦稱我名者念我者爲我天耳天眼所見聞不得免苦不取正覺寶藏佛云汝觀一切衆生生大悲心今當字汝爲觀世音此下文自釋名云云

妙法蓮華經文句卷第二上

音釋

哃申之切　哨正作噍才笑切齧也　啛色甲切食貌　嚼疾雀切咀嚼也　腬耳由切肥美也　喟丘媿切歎聲也　偪筆力切與逼同　姝春朱切美也　槩居代切槩量也　筐篋筐曲王切篋詰叶切　眴輪閏切目動也　綆古杏切井索也　娠失人切孕也　艿如蒸切積也　猗於宜切輕安也　鎚直垂切與椎同　碪知林切與砧同

妙法蓮華經文句卷第二下

隋天台智者大師說

門人灌頂記

觀心釋者三智名觀三諦名世三觀是語本故名音得大勢者思益云我投足之處震動三千大千世界及魔宮殿故名大勢至悲華云願我世界如觀世音等無有異寶藏佛言由汝願取大千世界故今當字汝爲大勢至觀心釋者三止爲足投三諦地動十法界一切見愛所住之處皆悉傾動云不休息者思益云恒河沙劫爲一日夜是三十日爲月十二月爲歲過百千萬億劫得值一佛如是值恒河沙佛行諸梵行修習功德然後受記心不休息故名不休息觀心者觀空不住空出假不住假而入中不住中雙照二諦名不休息寶掌者普超云被上德鎧乃至佛無能沮敗今釋大乘若於夢中不志二乘常以實心諸通慧心爲人講宣於珍寶心無所貪惜故名寶掌觀心者不思議三諦名之爲寶一心三觀名之爲掌以此觀掌執此諦寶自利利他故云寶掌藥王者悲華云願賢劫一千四佛初成道我皆供養諸佛入滅我皆起塔劫盡苦惱我皆救護刀兵疾疫作大醫王然後作佛寶藏佛言今當字汝爲火淨藥王在後作佛即樓至如來觀心釋云此下欠釋七菩薩跋陀婆羅者此言善守亦云賢守思益云若衆生聞名者畢定得三菩提故名善守觀解者中道正觀於諸善中最爲上首故言善守彌勒者此云慈氏思益云若衆生見者即得慈心三昧故名慈氏賢愚云國王見象師

調象即慈心生從是得名慈氏悲華云發願於刀火劫中擁護衆生今觀解者中道正觀即是無緣大慈慈善根力令諸心數皆入同體大慈法中離諸不善故稱慈氏又云慈乃姓也名阿逸多此翻無勝下文云云此下欠釋寶積導師者思益云於隨邪道衆生生大悲心令入正道不求恩報故名導師觀解者三觀妙智導一切行不墜二邊皆入正觀故名導師未釋者俟後追註云云六如是下是結句也第三列雜衆者舊云凡夫衆此中有聖舊云俗衆此中有道舊云天人衆此中有龍鬼皆不便今呼爲雜衆意則兼矣所謂五道二界八番是故言雜方等經亦列地獄中陰經亦化無色此皆隨機適現不可一例作並復不可定其次第舊云人是土主讓諸客在前無量義經秖與此經同席明國王國臣國士國女不論賓主相讓出經家趣列在文或有別意未詳今觀此文有八番先標帝釋次列四王前龍後鳥鬼神重出爲此義故呼爲雜衆不可言其次第又雜衆者此中有得道未得道者雜果報與形服雜故言雜其中得二乘道者無漏智與無明煩惱雜故言雜其中得菩薩道者漚和與衆機雜故言雜其中得佛道者一法具一切法故言雜雜義如是豈可以凡夫形俗判之復不可以五道人天等判之故言雜也此是約教釋云云釋提桓因因陀羅或云旃提羅此翻能作作忉利天主忉利此翻三十三四面各八城就喜見城合三十三共居須彌頂須彌此翻安明四寶所成高廣三百三十六萬里此是欲天之主故前

列雜阿含四十云有一比丘問佛何故名釋提桓因答本爲人時行於頓施堪能作主故名釋提桓因何故名富蘭陀羅爲人時數數行施故何故名摩伽婆本爲人時名故何故名娑婆羅本爲人時此衣布施故何故名憍尸迦本爲人時姓故何故名舍脂鉢低舍脂是婦鉢低是夫何故名千眼本爲人時聰明於一時坐思千種義觀察稱量故名千眼何故名因提利爲三十二天主瓔珞第三云天帝名拘翼教門者阿含中帝釋是阿那含般若明十方難問般若者皆名釋提桓因別圓中明釋提桓因得首楞嚴三昧内證不同過賢劫二千二十四劫作佛號無著世尊云云本迹者十住行向即三十十地爲一等覺爲二妙覺爲主同棲第一義天共服實相甘露即本也居須彌頂迹也觀心解者自行十善勸他隨喜此三十善皆空皆假皆中即是三十三觀門也名月等三天子是内臣如卿相或云是三光天子耳名月是寶吉祥月天子大勢至應作普香是明星天子虚空藏應作寶光是寶意日天子觀世音應作此即本迹釋也觀解者三觀即三智三智即三光從三諦生三智諦即天智即子云云四大天王者帝釋外臣如武將也居四寶山高半須彌廣二十四萬里東提頭賴吒此云持國亦言安民居黃金山領二鬼揵闥婆富單那南毗留勒叉此云增長亦云免離居琉璃山領二鬼薜荔多鳩槃茶西毗留博叉此云非好報亦云惡眼亦云雜語居白銀山領二鬼毒龍毗舍闍北毗沙門此云種種聞亦云多聞居水精山

領二鬼羅刹夜义各領二鬼不令惱人故稱護世本迹者本爲常樂我淨四王護持佛法不令外人取其枝葉斫截破壞常王護東方常無常雙樹樂王護南方樂無樂雙樹我王護西方我無我雙樹淨王護北方淨不淨雙樹枝榦喻常華喻於我果喻於樂茂葉喻淨護此華果常能利益一切衆生故迹爲四王而護世也觀解者觀四諦智即是四王一諦下除愛見二惑即是護八愛見也次忉利上有燄摩此翻善時大論云妙善去忉利三百三十六萬里善時上有兜率陀此翻妙足去燄摩如地遠而不列者略耳何者下天鈍上天著樂尚知來集況不著不鈍而不來耶自在即第五大自在即第六自化五欲他化五欲云有人言是色界頂大自在此不應超至

彼也本迹者此兩天本住自在自在王等定迹爲兩天耳觀心者入空是自在觀入中是大自在觀云次列色界天娑婆此翻忍其土衆生安於十惡不肯出離從人名土故稱爲忍悲華經云云何名娑婆是諸衆生忍受三毒及諸煩惱故名忍土亦名雜雜九道共居云梵者此翻離欲除下地繫上升色界故名離欲亦稱高淨尸棄者此翻爲頂髻又外國喚火爲樹提尸棄此王本修火光定破欲界惑從德立名然經標梵王復舉尸棄似如兩人依釋論正以尸棄爲王今經舉位顯名恐目一人耳住禪中間内有覺觀外有言説得主領爲王單修禪爲梵民加四無量心爲王也初禪有梵衆梵輔大梵今舉王攝諸也光明者二禪也此有少光無量光光音三禪有

少淨無量淨徧淨四禪有容身亦無挂礙無量容亦受福容果亦廣果無想容亦無想又有五那含不煩不熱善見善現色究竟亦大自在即摩醯首羅經文存略不具出但等等此諸天也例有教門本迹觀心自思之次列八龍者難陀名歡喜跋名善兄弟常護摩竭提雨澤以時國無饑年瓶沙王年爲一會百姓聞皆歡喜從此得名即目連所降者也居海中本迹解者本住歡喜地迹居海間觀解者三觀即中道生法喜也娑伽羅從居海受名華嚴所稱舊云因國得名本住智度大海迹處滄溟和修吉此云多頭亦云寶稱居於水中本住普現色身三昧迹示多頭也觀者入假之觀分別無量法門也云德义迦此云現毒亦云多舌或云兩舌本住樂說無礙辯法門迹示多舌阿那婆達多從池得名此云無熱無熱池長阿含十八云雪山頂有池名阿耨達池中有五柱堂從池爲名龍王常處其中閻浮提諸龍有三患一熱風熱沙著身燒皮肉及骨髓以爲苦惱二惡風暴起吹其宮殿失寶飾衣等龍身自現以爲苦惱三諸龍娛樂時金翅鳥入宮摶撮始生龍子食之怖懼熱惱此池無三患若鳥起心欲往即便命終故名無熱惱池也本住清涼常樂我淨迹處涼池觀者三觀妙慧淨五住之煩㜸免二死之熱沙云摩那斯此云大身或大意大力等修羅排海淹喜見城此龍縈身以遏海水本住無邊身法門迹爲大體觀者中道正觀其性廣博云優鉢羅此云黛色蓮華池龍依住從池得名本住法華三昧迹居此池觀

者三觀即是修因因即蓮華也正法念經云龍爲諸天保境修羅興兵前與龍鬬故知爲天所管也次列四緊那羅亦云眞陀羅此云疑神似人而有一角故號人非人天帝法樂神居十寶山身有異相即上奏樂佛時說法諸天弦歌般遮于瑟而頌法門舊云法緊奏四諦妙緊奏十二因緣大緊奏六度持緊總奏前三今言奏四教法門也本住不可思議不起滅定安禪合掌以千萬偈讚諸法王迹寄弦管歌詠十力觀者觀音聲即空即假即中隨順三諦即是讚佛也四乾闥婆此云嗅香以香爲食亦云香陰其身出香此是天帝俗樂之神也樂者幢倒伎也樂音者鼓節弦管也美者幢倒中勝品者美音者弦管中勝者也阿修羅者此云無酒四天下採華醞於大海魚龍業力其味不變瞋妬誓斷故言無酒神亦云不端彌天安師云質諒質諒直信也此神諂曲不與名相稱有二種鬼道攝者居大海邊畜生道攝者居大海底婆稚者此云被縛或云五處被縛或云五惡物繫頸不得脫故云被縛亦云有縛爲帝釋所縛本能五繫繫魔外道迹爲此像耳正法華云最勝觀者以三觀智縛五住惑入實際中佉羅騫䭾此云廣肩胛亦云惡陰涌海水者正本云實錦本住權實二智慈荷衆生故迹爲廣肩胛觀者三觀能鼓覆五住生死大海也毗摩質多此云淨心亦云種種疑波海水出聲名毗摩質多即舍脂父也觀佛三昧云光音天生此地地使有欲入海洗不淨墮泥變爲卵八千歲生一女千頭少一二十四手此女戲

于水水精入身八千歲生一男二十四頭千手少一海水波音名爲毗摩質多索乾闥婆女生舍脂帝釋業力令其父居七寶殿納爲妻後讒其父遂交兵脚波海水手攻喜見帝釋以般若呪力不能爲害正本云燕居本者色心本淨迹爲此名觀者正觀中道即是淨心羅睺羅此云障持障持日月者也是畜生種身長八萬四千由旬口廣千由旬寶珠嚴身觀天女天園林若四天下人孝養父母供養沙門者諸天有威力上空兩刀若不爾諸天入宮不出又日放光照其眼不能得見舉手掌障日世人咸言日蝕怪險種種邪說掩月亦如是或作大聲世人言天獸吼險亂王衰種種邪說怖日月時倍大其身氣呵日月日月失光來訴佛佛告羅睺莫吞日月羅睺支節戰動身流白汗即放日月日月力衆生力佛力衆因緣故不能爲害昔有婆羅門聰明廣施四千車載食於曠野施有一佛塔惡人所燒即以四千車載水滅火救塔歡喜發願願得大身欲界第一既無正信好鬭愛戰喜施故生光明城作羅睺羅修羅主也正本云吸氣本觀云次列四迦樓羅此云金翅翅翮金色居四天下大樹上兩翅相去三百三十六萬里有人言莊子呼爲鵬鵬行衆鳥翼之亦稱爲鳳皇私謂鳳不踐生草啄竹實棲乳桐金翅啖龍云何是類大威德者威勝群輩又威懾諸龍也正本云具足大身者大群輩也大滿者龍恒充滿巳意也如意者頸有此珠也正本云不可動迦樓鳥有神力雄化爲天子雌變爲天女化巳住處有寶宮亦有

百味而報須食龍胎能噉胎不能噉三卵能噉二濕能噉三化能噉四觀佛三昧經云正音迦樓一日山東噉一龍王五百小龍三方亦爾周而復始壽八千年臨終失勢欲噉龍子龍毋嗷嘐之不得食即嗔從金剛山透海穿地輪過不能過風輪風彈之從故孔湧到金剛山如是七返還山頂命終肉裂火起將燒寶山難陀雨雨滅之肉爛心衝風輪亦七返墮山上成如意珠龍得之即爲王人王亦感此珠者也次列人者韋提希毋也翻思惟頻婆娑羅此翻模實父也阿闍世者未生怨或呼爲婆留支此云無指内人將護呼爲善見善見之名本也無指之稱表迹大經云阿闍名不生世者名怨以不生佛性故則煩惱怨生煩惱怨生故不見佛性不生煩惱即見佛性又阿闍者名不生世名世法以世八法所不汙故故名阿闍世此是本義也普超經云阿闍世從文殊懺悔得柔順忍命終入賔吒羅地獄即入即出生上方佛土得無生忍彌勒出時復來此界名不動菩薩後當作佛號淨界如來其迹既爾本豈可量說法華時預清淨衆至涅槃時引逆罪者何異迦葉於法華受記於涅槃不堪付囑不可迷迹而惑其本也觀解者貪愛毋無明父害此故稱逆逆即順也行於非道通達佛道問佛在人中說法列人衆何少答文略不載人實不少文云及諸小王轉輪聖王等無量義中列四輪王國王國臣國民士女其衆則廣問天人龍鬼皆見佛聞法地獄一道無色一界何意不列答此義今當辯夫諸道升沉由戒有持毁

見佛不見佛由乘有緩急然持戒有麤細故報有優劣持乘有小大見佛有權實且略判戒乘各爲三品依涅槃一句開爲四句釋之其義則顯一戒乘俱急二戒緩乘急三戒急乘緩四戒乘俱緩若通論戒乘一切善法一切觀慧皆得稱戒亦皆是乘人天五乘即是其義道共等戒悉是通意也今就别判三歸五戒十善八齋出家律儀乃至定共能防身口遮惡道果得人天報者名之爲戒若聞經生解觀智推尋四諦十二緣六度生滅無生滅等智能破煩惱運出三界者名之爲乘故大品云有相之善不動不出無相之善能動能出即此義也若戒乘俱急者持下品戒戒急報在人中持小乘乘急以人中身於三藏教時見佛聞法持中乘乘急以人報身於通教大乘乃至帶方便諸大乘經時見佛聞法持上乘乘急以人報身於華嚴法華等教及諸教中圓見佛聞法預列爲同聞衆者是也若持中品戒急報在欲界天持小乘乘急以欲界天身於三藏時見佛聞法餘如上說若持上品戒急加修禪定報在色無色天等持小乘乘急以色無色天身於三藏中見佛聞法餘如上說釋第一句竟若戒緩乘急者三品戒皆緩報墮三途持小乘乘急以三途身於三藏中見佛聞法餘如上說釋第二句竟若戒急乘緩者三戒急故受欲界人天及色無色天身三乘緩故佛雖出世說三乘法愛著樂報耽荒五欲不見佛不聞法舍衛三億家及諸不見聞者三界著樂諸天等是也釋第三句竟若戒乘俱緩者受三途報不見佛

不聞法也釋第四句竟此文不列地獄者以其戒緩苦重報隔上乘又緩不能於法華見佛聞法餘經有列者餘乘急耳又不列無色天者上戒急故受天身著定味上乘緩故不能於法華見佛聞法餘經有列者有餘乘急耳若得此意一一勘天龍八部皆識本緣緩急來不來義悉可解廣釋如淨名疏又識權者引實本迹義轉明將此勘已觀行三世因果朗然可識各禮佛足者總結衆集也○爾時世尊下訖品名別序文爲五一衆集二現瑞三疑念四發問五答問光宅逆順生起由衆集故現瑞乃至由問故答答由於問乃至瑞由衆集此乃翻覆緣起鈎鎖相連序於正意竟自未顯直是因緣一釋尚自不明況二三四緣了無趣向今明五序序正中四一集衆叙人一現瑞叙理一疑念叙行一問答叙教一此則因緣釋也約教者此序序正非三藏非通非別乃是序於圓正耳約本迹者若以序序壽量中本地四一者此義自可知不復記觀心可解云云就衆集又二初衆集威儀次衆集供養法華論目此爲威儀如法住四衆者舊云出家在家各二合爲四衆此名局意不周今約一衆更開爲四謂發起衆當機衆影響衆結緣衆發起者權謀智鑒知機知時擊揚發動成辦利益如大象蹴樹使象子得飽所謂發起令集發起瑞相乃至發起問答等皆名發起衆當機者宿植德本緣合時熟如癰欲潰不起于座聞即得道此名當機衆影響者古往諸佛法身菩薩隱其圓極匡輔法王如衆星繞月雖無爲作而有巨益此

名影響衆結緣者力無引導擊動之能德非伏物鎮嚴之用而過去根淺覆漏汙雜三慧不生現世雖見佛聞法無四悉檀益但作未來得度因緣此名結緣衆比丘衆既爾餘三衆亦然合十六衆類如大通智勝佛時王子覆講即彼時發起衆聞法得道即彼時當機衆聞法未度而世世相值于今有住聲聞地者即彼時結緣衆彼佛世時尚有四四十六衆今佛道同寧得無耶此是圓教十六衆約三教亦例可知本迹可解觀心者研境作觀在名字觀行位中即成結緣衆入相似位即成當機衆入分眞位即成發起影響衆云圍遶者佛初出世人未知法淨居天下化爲人像到已右旋旋已敬禮禮已卻坐聽法因於天敬人以爲楷此因緣解也圍遶者行旋威儀也表四門機動俱見圓理以圓對偏例有四義即教門解也又佛身周帀相好莊嚴四旋瞻仰增念佛定即觀心解也若觀佛色身得見法身即本迹解供養者通三業皆是供養別論卑謹虔禮名恭敬至念專注名尊重發言稱美名讚歎施其依報名供養此中文略具辯應如無量義經廣說天厨天香天鉢器等即是供養大莊嚴菩薩及八萬大士合掌叉手即是恭敬一心瞻仰即是尊重說七言偈即是讚歎今論衆集指彼文者彼經衆集說法竟儼然不散即彼座席仍說法華故知三業供養不得有異用彼廣釋此略於義無咎從爲諸菩薩說大乘經下訖以佛舍利起七寶塔是現相序瑶師明七瑞此土開六他土總一光宅此彼各六瑞此六者動則說

法度人靜則入定觀理動靜爲一雙上天雨四華下地六種動上下爲一雙大衆内懷歡喜如來外放光明内外爲一雙今謂尋文起盡如光宅若取名義便易表報之意並自未彰今明智定因果感應爲三雙智則指一說多定則諦緣義處因則四位天華果則六處地動感則大乘機發應則圓毫照之此六皆稱瑞相者文云今相如本瑞瑞秖是相耳人情分別以密報爲瑞奇異爲相相何所報妙理玄賾説之至難人情悠悠不能尊重先以異相駭變常情常情既變而生欽渴故以異釋相以報釋瑞略明六瑞表報十妙感應妙中已說今更道說法瑞表報說法妙智妙入定瑞表報行妙雨華瑞表報位妙地動瑞表報境妙乘妙衆喜瑞表報眷屬妙利益妙放

光瑞表報感應妙神通妙是故六種俱各現相序說大乘經者善戒經有七大一法大謂十二部毗佛略也二心大謂求於善提也三解大謂解菩薩藏也四淨大謂見道淨心云五莊嚴大謂福德智慧也六時大謂三僧祇行行也七具足大謂以相好自嚴得菩提也六是因大七是果大大因大果合爲大乘經也今將十妙義揀經應可解生師云無相空理大乘之本封三來久頓說無三不能取信故說無相爲法華序觀師意同若爾般若淨名皆應是序何獨無量義耶彼釋云如此由五時故後教得起更問若爾無量義與諸經皆通途相生非關別序基師云空理無形故云無量序意同前難亦如是印師云無相善有成佛義故言無量又云彼經不說有三無

三有異大品非法華所指指者不來秦地今謂此經是宋元嘉三年慧表比丘於南海郡朝廷寺遇曇摩耶舍受此本還武當山求明三年始傳於世經既已來豈可送還天竺光宅云無量義以萬善同歸能成佛道法華正明無二無三破三與一爲異故即爲序若言萬善同歸二三何不同歸二三若歸序正不異若言破二破三何不破萬破二破三則無二無三既其破萬是則無序取經互舉意爲異者不成異也異意不顯序義亦不成也劉虬注云無相爲本無相一法含義不貲若含義不貲即是有相何謂無相尋諸師各偏一種若言有相之善有成佛義此三藏意耳若言無相之善有成佛義此通教意耳若言含法不貲此別教意耳並他經所明皆非序法華意耳若法華論列十七種皆法華之異名無量義者即法華之一名也今申論意佛直說此名而入此定故得爲序大品金光明涅槃皆先唱名於序無妨今經文殊引古佛亦名無量義又云當說大乘經名妙法蓮華此亦序中唱名與論意同也今梜彼經釋無量義者從一法生其一法者所謂無相無相不相名爲實相從此實相生無量法所謂二法三道四果今釋此文無相者無生死相也不相者不涅槃相也涅槃亦無故言不相無相指中道爲實相也二法即頓漸頓謂華嚴頓中一切法也漸謂三藏方等般若一切法也三道即三乘四果即羅漢支佛菩薩佛此等諸法名爲無量實相爲義處從一義處出無量法得爲無量法入一義處作序譬如筭師

從一箄下諸箄除諸箄歸一箄由下故除下爲除序從一沙諸收諸歸一開爲合序亦復如是如此消釋不違彼經論亦與此經合云云復次無量義讃偈明法身百非洞遣應爲丈六紫金輝普賢觀明常樂我淨四波羅蜜住處前後兩文皆明常豈有中間壽量而是無常耶他難云序已說常正何所道今反難之涅槃以純陀是序已開常宗正何所道他又例淨名序金剛無爲無數而正說不明常法華亦應爾今還反難之純陀序常涅槃正應無常今論序常正常何疑也教菩薩法者無量義處用教菩薩也義處即諦理也下文普令一切衆亦同得此道又云若我遇衆生盡教以佛道即此意焉佛所護念者無量義處是佛自所證得是故如來之所護念下文云佛自住大乘也雖欲開示衆生根鈍久默斯要不務速說故言護念佛說經已入無量義處三昧者慧定相成非禪不智須先入定非智不禪故先說法即智而定即定而智先後入出無有隔礙疑者云若未說無量義可入斯定說此經已何故入定釋言先入此定後說此經可解說此經竟而更入者是爲法華作序耳何者若不先開則後無所合先入開定爲合定作序稱爲瑞相即此義焉若作次第者先入無量義三昧已應入法華三昧若明文彰顯時衆則知何俟彌勒殷勤文殊斷固故知作序其義轉明身心不動者與所緣之處相應也身之本源湛若虛空心之理性畢竟常寂大通智勝身體及手足寂然安不動其心常憺怕未曾有散亂身若金剛不可

動轉心若虛空無有分別無量義處三昧法持於身心故不動也稱爲無量者此定寂而常照能知世間從此一法出無量法也若作序義身法體動運令令不動運心法體分別令令不分別序義明矣問瑞相本論奇異說法入定佛之恒儀何得爲瑞答說法雖竟時衆不散肅有所待故知前之說法舉衆來集待於後聞此事奇特與常說異何意非瑞雖入開定意在合定與常入定有異何意非瑞相耶又文殊引古佛六瑞皆有此事若昔非瑞相何以證今今古同然豈可以凡情而非之耶天雨四華者舊云小大白小大赤正法華云意華大意華浦嚮華大浦嚮華釋論九十九云天華妙者名曼陀羅又七十九云八百比丘成佛國土常雨五色曼陀羅華舊雨

小大白表在家二衆小大赤表出家二衆表其昔來因而未果今謂此解狹而不當直論四衆收三藏中十六衆尚不盡況復四十八衆是故爲狹夫華相密報其因四衆昔來已是因何俟華報若報其果天應雨實何故雨華故云不當今言雨華明其昔因非佛因三藏中因是二乘因通中因是共因別中是菩薩因皆非佛因今天雨華報其當獲佛因佛因者即四輪因也小白表銅輪習種性開佛知見也大白表銀輪性種性十行示佛知見也小赤表金輪道種性十迴向悟佛知見也大赤表琉璃輪聖種性十地入佛知見也四輪皆同是因是因由中而生故從天而雨由是因位故以華表之但因有趣果之義故而散佛上如此因果誰當感剋秖是此會時衆

故言及諸大衆也下文殊釋疑吹大法蠡等四句又正說中開示悟入又與大車中遊於四方節節相承皆是位義故知華表因位也問四輪是別位義那得釋圓位耶答名通義圓尚無所失況名別義圓而不得用耶問別義賢聖圓亦有耶答已如玄義若言四華俱從天雨表四衆當同成一因如此釋者出三藏義未出通義若言四衆同是菩薩因者此釋出通義未出別義並非佛因皆非法華意也法華意如前說普佛世界地六種動者舊云動三乘人因果決定六執者此破三藏家三乘六執未破通教三乘六執通教約法三人因果同若約人三人因果異此之同異俱被破而舊家破意不破此也別教無三乘名則無六執舊所不破今明別家因時三法縱横果時三法亦縱横此則須破今釋地六種動表圓家六番破無明無明磐礴未曾侵毀方將破壞故動地以表之無明若轉即變爲明故普佛世界六種震動也六種表住行向地等妙六番也優婆塞清淨行經云菩薩生時動地示此生已盡無復煩惱一切衆生應得道者煩惱將滅故動即此義也本迹解者如文殊釋疑引古佛爲答密得此意即是識本非謂他佛昔現斯瑞而我世尊本亦斯瑞非今一反也云觀行者動六根也地相堅固如六根冰執未曾入大乘之道動難動之地表淨未淨之根東涌西没者東方青主肝肝主眼西方白主肺肺主鼻此表眼根功德生鼻根煩惱互滅鼻根功德生眼中煩惱互滅餘方涌没表餘根生滅亦復如是六動者動

起涌震吼覺一一中又有三謂動徧動等徧動直動爲動四天下動爲徧動大千動爲等徧動餘五亦如是合十八種動此即表淨十八界也云云次明大衆心喜瑞者衆見雨華地動知甘露將降欣躍内充表大機當發感於勝應問喜怒人之常情何得爲瑞答天華悦眼地動震心大經云動時能令衆生心動華地是外瑞心喜是内瑞非常之喜昔雖曾有而不爲喜所動而能一心觀佛何得非瑞若言歡喜動陰心者人天義也若喜動眞諦無漏心者藏通義也若喜動即假心者别義也喜動實相心者圓義也次明佛放光瑞即表應機設教破惑除疑白毫具種種功德觀佛海三昧經云佛初生時牽長五尺苦行時長一丈四尺得佛時長一丈五尺其毫中表俱空如白琉璃筒内外清淨從初發心中間行行種種相貌乃至入涅槃一切功德皆現毫中毫在二眉之間即表中道常也其相柔軟表樂卷舒自在表我白即表淨放光破闇表中道生智慧光照此土他土表白覺覺他復次二乘雖達二諦不知中道如有二眉而無白毫别教雖知三諦不能毫中具一切法當知從初至後法界中事悉現毫内者即表圓教之意復次衆經明放光不同大品從足下千輻輪相乃至頂髻一一各放六萬億光明如彼廣説大經面門放光此經白毫放光緣宜不同耳又收光不同育王經云收從背入欲記過去事收從前入欲記未來事而不見記現在事私謂脅入應記現在事也足入記地獄踝入記畜生脚指入記鬼膝入記人左

掌入記鐵輪王右掌入記金輪王及記諸天臍入記聲聞口入記緣覺白毫入記菩薩肉髻入記佛而今經放白毫光而未見收光之文者略耳又解云放光照現在事收光明將來事此經正論此土他土諸佛道同故正論放光若解諸佛道同即開示悟入任運獲記則放光爲正收光是傍故略而不說耳若丈六佛放光者三藏義也若尊特佛與丈六佛共放光者通義也若尊特佛獨放光者別義也若丈六佛即毗盧遮那法身放光者圓義也舊云此土六瑞訖至膩吒天今尋文從照東方萬八千土下即是他土六瑞之文蓋斟酌由人耳舊云實照十方照東方者表一乘因果是諸因果之上萬是數圓表果位滿八千數缺表因果未足若照東方義已足更照九方復何所表今明東是方始表十住是位始迹門說法生身菩薩朗然見理入於十住開佛知見舉初即知中後故云靡不周徧者當知諸方亦然諸位亦然若就本門說法四方佛集即表本門說法法身菩薩增道損生四位增長也觀解萬八千者約十八界論百法界千性相即有一萬八千此等境界佛慧未開今應當開故以數表之耳文云從阿鼻獄上至有頂即六法界也又見諸佛菩薩比丘等十界具足故文云靡不周徧即此意也若分文屬此土第六相若屬他土即是總相照他土文次明光照他土六瑞者一見六趣二見諸佛即是上聖下凡爲一雙三聞佛說法四見四衆得道即是人法一雙五見菩薩行行六見佛涅槃即是始終一雙既有可化

衆生即有能化之佛有佛即有說法說法即有弟子弟子即是行始行始必致終也若此土六瑞總報衆生當獲自覺彼土六瑞總報衆生當獲覺他又此彼六瑞表此彼諸佛道同從盡見彼土六趣衆生下至行菩薩道者是現彼土已與此同從復見諸佛下至七寶塔者是現此土當與彼同略說竟更廣說者從又見六趣衆生是現彼佛爲五濁故出現於世此佛亦然二土出世意同也及聞諸佛所說經者是現彼佛初從無相一法非頓而頓與此土初說華嚴意同也從并見諸比丘下是現彼佛非漸而漸與此土佛次說三藏意同也從復見諸菩薩下是彼佛三藏之後說方等般若衆經與此土佛三藏之後意同也從復見諸佛下至起七寶塔是現彼佛般若之後開權顯實收無量法還入一法唱入涅槃息化起塔光照彼土始終究竟炳然在目當知此土從一出無量非頓而頓非漸而漸其事已竟必當收無量法還入一法開權顯實息化歸眞與彼土同也復次種種因緣者昔善爲因今教爲緣又別說者正是三藏之後明共不共般若爲因助道戒定慧等爲緣約三人即有種種因緣又就共不共人種種因緣種種相貌者共不共各四門一一門復有無量相貌五百比丘各說身因即其義也不共四門亦如是故知因緣相貌種別無量皆是彼與此同彼明此相因緣相貌還入一因一緣一相一貌當知此土亦與彼同爾時彌勒作是念訖今當問誰是疑念序文爲兩一彌勒疑念二大衆疑念彌勒有三念一

正念六瑞二念問誰三念文殊文殊念起第二念除唯初念在但成一疑也神變者神內也變外也神名天心即是天然內慧變名變動即是六瑞外彰首楞嚴云佛住不二法能作神通法王法力超蓋一切彌勒不測外變亦不知內慧故興念至此若夫庸人不知術者散人不知定者凡人不知聖者小聖不知身子身子不知菩薩菩薩不知補處補處不知尊極此就極處亦不知也又彌勒值佛植善既多何容不髣髴知應須隱明示闇權言不知也大衆有兩念一正念六瑞二念問誰若將下偈望此亦得有三念偈云四衆欣仰瞻仁及我無第三念何事瞻仁而此中無者欲推補處居先也舊解先有三意一是補處二有三念三能發問為此義故大衆闕一念也問文殊彌勒德位相亞何故一問一答答夫機有在無位雖齊等賓主異宜聖人承機非問者不能答也又法門有權實權補處須問實者須答又迹有久近近問久答又名有便易彌勒名慈慈為衆生應須問文殊名妙德德應須答此即四種消文意

妙法蓮華經文句卷第二下

音釋

鎧可亥切甲也　薜荔梵語也此云祖父鬼薜蒲細切荔郎計切　翅施智切翼也　搏撮搏伯各切手擊也撮倉括切捎取也　胛古狎切背胛也　讒鉏咸切譛也　懾質涉切怖也　嗷嘐嗷五高切正作嗷嘐山咸切　躃必益切倒也　駭下楷切驚也　靳居焮切吝也　磐礴磐蒲官切礴白各切磐礴充塞也　踝戶瓦切腿兩旁曰內外踝　膩女利切　髣髴髣妃兩切髴敷勿切髣髴猶依俙也

妙法蓮華經文句卷第三上

隋天台智者大師說

門人灌頂記

從爾時彌勒欲自決疑下訖偈即是發問序文爲二長行偈頌長行中經家述自疑他疑發問問中此土他土如文何意有偈頌耶龍樹毗婆沙云一隨國土天竺有散華貫華之說如此間序後銘也二隨樂欲不同有樂散說或樂章句三隨生解不同或於散說得解或於章句得解四隨利鈍利者一聞即悟鈍者再說方悟又表佛殷勤重說又爲衆集前後故有偈也偈有六十二行文爲兩初五十四行頌上問後八行請答就問爲兩前四行問此土後五十行問他土長行總問此土六瑞偈中長有香風地淨無說法入定觀文謂言盈縮尋義不然說法是慧性入定是天心由天心慧性能作動地放光舉末即能知本故縮非縮也他不見此意謂彌勒不問兩事便不以爲瑞今反難之若彌勒不問文殊何故而答又問指何處爲問今指長行總問是也若更顯其別問秖導師兩字是也良以說法入定能導於人既稱導師即是問說法入定也是故非縮他云風由檀林故香地加之嚴淨盈長兩事今謂非盈風本無香而香爲奇特故以成瑞夫天華至妙豈有色而無香此表因運至果如華有香風華既集地地則嚴淨因若趣果果則嚴淨金光明云聚集功德莊嚴佛身故以二事顯成四華盈非盈也眉間光下次有五十行頌問他土六瑞舊云頌中不問三乘四衆不問佛涅槃今教廢三

那忽問三方説壽量那問滅度於義不便故不問也嗚呼不解消文抑經就情令明頌中具問他土六瑞文爲六初三行問六趣衆生二四行問見彼佛及説法三三行問他土四衆次一行半結前開後次三十一行半問他土修菩薩行次七行問供養舍利即是問佛涅槃也初三行問六趣驗此頌知上文光照東方是總照他土意也此頌頌上總問六趣衆生是能趣之人生死是所趣之處善惡業縁是趣因好醜是趣果也從又覩諸佛下第二四行問見彼佛土直見佛説法此廣明説法之相謂説頓教逗大根性聖主師子即如此土現盧舍那像也演説經法微妙第一者即如此土先照高山演華嚴教也教諸菩薩者即如此土七處等會無聲聞人也照明佛

法開悟衆生者即如此土始見佛身入如來慧也若人遭苦下第三三行問彼土四衆即是頓説之後次明三藏教也若人遭苦者開聲聞乘也此頌具明四諦在文分明云云若人遭苦而造惡業苦不得盡底下衆生是也若人遭苦而造善業苦亦不盡猒下攀上如難陀爲欲故持戒等是也若人遭苦於外道法中求解脱增見長非者苦亦不盡若人遭苦猒集復猒依果感佛説涅槃者此人能盡諸苦際也他土亦開此乘也若人有福下一行是開中乘也若供養佛少遭苦致惱若供佛多雖遭苦而福故云聲聞三生種福支佛百劫種福形彼聲聞故言有福志求勝法者聲聞猒苦而修行支佛求道故修行深求縁起勝妙之理即是他土開中乘也若有佛子下

是開六度大乘也眞慈悲能紹佛種故言佛子修於六度故言種種行志求故言無上慧六度中無六蔽如藥中無病故言淨道非畢竟淨也又聲聞苦諦爲觀門緣覺集諦爲門六度菩薩道諦爲門故言淨道文殊我住下第四有一行半結前開後見聞若斯即是結前如是衆多即是開後我見彼土下第五有三十一行半問他土菩薩種種修行就此爲三初一行總問次十五行次第問次十五行半雜問初總問可解或有行施下第二有十五行次第問中爲六初六行問檀二二行問尸三一行問忍四一行問進五二行問禪六三行問慧就問檀有三意初四行問捨財一行問捨身一行問捨命珍寶奴婢貴賤共能此施駟馬寶車豪俠者所施妻子等是外身身肉等是內身捨頭目即捨命而不言法施者讓後般若也又約身命財與生死後際等得不壞常住即是法施故不別說也文殊師利見王下第二二行問戒約比丘論持戒者在家施易戒難出家施難戒易故約比丘明戒此中引五王經云或見菩薩下第三一行問忍忍有三種閑林邃谷惡人惡獸忍耐無瞋即生忍自節守志即苦行忍爲求佛道即第一義忍又而作比丘即苦行忍獨處閑靜即生忍樂誦經典即第一義忍又見菩薩勇下第四一行問精進者夫深山可畏非怱怯者所居勇進者能安之傍若無物思修實相念念不休進求佛道也又見離下第五兩行問禪前一行問修根本禪後一行問修出世上上禪通途皆得有根本之修也離欲者若

離欲得五通通教定也又根本本離欲背捨亦修不淨等離欲別教兼離二乘欲中道又離順道法愛欲云深修禪定者發初禪一品此定未深乃至九品傳傳爲深又背捨九定八勝十一切入等傳傳爲深此定轉變自在能發諸通凡夫但五通二乘具六別教菩薩讓佛分有無漏亦但稱五通也圓教初後皆具六通安禪萬偈下第二一行明上上禪此是別圓之禪靜散不相妨不起滅定現諸滅儀如修羅琴不拊而韻無緣無念有感則形故能安禪讚佛也復見智深下第六二行問般若爲二初一行是自行智深者慧窮理本也志固者誓願廣大也此即二種莊嚴能問能持也又見佛子定慧下次兩行是化他也未到慧多無色定多四禪等又背捨慧多九定定多十一切中等又二乘定多菩薩慧多佛則等又空觀定多假觀慧多中觀則等無量喻即是種種方便諸教之中引無量譬類助顯第一義也破魔兵者空觀破四魔假觀次第破八魔中觀圓破八魔十魔一切魔擊鼓者初發心住便成正覺百佛世界作佛圓擊梵輪法鼓從又見菩薩寂然宴默下第三有十五行半不復次第隨見而問問上六度自收得萬行何須更問太煩雜耶答上問次第者自漸一途非次第者不定一途旣言種種相貌何啻兩途而言是煩耶此次第雜亂兩番六度擬他土開三藏後說方等十二部經辯六度相貌具如此間不異就雜問中文爲七意初二行問禪又二前一行問入捨禪即是自行次又見菩薩放光下第二一行問

入悲禪即是化他菩薩入定放光種種利益具出華嚴思益云次又見佛子未嘗下第二一行問精進即是般舟念佛等法門也次又見具戒下第三一行問戒威儀無缺即是初不缺戒淨如寶珠即是第十究竟戒中問可解十戒如玄義中說次又見佛子住忍下第四一行半問忍即生法二忍次又見菩薩離戲下第五兩行更問禪離戲笑是却掉悔蓋離癡眷屬即除瞋蓋近智者除疑蓋一心除亂是却貪蓋攝念山林除睡蓋次從或見菩薩至飲食下第六五行問檀爲二前四行明四事施如是下第二一行結成次或有菩薩說下第七有三行問般若初一行不可說而說般若二一行不可觀而觀般若三一行言語道斷心行處滅即是說不可說觀不可觀而論般若也或可用此三番般若成上見他土說方等中六度或可別擬他土說方等後明大品教盛譚般若寂滅無二清淨不著此彼同也或可說寂滅法是方等中意觀諸法性猶如虛空是般若意正是歷法作觀法相無二此義實與大品相會若作彼土見法華意者以此妙慧求無上道一行是也但見修妙慧人不見法華妙慧座席若見座席即知此如彼何事須疑但見人不見座闔衆疑問耳或可三番般若與此間般若相同未知此後次何所說是故疑問此兩意從人用之耳上長行文迮但舉六意偈頌既廣顯義泠然云云文殊師利又有菩薩下第六有七行明佛滅後以舍利起塔者正頌上他土佛出五濁從無相一法開漸頓教故有二法三道種種

行類相貌不同如上所見也今見他土佛般涅槃佛子慕德爲樹墳塔即表無量悉歸入一一出無量前相已表無量歸一正是入於涅槃云何畏妨壽量作起塔爲佛事耶痛哉痛哉就文爲六初一行總標佛滅起塔次又見佛子造下第二一行明塔數次寶塔高妙下第三一行明塔量次一一塔下第四一行明塔相次諸天龍神下第五一行明供養次文殊下第六兩行結塔婆此云方墳方墳如此土塚墓大灌頂翻爲塚也殿堂如此土靈宇崇臺峻階承露干雲長表淨域歸心上聖耳樹王者即波利質多正供舍利傍嚴佛國土云云從佛放下第二有八行請答爲二初三行舉疑事述請後五行釋伏難初三行爲三初一行舉見此土事白毫爲本故先舉及諸事故言種種次諸佛下第二一行舉見他土事諸佛爲本即總攝餘五也我等下第三一行請答第二就釋伏難爲二初四行正釋伏難次一行結請言伏難者文殊內心搆難不肯時答其意有三一此瑞希奇不可倉卒輕爾有判二智衆如海謙光推高三靳固前却生衆渴仰故以伏難潛而拒之彌勒彰灼釋難意亦有三一瑞大疑大若不爲釋憂兒在懷妨聞正說二衆海乃多機在仁者三闔衆瞻仁故知注誠殷重所以彰言釋難請令時答初伏難者因正請生請云佛子文殊願決衆疑文殊仍此起初伏難汝云衆疑衆未曾疑若疑應問衆既不疑我何所決彌勒即以第一偈釋云四衆欣仰瞻仁及我及我欲令我問瞻仁欲得仁答文殊因此起第二難衆

同有疑不易可答待佛出定然後決疑彌勒即用第二偈釋若有疑在懷憂見不泰應以時答復知如來何時起定故言佛子時答決疑令喜文殊因此起第三難我與仁者同居學地欲測佛意微共籌量獨令我答於理不可彌勒即以第三偈釋我亦微心下思踟躕兩楹爲說妙法爲當授記故言佛坐道場所得妙法爲欲說此爲當授記文殊因此起第四難若如汝說即是釋疑何煩我答彌勒即以第四偈釋安得以我猶豫之心而判大事故言示諸佛土此非小緣文殊伏難既窮謙光亦止後一偈結請答也此四伏難光宅受於次師次師受於江北釗師既是先賢文外巧思今用之從爾時文殊師利語彌勒下訖偈名答問序有長行偈頌長行文爲四一從語彌勒下名惟忖答二從善男子我於過去下名略酋見答三從諸善男子如過去下名廣酋見答四從今見此瑞與本無異下名分明判答夫以下測上止可罔像卜度惟昔儔今不可頓決所以初從髣髴次引略見略見未周更引廣見以多證一爾乃分判惟忖答答上此土問略酋見答答上他土問廣酋見答雙答此土他土問判當答雙判此土他土問也惟忖答爲二初標章次正惟忖惟者思惟也忖者忖量惟今如昔忖昔如今然文殊古佛豈應不知迹示思惟也光宅以初後兩句是法說表因果廣略中間三句是譬說欲說大法是略開三顯一略開近顯遠演大法義是廣開三顯一廣開近顯遠大法雨者譬得記作佛昔因果定執不得作佛是枯涸義

今皆作佛是被雨潤義吹蠡是改三乘之號嚴鼓誡兵譬破無明今明其法說不用何者迹本兩門由籍各異迹由籍起彌勒生疑文殊爲釋本由籍未起彌勒何所疑文殊何所釋若於此中已是釋於開近顯遠之疑者後地裂衆涌彌勒何故更疑更疑則浪疑浪釋釋後既虛釋前亦謬此大有所妨故不用也今明彌勒但問迹中此彼二土等瑞文殊以惟忖答答迹中事不關壽量本中事也欲說大法者答說法瑞雨大法雨答雨華瑞吹大法蠡答大衆心喜瑞擊大法鼓答地動瑞演大法義答放光瑞欲說大法者惟昔諸佛說無量義後則開權顯實收無量歸一忖於今佛既說法已亦應開權顯實會無量以歸一一者即大法也雨大法雨者惟昔諸佛天雨

四華之後普入圓因住行向地忖於今佛雨華之後皆成佛因住行向地故言雨大法雨也吹大法蠡者惟昔四衆見瑞歡喜得未曾有障除機動即改人教行理忖今衆喜亦應障除機動改人教行理所改既深故言吹大法蠡也擊大法鼓者惟昔地動已後即有六番破無明賊忖於今佛地動已後亦應六番破無明惑聲教極妙故言擊大法鼓演大法義者惟昔諸佛放白毫光後說法華彼此道同忖於今佛放光已後廣明五佛道同既是佛道故言演大法義如是五句悉是惟昔判今忖今類昔會文附義唯少入定一瑞而雨華動地放光等皆由入定故爾意則兼具無勞疑也闕此一條故稱略答耳今更別解初一句總後四句別總者大法是也別者雨吹

擊演開示悟入是也如天非小大非赤白而雨赤白之華如第一義非開示悟入見此理時即證開示悟入譬如種子得雨萌開今聞大法雨潤法性種破無明糠開於十住佛知見也譬如吹蠡知是改號今之與先已得十住今從十住聞法更改入十行示佛知見也譬如擊鼓知是誡兵今之與先巳在十行今從十行聞法誡入迴向悟佛知見也演之言布横闊竪深乃是演義今之與先巳在十向今從十迴向入於十地入佛知見窮源盡邊深廣備足也惟昔六瑞巳後即開示悟入忖今瑞後亦應如是横竪釋惟忖答竟從我於過去下第二引略㑹見答者初以巳智惟忖今以略㑹小分明於前舉此答他土問也此土五瑞不通他土唯放光一瑞徧照東方略㑹見答專答放光故知是答他土之問也今見如昔昔秪如今欲令衆生咸得聞知者即聞思兩慧亦信法兩行收無量歸一攺三乗教理六番破無明等諸佛道同開示悟入佛之知見故言一切世間難信之法也如過去下三引廣㑹見答更分明於略此廣答此土他土之問彌勒因光横見東方以為問文殊引昔竪見而為答横竪顯諸佛道同也文為三初引一佛同次引二萬佛同後引最後一佛同就前一佛又為三一明時節二標名三説法時節如文有佛號日月標名同者通號與今佛可同别名云何同此當以名别義同為釋何者日是慧月是定定慧是自行德燈明是化他德能仁能定慧能自他又日月燈是三智今佛亦三智隨緣稱别義則不殊故

言名同演說法下第三說法同者昔佛先頓後漸與今佛初頓後漸同也演說正法初中後善者即是頓教也夫七善之語乃通大小尋文是大乘七善初中後善者即是頓教序正流通名爲時節善其義深遠即是頓教了義之理二乘不測其邊底故言深遠是名義善其語巧妙即是頓教八音所吐會理直說悅菩薩心即頓教之文名爲語善純一無雜不與二乘共即是頓教獨一善具足者具明界内界外滿字之法即是頓教圓滿善清白無二邊瑕穢即是頓教調柔善師云行善梵行之相者梵即頓教無緣慈善又初中後善解者不同今且依一途若小乘以戒定慧爲三善大乘以初中後心爲三善金光明云前心如來不可思議中心如來種種莊嚴後心如來不可破壞此亦三善之意也文殊引古佛頓教七善與今佛頓說七善同亦與他土初頓說同所以用此爲答者酬上彌勒據光横問他土佛云聖主師子演說經法微妙第一文殊竪引昔舉此爲答即是初佛說頓法同也爲求聲聞人說應四諦法者即是古佛次頓之後開漸教法同也上問若人遭苦爲說涅槃今引古佛亦開此漸以答斯問也爲求辟支佛說應十二因緣法答上若人有福志求勝法之問也爲諸菩薩說應六波羅蜜答上佛子修種種行之問也皆引古佛開漸教同也廣引曾見佛答他土之問也令得三菩提成一切種智者此明古佛開頓漸後即顯實之說始終究竟此答彌勒見他土佛般涅槃涅槃後起塔之問也若引古佛說法至

六波羅蜜者明今佛已與昔同從今得三菩提去明今佛當與昔同云云次引二萬佛名號說法皆同初引一佛備舉頓漸說法同中舉二萬佛但舉說頓同故言初中後善也後引一佛但舉開漸同所以然者互舉耳指前可知而不引二萬之前佛者正爲名字說法皆同據義爲便耳姓頗羅墮者此翻捷疾亦云利根亦云滿語也其最後下第三引一佛同文爲三一明曾見事與今已同二明曾見事與今今同三明曾見事與今當同曾與昔之所更已謂謝在過去曾之與已俱謝俱更今取久遠者爲曾小近者謂已取六瑞等爲今取佛出定去爲當也第一從其最後佛有八子者是曾與已同昔佛八子今佛一子數雖不等並出同居之土土有見思俱亦有子有子事同一八赴緣別有所表生一子總表一道清淨生八子表八正道數異義同今取有子義同也又昔佛子出家發大乘意今佛子住小乘果此云何同昔化道已竟顯本事彰故言發大乘意今未發迹猶言羅漢至下文發本即是菩薩其義則同從是時日月燈佛說大乘經下第二明曾與今同昔佛自土六瑞悉與今同次第如文昔佛他土六瑞總云如今所見則知昔佛他土六瑞亦與今同昔明別序既有現相懷疑二序同而無集衆發問答問三序者義推則有既言說法知必集衆既道懷疑知應有問若問必答例二必兼得三序同也又若述昔答則不俟文殊費辭既不言答亦不出問其義可解從時有菩薩名曰妙光下第三明曾與當同此文爲六一

從時有菩薩者是因人同二從爾時日月燈明佛從三昧起者是說法名同三從六十小劫者是時節同四從說是經已於梵魔沙門者是唱滅同五從時有菩薩名曰德藏者是授記同六從便於中夜者明滅後通經同今初云何因人同昔佛定起因妙光菩薩說經今佛定起因身子聲聞說經此云何同瑶師云因者因託付傳一乘之經非直對告之人也彼佛對告何必是妙光如今對告身子身子未必能有宣通因託宣通莫若妙光如今因委莫若文殊今佛不歎者往佛何必歎也文殊引往佛歎妙光者正明可因託耳又舊以藥王爲所因人者亦可爾但引往證今小不類耳或言因文殊釋疑得起定說經此對不便

今明不爾經文自云因妙光正說而作因託流通之解又取藥王爲例此乃公抗佛語何關釋經昔因妙光今因身子正是所因人同昔佛八子師於妙光如來起定對告妙光又付託妙光今佛子羅云亦師身子佛從定起亦對告身子迹門竟又付託身子今古孱齊更若爲勝此而近棄身子遠取藥王疑者言妙光是菩薩身子是聲聞云何是同昔事已彰譚爲菩薩今事未發道是聲聞比及發迹身子是大菩薩非同何謂昔妙光垂迹何必不作聲聞特是文殊巧說方便隱顯耳從是時日月下第二說法名同者如文上彌勒見他土初頓頓後見漸漸後見種種行行後無境後見佛涅槃今文殊答曾見佛初頓頓後漸後云種種行即見法華此彼六瑞之後已

說法華法華後即入涅槃此分明定答他土之問也從六十小下第三時節同者如下文云五十小劫謂如半日即是同也從日月燈明下第四唱滅同者昔說法華即唱入滅亦如迦葉佛云云今佛說寶塔品中明如來不久當入涅槃化道已足唱滅事齊也時有菩薩下第五授記同者昔授德藏菩薩記今經授聲聞記豈得是同昔事已成故言授菩薩記然正是會三歸一聲聞得記也若說昔授聲聞記者佛從定起更何所論文殊巧譚故不發迹耳若說授菩薩記諸經皆爾執教者未曉也云云從佛授記已下第六通經同文爲五一時節即佛滅後也二出其人即妙光也三从近即八十小劫也四所化之衆即八子八百也五結會古今即求名妙德等也就所化之人又爲二初八子行成久已得佛八百之一方成今住補處所以引此八子八百者近則釋疑密開壽量釋疑者或謂彌勒補處爲大文殊非補處爲小小不應答大不應問故舉八百宜應有問妙光昔親對佛先復爲師故釋疑非謬密開壽量者八子最小佛號然燈然燈是定光妙光是釋迦九世祖師孫今成佛師祖爲弟子師弟無定將密顯生非生滅非滅之意問彌勒昔見諸佛曾聞法華何故疑問答時衆機宜應須扣發耳第四從今見此瑞下名分明判答今昔六瑞既同惟忖決定不謬略曾廣曾皆決定也當說大乘決定前說法瑞也名妙法蓮華決定前雨華瑞也教菩薩法決定前衆喜瑞也佛所護念決定前地動瑞也兼總入定悉在其中有人作

已同當同不作今同尋文云今見此瑞與本無異此正語於今云何喚六瑞作已據此文爲今故作三同之釋也頌有四十五行偈不頌上惟忖略會見答於廣會見中但頌前後不頌中間也初有兩行頌廣會見中時節名號說法等同也從佛未出家下第二有三十九行偈頌最後佛三同次有四行頌決定答就第二三同中有三初有一行偈頌會與已同次第二有十五行半頌會與今同第三次有二十二行半頌會與當同從佛說大下第二就今同中又二初十四行頌此彼六瑞第二從爾時四部衆下一行半頌四衆懷疑初又二初有四行偈頌他土六瑞同而長出天鼓自鳴表無問自說頓現諸希有事者即總頌諸瑞也從此光照下第二次十行頌他土六瑞同長行但云如今所見是諸佛土其文則略此頌廣也文爲五初三行頌見六趣衆生同次又見諸如來下第二一行兩句頌見佛同次世尊在下第三兩句頌聞佛說頓教七善法同也次一一諸佛下第四三行頌見聲聞等三乘即是昔佛開漸教法同也次又見諸菩薩下第五二行頌見菩薩種種因緣即是頌開方等般若教同初三行如文第二一行半釋自然成佛道者方便道則加心修習發眞道即是自然任運與理合也約四教可知云云問發眞自然者何須諸佛說法答如船順流若遇風加棹助疾有所至風喻見佛聞法棹喻修行例如初果任運七生若值佛加修或一生二生得至無學云云自然成佛道是報身琉璃是法身本淨金像是應物現形

世尊在大衆數演深法義下第三半行此則將法約人法既深玄當知必運大機開頓教也此頌上純一無雜七善之文一一諸佛土聲聞衆下第四三行此即將人約法人既二乘必知開三藏說也即頌上爲聲聞人說應四諦等也雖不頌出緣覺兼攝在中行施忍辱等等於四度耳此一行頌上六度大乘也又見菩薩深入諸禪定下第五兩行頌上見他土菩薩種種因緣信解相貌也略不答上起塔也上不見他土法華相故次此見起塔今答出法華相故起塔入滅事在後答也次爾時四部衆下第二一行半追頌昔佛四衆疑念如文從天人所奉尊下二十二行半頌曾與今當同文爲六初兩行二句頌因人同次說是法下第二一句頌上說法同次滿六

十小劫下第三一行一句頌時節同約不思議延促劫智也妙光皆悉受持昔佛法也亦如身子受佛付囑也次佛說是法華下第四五行頌上唱滅同即是答上他土入滅之意也就此文有唱滅有囑累囑累如遺教有悲泣如涅槃有慰喻亦如遺教其得度者悉皆得度未度者作得度因緣例如今佛將付彌勒云云次是德藏下第五有一行半頌上授記次佛此夜第六有十二行頌上通經通經又爲五初有兩行頌上佛滅後時節四衆得益如薪盡火滅者小乘佛以果報身爲薪智慧爲火慧依報身身滅智亡大乘佛以機爲薪逗應爲火衆生機盡應形亦滅倍加精進者應以滅度度者也次是妙光下第二有兩句頌上能弘經之人次八十小劫下第三有兩

句頌上行經時節次是諸八王下第四有八行頌上所益弟子又爲二初三行頌巳成弟子次是妙光下第二五行頌當成弟子次彼佛滅下第五有一行頌上結會古今後四偈舊云是結成令物慕仰今釋不爾上長行有分明判答此文頌之文爲三初我見燈下初有一行頌上當說大乘經次令相如本下第二兩行頌上教菩薩法次諸求三乘人下第三一行頌上佛所護念在文可解又前彌勒釋四伏難令文殊必定有答此中是文殊斷四伏疑使彌勒莫復更問初第一疑因文殊廣引先佛曾說法華故彌勒潛疑欲問諸佛赴緣人時各異古佛雖名法華今佛何必如此文殊即以第一偈斷云我見燈明佛本光瑞如此以是知今佛欲說法華經此斷其疑名之問也彌勒因此又疑自有名同義同自有名同義異此名何所顯召文殊即以第二偈斷云今相如本瑞是諸佛方便今佛放光明助發實相義此是斷其疑體之問彌勒因此又疑實相無相何人會之文殊即以第三偈斷云諸人今當知合掌一心待佛當雨法雨充足求道者此斷其疑宗之問彌勒因此又疑佛雨法雨止洽菩薩亦潤二乘文殊即以第四偈斷云諸求三乘人若有疑悔者佛當爲除斷令盡無有餘此即斷其疑用之問彌勒聯翩構疑文殊頻煩爲斷既事窮理盡即得之於懷可謂善於問答具二莊嚴光宅但知述於釗師釋四種伏難使文殊必答顯彌勒之美不見文殊釋四伏疑令彌勒不問抑妙德之能此義出自天台非傳他疏寄語

後賢勿遏人長也自釗師已後數百年中講法華者溢路頗有見斯意不非長何謂也

釋方便品

釋此有略廣略爲二先略次料簡方者法也便者用也法有方圓用有差會三權是矩是方一實是規是圓若智詣於矩則善用偏法逗會衆生若智詣於規則善用圓法逗會衆生譬如偏舉指以目偏處是舉偏法以目智宜用法以釋方將用以釋便若總舉指以目圓處宜將祕以釋方妙以釋便也舉偏法釋方便蓋隨衆生欲非佛本懷如經令離諸著出三界苦是故如來殷勤稱歎方便此義可釋他經非今品意又方便者門也門名能通通於所通方便權略皆是弄引爲眞實作門眞實得顯功由方便從能顯得名故以門釋方便如經開方便門示眞實相此義可釋他經非今品意又方者祕也便者妙也妙達於方即是眞祕點内衣裏無價之珠與王頂上唯有一珠無二無別指客作人是長者子亦無二無別如斯之言是祕是妙如經唯我知是相十方佛亦然止止不須説我法妙難思故以祕釋方以妙釋便正是今品之意故言方便品也料簡者初番釋者是體外方便化物之權隨他意語次釋亦是體外方便自行化他之權亦是隨自他意語後釋是同體方便即是自行權隨自意語初釋方便非能入非所入次釋方便是能入非所入後釋方便是所入非能入故知名同其義大異世人多不見此意浪釋方便品云云問方便與權云何答四句分別自有方便破權權破方便方便

修權權修方便方便即權權即方便方便破權者四種皆是祕妙之方便此方便破隨他意權也權破方便者權是同體之權破於體外之方便也相修者亦可解相即者亦可解云云三句可釋他經第四句今品意也故正法華名善權品權即方便無二無別低頭舉手皆成佛道方便善權皆眞實也廣釋者先出舊解五時權實十二年前照無常事爲權照無常理爲實指阿毗曇今謂釋論破無常是對治法皆屬三悉檀云何有實耶非今所用十二年後般若照假有爲權照假有即空爲實釋論亦破此義念想觀已除言語法皆滅照假有即空者猶是觀想耳非今所用次淨名思益內靜鑒空有二境爲實智外變動應用爲權智今謂內鑒外用爲二非入不二門非今所用次法華照三三爲權照四一爲實今謂三權一向不會實一實不關三權非今所用次涅槃金剛前無常爲權金剛後常爲實今謂道前眞如亦是常道後如量智亦是權此五時權實非今所用乃至半滿四宗所明權實二智亦非今所用復有人解方便是權爾實是審實又方便是權巧實是智慧又方便是權假假三車於門外又方便是權宜宜說三乘故又權是譬名譬如秤錘前之則重卻之則輕處中則平合於佛智照察稱量如是等釋各取一途權爾權假約處所權宜約法門權巧秤錘約智能各不包含義不融妙不可用此釋今品又有人以四種二慧初一是權一是實次空有二智觀空不證離二乘涉有無染出凡夫次空有內靜爲實外用

爲權次金剛前後常無常爲權實初二慧令生信次二慧令生解次二慧令化他後二慧是果此諸二慧凡有三轉初以有爲俗空爲眞次空有爲俗非空非有爲眞次空有爲二非空非有爲不二二不二皆爲俗非二非不二爲眞教智亦然何故爾爲人悉檀故自有人聞前不悟聞後即悟是故二諦不同又如來常依二諦說法故二諦有三門又佛教雖多不出三門又漸引衆生故凡夫計心形是實蓋非實也法性空乃眞耳凡夫即捨有取空故說空有皆是俗非空非有乃是眞或者捨二邊復値中道故第三遠離二邊不著中道乃是眞此爲五乘人初引凡夫生信出有次引二乘令入中次引菩薩令中偏俱捨又爲學中者謂三假爲世三假空爲眞此但得

初意次非三假空有皆俗非空非有爲眞云令詳彼釋乃是傍五時顯巳意却漸次梯隥之非耳可釋他經非今品意經云咸令衆生皆得覩見何時前後開悟不同又云正直捨方便那用漸次會於圓妙又初引生信解化果等何關今經悟入之意耶如天親列十七名第十三名大巧方便又大乘方便經明方便十種第九名善巧移二乘令入大乘方便波羅蜜當知今品乃是如來方便攝一切法如空包色若海納流豈可以諸師一枝一派釋法界之大都耶今明權實者先作四句謂一切法皆權一切法皆實一切法亦權亦實一切法非權非實一切法權者如文云諸法如是性相體力本末等介爾有言皆是權也一切法實者如文如來巧說諸法悅可衆心

衆心以入實爲悅又諸法從本來常自寂滅相又云如來所說皆悉到於一切智地又云皆實不虛又大經四句皆不可說也一切法亦權亦實者如文所謂諸法如實相是雙明一切亦權亦實例如不淨觀亦實亦虛云云

妙法蓮華經文句卷第三上

音釋

逗大透切相投合也　邃雖遂切深也　耐乃代切忍也　窳勇主切惰也　啻施智切止也　踟躕踟直知切躕直朱切踟躕猶豫也　釗之遙切　涸曷各切水竭也　孱士山鋤連二切　遏阿葛切止遏也　錘直垂切權也

妙法蓮華經文句卷第三下

隋天台智者大師說

門人灌頂記

一切法非權非實者文云非如非異又云亦復不行上中下法有爲無爲實不實法非虛非實如實相也若一切法皆權何所不破縱令百千種師一一師作百千種說無不是權如來有所說尚復是權況復人師寧得非權如前所出悉皆權也若一切法皆實者何所不破唯此一事實餘二則非眞但一究竟道寧得衆多究竟道耶如前所出諸師皆破入實寧復保其樔窟耶若一切法亦權亦實復何所不破一切悉有權有實那得自是一途非他異解一一法中皆有權實不得一向權一向實也若一切法非權非實復何所不破何復紛紜强生建立直列名尚自如此遥觀玄覽曠蕩高明爲若此況論旨趣耶今就有權有實句更開十法就十法中爲八番解釋一列十名二生起三解釋四引證五結十爲三種權實六分別三種權實照三種二諦七約諸經判權實八約本迹判權實一列名者謂事理理教教行縛脫因果體用漸頓開合通别悉檀即是十種名也二生起者從無住本立一切法無住者理也一切法者事也理事故有教由教故有行由行故有縛脫由脫故成因果由果故體顯能用故有漸頓之化由開漸頓故有於開合開合故有通别之益分别兩益故有四悉檀是爲十章次第云三解釋者理是眞如眞如本淨有佛無佛常不變易故名理爲實事是心意識等起淨不淨

業改動不定故名事爲權若非理無以立事非事不能顯理事有顯理之功是故殷勤稱歎方便理教者總前理事皆名爲理例如眞俗俱稱爲諦諸佛體之而得成聖聖者正實也欲以己法下被衆生因理而設教教即權也非教無以顯理顯理由教是故如來稱歎方便云教行者依教求理則生正行行有進趣深淺之殊故行名權也教無進趣深淺之異故教名實也非教無以立行非行無以會教會教由行是故如來稱歎方便云縛脫者爲行違理則縛縛是虛妄故稱權爲行順理則生解解冥於理故稱實非縛無由求脫得脫由縛如因屍渡海屍有濟岸之力故稱歎方便因果者因有進趣暫用故名權果有尅終永證故爲實無果因無所望無因果不自

顯是以二觀爲方便道斷惑成因得入中道解脫之果若非二觀豈契中道果由因尅故稱歎方便體用者前方便爲因正觀入住爲果住出爲體用體即實相無有分別用即立一切法差降不同如大地一生種種芽非地無以生非生無以顯尋流得源推用識體用有顯體之功故稱歎方便漸頓者修因證果從體起用俱有漸頓令明起用用漸爲權用頓爲實若非漸引無由入頓從漸得實故稱歎方便開合者從頓開漸漸自不合亦不合頓故名爲權漸令究竟還合於頓故名爲實由開故合開有合力從開受名故稱歎方便通別益者通則半字無常之益別即滿字常住之益然常益道長喜生退没故以化城接引生安隱想然後息化引至寶所若無半益

不得會常半有顯滿之功故稱歎方便四悉檀者三是世間是故爲權第一義是出世是故爲實非世不得出世由三悉檀得第一義是故如來稱歎方便當用四句釋十番權實三番是他經意一番是此品意云四引證者此十義通大小教亘一切法且引今經不如三界見於三界三界者是事不如三界見者理也諸法寂滅不可言宣是理方便力爲五比丘說是教若聞此經是善行菩薩道證教行也又汝等所行是菩薩道佛子行道已來世得作佛又種種因緣而求佛道但離虛妄名爲解脫未得一切解脫盡行諸佛所有道法道場得成果云我以佛眼觀見六道衆生始見我身聞我所說即皆信受入如來慧除先修習學小乘者云窮子初逃中間客糞後則付財初息化城後引寶所種種欲種種性相憶念等此通引一部爲證今別引一品雖不次第十文具足諸佛智慧甚深無量其智慧門難解難入者一切事理境智等悉名爲實施設詮辯阿含言教悉是智慧門此證理教論權實難解難入一切聲聞支佛不能知者即是縛脫論權實所以者何佛曾親近至名稱普聞即是教行論權實成就甚深至意趣難解即是體用論權實吾從成佛已來者成佛即是果果必有因即是因果論權實種種因緣譬喻至令離諸著即是漸頓論權實所以者何如來方便知見皆已具足即是開合論權實諸佛爲大事因緣故出現於世爲令衆生開示悟入佛之知見故者是爲利益論權實取要言之佛悉成就即是三悉檀成

就也止止不須説即是第一義悉檀是爲四悉檀論權實所以者何佛悉成就第一希有至諸法實相即是理所謂諸法如是相者即是事是爲理事論權實此一段長行明五佛權實佛佛皆爾然法華論解諸佛智慧甚深爲證甚深甚深有五謂義甚深實體甚深内證甚深依止甚深無上甚深無上甚深謂證大菩提也名智慧門爲説阿含義甚深此與理教權實意同論解佛曾親近百千佛爲修行甚深勇猛精進名稱普聞爲增長功德甚深此與教行權實意同論解成就甚深未曾有法爲微妙事甚深意趣難解等爲無上甚深入甚深此與體用權實意同論解吾從成佛已來爲説如來功德成就法此與因果權實意同論解無數方便者即是教化成就説法成就此與漸頓權實意同論解如來方便知見乃至深入無際等是自身成就不可思議境勝餘一切菩薩此是明利也論解能種種分别悦可衆心等是言語成就此是益也與利益權實意同論解取要言之止不須説等爲可化衆生成就此與四悉檀分别可化不可化意同論解唯佛與佛乃能究盡爲無量福成就諸佛能知謂如來法身之體不變故覺能自證成就能隨順衆生説一切諸法相等此與理事權實意同彼論解佛經今疏冥符二聖可謂與修多羅優波提舍皆合也五結權實者此十種通四教合四十權實若三藏中自證十法名自行權實説巳十法利益衆生名化他權實化他之十皆合爲權自行之十皆合爲實名爲自他權實餘三教十

法束爲三種權實亦如是又當教各以事理教行縛脱因果四種爲自行權實各以理教開合二種是化他權實各以體用漸頓通別悉檀四種爲自他權實其名雖同其義各異也別結者三教若通若別當分皆是化他權實隨他意語故圓教若通若別當分皆是自行權實隨自意語故化他之三皆名爲權自行皆名爲實次結成四句隨他意語者即一切法權隨自意語者即一切法實雙取即一切法亦權亦實雙非即一切法非權非實次結成三番釋品者若自行自意者此文稱道場所得法大經云修道得故攝大乘稱如理如量智皆是圓教自行權實隨自意語佛雖能於此不可説法方便能説而衆生不堪若發軫單説此法取衆生者即不能得也故言不可説不可説也復置此事以自行權實共別教權實共取衆生者大機利者直得鈍者曲得小機利鈍俱不得蓋華嚴意也復置此事單用三藏權實取衆生者大機利鈍者密得顯不得小機利鈍者但保於證取亦不得蓋三藏意也復置是事合用四種權實共取衆生者大機利鈍者曲直俱得小機利鈍者保證俱不得蓋方等意也復置是事捨三藏權實用三種權實共取衆生者大機利鈍俱得小機利鈍保證俱不得蓋般若意也復置是事捨三種權實單用圓教自行權實取衆生者大小機利鈍俱得蓋法華意也如來智慧靡所不達明照時宜用與可否故釋品云方者諸方法也便者善巧用也巧用方法取衆生得是故殷勤稱歎方便復次如來自證

權實俱不可説慇念衆生説自證之權爲門於物非宜衆生不能得入故自證亦不可説説别權實爲門利者得入鈍者不入於物非宜别權實亦不可説説三藏權實爲門利者密入鈍者亦不入於物非宜亦不可説説三種化他權實爲門利者得入鈍亦不入於物非宜亦不可説説二種化他權實爲門於利者得入鈍亦不入亦不可説於物非宜捨三種化他權實但説自行之權於利者鈍者俱得入從始至終以方便爲門是故如來稱歎方便釋品云方便爲入實之門即此意也前一番明如來能知方便能用方便此一番明行者能隨順方便云復次如來自證修道所得於一切方便即是眞實而此眞實不可得説雖能説之衆生不能即實以方便力帶不

即説一即利者能即鈍不能即又純説一不即利者密即鈍者不即又帶三不即説一即利者能即鈍者不即又帶二不即説一即利者能即鈍者不即又廢三不即純説一切即利鈍者俱能即於方便得見眞實上兩意用方便從方便此一意即方便即眞實眞實即圓因圓因即自行之方便如此自行方便今始證入上釋品云方便者即是眞實從自行方便得名故言方便品六分别照諦者前既通别當分結束權實今還約此智照義則易見若通以十種明自行二智者即照隨智二諦也通用十法逗緣者即照隨情二諦也若束四爲二者即照隨情智二諦也若當分照諦者事理教行縛脱因果悉是自證即照隨智二諦也理教開合此兩屬化他即照隨情

二諦也體用漸頓通別悉檀四通自他即照隨情智二諦也三教照諦準此可解又三藏三十種二智是化他二智皆照隨情二諦若通別六十種是自他二智即照隨情智二諦也通教或時與前三藏共爲隨情二諦若圓教三十種權實是自行二智照隨智二諦又三教若通若別皆是逗緣悉是化他二智照隨情二諦圓教若通若別皆是自行二智即照隨智二諦若束三教之實爲權束圓教之權爲實即自他二智照隨情智二諦也七約諸經者華嚴論教但是滿字論時但是乳論法是一自行一化他若對人但是菩薩二乘聾啞生身菩薩亦未能發自行之權隨智之實若依今經文未曾向人說如此事約三藏者若論教唯是半字若論法是一種化他若論時即是酪若依今文住立門外著弊垢衣執除糞器二乘入耳約方等教若論教對半論滿若論時並酪明酥若論法有三種化他一種自行若依今文心相體信入出無難約般若若論教帶半論滿若依時挾生而熟若依法則有二種化他一種自行若依今文出內取與皆使令知約法華論教廢半論滿若論時純是醍醐若論法唯有自行若依今文開權顯實此實我子我之所生我實是父付以家業授記作佛前教不說者今皆發之正直捨方便但說無上道故是自行之權故言方便品自餘或是自他二智或化他二智復次華嚴對二菩薩說一自一他不擬二乘不聞不解三藏對二乘說一化他不擬菩薩故無自行方等具對小大對二乘說兩化他對

菩薩說一自一他般若亦對三說一自二他對二乘說一他對菩薩說一自一他法華普對機熟者但明一自不復論他文云菩薩聞是法疑網皆已除千二百羅漢悉亦當作佛一切衆生悉入自行之方便故言方便品云八本迹者如來本地久已證得一切權實名爲自行中間垂迹亦作兼帶等說今日垂迹寂滅道場帶別化他說自行次說一化他次說三次說二次說廢三等皆名化他權實束本權名實束迹實名權即是自他權實也結此則有四句一切實一切權一切亦權亦實一切非權非實云身子本證一切權實即自行迹在鹿苑單受化他在方等受一被三折在般若帶二轉一至法華廢三悟一皆是化他權實束本權爲實束迹實爲權即自他權實亦具四句云若從佛迹說亦是化他之權實亦稱方便品若從引入圓因自行亦是方便品若從身子迹權亦是方便品若從身子迹入實亦是方便品爲此諸義故稱方便品也○從此品下訖分別功德品十九行偈或至偈後現在四信弟子文盡名爲正說分若作兩正說從此下訖授學無學人記品是迹門正說今且逐近就迹門正說更爲兩一從此下是略開三顯一二從告舍利弗汝已殷勤下是廣開三顯一○略更爲二初從爾時世尊下是略開三顯一二從爾時大衆下是動執生疑略開三顯一有長行偈頌長行爲二一寄言歎二智二絕言歎二智若不措言則無能知者雖復稱揚言不能盡諸佛二智如前說云寄言爲二一明諸佛權實二明釋

迦權實諸佛道同是故俱歎上光照他土彌勒橫問文殊引古大衆豎聞正表於此故發軫定起即明諸佛道同也就歎諸佛文爲三一雙歎二雙釋三雙結就雙歎中先經家提起次正歎爾時者當爾之時也佛常在定何故言起此有所示往古諸佛說此經時必前入無量義即入法華今佛亦爾此示世界悉檀哀從定起履歷法緣二俱審諦說必不謬增長物信此示爲人悉檀哀從定起佛寂而常照尚須入定方乃說法況復散心妄有所說此是對治悉檀哀從定起入定緣理安心實相出定令他安心實相此是第一義悉檀哀從定起安此四法故言安詳而起也告舍利弗者小乘中智慧第一將欲因其破小智顯大智廢會開覆凡十種如玄義中説此乃經家提起之文法華論云佛入甚深三昧正念不動如實智觀從三昧而起現如來得自在力故如來入定無能驚怍故論與今義相應第一義悉檀出過世間故無能驚怍四悉檀無障礙故得自在云加趺坐者古往微塵恒沙諸佛及弟子盡行此法故又加趺起惡覺尚生他敬心況入深境界而不適悦天人耶又非世受用法不與外道共能破魔軍煩惱故又能生三種菩提道故私謂此是四悉檀意也問餘經云繫念在前者云何答背色想生死煩惱境界在後故觀寂滅涅槃所緣在前故應作四解云問云何在面答凡人於面起欲能生猗樂然後徧身又九處流穢面有七孔以不淨治欲故繫緣在面一其又六識在面心多上緣表一切賢聖尚空與空相應

故繫緣在面其二又若觀於面則能分別六識爲分別故故繫緣在面其三又身有六分頭面爲勝表諸法中實相第一第一法故繫緣在面其四就雙歎二智先歎實次歎權實者諸佛智慧也非三種化他權實故言諸佛顯自行之實故言智慧此智慧體即一心三智甚深無量者即稱歎之辭也明佛實智豎徹如理之底故言甚深橫窮法界之邊故言無量無量甚深深高橫廣譬如根深則條茂源遠則流長實智旣然權智例爾云云其智慧門即是歎權智也蓋是自行道前方便有進趣之力故名爲門從門入到道中道中稱實道前謂權也難解難入者歎權之辭也不謀而了無方大用七種方便不能測度十住始解十地爲入舉初與後中間難示難悟可知而別舉聲聞緣覺所不能知者執重故別破之耳法身本意元以自行權實擬之無機逃走故言不知華嚴頓照聾啞瞽瞶故言不知方等彈斥保住草庵故言不知般若轉教無心悕取一飡之意故言不知今大機啓發放光動地彼此今古諸佛道同由懷疑惑故言不知利根菩薩節節能知鈍同二乘是亦不知也門者光宅取二乘方便爲今經智慧門此須與奪若爾即是得門云何如來破言不知不知者則非門也與者此是最深之能求不識所云云今解自有方便智慧爲門得入佛智慧如瓔珞云二觀爲方便道得入中道第一義諦亦是三教各各有四門爲方便得入中道光宅之解於二觀中秖是一觀於十二門秖是一門云云又方便智慧爲門得入方便智即是

三教各各四門齊教入證也自有佛智爲門得入佛智慧如上説圓因稱方便品即是自行觀智爲門即是今經所歎其智慧門圓教四門即其一也自有實爲門入方便智雙照二諦即其義也如此釋者豐富開闊何如光宅區區一種耶若依論以阿含爲門此須開拓諸教準觀可知云云從所以者何下光宅云歎釋迦章今推文意是雙釋諸佛二智也佛曾親近至盡行道法是釋諸佛實智良由外值佛多禀承至要故實智甚深良由内行純厚盡行道法故實智無量無量則釋横廣甚深則釋豎高也勇猛精進名稱普聞是釋諸佛權智其智慧門難解難入良由勇猛精進能入難入之門既入門已澤被無疆物欽勝德故名稱普聞亦可分句勇猛精進能入法

門即釋權智深名稱普聞即釋權智廣觀權文無深廣之語例實智此義則成云云從成就甚深下雙結諸佛二智稱理究竟故言成就到彼岸底故言甚深此結成實智也稱機適會故言隨宜非七方便所知故言難解此結成權智也隨情則翳理故言難解了義故意顯故言易知攝大乘云了義經依文判義不了義經依義判文即斯義也有時解成就甚深未曾有法結自行權實隨宜所説意趣難解結化他權實云云從吾從成佛已來者是歎釋迦權實舊云釋迦權實各各歎謂吾從成佛下是歎權所以者何是釋權如來知見廣大下是歎實從無量無礙下是釋實從如來能種種分别下是結歎實文舊料揀前後有三意一合歎諸佛二智者明二智體同開歎

釋迦二智者明二智功用有異二明垂迹之本故諸佛先歎實明顯本之能故釋迦先歎權三諸佛顯自行先須得實釋迦明化他先以權引童蒙而互現出没者將明體圓不可偏存存則失旨也今謂不爾但依文次第於義易解不須曲辯又汝云諸佛道同云何異解如人善讚孝順而打擲父母云云就釋迦文亦爲三初雙歎次雙釋後雙結吾從成佛已來歎實智若實智不圓佛道不成既云成佛一成一切成即是歎實智也種種因緣下是歎權智四十餘年以三種化他權實逗會衆生故言種種因緣也譬喻者小乘中以芭蕉水沫爲譬大乘中以乾城鏡幻等譬依諸論者以小乘譬乳大乘譬醍醐也廣演者能於一法出無量義也無數方便者即七種方便也引導衆生令離諸著者說散十善離三途著說淨十善離欲界著說三藏離見思著說菩薩法離涅槃著說佛法離順道法愛著從所以者何是雙釋二智也如來半句即是釋實智從眞如實相中來而得成佛道故名如來即釋成實智也方便即是釋權智由於方便善巧故能種種因緣知見波羅蜜者即是雙舉權實知見也一切種智名實知佛眼名實見道種智名權知法眼名權見悉到事理邊故悉名波羅蜜皆已具足者權實悉究竟也若不作雙釋之意那忽言皆已皆已者雙釋意顯也從如來知見廣大深遠即是雙結釋迦二智也如來知見如前說廣大明橫深遠明竪如此實智非橫非竪寄言往歎論其橫竪照無限極如函大蓋大也無量無礙下

即是結權智也自行之權道前方便約諸法門故知是結權智明矣實智無若干也光宅以此釋實智非但光宅不識實智梁代皆不知其無礙慧無若干也云云無量即佛地四等也無礙即佛地四辯也能於一辭一義旋出無量樂說不窮比於別通菩薩如甲上土方地力即十力畏即四無所畏禪盡禪之實相定即首楞嚴定三昧即王三昧深入無際者結成竪深成就一切未曾有法結成横廣從舍利弗如來能種種分別下舊將結成前權實今用起後將欲絶言更舉權實爲絶歎之由文爲二初舉絶歎之由次指絶言之境鄭重者表殷勤也如來能善分別巧說諸法者即舉權也言辭柔輭悦可衆心者舉實也何以得知上見他土說頓云其聲清淨出柔輭音下身子領解云聞佛柔輭音深遠甚微妙據前後兩文知是舉實智也前歎中前實後權今何意前權後實明前欲寄言故從實而舒權今欲絶言須卷權歸實耳從取要言之是指實境要者莫過于實也無量無邊未曾有法是指權境又舉要是創指之端無量無邊是指權未曾有法是指實言此二法佛悉成就修道得故此那可說若單明一事不應言悉既雙指權實其意明矣止者下第二即絶言歎也印師云欲因止生其疑請之心也觀師云實法難知故先抑止驚其常情令明此法深寂言語道斷體不可說故止而歎之設慈悲爲說聞不能解傷其善根是故止也從所以者何下是釋止歎之意意爲兩一就佛是最上人成就修得最上法故不可說次

明甚深境界不可思議故不可說就佛成就下明上人權實橫滿不可說從唯佛與佛下明上人權實竪深不可說成就對不成就乃至難解對不難解即是橫明成就修道得故故不可說唯佛與佛乃能究盡者初中分獲未盡其源如十四日月光用未普獨佛與佛究竟邊底如十五日之月體無不圓光無不徧如此竪深修道得故故不可說從諸法實相下即是甚深境界不可思議故不可說光宅云初一句標二智章諸法標權智境三三非一故言諸法三法之中其教最顯教必逗機仍有其人故知三三是權也實相者是實智境一理非虛故言實相四一之中徧舉一理理是本故故是實也中有九句還釋上兩章耳前五句釋權章如是相者三乘言教攬而可別也如是性者三乘教性分不可移易也如是體者三乘之教八音章句各各有體菩薩教以六度爲體云如是力者三乘教用訓導之力也如是作者三乘教被前人有造作也廣實智境略不牒章實境有四一以四廣其一理如是因者境生眞解爲因萬善望果也如是緣者境發實智爲緣以因所望處爲果果起酬因爲報後二句雙結初句結權本即舉相末即舉作次句結實究竟即結因等即結報也北地師云三乘法皆有相性果報本末也瑶師云如是相性此釋智慧照用三乘萌異爲相必爾成三爲性發心爲體隨心所堪爲力力有所造爲作作行招果爲因因者語其已分所由爲緣緣者語其外力遂剋爲果酬因爲報相爲本報爲末終同一致

爲究竟等也如是者其事不差也暢師但約佛上作相者十力各有相貌也性者從根各有所習所習不改謂之爲性是性力境也體者根性不同所欲亦異言其心用縛著故以體爲名此欲力境也力者定別名也神通變動非定不運鎭心靜亂非定不寂故力爲禪定境也作者是業即業力境也因者道爲因能至涅槃即至處道力境也緣者緣宿命力境也果者據今因所召果在未來是天眼力境也報者今報以望往因據即漏盡力境也故語報是漏盡也本者是相末是報總而望之都是處非處力境也上來諸釋非不一途然於理不通於文不允文不允者經云諸法何法不收豈止三乘耶理不通者經云實相何所不在而但在因果體若實獨在於佛佛則不權權獨在三乘三乘則永無實若三乘但爲五則權法不足復全無實若四句但在佛佛全無權實亦不足義不涉於凡夫則諸法之文便是無用實相不徧實相外別更有法如此等過故皆不用也釋論三十一明一一法各有九種一各有體二各有法如眼耳雖同四大造而眼有見用耳無見功如火以熱爲法而不能潤也三各有力如火以燒爲力水以潤爲力四各有因五各有緣六各有果七各有性八各有限礙九各有開通方便達磨鬱多將此九種會法華中十如各有法者即是法華中如是作各有限礙者即是法華中如是相各有果者即是法華中如是果如是報也各有開通方便者即是法華中如是本末究竟等餘者名同可解今明此境爲

二初一句略標權實章如文次十句廣釋權實相今作四番釋一約十法界二約佛法界三約離合四約位經云諸法故用十法界釋也經云佛所成就第一希有之法故用佛法界釋也經云止止不須說我法妙難思故用離合釋也經云唯佛與佛乃能究盡故用位釋也約十法界者謂六道四聖是爲十法也法雖無量數不出十一一界中雖復多派不出十如如地獄界當地自具相性本末亦具畜生界相性本末乃至具佛法界相性本末無有缺減故毗曇毗婆沙第七云地獄道成就他化天法即是其例餘九法界亦如是當知一一界皆有九界十如若照自位九界十如皆名爲權照其自位佛界十如名之爲實一中具無量無量中具一所以名不可思議

若照六道三聖五如爲權若照佛界四如爲實當分歷歷此則可說可示何俟止止絕言歎也所以一中無量凡夫雖具絕理情迷二乘雖具捨離求脫菩薩雖具照則不周名不了了如來洞覽橫竪具足唯獨自明了餘人所不見不可宣示止止絕言其在此耳上玄義中已說今不具記云云二約佛法界釋者佛界非相非不相而名如是相指萬善緣因故下文云衆寶莊校即其義也佛界非性非不性而名如是性指智慧了因故下文云有大白牛也佛界非體非不體而名如是體指實相正因故下文云其車高廣也佛界非力非不力而名爲力指菩提道心慈善根力等故下文云又於其上張設幰蓋也佛界非作非不作而名如是作指任運無功用道故下文

云其疾如風也佛界非因非不因而名如是因指四十一位故下文乘是寶乘遊於四方也佛界非緣非不緣而名如是緣指一切助菩提道故下文又多僕從而侍衛之佛界非果非不果而名如是果指妙覺朗然圓因所剋故下文直至道場也佛界非報非不報而名如是報指大般涅槃故下文得無量無漏清淨之果報也佛界非本非末而言本末本即佛相末即佛報是自行權也佛界非等非不等而言究竟等指於實相故標章云實相也是自行之實也即實而權故言本末即權而實故言爲等此是如來自行權實最爲無上無上相乃至無上果報橫廣豎深而無有上故標章云諸法實相也例亦應言諸法實性實體實力乃至應言實究竟等但略舉一而蔽諸耳如來徧照橫豎悉周如觀掌果秖爲凡夫如雙盲二乘如眇目菩薩夜視朦朧不曉不可得說止止絶言其意在此耳三約離合者若佛心中所觀十界十如皆無上相乃至無上果報唯是一佛法界如海總萬流若千車共一轍此即自行權實若隨他意則有九法界十如相性等即是化他權實化他雖復有實皆束爲權自行雖復有權皆束爲實此即自行化他權實隨他則開隨自則合橫豎周照開合自在雖開無量無量而一雖合爲一一而無量雖無量一而非一非無量雖非一非無量而一而無量唯佛與佛乃能究盡凡夫則誹謗不信二乘則迷悶不受菩薩則塵机未明爲此義故止止絶言云云四約位者如是相者一切衆生皆有實相本自有

之乃是如來藏之相貌也如是性即是性德智慧第一義空也如是體即是中道法性之理也是爲三德通十法界位位皆有若研此三德入於十信位則名如是力如是作入四十一地名如是因如是緣若至佛地名如是果如是報初三名本後三名末初後同是三德故言究竟等初位三德通惡通善通賢通聖通小通大通始通極雖在惡而不沈雖在善而不升雖在賢而不下雖在聖而不高雖在小而不窄雖在大而不寬雖在始而非新雖在極而非故故是不可思議不可得說止止絕言耳復次三德究竟等者十界相性權實開合差別若干以平等大慧如實觀之究竟皆等若迷此境即有六界相性名爲世諦若解此境即有二乘相性名爲眞諦達此非迷非解即有菩薩佛界性相中道第一義諦若以此慧等於俗諦俗諦非迷等於眞諦眞諦非解非解非迷雙非迷解但名平等若雙照者權即是實實即是權雖二而不二亦名究竟等也又權實不二之境七種方便不能以不二智等不二之境唯有諸佛以不二智等不二境故言究竟等又今大乘機動不明九界性相直說一切性相悉入佛界性相昔教不說謂昔不與念等今教說之知昔與今等故言究竟等初約惑解等次約人等後約教等說此甚廣記者不能委悉耳若就絕言絕思明不可思議釋論七十九云不可思議名不決定出一切心心數法出一切言語道不能行不能到故名不可思議若就譬喻明不可思議如釋論十四不以敗壞色得趣平

等道觀色不異乃能等於大乘如明與暗共合而汝不見謂明暗異欲知其義如彼月光又日出時暗不向十方暗常在無所歸趣明亦如是與暗共合生死與道合道即是生死佛之所盡已盡所度已度皆不可思議諸經諸論此例甚多若就事中不可思議者如阿含經明四不可思議謂衆生世界龍佛衆生從何處來向何處去爲底而生爲底而死世界爲有邊無邊爲可斷不可斷爲天龍人鬼誰所造耶阿含云一士夫於王舍城拘絺羅池側思惟世間邊無邊見四兵入藕絲孔自驚我狂耶世無此狂問佛佛言非狂是修羅爲諸天所逐退入藕絲孔藏此乃世間思惟非涅槃道無義饒益無法饒益無梵行饒益云龍雨爲從龍口耳眼鼻舌出耶實不從爾許出但從其念出念善念惡皆能出雨由前本行今得是力須彌腹有天名大力亦能作雨又經出五道各一不可思議地獄有斷續畜生能飛鬼能變少爲多人能令火燒薪天能自然致果報皆是果報法事不可思議云此是約因緣事釋不可思議況甚深境界寧非不可思議耶偈有二十一行爲兩初十七行半頌長行後三行半略開三顯一動執生疑前又二初四行頌寄言歎後十三行半頌絶言歎夫偈頌長行互有廣略者令義易顯耳長行二佛權實各歎表化緣異故頌中二佛合歎示二智理同故初寄言中又二初兩行合頌二佛二智後二行合頌二佛釋歎結歎等也初又二今初一句世雄者頌上諸佛智慧也不可量者頌上甚深無量此頌諸佛

實智也次三句頌上諸佛權智此有三異一上舉人又標法故云諸佛智慧今頌但頌人將人以美法故云世雄二者上開歎今合歎以法别故須開以人總故須合三者上云一切二乘不知今言一切衆生類不知佛力下後一行頌歎釋迦二智也佛者頌吾從成佛也正頌實智力無畏等頌諸功德是頌權智餘法者即指化他之權是實智之餘助耳正頌上種種因緣云本從下後二行合頌二佛釋歎結歎之意也本從無數佛具足行諸道頌上諸佛釋歎佛曾親近百千諸佛盡行道法之文也甚深微妙法頌上結歎實成就甚深未曾有法也難見難可了頌上結歎權意趣難解也於無量億劫行此諸道已頌上釋釋迦知見波羅蜜皆已得具足上二句舉因

具足次下一句舉果具足我已悉知見一句頌上結釋迦二智如來知見廣大之文也或時用四偈合頌上二佛權實文爲六初世雄一句總領二佛二智二諸天及世人三句頌揀人三佛力下一行頌釋迦中釋權實四本從下一行頌諸佛釋權實五於無量下半行頌上行因六道場得成下二句頌上得果從如是大果報去第二有十三行半頌上絶言也文爲五初半行如是大果報即頌不思議境但舉初後中間略可知義字兼頌究竟等也大與種種如玄義中說我及十方佛下第二半行追頌取要言之佛悉成就也不可示下第三半行追頌止止不須說也實相非方所故不可示非言語道故言辭相寂滅從諸餘衆生類下第四頌舉不知之人故上長行

明無有知者故止而不說頌中十行半頌出不知之人文爲八初半偈總揀不入者即七方便也除諸下第二二句揀能入者即圓教十信故言信力堅固者也長行明究竟佛知頌中明初信知互舉耳諸佛子下第三有一行半揀二乘不知假使滿下第四有一行舉身子不知正使滿下第五一行半舉諸大弟子辟支佛下第六二行舉支佛新發意下第七二行半舉發心菩薩不入發心語通或可六度菩薩三僧祇未斷惑名爲發心或可指上人天中自攝得六度而發心之語別擬通別等發心也不退菩薩下第八有一行揀不退菩薩亦不知也通教不退斷界內惑是故不知別理別教地前亦有證位不退行不退等亦所不知也次又告舍利弗無漏下第五一行半頌上難解法佛能知實相境無漏不思議者頌上結要舉權實所止之境也甚深微妙法一句頌上第一希有難解之法我今已具得三句頌上唯佛與佛乃能究盡也明諸佛道同同皆究竟故云佳我知是相十方佛亦然釋不思議者如如意珠無毫釐之有能雨衆寶實相不生能生般若也無漏不思議一行半爲本生出四種解釋已如上說從無漏半句爲十法界釋作本十法界十如收諸凡聖理性無漏失也收三諦無漏失權實智無漏失約不思議爲開合釋作本即權而實即實而權故不可思議也約甚深微妙法爲佛法界釋作本此可知約唯我知是相爲約位釋作本此亦可知云云從舍利弗當知諸佛語無異下略開三顯一動執生疑就開顯

爲二初明諸佛顯實次明釋迦開三互明一邊耳諸佛語無異者此論諸佛化道是同次兩句勸信後兩句正顯實世尊法久後要當說眞實即顯眞動昔之執生今之疑將非魔作佛正由聞此語也佛既如實語勸信何事翻疑爲防因疑起謗者故須勸信耳從告諸聲聞衆下明釋迦開三文爲三初一行正明開三將明二乘之非故言逮得涅槃者又解我令脱苦縛逮得涅槃即擬六度菩薩乘何以知之修六度行即免四趣縛未能入滅度三僧祇百劫乃得涅槃逮之言遠乃及耳又六度行前度他故言我令脱苦縛後取無漏故言逮得涅槃此義推之知是六度乘也又以數推之下句云佛以方便力示以三乘教若不指此將何爲三不應重數三乘爲三乘也次半行正斥三乘皆是虛僞次兩句出立三之意意是權引離諸苦故非爲眞實但是方便門耳○從爾時大衆下是騰疑致請由聞三僞一眞故執動疑生文爲二一敘疑二正請決敘疑又二一經家敘二正生疑先敘千二百疑次敘四衆上斥三乘皆是方便敘疑但在二乘者以其執重疑深偏舉若至下陳疑中即云求佛諸菩薩大數有八萬亦皆有疑故知三乘僉疑偏舉二乘耳從各作是念下是正疑又爲二一疑佛二智二疑巳所得從何故殷勤稱歎方便即是總疑權實二智從而作是言佛所得法甚深者是疑實智有所言說意趣難知下是疑權智以聞諸佛語無異要當說眞實從此生疑何者佛昔說三乘智慧同證不差但餘習有盡不盡耳今

忽稱歎如來二智非我所及是故疑佛二智也從佛說一解脫義我等亦得此法下此是自疑所得三乘聖道是眞出要我修此理亦到涅槃而今忽言皆是方便未知何者眞實故言不知是義所趣此從上序三爲僞而生是疑爾時舍利下第二正請文有三請二止就前爲三止瑶師龍師云初止爲理深難解初請爲自他求決次止爲驚疑不信次請爲久殖必解後止爲必謗隨惡後請爲利根得益今師或時云佛豫知三周得益前後不俱故三抑挨其三請也就初請爲二一長行二偈頌長行爲二一陳疑二陳情陳疑疑二智陳請巳請衆請頌中有十一行偈文爲六初二句頌疑實智自說得下第二三行頌疑權智無漏諸下第三有三行明三乘四衆有疑上句明羅漢後二行明緣覺中間稱及求涅槃者即是明六度菩薩何以得知上云逮得涅槃者此中稱及及者此菩薩自求涅槃又以及他故異二乘知是菩薩也於諸下第四有一行半明身子疑佛口所生下第五有一行明佛子疑諸天龍下第六二行總明同疑請也夫偈頌長行可以意推如其非頌即是長出於義非急者不能煩文分擘故略耳從爾時佛告下是二止更牒疑爲請悉如文云云

妙法蓮華經文句卷第三下

音釋

橾鉏交切鳥橾也　軫止忍切車木也　忤五故切逆也　瞽果五切目盲也　聵胡對切聾也　攬盧瞰切與覽同　幰許偃切車上張繒也　朦朧朦莫紅切朧盧紅切　轍直列切車轍也　杌五忽切木無枝也　擘博厄切分擘也

U0138099